特警力量

刘猛 著

军事作品

北京联合出版公司
Beijing United Publishing Co.,Ltd.

图书在版编目（ＣＩＰ）数据

特警力量 / 刘猛著 . -- 北京：北京联合出版公司，
2015.7（2023.8 重印）

ISBN 978-7-5502-5132-8

Ⅰ.①特… Ⅱ.①刘… Ⅲ.①长篇小说—中国—当代
Ⅳ.① I247.5

中国版本图书馆 CIP 数据核字 (2015) 第 078921 号

特警力量

作　　者：刘　猛
出 品 人：赵红仕
责任编辑：侯娅南
封面设计：易珂琳

北京联合出版公司出版

（北京市西城区德外大街83号楼9层 100088）

北京新华先锋出版科技有限公司发行

三河市新科印务有限公司印刷　新华书店经销

字数280千字　787毫米×1092毫米　1/16　22印张

2015年7月第1版　2023年8月第4次印刷

ISBN　978-7-5502-5132-8

定价：59.00元

第一章
—— SWAT ——

1

　　清晨，朝阳洒在一片密集的丛林上空，从远处望去，山巅晨雾缭绕，一片静谧。阳光透过丛林缝隙投射到地面上，被交错的树枝剪成斑驳的光影。在丛林深处，一个穿着迷彩服的身影持枪在林间拼命地奔跑，黑色作战靴踩在潮湿的地面上几乎没有任何声响。迷彩服在急速奔跑中不时地停住脚，单腿呈跪姿，控制着呼吸节奏，眼睛警觉地观察着四周的动静——密林里，除了粗重的呼吸声外，鸦雀无声。

　　他的脸上涂着墨绿相间的伪装油彩，布满血丝的眼睛目光如炬，汗珠不断地顺着他的脸颊往下滑落，钢盔下面黝黑消瘦的脸，在寂静中蕴藏着年轻的力量。这时，阳光开始变得有些刺眼，迷彩服眯缝着眼看看，咽了口唾沫，又站起身继续狂奔。路上，有树枝不断地从他身边弹开，在空寂的密林里哗啦作响。

　　阳光从山头洒下来，山顶的风很硬，不断地从林间的空地上呼啦啦地刮过。迷彩服黑脸持枪一路狂奔，在他来到山顶时猛地愣住了——山顶的乱石堆旁，一个身形魁梧的蒙面大汉单手持枪对着他。迷彩服站在山顶，风刮在他的脸上像刀子划过，那双充满傲气的眼睛在钢盔的阴影当中闪烁着冰一样的寒光。他看不清那人的脸，在他后面，更多蒙着黑面的人冒了出来。看着越来越多的蒙面人，迷彩服咽了口口水，猛地抬起右手，扣动扳机。"嗒嗒嗒，嗒嗒嗒……"站在最前面的那个蒙面大汉来不及隐蔽，在弹雨中抽搐着倒下了。几乎同时，其他的蒙面人也开枪射击，黑洞洞的枪口闪着烈焰，映亮了他的眼睛，他健壮的身躯在密集的弹雨中抽搐着倒下。空寂的山顶，枪声震耳欲聋，伴随着山风在林间回响……

2

天刚蒙蒙亮，整个东海市一片安静。这个时候，街道上还没有行人，只有清洁工人孤独的身影伴随着沙沙的扫地声。一栋普通的居民小楼里，卧室的一角立着各种健身器械，对面墙上整齐地贴着一排"优秀士兵"的奖状，还有不同时期的照片。微光照着桌子上摆放着的各种奖杯，泛着隐隐的白光。在旁边，是一个相框——十几个穿着迷彩服的侦察兵战士抱着自己的步枪，他们的右臂上都佩戴着刺绣出来的狼牙臂章。照片上的沈鸿飞露出一嘴白牙，眼神当中透出一股傲气。在奖杯的旁边，一枚鲜艳的二等军功章静静地躺在精致的小盒子里，显得有些孤独，在夜色里透出一股悲凉。

"啊！——"沈鸿飞尖叫一声从床上猛地坐起。他喘着粗气，额头上冒着一层密密的冷汗，惊恐地望着对面的白墙。许久，沈鸿飞才痛苦地闭上眼睛，将棱角分明的脸埋在手掌里——高低错落蒙着迷彩布的钢盔，涂抹着厚厚伪装油彩的黑脸，无声升起的国旗，还有那嘶哑如同雷鸣一样的呐喊……这么多年过去了，他以为时间可以冲淡一切，但这些熟悉的场景却总是出现在他的梦里，从来就不曾忘记过。

黑暗里，沈鸿飞抬起眼，看见躺在远处桌子上的那枚军功章，他的嘴角抽搐了一下。侧头看了看闹钟，凌晨五点钟，他甩甩头，努力让自己清醒一些，然后悄然起身，穿上运动服，轻手轻脚地走出卧室。在他的床头，挂着一套别着学员肩章的崭新警服，沈鸿飞伸手摸了摸帽子上的警徽，笑了笑，转身走到客厅。父母还没有起来，屋里黑着灯，沈鸿飞戴上耳机悄声出去了。

海边的公路上晨雾蒙蒙，沈鸿飞戴着耳机，一边跑步一边挥手出拳。突然，一个粉红色的身影从他身边唰地掠过，沈鸿飞一愣，抬眼看过去，扎着马尾辫的凌云小鹿一样在他前面跑着，沈鸿飞无声地笑笑，加速追了上去。很快，沈鸿飞和凌云擦肩而过，沈鸿飞侧头看凌云："嘿，你跑得太快了！"凌云看都不看他，继续跑。沈鸿飞也不在意，"你这样会把自己跑废的！"凌云白了他一眼，继续看着前方，马尾一甩一甩的，很是好看。沈鸿飞一愣，苦笑着说："我没别的意思，就是提醒你一下。"凌云还是不理他，嗖地加速超过了他。沈鸿飞笑，不紧不慢地跟在她后面跑。

凌云穿着运动背心在前面跑，马尾辫一甩一甩的，沈鸿飞笑着看她的背影，两人的距离始终保持在五米之内。凌云有些不快，加快了步伐。沈鸿飞也不说话，跟着加速，还是不紧不慢地跟在凌云后面。

晨雾里，两人开始较劲。凌云不断地加快速度，但始终甩不开沈鸿飞，她有些绯红的脸上开始出汗。沈鸿飞还是听着音乐，不紧不慢地跟在后面。凌云侧眼看他，沈鸿飞笑笑，很绅士地伸手做了个"请"的手势，凌云甜甜地一笑，脚下却突然加速。沈鸿飞一愣，赶紧跟上。前面路上有个小岔口，凌云跑着，突然猛地一拐弯，迅速向旁边的树林里冲去。那是一个陡峭的下坡，沈鸿飞大惊，连忙叫住她，凌云根本不理，噌噌噌地在树林里狂奔。沈鸿飞来不及多想，拔腿急忙追进树林。

林子里，凌云正急速奔跑，突然，湿滑的泥地让她脚下一滑，整个人就飞了出去，眼看着就要摔下去，沈鸿飞纵身一跃，一把抱住凌云滚翻着落地。两人刚停稳，凌云脸色煞白地急促呼吸着，沈鸿飞也满头是汗，大喊："喂！跑步犯不上这么玩儿命吧？"凌云瞪着他，汗水顺着她洁白如玉的脸颊流下来。凌云气鼓鼓地一把推开他，沈鸿飞没留意，一个趔趄，猛地被推倒在地。凌云看了他一眼，起身跑了。沈鸿飞爬起来，看着凌云跑远的背影，拍拍身上的灰土无奈地笑："现在的女孩子都这么暴力吗？暴走罗拉啊！"

3

清晨，一间温馨的房间里散发着淡淡的花香味道，粉色的床单上摆放着一只毛茸茸的泰迪熊，很是可爱。对面的地上立着一台跑步机，还有各种散打护具。凌云穿着运动背心，龇牙咧嘴地在抹白药，胳膊和后背上的伤痕清晰可见。抹完药，凌云站起身，愣愣地走到窗户旁，脑子里闪过刚才的画面，凌云咬牙切齿："哼，居然敢抱我！"凌云气不打一处来，揉着胳膊，又一疼，咧着嘴转身，一瘸一拐地去拿挂在墙上的警服。

换好警服的凌云刚走到客厅，凌母正端着盘子走出厨房："哎，小云，怎么走路一瘸一拐的？受伤了？"凌云赶紧直了直身子，嘴硬地说："没有，我在技侦工作能受什么伤啊？肌肉有点疼。妈，我没事，我走了啊！"说完咬牙向门外走去。刚一出门，凌云就龇牙咧嘴地扶着墙，倔强地咬牙坚持着走到电梯前。门一开，是隔壁的老头儿老太太买菜回来，凌云马上站好，强笑着打了声招呼，赶紧进了电梯。

早上的市区一片繁忙，赶着上班的人们行色匆匆地在人流里穿梭。高架桥上，老交警林国伟熟练地疏导着四面来往的车辆。在他旁边，穿着一身崭新警服的沈鸿飞戴着摩托头盔，跟着林国伟在街上执勤。林国伟是当了二十多年的老交警了，现场执勤经验丰富，人缘也不错，这次沈鸿飞跟着他，能学到不少东西。有时候，理论学得再好，也得到实践中接受检验。

现在早上七点多，正是上班的高峰期。林国伟熟练地打着手势，指挥着主干道上堵得最厉害的一段路。高架桥下，一溜车队排着长龙正在等红灯，有司机不耐烦地按着喇叭，林国伟戴着白手套，朝着司机一伸胳膊，喇叭声立刻停了。不远处，一辆白色的奥迪停在车流当中。坐在驾驶座的是个光头，满脸络腮胡子，脖子上戴着一根小拇指粗的大金链子。在和奥迪隔了两辆车的后面，是一辆挂着民用车牌的普通轿车。车上，穿着便衣的郑直戴着墨镜，紧盯着前面那辆奥迪。在他的腰部，隔着衣服别着一把64手枪。郑直探头看了看前面，堵得一塌糊涂的车流一直没动，郑直只好无奈地坐回车里。就在收回身子的那一瞬间他愣住了——后视镜里，在他侧后方的一辆黑色君威车上，三个戴着黑色面罩的大汉正拿起霰弹枪跳下车，郑直一个激灵，猛地回头，只见三个蒙面人正持枪从他的车旁擦肩而过。

"我 ×！"郑直来不及多想，从腰间拔出手枪。只见三个蒙面大汉径直走到前面的奥迪车外，抬手举枪，砰砰砰……奥迪车的前挡玻璃哗啦啦碎了一地，坐在驾驶座上的光头傻了，反应过来后迅速启动汽车，急踩油门，砰！奥迪撞了前车，又倒车，又猛地撞开后车。三个蒙面人措手不及，急忙闪身躲避，奥迪车猛地掉头，从应急通道逆行逃窜而出。此时，高架桥下的人完全没想到会出现这一幕惊险的枪战片，全都呆住了。

奥迪车逆行开到桥头，正跌跌撞撞地向高架桥上逃窜，三个蒙面人手持霰弹枪紧追其后。郑直闪身下车，隐蔽在车门后，他的手有点儿哆嗦，拉了几次才将子弹顶上膛。郑直调整着呼吸，起身举起64手枪，高喊："不许动！警察！"

三个蒙面人回过身，举起霰弹枪，郑直大惊，急忙蹲下。"砰！砰！砰！"子弹打在车身上，弹痕斑斑点点。郑直正准备起身回击，"哗啦"一声，挡风玻璃碎了一地。郑直只能护住头，蹲在车身后隐蔽，霰弹枪的强大火力逼得他无法起身。三个蒙面人转身继续向白色奥迪车狂追过去，郑直闪身出来，举枪瞄准。这时，已经有人从车里跑出来，尖叫着四处奔逃。现场人头攒动，郑直的枪口不断被遮挡，他怒骂了一句，冲入人流拨开他们，边跑边拿起对讲机："松狮，松狮，这里是斑点狗！紧急情况，重复一遍，紧急情况！光彩大街至彩虹桥路段发生枪击，有人开枪！目标是金强！"

"斑点狗，松狮收到，你确定你看清楚了吗？大街上有人开枪吗？"对讲机里很快传来回复。郑直奔跑着大喊："他们已经对我开枪了！你还要我怎么看清楚？！"

"斑点狗，你注意保护群众安全！我马上通知特警！金毛马上就到！"

"让金毛快一点儿，这里老百姓很多！我看见的有三个枪手！"郑直青筋暴起，把对讲机揣进兜里，持枪追了上去。

高架桥上，沈鸿飞戴着警用头盔，正在观察着四周的交通情况。沈鸿飞刚转头，就看见一辆白色奥迪车跌跌撞撞地开过来，沈鸿飞大吼："师傅！你看！——"林国伟转过身，看着逆行而来的奥迪车怒吼道："搞什么啊？！想死啊？！"林国伟快步跑过去，指着开车的光头怒吼："停车！——""吱"的一声急刹，满脸是血的光头一脸惊恐地大喊："警察！警察救我！"林国伟看着一脸血糊的光头也愣住了。这时，三个蒙面枪手突然从后面蹿出来，沈鸿飞大喊："师傅！小心！——"话音未落，"砰"的一声枪响，林国伟不相信地低头看着胸口的血洞，慢慢地倒下了。

"师傅！——"沈鸿飞大喊着快速跑过去，三支黑洞洞的枪口一下子对准了他，沈鸿飞猛地呆住了——空寂的山顶，黑洞洞的枪口闪着烈焰，密集的弹雨横飞，震耳欲聋……这个熟悉的画面唰地从他脑子里快速闪过……这时，三个蒙面人互相看了看，掉头跑了。现场不断有人从车上下来，尖叫着四处躲避。沈鸿飞回过神来，想追，回头看看地上满身是血的林国伟，急忙跑了过去。

"妈的，谁让你打警察的？！"领头的蒙面大汉怒骂着，旁边另一个蒙面人着急地说："大哥，来不及了！快走吧！"三个蒙面人快步往回跑。这时，郑直冲过来，举起手里的64手枪瞄准："警察！放下枪！"话音刚落，对面奔跑的行人猛地把他撞向一边，三个蒙面人趁机跑下桥。郑直追上去，三个人已经跑远了，郑直恨恨地一脚踹在栏杆上。

不远处，沈鸿飞抱着满身是血的林国伟，郑直跑过去大喊："快叫救护车！"这时，光头从车里爬出来，想跑，郑直上去"吭"地一脚把他踹倒，光头哭丧着脸："不关我的事啊！"沈鸿飞拿起腰里的对讲机急呼："总部，总部，这里是1012，立即派救护车到光彩大街由西向东高架！有警员受伤！枪伤！"光头抱头蹲在地上，郑直举枪对着他，拿起对讲机呼叫："松狮，斑点狗报告，三名枪手开枪打伤一名交警，现在正在逃离现场。疑犯可能驾驶一辆黑色君威轿车，车牌没有看清楚！"

4

市特警支队里，一阵凌厉的警报声划破天际。队员们冲出房间，楼道里顿时人声鼎沸。枪库里，队员们全副武装，神情肃穆，迅速有序地拿起各自的武器装备，在操场集结。

楼道里，猛虎突击队队长龙飞虎拿起警服，套在山一样的身躯上，扎好腰带快步走出办公室，警帽下是一张黝黑的脸，眼里透着坚毅。副队长雷恺跟在旁边，目光炯炯。龙飞虎一脸严肃："到底什么情况？"雷恺快步跟上："现在还不清楚，警情通报要过会儿才能到！"龙飞虎点头："红色警报是枪击案，让队员们做好战斗准备！一中队跟着我，二中队跟着你！"雷恺点头。这时，教导员铁牛也快步走了过来："龙头，你们先去一步，我带三中队支援。"龙飞虎点头，想了想，又补充道："准备重家伙，还不知道要面对什么情况。"铁牛郑重地点头，三人快步向枪库走去。

特警机场上，全副武装的左燕快速登上直九驾驶舱，螺旋桨卷起的巨大风声猎猎作响。这时，三辆特警 SUV 疾驰而来，车还没停稳，龙飞虎就带着一中队跳下车，快速跑向直升机。正在做起飞准备的左燕下意识地望了一眼拎着狙击步枪的吴迪，直升机下，吴迪冲她做了个心形手势，左燕嫣然一笑，用手势回复他：一边玩儿去！吴迪傻眼了。这时，擦身跑过的特警队员杨震一巴掌拍在吴迪的头盔上，吴迪回过神，扶好头盔，赶紧跟着队员们快速登机。

机舱里，左燕很快恢复镇定。龙飞虎登上直九："走！"左燕点头会意。三架直九快速拉高机头，鱼贯起飞，向城市中心飞去。

街上，特警队副队长雷恺正带队驾驶着摩托车在拥堵的车流中穿梭，队员们穿着黑色特警服，背着长枪，鸣笛快速掠过。路上的车赶紧闪到一边去，路上的行人也纷纷侧目。车风驰电掣，正在路口执勤的交警看着都傻眼了，知道急忙拦住其他过往的车辆。肯定是发生了什么重大警情，不然特警队不会有这么大的阵势。不远处，铁牛也带着重装备车队鸣笛疾驰而过。

高架桥上，四周已经拉上了黄色的警戒线。此刻，林国伟躺在地上奄奄一息，沈鸿飞捂住他的胸口，仍然有鲜血不停地从他手指缝间往外冒。这时，一辆闪着警灯的轿车停在不远处，重案组组长路瑶下车，快步走过来，郑直看见急忙跑过去："组长！——"路瑶看着他身上的血污，一惊："什么情况？怎么搞成这样？"郑直顾不上解释身上的血迹，说："金强肯定被仇家盯上了，这个是有预谋的。"路瑶问："金强呢？"郑直说："受了轻伤，送公安医院了，有民警跟着。"路瑶点头，走到被打碎玻璃的白色奥迪车前，刚想说话，就听见一阵轰鸣的马达声从高空传了过来。

只见三架直升机低姿悬停在半空中，急速旋转的螺旋桨卷起的飓风，刮得地上的树叶、纸片一阵乱飞。机舱里，龙飞虎打着手语，吴迪点头会意，"哗啦"一声打开机舱门，用力抛出下降绳，熟练地扣上滑降索，转身嗖地滑了下去。脚刚落地，右手便解开滑降扣，快速向前警戒。其他的队员们也陆续落地，在现场组成环形防御。左燕坐在驾驶舱关切地看着高架桥上跑开的吴迪。随后，三架直升机拉高机头，在高空悬停待命。这时，全副武装的龙飞虎快步走过来，山吼似的声音响起来："现场谁负责？"路瑶站在旁边，头也没回地说："我负责。"龙飞虎一看是她，悻悻地不说话了。

"这里由重案组负责。"路瑶转过身，脸上露出不屑。龙飞虎硬着头皮问："枪手在什么地方？"路瑶还是一脸不屑："早就没影了，你们来晚了。等你们来，黄花菜都凉了。"龙飞虎沉住气说："我们已经以最快速度赶到了。"路瑶一甩头："我没心情听你的解释。"突击队员们站在那儿看着两人斗嘴，面面相觑，都不敢说话。郑直站着，纳闷儿地看看路瑶，又看看全副武装的龙飞虎。龙飞虎转身看着一身血的郑直，问："你就是在现场的刑警？"郑直点头："是，我是重案组的，我叫郑直。"龙飞虎看他："我想知道现场的情况。"

"是这样的，我正在……"

"龙飞虎，这是我的人！"郑直刚想汇报，路瑶冷冷地一声吼，郑直马上住嘴了。不清楚状况的郑直一脸茫然地看着两人。龙飞虎叹了口气，耐心地说："组长同志，作为特警突击队队长，我想了解现场的情况，希望你能批准。"路瑶傲气地对郑直一扬头："你告诉他吧。"

"是。"郑直转向龙飞虎，"我们一直在跟踪金强，今天的枪手是有预谋的，是冲着金强来的。"吴迪歪头："金强？听着怎么这么耳熟？"龙飞虎说："地下赌场的老板，我们以前抓过他。"郑直忙点头："是，我们一直在跟踪他，希望可以找到一个大案的线索。今天我跟着他到了下面的街上，赶上红灯，就有三个枪手直接过来对着他的车开枪。"吴迪弯腰看看车身上布满的弹孔："是霰弹枪？"郑直点头："对。三个枪手，蒙面，都是霰弹枪。"

"金强死了吗？"龙飞虎问。郑直摇头："没有，轻伤，送医院了。"龙飞虎看了看留在地上的血，郑直忙解释说："哦，是执勤的两个交警，其中一个受伤了，已经送医院了。"这时，副队长雷恺带着摩托车队赶到："怎么回事？枪手呢？"郑直指了指桥下："跑了，我猜他们是乘那辆君威跑了。"

"车牌呢？看清了吗？"龙飞虎问。郑直摇头。龙飞虎看着一片开阔的高架桥："这里四通八达，往哪里跑都可能，但愿他们没有离开东海。"雷恺看他："队长，我们现在怎么办？"龙飞虎别有用意地看了他一眼："这案子，是重案组的。"雷恺一愣，没明白，顺着龙飞虎的眼神看去，吐吐舌头："乖乖，冤家路窄啊！"郑直还是不明白："什么意思？重案组和特警队不都是同事吗？"突击队员们都忍住笑。雷恺看着郑直："新警察吧？"郑直忙点头。雷恺笑："我就知道你是新警察。"郑直还在纳闷儿，龙飞虎看着一头雾水的郑直："好了，你去忙你的吧。"郑直皱着眉走开了。龙飞虎一挥手，全都不敢笑了："好了，通知铁牛，不用在路上拼命赶了，直接到百花分局待命吧，市局的专案指挥部应该会设在那儿。"雷恺点头："明白。"

5

百花分局指挥中心，各路警官济济一堂。墙上挂着的大屏幕反复播放着事发现场的回放片断。路瑶坐在会议桌的斜对面，侧对着龙头，两个人的眼神不时撞在一起，又急忙错开。郑直坐在旁边，看着两人，好像明白点什么。这时，穿着一身警服的凌云抱着笔记本电脑快步走进来，郑直抬起头，一愣："师姐？"凌云看见郑直，有点儿意外，没理他，忙低头操作电脑。郑直有点儿尴尬，路瑶低声问："怎么，你认识凌云？"郑直咧嘴一笑："认识，一个学校出来的，她高我一届。"路瑶看他的眼神有点儿不太对，问："你前女友？"郑直一愣，急忙摇头："不是不是，我哪儿追得上她啊！她可是我们警院的校花，多少师哥惦记的。"路瑶一笑："看来你现在还惦记呢。"郑直不好意思地笑笑，不说话。

这时，市公安分局的吴局长和几位高级警官急步走进指挥中心，在座的所有人唰地起立。吴局长扫视了一眼众人："好，现在人差不多到齐了，有的部门同志还在路上，先不等他们了。大家都坐，今天早晨，在我市百花区光彩大街至彩虹桥由东向西的高架桥上发生了一起恶性涉枪杀人未遂案件，有一名交警同志身负重伤，现在还在医院抢救。"在座的警察们都面色严峻，吴局长声音低沉，"此案发生在早高峰时期，现场围观群众众多，这起事件通过个人微博被迅速发布到了网上，对我市造成了重大的负面影响。市委市政府领导指示，要求公安机关迅速破案，并公布于众，稳定人心。"吴局长顿了顿，沉声道，"同志们，三名持枪匪徒在光天化日下，在闹市区开枪杀人，你们应该知道事件的严重性了。此案是我们东海警方的耻辱，能不能雪耻，就要看诸位了。现在，我宣布——1017专案组成立。专案组组长由市局刑侦支队重案组的路瑶同志担任。"

"是！"路瑶唰地起身。吴局长看向龙飞虎："副组长由市局特警支队猛虎突击队的龙飞虎大队长担任。"

"是！"龙飞虎起身，两人互相看了对方一眼，都有点儿尴尬。吴局长继续："下面，由路瑶同志介绍案发情况。"

路瑶走到大屏幕前："今天早晨7点34分，我重案组郑直同志在跟踪监控疑犯金强的途中，遭遇了这起持枪杀人未遂案。"路瑶指着投影上的照片，"金强，三十四岁，本市人，曾经因抢劫被判处三年徒刑。出狱后一直不务正业，在社会上游荡。他是公安机关的常客，开地下赌场、放高利贷、收保护费等无恶不作，我们一直怀疑他跟东海市的贩毒集团有联系，因此对他实施了监控。没有想到的是今早会发生这起案件。金强受了轻伤，现在在公安医院，处于我们的严密看护当中。"

"案发现场到底是怎么回事？"吴局长神情严肃。路瑶看了一眼郑直，郑直连忙起身："报告，当时是我在跟着金强。在路口等红灯的时候，一辆君威车上下来三个蒙面枪手，直接走到金强车旁开枪。金强反应也很快，掉头逆行上了高架桥。由于现场路人太多，我没办法开枪，只能跟着他们上桥。桥上当时有两名交警同志在执勤，其中一名身负重伤。枪手见势不妙，就趁乱逃跑了。在现场，我始终没敢开枪，我不能确定这一枪打出去是否可以准确地击中枪手。对不起，吴局，我的射击不过关，我没有把握。"吴局长摆摆手："你做的是对的，这是你能做出的最好选择了。如果在闹市区发生警匪枪战，流弹打在群众身上，后果不堪设想，我们公安机关可能要面对更难办的局面。法网恢恢，疏而不漏，犯罪分子跑不掉，抓住他们无非就是时间问题——但是，同志们，我们没有更多的时间了！这个案子的影响太恶劣了，在网络上已经成为热点，各种谣言四起。中央领导和公安部领导专门打电话过来，询问案情，省市两级领导都高度重视，都命令我们尽快破案，给人民一个交代。"吴局长转头看凌云："技侦有什么发现？"凌云站起身："报告吴局，接到警情通报以后，我们技侦支队和交管局取得联系，获取了周边案发前后两小时的所有摄像头的视频和图片资料，组织人员进行了细致排查。根据警情通报提供的线索，我们最终锁定了这辆车——"凌云敲击键盘，投影上立刻出现了一辆由高处摄像头拍下的君威车，"这是在案发前三分钟，在案发地点发现的君威车，这辆车再往前开就到了有红绿灯的路口。我们分析，就是这辆车。"

画面被定格的大屏幕上，前排的司机戴着棒球帽和墨镜，左手握着方向盘。吴局长眉头紧皱："这张看不出来车后排有没有坐人，你们是怎么肯定是这辆车的？"凌云说："我们调查了这辆车的车牌，原车是一辆捷达，但这是个套牌车，我们没办法辨析司机的面容，无法做人像比对。"吴局长走近大屏幕："他的右手在干什么？"

"他在打电话！"凌云惊喜地说。吴局长看了她一眼，凌云立即会意，拿起手机转身出去了。吴局长看向路瑶："路组长，你有什么看法？"路瑶站起身："刚才吴局已经做出了具体指示，我们专案组一定会尽快破案，给全市人民一个交代！"

"不，是全国人民！"吴局长转身，"宣传处——"

"是。"宣传处秦处长是个干练的女干部，起身回答，"根据网络监控部门的报告，7点43分，枪击案发生；7点44分，第一条相关微博出现在某门户网站微博，车内群众拍下枪击案的现场图片，在网络上引起轰动；随即现场群众一共发出二十三条原创微博。截止到会议前，含中央级媒体认证微博在内，一共有一百三十一家媒体认证微博发布枪击案相关微博，总转发量达到了十七万余条，占据今日热点榜首。宣传处已经接到各级媒体电话二百三十一个，要求就枪击案进行采访，目前，我们正在准备通稿，案情会议结束以后，就立即召开第一次新闻发布会。以往我们可以通过协商，将新闻延后到破案以后发布，但是现在不行了。这是我们回避不了的现实，现在是自媒体时代，我们只能应对。因此，各位的破案一定要快，否则我们公安机关就越来越被动了。"

秦处长说完坐下，路瑶和龙飞虎的表情都很凝重。吴局长注视着他们："24小时——我只能给你们24小时，在我来百花分局以前，我已经接到公安部的电话，得知中央领导非常震惊，公安部要求我们在24小时内破案，人枪并获。记住，只有24小时！"

"电话！那个电话号码找到了！"凌云冲进门，随即稳定了一下自己，"吴局，那个电话号码找到了！是用假身份证登记购买的，但是他打过去的电话号码却是实名购买的！"

"他打给谁？"路瑶急切地问。

"曾凯！"

"果然是他！"路瑶说。

"这个曾凯是什么人？"吴局长问。

"曾凯是另一个地下赌场的老板，他跟金强之前就因为抢地盘有过节。"

龙头站起身："金强和曾凯都被我们特警队扫过赌场，我都见过他们。"吴局长走到会议桌前面，表情严肃地扫视着所有人，声音低沉："同志们，留给我们的时间不多了，记住，我们只有 24 小时！好了，去做你们该做的事！"

"唰——"警察们全体起立，动作整齐划一。

第二章
——— SWAT ———

1

公安医院的走廊上，满身血污的沈鸿飞失神地愣坐在手术室外，林国伟的妻子李冬梅搂着七岁的儿子，目光呆滞地望着一直亮起的红灯。沈鸿飞看着他们母子，内疚地闭上眼，努力克制着自己。

这时，走廊尽头传来一阵急促的脚步声，两个身形彪悍，穿着黑色特警作战服的人大步走过来。沈鸿飞抬头看着山一样魁梧的龙飞虎："您是特警队的？"龙飞虎看着亮起的红灯有些恍然，点点头："猛虎突击队大队长，龙飞虎。"沈鸿飞一愣，起身抬手敬礼："龙大队长好，我叫沈鸿飞，交警六大队的。"龙飞虎看看他肩膀上的警衔："新警察？"沈鸿飞点头："是，上个礼拜刚来报到，今天……第一天执勤。"沈鸿飞的声音有些低沉。吴迪苦笑着看着沈鸿飞："兄弟，你运气真不错，第一天执勤就遇见枪案了。"沈鸿飞表情有些复杂，没说话。龙飞虎瞪了吴迪一眼，关切地问："伤员情况怎么样？"

"还在抢救……"沈鸿飞抬眼看着手术室，眼神里却藏着隐隐的杀气，"凶手抓到了吗？"龙飞虎有些诧异地看着沈鸿飞，摇头："还没有，我们正在调查。"

这时，坐在椅子上的李冬梅慢慢地转头看着两人，眼神都是涣散的。龙飞虎走过去，声音有些低沉："对不起，嫂子，是我们的错。我向你保证，不管追到天涯海角，我们一定抓住凶手！为你的丈夫报仇！"李冬梅压抑许久的眼泪一下子奔涌出来："他只是个交警！……为什么要开枪打他……"龙飞虎的眼睛有些湿润。旁边，七岁的林子好奇地伸手去摸吴迪腰上的手枪。吴迪想了想，拔出手枪，退掉弹匣，将空枪递给林子。

沈鸿飞目不转睛地瞪着那把手枪，吴迪诧异地看着他，警惕地问："你怎么了？"沈鸿飞的眼神还在那把枪上："如果当时我有一把枪就好了！"吴迪一愣。龙飞虎接过话头："如果你有一把枪，你会怎么做？"龙飞虎凝视着他。沈鸿飞抬眼，斩钉截铁地说："我会第一时间干掉那三个王八蛋！将他们一枪毙命！"

"你有这个实力吗？"龙飞虎看了他一眼，"你能保证将三个歹徒一枪毙命吗？——前提是不伤害任何群众。"沈鸿飞凝视着龙飞虎："我能！"龙飞虎一愣。吴迪讪笑着说："我理解，革命工作嘛，分工不同。你的工作只是指挥交通，我们的工作才是枪战。别想太多了，这真不是你的错。"沈鸿飞不说话了。龙飞虎站起身："我们去看看那个金胖子在哪里。"吴迪一愣："那不是重案组的活儿吗？"龙飞虎不搭理他。吴迪接过手枪，装上弹匣，动作娴熟地插入枪套。龙飞虎走了两步，又回身看了沈鸿飞一眼："吴迪刚才说得没错，分工不同，你是交警，好好指挥交通吧！"

"我要去特警队！"沈鸿飞大声说。龙飞虎大手一背："有能耐考过再说吧！"龙飞虎头也没回地甩身走了，留下沈鸿飞愣在那里。

刚走出楼道，吴迪凑过去嘿嘿一笑："龙头，我算看出来了，你这是要招兵买马呀？那小子在交警队还是个菜鸟呢，他……"龙飞虎没说话，吴迪紧跟上他，"龙头，您到底看中这小子哪一点了？就凭他吹的那句牛皮？"龙飞虎嘿嘿一乐，继续大步走着："牛皮谁都可以吹，可是他的眼神告诉我——他不是在吹牛。"吴迪知道龙飞虎的性子，一下子愣住了。龙飞虎头也没回地走向电梯间："小飞虫，回头记得提醒我，让铁牛查查这小子的资料。"

分局技侦科办公室，凌云将查到的关于整个案件的资料交给重案组的李欢，然后继续坐在电脑前，十指翻飞。突然，凌云睁大了眼睛看着电脑屏幕，有些不相信。她将画面放大，凌云一下子瞪大了眼——戴着交警头盔的沈鸿飞的脸被定格在了大屏幕上。凌云盯着电脑屏幕，脑海里闪过在沿海公路上跑步的画面，想着什么。

2

医院四楼的走廊外没什么人，两个穿着便衣的警察守在病房门口。房间里，头上缠着一圈白纱布的金强正躺在床上呻吟着："哎哟，我什么都想不起来了……"郑直黑着脸站在他对面："他们想要你的命，你最好告诉我们，是谁想这么干？"金强不看他，捂着脑袋继续号："我受了刺激，我什么都想不起来了……"

"金强！不要以为你在这起案件里是受害者，你就可以撇得一干二净！你自己知道，你的底子可是潮得很！"路瑶双手插着裤兜，盯着病床上的金强，"你也知道，他们今天突然出现，不是路过，我们一直在盯着你！我们随时可以把你送到检察院提起公诉，你自己很清楚，起码得吃五年以上的牢饭！你要是够聪明的话，就把谁干的告诉我！"金强一脸无辜地看着路瑶："警察姐姐，我不是不想跟你们合作，我是真的什么都想不起来了呀，我头疼啊……哎哟，哎哟……"路瑶气不打一处来，强忍着怒火。

这时，龙飞虎和吴迪走到病房门口。龙飞虎透过房门上的玻璃窗看了看里面："还在问话吗？"便衣苦笑着点头。龙飞虎推门想进，便衣一脸为难地："龙头，你了解我们组长的脾气……"龙飞虎笑笑："我负责。"便衣不好说话，往旁边一侧身，龙飞虎推门进去了。

"啊？！"病床上，正抱着脑袋一脸痛苦的金强一看就呆住了。路瑶回头："你们来干什么？这里没有你的事情！"龙飞虎一点不生气，笑笑："我来旁听。"说完径直走了过去。金强抓着床单往后躲："干什么？！干什么？！我是受害人！你不能胡来！"龙飞虎走过去，站在他面前。金强有些结巴："你……你别胡搞！我警告你啊，我要投诉你啊……"

龙飞虎弯腰，金强拉着床单直往后缩，说话有些虚："你……你要干什么？"龙飞虎盯着他，语气冰冷："谁干的？"金强不敢说话。龙飞虎看他："你认识我？"金强不敢动："是，我认识……你是特警支队猛虎突击队的队长……"龙飞虎的脸上没什么笑容，冷冷地问："谁干的？"金强被得有些发毛。龙飞虎又问："谁干的？！"金强不敢说话。龙飞虎猛地起身："我不会再给你机会了。"说完钳子一样硬的手伸了过去，金强反手一把抓住他的手腕："曾凯！是曾凯！"龙飞虎不理他，甩手脱掉身上的战术背心。金强噌地从床上跳下来，"咚"一声跪在地上，抱住龙飞虎的腿："是曾凯，就是曾凯！我派人砸了他的赌场，他想报复我！"龙飞虎把背心丢给吴迪，开始摘手套。金强一看，满脸哭丧地哀号着："真的是曾凯啊！我对天发誓！他一直想干掉我啊！"龙飞虎住手，回头看路瑶："交给你了。"说完戴上手套，转身出去了。路瑶不看他。郑直问："怎么办？组长？"路瑶咬牙切齿："继续问，把他知道的都问出来！"郑直嘿嘿一乐，走过去："你现在肯老实说了？"金强的脸有些发白："是是是，只要你们别让他再进来……"郑直站在旁边哭笑不得。

3

第二天上午，分局会议室里烟雾升腾，桌上的烟灰缸装满了摁灭的烟头。以分局吴局长为首的市特警官兵们围坐在硕大的会议桌前。吴局长抬手把烟头使劲摁灭在烟灰缸里，问："已经核实了吗？"路瑶点头："是的，金强指认是曾凯。"龙飞虎想了想，说："吴局，要不要我们把他抓起来？"吴局长没回答，皱眉思索着。路瑶看了龙飞虎一眼："吴局，虽然我们确定了幕后主使是曾凯，但是枪手还不知道是谁，枪还在外面。我认为，我们现在还不能抓曾凯。枪在外面始终是个安全隐患。曾凯也不一定知道枪在哪里，如果他被抓，可能反而打草惊蛇，让枪手逃跑，那我们的追捕难度就更大了。"

会议室一片肃静，吴局长隔着烟雾看着对面的大屏幕，点头："我明白你的意思。这起案件的核心不是金强或者曾凯，不是黑吃黑，那都是小儿科——核心是枪！同志们，三把霰弹枪流失在社会上，早晚还要惹事！我们一定要找到枪！"

"明白了，吴局。"龙飞虎说，"我刚才是太着急了，突击队待命已经大半天了，我是想给兄弟们找点活儿干。"路瑶不屑地看了他一眼："突击队是为破案服务的，职责是协助重案组抓捕危险疑犯，在案情没有明朗以前，不能本末倒置！"龙飞虎不说话。吴局长挥挥手："好了好了，不要针尖对麦芒的，求战没有错。猛虎队继续待命吧，只有找到所有的枪手，才可以动手。"

"是。"龙飞虎的脸上没什么表情。站在他身后的铁牛和雷恺对视了一眼，都意味深长地看向他。

散会后，三人走出会议室，龙飞虎大步往电梯走去，铁牛和雷恺赶紧跟上。铁牛一脸笑意地说："龙头，你还是照顾路瑶啊！"龙飞虎回身："怎么了？"雷恺也笑："我们太了解你了，你不会问那种弱智问题的，你是给路瑶一个在吴局面前表现的机会。"龙飞虎停住脚，看着他俩。两人不敢笑了，也不吭声。

"不说话没人把你们当哑巴卖了。"龙飞虎嘿嘿笑，转过身，"现在没我们什么事儿了，等重案组的消息吧。走吧，现在只能去斗地主了。"铁牛和雷恺一脸坏笑地赶紧跟上去。

训练场上，吴迪、杨震和韩峰正躲在装甲车后面斗地主，其他队员围在后面看热闹。吴迪脸上已经贴上了不少小纸条，杨震握着牌一脸坏笑地甩出一把顺子，吴迪瞪大了眼："这，这，这不可能！"韩峰笑："有什么不可能的？输了就是输了！快快快！"杨震洗牌："就是，认赌服输！快点儿！我知道你体力好！"吴迪一脸无奈："好，我认输！"一把撕掉脸上的小纸条，双手趴地，脚放在装甲车上，吭哧吭哧地开始做俯卧撑。

"自己数着啊，我们可没那闲心！一百个。"杨震说。吴迪咬牙坚持："怎么……这么高啊……"韩峰笑："这可是你自己要求的啊，跟我们没关系！"

"下辈子吧——龙头好！"杨震甩掉牌噌地站起身，队员们也纷纷起立。吴迪还趴在地上："你们……又晃点我！"韩峰拽他腿："快起来，快起来！"

"我……不起来，起来……就输了！"吴迪咬牙坚持。

"真的是龙头！"韩峰提醒他。

"我管什么……龙头虎大牛大马大猪……"吴迪吭哧吭哧地做着。龙飞虎蹲下身看他，吴迪一看，急忙想起身，却被龙飞虎一把按住："猪什么？"队员们不敢吭声。吴迪讪笑："我是说……祝……祝你生日快乐……"龙飞虎站起身："两百个俯卧撑，开始吧。"吴迪"啪"一下栽在地上，队员们都憋住笑。龙飞虎声音一沉："还不开始？"吴迪咬牙切齿地一边做一边数数。队员们都忍住笑，龙飞虎转头冷眼看他们："我看你们都精力过剩，开始吧。"队员们不敢犹豫，纷纷找车头趴下，开始高姿俯卧撑。

"两百个啊，不许偷工减料。"龙飞虎命令。铁牛和雷恺都忍住笑。龙飞虎一挥手："走，我们去车里斗地主。"三人笑着上了装甲运兵车，"砰"一声关上门。队员们苦不堪言，都咬牙继续做。

装甲车里，三个主官盘着腿正在斗地主，副队长雷恺脸上贴着小纸条，看着有些滑稽。特警训练营的操场上，路瑶带着重案组的五六个便衣快步过来："你们大队长呢？"队员们正趴在车头做高姿俯卧撑，都没空理她。这时，铁牛从装甲车的射击孔往外看，急忙收牌站起身："快快快！有活儿干了！"

"啪！"装甲车的后门开了，三个人跳出来，手里还拿着扑克。路瑶看着他们一愣。

"怎么？有任务？"龙飞虎问。路瑶看着他气不打一处来："猛虎突击队？我看是病猫吧！上梁不正下梁歪！"铁牛讪笑着说："那什么，路组长，我们刚才就是随便玩了一把。这不是龙头给队员们加加码，让他们锻炼锻炼体能……"雷恺也笑着附和："就是就是，这么好的天，不能浪费了是吧！"路瑶看了两人一眼："然后你们就在车里斗地主，是吧？"都不吭声了。

"好了，你们起来吧。"龙飞虎急忙打圆场。队员们如释重负，急忙起身，气喘吁吁地活动着肌肉，各个都是汗流浃背。龙飞虎看路瑶："路组长，在没有接到行动命令以前，我的队伍如何打发时间，是我的事。"

"谁稀罕管你那破事。"路瑶淡淡地说，"龙大队长，我们现在得到了线报，东郊有一批境外走私来的枪！"一听到枪，突击队员们眼睛都亮了。龙飞虎忙问："什么枪？是这次用过的枪吗？"路瑶咽咽唾沫："现在还不知道，情报支队把这个线索转给我们，或许对案件会有帮助。"

"具体情报呢？"龙飞虎眨巴着眼睛。路瑶转身："上车，我传输到你的手持终端上。"龙飞虎的嘴角浮起一丝笑，高声命令："一中队，跟我走！二中队、三中队原地待命，万一有新的情况，要随时处置！铁牛雷电，你们分别带队！如果我在那边需要支援，雷电带二中队先去！"

"明白！"铁牛和雷恺啪地立正。龙飞虎一挥手，一中队的队员们迅速跳上车，车队风驰电掣地开出大院，很快便汇入了城市的车流中。

头车里，吴迪在开车，龙飞虎拿着手持终端坐在副驾驶上。这时，资料传过来，屏幕上显示出各种型号的外军枪械，还有枪托、瞄准镜、枪管等。龙飞虎看着屏幕倒吸了一口凉气，吴迪看他："龙头，怎么了？"龙飞虎冷冷地说："美军的制式武器，混装在电子元件当中，走私进口？"吴迪吓了一跳："不会吧！制式武器？"龙飞虎点头："有点匪夷所思，情报支队的报告说，他们已经盯了很长时间。"吴迪："跟今天早晨的案子有关系吗？霰弹枪难道是制式武器？"龙飞虎皱眉："物证部门鉴定，不是我们的制式武器，但是没说是不是外军的制式武器。"吴迪握着方向盘："我在现场看见的痕迹也不是非制式武器能打出来的。如果是外军制式武器的话，这案子的性质就变了，不仅是枪击案那么简单。"龙飞虎没说话，想了想，拿起了电话。

痕迹鉴定室里，一个穿着白大褂的技术鉴定人员正对着显微镜仔细观察。显微镜下是一枚霰弹枪的弹丸。这时，手机响了，他接起来。

"是我，"电话里传来龙飞虎的声音，"老黄，告诉我，你看见的是制式霰弹枪？"老黄笑笑："不愧是龙头啊，这都看出来了。"

"告诉我，是什么枪？"

"MX1014。"

"看清楚了？三把霰弹枪都是？"龙飞虎的语气变得严肃。

"如果我没看错的话，三把霰弹枪都是MX1014。"老黄认真地说。

龙飞虎点头，挂了电话，心情有些沉重。吴迪看他，没说话。几分钟后，龙飞虎对着喉头送话器："各单位注意了，这里是龙头。经过核实，疑犯使用的是美军制式MX1014霰弹枪，跟我们现在要去查缉的这一批走私武器可能是一个来源。大家要提高警惕，我现在把情报传输到你们的个人终端，看仔细，他们的武器杀伤力比我们的都大。雷电，你立刻带二中队出发支援！"

"明白。"雷恺关掉通话器，带领二中队迅速出发了。

4

城市的街道上人潮汹涌，来来往往得热闹非凡。此刻，重案组和突击队的车队在公路上高速疾驰。车里，电话铃响，路瑶接起来，龙飞虎的声音有些低沉："经过核实，这批枪都是外军制式装备，杀伤力极大，超过我们装备的武器。我希望现场由猛虎突击队来接手。"路瑶大惊："什么？！"

"这不是我跟你故意斗气！你是聪明人，该知道情况的危险性！"龙飞虎语气平静地说，"如果那批枪真的在那儿，那就是我们数十年不遇的最重大最危险的涉枪案件！我提醒你，重案组装备的防弹背心根本不能抵挡这些武器的子弹！你可以问问鉴定中心的老黄，我说的是否属实。"路瑶沉稳下来："我怎么向我的人交代？"

"现在不是抢功的时候，我不需要这个功劳。"龙飞虎顿了一下，"我是猛虎反恐突击队的队长，跟这样的匪徒交手是我的职责。破案还是你们重案组，我们只是负责突击行动。路组长，我们了解彼此，我只是在试图采取一种更安全的方式来解决这个危机。"路瑶没说话。龙飞虎的声音变得严肃："现在没有更多商量的时间了，路组长，请你批准。"路瑶咬咬嘴唇，长出一口气："好吧，你说怎么办？"

夜晚，街上的霓虹灯在黑夜里闪耀着五彩的光芒，提醒着这个城市还没有完全进入梦乡。在公安医院ICU的病房里，沈鸿飞有些木然地看着病床上戴着呼吸机的林国伟。林国伟微微睁开眼，沈鸿飞急忙握住他的手："师傅！"林国伟艰难地咧嘴笑笑，有些虚弱地说："抓住了吗？"沈鸿飞摇头，林国伟有些难过："我从警二十多年了，第一次被枪打……"沈鸿飞满心内疚："对不起，师傅，我……我过去晚了。"林国伟苦笑："不是你的错，你只是个交警……"沈鸿飞愧疚地低下头。

"师傅，您昏迷的时候，我见到猛虎突击队的龙大队长了，"沈鸿飞说，"他承诺过，凶手一定会被抓住的！"林国伟一愣："他怎么来这儿了？"沈鸿飞说："他专门来看您。"林国伟的嘴角轻微地抽搐了一下。沈鸿飞忽然看着林国伟，坚定地说："师傅，我想好了，我……我想去参加特警支队的选拔！"林国伟一点儿也不惊讶，笑道："我早该想到，一个退役特种兵、散打运动员，怎么可能甘心当一辈子交警呢？"沈鸿飞急忙解释道："师傅，您误会了，我不是说交警不好，我……"林国伟看他，带着笑意："去吧，我支持你，特警会更适合你的，你会实现自己的理想的。"沈鸿飞重重地点头，感激地看着林国伟，目光变得坚定起来。

5

夜晚，东郊高各庄派出所和往常一样平静，从紧闭的大铁门外看不出有任何异常。不远处，重案组和特警队的车辆整齐地停靠在院内。

会议室里亮如白昼，路瑶站在投影前："根据市局情报支队提供的情报，他们已经对这个涉嫌贩枪的团伙监控了半个月，位置就在河海物流公司的七号仓库。"路瑶指着大屏幕，"该团伙利用散装国际快递，从国外往境内走私外军装备的制式枪支。他们把枪支拆散，以电脑、音响、工业配件等各种名义，混装在正常货物当中运进国内。所有涉嫌枪支零件的货物都运送到这里，也就是河海物流公司的七号仓库。"

"现在里面有多少枪？多少人？"龙飞虎严肃地问。路瑶看了他一眼："情报支队对这里进行了长期蹲点调查，基本摸清了里面的情况。这个仓库是以冠军体育用品公司的名义租赁的，这个就是冠军体育公司的老板唐建林——"

"啪！"大屏幕上闪出一个身形魁梧的男人。

"他是一个 WARGAME 爱好者，曾经在美国留学，在国外当过兵，上过战场，还拿过勋章。五年前，他退役后回国经商，开了这家冠军体育用品公司。他开了一家叫作 WG101 的军事爱好者网站，根据情报支队的调查，他的地下贩枪网络就是基于这个网站。来这个网站注册的都是军事爱好者，如果遇到合适的买家，他会让手下通过 QQ 单独联系。经过考察以后，才会进入实质交易阶段。而来自国外的武器，则由他仍然在外军服役的战友提供。市局已经上报省厅，通过国际刑警与武器流出国警方取得联系，本来约定下个月双方一起动手，打掉这个跨国贩枪团伙，没有想到今天发生了枪击案，情报支队怀疑，案件的枪就是从这里买的。"

龙飞虎没说话，忧心忡忡地看着大屏幕。在他身后，吴迪和杨震、韩峰三人正为唐建林的经历争得急赤白脸。路瑶有些不满地看过去："龙大队长，我在介绍案情，请让你的人闭嘴！"龙飞虎偏头看他们，三人马上住嘴。龙飞虎冷冷地转过头："撤椅子。"

"哗啦！"三个多嘴的突击队员麻利地撤掉椅子，标准的马步蹲下，目不斜视。龙飞虎看路瑶："继续吧。"坐在对面的郑直和凌云一脸惊讶地看着这群特警队员。坐在旁边的其他突击队员更不敢吭声了，都正襟危坐。路瑶问："他们就这么开会吗？"龙飞虎笑笑："他们喜欢这么开。"三个人苦不堪言地挤出一丝微笑，猛点头。

路瑶继续："根据情报，唐建林有三个得力的手下——外号分别是黑牛、大头和小熊。这三个人的详细资料已经传输进各位的手持终端。我要说明的是，这三个人都是资深的军事爱好者，经常组织本市以及周边的 WARGAME 爱好者进行实战模拟训练，具备一定的军事素质。这三人还曾经自费到东南亚和北美进行轻武器的实弹射击训练，国外有很多这样的训练营，根据我们掌握的情报，他们的训练成绩属于上乘。"

"啪！"投影上闪出一张照片，三个人身形彪悍，都穿着迷彩服，手持外军步枪。

"枪击案是不是他们干的？"龙飞虎问。

"目前还不清楚，但是我们有理由怀疑，他们跟这案子或多或少会有联系。"路瑶回答。

"他们三个现在在什么地方？"坐在旁边的雷恺问。

"目前，黑牛和小熊在七号仓库，他们值班守夜；大头刚到酒吧街，正在一家酒吧喝酒，跟他在一起的是一群军事爱好者。"

龙飞虎沉吟了一下："那唐建林呢？"

"目前在家，"路瑶说，"他有一个三岁的儿子，没有特殊情况，他晚上都在家。"

"确定吗？"

"确定。"路瑶肯定地说。

"根据目前的情况，我准备把猛虎突击队分成三个组。"龙飞虎站起身，突击队员们都注视着他，"第一组是一中队，由我率领，围剿七号仓库，抓捕黑牛和小熊，这一组要准备好枪战。注意，他们是两个受过一定军事训练的疑犯，手中可能有大威力的外军制式武器。"

一中队的队员们一听眼睛就放光——这次总算捞到肉了！

"第二组是二中队，由雷电率领，前往酒吧街，抓捕大头。想办法贴近他，一举擒获。"

"是。"雷恺啪地起身立正。

"第三组是三中队，由铁牛率领，抓捕唐建林。电台通知铁牛，带三中队隐蔽接近。"龙飞虎看向路瑶，"路组长，我需要有人带路。"

"我来安排，唐建林所住地区派出所长会在那儿待命。"路瑶点头。这次两人难得地合拍，都有些意外。这时，坐在电脑前的凌云左右看看："请问路组长，我……我能帮上什么忙？"路瑶看向龙飞虎："这你就要问龙大队长了，他找你来的。"凌云一愣，龙飞虎命令："我要你进入河海公司的安保系统，控制各处的摄像头，关闭报警器，给我们提供技术支援。能做到吗？"

"没问题！"凌云高声回答。

"战斗开始以后，实施无线电屏蔽，保证他们无法与外界有任何联系。我不想他们给同伙报警，导致别的小组出现危险。"

"我懂了，保证完成任务！"凌云肯定地点头。

会议桌边，三个倒霉蛋还在扎马步，脸上都是汗，一声不敢吭。龙飞虎朝三人一点头，三个倒霉蛋赶紧起身，跟着一中队出去了。郑直看着三人的背影，悻悻地说："他们不会没体能了吧？"龙飞虎笑笑："不会，平时训练比这时间长得多。"郑直眼巴巴地看向路瑶："组长，我也去准备！"路瑶叹息一声："去吧去吧，知道你的心思。"

"是！"郑直笑，看了一眼凌云。凌云没理他，打开电脑继续工作。郑直没趣地出去了。

龙飞虎饶有兴致地看着凌云："凌云，你在百花分局干得怎么样啊？"凌云一愣，点头："还好啊！"龙飞虎的眼神瞟着别处："没想去重案组锻炼锻炼？"凌云愣住，忙摇头："没有……"路瑶皱眉："龙大队长，我们重案组目前人员齐备，再说了，就算我们招兵买马，也用不着你操心吧！"凌云有些意外地看着路瑶。龙飞虎起身，讪笑说："路队长误会了，我用的是排除法。你们是人员齐备，可是我们那儿正缺人才呢。"龙飞虎意味深长地看了一眼凌云，走了。路瑶一愣，冷着脸跟出去。凌云若有所思地看着两人的背影，不明所以。

6

派出所院内，夜凉如水。龙飞虎精神抖擞地站在前面，队员们呈半圆形围着他。

"情况大家都明确了吧？"龙飞虎看向自己的队员，"我再叮嘱几句。雷电，你跟二中队便衣进入酒吧，贴近大头，条件成熟时突然实施抓捕——要注意，他身上可能带着手枪，不能给他反手的机会，明白吗？"

"明白。"雷恺点头，带着二中队登车出发。

"一中队，检查自己的武器装备。不要掉以轻心啊，这可是两个训练有素的枪手。"龙飞虎拿起自己的背囊，从里面翻出一套便装。郑直看着，兴奋不已。这时，派出所的王所长换好便装走过来，将64手枪插进枪套："龙大队长，我准备好了。"龙飞虎点头："好，重案组的郑直警官跟我们一起去。我去换衣服。"

"我也跟你去吧。"吴迪忙说。

"不用了，人太多目标太大，你们待命，有事再过去。"龙飞虎钻进车里。吴迪和队员们看郑直。郑直也有点纳闷儿。吴迪想了想，拔出自己的92手枪，检查了一下："会使吧？"郑直有点儿紧张："……在警校打过。"吴迪关上保险："关键时刻，这个比64威力大。"郑直伸手想接，杨震厉声喊道："吴迪，你小子干什么？这是你的配枪！"吴迪把92手枪插入枪套："现在顾不了那么多了，如果有事，他们的枪更厉害。"说着执意把枪塞给郑直。

"干吗呢？依依不舍的！"龙飞虎换好便装走出来，"这么短时间就有交情了？走吧。"一挥手，龙飞虎带着穿着便服的两人走向停在角落一辆挂着民用车牌的捷达车。

第三章
——— SWAT ———

1

郊外，宽敞的大仓库坐落在漆黑一片的空地上，风呼呼刮过，让人感觉有些后背发冷。暗夜里一片寂静，只有四处不停转动的摄像头闪着红点吱吱响着。两个保安懒散地从远处走过来，拿着手电，时不时地朝四处照照。

院门外，一辆捷达慢慢地停在大门口，执勤的保安正拿着手机在玩游戏。喇叭声响，保安不耐烦地探出头："这么晚了，干吗？"

"晚上有货要到，我们来接货。"司机说。

"去哪个仓库啊？"

"九号仓库，金轮公司的货。"

"等等啊。"保安骂骂咧咧地拿起电话，"九号仓库？有人要来接货，说晚上有货到……好，知道了——你姓什么？"保安探头问。

"龙。"

"他姓龙。"保安回话，"——嗯，知道了。"保安打开栏杆。

不一会儿，捷达车停在九号仓库门前，在它对面的墙壁上，用白色油漆写着"七号仓库"几个大字。这时，九号仓库小门开着，一个民工打扮的男人等在那里。

三人下车，走进仓库。农民工笑笑，张开双臂："大名鼎鼎的龙头！亲自来了！"龙飞虎走上前，笑道："你都来了，我能不来吗？介绍一下，这位是高各庄派出所的王所长。这是情报支队的程涛大队长。"王所长伸手："侦察英雄，久仰大名啊！"

"客套了，都是一家人，不说两家话。"程涛笑着握手。随后看向郑直："嗯？这位是？"

"郑直，重案组的。"龙飞虎说。

"程大好。"郑直啪地敬礼。程涛笑："你们都叫我程大，我都不适应了，叫我老猫吧，听着顺耳。"龙飞虎拍拍他："老猫，带我们去见识见识你的猫耳洞。"

"好，这边走。"程涛带着三人绕过面前的货物，向后面走去。

绕过堆得不算高的货物，后面出现了一个隐蔽的数字化监控中心，红灯闪烁，各种指挥设施一应俱全，几个民工打扮的便衣在各自的电脑前忙活着。郑直瞪大了眼睛。龙飞虎看着大屏幕上传过来的七号仓库的情况："你们盯了有一阵子了？"程涛点头，语气有些沉重："是啊，这案子是我从警以来，见过的最严重的枪支走私案，都是外军制式枪支。"

"怎么发现的？"

"他们把枪支拆散，装在国际快件里面，以电子元件、电脑音箱、机械工具等名义，快递到国内的冠军体育用品公司。上个月的12号晚上，东海海关值班人员在例行检查当中发现有个标注电脑音箱的快件箱子过于沉重，在经过X射线机检验的时候，发现里面有金属制品。开箱一检查，才知道是枪支零件。"程涛说。

"什么枪？"

程涛按了一下手里的遥控器，郑直看着大屏幕瞪大了眼："P228啊？"龙飞虎有些意外地看郑直："你懂枪？"郑直有点儿不好意思，挠挠头："不是很懂，只是喜欢军事，尤其是轻武器。"

"这把P228的杀伤力是惊人的，你们都是行家，我就不多嘴了。"程涛说，"发现这把P228以后，海关就迅速通知市局，市局和海关缉私局成立了联合专案组，秘密调查此事。在调查过程当中，发现唐建林利用自己的网站发展下线的线索，前后有三十多把各种外军制式枪支之多。网警也参与进来，协助调查。本来准备过几天就动手，没想到今天发生枪击案，看来要提前收网了。"

"这个脓包不挤掉是不行的。现在里面是什么情形？"龙飞虎问。

"他们戒心很强，我几次想进去看看都失败了。我不敢继续尝试，万一引起他们的怀疑那就更难办了。走，我带你上去实地看看。"

龙飞虎跟着程涛上了楼梯。几人来到窗前，两个侦察员正紧密地监视着对面的仓库。龙飞虎凑在天文望远镜前，仔细观察着。

"王所长，能不能帮我们找到七号仓库的图纸？"龙飞虎问。王所长点头："我这就安排。"说完转身拿起电话。

郑直凑在望远镜前，七号仓库周围一片漆黑。龙飞虎在思索。程涛看着他："怎么样？龙头，有想法没？"龙飞虎笑："撸他！"程涛也笑："拿我这儿做前进基地？"龙飞虎拍拍他的肩膀："租金不要太贵啊！我那儿可是出了名的清水衙门！"程涛那厮黑得吓人的脸上露着坏笑："反正特警支队报销，我这猫窝奇货可居，还不趁机发笔小财？"几人听了哈哈大笑。

2

凌晨时分，整个城市都安静下来。龙飞虎几人特意在外围绕了几圈后才返回派出所，车刚停下，队员们轰地围拢上去。龙飞虎下车，看着满身虎狼之气的队员们一声吼："一中队，我们准备进去了，把该带的都带齐！"队员们一听，跟小狼崽子似的嗷嗷叫着，眼睛里都冒着光，各个摩拳擦掌。郑直和王所长摘下手枪，还给吴迪和杨震。这时，指导员走过来："所长，已经都联系好了。"王所长点头，对着龙飞虎："我们指导员的姐夫是运输公司的经理，刚才已经联系好了货车。龙头放心，他亲自开车，绝对可靠。"

路瑶走过来，一脸傲气地对着龙飞虎："我们现在要进去吗？"龙飞虎看着她，淡淡地说："突击队进去，重案组——就在派出所指挥吧。对手有重武器，一旦有交火，你们的防弹背心根本抵挡不住他们的子弹。"路瑶一下急了："不行！重案组当然要进去！我们奉命办这个案子，如果重案组不进去的话，那叫怎么回事？"龙飞虎强压住怒火："路组长，这不是斗气的时候！你们没有接受过这样的枪战训练，在这样的重武器射击当中，如何寻找隐蔽物，如何适时还击，如何活下来并且抓获对手——这是猛虎突击队的专长。你们跟老猫待在一起，但不能离开猫窝！"路瑶语塞。龙飞虎注视着她："路组长，出于我们全体参战民警的安全考虑，没有讨论的余地。"

两人对视，眼神里都带着挑衅的味道。

双方的队员都屏住呼吸，看着两人。片刻，龙飞虎的语气透出一股寒气："路组长，我相信你会做出正确的决定。"路瑶咬牙，深呼吸一口："好吧，我尊重你的意见，毕竟是特警要出生入死，但是——这不代表你可以命令我！"龙飞虎笑笑，转身走向队员们。后面，路瑶看着龙飞虎的背影，脸上闪过一丝复杂的表情。这时，大门哗啦啦打开，一辆货车开进来。龙飞虎一挥手，一中队的队员们全副武装，持枪鱼贯登上了货柜车厢。

货车在黑夜里高速行驶，车里没人说话，气氛有些凝重。一个小时后，货车到达仓库门口，保安看了看驾驶室，简单地问了几句就放行了。龙头带着队员们翻身跳下车，来到监控指挥中心，凌云打开终端设备，十指翻飞，进入这里的安保数据库，并控制了摄像头。

"狙击手——"龙头低喝喊道，吴迪快步跑过来，"找到自己理想的狙击阵地，使用技术手段抵近侦察，注意——不要暴露自己。"

"明白。"吴迪背上85狙击步枪，和观察手韩峰转身上了楼梯。

3

监控中心，王所长打开图纸，大屏幕上赫然出现七号仓库以及周边的详细地图。杨震指着画面："四个出入口，两个大门，两侧小门。里面到底有几个人？"老猫说："根据我们的观察，是这两个人——"大屏幕上出现两个身形彪悍的男人，留着锅盖头，都是桀骜不驯的样子。龙飞虎有些忧心忡忡，问："知道他们有什么武器吗？"老猫的语气也有些低沉："只能说，他们可能有长枪。如果那件案子是他们做的，那就是手上起码还有霰弹枪。"龙飞虎点头，思索了一会儿，指着图纸严肃地命令："我们分成四组，占据四个门口。其中A点为主攻组，B点为辅攻组，C点和D点是掩护和支援组，防止他们从C门和D门跑出来。"

九号仓库屋顶上，吴迪和韩峰选取了一处有利地形，开始设置狙击阵地。吴迪观察着四周，屋顶的一角有一处小土堆，吴迪想了想，脱掉警用袜子，又拆掉了狙击步枪的两个脚架，将装满土的袜子垫在狙击步枪下。又从背囊里翻出一件黑色披风，把自己隐没在屋顶的夜色里。另一边，韩峰操控着遥控，无人机在空中无声地飞向对面的七号仓库上空。

"我已经进入安保的警卫数据库了！"凌云抑制着兴奋。

"干得漂亮，数据传到我们的终端上！"龙飞虎拿起PDA，画面显示很清晰。龙飞虎抬手看看："核对时间，准备出发！各小组隐蔽抵近攻击位置，等我的命令。"

"是！"队员们立刻转身出发。郑直站在旁边跃跃欲试。路瑶看他："怎么？重案组满足不了你了？"郑直笑："哪儿的话啊，组长……"路瑶轻哼一声："你这样的小伙子我见得多了，心里想什么还能猜不到吗？提醒你啊，别胡思乱想，那不是人待的地方。"郑直不好意思地挠头。

夜色里，物流仓库的小门被悄悄打开。穿着黑衣的特警们手持防弹盾，娴熟地各自成组，快速地穿越过去。屋顶，吴迪用力抛下滑降索，韩峰点头示意，转身嗖地从屋顶悄然落地。另一边，龙飞虎正带领Ａ组快速抵达库房一侧的小门旁，右手握拳，队员们刷地蹲下待命。龙飞虎低头看看掌上终端，监控画面没有异常。吴迪在他身后，已经换了微冲（微型冲锋枪），狙击步枪大背在身后。这时，耳机里传来凌云的声音："报告龙头，除了现场警用波段，无线电信号已经屏蔽。"龙飞虎拍了拍杨震的肩膀，杨震拿出窃听器，缓步走到门前，侧耳贴在门上。几分钟后，杨震点头，龙飞虎对着喉麦吐了两口气，耳机里随即传来另外三个小组的回应。这时，韩峰走到门前，将炸药贴在门上。同时，其他小组也陆续开始安装炸药。韩峰安好后，悄悄地倒退着回来，队员们躲在防弹盾后面，戴上单兵夜视仪，做好突击准备。

　　杨震掏出闪光震撼弹，向龙飞虎点头示意。龙飞虎对着喉麦，一声怒吼："干！——"四组队员同时按下了手里的起爆器，轰轰轰轰！卷帘门被炸开，杨震快速朝仓库内丢入一枚闪光震撼弹——"轰！"一片刺眼的白光。龙飞虎带领突击队员快速突入。仓库里，睡在货物中间的两个人还没有反应过来，特警们立刻控制了要点。这时，留着锅盖头的黑牛反应迅速，快速从枕头下摸出一把手枪。小熊滚翻到地上，从床下拿出一把霰弹枪。杨震一惊："他们拿枪了！"龙飞虎顶枪上膛，大喊："尽量要活的！"

　　小熊翻滚到角落起身，跪姿瞄准，"砰！"一枪打在防弹盾上，吴迪举起微冲，"嗒嗒嗒！"子弹打中小熊的肩膀，小熊惨叫着一声栽倒，手里的霰弹枪也飞了出去。

　　"如果你们想死的话，那我就成全你们！"龙飞虎高喊。此时，黑牛躲在柱子后面，侧头看着躺在地上呻吟的小熊，汗都出来了。

　　"五秒钟！把武器丢掉！"龙头开始倒数，"五，四，三，二……"——"啪！"一把手枪扔了出来，黑牛举手从柱子后面慢慢走出来："我投降，我投降！别开枪！"队员们上去，一把按住他。杨震上前一脚踢开地上的霰弹枪，躺在地上的小熊还在痛苦地呻吟，吴迪拿出急救包撕开，给他堵上："死不了，叫什么叫？看着打的！"龙飞虎抬手看看手表："封锁现场！让重案组来接管！"

　　一处豪华别墅外，铁牛带着突击队员们已经潜伏在四周。铁牛挥挥手，队员们架好人梯，上了二层阳台。不远处，狙击小组正瞄准掩护。铁牛站在门口："进！——"强攻小组抢起大锤，哗啦一声，玻璃门被击得粉碎，队员们持枪强行突入，高喊："警察！不许动！"

二楼卧室里，唐建林猛地从梦中惊醒，从枕头下摸出G17手枪，妻子急忙拉住他："你干吗啊？"唐建林头上都是汗："你照顾好孩子！"妻子哭喊着："你不要胡来啊！我和孩子怎么办？他们是警察啊……"唐建林在黑暗中犹豫着。

突然，卧室门被踹开，战术手电扫进来，队员们举枪高喊："放下武器！"唐建林的脸在抽搐，手枪慢慢地滑落在地上。两个队员冲过去，把唐建林抓下来，按在地上。"啪！"——所有的灯都亮了，唐建林脸色铁青，被按在地上。铁牛走进来，队员们把塑料袋里面的G17手枪递给他，铁牛看看抱着婴儿的妻子，又看看唐建林，一挥手："带他出去吧。"唐建林被拽出去。铁牛转向她们："我们是东海市公安局的，唐建林涉嫌非法持有枪支、贩卖枪支和持枪杀人，你是他的妻子？"女人哭着点头，铁牛说："我会叫救护人员到现场，给你和孩子体检，如果没有大碍，恐怕你需要暂时在家待着，等待警方询问。我们会有人留在你家，希望你理解，并配合我们工作。"女人不敢说话，抱着孩子坐在床上哭。

铁牛转身出去了。此刻，龙飞虎的耳机里也传来雷恺的声音——他们那边也得手了！

百花分局院子里，特警们的车队陆续赶到。龙飞虎跳下车，雷恺已经在那儿等了："怎么才回来啊？还以为你迷路了呢！"龙飞虎走过去："等救护车耽搁了一下，大头呢？"雷恺说："已经带进去了。"

这时，铁牛的车队也到了，唐建林被带下车。龙飞虎看他："唐建林啊？你小子有一套啊，搞枪搞出水平来了！"唐建林叹息一声："我到现在也不明白，你们是怎么发现的。"龙飞虎一笑："你还算聪明人，知道不反抗，就进去慢慢想吧。"唐建林被带进去，雷恺看着路瑶："哎，路组长，我们的事儿办完了，可以回去休息了吧？"路瑶说："现在还不确定是不是他们做的这案子，还不能结案。"龙飞虎点头："好了，我们继续待命，等你们的审讯结果。"路瑶转身进去了。

凌云看看，转身也进去，龙飞虎叫住她："凌云！——"凌云回头："龙大队长？"龙飞虎问她："你会报名参加特警选拔吗？"凌云苦笑："你们猛虎突击队不是没有女特警吗？"龙飞虎笑："哟！点名想来突击队啊？"凌云一脸傲气："那当然，当不了突击队员，我去考什么特警啊！"雷恺笑："突击队可不是只需要技术的。"

"谁说我只会技术了！"凌云话音未落，雷恺腰上的匕首就到她手里了。雷恺一愣，凌云转了一下，娴熟地在空中玩了个花儿，刀柄转回雷恺面前。铁牛一愣："哟！没想到啊！有两把刷子，把我们雷电都给摸了！"雷恺有些傻眼："跟谁学的？"凌云笑笑："保密！不好意思，告辞了！"凌云转身走了。

龙飞虎笑着看着凌云的背影，雷恺讪讪地拿着匕首："我是没提防她……"龙飞虎的脸上带着笑意："不是你的错，她的手确实很快，这不是一天两天练的，她这功夫是从小学的。"铁牛问："怎么样？龙头，看上她了？"龙飞虎轻笑："有技术，有功夫，但是有这两样还不够，再看看吧。"队员们都疲惫地站在车前，龙飞虎命令："你们去车上休息，记住——睁着一只眼睡觉，现在还不是解除警报的时候。"

4

"什么？杀人！"唐建林吃惊地从椅子上站起来，两名特警抓住他的肩膀一把给按回在椅子上，"我怎么可能杀人呢？我承认我走私了武器，但是我确实没有杀人啊！"

1号审讯室里，白光刺目。唐建林戴着手铐坐在椅子上，身后两个特警虎视眈眈。路瑶站在他对面冷冷地看着。

"……未遂。"路瑶不紧不慢地说。唐建林思索着，突然明白了："我千叮万嘱！不要惹事，不要惹事……那三个蠢货……"路瑶注视着他："把你知道的都说出来。"唐建林靠回椅子上，犹豫了一下："持枪杀人这件事，我确实什么都不知道。"路瑶轻笑："你是他们的老大，你什么都不知道？"唐建林看着路瑶，叹息着："早上那件事是他们做的？"路瑶缓缓地说："其实你早就被我们盯上了，早晨的枪击案只不过是催化剂。你该知道我们的规矩，说了，其实对你自己有好处。我们手头如果没有确凿的证据，是不可能动你的——你也为自己的老婆孩子想想，这件事你已经扛不了了。你的事儿大了，你该知道我国对枪支管制有多严格，更何况你走私的是外军的制式枪支，这即便是在国外，也是违法的重罪！"唐建林半天没有说话，过了许久才缓缓地说："我妻子，她真的没有参与这件事，她什么都不知道！"路瑶摇头："这很难说，要我们调查清楚才能有结论。为了你的妻子着想，你还是自己想清楚。"唐建林苦笑："你们抓了我，就能堵住走私外军制式枪了吗？"路瑶轻哼一声说："你在国外的合伙人，国民警卫队的参谋军士史密斯已经被捕了。"唐建林一愣。路瑶看他："你的老战友，也不知道你是帮他赚钱，还是害他入狱。"

"怎么可能？临睡前我刚和他通过电话！"唐建林不相信。路瑶举起手里的PDA——一个穿着迷彩服的白人军士正被特警看押着。路瑶继续："你不知道这个世界上有国际刑警组织吗？"唐建林苦笑。

"现在，轮到你说了。你可以斟酌什么说，什么不说，但是你也知道中国的法律，对于涉枪犯罪，我们会一查到底！你什么都瞒不住，拖延，只会害了你！"

唐建林在思索。

郑直推门走进来，俯在路瑶跟前低声耳语了几句。路瑶点点头，对着唐建林："现在我给你考虑的时间，我要出去一下，希望你在我回来的时候能如实交代，那样只会对你自己有好处！"唐建林看着她的背影，只剩下苦笑。

路瑶跟着郑直走到院里，龙飞虎和雷恺、铁牛急忙迎过去。路瑶一脸兴奋："黑牛指认了幕后主脑！"

"是曾凯。"龙飞虎说。路瑶点头："对，现在去抓曾凯！"龙飞虎看她："不用去那么多人了，一中队跟我走，二中队和三中队继续休息。"雷恺着急地说："我跟你去吧。"龙飞虎钻进车子："不用了，抓曾凯还用不着。"说完带着一中队在夜色里出发了。

一条老街的大排档里，曾凯正跟几个狐朋狗友喝酒，地上横七竖八地躺着不少空酒瓶。路瑶带着郑直走过去，曾凯一看，起身就想跑。刚想转身，就看见铁塔一样的龙飞虎在后面站着，曾凯愣住没敢动。

"自己戴上吧，我不想费劲。"龙飞虎举着手铐看他。曾凯犹豫着，还是向前走了几步，哆嗦着接过手铐。龙飞虎一巴掌拍在他头上："瞧你那点儿出息，手都哆嗦！还买凶杀人？！"曾凯快哭了："龙……龙头队长，我，我没想杀了他……"郑直在旁边看着，眼睛都直了。龙飞虎冷冷地没说话，一挥手，队员们押着曾凯上了警车，车队旋风一样地离开了。

第四章
—— SWAT ——

1

第二天清晨，天空泛起鱼肚白，太阳慢慢地从地平线上跳了出来，繁华的东海市区车流穿梭，人头攒动。昨天早上发生的重大恶性涉枪案件在 12 小时内告破，这个城市很快便恢复了往日宁静。

特警支队训练场上，喊声如雷，队员们正在训练场开始 400 米障碍跑。操场一角，吴迪坐在场边擦着汗，韩峰搜着猎奇在跑道上飞奔，吴迪看见大喊："韩峰！"韩峰带着猎奇跑了过来："干吗？"吴迪看着猎奇："借猎奇使使。"韩峰不满地说："那你喊我干吗？自己跟猎奇说呀！"韩峰一屁股坐到一旁喝水。吴迪笑眯眯地看着猎奇："猎奇，帮哥一个忙呗！"猎奇吐着舌头，眼巴巴地看着吴迪。吴迪笑着从兜里掏出一段香肠塞给猎奇，猎奇咔哧咔哧地咽了下去，韩峰喝着水笑："猎奇，吃人家嘴短，你上套儿了。"

吴迪瞥了韩峰一眼，从兜里掏出一个拴着线的小纸卷，套到猎奇头上。猎奇转身就跑下操场，韩峰目瞪口呆："哟，轻车熟路了啊！"吴迪笑嘻嘻地一脸憧憬。韩峰看着吴迪："发展到哪一步了？"吴迪笑："差不多了吧。"韩峰撇嘴："什么叫差不多呀？点头没有啊？"吴迪说："算是默认吧。"韩峰笑："哎哟我去！那意思是说，人家左燕连头都没点呢？"吴迪不满地看着韩峰，拍拍屁股起身："整一圈儿？"韩峰跃起，拔腿就跑，吴迪猛追上去。

停机坪上，左燕正拎着水桶，擦拭着直九直升机。猎奇从远处跑过来，叫了两声，左燕诧异地回身，只见猎奇闪电一般跑了过来，在左燕面前停下，哈哧哈哧地吐着舌头。左燕看到猎奇脖子上飘荡的小纸条，一笑，摘下来打开。左燕看着，忍俊不禁，想了想，从胸兜里掏出笔，在上面画了一只小飞虫和一只燕子比翼双飞，还打了一个问号。

不一会儿，猎奇闪电般跑回到吴迪身边。吴迪迫不及待地一把抓下小纸条："猎奇！谢了啊！"猎奇不走，汪汪地叫着。吴迪皱眉，又掏出一段香肠喂猎奇："你这还双向收费呀！"

吴迪打开小纸条，杨震和韩峰一大帮人围了上去。吴迪忙捂住纸条："干吗呀？"杨震一本正经："领导审查。"队员们起哄，吴迪意气风发地说："打开就打开！咱这是自由恋爱，又没什么见不得人的！"

吴迪打开纸条，傻眼了，众人也面面相觑。韩峰惊喜地说："兄弟，恭喜你呀！这还不懂吗？人家的意思是说，要和你比翼双飞！成啦！"吴迪惊喜万分："真的？"杨震一脸严肃："不一定！"吴迪愣住，杨震严肃地说："你看啊，你代号是小飞虫，人家这是俩燕子比翼双飞，明显是告诉你，人家有心上人，跟你没关系呀！"吴迪瞬间崩溃："谁？她心上人是谁呀？谁代号是燕子？"韩峰说："你别看我们啊！非得是支队里的？人家可是航校毕业的，谁还没个老同学、老情人啥的？"吴迪万念俱灰地看着杨震："头儿，我请个假。"杨震很认真地点头："去吧，这是大事儿。"吴迪转身，兔子一般撒腿就跑。

停机坪上，左燕哼着歌正往回走，吴迪旋风似地跑到左燕面前，瞪大眼睛盯着她。左燕看他："干吗呀？"吴迪拿着小纸条："燕子是谁？——我说的是旁边那只燕子！"左燕不理他："跟你有什么关系？"吴迪急了："关系大了！燕燕，你说咱俩处得好好的，怎么就又冒出来个燕子呢？我这心啊……"吴迪痛苦地捂着心口。左燕忍俊不禁，随即又严肃地："唉，我挺同情你的，这样吧，你慢慢疗伤，我先吃饭去了。"左燕得意地扬长而去。吴迪怒吼："站住！"左燕猛回身："干吗呀！你吼什么，想打人啊？"吴迪立刻一副小媳妇样子："到底是谁呀！我得知道我死谁手里了！"左燕一笑，意味深长地说："只要你肯努力，小飞虫也是可以变成凌空飞燕的！"左燕扬长而去。吴迪目瞪口呆，随即惊喜地喊："燕燕！你的意思是说，鼓励我继续努力呗？"左燕头也不回："自己悟吧！"吴迪脸都笑烂了："哎！我明白！我继续努力！燕燕，谢谢你的鼓励啊！"左燕没回头，一脸甜蜜。吴迪握着小纸条，心满意足地走了。

2

　　特警基地的训练场上热火朝天，猛虎突击队正在进行各项战术训练，纷乱的脚步踩得训练场灰尘四起。办公室里，特警支队长许远把文件推给龙飞虎——《东海市公安局特警支队关于选拔新特警队员的通知》。龙飞虎拿起文件，笑笑，转身要走。

　　"等等！"许支叫住他，龙飞虎回身，"组建特别突击分队的文件你看了吗？"龙飞虎认真地点头："看了。"许支指着他手里的文件："这批人上来以后，你多留点儿心。看看有没有好苗子。"龙飞虎狡黠地笑："您放心吧，我早就提前布置下去了。"说完转身出了门。

　　猛虎突击队办公室。龙飞虎匆匆进门，把文件递给铁牛："老铁，马上下发。"铁牛看了一眼，一愣："这活儿又交给咱们了？"龙飞虎给自己倒了杯水，咕噜咕噜地灌下去："没错！"铁牛一笑："也好，近水楼台先得月，咱们猛虎队也该来点儿新鲜血液了。哎？老雷哪儿去了？"龙飞虎眨巴着眼睛："我派他挖墙脚去了。"铁牛一愣，龙飞虎笑："他去咱们这份通知传达不到的地方了。"铁牛会心一笑："明白了，那我也别闲着，出去转转吧！"龙飞虎笑着点头，目光一动，抓起电话："喂？把吴迪给我喊来！"

　　公安医院一片安静。病房里，林国伟在睡觉，沈鸿飞坐在旁边，轻轻地抚摸着警帽上的银色警徽。顷刻，沈鸿飞像是下定决心似地站起身，戴上警帽，转身轻轻出去了。

　　刚走出医院大门，就听见背后有人叫他，沈鸿飞一愣，回头："您是……"吴迪走了过来，笑着："猛虎突击队吴迪，咱们又见面了。"沈鸿飞有些诧异："哦，您找我有什么事儿吗？"吴迪掏出通知："知道你在这儿护理你师傅，龙头特意派我把这个给你送来。"沈鸿飞一愣，接过通知，一惊。吴迪拍了拍沈鸿飞的肩膀："别忘了你说的那句话——假如你手里有一把枪！"说完转身走了。沈鸿飞看着手里的通知，若有所思。

　　市公安局的大楼，郑直站在传真机旁，脸上是孩子一样的兴奋，他拿着电传通知，想了想，转身走进路瑶的办公室，将电传放在路瑶面前。路瑶惊讶地抬头看他："你真的要去？"郑直点点头。路瑶轻叹一声："你再考虑考虑吧，去特警队可真的不是什么好选择。"郑直坦然地看着自己的组长："但我想面对这个挑战,看看自己能不能战胜这个挑战。"

"最现实的考虑吧。"路瑶站起身,语重心长地说,"你是警察世家,你该知道对于一名警察来说,最重要的是什么。"郑直有些不明白,"——业绩。你有没有工作成绩,这个对你的前途很重要。特警可谈不上破案率,大部分时间是来收场的。他们是团队合作,个人很难在团队当中凸显出来,成绩是团队的。没有个人业绩,对你未来的警察生涯来说,可是非常难办的。"郑直低下头,随即又抬起来:"这些我都懂,组长。"

"那你还要去?"路瑶盯着他,"你警校刚毕业就进了重案组,正是做一番事业的好起点。真去了特警,那地方养小不养老,过几年你还得调到别的部门。想想看,那时候再重新开始,你有多难!那时候你都快三十了,去哪个部门都是重新开始!就是去派出所,你对社区也是一无所知,怎么开展工作?你的青春真的是白浪费了!"郑直不说话。路瑶拍拍他的肩膀,"每个男孩子都有一个特警的梦想,我能理解。但梦想注定是梦想,你慎重考虑考虑再说吧。"

"组长,我都想好了。"郑直站得笔直,抬起头,"可能你会觉得我固执,但刚才你也说了,每个男孩子都有一个特警的梦想。梦想虽然是梦想,不管能不能实现,为了梦想,总是要去试一把的。"路瑶有些意外地看着他。郑直坦然地站得笔直。路瑶长叹一声:"你啊,不吃点儿苦就不知道我们这儿有多舒服,不过,我随时欢迎你回来。"郑直感激地看着路瑶:"谢谢组长。"刚想转身走,又回头:"组长,我想问……你跟猛虎突击队的龙大队长是不是有什么矛盾……你别误会,我……我就是好奇……"

"他是我前夫。"路瑶没看他,坐回办公桌前继续看文件。郑直呆住了:"对不起,对不起,组长……"急忙转身出去了。

总队反恐突击大队训练场上,数百名反恐精英顶着烈日,持枪跨立,他们的战术背心背后都贴着不同的号码。肩上扛着下士军衔的赵小黑目光炯炯,站在队列当中。十几名武警校级军官站在前面。突击大队大队长精神抖擞,声音浑厚:"根据公安部统一部署,武警特战部队符合公安特警队伍要求的退伍士兵,将参加公安特警队伍的特招入警考核,成绩优异者将特招进入公安特警队伍,成为正式公务员。这是公安部对我们武警特战部队退伍士兵的特殊关怀,希望大家能够珍惜这次来之不易的机会!你们都是全省各个武警特战分队的反恐精英,我相信你们每个人都很出色!

但是，名额是有限的！所以，希望你们在武警特战业务考核当中发挥出色！只有最出色的前十名，才可以参加公安特警队伍的正式入警考察！同志们，有信心没有？！"一百多人的方阵齐声怒吼："反恐精英！敢打必胜！"赵小黑露出一口白牙，两眼放光，吼得尤其大声。

此时，在热带雨林的葱郁群山之间，一小队身穿着猎人数码迷彩服的陆军特战队员小心翼翼地前进着。突然，走在前面的尖兵猛地蹲下，举起右拳，队员们唰地就近隐蔽。尖兵无声地指了指地上——一个吃剩下的干粮包装盒。

"刚过去没多久，看来他们也不过如此，垃圾都不知道掩埋起来，让我们这样轻易就找到了痕迹。"尖兵说。队长看看四周，低声道："大家要小心，这是绝顶高手，我相信他是故意留在这儿的。"尖兵左右看看，没人。突然，四周一片凄厉的鬼笑声响起，哗啦啦惊起一片飞鸟，扑啦啦地乱飞。队员们吓了一跳，赶紧举起枪四面射击。

"停火！停火！"队长高喊。枪声停下，队员们惊魂未定地四处观察。突然，鬼笑声又响起。

"是录音机，九点钟方向。"两个队员跑过去，拨开灌木丛，苦笑着提起录音机。

"不要拿起来！"队长大吼。但显然已经迟了——录音机下面挂着的铜丝啪地断了，爆炸声四处，队员们慌不择路地四散躲避。队长小心地观察着四周："他们就在附近！要小心！"话音未落，一个黑衣人闪电般地蹿出来，端着手里的机枪一阵猛扫，几名队员身上顿时白烟直冒。这时，两颗手雷甩过来，落在地上滴溜乱转，队员们还没反应过来——轰！队长举着手里的步枪，脸都被炸黑了。

"队长挂了！"这下队员们更慌了，四散着跑开了。这时，预埋在四周的脚绊线啪啪啪跳开，四周跳起各种真人大小的玩具人——队员们愣住了。一个麦当劳叔叔打扮的人也是一动不动。队员们眨巴眨巴眼，不知道该怎么办。突然，麦当劳叔叔从背后抽出霰弹枪，一阵狂喷，队员们身上的发烟罐开始纷纷冒着白烟——一个小队被全歼在这里。

不一会儿，烟雾四散开去，麦当劳叔叔摘下面具，露出一张黝黑的迷彩大脸。段卫兵看着这群倒霉蛋，狡黠地笑了。此刻，雷恺举着望远镜，正站在远处的塔楼上笑意盈盈。

办公室，段卫兵涂着伪装迷彩背手跨立，雷恺走进来，手里拿着一摞档案材料。段卫兵看了一眼，目视前方。

"段卫兵？"雷恺走过去。段卫兵立正敬礼："首长好。"雷恺还礼："稍息吧。"段卫兵哗地跨立。

"我看了你的资料，你们参谋长对你是褒奖有加。"雷恺笑。段卫兵规规矩矩："谢谢参谋长！"参谋长坐在对面笑意盈盈："这位是我的好朋友，也是你的老乡，东海市公安局特警支队猛虎突击队的副大队长，雷恺同志。你要好好回答他的问题，明白吗？"

"是，参谋长！"

"东海段家镇人？"雷恺看他，"不简单啊，这确实是一个完美战士的资料。狙击手、突击队员，参加过国际特种兵比赛——没写名次？"段卫兵立正："报告。首长，我因故退出比赛。"

"哦？受伤了？"

"不是，"段卫兵说，"一名外国参赛队员从悬崖上摔下来，我恰好在他前面。为了帮助他及时得到治疗，我留下对他进行紧急救助，因此不得不退出比赛。"

"不觉得可惜吗？"雷恺问。

"是的！很可惜！可是这是我应该做的。"

雷恺又看参谋长："所以他没有提干？"

"是的。并不是因为他有错，我们都认为他没有错，身为中国军人，那时候见死不救是不合适的。不过，由于没有参赛成绩，我们没办法写提干报告。那次比赛对这批士兵很重要，比赛名次是一个硬指标。"

段卫兵不说话。雷恺看他："你后悔吗？"段卫兵抬起头："报告，不后悔。"

"你今年转业？"

"是的，首长。"段卫兵的声音低下来。

"工作找好了吗？"

"家人帮我联系了，在镇政府开车。"

"你自己怎么想的呢？"

"是，当特种兵是我的梦想，我已经实现了这个梦想。现在家人希望我回去，我想我应该陪在父母身边。"

"舍得特种部队吗？"雷恺看着段卫兵的眼睛。段卫兵嗫嚅了一下。雷恺问他："下士，我现在给你一个机会，让你既可以陪在父母身边，也可以不离开这种你已经习惯的生活。"段卫兵眼睛一亮："去特警？"雷恺点头："对，来我们猛虎突击队，我们需要你这样的人。"段卫兵有些激动："我很想去，首长！"雷恺笑笑："要考试的！跟你进特种部队一样，各方面都要考核选拔，我们也只要最好的！"

"我有信心！"

"好，我等着你。你去吧，好好准备。"

"是！"段卫兵敬礼，转身出去了。

参谋长叹了一口气，苦涩地一笑："如果不是他错过了提干，这个人我还真不想给你，我本来想劝他继续做中士，替我带一批狙击手出来呢。"雷恺看他："你看，说给还不舍得！现在可不带反悔的了！"参谋长笑："反悔也没有用啊，要为他的前途考虑——不过说真的，你们的考试他能过吗？"雷恺收起笑容："现在真不好说，按照常理推断，没有问题，不过谁知道会出现什么特殊情况？放心吧，我会关注他的。"参谋长点头："那就拜托了，希望他一切顺利吧，我不能再耽误他了。"

东南大学的跆拳道馆里喊声震天，几个跆拳道手双手缠着散打护带，裸身露着一身精壮的腱子肉，正在捉对厮杀。身着白色训练服的何苗啊地一声尖叫，脚尖带着风直击对方门面，站在对面的队友慌忙举手抵挡，被逼得连退几步，何苗准确地踢到对手后，稳稳地飞身落地。一个学长模样的人站在旁边，感慨地拍手鼓掌："何苗，我们两个体育专业的被你一个计算机系的给干掉了，这面子可丢大了！"

"哪能啊，你们让着我呢。"何苗笑笑，戴上眼镜，解下腰带，却看到系主任站在不远处。何苗愣了一下，急忙迎上去："主任。"系主任拍拍何苗的肩膀："来，给你介绍一下，这位是东南特警支队猛虎突击队的教导员铁行，你们谈谈吧。"何苗诧异地看着铁牛，他想不明白自己和这个老头儿有什么可谈的。

铁牛笑："我看了你的资料，东南大学计算机系的博士，跆拳道黑带五段，大一的时候就登顶了珠穆朗玛峰，还在回来的路上救了一名因高山缺氧晕倒的外国登山者，我说得对吗？"何苗听得有点儿莫名其妙："对不起，我能问一下，您……为什么要关注我的资料？我没犯什么事儿啊！"铁牛笑着摇头，掏出通知单递过去。何苗接过通知单一看，诧异地看着铁牛。铁牛收起笑，严肃地看着他："听你们系主任介绍，你是一个喜欢挑战的人，也曾经给学校打过申请，想去参军。要不要试试这个？你不用急着回答我，我给你时间，好好考虑一下吧。"铁牛说完转身走了。何苗拿着通知单，望着铁牛的背影，陷入了沉思。

3

一大早,公安医院的体检大厅里人头攒动,衣着各异的青年男女们拿着各自的体检表在人群里穿梭来去。郑直拿着体检表走过来,一眼就看见沈鸿飞,沈鸿飞抬眼,也认出了郑直,笑道:"哟,你也来了?"郑直笑:"我就想到你会来的,那天看你的眼神就明白了。"沈鸿飞走上前去:"那天幸亏遇到你。"郑直挥挥手:"哎,别提了,我也没帮上什么忙。对了,我叫郑直,市局重案组的,你怎么称呼,交警同志?"沈鸿飞伸出右手:"沈鸿飞。"两人握手一笑。

不远处,凌云跟几个女学警一起走进体检大厅。郑直一转脸,看见凌云。沈鸿飞也愣住了,脑子里回闪过两人跑步的情景。凌云看见他,也是一愣。郑直看着两人:"你们认识?"沈鸿飞赶紧收回眼神:"哦,见过一次。"

凌云冷若冰霜地走过来,郑直满脸堆笑:"我师姐……师姐好!"凌云看他:"你怎么也来了?"郑直笑:"师姐,没想到你也来了……"凌云较着劲儿:"怎么?只有男人可以报名吗?"郑直赶紧认错:"不是不是,我是说,我没想到你也来报名……"沈鸿飞站在一旁看不过眼:"这位师姐,你太敏感了。"凌云转头看他:"什么意思?"沈鸿飞迎上她的目光:"我想他并没有歧视女性的意思,他只是没想到你会来报名。"凌云睐眼看他:"你又是谁?"沈鸿飞目不斜视:"报告,我是沈鸿飞,交警支队的。"

"警校毕业的?"凌云问。

"报告,不是,"沈鸿飞不卑不亢,"体院毕业的。"凌云瞪了他一眼:"那你叫什么师姐啊?边儿去!"说完径直走了。郑直巴巴地看着凌云的背影:"不好意思啊兄弟,见笑了,我们这师姐是著名的冰美人。"

沈鸿飞没说话,看着凌云的背影若有所思。郑直警惕地看着沈鸿飞:"你对她感兴趣啊?"沈鸿飞一呆:"啊?没有啊!"郑直哼了一句:"看你的眼神就知道了!"沈鸿飞收回目光:"我只是见过她,而且对她有印象——深刻的印象。"郑直明显不相信他:"我告诉你,我可是刑警,你的眼神出卖了你。"沈鸿飞笑着揽着他的膀子:"扯什么,没那么邪乎,只是晨跑的时候见过一次,她挺能跑,还不服输。"

"你赢了她了?"郑直问。沈鸿飞想想:"算是吧。"郑直扑哧乐了:"那你完了,她能恨你一辈子。"沈鸿飞不解地望过去,凌云回头看了一眼,沈鸿飞若有所思。

大厅一角的视力检查处,何苗戴着眼镜,拿着体检表过来。穿着白大褂的刘珊珊一愣:"这位同学,你是不是走错地方了?这里是特警体检大厅。"何苗扶了扶眼镜:"没有啊?他们让我来的啊!我叫何苗,我是来当特警的。"旁边的人都愣住了。铁牛站在后面露出笑意。

"特警队……现在也要近视眼吗?"刘珊珊纳闷儿。何苗笑:"OK,我来错地方了,看来这里不欢迎我,只欢迎头脑简单、四肢发达的大猩猩。"说完转身就要走。郑直一把把他拉住:"你说谁头脑简单、四肢发达?"何苗一甩胳膊:"说你。"郑直火了,举起拳头:"你再说一次!"何苗笑:"这里是公安特警体检吗?难道是土匪体检?说不过就要动手吗?"郑直挥着拳头:"你信不信我把你牙打出来?"何苗拿出手机,对准郑直:"笑一笑。""咔嚓!"何苗拍了张照。郑直一愣:"你拍我?!"何苗扶扶眼镜:"你是警察吗?"郑直强忍怒火:"是!"何苗笑:"你这一拳下去,就不是警察了。"

郑直急促地呼吸。何苗努努嘴:"我有地方取证。"郑直侧头看见墙上的摄像头:"你阴我?!"说着就要冲过去。沈鸿飞急忙拉住郑直:"他没说错,冷静。"郑直慢慢松开拳头,急促地呼吸着。

"不要以为只有拳头能解决危险,现在是科技时代。大猩猩,让开。"何苗扶扶眼镜,郑直让开路,气得咬牙切齿。何苗满意地看看四周,扬长而去。

"何苗!"铁牛一声吼。何苗站住,转过身:"是您?"铁牛微笑着上前:"东南大学计算机系博士何苗。我们前几天见过面。"何苗点头:"对,就是我。我是接到您的通知,才决定要来的——可是看起来你们并不需要聪明人。"

"每个人都很聪明,只是长处不一样。去体检吧。"

"那医生不是说了吗?我是近视眼。"何苗说。铁牛笑:"不同的专业有不同的要求,去体检吧。"何苗看看刘珊珊:"医生,现在还有问题吗?"刘珊珊撇嘴:"又不是我要人,我能有什么问题!他说你行,你就行呗!"何苗得意扬扬地去排队了。铁牛笑笑,低声说:"龙头的主意,他选的人。"刘珊珊不满地问:"他搞什么鬼?怎么弄来这么个活宝?"郑直走过来:"龙大队长是想要他跟我们一起跑五公里吗?"铁牛看他,问:"你爬过珠穆朗玛峰吗?"郑直摇头:"没有。"

"他爬过。"铁牛收起笑。郑直一愣:"铁牛,开玩笑的吧?"铁牛一脸认真:"没有,他是中国大学生登山队元老,大一的时候就登顶8844米。"

郑直和沈鸿飞呆住了，看向何苗。何苗笑嘻嘻地摘下眼镜，在那边体检。刘珊珊也是一愣："你是说，那个怪胎爬上世界最高峰？"铁牛点头："对，大一的时候就登顶8844米，还在回来的路上救了一名因高山缺氧晕倒的外国登山者。"铁牛笑笑，"以貌取人，可是警察的大忌。"铁牛拍拍郑直的肩膀，走了，留下站着发愣的郑直和沈鸿飞。

4

特警基地的操场，台上挂着巨大的警徽标志，庄严而肃穆。从台下望去，一百多名穿着各种常服和便装的学员们整齐列队。吴迪等老突击队员们站在他们对面，背手跨立，目不斜视。操场正中矗立的鲜红国旗呼啦啦地响，一派凛然肃杀的紧张气氛。

大门口，一辆黑色突击车"吱"的一声急停在操场旁边，吴迪高喊："立正！——"

"唰——"全体教官和学员们整齐立正。

穿着黑色特警作战服的龙飞虎大步走上检阅台，一百多名学员目不转睛地注视着他。

"根据市局和支队命令，东海市公安局特警支队本年度新训营正式开训！"龙飞虎声如洪钟，果断干练，"我是猛虎突击队大队长龙飞虎，也是本年度新训营的总教官。站在你们面前的都是猛虎突击队的作战队员，他们就是你们的教官！"

台下的学员们不由自主地立正。龙飞虎看着这些年轻刚毅的脸："你们这123名同志来自不同的领域。有的是本市公安机关各兄弟单位的年轻民警，有的是警校的应届毕业生，也有各个院校的本科生、硕士生甚至博士生！还有来自海、陆、空、二炮四个军种的特种部队和武警特战分队的同志们！可谓来自五湖四海，人才济济！首先，我代表猛虎突击队全体干警，对你们表示欢迎！在开训以前我有一个问题想问你们——你们为什么来这儿？！"学员们不吭声。龙飞虎笑笑："没有一个敢回答的吗？"沈鸿飞站在台下，看看左右，高喊："报告！"龙飞虎一扬头："你很勇敢，敢当出头鸟，说吧，我听听你的答案。"

"报告！龙大队长，我们想成为特警！"

"很好，字正腔圆，底气十足！你们都是这样想的吗？"

"是……"台下传来几声稀松的回答。

"我听不见！"

"是！"这一次吼声震天。

"好！很好！你们让我想起来一句老话——初生牛犊不怕虎！"学员们面露喜色，龙飞虎紧接着，"用特警的话来说，就是嫌自己死得快！"学员们脸色一变。龙飞虎转身对着雷恺："带他们去换衣服，三分钟！"雷恺点头，走到台前："都听见了吗？那边两个帐篷，男女各一个，背囊上写着你们的名字——三分钟！晚了后果自负！"雷恺抬手看表，"还有两分五十秒！——记得把背囊和换下来的衣服都带出来！"话音未落，学员们转身呼啦啦就往两个帐篷飞奔。

帐篷里，几十个硕大的迷彩背囊整齐地摆放在地上，上面贴着纸条，写着各自的名字。郑直三下五除二脱掉常服，沈鸿飞翻出背囊里面的迷彩服赶紧往身上套。另一个帐篷里，女学员们已基本换好衣服，正把常服帽子皮鞋什么的往背囊里面塞。凌云套上迷彩服，看表："还有30秒！"女学员们顾不上整理衣服，都是狼狈不堪地转身往外冲。

雷恺戴着墨镜，看不出脸上的表情，背手跨立站在操场边上掐着秒表："还有10秒钟——"学员们提着背囊一窝蜂地跑出来，何苗还在帐篷里磨蹭，段卫兵一把抓住他拽了出去："快走！没时间了！"何苗急吼："我这儿还没穿好鞋呢！"段卫兵抓住他的衣领脖子，大吼："没时间了，走啊——"何苗被拖了出去，瞪着眼："急什么？他们还能把帐篷炸了？"话音未落，雷恺按下手里的按钮。"轰！"一声巨响，身后的帐篷烈焰升腾。段卫兵和何苗被爆炸的冲击力掀翻在地，其余的学员们也尖叫着纷纷卧倒，教员们冷冷地看着这群倒霉蛋。沈鸿飞趴在地上，抬眼，吐出一嘴的土。雷恺看了他们一眼，一脸轻蔑："都起来吧，瞧你们那熊样儿！"

"真炸啊？！"何苗从地上拣起眼镜戴上，惊魂未定地回头。段卫兵也从地上爬起来，吐出嘴里的土："他们肯定玩真的，大学生。"何苗伸出手："我叫何苗——你呢？"段卫兵笑笑："我叫段卫兵！"何苗看他一身迷彩："你是部队的？"旁边的赵小黑凑过来："俺也是部队的！武警！俺叫赵小黑！"段卫兵拍拍他的肩膀："我是陆军特战旅的！"赵小黑眼睛一亮："陆军老大哥啊？！还是特种部队的！"

雷恺黑着脸咳了一声，学员们赶紧列队站好。几个女学员没起身，坐在地上抽泣。雷恺走过去，摘下墨镜，蹲下，黑着一张大脸："走人吧，这儿不是你们来的地方。"女学员还在哭，几个教员走过来，搀扶起她们，离开了。

雷恺起身，山一样的身躯走过来："特警队员——随时都可能在生死的边缘！

刚才只是一个小小的测试，只不过是汽油弹！别害怕，没危险！可你们的表现让我觉得很差劲儿！试问，我们的特警队员在面对爆炸的时候，能像你们这样吗？泰山压顶不弯腰，是最基本的要求！像你们这样，怎么与残暴的匪徒作战？怎么保卫老百姓的生命财产安全？"学员们不敢吭声，像是霜打的茄子。

一头短发的陶静站在边上，努力控制着自己，但还是小声地抽泣着。雷恺走到她面前，仔细看看。陶静憋不住哭出声来："我也想回家……"雷恺冷冷地："向后转，回家吧。"陶静紧咬嘴唇，犹豫着。凌云侧身小声说："你不是想做女特种兵吗？这就怕了？！"陶静忍住眼泪，嘴唇咬得发白，不让自己哭出来。陶静回头："可我真的害怕啊……"学员们都看着她。陶静抬眼，看见台上闪烁的特警徽章，眼泪一下子就出来了。雷恺冷冷地注视着她。陶静一咬牙："我不走！"凌云笑了，悄悄地向她竖起大拇指："加油！坚持！我们在一起！"雷恺笑笑，没理她，转身走向前面："好了！刚才只是开胃菜，正餐马上开始！让我先看看你们的体能——男生五公里，女生三公里！开始！——"话音未落，学员们嗖地就蹿了出去，一百多双靴子踏得基地操场尘土飞扬。

第五章
—— SWAT ——

1

"作为一名特警突击队员，一定要熟练掌握自己的武器装备，不仅要能够使用自己的枪，也要掌握战友的枪。训练结束以后，你们将可能是突击手、冲锋枪手、机枪手或者狙击手、观察手等不同的突击队员，但你们要做到，在各种不同的环境下，你们都必须灵活掌握这些武器！"杨震戴着特警作训帽，穿着黑色的特警作战服和警靴蹲在一排武器跟前，对着穿着学员训练服的菜鸟们说。菜鸟们都睁大了眼睛，傻傻地看着面前一排五花八门的各式武器。

"报告！"赵小黑激动地喊，"我们啥时候能打枪啊？"杨震站起身，拎着高精狙（高精度狙击步枪）看着他："打过这枪吗？"

"报告，没有！"赵小黑说，"以前在武警部队，这种枪摸得少。但是我小时候打弹弓可准了！"菜鸟们一阵哄笑。

赵小黑贪婪地看着吴迪手里的高精狙，眼睛放光，一副恨不得把狙击步枪吃掉的样子。

"体会一下！"杨震把枪扔给他。赵小黑伸手抱住，激动不已："哎呀妈呀！这枪要是回村里打麻雀，可是不得了啊！"菜鸟们又是哄笑。杨震恨不得给他一拳，一把把枪抢过来，赵小黑傻傻地看着被抢走的高精狙，很有点儿意犹未尽的感觉。

杨震背着手在队列前踱步："要成为一名优秀的狙击手，要的不仅是眼力，更重要的是他过硬的心理素质！枪，是一名特警队员的生命，你们要在今后的训练当中，将它融入你的身体，让它成为你身体的一部分，最后——和你的生命融合在一起！"

吴迪站在旁边，蹲下，一把提起狙击步枪："看好了啊！给你们变个戏法！"——三下两下，狙击步枪变成了一堆零件。菜鸟们都看呆了，使劲儿鼓掌。

"再给你们变回来啊！"吴迪拿出手绢蒙上眼睛，菜鸟们屏住呼吸，紧张地看着。

吴迪蒙着眼睛蹲下，在面前摸索着零件，手上动作很快。没两分钟，狙击步枪又重新装好！吴迪起立摘下手绢："完成！"杨震走过去，挨个拉开枪栓试射一下空枪，高喊："装好！"菜鸟们疯了一样鼓掌。

赵小黑最激动，看吴迪跟看天神一样："哎呀妈呀！这得练多少年啊！"吴迪把手绢扔给他："只要你们用心，一个月全都能做到！"菜鸟们激动地互相议论。

2

烈日下，学员们背着背囊，把步枪横挎在脖子上，狼狈不堪地涉水前行。前面有人不时跌倒，走在旁边的人立刻伸手拽一把，然后继续前行。猛虎突击队的男教官们骑着摩托，带着风呼啸驶过，掀起的巨大水花扑了学员们一身，一时间队伍吱哇乱叫。半空中，传来直升机巨大的轰鸣声，左燕坐在驾驶舱，侧头看了看下面蚂蚁似的人堆，狡黠地一笑，推动操作杆，直升机迅速压低高度，螺旋桨卷起一阵飓风，顿时水雾弥漫。吴迪背着95微冲，对着空中伸出大拇指，左燕一笑，操纵直升机，吴迪没站稳，一屁股跌进水里，已经成落汤鸡的学员们笑得前仰后合。

韩峰开着敞篷警用吉普从旁边经过，杨震坐在副驾上，单手抓着车把，拿起高音喇叭高喊："快啊！你们不是很牛的吗！赶紧起来啊！怎么了？不行了吗？"学员们不敢笑了，颤颤巍巍地爬起来，互相搀扶着继续前行。

吴迪落汤鸡似的从水里爬起来，恋恋不舍地看着渐渐远去的直升机。何苗眼尖，望着飞远的直升机，一脸惊讶："女……女的？！"赵小黑指着空中的小白点："那飞行员是女的？"段卫兵起身拽他们："快走啊！一会儿又炸了！"刚走两步，"轰轰！"预埋在水塘四周的炸点猛地溅起水花，队伍里又是一阵鸡飞狗跳。

落在队伍最后面的女学员们正被炸点包围着，凌云站在队伍前面，招呼着大家："我们被伏击了——快起来！不起来就死了！"陶静一屁股坐在水里不走了："我就不信，难道他们还真敢对我们开枪啊？"话音未落，潜伏在山林里的特警队员们嗖嗖嗖地冲出来，端起手里的MP5（一种冲锋枪）就是一阵扫射。另一边，吴迪也按下了起爆器，女学员们在枪林弹雨中尖叫着四散奔逃。

不一会儿，枪声停止了，吴迪站起身，95微冲扛在肩上："一个活的都没有！

起来起来，看你们的熊样！你们全死了！"学员们陆续站起来，一个个灰头土脸，"在刚才的袭击当中，你们都死了！现在我看见的，都是死人！爆炸了，你们一点躲避保命的意识都没有！更不要提敌人神出鬼没从林子里冒出来开枪！这如果是真实的反恐行动，你们现在都是尸体！"菜鸟们不服气地看他，吴迪单手一撑从车上跳下来，提着高音喇叭走过来："怎么？还瞪眼？不服什么不服？"郑直看看四周，倔强地高喊："报告！"吴迪走过去，高音喇叭直接对着他的耳朵："我听得见！讲！——"

"我们没有得到要遭遇恐怖分子伏击的指令，我们只是在一路狂奔，完成这个该死的越野命令！"郑直理直气壮地喊。

"你们都是这样想的吗？！"——都不吭声。吴迪看向所有人，吼了出来，"从你们的眼中我看出来，你们这群蠢货都是这样想的！——你，原来哪个单位的？！"郑直目不斜视："报告！市局重案组！"吴迪轻哼一声："市局重案组？你还好意思跟我提'重案'两个字？你知道每年有多少警察牺牲吗？！"

"报告！四百名左右！"

"这四百名警察，有多少是因为缺乏警惕性，被匪徒打了个措手不及，你想到过吗？！"郑直呆住了。吴迪看着他，"如果你在下班回家的路上被匪徒报复，你能告诉我，你没有得到与匪徒作战的命令吗？！你回答我！"郑直不吭声。吴迪站在队伍前面："收起你这死样子，我见得多了！都给我听好了，这才是刚开始！我没那么好脾气，也没那么多废话！我不是来选人的，我是来赶你们走的！连续五年，能进入猛虎突击队的都不会超过五个人！我们的标准是宁缺毋滥，有一个人不合格，都可能在行动当中害死全队！能留下的，必须是精英当中的精英！不仅是体能的精英，也是智能和心理素质的精英！不符合这个标准的，我们会毫不留情地淘汰！如果你自认为达不到精英的标准，现在就滚蛋！"学员们都不吭声，脸上都是不服气。吴迪坏笑着："看来你们真的不知道死活！出发——还有十公里！"学员们都呆住了。沈鸿飞笑笑，勒紧自己的背包带子。吴迪看他："你很喜欢笑？"沈鸿飞正色："报告！不是！"

"那你笑什么？"

"我还以为有多远呢，只有十公里了。"

"很好，你很让我佩服！十公里，那都不算事儿！你脸上就写着'好汉'俩字！二十公里，出发！——"吴迪面无表情地说。沈鸿飞一愣。陶静哭丧着脸一下子软在水里。吴迪看沈鸿飞："怎么？不笑了？"沈鸿飞挺胸："报告！祸是我闯的，我来跑二十公里，不能连累大家！"吴迪轻哼："你们在我眼里是一个整体！我得用很多时间，来教会你们团队精神！"吴迪转身走人，"人人为我，我为人人！这是一个好机会，二十公里，你们不会忘记的！出发！——有人想退出的，就留在原地！"沈鸿飞还想说话，郑直一拽他的胳膊："少说几句吧，别变成三十公里了。"何苗扶了扶眼镜，哭丧着脸："二十公里，怎么也不可能跑完啊！"段卫兵小声地说："他们没想让我们跑完。和特种部队的教育是一样的，他想告诉我们，我们不是什么都能做到，这是个下马威。"赵小黑一脸崇拜地看段卫兵："你是特种部队的？"段卫兵笑笑："现在说这个没意义，大家都一样，都是来受训的菜鸟。"沈鸿飞仔细看看段卫兵："我们见过吧？"段卫兵也看他："有印象，你是特勤队的吧？"沈鸿飞点头。这时，吴迪拿着高音喇叭，扯着嗓子喊："你们在等什么？大姑娘上轿吗？出发！——"菜鸟们不敢犹豫，踢踢踏踏地陆续跑过去。凌云拖起还坐在水里的陶静，跟着队伍重新出发了。

3

黄昏，蜿蜒的山地盘踞而上，天边出现一层厚重的云雾，山林里的风都很硬，菜鸟们艰难地在爬山。由于长时间的远途奔袭，整个队伍的战线拉得很长。伴随着粗重的喘息声，不时有人从山坡上滑了下去，又被旁边的人扶起来。教官们戴着墨镜驾车跟在旁边，很拉风的样子。吴迪山神似的站在山顶处，对天鸣枪，周围不断有炸点响起，空包弹混着泥土飞起有半米多高。

突然，一个女学员"啊"的一声从山坡上滚落下去，凌云伸手一把想拉住她，但没抓住。女学员滚落到山底，起身想爬起来，一下子又跌到了。杨震一踩油门赶紧跑过去，跳下车蹲下，哧地撕开她的裤腿："你骨折了，不能再跑。"女学员捂着腿哭了起来："我不想退出，我准备三年了！"

"你没有办法继续参加考核了，养好伤再来吧。"杨震起身，无言地看着她。

特警基地，龙头戴着墨镜，冷冷地看着这一幕。大门口，气喘吁吁的菜鸟们跟跟跄跄地陆续跑回来。沈鸿飞、郑直、段卫兵、何苗和赵小黑几人跑在队伍的最前面。赵小黑看着戴眼镜的何苗，佩服地说："大学生，你可以啊……"何苗喘着粗气："这……比攀登珠峰要容易多了……就是脚疼……"

"调整呼吸，落地要稳——加油！就在前面了！"赵小黑做着示范。何苗想用力，但是腿迈不起来。这时，更多的学员们陆续跑来，有的栽倒在地，爬不起来。一直站在操场边上的卫生员们急忙挎着药箱冲上去急救。

龙飞虎一脸冷酷地抬手看表。铁牛一吹哨子："时间到！集合！还没到终点的自行淘汰了！"栽倒在地的学员们艰难地陆续起身，相互搀扶着站到一起。龙飞虎笑笑，走过去，看着他们："来这儿的，没有一个不想留下成为特警队员的！但是有资格留下的，为数极少！你们不需要怀疑，你们将要面对的不是训练，而是最严格的淘汰！你们根本没有希望，而且——会越来越绝望。我的任务，就是让你们感觉到绝望，然后离开这儿。现在是中午11点34分，开饭！——"

食堂里，几张桌子上摆着几个盛着饭菜的铝盆。狼狈不堪的学员们饿狼似的冲进来，都傻眼了。陶静一摸菜盆："怎么……怎么都是凉的？"吴迪正在倒菜，抬头狡黠地笑："小姐，你以为是什么？满汉全席啊？"陶静有些结巴："可是……可是怎么也不能给我们吃凉的吧？"杨震端着一个冒着热气的菜盆走过来："这个不是凉菜。"何苗苦笑了一下："剩菜。"

"你们——你们给我们吃剩菜？！"陶静大吼。吴迪看着陶静："你有什么高见吗？"陶静脸憋得有些发红："我是医生！我抗议你们这种不人道的行为！这会生病的！"吴迪轻哼一声："会病死吗？"陶静一愣。吴迪笑笑："你们有三分钟用餐时间——吃不吃？"陶静心一横："打死我也不吃剩菜！"沈鸿飞看看大家，低声说："他们是想锤炼我们的意志力，这套在特种部队不新鲜了，我带头吧。"段卫兵一咬牙，也走过去："有勺子吗？"吴迪抱着肩膀冷笑："还要我给你准备刀叉吗？"沈鸿飞笑笑，伸手去抓，吴迪一口唾沫吐进菜盆里——学员们彻底呆住了！

沈鸿飞脸上的笑容凝固了，抬眼，吴迪迎上他的眼神："我知道你是散打高手，还是从特种部队来的，怎么，受不了了？特战精英？"沈鸿飞咬牙："你会死得很惨。"吴迪轻蔑地看他："来啊，试试看。"沈鸿飞强压住火，伸手去抓菜："记住我的话，一定会有对抗训练的。"——"吧唧"一声！吴迪抬起腿，一只军靴踩在剩菜里！

"你不要太过分了！"郑直眼里噌噌地冒着火。杨震走过去："怎么？想造反？受不了出门右拐去退训。"赵小黑满脸堆笑地上前打圆场："嘿嘿，不管怎么说，咱们也是战友吧？老兵也不能这么欺负新兵吧？"吴迪收回脚："谁和你是战友？在你没有进入突击队以前，你就是个菜鸟。在这儿，教官对菜鸟所做的一切都是合理的！今天你们到了这个山头，只能唱我的歌。不唱也可以，出门右拐——"赵小黑一时语塞,满脸尴尬。

食堂门口,左燕站在那儿冷眼看着吴迪。吴迪看到左燕,眼神一软。"咳咳!"杨震捂着嘴干咳了两声,吴迪立刻醒悟,恶狠狠地说:"到底吃不吃?!"左燕摇头苦笑,走开了。沈鸿飞看着一盆子剩菜,不说话。吴迪也冷冷地看他,靴子在剩菜里面又搅了几下,招呼着:"吃啊!"沈鸿飞牙关咬得咯咯响,看了一眼吴迪,伸手捞起剩菜,塞在嘴里:"同志们,不吃也不行啊,还有训练呢!"说完一口咽了下去。陶静和几个女学员看不过去,"哇"的一声吐了出来。杨震抬手看表:"还有一分钟——"凌云一咬牙,一把抓起剩菜:"来了就不能走!吃!"含着眼泪,开始大口地吃。郑直也顾不上斯文,赶紧跟着下手:"快,这帮孙子什么都干得出来的!"大家都顾不上讲究,开始疯抢。

"哗啦!"吴迪一脚踢翻了自助餐的桌子,饭菜和着菜汤摊了一地,这次没人说话了,都扑上去开始抢。陶静站在那儿,不动,凌云抓住她:"不吃顶不住的!"陶静咬着牙:"饿死我也不吃——"凌云抓起一把菜就塞在她嘴里,陶静挣扎着一口吐了出来。"嗒嗒嗒……"吴迪举着步枪对天射击:"时间到!——"

4

夜色笼罩,学员们还在山地奔跑,夜间山里的气温骤降,山巅泛出隐隐白雾,学员们每一个都已经疲惫不堪,但仍坚持跑着。龙飞虎和雷恺、吴迪等人站在监控器前看着,左燕也在。龙飞虎点点头,坐回到椅子上:"基本上还可以,但是力度还不够!还得再加强。"众人目瞪口呆。杨震苦着脸看着龙飞虎:"还不行?我看可以了吧?"吴迪也快哭了:"差不多了!龙头!我这么善良的人都变成恶霸了。"龙飞虎笑:"你善良吗?"吴迪下意识地看看左燕,一脸正色:"当然了!我平时多与人为善啊!我跟人瞪眼的时候都没有!"队员们哄笑,吴迪心里没底,看左燕。左燕笑而不语。龙飞虎笑着站起身:"行了!你们俩的事儿先往后放放。现在要做的,是继续收拾这帮菜鸟!"

夜色里,探照灯刺目的强光打在基地训练场上。菜鸟们都坐在泥潭里,胳膊上架着原木做仰卧起坐,满身满脸都是泥巴。吴迪站在边上剔牙。浸透水的原木比平常的沉一倍以上,郑直有点受不了,但咬着牙坚持着。

"加油!呼吸均匀,保持一致!"段卫兵低声提醒着旁边的学员们。

半夜，气温比白天低了许多。操场上，浑身泥泞的菜鸟们哆嗦着站成队列，有的人嘴唇开始泛紫，牙齿咯咯地直打架。杨震提着枪，在队列前来回踱步："有没有人要退出的？！"——都不吭声。杨震继续来回走着："今天——第一天，你们留下的人比我们想象中的要多！这是我们的失误！我们会尽量弥补这个失误，所以，千万不要期待我们会手软！我们现在手软，日后会有人送命的！"菜鸟们不吭声，哆嗦着站着。杨震脸一沉："这可是你们自己选择的！"菜鸟们看着他，一下子紧张起来。

"回宿舍洗干净睡觉！"

所有人都呆住了，没人动。

"怎么，没人想睡觉吗？"杨震抬手看表，"你们有三个小时的休息时间，抓紧吧。"说完转身走了。菜鸟们愣了半天，随即兔子似的撒腿向宿舍冲去。

学员宿舍里，菜鸟们疲惫不堪地脱掉衣服，郑直疼得龇牙咧嘴，段卫兵笑："这算什么？我在特种部队的时候，猎人集训队比这儿苦多了！"郑直一下子来了精神："大哥，您是特种兵，我是小刑警啊……哎哟！这腿都抬不起来了，还住上铺……谁撑我一把啊？"一只手托着他翻了上去，郑直感激地转过头："谢谢啊……交警！"沈鸿飞苦笑："不是我是谁啊？同是天涯沦落人！赶紧睡吧，现在不是聊天的时候，珍惜每一秒休息的时间吧。"

隔壁的赵小黑衣服都没脱完，已经躺在床上鼾声四起。何苗从上铺探出头："我说，你们谁能让他别打呼噜了？"段卫兵在对面大大咧咧："咋了？大学生，受不了？"何苗一脸苦相："难道你受得了打呼噜啊？多响啊！"段卫兵唰地盖上被子，翻身睡了。何苗探头看看这一屋子人，不满地嘟囔着："这都是群什么人啊？！"没人理他，何苗只好无奈地躺下，鼾声顿起。

此刻，指挥室里，龙飞虎端着一杯咖啡浅尝一口，吴迪一脸兴奋，跃跃欲试："我现在进去吗？"龙飞虎摇头："再等等，让他们睡会儿。"吴迪不明白："你不会真的让他们睡觉吧？"龙飞虎笑："他们已经想到你们会进去的——所以，先让他们睡着吧。"雷恺苦笑："太黑了吧？这要睡着了，可很难起来了。"

"沉睡当中，警报响起，去不去出任务呢？"大家都沉默了。龙飞虎表情严肃，"任何情况下都要考虑实战。我们是练为战，不为看，养兵千日用兵千日——解散，等他们睡着。"

"是。"队员们都散去了。龙飞虎喝了一口咖啡，转向桌上放着的相框——莎莎亲昵地挽着龙飞虎的胳膊，笑容灿烂。

龙飞虎看着，眼里难得地流露出一股柔情，看着远方出神。自从他和路瑶离婚，女儿莎莎一直跟着妈妈过。莎莎是他现在唯一的念想，只是他到现在也想不明白，和路瑶做了十几年的夫妻，双方有着相同的认知和追求，怎么最后就走到了离婚的地步呢？龙飞虎看着照片，什么话都说不出来。

5

卧室里，莎莎正趴在书桌上拿着相框出神。秦朗在客厅里对着电脑在看公司的财务数据。路瑶开门进来，秦朗起身笑着："你回来了？莎莎在楼上写作业呢。"路瑶换了拖鞋："哟？今天这么乖？"秦朗有些欲言又止，很快又笑："乖，哪天不乖啊？"路瑶笑笑，转身上楼。秦朗笑笑，坐下继续看电脑。

莎莎还在出神，听到门响，急忙把相框藏在作业本后面。路瑶苦笑："别装了，我进门以前就知道你没在写作业。"莎莎不服气地说："那是我在冥思！"路瑶走过去："我还听到藏相框的声音。"莎莎叹息："哎，老爹老妈都是警察，这日子没法过了！"路瑶笑："我看看，藏了哪个小帅哥的照片？"莎莎急忙捂住，路瑶笑着一把抽出相框，笑容瞬间凝固在脸上。

"我说了吧？你看了就要着急！说不让你看你非要看！"莎莎看着她，一把抢了过来。路瑶一声叹息："你看他的照片干什么？"莎莎一撇嘴："他是我爸爸，我想我爸爸了，我还不能看看照片啊？"路瑶坐下，一脸严肃："莎莎，我得和你好好谈谈。"莎莎一脸的不在乎："谈什么啊谈？我又没耽误你找新欢，我就是想我爸爸了还不行啊？"路瑶气急："你这孩子怎么说话的？没大没小了？"莎莎瞪着她："我说得有错吗？你以为这是我想要的吗？我就怀念在公安局家属院的日子！"路瑶的口气软了下来："大人之间感情的事，你少乱说！是我管教不了你是吗？"莎莎大吼："我又不是你的犯人，我有言论自由！"

"啪！"莎莎捂着脸愣住了，路瑶也愣住了。莎莎哇地哭出来，路瑶急忙抱住她："对不起对不起，妈不是有意的！妈错了，妈向你道歉！"莎莎哭着推她："我要爸爸，我要爸爸——"路瑶也哭了。门打开，秦朗站在门口，一脸惊讶："怎么了？"莎莎哭着大吼："出去——你出去！我不要你！我要爸爸——我要爸爸——"莎莎起身推秦朗，秦朗急忙退后："我来得不是时候，我现在就走……"路瑶抱紧莎莎，莎莎挣扎着："你别走！你留下，这是你的家！我走！"秦朗知趣地退出，关上门。莎莎哭着推路瑶："让我走！我不想待在这儿！我要去找爸爸！"路瑶泣不成声，紧紧抱着莎莎，母女俩都是抱头痛哭。秦朗坐在客厅里，听着隐约传来的哭声，目光深邃，陷入了沉思。

6

龙飞虎还在出神，铁牛走过来："在想莎莎？"龙飞虎苦笑一下，没说话。铁牛拍了拍他的肩膀："你和路瑶当初到底是怎么回事？一点迹象都没有，就离了。"龙飞虎长长地叹了口气："你现在问我，我也说不清楚。性格使然吧，都很要强，谁都不肯退让一步。"铁牛看他："夫妻之间是需要妥协的，路瑶的性格我也了解，其实你说几句好话可能也就过去了。"

"我们有时间吗？"

铁牛一愣，无语。龙飞虎望向远方："其实现在想想，没时间只不过是一句托词。空闲时候打个电话，发个短信，互相问候一下，可能也不会走到现在这一步。有句话其实说得特别对——我们年轻的时候都太骄傲，不知道欣赏对方的好。"

"现在知道了，你打算怎么做？"铁牛问。龙飞虎低头，笑得很苦涩："还能怎么做？她已经有人了，我现在什么都不想去想了。"铁牛一声叹息："你为什么不早点告诉我呢？我还可以去做做路瑶的工作？"龙飞虎摇头："你做不通她的工作的，她当时其实在等我低头。等我想低头的时候，已经没机会了——不是所有的事，都有挽回的余地。"龙飞虎的喉结蠕动着，半天，才缓缓地说："其实，我最对不起的是莎莎……"铁牛没说话，重重地拍了拍他的肩膀。

值班室里，吴迪和杨震、韩峰在玩斗地主。猎奇趴在一边哈着舌头。韩峰看看表："哎哎，到点了啊！要是龙头发现我们……"吴迪的脸上贴满了纸条："他还能发现我们……"话音刚落，龙飞虎推门走了进来，吴迪几人啪地戳得笔直，满脸纸条。

龙飞虎走过来，看着他们："这么大瘾啊？谁赢了？"三个人都不敢吭声。龙飞虎脸上带着笑："我问你们谁赢了，直说，怕什么？"吴迪咽了口唾沫："我，我们还没打完……"龙飞虎拿起他的牌看看："你赢了，没错。"吴迪不敢说话。

"胜者为王嘛，王者就要有王者的气概——去吧，拉个体能。"

吴迪不敢还嘴，嗖地跑了出去。另外两人憋住笑。龙飞虎回头，俩人都不笑了："你们俩也活动活动，精力过剩了，去吧，招呼他们起床，顺带跟着锻炼。"俩人目瞪口呆。

"还不快去！"龙飞虎怒吼。

"是！"两人撒丫子就跑，猎奇吐着舌头噌地跟着蹿了出去。

7

男兵宿舍外，两个黑影快速闪过。"咣！咣！"两枚催泪弹丢了进来，刺刺地冒着白烟，在房间里滴溜溜转，刺刺冒着的浓烟几乎瞬间笼罩了整个宿舍。菜鸟们被呛醒了，捂着嘴手足无措地满屋子乱窜。韩峰提着铁桶咣咣咣地敲着："起床了！起床了！"菜鸟们穿着军用短裤和背心拼命地往外跑。杨震一把拦住他们："穿好衣服再出去！"菜鸟们鼻涕眼泪流了满脸，什么都看不见，摸着衣服就胡乱地往身上套。

另一边，杨震轻轻推开女生宿舍的大门，嘿嘿一乐，咣地丢进一颗闪光震撼弹。"轰！轰！"爆炸声响后一片白光，女兵们被震醒了，惨叫着，也是一片哭爹喊娘。杨震拿着高音喇叭在外面大喊："大小姐们，起来撒尿了！"陶静站在房间中央，捂着眼睛高喊："我什么都看不见了——"凌云赶紧爬起来，四处摸索着穿衣服。"咣！"又一颗闪光震撼弹丢了进来，所有人捂着耳朵四处尖叫。

操场上，龙飞虎抬手看表。沈鸿飞、段卫兵、赵小黑、郑直和何苗等人已经全副武装地站好，眼睛红得跟兔子似的，个个都是鼻涕眼泪流了一脸。这时，凌云拽着睁不开眼的陶静跑过来，站进队伍里面。其余队员还在宿舍那边忙活，韩峰和杨震检查着他们的着装。龙飞虎冷看着眼前的这些学员，虽然很狼狈，但他们仍然挺胸抬头，尽力让自己看起来不那么狼狈。

"你们几个不错啊，这么快就收拾好站在这儿，值得表扬。"沈鸿飞几人自豪地挺起胸膛，龙飞虎话锋一转，"但是你们忘了一件事——就是既然我想淘汰你们，就会左右有理。我可以说他们反应慢，动作慢，不合格；我也可以说你们，自私自利，急于表现，没有团队精神！所以，你们和他们一样，都是不合格——扣10分。"

几个人瞪大了眼。何苗哭丧着脸："不带这么玩的吧……"龙飞虎笑："怎么，你有意见？"何苗心一横："我当然有意见了！这是不讲道理！"龙飞虎也不生气，点头："嗯，出了门，有的是讲道理的地方，我又没拿枪逼着你来。"何苗气鼓鼓地不吭声了。

"是我太和蔼了，都来跟我讲理了——再扣 10 分！就你们这群人，我不想跟你们摆什么魔鬼教官的臭架子，但是你们也不要蹬鼻子上脸！都是自愿报名来的，都是成年人，你们要为你们的选择负责，受不了可以选择离开——突击队不是人多力量大，是精兵力量大。记住了！"龙飞虎的笑容逐渐凝固在黑脸上，冷冷地看着站得不成队列的菜鸟们，"我不想再看见他们还有力气跟我讲道理！"说完转身走了。

"是，龙头。"雷恺一磕脚后跟，菜鸟们一脸紧张地看着雷恺。雷恺走到队列前，一声令下："武装越野十公里，出发！"

基地大门呼啦啦被拉开，夜色下，学员们背着背囊，全副武装，特警作战靴踩在坚硬的地上都是一个节奏，训练场上顿时灰尘四起。

第六章
—— SWAT ——

1

特训基地的格斗馆内，沙袋林立。雷恺背手跨立，站在队列前："格斗，是特警队员的基本功！在警务行动当中，使用枪支已经是最严重的情况，日常勤务用到最多的就是格斗！"

何苗快速出拳，打歪了。赵小黑扶着沙袋嘟囔着："你小心点，差点儿打着我！"何苗笑："看我来个佛山无影脚！"赵小黑还没反应过来，何苗起身，一连串漂亮的转身腾空踢，稳稳落地。赵小黑傻眼了："可以啊？你还有这手？"何苗笑笑，刚想说话，左边的拳头带着风飞来，何苗连忙伸手格挡。雷恺笑着看他："不错，很敏捷！"说完抢先攻击，一记右横击肘重击过来，何苗连忙左右格挡，连连后退。学员们都停下来，围着看热闹。

"啪！"何苗伸手挡住雷恺的一记重拳："教官，玩儿真的？"雷恺停下，笑笑："随便玩玩，怕了？"何苗轻哼："怕——"雷恺不解，何苗淡淡地说，"——我怕打着您。"雷恺脸上的笑容凝固了。众人都不敢吭声。雷恺也笑笑，伸手指了指场子中间。不远处，铁牛想上前，被龙飞虎一把拦住。

场地中央，何苗脱去训练背心，露出一身结实的腱子肉。段卫兵看着直咋舌："真看不出来啊，还是个练家子的！"陶静站在边上，看得两眼冒光："穿着衣服是书生，脱了衣服是野兽啊！好帅啊！"凌云鄙视地瞪了她一眼。

雷恺和何苗站在中间空场，虎视眈眈地对视着。雷恺首先出招，抢先攻击，右拳带着风向何苗头部攻去，何苗迅速反应，侧身格挡，雷恺招招制敌，转身飞起一脚，何苗屈起双肘向外格档，迅速化解对方的凶猛攻势。何苗也不落下风，刚刚收拳，紧接着便是一阵凌厉的拳脚招呼过去，大家看得都是目瞪口呆。

雷恺轻哼一声，何苗猛扑过去，雷恺一个肘击打在何苗脸上，何苗临倒下给了雷恺裆部一脚，雷恺还来不及高兴，裆部一阵剧痛。何苗从地上坐起来，扶好眼镜。雷恺弯着腰，咬牙吸着冷气，坚强地站直了："嗯！水平不错！"何苗擦擦鼻子上的血："见笑，见笑。"雷恺笑笑，强忍着剧痛，转身一瘸一拐地走了。身后的学员们都使劲憋住笑。铁牛站在远处，目瞪口呆。

格斗馆里，何苗赤裸着上身，意气风发地击打着沙袋。不远处，陶静的小粉拳一下接着一下地往沙袋上打，眼睛却始终盯着何苗，一脸花痴。凌云看着她撇嘴："花痴，你看够了没有？"陶静一脸陶醉："啊？啊？多帅啊！"

一阵急促的脚步声响起，学员们扭头看去，穿着一身特警作战服的沈文津和杨震大步走来，看着何苗。何苗莫名其妙地看着两人。沈文津撇着嘴打量着何苗："四眼儿，可以呀！有两下子！"众人面面相觑。沈文津揉了揉手腕子："咱们练练？"杨震不怀好意地笑，往旁边侧了一步，拉腿。何苗一愣，看着两人冷声道："你们想二打一？"沈文津真诚地点头："对！二打一！有问题吗？"众队员目瞪口呆。何苗冷冷地转过身："我不会跟你们打！"

"怕了？"杨震明显是在挑衅。何苗嗤之以鼻："哼！我是来训练的，不是来打架的！"

"这也是对你的考核，如果你不敢应战，就自动淘汰！"杨震振振有词。何苗急了："你们这是赤裸裸地公报私仇！我要去投诉你们！"沈文津嬉皮笑脸："欢迎投诉！"何苗没说话，愤怒地看着"无耻"的两人。郑直看不过眼，想上前，被沈鸿飞一把拉住。郑直急吼："怎么？眼睁睁看着？"沈鸿飞轻轻摇了摇头："他们真的是在考核。"郑直不相信："这是什么考核？他会被打残的！"沈鸿飞眯缝着眼看："他们好像……真不是那四眼儿的对手。"郑直睁大了眼睛愣住了。

突然，穿着训练背心的陶静咆哮着冲过来，挡在何苗身前："你们干什么呀？他刚才已经流鼻血了！没这么欺负人的吧！"陶静像老鹰护小鸡一样护着何苗，眼泪都下来了。

何苗愣住了。在场的人都目瞪口呆。

杨震没搞清楚情况，瞪大眼问："搞什么？"陶静站在何苗前面："我……我不许你们欺负他！"何苗站在那儿尴尬万分。杨震看看两人："你们在搞对象吗？规矩都是知道的啊！"陶静一愣，脸立刻红了："你说什么呢！我们……我们没有……"何苗尴尬地一声大吼:"跟你没关系!你闪开!"陶静不得不闪到一边,一脸委屈。

何苗怒视着两人,杨震和沈文津相对一看,互相会意,毫不客气地一拥而上。何苗大惊,急忙后退着举肘防守。杨震随即一脚踢向何苗前胸,何苗敏捷闪过,抱住杨震的腿就要往下摔。沈文津见状,起身一拳打在何苗脸上,何苗后仰倒地,腰部一转,左腿起来直接踢向沈文津后脑,三人越打越勇,势均力敌。

格斗中,何苗怒吼一声扑了上去,杨震抓住他的肩膀一个后倒,随即一个"兔子蹬鹰",何苗飞了出去,在地上一个前滚翻起来,满脸是血,随即瞪着眼睛再次冲了上来。这时,杨震从兜里掏出电棒,何苗惨叫着弹了出去。众人大惊。杨震坏笑着挥舞着手里的电棒,火花闪闪。何苗喘着粗气,一咬牙,再次要上。突然,人影一闪,沈鸿飞挡在何苗身前。凌云也呆住了。

杨震诧异地看着沈鸿飞:"你想替他出头吗?"沈鸿飞抱打不平:"见过欺负人的,没见过你们这么无耻的!"郑直焦急地想冲过去,段卫兵急忙拉住他:"别上他们的当……"沈鸿飞瞪着二人:"来吧!二对二,这样才公平!"何苗有些感动,沈鸿飞向两人招招手:"来吧,我也好久没打架了。"

杨震和沈文津咆哮着扑了上来,沈鸿飞毫不畏惧地迎上去,四人打成一团,都是散打高手,所以打起来都是惊心动魄,拳脚不长眼,落到身上都带响。格斗已进入白热化,沈鸿飞和何苗竟然毫不落下风!

忽然,一阵急促的脚步声响起——一群老队员们突然冲了进来,沈鸿飞和何苗顿时被打得落花流水!陶静哭着尖叫,凌云也怒急地冲了上去。吴迪毫不客气地迎上来,凌云招架不住,挨了一拳!郑直一看急了,也冲了上去,挡在凌云前面,马上被吴迪一脚踹翻,郑直挣扎着起身,又扑了上去!忽然人影一闪,沈鸿飞斜刺里跑过来,将吴迪一脚踹翻!沈鸿飞扭头看着凌云:"没事儿吧?"凌云一愣,冷声说:"谁让你帮忙了?"沈鸿飞看她:"这是男人的事儿!你退后!"凌云一脸傲气:"这是大家的事儿!"说着冲了上去。郑直也冲了上去。

四个人被老队员打得步步后退,不断倒地。赵小黑气愤地跳脚:"还等什么!咱们也上吧!"队员们跃跃欲试,只有段卫兵冷静地站着没动:"别上他们的当!"赵小黑一愣,气恼地说:"就你冷静!我忍不住了!"说着,赵小黑也扑了上去。众队员一看,全都涌了上去。段卫兵愣住了。

菜鸟们一拥而上,老队员们立刻落入下风。忽然,一阵刺耳的哨音猛响,更多的老队员带着防爆盾、钢叉、警棍蜂拥而来，对着菜鸟们就是一阵猛揍！众人嘶吼着，无法动弹，一脸愤怒。段卫兵站在边上目瞪口呆。这时，龙飞虎大步走过来，冷冷地看着地上的众人："干什么？！想造反啊？！"何苗被两把钢叉卡着，嘶吼着："你们这是赤裸裸的报复！你默许了你的部下对我们的暴行！这不公平！你们真无耻！"陶静也哭着："你们欺负人！"所有人都怒视着龙飞虎。龙飞虎看着一脸愤怒的菜鸟们，厉声喝问："对于警察执勤来说，从来就没有公平！犯罪分子不会跟你们公平地一对一格斗！你们认为犯罪分子会跟你们讲道义吗？他们比我们训练你们还要无耻得多！如果你们觉得很委屈，马上就可以宣布退出选拔！甚至可以在宣布退出以后，到任何部门去投诉我们所谓的暴行！没有人会因此感到惋惜——因为你们根本就不是我想要的人！"

所有人都愤怒地沉默着。何苗挣扎着要起身，被沈鸿飞拉住了。何苗愣住，咬牙喘着粗气，愤怒地瞪着龙飞虎。

"怎么？没有人想退出吗？你们刚才不是很有尊严吗？这么快就厚起脸皮了？！"

"报告！"段卫兵大喊，"我们一定可以经受住考验！留在这里！"

龙飞虎看了一眼段卫兵，段卫兵站得笔直。所有趴在地上的队员们都用鄙夷的眼神看着他。段卫兵有些尴尬。龙飞虎面无表情地转身走开："我很不满意！因为他们的精力实在太旺盛了！这是你们的失职！"吴迪擦了一把汗水，嘶吼："全都起来！十公里越野！"

2

蜿蜒的山路上，队员们相互搀扶，挣扎着跑着。陶静下意识地瞥了一眼何苗，满眼心疼："凌云姐，慢点儿……我的肺快炸了……"凌云赶紧扶着她跟上。队伍后面，吴迪、韩峰和杨震等人驾着摩托车驱赶着众人。段卫兵跑在队伍前面："大家加油啊！"——没人理他，段卫兵满脸尴尬，欲言又止，无奈地住嘴，独自奔跑。

塔台上，雷恺放下望远镜，对旁边的龙飞虎和铁牛一笑："看来，这个段卫兵被他们彻底孤立了！"龙飞虎微微一笑："咱们这一套对他没用，段卫兵在特种部队全都经历过，所以他不上当。结果，他反而成了另类。"铁牛不太明白："可是，沈鸿飞也是特种兵出身，他应该也经历过这些啊，怎么他那么不冷静？"龙飞虎脸上露出狡黠的笑："沈鸿飞比段卫兵要冷静得多，他知道自己不能成为另类。在一个团队当中，队友的决定未必都是正确的，他是在照顾团队的情绪。很显然，他更适合成为团队的领导者。"

入夜，队员们几乎都是连滚带爬地进了宿舍，有的一屁股瘫坐到地上，有的直接横躺到床上，哀声一片。何苗和沈鸿飞的情况稍微好一点，两人并排坐在床上。郑直瘫坐在床下直喘气，赵小黑坐在对面，段卫兵稍远地坐在凳子上，心事重重地看着众人。

所有人都沉默着，黑暗里只听见粗重的喘息声。忽然，段卫兵站起身看着众人："我……我想和大家谈谈！"所有人都冷冷地看着他，不屑地侧过脸去。段卫兵尴尬万分地看着众人的后脑勺："当时……大家真的应该冷静一下！他们只是想通过这种方式，刺激我们的自尊心，考验我们的意志……"沈鸿飞看着段卫兵："别说了！你的选择是正确的！"段卫兵愣愣地看着沈鸿飞。突然，一阵急促的哨音响起——全体集合！——宿舍里一阵忙乱！

"唰——"探照灯雪亮的灯柱投射在空旷的营地上。黑暗处，龙飞虎山一样的身躯站在检阅台上，强大的光束将他打成了一个黑色的剪影。菜鸟们整齐列队站在台下。这时，龙飞虎微微示意，铁牛走到队前翻开手里的文件夹，一脸严肃地说："现在，将把你们这些人重新划分成五个训练小队。同时，将不再以个人成绩作为淘汰的标准，而是考核每个小队的综合成绩！每个小队100分，三天的训练期结束后，成绩最差的三个小队直接全部淘汰！留下的两小队继续进行下一步的专业技能训练。你们每个小队的代号，都是小鼠！"——所有人都愣住了。铁牛眼都没抬，继续念："现在我宣布分队名单……小鼠一队，沈鸿飞！——"

"到！"沈鸿飞出列，啪地上前一步。

"郑直！——"

"到！"郑直和沈鸿飞相视一笑。

……

铁牛抬眼看了看队列，高声喊道："段卫兵！——"

"到！"段卫兵出列，所有人都冷冷地看他，段卫兵有些沮丧地站到小队旁。铁牛没说话，看了一眼名单——剩下最后两名女队员。凌云一脸坦然，目不斜视。陶静紧张得眼泪都快下来了，低着头。郑直下意识地看向凌云，嘴里不停地嘀咕："师姐……师姐……"沈鸿飞皱眉看了他一眼。郑直一愣，赶紧掩饰着笑："我没别的意思……她能力强……不拉分儿！"铁牛看了一眼凌云，大声地喊："凌云！——"凌云一愣，随即高声答到，郑直按捺住激动，重重地擂了沈鸿飞一拳，沈鸿飞一缩，痛得龇牙咧嘴。

队列里，陶静紧张得快哭了，一个劲儿地盯着凌云。

"陶静！——"铁牛高喊，众人都愣住了。陶静猛地抬头："啊？"铁牛合上文件夹，有些无语："你'啊'什么？出列！"

"……是！"陶静尴尬地出列，走向一队，队列里传来一阵沮丧的叹息。

赵小黑站在队列里低声嘀咕："唉！给个尖子，总得再来个添头……"何苗一脸不满地看着陶静，两人的目光正好对上，都是一愣。陶静望着何苗冷冷的表情，眼泪下来了。其他人一愣，何苗诧异地看她。

"陶静！"龙飞虎一声虎吼。陶静带着哭腔："到！"

"你又哭什么？！你对分队有意见吗？"

队员们齐刷刷地看着陶静，陶静"哇"的一声哭了出来："报告！我……我想退出！"众人大惊！何苗有些尴尬地看着陶静。龙飞虎轻笑："很好！你终于恢复了理智！现在我的好奇心突然出现了，能告诉我你退出的原因吗？"陶静努力扬着头，抑制着夺眶而出的泪水，断断续续地说："我……我一直都是最差的，我……我不想因为我……影响一队的整体成绩！"一队的队员们都愣住了。

"很好！理由非常充分！"陶静咬着嘴唇，努力让自己不哭出声。龙飞虎看向一队，眼神有些冷："我想问问你们，你们同意陶静的主动退出吗？"

队员们面面相觑，隐约传来小声的赞同声。陶静泪水哗哗地流。凌云激动地大喊："报告！我反对！"所有人都看她。凌云厉声："同时，我申请离开一队！因为我不想跟一群自私的人成为队友！"凌云鼓励的眼神看着陶静，眼睛有些湿润。沈鸿飞难以置信地看着凌云。龙飞虎面无表情地扫视了一眼："小鼠一队，你们作何感想？！"沈鸿飞大声喊："报告！"

"讲！"

"我反对陶静同志退出！并且真诚地欢迎她加入小鼠一队！如果大家允许的话，我想代表一队全体人员，向陶静同志表达歉意！"沈鸿飞啪地转向陶静，"对不起！请你入列！"陶静有些感动地看着沈鸿飞，凌云也诧异地看着他，若有所思。

"陶静同志！请你入列！"沈鸿飞再次高喊，越来越多的队员同声附和。陶静感动得不行，使劲儿点头，可是目光依旧下意识地看向何苗。何苗尴尬地错过陶静的目光，大声地说："我同意！"陶静哭得更厉害了。

"陶静同志，我破例再给你一次选择的机会。不过我提醒你，他们对你的邀请不过是对你的怜悯而已，他们的确都很善良！可是，你真的愿意去拖累他们吗？"龙飞虎面无表情。陶静愣住了，随即猛地擦了一把眼泪，大声喊："报告！我收回退出申请！我保证绝不会给一队拖后腿！"说着，大步跨入队列。

"真是感人啊！"龙飞虎笑着鼓掌，"那好！我再宣布一条规定！整个强化训练期间，依然实行自愿退出制，任何人在任何时间都可以选择退出。但是——我们会综合考核每个小队的退出率，每退出一个男队员，小队综合成绩扣5分，每退出一个女队员，综合成绩扣20分！"队员们呆若木鸡，龙飞虎转身走人，"继续分队！然后就都滚回去睡觉吧！我保证，明天天亮的时候，就是地狱之门向你们敞开的时候！"

雷恺一招手，几个突击队员一起上手，将水坑边的五根巨大原木推进水中，哗啦一声，原木溅起的巨大水花喷溅了菜鸟们一身。吴迪拍了拍手上的土，狡黠地笑："一队一根，泡一晚上，重量加倍，明天早上各位多吃点儿！"

3

夜深人静，训练场上一片寂静，在操场一角，五根依次编着号码的大原木躺在水坑里静静地漂着。

办公室里，龙飞虎、雷恺和铁牛围着桌子正在斗地主。龙飞虎脸上已经贴了好几张纸条。雷恺狡黠地笑："龙头，今天你这招儿是太损了。你把看上的人全都分到了一队，这可是典型的徇私舞弊呀！"龙飞虎笑而不答，雷恺继续，"我问你！假如最后成绩出来，小鼠一队的成绩真的干不过其他队，你怎么办？"铁牛停下手洗牌，一脸求知地看着龙飞虎。龙飞虎一把拿过铁牛手里的牌，熟练地洗了两把，表情严肃地看着两人："所以，我也是在赌！跟你们这么说吧，以小鼠一队那些人的能力和潜力，如果正常发挥，他们绝不可能输给别的队。唯一阻碍一队的就是他们自己——也就是这些人的个性！如果他们不能克服彼此的个性，不能团结一致，融合到一起，就算是个人能力再优秀，最终也会失败！如果是这样，我也只能忍痛割爱，洗牌重来了！"铁牛和雷恺一愣，严肃地点头。

此刻，队员们已经疲惫不堪，男兵宿舍里鼾声如雷。郑直睁着眼躺在床上，想了想，翻身而起，敏捷地跳下床。黑夜里，沈鸿飞一惊，睁开眼，没动。郑直轻手轻脚地摸到床前，推搡着熟睡的赵小黑："起来！有事儿！"又推推睡在旁边的何苗。段卫兵和其他几个队员也都被吵醒，全都坐起来，看着郑直。何苗在黑暗里摸索着戴上眼镜，不满地嘟囔着："大半夜的，你把大伙儿叫醒，什么事儿啊？"郑直一本正经，压低了声音："都看见水坑里泡着的那五根原木了吧？上面有编号！我是想，咱们偷偷出去，把一队的那根捞出来，晾着，等天快亮的时候，再……"郑直做了个推的手势，赵小黑大惊："那不是作弊吗？"沈鸿飞和段卫兵对视了一眼，沉着脸没说话。何苗也觉得不合适："这么做，胜之不武！"郑直急得直嘘嘘："你俩小点儿声！……什么叫胜之不武啊？现在是什么时候？你死我活的时候！咱们要想实现梦想，就必须得让自己生存下去！"众人面面相觑，郑直笑笑："也不用都去！来五六个人就行了！谁去？"

一阵沉默。

"你们倒是说话呀！"郑直急吼。段卫兵看他，语气很严肃："咱们战胜别的队凭的是实力，弄虚作假的事，不能干！"郑直一撇嘴："你得了吧！我也没指望你去！——沈鸿飞，你去不去？"沈鸿飞面色冷淡，没说话，返身躺倒。郑直一愣，一撇嘴，又看着其他队员："谁去？……赵小黑，我可告诉你，咱们要是输给别的队，你还真就得退伍回家了！到时候枪你也摸不着了！公务员更别想了！"赵小黑一咬牙，猛地起身："我去！"

"你呢？"郑直问何苗，"你也看见了，那个陶静基本上没希望。她只要一走，咱们队的20分又没了！到时候哭都哭不上调儿来！"何苗犹豫了一下，下定决心似的跳下床："我也去！"经过郑直一煽呼，又有七八个人要加入队伍。郑直高兴地直搓手："够了够了！穿衣服，走！"几个人摸黑下床，窸窸窣窣地穿好衣服。

沈鸿飞犹豫着，想想，翻身坐起，刚要开口，段卫兵噌地从上铺跃下："谁都不能去！"郑直等人冷冷地看着段卫兵，都是鄙夷的眼神："段卫兵！我知道你想争先进，我们不和你争！可是也请你不要阻碍大多数人同意的行动！"段卫兵咬咬牙，苦口婆心："我是为了你们好！这件事一旦被发现，咱们队就会面临严重的惩罚，甚至会影响选拔！我希望大家对自己的实力自信一点儿！"

赵小黑几个队员有点犹豫。郑直一看被拆台，低声怒吼："段卫兵！我没你那么强的实力，我只想让大家顺利过关！当然，你要是不愿意，你随时可以去举报啊！到时候我们都被淘汰，你就立了大功了！搞不好你能当上副大队长呢！"段卫兵的脸通红，气急地跳上床铺，一把盖上被子。郑直得逞，催促着众人匆匆离去。黑暗里，沈鸿飞一脸严肃，看着几人的背影若有所思。

夜色笼罩着训练基地，一片寂静。吴迪借着姐姐来东海出差的机会，约了左燕，也想让姐姐见见未来的弟妹，左燕没答应也没拒绝，这对吴迪来说就是个好消息，正一个人乐颠乐颠地往宿舍走，突然一愣，快速闪身隐蔽在花坛旁。宿舍边上，几个黑影摸着墙根儿鬼鬼祟祟地走到水坑边，四下看看没人，迅速把编着 1 号的原木捞了出来……

"有这事儿？"龙飞虎从办公桌后抬起眼，诧异地看着吴迪。吴迪一脸肯定："我亲眼看见的！就我刚才说的那几个人。"铁牛皱着眉，雷恺气恼地起身要出去，龙飞虎一扬手："等会儿！"雷恺一愣，回头不解地看龙飞虎："怎么，你要默认他们作弊呀？"龙头想了想，意味深长地说："我相信，一队肯定不是每个人都想作弊。我想先看看，他们自己怎么处理这个问题。"铁牛会意一笑："静观其变？"雷恺恍然，坐回椅子。吴迪站在边上，目光一动，讪笑着："各位首长，那我回去了。"说着就想往外走。

"等会儿！"龙飞虎叫住他。吴迪猛地愣住，有点紧张地回过身。龙飞虎脸上是耐人寻味的笑："你怎么看见他们捞木头了？"吴迪眨巴眨巴眼："我……我正好上厕所。"龙飞虎看他："你住的宿舍有厕所，你跑训练场来上什么厕所？"吴迪词穷。铁牛就笑："约会去了吧？"吴迪大惊，头摇得跟拨浪鼓似的："没有！绝对没有！"

"老雷，把训练场监控给我调出来！"龙飞虎一吼，雷恺站起身："好嘞！"吴迪立即哀求道："我招！我招！我没约会，我就和左燕说了几句话！"龙飞虎狡猾地笑："说什么了？"三个人一脸坏笑地盯着他。吴迪小心翼翼地说："龙头，我能保密吗？"

"能！听口令，向后——转！"吴迪啪地转过身，保持着标准的军姿。龙飞虎看着他的背影："——蛙跳回去！"吴迪的脸都绿了，双手抱着后脑勺，一蹦一跳地出了门。三个人在屋里哑然失笑。

4

清晨，特警训练基地，鲜红的国旗在空中猎猎飘扬。远处，突击队员们整齐列队，持枪肃立。学员们被编成五个方队站在空地上，每个队列前都横着一根湿漉漉的大原木。龙飞虎面色凝重，注视着他们："都准备好了没有？"

"准备好了！"队员们气势如虹。

龙飞虎满意地点头："考核正式开始！第一项集体负重越野，考查的是你们的团队协作精神和顽强的意志力！"龙飞虎瞄着五根原木，"这五根原木是我们猛虎突击队的宝贝，五年以前，从东北原始森林里精挑细选来的，长短、粗细、重量都相差无几……"郑直瞥了一眼原木上的标号，得意地看向赵小黑，赵小黑有些心虚地错过他的目光。

龙飞虎指着远处的山包："目标——山头上的红旗！时间——一个小时之内，先到达者获胜！考核权重，10分！有一个掉队的，也算弃权！——有问题吗？"

"没有！"队员们吼得地动山摇。

一声哨响，队伍蜂拥而上，扛起各自队列前的原木，站到白线前准备起跑。杨震低头看表，一声大吼："干！——"五个队扛着原木，猛跑而去！龙飞虎面无表情地看着他们的背影。

野外，晨雾蒙蒙。队员们抬着原木嘶吼着，争先恐后地向山顶冲去。杨震骑着摩托，边鸣枪边吼："快！跟上！不能有人掉队！掉队就代表弃权！先到者获胜！超过一个小时，成绩无效！各扣10分！"队员们一路嘶吼着奔跑。龙飞虎坐在车里，面无表情。

山路上，小鼠一队已经领先了一大截。郑直一脸兴奋，只有沈鸿飞和段卫兵一脸严肃。二队队员扛着原木呼哧带喘："一队……今天是……怎么了？跟兔……兔子似的！大伙儿快追呀！"众人心急火燎地加速，一不小心倒下一片，又连滚带爬地起来，咬牙扛起原木继续跑。

山顶的终点处，一队扛着原木冲到红旗处，吴迪悠闲地倒坐在摩托车上，手里掐着秒表："一队——54分35秒！"队员们气喘吁吁地瘫倒在地上，只有郑直忘情地一脸兴奋。不一会儿，后面的小队踩着尘土陆续跟了上来，一到终点就瘫在地上不动了。

这时，越野吉普急速驶来，龙飞虎坐在副驾上，单手一撑，跳下吉普，面无表情："成绩？"吴迪大步上前："报告龙头！一队成绩，54分35秒，无人掉队！三队，59分35秒，无人掉队！其余二、四、五队，全部没有在规定时间内完成，成绩无效！"龙飞虎一笑："一队表现不错呀！乖乖！54分35秒！快赶上我们猛虎突击队的纪录了！简直可以称得上……有如神助！"

郑直得意地挺直了腰板。

龙飞虎走到五根原木前，煞有介事地弯腰检查着。郑直吓了一跳，一脸紧张地看着龙飞虎。段卫兵站在旁边，欲言又止。沈鸿飞凝重地站得笔直。龙飞虎看完若无其事地直起腰来，郑直等人暗暗吁了一口气。队伍一片寂静，大家等着宣布成绩。龙飞虎忽然掏出对讲机："韩峰！上来！"

一阵汽车轰鸣声！韩峰驾着一辆皮卡冲上山顶，"吱"的一声急停。韩峰跳下车，笑着对后面的四个队友一摆手——四个人从后车厢抬出一台磅秤——郑直等人彻底傻眼了！砰！磅秤落地。龙飞虎凌厉的目光扫视着一队。凌云和陶静几个女兵一脸诧异，郑直和赵小黑几个人心虚地低着头。龙飞虎瞪着一队，终于吼了出来："还用得着称吗？！"吴迪冷声："亏你们想得出来！半夜把原木捞出来，早起再推进水坑，原木外面是湿的，里面是干的，重量至少相差几百斤！"

一队众人低头不语，凌云气恼地扫视着男队员。郑直忽然抬起头，怒视着段卫兵。段卫兵一脸意外。

"下面，我宣布这次考核的成绩！"龙飞虎声音低沉，"三队，在规定的时间内完成考核项目，加10分！二、四、五三队虽然并没有达到考核要求，但是大家齐心协力，精诚团结，互相鼓励，最终无人掉队，不予扣分！"龙飞虎冷冷地瞪着一队："一队弄虚作假，丢人现眼！全队成绩，扣除50分！如若再犯，直接淘汰！"龙飞虎话锋一转，"谁是领头儿的？站出来！"郑直站在队列中一哆嗦。龙飞虎扫视着："怎么？连好汉做事好汉当的勇气都没有吗？！我再给你们10秒钟时间！没人站出来的话，全体淘汰！"

郑直一脸沮丧，闭眼长出了一口气。吴迪抬手看表——还有最后两秒，郑直刚想张口，听见沈鸿飞一声大喊："报告！"

所有人都愣住了。

"报告！是我的主意！"龙飞虎瞪着沈鸿飞。

郑直一脸震惊地看着沈鸿飞，段卫兵、何苗，还有赵小黑全都愣住了。龙飞虎走到沈鸿飞面前："真是你？"

"报告！是我！"沈鸿飞目不斜视。

郑直前趋一步想要站出来，沈鸿飞眼神凛冽地瞪了他一眼。龙飞虎不动声色地凝视着沈鸿飞："真让我意外！"郑直看着沈鸿飞，喉头蠕动着。龙头扭头看着吴迪："交给你了！"

"是！"吴迪高声回答，龙飞虎大步走向吉普车，一踩油门开车离开了。

5

山顶上，沈鸿飞赤裸着上身，露出一身结实的腱子肉。巨大的 3 号原木一头垂地，另一头压在沈鸿飞高举的双手上，沈鸿飞冷汗直冒，双臂直打战。吴迪站在旁边嘶吼："1——"沈鸿飞挣扎着下蹲，又挣扎着硬生生举起原木……不远处，一队队员们眼巴巴地望着正在接受惩罚的沈鸿飞，表情复杂。陶静带着哭腔："咱们去求求龙头吧！这样下去，他非练废了不可！"凌云冷声："他活该！"郑直尴尬地看着凌云，忽然冲到段卫兵面前，一把拽住他的衣领，一拳打下去！段卫兵猛然摔倒！凌云大喊："郑直你干什么？！"郑直哭着瞪着段卫兵，厉声咆哮："是你告密的对不对？！"段卫兵不说话，怒视着郑直。郑直再次扑上去，何苗急忙拽着他。郑直挣扎："放开我！放开我！老子今天要废了他！叛徒！"段卫兵起身，抹了抹嘴角的血："我没有告密！我倒是真想告密！郑直，你觉得你做得对吗？！"郑直怒吼："我的事我自己会处理！我他妈先干死你这个叛徒！"

突然，沈鸿飞猛地把原木摔到地上，大吼："住手！"所有人都停下，全都愣愣地看着沈鸿飞。沈鸿飞瞪着郑直，低声说："——告密的人是我！"

所有人都呆住了。

"你？！"郑直张着嘴不相信地问。沈鸿飞走到郑直面前："是我！早起上厕所的时候，我去找了龙头，告诉他我们的原木做了手脚。可是龙头跟我说，让我不要声张，等比赛完了再说！"郑直发了疯似的拽着沈鸿飞的衣领，高声怒吼："沈鸿飞！你有病吧！你又去告密，又替我承担罪责！你想干什么？！"沈鸿飞的嘴唇翕动着，良久，才缓缓地说："我去告密，是因为我觉得我们应该用自己的真实实力打败二队！我替你担责，是因为我清楚，承担责任的人会面临什么，我比你的承受力要强……我把你当兄弟！"凌云愣愣地看着沈鸿飞。郑直猛地推开沈鸿飞："我用不着！你在作秀吗？我不领你的情！"说完径直跑到原木前，竭尽全力地扛起原木，哭着嘶吼着。

郑直刚蹲下，沉重的原木将他重重地压在地上！沈鸿飞第一个跑过去，撑起原木，郑直哭喊着："别管我！我错了！我愿意承担责任！我甘愿受罚！……"郑直举起原木，青筋暴起，还是被原木压得起不来。这时，段卫兵冲上去，扛起原木，何苗、赵小黑也哭着跑过去，凌云和陶静也含泪冲过去……吴迪看着众人，笑了笑，骑上摩托，扬尘而去。

山顶上，队员们合力抱着原木，嘶吼着。山下，龙头放下望远镜，冷冷注视着，但内心却有一种久违的激动——领导力，是一种与生俱来的能力。

第七章
——— SWAT ———

1

男兵宿舍里鼾声一片，队员们都疲惫地睡了。郑直瞪着眼睛，仰面躺在床上，心事重重。翻了个身，又烦躁地坐了起来。

"怎么不睡呀？"

郑直回过神，在黑夜里顺着声音望过去——是沈鸿飞。郑直欲言又止，不知道该怎么回答。

"睡吧，明天还得训练呢。"沈鸿飞翻了个身说。郑直忽然开口："咱俩聊聊？"沈鸿飞有点儿意外，起身径直走到郑直床边，挨着他坐下："想什么心事呢？"郑直直愣愣地看着沈鸿飞："我突然发现，我是个特别没用的人。"

"为什么这么说？"

"其实，原来我根本不这么想，"郑直自嘲似的苦笑，望着前方，"我跟你说过，我生在一个警察世家，我从生下来就打着警察的烙印，我两岁的时候就能看懂警衔，我所有的玩具全都跟警察有关，警车、警枪、手铐，从小我玩的游戏全是警察抓坏蛋，我从来都是当警察，高中毕业以后，又如愿考上了警校。"沈鸿飞笑着点头，郑直继续说，"刚入队的时候，龙头问我为什么要当特警，我说是为了填补我们这个警察世家没有特警的空白，好多人听了都在笑，可我说的是实话。我觉得我肯定没问题！……现在想想，真是太自命不凡了……"郑直说罢，看着沈鸿飞，"我体能不如你和何苗，我没有段卫兵那么冷静，不如赵小黑那么实在，总想要些小聪明……原本以为处处占优的我在现实中一无是处！我甚至开始自问，我来这里到底是为了什么？真的只是为了填补什么空白？这个目的太虚无了，还远不如赵小黑的目的更实际一些。"沈鸿飞笑着拍了拍郑直的肩膀："看来，你是被白天的事给刺激到了，才会这么妄自菲薄！你放心吧，没人怪你。都知道你也是为了大家的成绩着想——起码出发点是好的。"

"唉……要是她也能这么想就好了！"郑直小声地叹息。沈鸿飞一愣："她是谁呀？"郑直诧异地看着沈鸿飞："你是真傻假傻呀？我坦率跟你说吧！我喜欢凌云！"

沈鸿飞彻底愣住了。

郑直的眼睛在黑夜里发着亮，看着沈鸿飞："这事有那么让你吃惊吗？"沈鸿飞有些慌乱，赶紧掩饰说："没……没有，这很正常……凌云挺不错。"郑直认真地说："不是挺不错，是完美！起码在我心里，她是完美无缺的女神。"沈鸿飞笑了笑。郑直忽然兴奋起来，朝沈鸿飞凑了凑："你知道吗？上警校的时候她大我一届，又和我是老乡。第一次开老乡会，我就被她给吸引住了。漂亮、有气质、高才生，各方面素质优秀。可惜那时候我在她眼里就是个同乡的小老弟，又不在同一个系，很难经常见面。她毕业以后，我还惆怅了一阵子，可是我万没有想到，上次在百花分局我再一次见到了她！这算是缘分吧？这次特警支队选拔，我们又到了一个队，这更算是缘分吧？"沈鸿飞静静地听着，微微点头："……是缘分。"郑直的神色忽然黯淡下来："可惜。现在我越来越觉得，我们之间恐怕是有缘无分了！在她眼里，我和几年前在警校的时候没有什么区别，就是个同乡的小老弟，原来是同学，现在是同事，仅此而已。至今为止，我没有做过任何让她感觉有好感的事，尤其是今天……你注意到她看我的眼神了吗？里面充满了失望、怨恨、瞧不起……"郑直低下头。沈鸿飞笑笑，安慰他："你想多了。我和凌云虽然接触不长，可是我能感觉到，她就是那种心高气傲的女人，她看谁的眼神都那样。女人这种动物是需要降服的，越优秀的女人越难降服，只有更优秀的男人才能成为她的男人。但是女人这种动物一旦被降服，那么就是死心塌地了。就拿我来说吧，不就是跑步赢了她一次吗？你看她对我那态度，岂止是怨恨啊，简直要杀了我……"郑直忽然扭头看着沈鸿飞："你错了！她对你有好感！"沈鸿飞愣住，随即一笑："别扯了！她对我有好感？！她……"

"相信我！我的感觉错不了！"郑直打断他，"也许一开始她是对你不服气，可是今天我看得很清楚，她看你的眼神不一样。那是一种欣赏加敬佩的眼神——一个心高气傲的女人一旦用那种眼神看着一个男人，只能说明一个问题：她喜欢上你了！"沈鸿飞愣愣地看着郑直："你为什么要跟我说这些？"郑直看着他，一字一句地："因为，从今天开始，我把你当成我的朋友了！知心朋友，甚至……如果一切顺利的话，我们能成为一对好兄弟。"沈鸿飞沉默，郑直笑笑，"——但我绝对不会放弃凌云，所以，我也希望你不要和我争。"

"你这算是对我的警告吗？"沈鸿飞笑笑，小心地问。

"不算，只算是提前向友军通报，这个阵地是我的。我可以付出任何代价，什么都可以不要，但这是我的最后防线。"

沈鸿飞看着一本正经的郑直，起身朝自己床边走去，躺好，幽幽地说："别杞人忧天了！我有女朋友！"郑直一愣，气恼地起身瞪着沈鸿飞："我把你当朋友，你跟我玩儿这套？"沈鸿飞拽过被子盖上："那你想怎么样？让我跟你做出承诺？"郑直气急地扑上去。黑暗中，沈鸿飞"啪"地点燃打火机，一张照片挡在郑直面前。照片上是一个青春靓丽、打扮时尚的姑娘。郑直呆呆地看着沈鸿飞："她……是你女朋友？"沈鸿飞缩回手，灭了打火机："她叫王小雅，是我高中同学。"郑直愣在当场，讪讪地回到自己的床铺。黑暗中，沈鸿飞拿着手里的照片，陷入了沉思。

2

城市的夜晚霓虹闪烁，歌舞升平。夜总会里的灯光让人眼花缭乱。大厅里，劲爆的音乐震得心脏突突突地狂跳，DJ戴着耳麦嘶吼，领舞小姐火辣的身材忘情地扭动着，更多的年轻人围在她周围，在舞曲伴奏下疯狂地扭动着身体。舞池中央，王小雅化着浓妆，一身靓丽的打扮，在旋转的灯光下不停地扭动着，在人群里很是惹眼。

"小雅，回去吧，我有点儿累了。"和王小雅一起来的女伴俯在耳边叫她。小雅边扭边兴奋地回头："好不容易放松一下，我还没过瘾呢！再跳会儿！"说罢，更疯狂地热舞起来。两个同伴相视苦笑，继续跳。舞池旁的酒座边，熊三大大咧咧地靠在椅子上，胳膊上的文身在灯光下很是刺眼，一双眼睛直勾勾地看着舞池中央。

旁边一个混混模样的手下笑嘻嘻地凑过去："三哥，看上那个妞儿了？要不要哥儿几个……"——"啪！"熊三一巴掌打在他的头上："滚蛋！"说罢，依旧色眯眯地看着舞池中央的小雅。讨了个没趣的混混讪讪地坐了回去。

大厅里，几个跳舞的小混混边跳边向王小雅蹭过去，王小雅的两个女伴也被挤到一边。其中一个混混色眯眯地挤到王小雅身边，下流地蹭着身子，王小雅一脸不快，想躲，很快又被贴上。王小雅不满地停止跳舞："你干什么呀？"混混一脸淫笑："妹妹，挺性感啊！交个朋友呗！"王小雅气恼地瞪着他，两个女伴有些惊慌失措。王小雅没理，瞪了混混一眼："我们走！"四个混混一下子围住她们："妈的！给脸不要脸啊！"

酒座旁，熊三目光一凛，猛地一掀酒桌，起身冲进舞池中央。几个手下见状，也一拥而上地跟过去。突然，舞曲戛然而止！熊三瞪着眼睛直奔几个小混混。一个领班模样的男人焦急地迎上来，恭敬地叫了一声："三哥……"熊三一把推开他，四个小混混眼睛立刻直了。王小雅看见熊三，一脸诧异："你怎么在这儿啊！"熊三看着王小雅："小雅，一会儿再聊！"说罢，走到四个小混混面前，一言不发地瞪着他们。刚才紧贴王小雅跳舞的混混哆嗦着喊道："三……三哥……"

啪！一个大耳光打在脸上！那名混混腿一软，立刻跪下了，满脸是血地求饶道："三哥！三哥饶了我们吧！我不知道她是您马子，我要是知道，借我个胆子我也……"熊三弯下腰，恶狠狠地瞪着他："谁……告诉你她是我马子了？"混混自觉说错话，猛地给了自己两个耳光："对不起三哥，我胡说八道！"熊三指着王小雅："她——是你干妈！"混混一愣，随即懂事地跪着蹭到王小雅面前开始磕头："干妈好！"王小雅哈哈大笑，摆着手："我有那么老吗？滚滚滚！"混混迫不及待地看着熊三，熊三一瞪眼："你干妈让你滚呢！"四个混混如大赦似的跑了。

王小雅站在舞池中央叉着腰还在笑。熊三笑着走过来："小雅，解恨了吧？"王小雅捂着肚子："笑死我了！熊三，你真行啊！混得不错呀！"熊三不屑地笑笑："小意思……怎么着，咱楼上坐坐去？——这俩是你朋友吧，一起去！"王小雅笑笑："算了吧，她们可见不得你这么大场面，我们得回去了。"熊三有些不甘，还是笑了笑："那行，回头我单独请你！"

夜总会门口，一行人有说有笑地走出来。王小雅拍拍熊三："今天你可给我解气了！哎？你怎么看见我的？"熊三笑笑："我早就看见你了，一开始没敢认，后来看你玩儿得挺嗨，没好意思打搅你。我说小雅，我记得上学的时候你挺文静的呀，怎么也来这儿嗨啊？"王小雅撇撇嘴："闲的呗，要不干吗呀？"熊三笑了笑，忽然目光一动："对了，你和沈鸿飞……还好着呢吗？"王小雅表情一沉："算是吧。"熊三笑："怎么叫算是啊！"王小雅苦笑："两年了，我一共见着他三回。"熊三一愣："怎么？鸿飞现在还当大头兵呢？"王小雅叹了口气："兵是不当了，又去考特警了！"

"特警？！"熊三目光一凛，王小雅吓得一跳。熊三赶紧笑道："嘿嘿！这小子还真闲不住。哪天他回来你告诉我，咱们好好聚聚，这一话儿得七八年没见了。"

王小雅晃了晃手机："行，你号码我知道了，等他回来我给你打电话。"

这时，一辆宝马开过来，熊三笑着拉开车门："上车吧！他送你们回去。"

"你的？"熊三点头，王小雅难以置信地看他，"行啊熊三！你现在真发达了！你干什么工作呢？"熊三敷衍地笑着："我能干什么呀……等回头我跟你说吧。"王小雅笑笑，上了车，熊三望着夜色里的宝马车，若有所思。

3

射击馆里枪声大作，龙飞虎站在队列前，在他的面前摆着各种枪械，54手枪、85微冲，还有高精狙……队员们看得眼睛都放光。龙飞虎拿着一把高精狙："你们当中，许多人对武器并不陌生，甚至还有很多属于高手，枪打得比我手下的突击队员们还好。"段卫兵舔舔嘴唇，贪婪地看着高精狙。龙飞虎一拉枪栓，"我今天亲自给你们上射击的第一课，不想教你们什么叫作射击，而是什么叫作杀戮。当代军事工业的发展使得轻武器越发精密，越发强大。这是一颗子弹，这颗子弹在开枪以后，将会命中目标——而对于我们来说，这个目标不是你们面前的靶子。"龙飞虎举着一颗高精狙的子弹，"——是活人。"

"在扣动扳机以后，这颗子弹，将会命中一个活生生的人的要害，夺取他的性命。可能是恐怖分子，可能是贩毒分子，也可能是持械劫持人质的匪徒——但是，他们是活人，是没有经过法律审判，却因为危害他人性命或者公共安全，而必须被我们杀戮的活人！"队员们都紧张地注视着他，"法律授予我们在最危急时刻夺取他人性命的权力，但是我们不能掉以轻心！因为我们是警察，我们是法律的捍卫者，不是法律的破坏者！"

"手枪、冲锋枪、自动步枪、狙击步枪、轻机枪——都是配发给我们的杀戮利器，但是我们的目的，不是杀戮。"学员们疑惑地看着他，"我们的目的，是——止杀！"

所有人都屏住呼吸注视着。

"止杀，制止正在进行的杀戮！这是特警队员的神圣使命！"龙飞虎声如洪钟，"当我们在危急当中必须采取果断措施，击毙匪徒的时候，我们不要忘记，我们的目的是制止杀戮！因此，是否采取夺取对方性命的最高武力措施，要取决于对方是否威胁到他人、自身以及公共危险设施的安全！要记住，这个判断是瞬间的，而且不能出错！因为扳机一旦扣动，这颗子弹飞出去，就没有挽回的余地！我们是法律的捍卫者，也是执法的最强力单位，但这不代表我们可以擅自夺取匪徒的性命！能够兵不血刃，化解危机，当然是最好的。记住，匪徒的性命，也是性命，如果不是非死不可，我们必须要交给法律，对他们进行严厉的制裁！只有在最危难的关头，我们才可以以杀戮制止杀戮！你们明白了吗？！"

"明白了！"场馆内学员们的声音如山吼。

4

接下来的山地训练，队员们都换上迷彩服，全副武装，哗啦啦地跑过去列队集合。龙飞虎站在山头："今天的考核内容非常特殊，叫作抓小鼠。"后面的老队员们一阵窃笑。龙飞虎不动声色："想成为抓捕逃犯的特警突击队员，首先，就要学会怎么逃跑和体会被抓的滋味。你只有身临其境，站在逃犯的角度去思考和尝试，你才有可能知道逃犯会采取什么样的方式躲避你的追捕。所以，今天，你们的任务就是逃——而他们的任务，就是抓。"

菜鸟们一脸紧张地看着前面的茫茫大山。

"就是这片山林！"龙飞虎抬手一指，"东西长约二十五公里，南北纵深四十公里，山高林密，地形复杂。你们两人为一小组，先行进入山林。一个小时之后，猛虎突击队队员会在直升机和各类专业搜索技术的帮助下，对你们进行抓捕，被抓捕之后，考核随即结束，视为淘汰！如果遇到反抗，可以当场击毙，也视为淘汰！小组成员中，有一个被捕和被击毙，两个人同时淘汰！当然，如果有主动退出的，不影响另一个人的成绩。"菜鸟们脸色骤变，下意识地看着不远处或站或坐的老鸟们。龙飞虎看着众人："当然，如果你们足够侥幸，我是说侥幸，能击毙突击队员，我们也认账，该队员会立刻除去臂章，视为出局。"

"这还差不多……"菜鸟们稍微松了一口气，七嘴八舌地议论着。

"我们会在山林中的一个位置，设定一个直径二十米的红圈，这里叫作保护区，只要你们能顺利进入保护区，就视为通过考核！如果在 24 小时之内，你们没有到达保护区，即使是没有被抓捕或者击毙，也视为淘汰！"

"这是为什么？"何苗不服地喊，"我们不被抓住或击毙，说明我们有本事！"

龙飞虎笑笑："你真想当老鼠钻个洞啊？规则是我定的，所有的解释权全都归我！

公平吧？"何苗咬牙切齿："公平！"龙飞虎扫视众人："还有问题吗？"陶静大喊："报告！那个保护区在什么位置啊？我们能拿到地图吗？"龙飞虎笑得更开心了："不能！自己找。"陶静语塞，沮丧地低着头。

"还有问题吗？"龙飞虎大声问。沈鸿飞高喊："报告！请问我们的武器装备在哪里？"菜鸟们一愣，龙飞虎懊恼地一拍脑袋："哎呀！你看看我这个脑子！差点儿把最重要的事情给忘了！雷副队，武器装备运到了吗？"雷恺扬了扬手中的对讲机："到了！马上送过来！"雷恺拿着对讲机："装备车进入！完毕！"

菜鸟们翘首以盼地望着前方。赵小黑激动地问："报告，龙头！有 88 狙击步枪吗？"龙飞虎皱眉，一脸的认真："这个我也不清楚，给你们准备了一大堆，等到了你自己挑吧。"赵小黑兴奋得直点头。

山林边的空地传来一阵轰鸣声，一辆破旧的民用皮卡车摇摇晃晃地开了过来。菜鸟们面面相觑，简直不敢相信自己的眼睛。赵小黑得意地嘀咕："要说猛虎突击队真不是盖的！这么一辆破车，谁能想到是一车武器装备呢？掩人耳目啊！"

皮卡开近，一个穿着普通的老头儿招招手。赵小黑纳闷儿："这就奇怪了！这么一大批武器装备，怎么也得有人押运啊！就一个糟老头儿？什么来路？"段卫兵没说话，眉头紧皱。

车门打开，龙飞虎急忙迎上去。老头儿笑着伸出手："小龙！又见着你了！"龙飞虎拉着老头儿走到队列前："跟大家介绍一下！这位是龙架山派出所的老所长，张鹤峰警官！也是我刚加入到公安战线时的第一个师傅！"老头儿和蔼地挥挥手。队员们神色各异地赔着笑。

"师傅，这次真麻烦您了。"龙飞虎说。

"嘿！还真把我累够呛！接到你的电话以后，我发动我们所里所有休班的片儿警，可着全镇一通搜罗呀！也不知道够不够，我给你打开你看看……"车门拽开，队员们全傻眼了——土得掉渣的农村衣服、破布鞋、帽子、烂了半边断了把儿的铁锹、破绳子捆儿、挖野菜的破铲子、破菜刀、镐把、破剪子……全是一车厢的破烂货。

"费了老劲儿了！多亏人家村委会配合。不过，回头你还得还给我，我跟人说好了，用完就还，人家还等着卖废品呢！"老头儿笑呵呵地抱怨着。龙飞虎握住老头儿的手："您放心，师傅！一样少不了！"

队员们大眼瞪着小眼。沈鸿飞一脸严肃，仔细地扫视着车厢里。赵小黑哭丧着脸："我还盼着 88 狙（88 式狙击步枪）呢！连个像样的菜刀都没有！"何苗气恼地："我终于信了你那句话了！你压根儿就没想要我们！你让我们拿着这些破烂儿去跟猛虎突击队对抗吗？"龙飞虎一点儿也不生气："所以，你们随时可以退出！晚走不如早走，省得浪费精力！"龙飞虎收起笑，"这次考核，你们的角色就是越狱的逃犯！逃犯手里能有什么武器装备？！就这些，还是我为了照顾你们，节省你们的时间，委托我师傅他老人家给你们准备好的呢！别不知足！"见队员们没动，龙飞虎大喊："还等什么？先拿先得！"

队员们一愣，随即蜂拥扑上去！——抢！

沈鸿飞眼疾手快地直接跃上车。赵小黑沮丧地抢了个镐把，又抓了一个破剪子。郑直也抢了几样趁手的"武器"。段卫兵扯了个破菜刀，又抓了一堆破衣服鞋帽。何苗撅着屁股钻在车里，把一切看着顺眼的武器都往陶静怀里塞。车厢里，沈鸿飞肩膀上挂着绳子，抱着衣服鞋帽，还拿两个趁手的破菜刀……突然，沈鸿飞眼尖地发现一件老式破旧的绿色军装上衣，伸手就去抓，段卫兵同时和他抓到了一起，两个人一愣，又会意地相视一笑。段卫兵松开手："我这儿有了，让给你！"沈鸿飞接过衣服："谢了！"龙飞虎站在圈儿外，给老头儿点着烟，目光一直没离开过。

不一会儿，所有人都重新列队，手里身上都挂着各种形形色色的破烂东西。队列里，凌云看了一眼浑身挂满各式"宝贝"的沈鸿飞，低声道："你拿那么多破烂干吗？占便宜呀？"

"都有用！"沈鸿飞冷冷地说。凌云一愣。龙飞虎走过来，扫视着众人："准备好没有？！"

"准备好了！"队员们高喊。

龙飞虎目光炯炯，拿过秒表："行动！——"

一身破烂的菜鸟们两两一组朝着山林跑去，身上挂的破烂一路叮当乱响，很快就消失在茫茫山林之中。这时，吴迪一挥手，老队员们起着哄跑向警车，打开后备厢，拉出串好的羊肉串和碳烤炉。不一会儿，烧烤炉上嗞啦地冒着油烟，老鸟们三五成群地围着烧烤炉，欢声笑语。

5

山林里，段卫兵一边走一边用菜刀把抢到的破衣服撕成条儿，对后面嘟着嘴的赵小黑说："小黑，你不是狙击手吗？帮忙啊！"赵小黑极度不满，抱怨道："你见过拿着个镐把穿吉利服的狙击手吗？"段卫兵苦笑："你就别发怨气了！我跟你说吧，那个龙头绝对是什么都见识过，咱们不来点邪乎的，根本治不住他们！还止杀呢，我看就是想杀了我们！"赵小黑来了兴趣："你怎么知道？"

"你看不出来吗？他把我们丢在这儿，难道是为了让我们活命？他恨不得活埋了我们，赶紧的，别闲着了！"

"你观察得可够细的！"赵小黑信服地拿过一件破衣服撕扯起来。

另一处，沈鸿飞和凌云匆匆走着。凌云皱眉看着沈鸿飞："我说你拿那么多东西干什么？多累赘呀！"沈鸿飞低声提醒："别说话！说话容易暴露目标！"凌云不服地瞪了他一眼："不是还没开始吗？"

"从一开始就得养成这个习惯！"沈鸿飞继续前行。

在他们不远处，郑直直着眼睛跟在沈鸿飞和凌云后面，催促着其他队员："跟上！跟上！"那名队员皱眉："郑直，大家都是分散隐蔽，你老跟着他们组干什么？"郑直一愣，讪讪地说："一会儿再分！一会儿再分！"

第八章
——— SWAT ———

1

指挥车里，铁牛前趋凑近龙飞虎，低声提醒他："你把凌云和沈鸿飞分到一组，又把陶静和何苗分到一组，是不是风险很大？都是年轻人，正是激情无限的年纪，你就不怕出事？我可是察觉到一些苗头了！"雷恺赶忙举手："我附议！咱们这儿的规矩可是铁定的！如果他们之间产生感情，只能调离一个出去，都是重点培养对象，对咱们的损失太大了。"龙飞虎也是一脸心事重重："说实话，我比你们担心他们会犯忌。但有的时候，还是未雨绸缪比较好，一旦木已成舟，我们以后会更痛心。让他们提前面对感情问题，这也是我对他们的一次考验！如果他们连自己的感情都处理不好，怎么能处理好今后几年甚至几十年的特警工作呢？"铁牛和雷恺一愣，龙飞虎有些感慨地看着远处的群山，"夫妻两个都是警察，这简直就是人生的灾难！"铁牛一笑："你在说你自己吧？……你和路瑶真就一点儿希望没有了？"龙飞虎收回目光，没说话。

直升机巨大的轰鸣声从山林方向盘旋而来。空地上，吴迪眯着眼，一手拿着鸡翅，另一只手架着狙击步枪瞄着半空中的直升机。驾驶舱里，左燕戴着耳机，熟练地推着操纵杆。她侧头看到林间空地上正在聚餐的老鸟们，皱了皱眉头，吴迪满脸堆笑地朝她扬了扬手里的鸡翅，左燕诡异地一笑。

半空中，左燕掉转机头，直奔老鸟们上空，一个俯冲，螺旋桨掀起一股飚风席卷而来，顷刻间，空地上的烤炉翻倒，火苗子乱飞，左燕笑了笑，敏捷地拉高机头。吴迪趴在地上，被飞扬的尘土迷了眼，他看了看手上沾满土的鸡翅，又看看旋停在半空中的直升机，不得不扔掉。杨震愤怒地看着翻了一地的羊肉串，对着吴迪怒吼：

"吴迪！这事儿你得管啊！太嚣张了！我跟你说，女人这东西，三天不打上房揭瓦！"韩峰笑："他倒是想管呢！管得了吗？事儿还没办呢，骨头先酥了！"队员们"哄"的一声大笑起来。

直升机里，左燕得意地笑笑，随即接通频率呼叫："龙头龙头！我是飞燕！"龙飞虎坐在指挥车里，拿过通话器："飞燕！情况怎么样？"

"目标一直在移动，很分散。"

龙飞虎低头看表："还有五分钟，你自己稍微休息一下吧。"龙飞虎放下无线电，脸上都是坏笑："好了，准备干活儿吧！"几个人来不及收拾摊子，雷恺熟练地打开车里的各种设备。

2

茂密的山林里群山叠嶂，沈鸿飞和凌云前后跑着，凌云停下，擦了擦头上的汗，开始有点吃不住。沈鸿飞回头伸手："东西给我吧！"凌云倔强地扭头："不需要！"

"那你自己背着吧！"沈鸿飞转身跑了，凌云咬牙跟着："咱们就一直这么跑下去呀？要不要先找个好地方藏起来？"沈鸿飞头也不回："他们有直升机，还有各种先进的搜索装备，这种时候，能跑得远点儿比藏起来的安全系数高得多。要想躲过搜捕，先得生存下去！"凌云语塞，看着沈鸿飞的背影，有些不服气，她还是跟了上去。

在两个人后面不远处，郑直和另外一个菜鸟气喘吁吁地跟着。那名队员有些体力透支，不耐烦地说："郑直！我就不明白了，咱们老跟着他们干啥呀？"郑直狡黠地笑笑："这你就不懂了！没看沈鸿飞是特种兵出身吗？他的野外生存能力强，跟着他咱不吃亏。"

"别蒙我了！你是不是舍不得凌云啊？"

"扯淡！"郑直不承认。

"我可警告你，警队有规矩，两口子不能在同一个单位！否则的话，必须有一个人得走。你看是你退出，还是她退出？"

郑直震惊地看着他，心里没底："没那么绝对吧？"那名队员信誓旦旦地说："我打听了，这是死规定，从无例外！"郑直失望到极点，不说话，闷头前行。

山林的另一边，赵小黑手里拿着一把镐把，抱怨着："我就不明白了。咱们不是来考特警的吗？特警需要在野外作战吗？"段卫兵手里拿着把趁手的菜刀，不时地砍掉左右阻挡的枯枝烂叶："当然需要了！犯罪分子可不一定只藏在城市里。我特别能理解龙头的想法，他这叫换位思维，先让咱们体会一下罪犯的心理轨迹，以后再遇见这种事，咱们就知己知彼了！"赵小黑不屑地看着段卫兵："我发现你这个人简直一点儿个性都没有，逆来顺受的，什么委屈你都能当好处想。你看人家何苗，好歹敢跟龙头叫板两句，那才叫有个性呢！"段卫兵笑了笑："以前我也不这样，进了特种部队以后，这种性格就自然形成了。像何苗那样个性太强，早晚会吃大亏的！"赵小黑嗤之以鼻："别老跟我提特种部队！特种部队很了不起呀？我们武装特警比你们也不差！"段卫兵嘿嘿一笑："你说得对，各有所长！"赵小黑目瞪口呆，跟上段卫兵："我发现，要想跟你吵一架还真难！"段卫兵也不生气："为什么要吵架呢？我们是战友，是兄弟！"赵小黑嘁地甩了一句，扛着镐把继续狂奔。

此刻的何苗正气呼呼地拿着一根树枝拽着陶静。陶静走不动了，撒娇地说："何苗，我求求你了，咱休息一会儿吧，就一会儿！"何苗冷冷地松开树枝，瞪着陶静："马上到时间了！你想被淘汰吗？你要不想走，就直接退出！别拖累我！"陶静委屈地看着何苗，把手里的树枝又递到何苗身前，可怜巴巴地："我绝对不会主动退出……按照规定，如果我被他们抓住，你也会被淘汰的。"何苗赶紧一把抓住树枝，转身继续拉着陶静走："我真是倒了霉了！遇到你这么个搭档！"陶静跟在后面偷笑："我真是太幸运了！遇见你这么好的搭档！"

<h2 style="text-align:center">3</h2>

山林边，空地上停着数架直升机，越野摩托、ATV（沙滩车）、UTV（农夫车）列队待命。刚才还懒散聚餐的老鸟们此时都已严阵以待，各个目光炯炯。猎奇也呼哧呼哧地吐着大舌头蹲坐在韩峰旁边。龙飞虎站在自己的队员面前，目光凛凛："这是对新学员的考核，也是对你们这些老家伙的考核！规矩你们都知道，我向你们保证，没有抓获小老鼠回来的突击队员，一定还会调离突击队！——出发！"

队员们全副武装，鱼贯登上直升机，直升机迅速拔高而起，高速旋转的螺旋桨卷起飓风直奔山林上空。这时，车队也陆续进入密林，三中队长带着老队员们跑来，中队长右手握拳，队员们唰地就地隐蔽，中队长打开手持终端，将编好的命令快速发出。

山林上空，直升机悬停，滑降索垂下，老鸟们把枪甩在后背鱼贯降落，落地后熟练地建立环形防御。一中队长打着手语，老鸟们很快呈小组队形散入山林。

群山深处，特警穿着军靴踏着草叶走过来。老鸟们呈战术队形小心前行。一个老鸟拿起热像仪对准树丛，两个红色轮廓隐约显示出来。老鸟得意地一笑，放下热像仪，掏出一枚瓦斯弹就扔了出去！——瓦斯刺刺地冒着白烟，白烟快速笼罩了树丛，两个菜鸟剧烈地咳嗽着跑了出来，看见一脸得意持枪对准他们的老鸟，满脸沮丧。

丛林另一处，身披伪装网的吴迪举着88高精狙隐蔽在树干交叉处，沈文津举着激光测距仪，低声道："九点钟方向，两个，距离188米……"吴迪熟练地快速移动枪口，啪！啪！子弹穿越树丛缝隙，两个菜鸟冒着黄烟，迷茫地四处寻找开枪的方向，但丛林里一片寂静。沈文津继续调整测距仪："七点钟方向，四个，200米！"吴迪掉转枪口，丛林深处顿时黄烟弥漫。

半空中，直升机盘旋而至。机舱内，左燕看着显示屏上的红外图像，对着耳机报告："这里是飞燕，方位2769，发现隐藏目标，六人！"

"收到！"老鸟组长拿出仪器确定好方位，一挥手，众老鸟们匆匆朝目标而去。没过几分钟，一队垂头丧气的菜鸟们就被铐着串成一串蚂蚱，在老鸟的押送下走了出来。

山林外的指挥车里，龙飞虎紧盯着直升机传输回来的视频画面问："多少了？"雷恺看了一下数据："击毙27人，抓获19人。"龙飞虎脸上露出不满，抓起无线电通话器："你们就那么想离开猛虎突击队吗？如果完不成任务，中队长先把调岗申请交上来！"龙飞虎放下通话器，抓起一串羊肉串吃了一口，扭头看铁牛："我最近几天是不是对他们太好了？出工不出力呀！"铁牛苦笑。这时，无线电传来声音："龙头！龙头！医疗车到了，请求进入！完毕！"龙飞虎一愣，随即反应过来："允许进入！完毕！"雷恺抬头看着龙飞虎，笑："哟！来熟人了！去迎接一下吧？"龙飞虎苦笑，起身拉开车门。

两辆医疗车快速开来，刘珊珊和医护人员们跳下车。龙飞虎看到了刘珊珊，脸上闪过一丝复杂的表情，还是迎了上去："大家辛苦了！"刘珊珊笑着："龙头，你可吓我一跳！刚接到任务时，我还真以为出什么大事了呢！原来是演习呀。"龙飞虎笑笑："其实跟实战也差不多，所以把你们请来了，有备无患嘛。"刘珊珊看了看丛林深处："有伤员吗？"龙飞虎说："现在还没有，不过也快了。你们先休息一下吧。"刘珊珊一愣。

4

远处群山苍莽，山林里，段卫兵悄悄地从树丛里探出头，观察四周。没有动静，迅速跑到另外一处树丛，挥挥手，赵小黑也猫着腰快速跑了过来："我的个亲娘啊！我还以为他们就是从原路追来呢！原来还有直升机啊！"段卫兵凝重地观察着四周："情况远比我们预想的要复杂。"赵小黑看了一眼手里的镐把："那怎么玩儿啊？咱去哪儿找安全区？"段卫兵看着手里的菜刀，无奈地摇了摇头。

山林另一处，直升机呼啸着盘旋而过。树丛中，沈鸿飞探出头望着远去的直升机，焦急地催促着凌云。

"它应该没发现咱们吧？"凌云小声地说。

"肉眼是发现不了，仪器就不一定了！"沈鸿飞说。凌云"啊"了一声，两人急匆匆地朝前跑去。

"师姐！沈鸿飞！"郑直和另一名队员匆匆跑过来。郑直喘着气："咱们一块儿行动吧！"话音刚落，远处传来扑哧扑哧的脚步声——那是军靴踏在地上枯叶传来的声音。沈鸿飞一惊，抬头望去，大喊："快跑！"——四个人撒丫子猛跑！一队老鸟们持枪冲了出来，老鸟组长一挥手："追！"

沈鸿飞四人落荒猛跑，顿时身后枪声大作！老鸟组长边追边对着无线电："我是09！我是09！方位1126……发现四名目标！正在朝北面逃窜！请求支援！请求支援！"

指挥部搭建的临时帐篷里，摆放着各种高科技终端设施，红灯闪烁。龙飞虎紧盯着大屏幕问："多少了？"雷恺看着数据："击毙37人，抓获31人，主动退出11人。过半儿了。"龙飞虎目光一动："58、59、60，这三个组还在吗？"雷恺看看数据，一笑："万幸！都在呢！"铁牛看龙飞虎表情凝重："你紧张了？"龙飞虎哈哈一笑："起码比小鼠们要轻松一些！"

此刻，山林里枪声大作，沈鸿飞四人在林间猛跑。郑直上气不接下气："快想办法！咱们这么跑下去，不是被打死……就是被抓住！"沈鸿飞边跑边望着前方茂密的树丛，回头看见后面影影绰绰的身影，目光一动，焦急地催促着："快！到前面树林！"其余三人赶紧跟上。

山地雾气缭绕，沈鸿飞四人气喘吁吁地跑进一处茂密的丛林，沈鸿飞一握右拳停下，凌云诧异地看着他："干吗停下？！"沈鸿飞严肃地看着三人："咱们跑不了了！"郑直一惊："什么？你要放弃吗？"沈鸿飞焦急地埋头低声道："听着！要想不被淘汰，从现在开始，你们必须要听我指挥！"三个人面面相觑，都狂点头。

沈鸿飞俯在三人耳边低语了几句，三人点头，立刻分散隐蔽到对面半人高的树丛里。沈鸿飞看着他们的背影，焦急地低喊："越分散越好！"三个人赶紧拉开一段距离，匆匆隐蔽。沈鸿飞听着后面传来的脚步声和无线电通话声，转向身旁一棵大树。几乎同时，四个老鸟呈搜索队形跑来。老鸟组长看看前面一大片树丛，拿出热成像仪。树丛里，凌云、郑直和另外一名队员绝望地拿着"武器"，准备好和老鸟们同归于尽。凌云四处寻找着沈鸿飞的踪影，没看见人影。

热成像仪上，出现三个距离分散的红影。领头的老鸟组长皱了皱眉，又拿着热成像仪扫了一圈，悄声问："咦？怎么跑了一个？"另一个老鸟不屑地说："没关系，按照规则，解决了这三个，跑的那个照样淘汰！"组长点头，打着手语，三个老鸟会意地向三个红影走去，老鸟组长迅速隐蔽到一棵大树后面，持枪警戒。

郑直三人藏在树丛里，一脸绝望地看着老鸟们朝自己走来，凌云还在焦急地寻找着沈鸿飞的身影。郑直咬牙，手里的菜刀攥得更紧了。不远处，沈鸿飞忽然如狸猫般悄然落地，组长听着风声，猛地要转头！——一把破菜刀横在他的脖子上，沈鸿飞悄声低语："前辈，你死了！别破坏规矩！"老鸟组长愣住，难以置信地看着沈鸿飞。沈鸿飞拽过他的枪，又从腰里拔出手枪，悄然向前而去。

老鸟们越走越近，其中一个持枪瞄着树丛："出来吧！缴枪不杀！"另一个老鸟笑呵呵地看着树丛中若隐若现的凌云："我都看见你了，你还藏个什么劲儿啊？你选吧，被捕还是被击毙？"凌云猛地站起身，拎着菜刀大义凛然地走过去。老鸟举着枪，笑道："呦呵！花木兰啊！站着别动！我可没心情跟你拼菜刀！"

凌云瞪着眼睛朝前直走，老鸟一拉枪栓："告诉你别动！"——凌云继续向前！——老鸟无奈地摇头，瞄准，扣下扳机！——"砰！"一声枪响！凌云拎着菜刀，绝望地闭上眼睛。"砰！砰！"又是两声枪响！凌云一愣，睁开眼，猛看到面前的老鸟身上刺刺地冒着黄烟，一脸茫然地四顾寻找。不远处，走向郑直的另外两名老鸟也是浑身冒烟——背后，沈鸿飞举枪，呈标准的跪姿射击！凌云"啊"地欢呼起来，直奔沈鸿飞！郑直也兴奋地跑出树丛。

凌云笑意盎然地跑到沈鸿飞面前，一把揽住沈鸿飞的脖子："沈鸿飞！真有你的！"沈鸿飞看着凌云的眼神，有些尴尬——后面的郑直愣住了！沈鸿飞目瞪口呆，凌云尴尬地松开手，看着沈鸿飞，扭过脸。郑直表情复杂地看着两人。

已经"阵亡"的老鸟组长和三个同伴走过来："唉！天天玩鹰，今天被鹰给啄瞎了眼。"他看着沈鸿飞："兄弟，你叫什么名字？"沈鸿飞一笑："我拒绝向死人透露任何信息！"老鸟组长一愣。沈鸿飞焦急地对着另外三名菜鸟："别愣着了！这四具尸体上的所有制服、武器装备全是咱们的了！"

菜鸟们反应过来，凌云欢呼着朝老队员走去，郑直满脸不快，身体蹭过沈鸿飞的时候，低声说："你和你女朋友关系还不错吧？"沈鸿飞一愣，会意地笑笑："挺好，准备结婚呢。"沈鸿飞看着郑直的背影苦笑。旁边，凌云瞪着一个老鸟："自己脱还是我给你脱？"老鸟一脸紧张："不至于吧？"凌云手里的菜刀唰地横在他的脖子上，老鸟苦笑着开始扒衣服。

几分钟后，沈鸿飞等四人大背着自动步枪，全副武装，意气风发。沈鸿飞看着四个老鸟悲戚戚地穿着小鼠的破旧迷彩服坐在草堆里，笑道："前辈！对不住了！记住规矩啊！"老鸟组长苦笑着挥挥手，往后一倒，揶揄地说："一路顺风！"沈鸿飞一挥手，四人兴高采烈地消失在树丛里。

5

沈鸿飞四人藏身在一个小土包后面，凌云焦急地操作着缴获来的终端电脑，另外三人三面警戒。沈鸿飞不时焦急地回头问："怎么样？找到保护区没有？"凌云抬头看他，摇头。沈鸿飞后退回来，凌云苦恼地看着三人："所有信息我都查看了，根本就没有保护区的位置标注！"郑直皱眉："龙头不是又把咱们骗了吧？"

"没准儿！他很阴险！"另一名队员说。沈鸿飞沮丧地看着凌云："你是电脑高手，还有没有别的办法？"凌云想想："我可以编一个木马程序，进入他的指挥系统，从根儿上找！——但是需要时间！"郑直一脸释然："行啊师姐！这办法太好了！赶紧啊！"

这时，别在沈鸿飞腰上的无线电传来声音："09！09！我是03！你们追到哪儿了？提供方位！"众人面面相觑，沈鸿飞焦急地四下看看，低声道："快离开这儿！"凌云起身收起终端，四人匆忙离去。

在小土包不远处的树丛里，陶静和何苗探出头，心有余悸地望着四人跑远的背影。何苗看着入神："不太对呀……"

"怎么了？"陶静问。

"他们里面有女的。"

陶静一愣："不会吧？出发的时候我看了，全是男的，没见有女的呀！"何苗指了指："你看第三个……"陶静望着穿着一身老鸟制服的凌云："怎么了？"

"看她的屁股！"陶静吃惊地看着何苗，何苗不以为然地继续道，"走路的时候，女人的屁股扭动方式不同于男人。一眼就能看出来！"陶静气恼地问："你这么有经验，是不是经常看女人屁股啊！"何苗震惊地看着陶静："你胡说八道什么？！这跟经验有什么关系？你是学医的，应该比我清楚！"陶静一愣，恍然大悟："也是啊，女性的骨盆占身体的比例比男性大，走路的时候骨盆会自然摆动。"陶静下意识地看了一眼自己的屁股。何苗冷冷地瞪着她："如果是你，分辨距离最少提高一倍以上。"陶静有些尴尬："有女人能说明什么？"何苗看着匆匆走远的四人："他们之中有女人，而且看他们刚才的举动，不像是在搜索，更像是跟咱们一样在躲避。这说明，他们有可能……"

"有可能是我们的人，缴获了敌人的装备？"陶静震惊地接话。

"虽然概率很低，但是并不是完全没可能！"何苗起身，"走！跟上去看看！要真是自己人，他们有武器，咱们的日子就好过了！"

茂密的树丛里，几个全副武装的老鸟据枪搜索而来。03组长边走边焦急地呼叫："09！09！03呼叫！听到请回答！听到请……"03组长突然住嘴，几个老鸟目瞪口呆地看着前面的草堆——四个穿着小鼠迷彩服的老鸟们尴尬地冲他们挥了挥手。03组长难以置信地跑过去："怎么回事这是？"

"自己看呗，尸体不能说话。"09组长一脸沮丧。03组长不确定地看他们："你们……被小鼠给毙了？我的个天啊！他们人呢？"09组长无奈地捂着嘴。03组长一脸着急："哎呀！你就当给我托梦了！快说！"09组长松开嘴，一脸严肃："兄弟，我们已经够丢人了，咱要点儿脸吧。靠你们了！"03组长一脸无奈，发狠地一挥手："给我追！"老鸟们持枪蜂拥而去。

山下指挥车里，二中队长的声音从无线电那头传出来："龙头！龙头！我是赤狐！我是赤狐！03报告，一伙数量不明的小鼠将09小组全歼了！缴获了全部的制服和武器装备！现在03正在追击！完毕！"龙飞虎兴奋地坐起来："啊哈！这回好玩了！"

铁牛和雷恺难以置信地相互对视："鸟枪换炮？这……这怎么可能啊！"龙飞虎抑制不住兴奋："这有什么不可能的？我早就说过，这帮小鼠里面藏龙卧虎！"雷恺气恼地骂道："这09是吃干饭的！"龙飞虎拿起无线电："赤狐！赤狐！我是龙头！我现在命令，你们全体人员加入追击这帮小鬼的行动！一个小时之内抓不到人，我把你调到枪械室数弹壳去！"

"赤狐明白！"无线电里传来二中队长沮丧的声音。龙飞虎悠闲地靠在椅子上，看着显示屏，一脸欣慰。

6

丛林深处，河流潺潺，生长在两岸的灌木都长得很茂盛。半空中，直升机盘旋着呼啸掠过。密林里，沈鸿飞带领着小分队手持步枪小心地前行。突然，一阵激烈的枪声响起，沈鸿飞一行人大惊，慌不择路地往前狂奔。后面，五个老鸟边追边开枪："赤狐！赤狐！我是03！我发现他们了！"

"03！咬住他们！马上报告你的方位！我会命令所有人员向你靠拢！务必咬住他们！"对讲机里传来二中队长的急吼声。03组长将方位发送过去，随后打着手语命令，狙击手和观察手会意，提枪朝着另外一个方向包抄而去。

沈鸿飞四人猛跑着，边跑边还击。郑直一脸焦急："他们大部队马上就会赶到！怎么办？！"沈鸿飞边跑边说："尽可能甩掉他们！实在不行，找个有利地形干掉他们！"其他人一愣，随即开枪，继续猛跑。

山林中不时传来枪声阵阵，在小土包的半腰，何苗匆匆向上爬了几步，焦急地回头催促着陶静。陶静气喘吁吁地伸着手："拉……拉我一把！"何苗无奈，拽住陶静，忽然脚下一滑，两人连翻带滚地滚下小土包！陶静的脸被碎石子划伤，一道道血印子印在脸上，何苗痛苦地捂着左小腿，一股鲜血从裤子里渗出来。

"快，让我看看！"陶静小心翼翼地掀开何苗的裤管，一下惊呆了！——何苗的小腿下方，一根斜茬儿树枝将肉贯穿，鲜血直涌！

"快，用手掐住这里！这样可以止血！"陶静脱下外衣，掏出手里的破剪刀，将自己衣服下摆剪开一个豁口，用牙咬着使劲一扯，吱啦一声，扯下一个长布条，扭头看着何苗："我得把树枝从你腿上拔下来，你忍着点儿疼！"何苗点头，额头上的冷汗直冒。陶静小心翼翼地握住树枝的一端，何苗拽下帽子，咬住。陶静深呼吸一口，使劲一搜！"啊——"何苗痛苦地一声闷吼。陶静也满头是汗，快速用布条包扎好伤口："何苗，坚持住！别怕！有我在，保证你没事儿……深呼吸……放松……"何苗嘴里咬着帽子，看着陶静，汗水顺着她洁白如玉的脸颊流下来，何苗有些发呆。

"还疼吗？"陶静熟练地把布条扎好，关切地看着何苗。何苗挣扎着站起身，刚向前一迈步，忽然惨叫着一个趔趄！陶静赶紧扶住他。何苗痛苦地坐在地上，大口地喘着粗气。良久，何苗愣愣地看着陶静："陶静，你走吧！"陶静愣住，何苗严肃地看着她："你自己走吧！想办法找到自己人，跟他们一起行动。我的腿不行了，不能拖累你！"陶静的眼睛有些湿润。

"你放心吧，你走远了以后，我见到搜索人员就主动要求退出，这样就不会影响你的成绩了。"何苗说。陶静哽咽着："你说什么呢？！咱们走这么半天了，你都没嫌弃我，一直在帮我，现在你受伤了，我可能抛弃你吗？"陶静说着，倔强地站起身，伸手："走！我扶着你！"何苗表情复杂地看着陶静："我这样会害了你！"陶静含泪微笑："有什么呀！大不了一块儿被淘汰。我去医院上班，你去 IT 公司当白领！"何苗有些感动，两人互相搀扶着，一步一步朝密林深处前行。

丛林莽莽，枪声大作，四个黑影焦急地跑上高地。沈鸿飞望着前方的陡坡，焦急地喊停："再下去咱们就成活靶子了！就地隐蔽！还击！"四人迅速卧倒，各自寻找有利地形，发起反击。高地下方，03 组长拿着无线电呼叫："赤狐！赤狐！我咬住他们了！方位 1198……马上支援我！"

"两分钟以后赶到！"无线电里传来二中队长的回话。03 组长咬牙切齿地瞄准："给我打！"——"嗒嗒嗒！"林子里瞬间枪声大作。

高地附近的小树林里，穿着伪装迷彩的观察手从一棵树下跳下来，一指方向，狙击手会意，二人匆匆跑过去。

山林里，沈鸿飞趴在地上冷静地瞄准点射，三个老鸟敏捷地边打边变换体位还击。沈鸿飞焦急地嘶吼："打！留给我们的时间不多了！"山林里，枪口突闪着密集的火焰，双方激烈地胶着着。

狙击手在树丛中瞄准，观察手卧在旁边拿着激光测距仪。沈鸿飞四人就在侧方向高地上，但是视线不太好。两个人对视，会意地悄悄向另一个方向移动。

另一处树林中，段卫兵和赵小黑匆匆跑来，就地隐蔽，两人侧耳听着外面的枪声。段卫兵有些诧异："奇怪呀！好像两拨人在对战！"赵小黑也是惊讶："不可能啊！

咱们没这些武器，难道老虎们自己干起来了？"段卫兵也觉得奇怪，两人低姿朝树林边跑去。

两人跑到树丛边，赵小黑左右看看，小心翼翼地探出头，很快就缩回来，一脸的难以置信："乖乖！是沈鸿飞和凌云，另外两个挡着看不清楚！"段卫兵诧异地看着赵小黑："这么远你能看得清？"赵小黑自信地指着自己的双眼："我这双眼睛，蚊子飞过去我都能分出公母来！绝对错不了！他们穿着和老队员一样的制服！"段卫兵愣住，忽然一拍脑袋："哎呀！我怎么就没想到呢？！那些老家伙们手里都是现成的武器装备呀！"赵小黑恍然大悟："哎呀！咱光想着当耗子了，就没想过找身猫皮穿呢！——下一步怎么办？"段卫兵想了想，望着侧方向："咱们迂回过去，想办法和他们会合！有了枪啥都好办！"赵小黑使劲点头，俩人匆匆而去。

高地处，沈鸿飞四人还在顽强地抵抗着。高地下的老鸟果然不是吃素的，边打边变换身形，交替掩护着步步逼近。凌云一脸焦急，建议往回撤，沈鸿飞回头看了一眼后面的陡坡，冷声道："不能全撤！得有人留下来掩护！"三人全都一愣。沈鸿飞边还击边侧头："凌云，你跟郑直他们小组撤退！我掩护！"凌云一愣："郑直，你们两个走！我和沈鸿飞留下来！"

"你不用留下！万一顶不住，我就宣布退出！"沈鸿飞低声怒吼。凌云震惊地看着沈鸿飞，一咬牙："我不走！要死一块儿死！"沈鸿飞气恼地看着凌云，凌云的眼圈有些泛红。

"你们走！我掩护！"郑直也豁出去了。沈鸿飞再次低声吼道："别争了！明年我会再来的！快走！"三个人都不动。沈鸿飞突然拔出手枪，对着三人："快走！再不走不客气了！"凌云眼睛湿润了："……你小心点儿！我们在前面等你！"沈鸿飞点头。三个人含泪后退。沈鸿飞拿着手枪和自动步枪交替射击，不断变换长短枪，更换着弹匣。

高地侧方向的树林边，03组狙击手探出头来，高精狙的瞄准镜里，四个人的身影清晰可见："03！03！我锁定他们了！"

"自行射击！"

"明白！"狙击手哗啦一声顶上子弹，旁边的观察手也冷静地调整着观测准星。

在他们后方，段卫兵和赵小黑一前一后匆匆跑来。赵小黑看到前面正在瞄准的狙击老鸟，猛地隐身，指了指前方。段卫兵顺着看过去，大吃一惊。两人对视，又低头看着手里的武器——一个镐把、一把破菜刀。狙击手据枪抵眼，缓缓下压扳机，段卫兵和赵小黑对视一眼，两人几乎同时猛冲过去！——"砰！"狙击手忽然闷哼一声，枪打偏了！赵小黑拎着镐把，精准地砸在狙击手的后颈子上。段卫兵的破菜刀横在观察手的脖子上，阴笑道："你死了！"观察手难以置信地看着段卫兵，又侧头看着昏倒的狙击手："老猫！老猫！"段卫兵尴尬地看着赵小黑："你来真的呀？"赵小黑狡猾地一笑："我收着劲儿呢！没事，一会儿就醒！"两人二话不说，几乎同时拿起狙击步枪，扔下破镐把和菜刀，冲了出去。

高地上，沈鸿飞不停地开枪，大喊："快！快呀！"后面，凌云带着哭腔："沈鸿飞！你别恋战！我们在下面等着你！"沈鸿飞发狠地扣动着扳机："等我干什么？！跑得越远越好！找到保护区！"郑直表情复杂地拽了拽凌云，凌云哭着往山下跑去。

半山腰上，03组长气恼地开枪，怒吼道："老猫！兔子！你们他妈的睡着了？打呀！"——"啪！"狙击步枪开火了！——03组长身体猛地一震，不相信地低头看着自己身上刺刺地冒着黄烟，他愣住了，紧接着连着两声枪响，旁边的另外两个老队员也相继中弹，黄烟直冒。

沈鸿飞难以置信地看着半腰冒烟的三个老鸟，扭头一看，段卫兵和赵小黑一人扛着一把狙击步枪走出树林，朝他兴奋地招手！沈鸿飞愣住，大笑："哈哈！友军来啦！"凌云和郑直连忙爬上来，三个人高兴地欢呼起来。

7

六人齐聚，沈鸿飞笑着敬礼："欢迎狙击小组归队！"段卫兵笑着还礼："第一狙击小组段卫兵、赵小黑，愿意接受沈鸿飞同志的指挥！"两个人拥抱大笑。凌云转过脸擦了擦眼泪。赵小黑极度不满地拽开段卫兵，拍了拍手里的高精狙："我是主狙击手，你是观察手！刚才这话得我说！"

"谁规定的你是主狙击手啊？"段卫兵不服地说。

"高精狙是我抢到的啊？"赵小黑一脸得意。

"行了行了！这个问题咱们以后再说！"沈鸿飞赶紧劝停，"敌人的大部队马上到了，咱们得赶紧走！"正说着，空中传来直升机的轰鸣声。众人大惊，沈鸿飞一挥手，几个人没命地跑下陡坡。

指挥部帐篷里，无线电传来左燕的声音："龙头！龙头！我是飞燕！03小组全军覆没，一共有六名目标向北部密林逃窜，我正在跟踪追击！会持续报告目标方位！完毕！"龙飞虎惊讶地张大了嘴。雷恺苦笑："得！现在他们连狙击手都有了！这下玩儿大了！"龙飞虎抓起无线电话筒："各单位注意了，我是龙头！紧急任务！现在有七八只小老鼠，穿了我们的衣服，缴获了我们的武器，正在向丛林纵深逃窜！我命令，所有人员按照飞燕报告的方位信息，向目标合围！务求全歼！完毕！"

　　帐篷外，龙飞虎抬眼望着黑茫茫的山林，表情有些凝重，忽然又有些欣慰地笑道："有意思！"他掏出烟，点着，狠吸了两口。密林深处，六个黑影在飞速奔逃，半空中，直升机轰鸣着掠过头顶，很快就成了一个小黑点。

第九章
——— SWAT ———

1

丛林上空，一架武直 -9 直升机快速下降，低空悬停。哗啦一声，舱门打开，老鸟用力抛下大绳，转身，双腿钩住大绳，第一个滑降下去。很快，队员们也陆续滑降。组长最后滑下来，对着直升机伸出大拇指，直升机轻点机头，飞走了。老鸟们迅速集结，持枪向密林深处出发了。

山林里，阳光穿过密集的树叶投射在地上，影影绰绰。郑直一行人在林间跑得呼哧带喘，沉重的脚步踩在湿地上，没有半点声响。沈鸿飞满头大汗，焦急地催促着队员们加快速度。突然，队员们都停下脚步，愣立当场。沈鸿飞顺着方向看过去，也呆住了！——二十几个穿着破烂迷彩服的菜鸟们互相搀扶着站在前方，脸上都是血道子，身上的作训服也被树枝划得千疮百孔，都眼巴巴地望着沈鸿飞几人。

沈鸿飞和队员们面面相觑，一脸凝重。一个女队员哭着："带上我们一起走吧！我们不想退出！也不想被淘汰！"沈鸿飞看着这一群伤残新兵，也不知道该怎么办。凌云侧头低声说："如果带上他们，目标就太大了，最后的结果……很可能是全军覆没。"沈鸿飞的眼睛转向苍茫的群山，停顿了一下，说："现在所有的老虎都被咱们吸引过来了，如果我们自己走了，他们面临的只能是灭顶之灾！"凌云一愣。沈鸿飞回头："咱们扮演的虽然是逃犯，但是我们还是警察！我们走到今天，靠的不是哪一个人的能力，这种时候，我们绝不能放弃自己的同志！"几个人面面相觑。

"我没有意见！"郑直率先点头。赵小黑脸一横，一副豁出去的表情，大义凛然地说："要死一起死，要活一起活！"其他队员也点头赞同。沈鸿飞目光一凛："一起走！"一帮菜鸟欢呼起来。沈鸿飞示意他们闭嘴，侧耳一听，有轻微的声音传来——一架无人机正在空中盘旋，嘶吼道："快跑！"队员们跟上他，蜂拥着向密林深处跑去。

这时，指挥所的显示屏上，无人机传回的影像被逐渐放大——沈鸿飞带着一群菜鸟在密林中狂奔。龙飞虎的脸上滑过一丝笑意，随即板下脸，拿起桌上的无线电。

密林上空，左燕驾驶的直-9警用直升机超低空掠过。舱门打开，沈文津紧靠舱门，一架轻机枪的枪口伸了出来。

林子里的一群人拼命奔逃，不断有人摔倒，又被人猛地拽起来，连拖带拽地继续跑。空中，三架警用直升机低空飞过来，机枪开火！枪口闪着火焰，密集的弹雨呼啸而来，沈鸿飞焦急地怒吼："小心机枪！——"边跑边返身向机枪手开火。队员们狼狈地四散躲避着，但还是有几个菜鸟被机枪扫中，林子里冒起了黄烟……几分钟后，直升机拉高机头，得意地呼啸而去。

林子的另一边，陶静艰难地搀扶着何苗，枪声传来，何苗诧异地望着树林前方，脸色凝重："枪声好像越来越近了！"两人警觉地停住脚。何苗低头，受伤的小腿处又有血渗了出来，何苗忽然松开陶静的手："你自己快走吧！"陶静诧异地看着他："你又怎么了？不是说好了咱俩要同舟共济吗？"何苗摇头苦笑："没有这个可能了！我的伤我自己清楚！再这么走下去，只有一个结果。"陶静的眼泪唰地下来了，何苗平静地看她："走吧！有一个人能留下，总好过两个人都被淘汰。你走以后我就会呼救，见到老队员我会宣布退出，这样的话，我的腿伤也能得到及时的救治……"陶静哭着摇头。何苗惨笑："哭什么呀？放心吧！下一次我还会报名的。我何苗要做到的事情，绝不会放弃！"

不远处，四个老队员快速地交叉前行，直奔他们而来。何苗焦急地低吼："你还等什么？！快走啊！"陶静含泪，焦急地四下环顾，发现距离他们不远处的一处树丛有动静。这时，脚步声已接近树林边缘。两人搀扶着来到树丛后面，陶静慌忙将一些杂草和树枝盖在何苗身上。何苗焦急又震惊："你呢？你藏哪儿？"陶静含泪看着何苗，低声说："记住你刚才的话，一定不要放弃！"陶静说着，大步离开了何苗。

树丛十点钟方向，四个老队员呈搜索队形缓步走来。陶静想了想，一瘸一拐地走过去，老队员机敏地散开，枪口对准了陶静。陶静大大方方地停住脚："你们怎么才来呀？"老队员们愣了，陶静抱怨道："快过来扶我一把！我受伤了，不玩了！"

四个老队员面面相觑，组长警觉地看看四周："你的搭档呢？"陶静撇嘴："我还找他呢！你们跟撵兔子似的追得大家满山跑，跑着跑着就散了！"

何苗躲在树丛后面，不敢出声。陶静一屁股坐在地上："我退出！"老队员们一笑，放下枪，起身迎上去，伸手拉她，陶静一把拨开他的手："看什么看？你又不是医生！"组长笑笑："呦！小姑娘还挺封建啊！我是看看你的伤有多重，好汇报情况，派人来接你呀！"陶静挣扎着站起身："也没多严重，我就是觉得这么玩太没意思了。你给我指个方向，我自己出去就得了！"组长笑笑，转身指着身后的方向："顺着这个方向一直走，大约三公里吧，我们设了一个收容站。"

"谢了啊！"陶静说罢，扭头要走。组长喊住她："等等！你的姓名，编号。"陶静一愣，强忍着眼泪："59组，陶静……"陶静没回头，眼泪顺着脸颊往下流，一瘸一拐地走着。树丛后面，何苗的喉结在蠕动。

四个老队员看着陶静的背影走出树林，这才匆匆穿过树林而去。树丛里，何苗猛地拨开树枝草叶，狠狠地擦了一把泪水，挣扎着站起身来，目光坚定。

2

山沟里，二十几个队员还在气喘吁吁地奔逃着，附近的树林里，大批的老队员从各处集结，有条不紊地朝各个方向围拢过去。

郑直跌跌撞撞地跑着，忽然脚下一绊，一个趔趄飞了出去，重重地摔在地上，啃了一嘴的土。沈鸿飞一惊，赶紧跑回来，郑直伸着头，趴在地上一动不动。沈鸿飞顺着他的目光望去——一片树丛后，一个黑洞洞的墓穴口！

战术手电啪地亮了，黑乎乎的墓穴口只勉强容得下一个人进出。沈鸿飞拿着手电，探头一看，虽然这个洞口很小，但里面的空间却很大。沈鸿飞缩回身子，郑直赶紧问："怎么样？"沈鸿飞关了手电说："好像是座古墓，里面空间还可以，能装下！"

"坟？！"凌云大惊。郑直咬了咬牙："不就是座空坟嘛！老子尸体都见过！"

"没什么大不了的！生存下来最重要！"段卫兵扒开众人，想往里钻。队员们面面相觑，沈鸿飞压低声音："没有武器的先进去！有武器的殿后！快！"

菜鸟们都挤在黑乎乎的墓穴里，沈鸿飞倒退着最后一个钻进去，又顺手从旁边找来一些茅草和树枝遮住墓穴口。洞里的光线更暗了，赵小黑四下张望着："我的个亲娘啊，这里面空间挺大，肯定葬的是豪门大户啊！起码得是个员外……"这时，直升机的轰鸣声从高空传来，所有人都屏住呼吸，不敢动。

左燕操纵着直升机，侧头看着下面的山沟，又看看红外探测——没有任何显示。左燕惊讶地眉头紧皱。机舱里，吴迪和沈文津举着望远镜四下寻找，仍然是一点动静没有。

"奇了怪了！这帮小鼠会妖法呀？！"沈文津纳闷儿。

帐篷里，龙飞虎、雷恺和铁牛三人眉头紧皱地盯着显示屏。龙飞虎拿起无线电："飞燕，我是龙头！还是没有发现吗？"

"报告！没有任何发现！所有目标全部消失了！"

龙飞虎目瞪口呆。

"不会是我们的设备出问题了吧？"铁牛小心地问。

"不可能所有的设备都出问题吧？"雷恺说。铁牛从帐篷窗户望出去，一脸忧虑："天马上就要黑了，可千万不能出什么差错啊！"龙飞虎思索着，目光转向卫星地图。突然，龙飞虎眉头一扬，猛地抓起无线电话筒："各中队！各中队！我是龙头！目标绝不可能凭空消失！一定是藏到了什么地方！从现在开始，各中队围绕目标最后消失的地带，迅速建立封锁线，拉网式搜索！"无线电里传来一阵"明白"声。龙飞虎扭头看着雷恺："老雷，看看还剩下多少人？"雷恺点头，看看电脑："截止到目前，120人中总共抓获35人，击毙58人，还有27人漏网！"龙飞虎若有所思地点了点头，目光一动，扭头对铁牛说："铁牛，能不能联系一下当地派出所，让他们帮忙，给我们找一个熟悉这一带山区地形的向导？"铁牛点头："我马上联系！"

3

山林里，何苗拄着一个用树枝折成的拐杖，用尽全力挣扎着前行。山沟周围，一组老队员分成几个小组，展开了拉网式搜索。半空，直-9警用直升机上，吴迪扯着脖子对着扬声器话筒高喊："小老鼠们！快出来吧！你们藏不了多久了！现在这一片山区已经被我们包围了，迟早会找到你们！继续顽抗，只能是付出更惨重的代价！"

洞穴里，菜鸟们都屏住呼吸，一动不动。

"天快黑了，你们都饿了吧？都渴了吧？教官们已经给大家准备好了各种饮料，还有烤肉、鸡翅、香喷喷的肉包子，只要出来就可以痛痛快快地享用，你们这是何必呢？"——郑直的肚子"咕噜"一声响，菜鸟们咽着唾沫，面面相觑。凌云冷声道："大家都别上当！只要一出去，我们就被淘汰了！"——没有动静，吴迪有些失望，无奈地关了扩音器。

机舱里，左燕看了一眼吴迪："你这喊话内容也忒俗点儿了吧？听着跟伪军劝降八路似的！"吴迪嘿嘿笑："这你就不懂了！心理战心理战，就得抓住敌人的心理。这帮小鼠在深山老林里蹦跶一天了，现在最需要的就是吃的喝的！"左燕一听，忍俊不禁。

洞穴里，光线越发黑暗。凌云低声对沈鸿飞说："咱们就一直在这儿闷着？时间可是不多了！"沈鸿飞眉头紧皱，忽然看着凌云："你不是说过，可以编个程序入侵他们的指挥系统吗？"凌云恍然大悟："哎呀！我差点儿忘了这事儿了！"说着拿出电脑正要打开，沈鸿飞猛地按下凌云的电脑，右手食指竖在嘴边，众人也是一惊！——双警用军靴出现在洞穴口，有人在来回搜索着。郑直悄悄地向前伸了伸枪管，沈鸿飞连忙对他做了个停止的手势。几个老鸟据枪一路搜索，没什么发现。

不远处，带队组长挥挥手，脚步声渐远，菜鸟们这才吁了一口气。沈鸿飞低声说："凌云！留给我们的时间不多了！"凌云点头，重新打开电脑终端。

山林边的指挥车外，一辆警车戛然而止，两个警察和一个村民匆匆下车，龙飞虎迎上去敬礼："两位兄弟，辛苦你们了！"警察还礼："您不用客气，我们张所说了，全力配合你们行动。"龙飞虎笑着点头，转向村民："这位是向导吗？"

"是！他叫李老幺，是附近李家村的。对这一带的地形很熟悉。"

村民举起右手，夸张地敬了一个不标准的军礼："报告首长！我八岁就在这一带放羊了，后来还当过护林员，这片山里没有我不熟悉的地儿！"龙飞虎忍俊不禁："老乡，不用叫我首长。我还得感谢你给我们帮忙呢！"李老幺认真地说："我懂！你们是特警，特警出动，这一定是出了大案子了！……能给我透露点儿不？"龙飞虎笑："什么案子你不用管，你能看得懂地图吗？"

"能！我当过兵，正经受过训练！"

"那就更好了！你跟我来！"龙飞虎对两个警察点头，匆匆带着李老幺上了指挥车。

此时，天色已经全黑，在黑茫茫的大山里什么都看不见。凌云一头密汗，紧张地编着程序。队员们都紧张地看着她。

"程序编好了！"凌云眉头一展，郑直兴奋地说："师姐，赶快找安全区啊！"

凌云忽然严肃地看着众人："要想侵入指挥系统，就必须和他们联网，这样一来，我们很快就会被他们发现。"众人愣住。沈鸿飞严肃地看她："你需要多长时间？"

"最少五分钟！"

"周围全是老队员，五分钟的时间，我们跑不掉！"郑直说。赵小黑一下子瘫软，泄气地说："那不白干了？！"

"只有一个办法！"凌云说，"我先从这里摸出去，确定安全之后，我再进入指挥系统寻找安全区！"凌云说完，看着沈鸿飞。

"师姐！那样的话，你就太危险了！要走咱们一块儿走！"郑直着急地说。

"我一个人的目标总小过二十多人！就算……就算我被他们抓住，也比全军覆没强。"

所有人都看着凌云。

"没人保护不行，我和你一起出去！"沈鸿飞一言出，满座惊。凌云一愣，不快地说："你别总拿我当弱者！我不需要保护！"

"咱俩是一个组，你完了，我也就完了！"凌云一愣。沈鸿飞拿起枪："快点儿吧！别耽误时间！"凌云只好跟着他向墓穴口爬去，郑直目光一动，无可奈何。

夜空里，直升机闪着红光从空中掠过。沈鸿飞快速钻出墓穴口，左右观察着。随后招招手，凌云跟着爬出来，两人悄无声息地沿着山沟匆匆而去。

4

灯光下，李老幺吃惊地瞪着电子屏幕上的地图："我以前看的都是纸地图，这电脑上的……我还有点儿生。"雷恺和铁牛苦笑。龙飞虎强忍着耐心："老乡，纸地图和电脑上的地图都是一样的，只不过是显示的方式不同。你别急，慢慢看。"李老幺似懂非懂地点点头，凑近电脑屏幕，忽然瞪大了眼睛："看懂了！看懂了！"龙飞虎精神一震："知不知道这是什么地方？"

"这地方是一条大山沟，名字就叫野熊沟。"

"野熊沟？有熊吗？"铁牛着急地问。李老幺嘿嘿一笑："我小的时候有，现在呀，别说是熊了，连兔子都少了。"铁牛暗暗松了一口气。

"老乡，这野熊沟里面有没有能藏身的地方啊？"龙飞虎问。

"藏身的地方？"李老幺想了想，猛地一拍大腿，"有！这野熊沟里有一座古墓！"

龙飞虎眼前一亮："这墓穴里能藏人吗？"

"能啊！"

"能藏多少？"

"我原来放羊的时候，去里面避过雨，里面老大了，藏个二三十号人没问题！"

龙飞虎的脸上浮现出笑意，雷恺拍拍脑袋，一脸释然："怪不得呢！"李老幺惊讶地看着龙飞虎："特警同志，你是说有二十多个罪犯藏古墓里去了？哎呀！这可是大案啊！都犯的什么罪呀？"龙飞虎兴奋地一笑："老乡，这个你就别问了。我再请你帮我最后一个忙！我派直升机把你送到野熊沟，你带着我们的特警队员找到这个古墓！"李老幺一愣，"啪"的一声夸张地立正敬礼："我明白！我是特种兵嘛！时刻准备着！"

暗黑的山林里，沈鸿飞和凌云摸索着前行。忽然，对面传来一阵窸窸窣窣的脚步声。沈鸿飞飞快地把凌云拽到一棵大树后面，两个人身体几乎挤在一起，凌云有些尴尬，沈鸿飞警觉地注视着前方。

几个戴着夜视仪的老鸟据枪搜索而过，凌云立刻用肩头顶开了沈鸿飞，白了沈鸿飞一眼，率先起身，朝前面走去。沈鸿飞一愣，苦笑着跟上去。突然，巨大的马达声传过来，两人赶忙闪身躲藏起来。几辆越野吉普在林间颠簸着疾驰，在离他们不远处戛然而止，李老幺和几名老队员跳下车，借着车灯的强光查看着地图。很快，吉普车快速地前行。等车开远了，沈鸿飞和凌云才从黑暗中闪身出来。

"他们找了当地老乡当向导，开始搜索了！咱们得抓紧时间！"沈鸿飞望着远去的车队担忧地说。凌云也是一脸焦急地看着沈鸿飞："咱们就在这儿吧！这里应该最安全！"沈鸿飞想了想，点头赞同。

两人找到一片树丛下，沈鸿飞选好警戒位置，回头对凌云做了个 OK 的手势，凌云深呼吸一口，打开电脑，终端上数据闪烁，凌云眉头紧皱地飞速操作着。

指挥帐篷里，雷恺警觉地盯着电脑屏幕，高声喊："龙头！——"龙飞虎一愣，赶紧放下手里的方便面，抹了一把嘴凑过去。龙飞虎看着电脑屏幕，一脸震惊："我差点儿忘了，他们里面有凌云！"说罢，龙飞虎看着雷恺："能确定她的方位吗？"雷恺熟练地操作键盘："没问题！"

山林里，凌云顺利进入指挥系统，一脸兴奋。帐篷里，雷恺将一张纸条交给龙飞虎："这是坐标！"龙飞虎抢过纸条，一把抓起无线电话筒呼叫赤狐！

黑暗中，凌云眉头紧皱，纳闷地盯着屏幕上的地图："奇怪……"沈鸿飞凑过来：

"到底怎么了？"凌云看着沈鸿飞："……整个任务范围内的地图我全都找过了！根本就没有安全区！"沈鸿飞愣住了。此刻，二中队长赤狐正带着五辆越野摩托车在林间疾驰。

树丛里，沈鸿飞神色凝重。凌云一脸气愤："我们被耍了！根本就没有安全区！他们太过分了！"沈鸿飞冷静地看着显示屏："以龙头的性格，他干得出这种事来！"凌云一脸焦急："那怎么办啊？"沈鸿飞站起身："赶紧回去，带着大家转移！"凌云起身，准备关闭终端，忽然屏幕下方的一处吸引了她，凌云操作着终端："还有一份加密地图！我需要解码！"说着十指翻飞，快速地操作着电脑。

山林边上，二中队长打出手势，所有老鸟放轻脚步，据枪从各个方向包抄过来。此刻，凌云还在快速地操作着。"啪！"终端屏幕上出现一张地图！——沈鸿飞焦急地凑过去，凌云用手指引着地图，在屏幕上缓慢移动着。忽然，凌云脸色大变，难以置信地说："安全区在……在特警基地的直升机机场！"沈鸿飞一愣。突然，一阵激烈的枪声在四周响起！沈鸿飞大惊，猛地将凌云拽到身后——老鸟们从四面八方涌围上来！沈鸿飞和凌云快速隐蔽，两个人交替掩护着朝缺口跑去！

凌云边跑边关掉终端，大喊："沈鸿飞！放开我！我不干了！没他们这么玩儿的！"沈鸿飞还击几枪，焦急地拽着她："先脱险再说！"

墓穴里，队员们伸着脖子听着外面的枪声。郑直一脸焦急，站起身："坏了！肯定是沈鸿飞他们出事儿了！段卫兵、赵小黑，你俩留下，我去接应他们！"

山林的一处上坡，沈鸿飞和凌云飞跑着，后面的老鸟们穷追不舍。奔跑间，沈鸿飞从腰间拿出一枚手雷，奋力甩出去，手雷冒起一阵白烟，老鸟们猛地趴倒一片，其中一个"中弹"冒烟，一脸沮丧地坐在地上。二中队长看着，发狠地说："你们都想滚蛋吗？！"老鸟们脸上有点儿挂不住，爬起来一阵猛追。

老鸟们刚跑过去，一侧的树丛猛地一抖——何苗挣扎着站起身来！他看看穷追不舍的老鸟们，又看看跑在前面的凌云和沈鸿飞，震惊万分。更加震惊的，是那个冒烟坐在地上的老鸟——何苗拄着棍子一瘸一拐地走过来，盯着老鸟怀里的冲锋枪。冒烟的老鸟气急败坏地看着他："尸体是不会主动缴枪的！"何苗苦笑，痛苦地蹲下身，拿过老鸟的枪，还有腰间的手雷、震爆弹，挂在自己腰上。老鸟哭笑不得："小鼠，你都这样了，还想着作战呢？"何苗痛苦地站起身："你登上过珠穆朗玛峰吗？我登上过。当时我的前辈告诉我，上山的路，只能进，不能停，更不能退，不登上山顶，永远都算是失败者！"说完，何苗一瘸一拐地又回到树丛边。

山沟里，郑直和另一名队员匆匆地走着。前面传来一阵声音："到了！到了！前面不远就到了！那古墓我进去过，容个二三十个人没问题呀！"郑直大惊，下意识地趴在地上，不敢动了。

对面不远处，吴迪和杨震弃车前行，李老么感叹地自言自语："唉！我真老了，年轻的时候，我不比你们特警体力差，我……"杨震上前一步，死死地捂住他的嘴："大爷，我求求你了，别再说话了！"李老么瞪着大眼，使劲地点头，吴迪一脸苦笑地放开他继续向前。地上，郑直和另一名队员悄声爬起来，撒腿就往回跑！

5

一阵零星的枪声后，沈鸿飞和凌云跑到一处断崖边，凌云脚下一滑，没刹住，差点儿摔下去，沈鸿飞反应迅速，一把拽住了她！凌云心有余悸地喘着气——两人直愣愣地看着黑不见底的断崖。凌云快哭了："我们没路了！"老鸟们呈扇面包抄上来，二中队长扛着枪喊："小老鼠们，别拿生命开玩笑啊！缴枪不杀！我们是优待俘虏的！"沈鸿飞目光凛然，看着断崖底，若有所思。

另一边，郑直几乎连滚带爬地跑到墓穴口低吼："是我！快！全出来！快呀！"段卫兵钻出来："出什么事儿了？"郑直喘气，指着身侧方向："他们追来了！快跑！"段卫兵大惊，赶紧回身："快！都出来！快！快！"——夜幕下，小鼠们一个接一个地钻出古墓，狼狈地沿着山沟朝另一个方向跑去。

断崖边上，二中队长带着大批老鸟匆匆赶到，全都愣住了。

"人呢？"二中队长傻眼了。

老鸟们打开照明装备，几束强光唰地扫着断崖——十几米高的断崖下方树林密布，小鼠不见踪影。老鸟们面面相觑。

"他们……他们不会真跳下去了吧？"一个老鸟担忧地说。二中队长愣住了，赶紧把无线电扯过来。

"什么？！"指挥车里，龙飞虎一脸震惊。无线电传来二中队长的声音："断崖有十几米高，下面是密林，我们看不清具体情况，但是确定他们是从这儿下去了！"铁牛使劲拍着自己的脑门子："坏了！坏了！这两个愣头儿青啊！"龙飞虎表情凝重："赤狐！马上带所有人迂回到断崖下寻找！……活要见人，死要见尸！"

断崖边一片安静，只能听见风吹草动的声音。突然，断崖沿儿上，一只手猛地向前一探，啪地抓住断崖边一块石头尖——沈鸿飞身体悬空，单手扳着断崖边，在他的下方，凌云满脸惊恐，死死地抓着沈鸿飞的腰带。两人风干鸡似的在空中来回摇晃着……沈鸿飞努力向上用劲儿，咬牙切齿地说："凌云，抓住！千万不要乱动！"凌云带着哭腔："沈鸿飞！你行不行啊？"沈鸿飞咬着牙引体向上："你抓紧我！"沈凌云哭着抓紧他的腰带："沈鸿飞，我饶不了你！"沈鸿飞看准了断崖边一块凸起的大石头，瞪着眼睛，嘶吼着，身体猛地向上一跃，一只手稳稳地扳住石头，另一只手瞬间跟上！凌云惊叫着，手一滑，抱住了沈鸿飞的大腿。

"抓——住——"沈鸿飞整个身体向上，连带着把凌云往上拽。凌云死命地抱着沈鸿飞的大腿，又抓腰带，又扳肩膀，整个人趴在沈鸿飞身上，猛地一滚，四仰八叉地躺在地上。沈鸿飞赶紧收腿，站起身，看着凌云："你怎么样？"

啪！一个耳光打在沈鸿飞脸上。沈鸿飞愣住了。凌云泪流满面地哭着："沈鸿飞！你王八蛋你！你不要命了，我还想活着呢！我妈养我这么大，我还没尽孝呢！"沈鸿飞大惊，苦着脸："姑奶奶！你就别号了！咱得赶快回去！"凌云挣扎着起身，又软在地上："我腿软了！走不动！"沈鸿飞伸手拉她："我背你！"凌云一愣，随即打开他的手，擦着眼泪："滚一边儿去！"说着，凌云倔强地站起身，赌气地往山下跑去。沈鸿飞苦笑着赶紧跟上。

墓穴口。"轰！轰！"两枚催泪弹在墓穴里剧烈地爆炸，顿时白烟四起。老鸟们持枪怒吼："不许动！不许动……出来！"——没动静。吴迪觉得不对劲，想了想，戴上防毒面具钻了进去，洞里空无一人——吴迪傻眼了，沮丧地一把摘下防毒面具，难道这帮小鼠还会遁地不成？这时，韩峰带着猎奇过来，猎奇吐着鲜红的大舌头，狂躁不安。

"猎奇好像有发现，要不要放狗？"韩峰问。

"废话！"吴迪不快地说。韩峰一松手，猎奇噌地就追出去，队员们赶紧跟着猎奇，猛冲而去。

山沟的灌木丛里，小鼠们仓皇猛跑着。沈文津和吴迪等人一路紧跟着。砰！砰！——段卫兵和赵小黑转身瞄准，一人一枪，干掉两个，郑直也举枪打出几个扫射！几个人打完就跑，交替掩护着撤离。后边，吴迪和沈文津拎着狙击枪，急匆匆地向山沟一侧的高地跑去。吴迪边跑边说："一会儿查查那俩狙击手是谁！好苗子啊！"沈文津也点头："嗯！我也发现了！"这时，沈鸿飞和凌云一路猛跑，被山沟方向传来的枪声惊呆了。

"坏了！他们被发现了！"凌云急吼。沈鸿飞脸上一沉："快！"两个人赶紧加速猛跑。

"不许动！"

两个人同时愣住了！沈鸿飞目光一凛，猛地将凌云推倒，随即快速蹲下。树丛中，何苗举着枪，也愣住了。

<h1 style="text-align:center">6</h1>

断崖下的树林里，战术手电光柱四射——荒野里一无所有。二中队长愣住了，他目光一动，急跑几步来到树林边，举起手电照射着断崖沿儿，惊呼道："我的个乖乖……逆天了！"这时，无线电里传来龙飞虎的怒喊声："赤狐！赤狐！情况怎么样？找到没有？"二中队长沮丧地凑近无线电……

帐篷里，龙飞虎愣愣地拿着无线电通话器，雷恺和铁牛站在旁边，目瞪口呆。龙飞虎放下通话器，扭头看着雷恺："老雷，回头再帮我查查这个沈鸿飞的详细资料。我的意思是，他在特种部队的时候到底是干什么的？！他都干过什么？！他是怎么退役的？！我要知道他的一切资料！"雷恺苦笑："好！我会用心去查，怕就怕……咱们的权限不够啊！"龙飞虎一愣。

山林里，沈鸿飞背着何苗，凌云拎着何苗的武器，三人在山岭中快速奔跑着。何苗趴在沈鸿飞背上："鸿飞！放下我吧！我会把你累垮的！"沈鸿飞边跑边说："就你这一百多斤，累不垮我！别说话了，调整呼吸，身体和我的后背合理结合！"何苗一愣，有些感动，调整了一下自己的姿势。凌云气喘吁吁地跟上来，边跑边听着远处的枪声。突然，凌云目光一动，扭头看见侧方向一个小山包，沉声道："他们转弯了！咱们抄近路！"说罢，三人朝小山包方向猛跑。

小山包顶上，沈鸿飞背着何苗跑上来，他将何苗放在隐蔽处，自己拎着枪卧倒，凌云也气喘吁吁地跟上来。两人屏住呼吸，枪声听得很清晰，应该就在下面的树林里。

"怎么办？"凌云弓着身子凑近沈鸿飞。沈鸿飞焦急地望着，查看着周围的地形——一条黑乎乎的山洪冲出来的排水沟。

"看见那个排水沟了吗？"沈鸿飞一指，凌云诧异地望过去，"你扶着何苗，到那儿去藏起来！"

"你呢？"凌云满脸焦急。

"我去接应他们，咱们在排水沟会合！"沈鸿飞看了一眼何苗，起身匆匆往山下冲去。

"沈鸿飞——"凌云叫住他，"你当心点儿！"跑着的沈鸿飞一愣，回头咧嘴笑了笑，黑暗中露出一口白牙。沈鸿飞伸出大拇指，很快跑了下去。

密林里，郑直一行人急匆匆地奔跑。沈鸿飞迎面跑来！郑直几人大惊，慌乱地举枪。

"是我！"沈鸿飞低吼。赵小黑意外地看着他："沈鸿飞？！你从哪儿来？"郑直着急地问："我师姐呢？"沈鸿飞向后看了看，催促道："回头再说！没有枪的都过来！"队员们焦急地聚拢过去，沈鸿飞指着侧方向："所有人按照我这个方向一直跑！出了树林，你们会看到一个排水沟，凌云和何苗在那儿等着你们呢！到达以后，马上隐蔽！都清楚了吗？"队员们一愣，随即齐声低吼："清楚了！"

一群菜鸟们蜂拥跑走。郑直松了一口气，又焦急地问："那咱们几个呢？"沈鸿飞检查着手里的步枪："引开追兵！迂回和他们会合！"沈鸿飞抬手，朝着后方打出一个短点射，几人朝着另一个方向迅速跑去。

第十章
—— SWAT ——

1

山里的密林陡坡，一群老鸟提着枪快速追了上来。杨震右手猛一握拳，队员们停下脚步，迅速散开警戒。杨震正焦急地观察着四周。"咻——"一枚震爆弹划着弧线落在灌木丛边，老鸟们大惊，纷纷卧倒隐蔽。轰！爆炸掀起的泥土硝烟把这一片丛林笼罩在浓浓的烟雾中。"砰！砰！"一阵密集的枪声从侧方向响起，两个中弹的老鸟震惊地看着身后冒着的白烟。杨震气恼地大骂："妈的！这群小崽子们！追！——"

密林深处，月色变得有些黯淡。一根布条一端拴在一棵小树干上，另一端连着一个小树杈，树杈钩住手雷。沈鸿飞将布条隐藏在草丛里，扭头对段卫兵几人一摆手，三人点点头，猫着腰匆匆往后撤。

排水沟的沟沿上茅草丛生，是一处隐蔽的好位置。何苗正龇牙咧嘴地给自己包扎伤口，凌云持枪警戒。何苗突然有些伤感地说："要不是陶静，我早完了。"凌云回过头看他，冷声道："这样的傻姑娘，是我平生仅见……哎？你不会无动于衷吧？"何苗一愣，皱眉："现在不是考虑这个的时候。"何苗说完，看着凌云冷冷的目光，一惊，补充似的说："起码……我非常感动。我可不是冷血动物。"凌云笑了笑，看着他腿上的伤口："赶紧扎上吧！不管你是什么动物，血流光了照样得死翘翘！"

"枪声好像停了。"凌云忧心忡忡地望着山包方向。何苗一愣，也看着远方，语气坚定地说："没事！我对沈鸿飞有信心！"凌云意外地看着何苗。这时，一阵杂乱的脚步声传来！凌云大惊，急忙提枪戒备，何苗也赶紧据枪。正前方，二十多个黑影逐渐靠近，凌云打开保险，低声问：“谁？！”

“凌云！是你吗？”

凌云一愣，赶紧起身，一群小老鼠连滚带爬地涌上来。凌云松了一口气，放下手里的枪：“快进来！沈鸿飞他们呢？”

“他们说要引开老家伙们！”一个队员说。凌云一愣，脸上有些忧虑。

灌木丛里，战术手电的强光在晃动，杨震趴在地上，拿着工兵剪刀，小心地清除掉周围的杂草，一根细如发丝的绊雷隐没在草丛里，一端连着诡雷，另一端绑着从侧方伸出来的小树枝上。杨震小心翼翼地拆除掉诡雷，拿在手里，一脸惊讶：“挺专业呀！地点选择恰到好处，隐蔽性很强。”沈文津看着他苦笑：“现在，你就是说这帮小老鼠是超人，我都不怀疑了！听说了吗？二中队惨了，现在集体趴在树林里做俯卧撑呢！”老鸟们苦笑。杨震脸一沉：“继续追击！要不然，下一个做俯卧撑的就是咱们！——对了，注意脚下，这帮小鼠崽子还有点诡计！”老队员们一愣，急匆匆地继续前进。

2

排水沟处，小老鼠们相互拥挤着坐在沟里，一个一个神情落寞，遍体鳞伤。此刻，杨震正带领着队员们蹑手蹑脚地一路搜索着。忽然，“嗒嗒嗒！……”两点钟方向传来一阵枪响！杨震猛地一挥手，老鸟们急追过去！

“出来！”老鸟们据枪瞄准，所有的枪口对准了那片树丛！——“嗒嗒嗒！……”树丛里又传出一阵枪响！老鸟们快速卧倒，所有的武器朝着树丛开火！一阵硝烟散去，老鸟们小心翼翼地起身，直奔树丛围上去，一看全都傻眼了——半个人影都没有，只有一把固定在树丛里的手枪！杨震蹲下身，手枪的弹夹已经打空了，一根鞋带的一端连着手枪的扳机，另一端隐在草丛里，还在咔咔咔地扣动着扳机，但已经没有子弹了。杨震脸红脖子粗地打开战术手电——一只真正的肥老鼠正背对着杨震，老鼠尾巴上拴着鞋带的另一端！——杨震瞪着眼，咬牙切齿。

此刻，沈鸿飞等五人快速跳下排水沟，凌云和小老鼠们兴奋地围上去。何苗问沈鸿飞：“这么快就把他们甩开了？你们是怎么做到的？”赵小黑笑着指了指郑直：“他抓到了两只老鼠，把其中一只的尾巴和手枪扳机连了起来，老鼠一动，嗒嗒嗒！”凌云笑着：“行啊你郑直！有前途！”郑直一脸得意。

"还有一只呢！"段卫兵笑着从兜里掏出来，一只黑不溜秋被捆着嘴和爪子的老鼠吱吱地叫。凌云皱眉："你拿它干什么？"段卫兵笑："要是有用就继续用，实在不行，还能当晚饭。"凌云一脸恶心地走开。沈鸿飞看表："行了行了！老家伙们这会儿肯定气疯了！咱们得赶紧去安全区！"何苗一愣，焦急地问："安全区在哪儿呢？"所有人看着他。沈鸿飞意外地看着凌云："你没跟他们说？"凌云讪讪地："我……我怕扰乱军心。"沈鸿飞一笑，很快严肃起来："这个时候了，没必要隐瞒了。"凌云扫视了众队员们，一脸严肃地说："在特警支队基地的机场！"

"啊！"所有人都目瞪口呆。

"同志们！我们现在唯一要做的，就是尽快赶到位于机场的安全区！"沈鸿飞为队员们打气。郑直一脸沮丧："我要是没记错的话，咱们昨天早上从基地到这里，大约有一个小时，按照当时的平均车速约八十公里每小时计算，再加上从目前我们所处的位置到进山路口的距离，现在我们距离基地机场至少一百公里。"凌云低头看表，又看着沈鸿飞："现在是凌晨两点钟。距离考核规定的 24 小时时限，仅有 5 个小时。"

"截止到目前，男子马拉松世界最好成绩是肯尼亚选手邓尼斯·基梅托 2014 年在柏林创造的，两小时两分五十七秒。我们要跑两个半马拉松，而且他跑的是公路，我们还要在围追堵截下先跑二十公里的山路。"何苗苦着脸叹息。赵小黑一屁股坐在地上，伸着脖子望天。沈鸿飞望着队员们，也是一脸愁云。

3

指挥帐篷里，龙飞虎、铁牛和雷恺三人都沉默着，一脸凝重。雷恺看着俩人，悻悻地说："我现在倒真的在庆幸，他们是我们的学员，而不是真正的越狱犯。"铁牛也点头："不得不承认，这是我从警近三十年以来遭遇最大的一次挫折。号称国家级反恐精英的猛虎突击队，被一群初出茅庐的小老鼠搞得颜面尽失！轻敌不是理由，个别学员能力太强也不是理由——至少不是决定性的理由。我们真得好好反思一下自己了。如今的我们，是不是被功劳簿蒙住了眼睛？"

龙飞虎没说话。

雷恺看表，又看着龙飞虎："时间已经不允许他们完成考核了。我们怎么办？破格录取，还是……"龙飞虎一把抓起无线电："各中队！各中队！我是龙头！所有惩罚延期、加倍进行。从现在开始，按照原定计划，继续对残余目标进行拉网式搜索！不找到最后一个人，绝不能放弃！完毕！"

雷恺不敢再多说，但还是小心地说："没有这个必要了吧！"铁牛看着龙飞虎："你这是在置气？"龙飞虎摇头，看着外面缓缓地说："我坚信，他们是不会放弃的！继续对他们展开搜索，是对他们的尊重。"龙飞虎目光一动，"走，咱们得换个地方！"

山林的夜晚白雾茫茫，气温骤降。老鸟们重整旗鼓，开始展开拉网式搜索。空中，直升机高速盘旋着低空飞过。此刻，龙飞虎三人正坐在安装了空中指挥系统的机舱内，紧盯着屏幕上移动的闪光坐标点。

排水沟里，直升机巨大的轰鸣声隐隐传来，战术手电的光束在周围的丛林里不停地闪烁着。小老鼠们隐蔽在草丛里，不敢作声。郑直看着沈鸿飞，低声说："要么我们放弃，要么……我们就出去跟他们拼一场，再放弃！"何苗哗啦一声顶上子弹："我同意后者！"

"我们不做弱者！死也要死出尊严来！"段卫兵和赵小黑也起身看着沈鸿飞。沈鸿飞忽然目光一动："凌云，我给你一分钟时间，打开 PDA 终端查找我需要的路线，然后关闭它！"凌云不解："你要干什么？要查什么路线？"沈鸿飞一脸认真："我需要一条和他们的搜索方向相反的路线，这条路线可以以最短的距离让我们到达指挥车所在的位置。"凌云大惊："难道你要……"凌云震惊得不敢再说下去了。沈鸿飞微笑着点头："——没错！俘获他们的指挥人员，利用他们的指挥系统打断他们的部署！我们用一到两个小时的时间完成这一步，剩下大约两到三小时的时间，足够我们从容地赶到机场了！"

众人目瞪口呆。

"我的个亲娘啊！沈鸿飞，你这是要逆天啊！"赵小黑不可思议地说。沈鸿飞坚定地看着队员们："我们只有这个唯一的机会了！除了这个办法，没有奇迹会发生。"

队员们都沉默了。

凌云目光一凛，掏出 PDA 终端："我马上开机！"沈鸿飞点头，沉声道："所有人注意隐蔽！有枪的，建立防御区！"

凌云背靠着排水沟，打开 PDA，熟练地开启 GPS 地图。何苗在旁边紧盯着屏幕。很快，PDA 终端屏幕上电子地图不断变换，凌云扫视着各组数据和路线，指着屏幕，嘴里念着方位，快速地记忆着："这个方向，直行 535 米，向三点方向转弯。"

"直行 535 米，向三点方向转弯。"何苗重复着。

"再直行 680 米，九点方向转弯，通过树林。"

……

4

指挥直升机里，雷恺忽然震惊地看着电脑屏幕："有情况！"龙飞虎和铁牛赶紧凑过去。雷恺操作着键盘，一脸惊讶："03 组的终端再次启动了！"

"方位！"龙飞虎沉声问。

很快，电子地图上出现一个坐标点，龙飞虎盯着地图，铁牛皱眉："小心他们又使诈！"龙飞虎点头，拿起无线电："我是龙头！马上派两个小组，向 1024 包抄！记住，除了这两个小组之外，其余搜索路线不变！把这两个小组的空隙也给我堵上！完毕！"无线电里传来杨震"明白"的声音。龙飞虎神色凝重地盯着坐标点："他们要干什么呀？"

排水沟里，凌云抬头看着沈鸿飞："路线记录完毕！"沈鸿飞问："都记住了吗？"凌云点头，随即要关闭终端。何苗焦急地拦住她："别关啊！"凌云诧异地看着他，何苗一笑："咱不是还有只老鼠吗？"几人一愣，随即会意地笑。

空无一人的排水沟里，一只硕大的肥老鼠尾巴上拴着启动着的终端，窸窸窣窣，正奋力地朝排水沟沿上爬。雷恺坐在直升机舱里，盯着屏幕："坐标在移动！时快时慢！"龙飞虎盯着坐标，焦急地拿起无线电："山羊！山羊！我是龙头！目标在移动，我现在把路线发到你的终端上，命令你的两个小组，给我盯死了！"

"明白！"无线电里传来杨震的声音。

雷恺苦笑："我真的怀疑啊！他们不会那么傻到给我们留下痕迹呀！"龙飞虎也一笑："我也没抱太大希望，只求这帮小老鼠别把我的 PDA 给弄丢。"说着，龙飞虎手指在屏幕上画了一圈："——这张网才是关键！"

山林里，凌云走在队前，沈鸿飞几人持枪交替掩护，小老鼠们相互扶持着艰难前行，另外几个体壮的小老鼠轮换着背着何苗。沈鸿飞停下脚步，沉声问："凌云，我们绕了多少米了？"凌云看了看方位："偏 30 度，423 步，大约 300 米！"后面，何苗指着三点钟方向，帮助凌云补充着记忆里的路线："向那个方向约 200 步，应该能看见一处洼地，再恢复原路线！"凌云笑笑，对何苗伸了伸大拇指，一行人又继续前行。

清晨，天光放亮。在帐篷区外的空地上停着数辆特警突击车，几名老鸟持枪来回巡视着。警车旁边停着一辆医疗车，亮着灯，留守的医护人员也疲惫地睡着了。指挥车安静地停着，车门紧闭。

车队不远处，一帮被击毙的老鸟吭哧吭哧地做着俯卧撑，还有一群被淘汰的菜鸟百无聊赖地坐着，身旁放着水和吃剩下的食物。陶静也在其中坐着，双手托腮，望着山林方向，一脸的忧虑。

在离得不远的林边，沈鸿飞小心地从树丛里冒出头，他的目光落在远处几顶帐篷处，帐篷里没有灯光透出来，很安静。沈鸿飞眉头紧皱，又悄悄缩了回去。

"情况怎么样？"凌云焦急地问。

"龙头的队部帐篷没有人，他们很可能已经转移了指挥位置。"沈鸿飞说。凌云沮丧着脸："直升机上也可以架设指挥系统，他们在天上！"

"如果我们没办法控制他们的指挥官，搞乱他们的指挥系统，即使我们能干掉守卫，抢了车，也会在第一时间被他们发现——车是绝对跑不过直升机的！"

"那怎么办啊？"赵小黑看表，"现在已经快5点了！两个小时时间，咱们就算各个是马拉松高手，也来不及了！"段卫兵看看众人，沉声道："咱们能走到这里，就算被淘汰，也无怨无悔了！"小老鼠们伤感地点头。郑直目光一动："咱们绕出去！离这儿不远就是公路！来往的车辆有的是！"凌云冷冷地看他："难不成你还想劫车呀？"郑直一本正经："怎么是劫车呢？咱们是警察，这叫临时征用！"凌云皱眉："郑直，你在重案组的师傅是谁呀？他没教过你临时征用车辆的规定？咱们是在演习，不是在破案！"郑直嘟囔着："我师傅……我师傅就是我们组长，不过她也确实没让我这么干过！怪不得我师傅当初跟他离婚呢！真是个不可理喻的家伙！"

"谁跟谁离婚啊？"赵小黑满脸好奇。

"你们不知道啊？"郑直一脸惊讶，"龙头和我们重案组组长路瑶，原来是夫妻！"

"啊？！"所有人都愣了。凌云也是一愣，随即烦躁地白了郑直一眼："你们能不能别这么八卦呀？也不看看现在是什么时候！"郑直只好讪讪地住嘴。

"郑直的主意不错！"沈鸿飞一笑，赶紧解释说，"我没说劫车，但是咱们总可以搭车吧？就算不能搭车，咱们总可以花钱租车吧？"众人眼前一亮。

"但是——"沈鸿飞话锋一转，"他们有七八个人分别在不同的位置，我们人数有限，没办法确保在第一时间把他们同时干掉。要想不被外面的人发觉，又能走出去，只有一条路线——"沈鸿飞指了指前方空地上，"从'死人'堆里穿过去……"

林边的空地上，老鸟们大背着枪在巡视。被击毙的老鸟趴在地上，还在吭哧吭哧地做着俯卧撑。被俘的小老鼠们大部分都疲惫地睡着了，只有陶静背对众人，看着山林发呆。

突然，陶静瞪大了眼睛——二十多个衣着破烂的小老鼠们弓着身子从树林中涌出来，接着陶静看到了趴在队员背上的何苗，眼圈一红，站起身来。嘘！——何苗做了个手势！陶静一愣，似乎明白了，假装自然地坐了下去，激动地捂着嘴，眼泪忍不住地淌了下来。此时，何苗的眼睛也有些湿润。

沈鸿飞一行人借着树丛的掩护，蹑手蹑脚地穿过空地，好在这个时候的光线并不太亮。沈鸿飞走在队前，离空地中间的人越来越近。旁边，两个正在说话的老鸟还在做着仰卧起坐。其中一个忽然坐起，喘息了几口，一翻身，忽然僵住了——两人都直愣愣地看着对方。陶静一脸焦急地不知道怎么办好。

沈鸿飞对着那名老鸟，抬手划过脖子，又指了指脑袋，摇了摇头，那意思就是说"你已经死了，你得讲规矩，不能缺德"。那名老鸟只好苦笑着点头。在他旁边的老鸟见他不动，也翻身起来，一转身也傻了。这时，越来越多的被击毙的老鸟发现了沈鸿飞他们，全都目瞪口呆！小老鼠们也都一个捅一个地醒来，每个人都是一脸兴奋！

所有被击毙的老鸟都不吱声，开始发狠地做着俯卧撑。沈鸿飞和队员们蹑手蹑脚地穿过空地。陶静含泪看着队员背上的何苗，何苗眼睛也湿润了，对着陶静伸着大拇指，陶静笑着使劲点头。

沈鸿飞和队员们犹如胜利大逃亡一般朝着山路入口方向猛跑而去，被淘汰的小老鼠们热泪盈眶地望着他们。沈鸿飞回头，朝他们挥手："走啊！你们还等什么？！"这时，段卫兵手里的枪响了，守在空地入口处的几个守军措手不及，背上的发烟罐刺刺地冒着白烟，小老鼠们一见，立刻潮涌般冲杀了出去。赵小黑跳进一辆装甲车，操控着机枪，兴奋得大喊："胜利大逃亡！乌拉——"

瞬间，各种警车、突击车警灯爆闪，引擎开始轰鸣，郑直兴奋不已："奶奶的，今天我才找回做警察的感觉！同志们——冲啊！"说着一踩油门，警车风驰电掣般冲了出去，尘土满天。

5

"什么？！你再说一遍？！"机舱内，龙头瞪大了眼有些不敢相信。

"他们袭击了大本营！抢夺车辆，小鼠全跑了！！"

"妈的！我早该想到他们来这手！"龙飞虎狠狠地骂了一句。

"现在怎么办？"雷恺问。龙飞虎喘着粗气："把所有人都召回来，立即在路上布防！"

"还来得及吗？他们现在有武器，人也多，还有突击车和装甲车！看这样子，我们还真不一定打得过他们……"龙飞虎的眼睛噌噌地冒着火："那就眼睁睁看着他们过关吗？快！"

密林里，正在驾车巡逻的吴迪戴着耳机，猛地一踩刹车，沈文津差点儿飞出去，一把抓住车把手："哎哟，怎么了？"吴迪无奈地看他："要我们去拦截小鼠，他们抢了我们的整个装甲车队！"沈文津呆住了："我们怎么拦他们？我们又没有反坦克导弹！"吴迪苦笑着发动车："执行命令吧，奶奶的，这下热闹了！"

山路上，一队特警车队扬起漫天尘土，风驰电掣地开过来。半空中，直升机迅速拉低，斜刺着扑下来。沈鸿飞大喊："机枪手——"

"好嘞！"赵小黑满脸兴奋地坐在装甲车上，架着机枪，扣动扳机，"嗒嗒嗒！"直升机在弹雨里左右地晃。龙飞虎等人坐在后面，猛地撞在一起。左燕急忙拉高机头，直升机迅速离开。

"没事吧？我们差点儿被击中！"左燕大声问。龙飞虎揉揉撞到的脸，笑了："没事，没事！"铁牛看他："你笑什么？"龙飞虎笑，不说话。雷恺凑过去大声地说："他笑可以不当突击大队的大队长了！调走了！"机舱里的人哄堂大笑。

公路上，特警车队还在疾驰。几百米外，二中队的摩托车队赶到。

"有人来陪我们了！陪他们玩玩！"段卫兵一打方向盘，突击车斜刺飞出去。摩托车一个急刹车，变换车道。突击车被摩托车包围着，段卫兵握着方向盘左右躲闪。

"你们拦不住我们的！再追我们就不客气了！"沈鸿飞一手握住方向盘，一手拿起扬声器警告——摩托车队没有减速。

"水炮！"沈鸿飞命令。

"嗵！"一枚水炮打出去，两辆摩托车措手不及，被水炮打翻，其余车辆急忙停下。凌云回头一脸担忧："不会出事吧？"何苗笑笑："没事，你忘了他们怎么教我们开摩托的吗？"

这时，吴迪驾着ATV车队噌地从前面蹿出来："不惜一切代价，拦住他们！——"ATV车队并排着冲向车队。凌云大惊："我们怎么办？！"沈鸿飞不吭声，把稳方向盘。郑直也有些急了："你不能这么干！会死人的！"

"就看谁更能坚持！都坐稳了！"沈鸿飞目光坚定地盯着前方，车队快速冲向一列ATV。

"他们没有停车的意思！"沈文津盯着沈鸿飞。

"我们也不停车！"吴迪牙咬得咯咯响。

"不行，会死人的！听我的，闪开！"沈文津一扳方向盘，并排的ATV车队猛地分开，沈鸿飞驾着车从中间疾驰穿过，凌云坐在车上倒吸一口冷气。

"我说过，就看谁更能坚持！"沈鸿飞自信地说。

车队后面，吴迪从ATV里爬出来，吐出嘴里的土骂道："妈的！完了！"杨震作势驾车要追，吴迪一把拉住他："不能再追了，已经靠近市区了！"杨震怒气冲天："那我们就眼睁睁看着？！龙头不是说了吗？抓不住小老鼠们，我们都得滚蛋！"吴迪突然笑了："要滚……东海就没有特警突击队了，对吧？"杨震不明白，沈文津一个爆栗过去："你笨啊，先滚的就是龙头！"老鸟们哄堂大笑。

公路上，车队耀武扬威地一路疾驰。

特警基地直升机机场，鲜红的八一军旗在空中猎猎飘舞。沈鸿飞带领着队员们目光炯炯，整齐列队。半空中，直升机盘旋着拉低高度，停在不远处的空地上。

龙飞虎跳下直升机，大步走到队列前，目光凛厉地看着沈鸿飞。沈鸿飞目不斜视，啪地立正敬礼："报告！全体小鼠队员，顺利抵达安全区！请指示！"

"你知道你们干了什么吗？！"龙头盯着沈鸿飞，吼得山响。

沈鸿飞迎着他的目光，站得笔直。队员们也都直直地站着，不吭声。龙飞虎突然话锋一转，脸上是耐人寻味的笑："祝贺你们！"

"唰——"龙飞虎抬手，一个标准的军礼。

队员们鸦雀无声。整个训练场也是鸦雀无声。

几秒钟后，队员们嗷嗷地欢呼起来，互相拥抱着，泪流满面。

"首先，祝贺你们通过突击队的选拔，开始全新的警察生涯。"龙飞虎点点头，看着一张张年轻的面孔，用浑厚的嗓音高声说道，"作为突击队的新人，你们用自己的实力证明了你们具备突击队员的基本素质。成为突击队员，你所得到的荣誉是有限的，但是你将要付出的，是你的全部。我要你们知道，在未来的特警生涯当中，你们将会面临真正的生死考验，而你们所能获得的英雄成就感，往往只是那么一瞬间。在最危险的时候，需要你们进行瞬间的判断，前进一步是死亡，后退一步是生存——"

队员们都沉默了。

"在需要的时候，你们必须毫不犹豫地牺牲自己的生命，来保护队友和群众的安全，没有谁可以取代你自己做出决定，"龙飞虎的目光扫视着一脸坚毅的队员们，"所以，你们要认真思考这个问题：你准备好为人民公安事业牺牲一切了吗？！"

"准备好了！"队员们怒吼。

"我再问你们一次，你们做好准备了吗？！"

"唰——"所有人抬手敬礼，庄严而肃穆。

"时刻准备着！"队员们的吼声气壮山河，杀气凛然。

第十一章
——— SWAT ———

1

　　第二天一早，特警支队办公室，支队长许远在一叠文件后面抬起头："这是你们的最终决定吗？"龙飞虎站在对面，严肃地点头："这份名单是由我、老铁、雷恺，还有猛虎突击队所有的参训教官通过讨论确定下来的。我们主要依据三个方面：第一，学员在整个特训考核期的综合成绩表现。第二，学员所掌握的各项技能对未来执行任务的必要性。第三，学员未来的潜力。"支队长严肃地看着龙飞虎："不考虑加进去一两个老队员吗？"

　　"老队员固然经验丰富，可是有的时候，丰富的经验往往会使他们形成固定的思维模式，进而阻碍整队潜力的提升。打破这种思维定式，往往比重新培养还要难。"

　　支队长点了点头，拿起一份资料："你想让他成为这支新队伍的领头羊？"

　　"沈鸿飞的各项能力堪称完美。最重要的是，他已经在短短的时间内成为这些新队员中的灵魂人物了。他是天生的领导者，这一点毋庸置疑。"

　　支队长严肃地站起身："龙飞虎，你的猛虎突击队是我们东海市特警支队的刀尖，新成立的特勤小组带有很强的试验性质，这是刀尖上的刀尖！突击队中的突击队！成立这个特勤小组是上级一次大胆的尝试，同时也是全国特警力量建设中具有划时代意义的新命题！"支队长顿了顿，提高声音，"作为东南特警支队的支队长，我倍感压力，这副担子需要你替我挑起来！如果我们搞砸了，我跑不掉，你也别想过好日子！明白吗？"

　　龙飞虎啪地立正："请首长放心！我坚决完成任务！"

　　"我对你有信心！对了，这支新小队接下来有什么任务吗？"支队长问。龙飞虎轻描淡写地说："休假，也让他们缓缓。"支队长点头，龙飞虎立正敬礼："支队长，那我先走了。"

"等等！"龙飞虎站住脚，支队长缓声叫住他，"你也休息休息，抽空去看看莎莎。你和路瑶……就真没有破镜重圆的可能了？"龙飞虎嘴角抽搐了一下，惨然一笑："人家都已经有男朋友了，你想让我当第三者呀！"说完匆匆出了门。

2

一家高档餐厅里，吴迪和左燕一身便装推开大门，风格奢华的开阔空间，天花板上吊着华丽的水晶灯，每个角度都折射出如梦似幻的斑斓彩光。华美的欧式桌椅、小巧精致的吧台都漆成纯白色，处处散发着贵族气息。桌子上摆放着一个白色的瓷花瓶，花瓶里粉色的玫瑰柔美地盛开着，与周围的幽雅环境搭配得十分和谐。

左燕打量着餐厅豪华的装修，拽了拽吴迪的胳膊："吴迪，你姐约咱来这种地方，她那么有钱啊？"吴迪凑过去悄声说："我不跟你说过吗？我姐她是绝对的土豪，公司固定资产上亿呢。"左燕听得直咋舌。这时，一个穿着讲究的服务生走上前，恭敬地轻轻一弯腰："先生，您有预定吗？"吴迪说："那个……三号包间。"

"小弟！"一个惊喜的声音传过来。吴迪和左燕望过去，包间门口，一个珠光宝气的女人挥舞着双手。吴迪惊喜地叫了一声："大姐！"连忙拽着左燕跑过去。

包间里，桌子上摆了满满一桌的土豪菜品，琳琅满目。吴姐高兴地领着吴迪和左燕走进来："看看，姐点的菜你们满意不？"吴迪看了一眼："太满意了，姐！"吴姐高兴地笑："我老弟满意就好！"

左燕悄悄捅了捅吴迪。吴迪反应过来，连忙把左燕推到面前："大姐，还没给你介绍呢。"吴姐笑："还用介绍啊？左燕，直升机飞行员，东海本地人，今年二十六了，身高1米65，体重122斤，我早门儿清了！"

左燕恶狠狠地看着吴迪。吴迪急忙解释："姐，你这记忆力太好了点儿吧？我就跟你提过一次。"吴姐笑着白他一眼："废话！你的女朋友是咱家的重中之重！这些东西，连咱奶都能背下来！"

吴迪忙挤眉弄眼地递眼色给他姐。吴姐假装没看见，热情地拽着左燕："来，燕儿，挨着大姐坐！"左燕有些不自然地坐下，瞪着吴迪。吴迪讪笑："别客气啊燕儿，我姐就这样，跟谁都自来熟。那什么，咱吃吧！"吴姐也是一脸热情："吃！

吃！不够咱再要！燕儿，吃啊！"左燕强笑着拿起筷子。

吴迪吃得满嘴冒油。吴姐高兴地看着吴迪："好吃吧小弟？"吴迪连连点头："嗯！好吃！"左燕在桌子下踢了吴迪一脚。吴迪停下筷子："左燕，吃啊！"左燕皱眉。吴姐看她："就是，燕儿，怎么不吃了？不合胃口吧？没事儿，你喜欢吃什么就说。"左燕忙赔着笑："大姐，我真吃饱了，我吃了不少了。"吴姐笑："明白！你们这年纪的女孩儿，都讲究保持身段儿，不像我们这些中年妇女，破罐子破摔了。"

"您真谦虚，您保养得多好啊！看着跟我年纪差不多。"左燕笑着说。吴姐一脸惊喜地摸摸脸："是吗？哈哈哈！你真会说话！我高兴死了！"

吴迪偷偷给左燕伸了个大拇指，左燕瞪他。吴迪恍然地说："啊，大姐，我俩吃得差不多了。要不……咱出去走走？"吴姐收住笑，忽然严肃起来："不急。"吴迪和左燕愣住了，面面相觑。吴姐严肃地说："小弟，燕儿，我这次来呢，一是为了公司的事儿，另外呀，受咱爸咱妈，咱奶奶和你二姐、三姐，还有几个姐夫们的委托……有件事儿跟你们谈谈。"

左燕一愣。

"大姐，到底什么事儿啊这么严重。"

"那我就开门见山说了！小弟，咱们家姐儿四个，就你一个男孩儿，从小我们对你娇生惯养的，那是捧在手里怕掉了，含在嘴里怕化了……"

吴迪皱眉："大姐，你这也叫开门见山啊？"吴姐忽然干脆地说开了："咱们全家都不赞成你继续当特警了！"

吴迪愣住了。左燕也愣住了。

"大姐，你说什么？"

"咱们全家都不赞成你继续当特警了！"吴姐一字一句地说，"全家人不想再天天跟着你提心吊胆了！尤其是咱爸妈和咱奶！"

吴迪"啪"的一声把筷子拍在桌子上。左燕也沉了脸。吴姐看着吴迪："你炸蹦子也没用！我实话跟你说吧，我和你姐夫为什么要决定在东海市开一个分公司？这公司就是给你开的！只要你点个头，你马上就是这个分公司的总经理！将来我再把你调到总公司去……"吴迪赌气地说："我不稀罕！"吴姐看着左燕："还有你，左燕，你既然和我们家吴迪好上了，那就也算是我们吴家的人了。只要你和吴迪完婚，你马上就是分公司的副总兼财务总监。"左燕不知道该说些什么，有些尴尬："这有我什么事儿啊！"吴姐拉着左燕的手："你一个女孩儿开直升机多危险啊！

我听说过，那玩意儿没降落伞，掉下去就完蛋，你将来还得给我们吴家传宗接代呢。"话音未落，吴迪拽起左燕就走："左燕，咱们走！"左燕也赌气地离座。

"吴迪你给我站住！"吴姐站起身，大吼一声。

吴迪回过身。吴姐泪流满面，吴迪和左燕都愣住了。

"小弟！算姐求求你了行吗？咱爸咱妈岁数都不小了，咱奶也没几年活头了，他们现在最放心不下的，就是你一个。姐和你姐夫不知道该怎么表孝心，才想出这么个主意。我们没别的意思，就是想让老人们心安。还有啊……你是姐哄大的，姐也是心疼你，咱家不缺钱，你干吗整天拿着命干这个特警，你真要有个闪失，姐也活不下去……"吴姐说着说着就抹起眼泪。

吴迪含泪走到姐姐面前，拿张餐巾纸递过去："姐……"吴姐赌气地接过来，擦着眼泪。左燕默默地看着。吴迪坐下，看着姐姐："姐，我记得当初我考警校的时候，你们也都不乐意。"吴姐带着哭腔："那时候还以为你就想当个民警啊交警的呢，要知道你后来干特警，死活不能让你考！"

"那说白了你是不喜欢特警呗。"

"我不是不喜欢特警，我是担心你……"

"那我有什么特殊的？！我就那么金贵？是，家里就我一个男孩儿，可是我还有三个姐姐呢！我们特警支队有好多人都是独生子！人家的孩子就活该倒霉！我就得养尊处优当少爷去？是，咱家不缺钱！可是姐你知道，我当特警是为了钱吗？谁都有理想，你和姐夫的理想是股票上市赚大钱，二姐的理想是早点儿提正处，退休之前能混个局长。三姐想当一个享受国务院特殊津贴的大学教授。我也有理想啊！我的理想就是当一个合格的特警队员，除暴安良，惩恶扬善！我有错吗？你们的理想都是理想，我的理想就不是理想了？我就非得为了你们，放弃自己的理想。姐，你觉得这样对我公平吗？"吴姐语塞，含泪看着弟弟。左燕也感慨地看着吴迪。

吴迪站起身，看着姐姐："大姐，我不是做生意的料，左燕更不是，您的分公司啊，另请高人吧！"吴迪说完拽着左燕出了门。吴姐愣住，焦急地起身："小弟！小弟？"

"替我给爸妈、奶奶和姐姐们问好！"吴迪没回头，关上门走了。吴姐无奈地瘫坐回座位上，叹息着。

餐厅外，吴迪郁闷地走出来，左燕跟在后面。吴迪停下，转身看着左燕，一脸歉意地说："燕儿，对不起啊。我要知道是这节目，说什么也不带你来。"左燕笑着："没事儿……我能看出来，你大姐是为你好。"吴迪一愣，随即苦笑着说："唉，我都习惯了，每隔一段时间就会闹一场。让你见笑了。"

左燕没接话，忽然真挚地看着吴迪："吴迪，我特别欣赏你刚才说的那段话。就凭这一点，我决定跟你处了！"左燕说完，转身就走。吴迪愣住，忽然反应过来，紧跑几步追上去："燕儿！燕儿？你再说一遍？我没听太清楚！"左燕笑着跑了："好话不说第二遍！活该你没听清楚！"吴迪跑上去，一把拽住左燕，亲了一口，撒腿就跑。左燕站在那儿一脸羞怯："好啊你小飞虫！你给我站住！"二人追逐着跑远了。

3

城市的街道上人潮汹涌，车水马龙。沈鸿飞一身便装，拎着包从公交车上跳下来。他抬眼望着不远处的小区，微笑着大步走去。

客厅里，沈母端着菜从厨房出来，边盛饭边忧虑地说："也不知道鸿飞怎么样了，选上没有啊……这两天我这心老突突地跳，你说孩子不会出啥事儿吧……"老爷子正在看报纸，不耐烦地说："你是一有空就叨叨！他去选特警又不是去抢银行，能出什么事儿？"沈母赌气地一瞪眼。沈鸿飞推门进来："妈！我回来了！"沈母一脸惊喜地跑过去："鸿飞回来了！"老爷子也满脸带笑，忽然又板起脸来。沈鸿飞一愣，看着老爷子板脸，笑道："爸！我回来了。"老爷子看着沈鸿飞："愣着干什么，还不赶紧汇报一下战果？"沈鸿飞啪地立正："报告父亲同志！沈鸿飞成功通过了东海市公安局特警支队的选拔，正式成为东海市特警支队一员！报告完毕！"

老爷子的表情这才一缓，对着沈母："你，再加两个菜，我们爷儿俩喝两杯！"沈母嗤之以鼻，又喜滋滋地进了厨房。沈鸿飞笑嘻嘻地坐到老爷子对面："爸，你心里是不是特别高兴啊？"老爷子把酒杯推到沈鸿飞面前："臭小子！没有你爸这个战斗英雄，能培养出来你吗？"沈鸿飞笑着给老爷子倒酒："对对对，我这是将门出虎子！爸，我敬你一杯！"老爷子忍俊不禁，欢喜地看着儿子。

饭桌上，沈母不停地给儿子夹着菜，沈鸿飞碗里的菜堆得冒了尖。沈母忽然一脸严肃地看着沈鸿飞："儿子，你今年可不小了，当兵的时候妈没催过你，现在你到地方工作了，妈得问你一句准话，你和小雅处了这么多年了，到底想什么时候把人家娶回来？"沈鸿飞正往嘴里扒饭，一愣，赶紧咽下去："妈，您看我这刚转业，刚通过选拔，接着还得训练呢……"

"这事儿不能拖了！"沈母坚定地说。沈鸿飞眉头紧皱，看了看老爷子。老爷子想了想，认真地看着儿子："鸿飞，这样吧，你给小雅打个电话，让她来咱家谈谈这件事，听听小雅的意见。如果小雅也同意，咱们就抓紧时间跟人家父母商量商量！"沈鸿飞只好无奈地说："行！我一会儿给她打电话。"

中午，幽雅的咖啡厅里放着舒缓的音乐，王小雅长发披肩，眼神水灵，熊三穿得人五人六地坐在对面，笑着替王小雅切了一块牛扒，王小雅有些感动："熊三，上次你帮了我，这回又请我来这么贵的地方吃饭，我还真有点儿过意不去。"熊三大大咧咧地一笑："咱俩谁跟谁呀！尝尝咖啡，这可是哥伦比亚进口的！"王小雅连连点头。

这时，清脆的电话铃响起，王小雅拿起电话接起来，一愣，熊三关切地问："谁呀？"王小雅一脸惊喜："是鸿飞！"王小雅高兴地说："鸿飞！你回来了？！"

"我中午回来的。"

"死鸿飞！你中午就回来了，怎么现在才给我打电话！"王小雅一脸幸福，熊三眼里闪过一丝不快。电话那头，沈鸿飞愣了一下，抬手看表："这不才一点半嘛。"王小雅撒娇地说："我不管！反正你不是第一时间给我打的电话！我得罚你！"沈鸿飞一笑，很快又严肃起来："小雅，先不开玩笑了，我跟你说件正事儿。"

"正事儿？好吧，你说吧。"

"小雅，我爸和我妈想跟你谈谈关于咱俩的事儿，你看你晚上有没有时间？我去接你。"

"大哥！咱俩的事儿还有什么好谈的呀？"王小雅拿着手机苦笑，"你替我转告叔叔阿姨，我王小雅已经做好一切准备了！沈鸿飞同志什么时候有时间娶我，我随时都可以嫁过去！"熊三端着葡萄酒，脸色一变。

"那好，小雅，下午五点我去你们家接你，不见不散。"沈鸿飞正要挂断，听见王小雅在电话里急喊："哎，你先别挂！鸿飞，你猜我现在跟谁在一块儿呢？"沈鸿飞一愣："谁呀？"

"咱们高中同学，熊三！"

"熊三？"沈鸿飞拿着电话一脸惊讶。

"干吗这么惊讶？你不会把他忘了吧？你等会儿，我让他跟你说话！"王小雅不由分说地把电话塞给熊三。熊三有些尴尬，还是笑着接过电话："哥们儿！多年不见了啊！"沈鸿飞一笑："熊三！你小子怎么跟小雅跑一块儿去了？你现在干什么呢？"

"我现在能干什么呀？无业游民呗，可比不上你，听小雅说，你小子当上特警了？"

"我也是刚去。"

"嗯，有前途啊！……"熊三看了小雅一眼，"鸿飞，我不跟你啰唆了，改天见面一块儿喝几杯，带上小雅，我请客！"小雅欣赏地对熊三伸了大拇指，抢过电话："鸿飞，这个客得你请！熊三可是我的救命恩人！今天人家又请我吃牛排喝咖啡，你得替我还人情。"沈鸿飞一惊："救命恩人？"

"哎呀，一句话两句话跟你说不清！晚上见面聊！"王小雅挂了电话，得意地喝了一口咖啡，忽然发现熊三愣愣地看着自己，诧异地问："干吗这么看着我？"

"我是看你一脸幸福的样子，越来越漂亮了！"熊三恍然一笑。

两人又坐了一会儿，王小雅约了女伴逛街，走了。熊三看着王小雅的背影若有所思。就在熊三发愣的时候，麒麟阴冷地站在熊三背后："三哥好雅兴啊！"熊三一愣，转身有些诧异："你怎么在这儿？"麒麟低头点烟，狠吸了一口："我刚才就坐在你们隔壁。"熊三一把拽住他的衣领："你他妈监视老子？！"

"三哥，我哪儿敢监视你呀！"麒麟脸上堆着笑，"我是正好路过，上去吃饭，碰巧了！"熊三悻悻地松开手。麒麟理了理衣领，凑到熊三跟前，目光望着远去的王小雅："三哥，我刚才听说，她的未婚夫是个特警！……"熊三警觉地瞪着麒麟："你什么意思？"麒麟冷冷地瞪着熊三："三哥，你应该明白我的意思！这事情要是让老板知道了……"熊三脸色大变，麒麟阴笑道："三哥，别那么紧张啊！这事兄弟替你压下了！不过，你自己可得好自为之啊！干咱们这行的，离警察远点儿更安全！尤其是警察家属，千万别招惹！有血性的男人一旦发现有人动了他的女人，后果不堪设想啊！女人有的是，三哥好好想想我的话吧。"麒麟拍拍熊三的肩膀，扬长而去。

4

下午四点半，沈鸿飞跳下公交车，正往王小雅家的小区走去。沈母这会儿正在厨房忙活，系着围裙高兴地收拾鲤鱼，边收拾边喊："老头子！你给鸿飞打个电话，问问他，小雅是喜欢吃红烧鱼，还是糖醋的……"客厅里没反应。沈母气恼地拿着鱼出去："你干什么呢？我让你打……"客厅里，报纸散了一地，老爷子昏倒在地上。沈母手里的鱼啪地掉在地上。

小区门口，沈鸿飞正走着。手机铃响起，沈鸿飞拿出手机："妈，着急了吧？我……"手机里沈母大声哭着："鸿飞！你爸他晕过去了！这可怎么办啊？！"沈鸿飞大惊："妈！您别着急！快打120叫救护车！……妈！还是我打吧！您看好爸爸，给他喝点儿水……我马上回去！”沈鸿飞抓着手机猛地折返，跑到路边，焦急地招手拦车，可出租车都是满载，疾驰而过。

此时，王小雅打扮得漂漂亮亮地坐在化妆镜前，拿着手机拨通号码，响了半天，没人接。王小雅噘着嘴挂掉手机：“讨厌的沈鸿飞！怎么不接电话呀？”她焦躁地看了看时间，气恼地把手机拍到化妆台上：“好！沈鸿飞，我看你什么时候给我打过来！”

街边，还没拦到车的沈鸿飞急得两眼冒火，看了看表，沿着大街撒腿猛跑！

如水的车流里，一辆黑色的POLO在行驶，凌云一身休闲打扮，边开车边听着音乐。手机铃响起，凌云一愣，接通蓝牙：“喂？谁呀？”郑直开着车，眼睛瞄着前方不远处的黑色POLO，笑嘻嘻地：“师姐，我是郑直。你现在干吗呢？”

“我？我去我姐家吃饭。你干吗？有事儿？”凌云没好气地说。

郑直笑：“师姐，别去了。晚上我请你吃吧！咱们去海鲜居怎么样？”

“得了吧你，我无功不受禄。不去！”

“师姐，无非是一顿便饭嘛，就这么定了吧……其实我就在你后面呢，你靠边减速……”郑直自顾自地说，凌云震惊地注视着前方沿着便道猛跑的沈鸿飞。郑直还在电话里大喊：“师姐！师姐！”凌云恍然：“郑直！我有事儿，回头再说啊！”凌云关了蓝牙，一打方向盘，加速直奔前方的沈鸿飞。郑直跟在后面，看到凌云突然变道，诧异地跟了上去。

街边，沈鸿飞沿道猛跑着，边跑边打手机：“妈！救护车到了没有？我留了您的手机！”手机内沈母焦急地说：“救护车刚给我打过电话了，说是堵车了，鸿飞，怎么办啊！你爸他……”沈鸿飞焦急万分：“妈！你别急！千万别急！我尽快赶回去！”沈鸿飞发狠地猛跑。

街边，POLO车疾驰赶到，凌云摇下车窗：“沈鸿飞！——”猛跑的沈鸿飞愣住。凌云问：“你干吗呢？这个点儿跑步啊！”沈鸿飞眼前一亮，猛地跑向凌云的车，拽开车门就坐了进去！远远跟着的郑直正看到沈鸿飞上了车，愣住了。

凌云震惊地看着沈鸿飞：“你倒是不客气呀！”沈鸿飞焦急地说：“凌云！帮我个忙！我爸晕过去了！”凌云一惊，急踩油门，POLO车噌地蹿出去了。凌云看着一脸着急的沈鸿飞：“你爸是什么病啊？”沈鸿飞也是一脸茫然：“不知道，他平时就是血脂有点高，从来就没有什么病。”

这时，沈母打来电话：“鸿飞，你别着急了，救护车到了，我们马上去公安医院！”沈鸿飞如释重负：“太好了！妈！那你别急，我直接去公安医院找你们！”沈鸿飞挂了电话，凌云自动把车转向。沈鸿飞有些感动："凌云，麻烦你了。"凌云一脸认真地开车："少跟我假客气，真有那份儿心，回头把车钱给我。"沈鸿飞不好意思地一笑。

不一会儿，POLO车径直驶入公安医院停车场，两人直奔医院大楼。大门口，郑直望着匆匆跑进医院大楼的沈鸿飞和凌云，百思不得其解。此刻，郑直自己也不明白，他为什么会用从警校学来的专业跟踪技巧去跟踪凌云的车。也许他只是好奇，凌云为什么会对自己撒谎？又为什么会接上沈鸿飞？两个人要去哪儿？他们之间到底有什么秘密呢？不管怎么说，此时的郑直心中有一种被人背叛了的感觉。郑直怅然若失地发动汽车，离开了。

ICU门口的灯还亮着，沈鸿飞和凌云匆匆跑来，沈母焦急地坐在椅子上。沈鸿飞看着紧闭的大门，焦急地问："我爸他平时好好的，怎么会晕倒呢？妈，他一点儿前兆都没有吗？"沈母哭着摇头："什么前兆也没有……就是前段时间，他总说肚子不太舒服，最近还老咳嗽，我劝他去医院检查，他老嫌麻烦……"沈母看见凌云一愣，凌云连忙说："阿姨好！我是沈鸿飞的同事，我叫凌云。"

"刚才我着急回家，打不到车，幸亏遇见了凌云。"沈鸿飞说。

这时，ICU的大门打开，穿着白大褂的医生走了出来，沈母和沈鸿飞连忙迎上去。沈鸿飞问："医生，我爸他怎么样了？"医生松了一口气，摘下口罩："已经苏醒了，但是暂时还不能出来，需要进一步观察。"医生顿了顿，"病人昏迷的主因是由于肺部缺氧导致的，至于具体的致病原因，现在还不能完全确诊，得等我们的化验结果出来。"沈鸿飞愣住："什么确诊？需要确诊什么？"

"我们在病人的肺部、肝部发现了一些低密度阴影，怀疑是……肿瘤。"医生说。

沈母两腿一软！沈鸿飞和凌云大惊，急忙扶住沈母。沈鸿飞有些哽咽："妈，您千万别急，医生不是说还没确诊呢吗？也许……也许爸没事儿，就是虚惊一场。"凌云也安慰道："是啊阿姨，就算是肿瘤，也有可能是良性的！"沈母什么话也说不出来，一个劲儿地抹眼泪。

5

路瑶家的餐桌上，摆放着几道精致的小菜，还有一盘莎莎最喜欢吃的番茄甜味虾。路瑶有些于心不忍地对着厨房："老秦，差不多了，弄那么丰盛干吗？"莎莎头也不抬地坐在沙发上玩着龙飞虎送她的电脑。

"来啦！来啦！"秦朗端着汤煲走来，将乌鸡汤放在桌上："齐了！咱们吃饭！"

秦朗掀开汤煲盖子，为路瑶盛了一碗汤，路瑶尝了一小口，点头："真不错！莎莎！你秦叔叔把饭都做好了，快来吃！"莎莎没动，继续坐在沙发上玩电脑："我在玩儿爸爸送我的电脑，没时间！"

"你这孩子，赶快过来……"路瑶正要发作，秦朗笑了笑，和蔼地说："莎莎，吃完再玩儿吧，叔叔给你做了你最爱吃的番茄甜味虾。"莎莎挑衅地看着秦朗："谢谢！不过，爸爸中午已经请我吃过这道菜了！"秦朗的笑容有些尴尬。路瑶皱眉："你秦叔叔做的比饭店里做的好吃多了！快来！"

莎莎索性拿起电脑，径直跑上楼，"砰"的一声关上房门。路瑶愣住，抱歉地看着秦朗："老秦，对不起，莎莎她……实在是太不懂事了！"秦朗坐下，笑笑："恰恰相反，我倒是觉得莎莎是个有情有义的孩子。她敌视我，是因为她认为我的出现占据了她深爱的爸爸的地位。这是人之常情，我能理解。"路瑶有些感动，秦朗拍了拍她的肩膀："喝汤吧，慢慢就好了。"路瑶眼睛泛着湿润，赶紧低头喝汤。

天渐渐暗了下来，凌云在病房外的走廊打电话。公安医院的肿瘤专家杨主任是凌云父亲的老战友，据说两人是过命的交情，杨主任风尘仆仆地刚从外地会诊回来，接到凌云的电话，顾不上回家就直奔医院。沈母的心这才稍微定下来。

趁着凌云去卫生间的空当儿，沈母神秘地拉着沈鸿飞问："儿子，你跟妈说实话，你和这姑娘到底是什么关系？"沈鸿飞愣了一下，忙说："妈！刚才不说了吗？普通同事，而且还是新同事。"沈母疑惑地看着沈鸿飞："儿子，你的事妈不管。这姑娘跟小雅比也不错，反正……不管是哪个，你得尽快给我娶一个回来！"沈鸿飞一听，额头直冒冷汗，沈母的眼泪也下来了，"你爸要真是那种病……不能让他带着遗憾走啊……"沈鸿飞一下愣住了，看着年迈的母亲，伤感地握住母亲的手。

六点多钟，王小雅烦躁地躺在床上拨通了沈鸿飞的电话。病房里，沈鸿飞一看号码，脸色一变，赶忙接起来向楼道走去："喂？小雅！"电话那头，王小雅咬牙切齿地说："沈鸿飞！应该你跟我说点儿什么才对吧！"沈鸿飞苦笑："小雅，对不起。本来我都到你家小区门口了，可是我爸他忽然昏迷了，我就赶紧来了医院。"

"沈鸿飞！你就编吧！你继续编！"王小雅不相信。沈鸿飞哭笑不得："小雅！我没撒谎，我现在就在公安医院ICU呢！我爸他……"楼道转角处，凌云正好从洗手间出来。沈鸿飞还在耐心地解释，"小雅，我爸他刚刚醒过来不久，又晕过去了，还在里面打氧气呢！小雅，你说这种情况我还能去接你吗？"凌云愣住，下意识地停住脚步。王小雅不耐烦地打断沈鸿飞："好！就算你爸他昏迷了，不是在医院里吗！

不是还有你妈吗？这不影响咱俩去玩儿啊！"王小雅说罢，换了一种口气，撒娇地说："鸿飞，咱俩都多长时间没见了，人家都想死你了！一起看电影吧！票我都买好了！"沈鸿飞目光一凛，终于爆发出来："王小雅！你这是什么话？！你觉得这种情况下我会有心情和你看电影吗？你又不是小孩子了，怎么还这么幼稚啊？！"

"沈鸿飞！"小雅气恼地从床上蹦起来，"你居然说我幼稚？！我是太幼稚了，我等你这么多年了，尤其是这五年，我和你一共就见了三次面！好不容易等到你转业了，不去当什么该死的特种兵了，我只不过想尽快见到你！这算是幼稚吗？！"沈鸿飞自知理亏，缓和了口气说："小雅！我说的不是这个！"王小雅哭了出来："沈鸿飞，我不管你说什么！今天我还就跟你较这个劲儿了！你是想在医院陪你爸，还是出来陪我，你自己选吧！你要是选你爸，咱俩就分手！"沈鸿飞一听，暴怒道："王小雅！你听着，你的这个选择题根本就不成立！在这种情况下，我当然会选陪我爸！如果你想分手……那随你的便吧！"

"啪！"沈鸿飞挂掉了电话。王小雅呆呆地看着手机，痛哭起来。

沈鸿飞站在楼道里，大口地喘息着。凌云转过楼道，看着沈鸿飞的背影，表情有些复杂。"嗵"的一声，沈鸿飞一拳砸在墙壁上！凌云吓了一跳，沈鸿飞转过身忙说："对不起，凌云，我……"凌云冷着脸走过去："对不起！你道歉的对象错了！想道歉，找你的女朋友去呀！"

王小雅还趴在床上伤心地哭，手机铃声响起，小雅转过头不理，继续哭。手机铃声持续地响，小雅不耐烦地拿过手机："沈鸿飞！我不接受你的道歉！你滚——"

"小雅，怎么了？"是熊三。小雅愣住，看了看屏幕，赶紧擦了擦眼泪："对不起啊熊三，我还以为……熊三！沈鸿飞他……他不要我了！"熊三目光一动，不动声色地说："你们俩是不是吵架了？很正常嘛，你可别瞎想。"王小雅哭着："真的……他真不要我了，他挂了我的电话，还说……随我的便！"熊三坐在宝马车上，有些激动地稳住情绪："呵呵！小雅，没那么严重吧？要不这样吧，晚上我请你吃饭，我……开导开导你！下楼吧，我就在你们小区门口！"

6

沈鸿飞冷着脸走进病房，沈母一脸关切地看着儿子："鸿飞，怎么了？你跟小雅解释了没有？"沈鸿飞瞥了一眼凌云："噢……解释了。"

"她怎么说啊？"

沈鸿飞支支吾吾："这种事儿她还能怎么说啊，妈，您就别操心这个了，我爸要紧。"沈母忧虑地点头，叹息着："唉，真是一事儿赶一事儿，这刚要把你和小雅的事儿定下来，你爸他又……"凌云的表情有些复杂，随即故作轻松地说："阿姨，您别发愁。只要叔叔的身体没事，耽误不了你儿子结婚。"凌云故意看了一眼沈鸿飞，沈鸿飞有点失落。

公安医院专家办公室里，杨主任正在看片子，沈鸿飞扶着沈母坐着，紧张万分。凌云焦急地问："杨叔叔，您看这情况……"杨主任放下片子，目光转向沈鸿飞母子，一脸严肃："既然是凌云的同事，我说话就不绕弯子了。以我多年的临床经验初步判断，病人体内的低密度阴影确实有极大的可能是恶性肿瘤！而且我根据你们所说的病人的身体变化情况判断，应该是肝部恶性肿瘤晚期，并向肺部扩散……"沈母的眼泪唰地下来了，沈鸿飞紧紧攥着母亲的手。杨主任看得有些于心不忍，安慰地说道，"当然，我只是判断而已。真正的确诊是需要在手术后对肿瘤组织进行切片化验，毕竟……任何奇迹都是可能发生的。"沈母流着眼泪："我和他过了一辈子，也抬了一辈子杠，到今天我才知道，这个死老头子对我是多重要……要是他走了，剩下我一个人，活着还有什么意思啊……"沈鸿飞的眼睛湿润了，凌云看着他，也是眼圈一红。

此时，沈鸿飞的心里第一次对自己的未来感到迷茫，心中那个坚定的信念也在母亲的泪水中动摇了。如果父亲真的不在了，他该怎么接受这个现实呢？难道真的忍心让年迈的母亲独自在家，时刻都在想念着丈夫，担心着儿子的安危，就这样孤独终老吗？沈鸿飞靠在墙上，痛苦地闭上眼睛。

夜晚，海水看上去是黑压压的一片混沌，潮湿的海风裹着一股浓重的海腥气迎面吹来。地上都是空酒瓶子，王小雅摇晃着拿起还剩半瓶的洋酒，熊三抓住她的手腕："小雅，你不能再喝了！"王小雅一甩手，瞪他："你……管得着吗？我又不是……你的女人！"

"小雅，我不是这个意思。你喝得太多了，再喝就醉了……"

"我已经醉了！……怎么，我不可以醉吗？……我喜欢了十年的男人，他不要我了，我很伤心！伤心的女人，除了喝酒，还能干什么呢？"王小雅推开熊三的手，一仰脖子，半瓶酒没了。熊三表情复杂地看着王小雅，不知道说什么。

半瓶酒下去，王小雅彻底醉了，整个人倒在熊三身上！熊三愣愣地看着王小雅绯红的脸，声音有些颤抖："小雅……我……我送你回去吧！"王小雅挣扎着要起来："我不回去……我爸妈看见我这样……会杀了我的……"醉酒的王小雅忽然搂住熊三的脖子，笑道："熊三，你对我真好，你……你比沈鸿飞……体贴多了，要是他能赶上你的十分之一，我就……知足了！"熊三愣愣地看着怀里的王小雅，想了想，一把抱起王小雅向宝马车走去。

7

白云大酒店灯火璀璨，宾客你来我往，热闹非凡。贵宾套房里，熊三坐在对面沙发上，看着仰面躺在床上的王小雅，两眼发直地喘着粗气。突然，熊三猛地拽下上衣，扑了过去！王小雅不省人事地睡着，熊三忽然愣住，一下子瘫坐在床边。王小雅是他从高中就开始喜欢的人，熊三深呼吸，给小雅盖上被子。站到窗边，隐晦莫测地瞪着夜空。

病房里，老爷子已经转到了普通病房，打着氧气正熟睡，沈母疲惫地趴在床边睡着了。沈鸿飞坐在椅子上，望着父母两眼发呆。突然，手机铃声响起！沈鸿飞一愣，赶紧捂住手机，跑到外接起来。

王小雅的母亲着急地拿着电话："鸿飞呀！阿姨想问你，这都已经半夜了，小雅怎么还不回来？"沈鸿飞一脸震惊："阿姨，小雅她……没在家吗？"小雅妈妈有些气愤："你这孩子！跟我逗什么闷子啊？她一下午都在准备去你们家！"说罢，小雅妈妈看了一眼丈夫，严肃地说，"鸿飞，阿姨可告诉你！我们对小雅的家教是很严格的，你们两个毕竟还没有结婚……"

"阿姨！您误会了，我确实约小雅今天晚上到我们家吃饭，可是下午我爸爸突然发病晕过去了，现在我们一家都在公安医院！"沈鸿飞一脸焦急，"我跟小雅解释，她生气了，后来……后来我们就没有联系。"小雅妈妈大惊失色："那……那小雅去哪儿了？现在都半夜一点了！会不会出意外呀？！"沈鸿飞赶紧安慰道："叔叔，阿姨！你们先别急，我现在就想办法去找小雅！"沈鸿飞匆匆挂了电话，拨通小雅手机——关机！

医院大门口，沈鸿飞边走边拨号，还是关机。他站在路灯下，焦急地思索着。熊三？！沈鸿飞拿着手机，一筹莫展。突然目光一动，拿起手机，犹豫了一下，还是拨了过去。

凌云正在睡觉，两眼蒙眬地抓起电话："谁呀？……"沈鸿飞说："凌云，是我！"凌云猛地坐起来："是不是叔叔病情……"沈鸿飞焦急地打断她："不是！凌云，我有急事想请你帮忙！王小雅不见了！"还没怎么清醒的凌云想了想："王小雅是谁呀？……哦！我想起来了！你女朋友！"沈鸿飞连连说是，凌云气恼地对着手机喊："沈鸿飞！你自己女朋友不见了，你给我打什么电话？你是不是看我白天对你太好了？！"凌云气恼地挂断电话，倒躺回床上。沈鸿飞尴尬地拿着电话，站在路边。

清脆的手机铃声再次响起，凌云愤怒地抓过电话："沈鸿飞，你真有病啊！"

"凌云，你听我说！"沈鸿飞焦急地说，"我和小雅有个高中同学，这个人叫熊三！小雅很可能跟他在一起！可是我找不到熊三！"凌云一脸震惊："熊三？！"沈鸿飞问："怎么，你认识他？"凌云清醒过来，点头："熊三是警方重点关注的对象。而且，许多证据表明他可能涉嫌黑社会暴力和贩毒。重案组盯过他，我在百花分局的时候，曾经替重案组调查过熊三的资料！"沈鸿飞大惊失色："凌云！那我就算找对人了！我……我知道这么做不太合适，可是，我希望你帮我！"凌云冷着脸："我马上去找你！"凌云关掉电话，匆忙跳下床，想了想，拿起手机拨通了郑直的电话。

公安医院大门口，沈鸿飞焦急地来回等着。吱的一声急刹，凌云和郑直匆匆下车，沈鸿飞看见郑直，一愣，凌云连忙解释："你不是要找熊三吗？当时重案组负责盯熊三的就是郑直！具体情况是什么？"沈鸿飞沉声道："小雅不见了，很可能跟熊三在一起。对不起两位，我实在没别的办法了！"郑直跳上车："那就别愣着了！都上我的车！去找！"

夜晚的城市灯光闪烁，沈鸿飞三人开着一辆福克斯，在没人的大街上风驰电掣。

酒店的豪华套房里，灯光昏黄，王小雅正闭眼熟睡着。熊三坐在床边，目不转睛地瞪着小雅发呆。此时，郑直三人挨家寻找着熊三可能出没的酒店、夜总会等场所，但一无所获。

天色渐渐变亮，凌云坐在后座上有些昏昏欲睡，另外两人也是一脸疲惫。郑直甩甩头努力保持清醒，侧脸看着沈鸿飞："鸿飞，你那么肯定王小雅跟熊三在一起吗？"沈鸿飞看着郑直："不肯定。但是我想，只要小雅没跟他在一起，就没什么大事儿。"郑直继续开车："这么说，你知道熊三的底细？"

"不知道。"沈鸿飞说，"但是听我其他的同学说，他这几年一直在外面混。

你们不是也说他涉嫌黑社会暴力和贩毒吗？"郑直点头："没错！熊三是个危险人物，当初在重案组我们盯过他一阵儿，后来这项工作暂停了。"

"为什么？"

"有很多证据表明熊三可能和黑社会暴力、贩毒有关，可是关键就是这'可能'两个字。也就是说，我们找不到确凿的证据。当时路瑶组长给熊三下过一个结论——要么，他就是真没事儿，要么……他就有大事儿！"

沈鸿飞看着郑直一脸严肃，有些愣住了。这时，凌云醒过来，迷迷糊糊地问："郑直，下一家是哪儿？"郑直正在接电话："白云大酒店？！熊三在那儿有个长期包住的套房，1308，好，知道了！"郑直惊喜地说，"我以前的一个线人告诉我，熊三确实跟一个女的去了酒店。"

8

套房里，小雅渐渐醒过来，惺忪地睁开眼，猛然看到躺在床上的熊三，再一低头，看见自己衣冠不整，猛地嘶声尖叫，熊三吓得一屁股掉下床！王小雅缩在被子里大哭："熊三！你浑蛋！你欺负我！"熊三焦急地爬起来，跪在床边："小雅！你听我解释！我……我没碰你！我真没碰你！哎呀！你也不是小孩子了，你自己检查一下嘛！"熊三闪身，小雅哭着下床直奔卫生间："熊三！你要是欺负我，你就死定了！""砰"的一声，熊三望着卫生间苦笑。

电梯里，沈鸿飞脸色铁青，凌云不说话，但脸上的表情有点不自在。郑直也看着沈鸿飞，劝道："鸿飞，你一定要冷静！"沈鸿飞不吭声。郑直抓住他："不管你看见了什么，一定要冷静！"

"那不是你老婆！"沈鸿飞突然怒吼道，两人从来没有见过沈鸿飞发火，哪怕在训练的生死关头，都有点愣了。

王小雅一脸羞涩地从卫生间走出来，红着脸："熊三，对不起……我……我错怪你了。"熊三忽然严肃地说："小雅！我熊三行得端坐得正，我是不会乘人之危的！"王小雅有些感动地看着他。

"砰！"一声巨响，熊三和小雅都吓了一跳！门外，沈鸿飞近乎疯狂地砸着门："开门！小雅！开门！"熊三和小雅目瞪口呆。王小雅带着哭腔看着熊三："是鸿飞！怎么办啊？"熊三尴尬地站着，小雅推他："你快跑吧！你可打不过他的！"

熊三下意识地回望了一眼窗户："三楼，十几米呢！"熊三故作镇定地理了下衣领："怕什么呀！我身正不怕影子斜！"说着，熊三大大咧咧地拽开屋门——刚一开门，熊三腾空倒飞了回来，直接砸在大床上！沈鸿飞出笼猛虎一样冲进来，瞪着王小雅。王小雅大惊，慌张地说："鸿飞！你听我解释！你……"

沈鸿飞鄙夷地朝熊三走去，熊三慌忙站起，退了两步："沈鸿飞！我没碰小雅！"沈鸿飞步步逼近。

"我真没——！"熊三"碰"字没出口，一飞腿就过来了，熊三咣地就一个狗啃屎飞了出去。熊三气恼地爬起来："你还没完了！当老子不会打架啊！"说着扑了上去，熊三哪是沈鸿飞的对手，被沈鸿飞打得满地找牙。王小雅站在旁边边哭边喊："别打了！你们别打了！"

凌云和郑直冲进来抓住沈鸿飞，使劲儿将两人分开。

熊三满脸是血，挣扎着推开沈鸿飞，大吼："沈鸿飞！我告诉你！老子要是想办她，昨天晚上就办了！"沈鸿飞一瞪眼又要开打，"可是我喜欢她！我是真喜欢她！我熊三这些年做过不少缺德事儿，可有一条，我绝不会乘人之危，侮辱我喜欢的女人！"沈鸿飞愣住。王小雅也愣住。熊三瞪着沈鸿飞的拳头："别人不清楚，你沈鸿飞不清楚吗？高中的时候，我和你一样喜欢小雅！可是小雅她喜欢的是你！好！我退出！我主动退出！我就是想让小雅幸福！可是你觉得小雅跟了你以后她幸福吗？你和小雅根本不是一路人！"沈鸿飞愣住了，下意识地看着王小雅。

"熊三！你别说了……"王小雅哭着。熊三擦了擦鼻子上的血："我凭什么不说呀！今天我要说个痛快！沈鸿飞，从现在开始，我要正式追小雅了！你给不了她的，我能给！你没时间陪她，我他妈有的是时间！你去当你的特警吧！好好当条子！"熊三忽然指着凌云，"这娘们儿是你们一伙的吧？也是警察吧？也挺漂亮嘛！跟你正合适！"郑直暴怒地冲上去，一把拽住熊三的衣领："你他妈说什么？！"熊三嗤之以鼻："有本事你打我啊？！他打我，我认，我抢他的女人！你打我，我他妈就告你！"

"郑直，你住手！"凌云焦急地吼了一声。郑直气恼地松开手，指着熊三咬牙切齿："熊三！你记着！千万别给我抓住你的机会！"

沈鸿飞脖子上青筋都出来了，急促呼吸着，眼睛直冒火。忽然，他猛地推开熊三和郑直，大步走出门！王小雅在后面哭着叫他，沈鸿飞没有回头。

第十二章
──── SWAT ────

1

沈鸿飞大步走出酒店，看着街上的阑珊灯火，沈鸿飞抹了一把脸，把眼泪憋了回去，咬牙快步离开了。

经过一夜的停歇，凌晨的街道有些清冷，大街上还没有什么行人，只有清洁工人扫地的沙沙声。沈鸿飞孤独地在大街上走着，凌云跟在他后面，郑直也开车远远地跟着。突然，沈鸿飞停住，转过身，凌云措手不及，急忙站住歪着头看别处："这天有点热啊！"沈鸿飞看着凌云，凌云有点心虚，但还是理直气壮地说："看什么？我顺路！"

郑直把车停在路边，下车走过来。沈鸿飞看着他："你也顺路？"郑直走过去："你觉得把我们甩掉合适吗？"沈鸿飞有点内疚地说了一声对不起，凌云嘴角一笑："嘁，谁稀罕你说对不起！"沈鸿飞笑了，走过去一把抱住两人："谢谢，谢谢你们！战友们！"郑直听着肉麻的话直起鸡皮疙瘩，凌云笑着挣脱说："松开！臭流氓！"沈鸿飞擦去眼泪，笑着看他们。

医院大门口，沈鸿飞朝郑直和凌云挥了挥手，进了医院。郑直站在车边，若有所思地看着沈鸿飞的背影，忽然盯着凌云说："师姐，你不觉得这件事情没那么简单吗？"凌云一愣，郑直难得严肃地说，"沈鸿飞的女朋友……也可以称之为他的未婚妻，和熊三的关系明显不一般。"凌云一头雾水："那又怎么了？现在不要脸的女孩儿多了！"郑直趴在车窗边，一字一句地说："我是说王小雅和熊三的关系不一般，而她——又是沈鸿飞的未婚妻。"凌云目光一凛，瞪了他一眼："你到底想说什么？"

"我想把这件事情向龙头和铁牛汇报一下。"郑直说。

凌云一把推开车门，郑直险些倒地！凌云瞪着他："郑直，你吃饱了撑的吧？去打小报告当小人？"郑直站直了身子，倔强地说："师姐，我没有想当什么小人。可是作为一名警察，我觉得我有必要把我所怀疑的事情向上级报告！我也不想沈鸿飞有什么事，可前提是他真的没什么事！我这也是对他负责！"凌云怒声说："好！你去负责吧！到领导面前给你的战友和兄弟奏上一本，这才显得你大公无私呢！我告诉你我的态度，我对沈鸿飞，一百二十个信任！"说罢，凌云狠狠地甩开门上车，POLO一个急转离开了。郑直站在后面大喊："你当然信任他！因为你已经被爱情蒙住眼睛了！"

"吱"的一声急刹，凌云猛踩住刹车，下车瞪着郑直："你说什么？"

"难道不是吗？你喜欢沈鸿飞！别人看不出来，我能看出来！"

"你胡说八道！"凌云气急败坏地吼了一声，郑直不管不顾地说："那昨天的事情怎么解释？你跟我说去你姐家吃饭，可是你半路就接上了沈鸿飞去医院看他爸爸，陪着他们一家忙前忙后的，还帮他们请什么肿瘤专家，这说明什么？那个王小雅背叛了沈鸿飞的时候，你应该很高兴吧！"凌云脸色大变，瞪着郑直："你跟踪我？"郑直有些愣住，无言以对。

"你真卑鄙！郑直我告诉你！我喜欢谁是我的自由，任何人干涉不着！但我可以很明确地告诉你，我不喜欢你！永远！"凌云狠狠地说，径直跳上车，疾驰而去。郑直看着凌云的背影懊恼地一个耳光打在自己脸上，沮丧地上车走了。

2

第二天一早，王小雅提着水果和鲜花站在医院大门口，眼泪唰地下来了。她望着医院大门，使劲擦了擦眼泪，大步走进医院。门口，熊三一脸忐忑地坐在宝马车里。

病房里，老爷子痛苦地止住咳嗽，忧虑看着沈鸿飞："鸿飞，听你妈说，小雅不见了？"沈鸿飞转身给父亲倒了杯水，镇定地说："哦，找到了，她……去她同事家来着，晚了就没回家，手机又没电了。"这时，王小雅站在病房门口，没敢进去。老爷子放心地点点头，又歉意地说："唉！都是我添乱，你没跟小雅道个歉啊？"沈鸿飞尴尬地点头："嗯……说了。"

王小雅站在门外，眼睛有些湿润。她深呼吸一口，笑着推门进去。

所有人都是一愣，王小雅红着脸站在门口。沈鸿飞冷着脸扭到一边。沈母高兴地走过去拉着王小雅的手："哎呀！是小雅来了！"王小雅强作笑颜地走进门，她看看沈鸿飞，沈鸿飞没理她。

王小雅把花和水果放在床头柜上，关切地问："叔叔，您好点儿了吗？"老爷子笑："没什么大事，我正张罗着出院呢！孩子，你别老这么客气，花什么钱啊！"沈母诧异地看着沈鸿飞："鸿飞！你干吗呢？还不快让小雅坐下？"沈鸿飞不动，冷声说："坐吧！"王小雅讪讪地笑："我不坐了，我还得上班呢，叔叔，您好好养病吧，回头……回头我再来看您！"

"那行吧，鸿飞，你送送小雅！"沈母对着沈鸿飞使眼色，沈鸿飞无奈地起身，看着王小雅："我送你吧。"王小雅点点头，两个人走出门。

医院小路上，王小雅走在前面，沈鸿飞冷着脸跟着。走了一段，王小雅转过身，含泪看着沈鸿飞："鸿飞，你还是不相信我吗？"沈鸿飞一愣，没好气地说："相信能怎么样，不相信又能怎么样？"王小雅带着哭腔："可是这对我很重要！"沈鸿飞诧异地看着泪流满面的小雅。

"鸿飞，这么多年了，你应该了解我，我对你的爱是经得起任何考验的！"王小雅哭着，"当然，我有许多缺点，也很任性。比如昨天……我不应该强迫你出来和我玩儿，我应该马上赶到医院里和你一起照顾叔叔。我……我更不应该说出和你分手的话，不应该去找熊三喝酒……更不应该喝那么多，我很后悔，我真的很后悔……"沈鸿飞有些于心不忍地看着痛哭的王小雅："行了，就算是一场误会吧。可是小雅，我还是希望你答应我，从今往后再也别和那个熊三有什么来往了！"王小雅一愣，诧异地看着沈鸿飞。沈鸿飞说："别那么看着我！我没那么小心眼儿！我的意思是说……"

"那你和那个凌云呢？"王小雅突然问他。这次轮到沈鸿飞愣住了，"鸿飞，我是女人，是一个深爱你的女人，所以，没有人比我更敏感。"沈鸿飞不快地说："你是有点儿敏感了！凌云只是我的同事，她和我没有别的关系。"

"鸿飞，你变了。"王小雅看着他，眼泪止不住，"你没有以前那么直率了，你刚才说这话的时候，目光是闪烁的，你分明也对凌云有好感，甚至你们……你们已经……"沈鸿飞气恼地吼道："王小雅你累不累呀？！"

小雅震惊地看着沈鸿飞，沈鸿飞自知话说得有些重了，刚要开口，熊三坐在车里摁喇叭。熊三挑衅地瞪着沈鸿飞："小雅！你还跟他磨叽什么？走，我送你上班！

等你下了班，我再去接你，陪你吃饭，想吃什么咱就吃什么！"

"熊三？！"沈鸿飞怒吼着想要冲过去，王小雅含着眼泪："沈鸿飞，本来我今天早上过来，除了来看望叔叔，还想和你道歉，求得你的原谅。可是很不幸，我听到了不该听到的话，也看到了不该看到的事。也许熊三说得对，我和你根本就不是一路人。或者说，我这样一个小职员根本配不上你这样一位特警！沈鸿飞，你有你的幸福，我……也想去追求我的幸福！再见！"王小雅哭着转身跑了，沈鸿飞大惊："小雅！小雅！你给我回来！"王小雅头也不回地上了熊三的车。熊三坐在宝马车里，一脸得意："沈鸿飞！你看到了吧，这是小雅自己的选择！我熊三打不过你，也惹不起你，可是有一点我保证比你强！我会一生一世对小雅好，我绝不会让她受一丁点儿委屈！"

宝马车风驰电掣地开走了。沈鸿飞愣愣地站在原地，眼泪悄悄地滑落。对于小雅，也许是因为误会，也许真如熊三说的那样，他和小雅注定不是一路人。但是，沈鸿飞清楚地意识到，他和小雅之间维系了多年的感情就这样彻底结束了。这件事情来得太突然，让他有些措手不及，很久以后，他才知道，命运给他的挑战远远不止这些。

3

海边，暮色像一张灰色的大网，悄悄地撒落下来，笼罩了整个海面。云幕下，凌云疯狂地沿着海岸线狂奔。远处公路边，郑直坐在车里懊恼地望着在海边狂奔的凌云。良久，郑直像下定决心似的开车离开。

特警基地，郑直一脸严肃地坐在龙飞虎对面。龙飞虎凝视着他："你这样做的动机是什么？"郑直抬起头："龙头，我这样做的动机只有一个——我是一名警察。我可以用我的生命发誓，我向您反映这件事，绝无私心。"

"我相信你！"郑直意外地看着龙飞虎，龙飞虎一笑，"怎么？获得我的信任让你很意外吗？"郑直起身站得笔直，眼睛有些湿润："龙头，我……"龙飞虎也站起身，严肃地看着他："作为你的领导，我表示对你提供的信息十分重视。我会第一时间通知市局有关部门，请他们协助调查这件事。但是——我的目的是，尽快排除沈鸿飞和熊三之间可能会有的任何瓜葛！"郑直一愣。龙飞虎面色一沉，"但是——作为你的前辈，一名老特警，我要提醒你的是——如果你连自己的战友、自己的兄弟都不信任的话，你又怎么可能与他们一起出生入死呢？还有，你刚才很坦率地告诉我，你对你的战友凌云采取了跟踪侦查的手段，可是你应该知道，你的行为是非法的！也严重违反了纪律！凭这一条，我现在就可以把你开除出队！"龙飞虎凝视着郑直，郑直的眼泪唰地流下来，懊悔地低下头："龙头，我知道错了。如果您以这个理由开除我，我……我没有怨言！"

龙飞虎看着郑直，缓缓地走到他的身后，与他背靠背地站在一起："郑直，感觉到了吗？现在我们的周围全是持枪的匪徒！而我，是你唯一的战友，我就是你长在脑后的眼睛，我就是你可以信赖的后背。你对于我，也是如此！我很信任你！你……会信任我吗？"郑直淌着泪，点头："龙头，我很信任你！"

"你必须信任我！"

郑直点头，龙飞虎转身拍了拍他的肩膀："这件事情我会替你保密。不过，你和凌云、沈鸿飞的关系该怎么处理，我帮不了你！"郑直含着眼泪："龙头，我明白！我会自己处理好这件事的！"郑直含泪朝门外走去，走到门口，啪地转身，一个标准的敬礼："龙头，谢谢您！"郑直大步走出门，龙飞虎神色凝重地坐下，思索着。

郑直走出门，想了想，拿起了手机。凌云此刻懊恼地躺在床上发呆，手机响了，凌云拿过来，是郑直的短信——"师姐，我知道我的言行对你造成了伤害，我知道，我所有道歉的话对此时的你来说都没有用。我不再奢望求得你的原谅，但我只想告诉你，我一定会努力成为你和鸿飞可以信赖的战友。"凌云看着手机上的短信，啪地按了删除键，躺倒在床上愣愣地盯着天花板。

医院办公室，沈鸿飞心情沉重地推开门："杨主任，我父亲的病到底怎么样？"杨主任一脸歉意："抱歉，我已经没有别的办法了，好好陪陪他吧。"沈鸿飞彻底呆住了。良久，沈鸿飞平静地问道："那还有多久？"

"手术顺利的话，还有不到一年，可能也只有三四个月了。你好好陪陪你爸爸吧，这是对他最好的安慰。"

沈鸿飞的眼泪唰地就下来了，他不是没有面对过死亡，只是，对于自己最亲近的人，自己的父亲，他还是第一次感觉到离死亡是如此之近。

4

新队员的宿舍里，赵小黑、段卫兵和其他几个队员兴冲冲地收拾着床铺。段卫兵看见何苗："你的伤恢复得怎么样了？"何苗笑着跺了跺受伤的腿脚："公安医院的刘主任说我创造了外伤恢复的奇迹，伤口已经开始结痂，现在就是跑跳的时候有点儿疼，走路没问题了！再有几天就差不多了。"

赵小黑嚷嚷着打开皮箱，里面装满了从家里带来的各种土特产，他热情地派发着从家里带来的福利。赵小黑看到站在一边的何苗，赶紧从箱子里拿出保温壶递过来："何苗，这是你的！"何苗一愣："这是什么呀？"赵小黑嘿嘿一乐："这是我让我妈熬的枸杞鸡汤，补血补气，帮助你恢复伤口用的！你尝尝，还热着呢！"何苗有些感动地接过来："小黑，谢谢你。"赵小黑笑着一挥手："客气什么呀都是兄弟！"

这时，郑直匆匆走进宿舍，看着沈鸿飞的空床，问："沈鸿飞没来？"众人面面相觑，段卫兵看着空床："他家离这儿不远，应该比咱们到得早啊！"郑直想了想，转身匆匆出了宿舍。其他队员一脸诧异，段卫兵、赵小黑和何苗跟了出去。

宿舍外，郑直一脸焦急地打电话，沈鸿飞掏出手机，看了看，没接。何苗几个人围上来："郑直，打通没有？"郑直摇头，赵小黑拿出手机："兴许是在车上没听见吧？我给他打一个！"

沈鸿飞站在医院楼道的窗前，犹豫地看着来电显示，还是没接。宿舍外，赵小黑诧异地放下手机："怪了！也没接！"

郑直忧心忡忡，何苗觉得不太对劲，问郑直："你是不是知道什么呀？鸿飞他没出什么事儿吧？"郑直摇了摇头，没说话，抬脚匆匆走了。剩下三人面面相觑地愣在原地。

医院楼道，沈鸿飞拿着手机在发呆，他近乎机械地翻找着号码，犹豫着想要按下电话。沈母悄然走过来叫了他一声，沈鸿飞吓了一跳，赶紧装起手机，强忍着笑说："妈！你吓我一跳。"沈母忧心忡忡地说："鸿飞，刚才杨主任来了，他说……你爸必须要尽快动手术。最好是这周五……可怎么跟你爸说呀……"沈鸿飞凝重地看着母亲："妈，咱们应该相信我爸。他是一名军人，老战斗英雄，应该有这个心理承受能力。"沈母点头，欲言又止地看着沈鸿飞："儿子，我没记错的话，你应该今天归队吧？你爸的手术……"沈鸿飞一笑，安慰沈母："妈，这个你不用担心，我正要给队里打电话，想请几天假。"沈母点头，这才放心地往病房走去。沈鸿飞望着母亲苍老的背影，神色凝重，低头拿出手机。

女兵宿舍外，郑直站在楼下低声大喊："师姐！师姐！我知道你在呢！你出来一下！"凌云仿佛没听见，冷着脸继续收拾床铺。郑直无奈："师姐，我是想告诉你，沈鸿飞还没来呢！打他的电话他也不接！"凌云猛地停住手，赶忙走出宿舍。

公安医院的楼顶平台，沈鸿飞拿着手机站得笔直。

"沈鸿飞，这是你最终的决定吗？"龙飞虎脸色凝重。沈鸿飞表情有些痛苦，还是沉声道："……是。"

"我刚才说过了，如果你父亲这周五做手术，我可以给你假期，你想请几天都没有问题！"

"龙头，谢谢您。"沈鸿飞抬起头，语气坚定，"我咨询过专家，我父亲的生命仅能维持两三个月的时间了。您知道，我十八岁从大学参军，一直到现在，都很少陪在他身边。我不想让他在最后的日子里，还在天天想念着儿子，挂念着我的安危。我也不想在失去父亲之后，让我的母亲独自一个人承受同样的煎熬。做一名交警的确不是我的理想，但是起码我可以每天都能按时上下班，可以不让他们那么担心我的安全……"沈鸿飞有些哽咽，眼泪淌下来。龙飞虎表情严肃，沉声道："沈鸿飞，你是一个好儿子。对于你的选择，我没有任何理由拒绝。尽管我的心里非常遗憾！但我尊重你的选择，同意你的退出申请，猛虎突击队的大门随时为你敞开！"龙飞虎挂掉电话，神色凝重。

楼顶，沈鸿飞放下手机，望着阴沉的天空，眼泪彻底下来了。他的心扑腾扑腾地跳着，那些压抑在心底的往事在此刻重新鲜活起来，国家、荣誉、军队——这些似乎已经变得陌生的词语又一次撞击着沈鸿飞的心底。他以为自己早已忘记，但那些永不能磨灭的记忆却一直都埋藏在他内心的最深处。

楼顶拐角处，沈母泪流满面地看着自己的儿子。沈鸿飞努力抑制着不让自己哭出来，他年轻的背影在阴沉的天空下显得有些孤独。

5

特警基地办公室，凌云、郑直等几人笔直地戳着，龙飞虎平静地看着几人："沈鸿飞已经正式向我提出申请，退出特警集训了！"

"啊？"众人大惊，凌云焦急地问："为什么呀？"

"他想做一个好儿子，想在父亲最后的日子里陪伴着他，想让母亲不至于每天担心他的安全。"

众人面面相觑，郑直问："龙头，您同意了？"

"我没有理由拒绝。"龙飞虎平静地说，"不要惋惜了。每个人都有自己的选择。你们既然选择了留下，就继续努力吧！更加残酷的训练等着你们呢！"龙飞虎转身就走，凌云猛地抬头："龙头！我想跟您请假，我去一趟公安医院，把沈鸿飞劝回来！"龙飞虎走向凌云，凝视着她："你怎么劝？"

所有人都看着凌云。

"我们是战友！"凌云神色坚定，"我们都是他从终极考核中竭尽全力保护下来的战友！在面对老队员的围追堵截时，沈鸿飞带着我们从一个绝境走向下一个绝境，最终取得胜利。他从来都没有放弃，也时刻在鼓励着我们不要放弃！我绝不相信，他真的会这样放弃自己的理想！即使现在沈鸿飞陷入了绝境，我也要像他当初帮助我们一样，把他解救出来！"

龙飞虎静静地看着凌云。

"报告！我也要去！"郑直高喊。凌云冷冷地看着他，郑直有些尴尬，但是依旧大声地说："我和凌云同志的想法一样！没有什么比战友间的信任更重要，我相信沈鸿飞能和我们一起回来！"凌云有些意外地看着郑直。其他几个人也跟着嚷嚷着要去。龙飞虎眉头一皱："干什么干什么？起哄啊！你们是想把他劝回来还是抢回来？"几个人都不吭声了。

"就你们两个去吧！"龙飞虎抬手看表，"现在是中午 12 点整，下午 2 点入队大会正式开始。如果在那个时候，你们两个还没有按时归队的话，视为淘汰！"凌云和郑直一惊，龙飞虎看他俩，"怎么样？你们现在还想去吗？"

凌云毫不犹豫地转身就跑，郑直赶紧跟了上去。龙飞虎看着两人的背影，嘴角露出一丝笑意。

猛虎突击队办公室，雷恺拿着一张照片，笑着看着手里的全家福照片，龙飞虎走过来："怎么，想家了？"雷恺苦笑："能不想吗？这又一个多星期了。"雷恺把桌子上的一叠文件递给他，"这是你要的训练大纲，看看行不行？"龙飞虎迫不及待地放下水杯，接过文件："这么快就出来了？老雷，你的工作效率最近提升很快呀！"雷恺苦笑："别骂人不带脏字儿啊！是我效率快还是你逼得紧啊！"龙飞虎看着大纲，点头："嗯，不错！就这个意思，基本上落实了我的想法。"

"龙头，你觉得这个训练大纲支队长那儿能批吗？"雷恺有些担心。龙飞虎一瞪眼："他凭什么不批呀？"

"这可是史无前例呀！当初猛虎突击队都没这么练过！"

龙飞虎啪地合上大纲，一本正经地说："实验性质的特勤分队当然要加码，如果和我们训老队员一样，那就失去试验的意义了。我相信他们，他们扛得住。"

雷恺赞同地点点头。龙飞虎一笑，拍了拍他的肩膀起身："我现在就去找支队长，你赶紧收拾收拾，回趟家，下午用不着你！"龙飞虎说罢，匆匆出了门。

雷恺苦笑着站起身，突然僵住，额头上都是冷汗。他痛苦地坐回去，伸手抚摸着后脊柱，大口地喘息着。雷恺强忍着痛苦，拉开抽屉，拿出一个茶叶桶打开，从里面摸出两片药，硬生生地吞了下去。

6

病房里，老爷子靠在病床上，瞪着眼睛看着沈母和沈鸿飞："你们跟我说实话！我到底得了什么病！"沈母低头抹着眼泪，老爷子目光凛厉，看着沈鸿飞，喘着粗气，"我都打听过了，这个病区住着的全是癌症患者！"

"老头子……"沈母痛哭地抱住沈父，沈鸿飞的眼泪也下来了。老爷子神色平和地坐了下来，凝视着老伴儿和儿子："不就是癌症吗？你们不用瞒我！你们别忘了，我是一名军人，是从战场上的死人堆里爬回来的人！比起我那些牺牲的战友，我已经足够幸运了！"老爷子哀伤地望着窗外，"……我能活着回来，能有一个家庭，有天天陪着我的老伴儿，还有一个当特警的儿子，我有什么不知足的？"

沈鸿飞震惊地看着父亲苍老却刚毅的脸。

老爷子缓和了一下语气："我知道，今天是鸿飞归队的日子，有你陪着我就行了。鸿飞不是还要继续训练吗？"沈鸿飞局促地说："爸，我请假了……"

"你请什么假？！"老爷子吼了出来，"我动手术有你妈陪着，有医生护士呢，跟你有什么关系？训练场就是战场！战场上你也能请假？"沈鸿飞语塞，老爷子的拧劲儿上来了："你给我回去！"沈鸿飞眼圈一红，看着父亲。

突然，病房门被推开，凌云和郑直气喘吁吁地闯进来："叔叔，阿姨！我们找沈鸿飞……有点儿急事！"沈鸿飞愣住了，老爷子目光一动："哦，你们谈！你们谈！"三人匆匆走出病房。

医院楼顶平台，沈鸿飞严肃地看着两人："我知道你们两个来干什么！退出特警，是我认真考虑后做出的决定，父亲只有一个！你们要理解我……"

"沈鸿飞！我们过来不是听你解释的！"凌云打断沈鸿飞，"我们来的目的只有一个，把你带回去，你不能离开我们！"两人目光灼灼地看着沈鸿飞。

"不可能了！"沈鸿飞的喉结在蠕动着，半天，才说出来。

"有什么不可能？！"凌云望着他，"你父亲生病，我们也很难过。我知道这么做对你来说有些残忍。可是也请你再慎重地考虑一下，成为一名特警是你的理想！当初我们在山里的时候，你自己也说过永远都不要放弃，怎么现在……"

"凌云！郑直！谢谢你们！但是——对不起！"沈鸿飞打断凌云，扭头就走。凌云倔强地拦在沈鸿飞面前，几乎红着眼睛吼道："沈鸿飞！你现在是不是觉得自己特别酷啊？！我们大老远跑来，几乎在求你，你就这么拒绝我们！你不觉得你这么做太残忍了吗？！"沈鸿飞张着嘴呆了半天，才说："凌云，郑直，我理解你们的话，我知道这么做让你们很失望，但是，这个决定对我自己来说更加残忍！但是没办法，这就是现实！我真的不想再亏欠我的父母了，尤其是我时日无多的父亲……请你们转告大家，替我向大家说声对不起！"

沈鸿飞侧身闪过凌云，往外走。凌云转身，哭着看着沈鸿飞的背影："沈鸿飞！你知不知道？我们只剩下四十分钟了！"

沈鸿飞愣住，扭头看着凌云。郑直沉声道："来之前，龙头告诉我们，两点整，新一批警员正式开始集训，如果我们不能在两点之前赶回去，我们就会被淘汰！"郑直眼里闪着泪花："鸿飞！跟我们回去吧！"凌云含泪看着沈鸿飞。沈鸿飞震惊地看着两人。顷刻，沈鸿飞大声地吼道："那你们还等什么！赶紧走啊！你们想让我欠你们一辈子吗？"沈鸿飞噔噔地跑下楼，两人赶紧追上去。

病房里，沈鸿飞跪在父亲面前。凌云和郑直追进来，不敢吭声。老爷子肃然地看着沈鸿飞，沉声道："你当兵的时候，我就跟你说过，军人，心里要有党，要有老百姓，肩上要有责任，对党和老百姓负责！现在你当了特警，这句话照样没错！什么时候也不能忘！你记得吧？"

"记得！"沈鸿飞压抑着点头。老爷子惨然一笑："哼！这句话呀，现在的年轻人听起来会觉得特别土了，土得掉渣，好多人以为这就是在唱高调！说套话！可是我要说，这句话它永远都不过时！这句话它不是套话！它是一代又一代当兵的、当警察的，用血和命换来的！他们为什么流血？为什么丢命？就是因为他们心里有责任！沈鸿飞我问你，他们就没有爹妈？就没有儿女？他们不是人生父母养的？为什么他们可以流血牺牲，我的儿子非要在家陪着我这个得了绝症的糟老头子？！"沈鸿飞流着泪，默默地听着。老爷子面无表情地看着沈鸿飞："你给我起来！"沈

136

鸿飞流泪看着父亲。

"立正！——"

沈鸿飞猛地起身，标准地立正。

"该干什么干什么去！"老爷子厉声说。

沈鸿飞流泪看着父亲，凌云和郑直也是泪流满面。沈鸿飞看着父亲苍老但坚毅的脸庞，含泪高喊："敬礼！——"

"唰——"三人同时举起右手，敬了一个标准的军礼。老爷子没说话，只有沈母压抑不住的哭声。沈鸿飞抹了一把眼泪，转身大步向门外走去。

7

特警基地训练场，鲜红的八一军旗在空中猎猎飘舞。所有特警队员全副武装，整齐列队，目光炯炯有神。训练台上，支队长许远和教官们聚在一起谈论着什么，龙飞虎穿着黑色特警制服，面无表情地看着台下的队列。铁牛有些担心地看龙飞虎，低声说："我去给凌云打个电话……"

"不用！"龙飞虎看着台下的队员，"从这里到公安医院，一个小时往返足够，他们如果在一个小时之内还没能劝服沈鸿飞，那沈鸿飞就肯定不来了。这个时候，如果他们没能按时归队，只能说明他们自己无能！"铁牛无奈地点头，继续看表。

训练台旁边，猎奇蹲在韩峰身边，吐着鲜红的舌头，哈哧哈哧地喘着气。

时间在寂静中一分一秒地流逝。龙飞虎猛地抬起手腕，离预计的时间还剩十几秒。龙飞虎的眼里闪过一丝失落，转向杨震，杨震会意，无奈地向前跨了一步，高喊："全体都有！——"

队员们唰地立正。忽然，猎奇耳朵一动，站起来，对着队员们身后狂吠起来！众人望过去——沈鸿飞、凌云和郑直三人竭尽全力地狂奔而来！队列里一下沸腾起来，铁牛欣慰地笑了，龙飞虎面无表情地盯着腕表。

三个人跑到台前，啪地立正！沈鸿飞敬礼，大声喊道："报告龙头！沈鸿飞向您报道！并且正式收回退队申请！请您批准！"郑直和凌云也举起右手："报告！凌云、郑直完成任务，申请归队，请您批准！"支队长纳闷地看着他们："你们在搞什么？"

"报告，是我让他们去办点事。"龙飞虎说。支队长点点头："入列吧。"

"是。"三人敬礼，跑步入列。队员们一脸兴奋地笑着看他们。

训练台上，国旗在空中呼啦啦地飘扬，大楼上悬挂的巨大警徽闪着肃然的银光，同时也宣告着它的威严。队员们整齐列队，年轻的面孔排成了一个方阵——一个兵的方阵。在一片黑色当中，支队长凛然地看着台下消瘦黝黑的队员，高声吼道："同志们！——首先，我代表东海市特警支队全体干警，欢迎你们的加入！祝贺你们，成为我支队的正式队员！"队员们神情肃穆，"同志们，我想问你们一句，你们知道成为东海市特警支队的一员，意味着什么吗？"

队员们一愣。

"特种警察是人民公安的一支尖刀力量！进入东海市特警支队，意味着你们即将接受更加艰巨的任务，承担更加重要的责任！意味着你们将处于最危险的案情环境，面对最凶残的犯罪分子！所以，这也意味着你们将比其他的警察面对更多的流血牺牲！你们怕不怕？！"

"不怕！"队员们齐声怒吼。

"没错！不能怕！你们是终结犯罪分子罪行的一只铁拳！保护人民群众的一道屏障！不管在任何时刻，特警，没有退却的可能！因为我们的身后，是无数老百姓的生命，是至高无上的国家利益！你们会退却吗？！"

"永不退却！！——"队员们再次怒吼。

"很好，我希望你们兑现你们的承诺！下面，全体新老队员，与我一起重温入警誓词！"支队长转身，面对威严的警徽，举起右拳："我宣誓——"

"唰——"一百多个精锐的特警队员们举起右拳："我宣誓！"

"我志愿成为一名中华人民共和国人民警察，我保证忠于中国共产党，忠于人民，忠于法律；听从指挥；严守纪律，保守秘密；秉公执法，清正廉洁；恪尽职守，不怕牺牲；全心全意为人民服务。我愿献身于崇高的人民公安事业，为实现自己的誓言而努力奋斗！"

队员们吼得地动山摇，一种久违的激动像竹笋一样从沈鸿飞的心里钻出来，他努力抑制着这种熟悉的感觉。训练场上气壮山河，杀气凛然。

8

空旷的训练机场整齐地停着数架直-9，龙飞虎山一样的身躯穿着黑色特警服，看着面前站着的七名队员——鸦雀无声中蕴藏着年轻的力量，汗珠顺着他们坚毅的脸颊滑下。龙飞虎看着自己的队员，神色严肃："专门把你们七个抽调出来，叫到这儿来，是要宣布一项重要的决定。"队员们都是目不斜视。

"你们已经顺利地进入猛虎突击队！猛虎突击队是国家级的公安特警反恐突击队之一！祝贺你们，获得了这个难得的殊荣！"龙飞虎站在队列前，"从今天开始，你们就是猛虎突击队这个英雄集体的光荣一员！"队员们的眼睛里闪烁着亮光，"也许你们会很奇怪，为什么把你们单独挑出来，站在这儿听我的训话。"七个人都不敢吭声。陶静小心翼翼地看着龙飞虎："是不是我们太调皮了，想单独收拾我们……"龙飞虎的目光唰地扫过去："你猜得很对，我确实要单独收拾你们！"陶静看着龙飞虎，快哭了。赵小黑也是牙齿打战地望着龙飞虎。龙飞虎走到他面前，笑笑："怕吗？"赵小黑笑得比哭还难看："不怕匪徒……是怕……"

"怕我？"龙飞虎笑。赵小黑猛点头。龙飞虎笑笑，环视着大家："你们都怕吗？"

"怕……"队员们小心翼翼地齐声应答。龙飞虎摇头叹息："没想到啊没想到！怕就算了，我再找另外一队更好的人来！"龙飞虎转身就走，队员们回过味儿来，眼中一亮。

"龙头！"沈鸿飞高喊。龙飞虎站住脚，没回头地问："怎么了？"

"您……您总得告诉我们，是什么事儿吧？"

龙飞虎回过头："就你们这熊样子，我觉得你们不合适。"

"报告！"凌云大声吼道，"怕您是对您的尊重，您是我们的大队长，是我们的直接领导，我们当然要怕您！但是这不代表我们会胆怯，我们有勇气完成任何任务！"

"其实我不怕你。"段卫兵抬头挺胸，"真的，有什么好怕的？怕也得面对，还不如不怕——"目光刚迎上龙飞虎锐利的眼睛，段卫兵马上改嘴："龙头那什么，其实我也怕，说不怕，你一看我，我心里直哆嗦！"

"人贱无敌啊！整个一个两面派！"何苗鄙夷地说。

"你这就不懂了吧？跟干部不能说实话……"

"啪——"龙飞虎手里的夹子甩了过去，段卫兵急忙一低头，夹子打掉了他的帽子。龙飞虎冷声道："捡回来，500个俯卧撑。"

段卫兵急忙跑过去把夹子捡回来，交给龙飞虎，戴上帽子，身体啪地前倒，吭哧吭哧地开始做俯卧撑。

队员们看着俯在地上的段卫兵，惺惺相惜。龙飞虎看他们："你们在等什么？"

大家马上啪地前倒，开始做俯卧撑。龙飞虎背着手在前面来回地走着："既然你们不想要这个被单独训练的机会，那么我不妨放过你们。根据上级的命令，我们猛虎突击队将组建一支实验性质的特别突击勤务小队，这支小队被称为突击队当中的突击队，精锐当中的精锐！"

队员们都停住了，眼睛发亮。陶静一脸得意："我这张嘴啊！开过光的！"龙飞虎蹲下，看她："但是现在你们已经放弃了。"赵小黑哭丧着脸："我们，我们，我们错了！"龙飞虎笑笑："你觉得错了，就有机会了吗？"

"报告！"沈鸿飞边做俯卧撑边喊，"小鼠一队请求担任这个光荣而艰巨的任务！"

"很自信嘛！"龙飞虎笑说，"行了行了，都起来吧，看看你们的熊样子！"队员们起立，额头上都是一层密汗。龙飞虎看他们："你们还是小鼠队吗？"

大家都是一愣，是啊，好像没叫过别的名字。

"我宣布——今天开始，你们不是小鼠队了！你们是——小虎队！现在，你们有权选择自己的代号，以后行动都以各自的代号代替了。"

队员们先是一愣，随即欢呼起来，龙飞虎侧头掏掏耳朵，拿起哨子："好了，既然你们都同意了，去换作战服领武器，全副武装，15分钟后，开始训练！"

9

郊区，一幢沿海的豪华别墅里，白佛坐在沙发上，麒麟恭敬地站在旁边。此刻，熊三正坐在车里玩游戏，输了一局，气恼地把手机扔在副驾座椅上，闭目养神。忽然，手机响起，熊三烦躁地拿过电话，看了看号码脸色一沉，接通后，电话里传来麒麟谄媚的声音："三哥，忙什么呢？"熊三骂道："你他妈管得着吗？"麒麟冷笑："三哥，你怎么老这么大火气呀？"熊三不耐烦地要挂电话："有话说，有屁放！"麒麟一笑，把手机恭恭敬敬地递给对面坐着的白佛。白佛拿起电话，沉声道："熊三！"熊三一个机灵，颤声道："老板，您……您什么时候回国了？"

"刚到。"熊三一愣，白佛冷声道，"熊三，最近的货走得有点儿慢啊！"

"老板，最近东海市严打，条子盯得紧，渠道多少受点儿影响。我已经跟兄弟们说了，让大家加把劲儿，再多扩扩渠道。"熊三谨慎地说。

白佛拿起雪茄，麒麟连忙给点着。白佛阴恻恻地说："熊三，咱们费了这么大精力拉起这条线不容易，你得时刻给我盯住，千万别因为一些乱七八糟的事儿搅了局！"熊三目光一冷，谨慎地说："老板！是不是麒麟跟您说什么了？老板！我对您可是忠心耿耿！别让小人坏了咱们的关系。"

"熊三，麒麟什么都没跟我说，是你多虑了！我不过是提醒你一下而已。还有，最近我会再找你，有个重要的任务要交给你。"

"我明白！我随时听您的吩咐。"白佛挂了电话，熊三愣了愣，脸色阴沉。

别墅大厅里，麒麟将一份资料恭敬地递给白佛。

"那个女孩原来真是条子的未婚妻？"白佛翻阅着，脸色阴沉。麒麟阴恻恻地走上前："我调查过了，那个女孩叫王小雅，是一家美容连锁机构的美丽使者……哦，就是导购小姐，她原来的男朋友姓沈，原来是解放军的特种兵，现在正在参加东海特警支队的训练。"白佛恨恨地将雪茄拧在烟灰缸里："特种兵，特警？！"麒麟察言观色地看着白佛："老板，熊三是您当年从一个小混混一手带出来的，他知道的可太多了！这个女人真的是特警的女朋友，熊三会不会……"白佛放下手里的资料，沉声说："麒麟，做人不要老想抓住别人的把柄，要多想想别人有什么优点，这样你才能进步嘛。"麒麟似懂非懂地点头："老板，我……我不太懂，这明明是个危险啊，怎么会是优点呢？"

"如果你现在就懂了，你不就是白佛了吗？"麒麟不敢说话，白佛冷眼看他，"麒麟，你对 K2 一片忠心，K2 是不会忘了你的。你去吧。"麒麟恭敬地站起身，狐疑地走出门。白佛再次看了看桌子上的资料，眼里闪过一道寒光，露出狰狞的笑。

10

沈鸿飞家楼下，熊三的车停在僻静处，熊三坐在宝马车里。这时，凌云开车过来，熊三一惊。沈鸿飞打开车门："谢谢了！"凌云解开安全带："我跟你一起上去。"沈鸿飞愣了一下："你？"凌云走下车："战友的父亲，我不能去看看吗？"沈鸿飞忙说："没有，没有，我不是那个意思。"

凌云锁上车门，沈鸿飞刚想说什么，眼角的余光瞥见车里坐着的熊三。熊三看躲不过去，只好打开车门下车。凌云盯着熊三："你到这儿来干什么？"熊三哈哈一笑："果然啊，你们俩真的是一对。"沈鸿飞忙解释："我们不是……"凌云迎上熊三的目光："是不是跟你有什么关系？！"熊三笑笑："是，是跟我没关系，不过也跟我有关系——沈鸿飞，那小雅的事儿就这么得了，咱谁也别找谁的麻烦。"

沈鸿飞一把抓住熊三。熊三挣了几下没挣脱，索性不动了："干什么？干什么？干什么？警察想打人啊？"沈鸿飞盯着他："离她远一点！"熊三轻哼一声："沈鸿飞，不带你这样的吧？吃着碗里的，还惦记着锅里的！你好歹是个公务员吧？是党员吧？这跟你的身份可不相符！"

"熊三，你我知根知底，我不想撕破脸！"沈鸿飞咬牙说。

"我们之间还有什么脸不能撕破的？"

沈鸿飞怒视着他。凌云抓住沈鸿飞的胳膊："冷静！现在动手，对你麻烦更大！"沈鸿飞深呼吸一口，平静自己，悻悻地松开熊三。熊三整理着衣领，笑笑："谢谢了啊，女条子！你们俩倒是正好一对儿！这下可好，一了百了！"

"你到我家这来干什么？"沈鸿飞沉声问。

"这是禁区吗？我不能来？"

"走吧走吧。"凌云拉着沈鸿飞的胳膊。沈鸿飞注视着熊三，伸手一指，熊三吓得抬手去挡。沈鸿飞指着他，转身走了。

凌云看看熊三，急忙跟上去。熊三看着他们消失的背影，露出一丝冷笑。

客厅里，小雅站起身来道别："沈叔叔，沈阿姨，我就不打扰了。"沈母拉着王小雅的手："小雅，才这么一会儿，再坐坐嘛！"老爷子点头："是啊！鸿飞也不在，我们老两口儿天天冷冷清清的！你中午在家里吃饭，让你阿姨给你包饺子！"小雅笑得有些不自然："不了，我……我下午还要上班。"说罢，小雅忽然拿起包，从里面掏出一个信封递到老爷子面前："沈叔叔，这个您拿着——"沈父接过来一愣："这是什么呀？"

老爷子打开——信封里有两万块钱。老爷子脸色一变："小雅！快拿回去！这我可不能要！"沈母连忙接过信封，递给小雅："小雅，你能来看你沈叔叔，我们就很高兴了，这个可使不得。"小雅的眼圈发红："沈叔叔，沈阿姨，您就收下吧，您做了这么大的手术，花费肯定很大，我也帮不上别的忙，这是我的一点儿心意。"沈父一脸严肃地说："小雅！我治病的钱，单位都给我报销了，我们老两口儿又有些积蓄，还有，鸿飞上个月还托他们领导支了几个月的工资送来了。钱足够了！所以啊，这钱我肯定不能要！"

小雅还要坚持，沈母把信封塞进她的包里："小雅，听话。"小雅无奈地点头："那好吧，沈叔叔，沈阿姨，我先走了。你们以后要是有什么难处，就联系我，不管怎么样，我一定会尽力而为的！"老两口儿欣慰地点头。

小雅脸色难看地往外走，这时，有钥匙响，门打开，小雅呆呆地愣在那儿。沈鸿飞也呆住了。凌云从后面走进来，措手不及。沈父、沈母看着这三个年轻人，也呆住了。

凌云看了看王小雅，又看看沈鸿飞："那什么，我来得不是时候，我先告辞了。"王小雅咬牙，拉住凌云："别走啊，女警官！"凌云回头看她："这里面的误会多得数不清，我不想再卷进去了。"

"误会？"

"对，是误会，你误会了，小雅。"沈鸿飞忙说。王小雅奇怪地笑笑："你觉得，我会信吗？"沈鸿飞平静地说："信不信是你的自由，但是这真的是个误会。"

"是真的误会！"凌云说。

"沈鸿飞，我不了解你吗？现在你跟我说，是个误会……"王小雅的眼泪慢慢溢出来，"你说实话又能怎么样？我还能怎么样？"

"我们……真的有误会。我误会了你，你也误会了我。"

王小雅摇头，眼泪下来了："这不是误会，这是事实。就像你在酒店看见的是事实，我今天看见的，也是事实。事实，是骗不了自己的，是这样的……"

"你们说的都是什么啊？我怎么一句都听不懂啊？"沈母问。

"你们这群孩子，怎么搞得乱七八糟的？到底怎么回事？有什么误会，说清楚不就得了吗？"沈父也是一脸着急。

王小雅转身，面对二老，鞠了一躬，泣不成声。沈鸿飞目瞪口呆，说不出话来。凌云更是尴尬，不敢说话。

沈父、沈母呆住了。王小雅抬起头，眼泪满脸："叔叔，阿姨，谢谢你们这些年来对我的照顾和体贴。我王小雅确实做了对不起沈鸿飞的事，我今天来看你们，其实是想道个别。我没福分做沈家的媳妇，对不起……"说完转身噔噔地跑出去了。

沈鸿飞呆在原地，凌云不知道怎么办才好。沈母一屁股坐在椅子上。沈鸿飞的眼泪慢慢溢出来。凌云低头想想，小心地说："那什么，我……我先走了，改天再来看伯父、伯母。"没人说话。凌云担心地看了一眼沈鸿飞，咬牙还是走了。

王小雅哭着跑下楼，熊三急忙迎过去："小雅，你被他欺负了？怎么哭成这样？"王小雅一把推开熊三，没命地跑着。熊三看着王小雅的背影，急忙上车跟去。

大街上，王小雅哭着，拼命跑着。熊三开着宝马车跟在旁边："小雅，小雅，你上车啊！"王小雅不理他，哭着跑着。熊三无奈，只能跟着。

11

客厅里，沈鸿飞擦去眼泪："爸，妈，对不起，让你们操心了，真的对不起……"沈母坐在沙发上一个劲儿地抹眼泪："我，我真不知道该说什么，你说妈还有什么念想呢……还不就是想早点抱孙子……"

"抱孙子、抱孙子，你就想着抱孙子……你也不看看，儿子难受成什么样了？"老爷子怒吼着，沈母哭得更厉害了。老爷子看着沈鸿飞："你有没有，对不起小雅？"沈鸿飞抬眼："爸，相信我，我真的没有做任何对不起小雅的事。"老爷子长叹一声："那就不要想了，回房间自己待会儿吧。"沈鸿飞站起身："嗯……谢谢爸。"

"记住，你是个男人。"

沈鸿飞哭了出来，捂住脸进了房间。扑在床上，咬住枕头，肩膀不停地抽泣起来。

街上，凌云心事重重地开着车，车里放着那英的《愿赌服输》。凌云摇下车窗，风呼地灌进来。歌声在延续，凌云漫无目的地开着车。

夜晚的海边是黑压压的一片混沌，海风裹着一股浓重的海腥气迎面扑来。王小雅呆滞地看着黑茫茫的大海，任凭海风吹起一片散发。王小雅流着泪，从包里拿出一张照片——那是她和沈鸿飞的一张合影。王小雅呆呆地看着，眼泪不断地流下来。

"啪——"王小雅点燃打火机，火苗在风中胡乱地跳着舞。照片点燃了，慢慢地燃烧着。小雅呆滞地看着火苗，头发被海风不断地吹起。熊三把车停在不远处，远远地看着，没有靠近。王小雅默默地把燃烧着的照片举起来，烧尽的灰烬被风吹走，消失在夜空里。

王小雅丢掉只剩一角的照片，一脸呆滞地坐在海边。一件风衣披在她的肩上。王小雅转过头，脸上是被风吹干的泪痕。她看着熊三："你为什么对我这么好？"熊三看着她："因为你是我的女人。"王小雅闭眼，泪水不断地滑落下来。

"我对我的女人，一直都很好。"

"你有几个女人？"王小雅轻声问。

"以前有过很多，我希望，以后只有一个。"

小雅睁开眼，泪眼婆娑："好吧，我答应你……"熊三没有想象中的喜不自胜，看着王小雅："你现在不冷静，等你冷静下来再说吧。"小雅轻轻摇头："我很冷静，结束了……都结束了……"熊三不说话。小雅看着大海："我和他，真的结束了……"

第二天一早，凌云来到一家花店，认真地挑选着鲜花："服务员，我想探望一位康复中的老人，送什么花比较好？"服务员热情地走上前，职业性地微笑着："看望这样的老人，我建议您送康乃馨。"凌云皱眉："康乃馨？那不是母亲节送给母亲的吗？我看望的是一位老先生。"服务员笑："康乃馨是母亲节的首选花卉不假，可是它同样也适合看望病人，因为康乃馨这个名字，有预祝早日康复，回归温馨生活的寓意。选择这种洁白的康乃馨，再搭配几枝百合和适量的满天星，整体效果又简洁淡雅，又不失美感，可以给人无限温馨的感觉。"凌云连连点头，又有些若有所思地问："还要百合呀……"服务员一笑："对呀！如果您是送给未来的公公，康乃馨搭配百合就更贴切了！既包括对病人的祝福，又能体现您对老人做山的爱的承诺……"凌云一脸惊慌，面颊有些微微泛红，皱眉瞪着服务员："你的服务是不是有点儿过于热情了……"

"对不起，我……我可能说错话了……"服务员连忙道歉。凌云红着脸："没事，就按你说的弄吧，快点儿！"服务员一脸意外，忙不迭地答应去包花了。凌云慌乱地看着不远处盛开的百合花，喃喃自语："什么跟什么呀……"

服务员将包好的花递给凌云，凌云付好钱，笑着道谢，捧着花走到门口，得意地嗅了一下，忽然愣住了——她看到门口愣立当场的郑直。郑直也愣住了："师姐！你怎么……"凌云气恼地冲上去，一把将郑直拽出门口。

郑直被凌云拽出来，焦急地说："师姐……"凌云恼怒地指着他的鼻子："郑直！你属狗的呀！又跟踪我！"郑直一头雾水："我没有啊？"凌云抬手，郑直连忙拦住："师姐！你误会了，我是来买花的。"凌云瞪着眼睛："你编，继续编！你买花干什么？"郑直没说话，看着她手里的花，反问："你买花干什么？"凌云一愣，白了他一眼："你管呢？我问你呢！"

"我买花，是想去看看沈鸿飞的父亲。"

凌云一愣，冷声道："哼！你可真虚伪！你会去看沈鸿飞的父亲？郑直，你骗得了别人骗不了我！平时你的一言一行，看沈鸿飞的眼神，别人没注意，我可看出来了，上面写满了妒忌和记恨！"郑直一脸严肃地看着凌云，说："师姐，我知道上次的事儿你对我一直心存不满。但是我请你相信，我郑直也是一个坦坦荡荡的男人！沈鸿飞是我的战友，我的队长，是在任何绝境之中都可以信赖的兄弟！"

凌云意外地看着有些激动的郑直。

"凌云姐！"是陶静的声音。

凌云一愣，望过去，陶静、何苗、段卫兵和赵小黑每人都拎着各种各样的慰问品朝她走来。陶静皱眉，把手机递给凌云："凌云姐！你怎么说跑就跑了，连手机也落宿舍了！我们想联系你都联系不到！"凌云傻眼了："你们……"赵小黑看着凌云手里的花，咧嘴嘿嘿笑："看来咱们是英雄所见略同啊！都是想去探望沈鸿飞他爸！"何苗嗔怪地说："凌云，不够意思啊你，想捷足先登？"

凌云恍然，有些尴尬地看着郑直。郑直一笑："既然有人买花了，那我去买点儿别的！"说罢匆匆而去。凌云下意识地看着郑直远去的背影，怒气荡然无存。

凌云回过头，有些尴尬地看着几人："你们……你们都买什么了？"陶静把手里的兜子一提："我和何苗买的水果，段卫兵买的营养品，就赵小黑没品位，买了俩烧鸡，还买了一兜子土鸡蛋！"赵小黑一听，不乐意了："烧鸡和鸡蛋咋了？烧鸡和鸡蛋实在！我们村儿看病人都是拿这些东西，我本来还打算买活鸡呢，结果被段卫兵拦住了！……"

"我不是跟你说了吗？有禽流感！"段卫兵忙说。赵小黑翻着白眼看他："还禽流感呢，我看你是兽流感！"几人哄地大笑起来。

"那什么，咱们去看伯父伯母，肯定是好事。但是他们现在不是很愉快，大家一定要注意。"凌云提醒着说。陶静问："嗯？怎么了？"凌云欲言又止："你们就别问了，总之咱们一定得想办法让老人家高兴起来，不该说的不要乱说！知道吗？"何苗看着凌云，意味深长地说："看来你真去过了……"

"什么意思？"凌云看他。何苗一指赵小黑："他猜的，又不是我！"赵小黑脸一沉，更黑了："四眼儿，怎么都是你出卖我啊？！我就随便那么一说！"段卫兵赶紧打住他们："行了行了，别闹了！再闹，你的烧鸡都飞了！赶紧干正事儿！"

12

客厅里，沈鸿飞正拿着拖把打扫卫生。老爷子坐在轮椅上，有些心疼地看着儿子。沈鸿飞挤出笑："爸，你老看我干什么？"老爷子有些伤感地说："看一眼少一眼了。"沈鸿飞鼻子一酸，眼泪差点儿落下来，急忙转过脸抬手擦去："爸，你说的啥话？

你好好养身体。"老爷子笑笑，没说话。沈鸿飞继续低头拖地。

"该吃药了。"沈母走出厨房，手里拿着草药。

"先放那儿吧。"老爷子说。

沈母把碗放在桌上："等凉了赶紧喝啊。"

这时，敲门声响起，沈鸿飞放下拖把急忙去开门。刚一打开，看见凌云和队员们站在门口。沈鸿飞一脸诧异："你们怎么来了？"

"是谁啊？"老爷子在客厅里问。

"啊，是我的同事们。"沈鸿飞赶紧让开门。

"快快快，快进来！"老爷子热情地招呼着。沈母也从厨房出来，看见凌云，愣了一下。凌云走进屋，甜甜地笑着："伯母，我……我们今天是特意来看伯父的！"

"哦，哦，请进！快进来！"沈母高兴地笑，"好！好！又让你们费心了！"

队员们一进门，纷纷嘴甜地叫着叔叔阿姨好。沈鸿飞看着他们："你们……你们怎么都来了？"凌云瞪眼看他："至于那么惊喜吗你？我们来看伯父，又不是来看你！"说着，凌云笑呵呵地上前躬着身子问老爷子："伯父，您好点儿了吗？"老爷子看看她，缓过神来笑着："好多了！好多了！坐，你们都坐！"沈母笑着说："你们坐着聊，我再去多和点儿面，中午咱们吃饺子！"凌云笑着："伯母，我帮您！"说着和陶静一起进了厨房。

很快，一群人其乐融融地围着餐桌，包着饺子。赵小黑的黑脸上抹着一层白面，干劲十足地擀着饺子皮，段卫兵也好不了多少，一个个都快成了白面关公了。凌云熟练地包着饺子。沈母看着凌云，若有所思。另一旁，郑直正兴奋地和老爷子下着棋，逗得老爷子哈哈大笑。沈鸿飞站在旁边，插不上手，感动地看着众人。

凌云包着饺子，看沈鸿飞："你，你没事了吧？"沈鸿飞恍然："啊？什么事儿？"凌云再看他："真没事儿了？"沈鸿飞笑笑："我能有什么事儿啊！"凌云叹了一口气，自顾自地继续包饺子："哎，男人啊，都是没良心的东西！"沈鸿飞愣在那儿："我爸说，我是个男人，要坚强啊！"这时，陶静端着一大盘热气腾腾的饺子走出厨房："饺子来啦！"众人欢呼雀跃，沈家客厅里很久没有出现过这么热闹的场面了。

一家高档的西餐厅里，华丽的水晶灯投下淡淡的光，柔和的萨克斯曲充溢着整个餐厅，像一股无形的烟雾在蔓延，餐厅钢琴架旁，一种不知名的花散发出阵阵幽香。穿着统一制服的服务生们彬彬有礼地招呼着前来就餐的客人们。

餐厅的一角，熊三和王小雅相视而坐。桌上点了不少精致的珍馐美味，旁边放着一瓶已经打开的陈年红酒。王小雅看着透明的水晶高脚杯，愣愣地发着呆。这时，年轻的服务生端着一盘冰镇龙虾切片，走过来："生吃龙虾，两位请慢用！"

熊三笑着夹了一片龙虾肉，沾上芥末料，放到王小雅的餐碟里："小雅，尝尝？"王小雅没动，还是呆呆地看着外面。熊三小心地叫她："小雅？"王小雅回过神来，抬手擦掉眼泪，挤出笑："什么？"

"尝尝？"熊三又夹了一筷子菜放在她面前的餐碟里。小雅"嗯"了一声，闷头吃起来，眼泪啪嗒啪嗒地掉进碗里。熊三看着忧伤的王小雅，心情也很压抑。

晚上十一点多了，宝马车停在小区楼下，王小雅下车，绕过车头走向楼道口。熊三摇下车窗玻璃，探头对小雅说："小雅，你真没事儿是吧？别不舒服自己忍着。"王小雅挤出笑，闪烁其词地说："我真没事儿。你走吧。"熊三点头："那我走了，明天我还在小区门口等你，送你上班。"王小雅笑着点头，熊三抛了个飞吻，宝马车掉头离开了。楼道口，王小雅收起笑容，心事重重地叹了口气，扭头进了单元门。

阳台上，王小雅的父母站在窗前，瞪大眼睛看着远去的宝马车，一脸震惊。小雅父亲忧心忡忡地叹了口气。

王小雅轻轻打开门，蹑手蹑脚地走进客厅。突然，客厅的灯"啪"一下亮了，王小雅吓了一跳，爸妈严肃地坐在沙发上，瞪着她。王小雅心虚地笑笑："爸！妈！你们怎么还没睡呢？吓我一跳！"小雅父亲面色沉重地说："小雅，你过来坐，爸爸妈妈有事跟你谈。"王小雅撒娇地放下包："干吗呀！我累了一天了……"正说着，王小雅发现父母的表情不对，连忙无奈地坐过去："好好好，有什么事儿，说吧。"

小雅爸爸干咳了一声，盯着王小雅："小雅，我问你，刚才送你回来的那辆车……是谁的？"王小雅一愣，讪讪地说："你们……都看见了？"小雅妈妈担忧地说："小雅，妈妈不记得你有开那么好车的朋友。"王小雅有些心虚，慌乱地说："我……我新认识的。"

"男的女的？"

"爸！你干吗呀！这都什么年代了，男的女的有那么重要吗？"

小雅爸爸厉声喝问："小雅！我不管别的家庭是怎么教育孩子的。可是我和你妈妈都是人民教师，在我们的家庭里，是绝对不允许自己的孩子做出一些破格的事情的！"

小雅苦着脸看着爸爸。

"小雅，我都和物业警卫室的人打听过了，最近这些天，这辆宝马车天天接送你。

保安还说，开车的那个男的凶巴巴的，一看就不像好人！原来他就在小区门口等，今天倒好，直接送到我们家楼下了！"

王小雅震惊地起身看着母亲："妈！你……你居然调查我？您……您太过分了吧！"

"我这是为你好！"小雅妈妈痛心疾首。

"小雅，坦白和你讲吧。我和你妈妈，都很喜欢鸿飞。你们两个如果能走到一起，我们是十分欣慰的。换句话说，就算你们两个之间出现了什么问题，爸爸妈妈也绝对不允许你在事情没有完全解决之前，和别的不三不四的人来往！"

王小雅气恼地站起来："爸！你怎么就肯定我和不三不四的人来往啊？！噢，我就非得嫁给沈鸿飞呀？别的男人全都是坏蛋啊？！"

"那个男的到底是谁呀……"小雅妈妈急问。

"我的事儿，不用你们管！"王小雅气恼地跑进自己房间,砰的一声关门。客厅里，王小雅爸妈看着紧闭的房门，都愣住了。

第十三章
—— SWAT ——

1

特警基地一角，韩峰在给猎奇梳毛儿，猎奇一脸享受。杨震打着眼罩儿看直升机，又低头看表。吴迪懒洋洋地靠在椅子上，手里举着瞄准镜。另一边，沈鸿飞等七人围着一辆登高突击车，边上放着几个水桶，正拿着擦车布一脸愤怒地瞪着三个老鸟。吴迪放下瞄准镜，不耐烦地拿起旁边的高音喇叭："干什么？干什么？想罢工啊？快点儿擦呀！后边还有好几辆呢！"

特警车旁，沈鸿飞几人无动于衷，怒目而视。杨震几人大大咧咧地走过去："干什么呀？这么看着我们。我们欠你们钱啊？"何苗气恼地抓起一块擦车布："这就是我们今天的训练内容？！"杨震认真地点头："没错！龙头有交代，今天是让你们擦登高突击车。"

"擦车，也是为了熟悉登高突击车。"沈文津在旁边不冷不热地说。吴迪撇着嘴看着地上的水桶，又看看乌七八糟泡沫遍布的突击车，咂着嘴道："很显然，你们的训练态度十分不端正。"吴迪伸手在车身的隐蔽位置摸了一把，扬起手里的油污。

"我们是来当突击队员的！不是来当擦车工的！"凌云气恼地一扔抹布，桶周围溅起一片水花。杨震走过去："哟！看把你们委屈的！菜鸟们，龙头夸你们几句不知道自己几斤几两了是吧？没让你们给老队员洗袜子、洗内裤就不错了！赶紧的！擦不完别吃饭！"说完，三人懒洋洋地转身又奔椅子去了。

队员们拎着抹布面面相觑，都转头看着沈鸿飞。郑直悄声说："别犹豫了……"段卫兵一脸难色："这样不好吧。"何苗咬牙切齿地盯着走远的三人："宁死不受辱！"沈鸿飞看着大家，一声怒吼："干！——"一声令下，队员们拎起水桶、墩布、擦车布就猛扑过去！杨震等人完全没有料到，大惊失色……

几分钟后，猎奇的四条腿被抹布捆着，狗头上倒扣着水桶，郁闷地挣扎着，呜呜叫唤。杨震、吴迪和韩峰被擦车布拼接起来的绳子死死地捆在椅子周围，嘴里还塞着抹布，瞪着眼睛挣扎着。沈鸿飞等七人邪恶地对着三人笑。

陶静拿着对讲机凑近杨震，一脸阴笑："知道该说什么吧？"杨震使劲地点头，陶静拽下他嘴里的抹布，杨震立刻嘶吼："反了你们了！"沈鸿飞凑过去，一脸无辜地看着杨震："虽然我是他们的队长，可是我很难保证他们在丧失理智的情况下会做出什么出格的事来。"杨震怒目而视。陶静把对讲机凑近杨震，杨震哭丧地大喊："龙头！龙头！我是山羊！"

"怎么了？"对讲机里传来龙头的声音。

"报告龙头，小虎队起义了！"

2

模拟训练基地的停车场，龙飞虎大步走过来，沈鸿飞等七人严肃地列队。龙飞虎弯腰看着杨震三人，笑道："哎哟！生擒啊？"杨震等人被捆着堵着嘴，一脸求生不得求死不能的表情看着龙飞虎。龙飞虎抬头看着七人："谁的主意？"

"报告！我！"众人几乎异口同声。

"到底是谁？！"龙飞虎厉声问。沈鸿飞上前一步，立正高喊："报告！我是队长，命令是我下的！所有的责任我负！"龙飞虎瞪着眼睛走向沈鸿飞，沈鸿飞一脸大义凛然，队员们都是一脸担忧。龙飞虎盯着沈鸿飞："用了多长时间？"沈鸿飞一愣，龙飞虎指着被捆得结结实实的三人和猎奇："我问你，一共用了多长时间把他们制服？"沈鸿飞大声报告："具体时间没有专门计算，大概……五分钟吧！"

"谁最难对付？"

"报告！是猎奇！我们一开始没能找到对付它的办法，后来才想到了水桶！"

猎奇头上倒扣着水桶，委屈地汪汪叫着。龙飞虎点点头，拍了拍警车车身，语气平静："把这辆车擦干净，然后到办公室找我。"说罢，龙飞虎转身就走。

"您不处分我们啊？"队员们面面相觑。龙飞虎扭头："我干吗要处分你们啊？你们在五分钟内制服了三个训练有素的老特警，还包括一只经过专业训练的功勋警犬，我很惊喜！我为你们感到骄傲！我干吗要处分你们？"队员们难以置信地愣在原地，龙飞虎又走回来："差点儿忘了，一会儿你们把他们放了，杨震、吴迪、韩峰，每人五公里负重跑，猎奇，晚上的零食扣了！"猎奇委屈地呜咽着，龙飞虎说完扬长而去。七个人面面相觑，立刻欢呼起来："龙头万岁！"

"小虎队，十公里。"龙飞虎的声音传过来。七个人呆若木鸡。

"为……为什么？"陶静一脸茫然。

"你们以为这里是过家家的地方吗？警队，有铁的纪律！打打闹闹没什么，操课时间成何体统？！——因为你的问题，十五公里！"龙头抬脚就走，七个人站在操场上哭不出来。

3

烈日下，机场上的气温骤升，沈鸿飞气喘吁吁，赵小黑的奔尼帽都歪在头上，几个人都是汗流浃背。龙飞虎扫视着队员们，问："累吗？"沈鸿飞目视着前方："不累！"龙飞虎点头："嗯，不累就对了，原地蛙跳，五百个，开始吧。"队员们咬牙切齿地看着沈鸿飞，沈鸿飞咽了口唾沫："累！"龙飞虎就看他："你说话到底有准儿没准儿啊？到底累不累？"

"累！……"沈鸿飞这次很肯定。

龙飞虎摇头："忠诚勇敢，坚强无畏——为什么我在你们的身上看不见这八个字呢？是我对你们太仁慈了吗？还是我真的看走了眼？我真的很失望，你们的表现太差了。"队员们都不敢吭声。龙飞虎缓和了一下说："为了弥补这个错误，我决定——原地蛙跳 1000 次，现在开始。"几个人都呆住了，龙飞虎一瞪眼，几个人马上下蹲，扛着步枪，原地默数蛙跳。

"你们先练着，我呢，跟你们宣布一下大体的分工。"龙头的黑色警靴在他们跟前走过，"你们都知道，一支突击小组应该由以下岗位组成——队长、副队长、狙击手、观察手、突击手、排爆手、战术医生等。你们应该差不多知道自己的位置了，沈鸿飞是你们小虎队的队长；凌云，是副队长，也是电脑技术专家；何苗，突击手兼排爆手，你们人少先兼职吧；陶静，是战术医生。"队员们都扛着步枪在蛙跳，汗水顺着脸颊往下流。龙飞虎视若无睹，顿了顿，继续说，"经过我们慎重研究决定，狙击小组——第一狙击手，赵小黑！"

赵小黑扛着枪呆住了，段卫兵也停下了。龙飞虎看了看他们俩："观察手兼第二狙击手，段卫兵。"段卫兵猛地起立："报告！为什么我是第二狙击手？"

"你有什么意见？"龙飞虎冷冷地问。

"我只是想说，我在特种部队就是狙击手，我希望在特警也是狙击手！"

龙飞虎看看蹲在地上正愣神的赵小黑："他在武警特战也是狙击手。"

"但是我不觉得他的枪打得比我好！"段卫兵自信满满。

龙飞虎看赵小黑，赵小黑立刻起立："报告！俺……俺愿意当第二狙击手，俺确实不如段卫兵枪打得好！"龙飞虎脸一黑："这时候开始谦让了，还很有绅士风度——你们忘了该干什么了吗？"赵小黑急忙蹲下，继续蛙跳。

段卫兵梗着脖子看龙飞虎。龙飞虎板着脸看他："你那么盼着我处理你？选择一个狙击手，不是只考虑射击的水平。单纯枪打得好，只能是一个好射手。根据你们的射击水平和专业基础，再参照你们心理测试的成绩，还有其他的科学数据，我们做出了这个决定。当然，这只是初步决定，如果在实践当中发现可以调整，也是会进行重新安排的。"段卫兵的脸色阴郁，赵小黑担忧地看着他。

基地一侧，段卫兵大步走着，赵小黑从后面追上来叫他："纸老虎！纸老虎！"段卫兵有些不耐烦："你跟着我干什么？"赵小黑紧跟两步上去："俺，俺想找你谈谈！"

"谈什么？有什么好谈的？"

赵小黑一把拽住他："俺……俺真的，真的不想跟你争狙击手。俺知道你是出国比赛过的狙击手，水平高得很！俺真没有跟你抢狙击手的意思！"段卫兵冷眼看他："木已成舟了，你还跟我说这些干什么？"赵小黑着急地解释："我是说，咱俩本来关系一直挺好的。咱都是部队出来的，你是陆军老大哥，我是武警小兄弟，亲不亲都是当兵的人，没必要因为这件小事就搞得不愉快……"

"小事？在你眼里这是小事？"段卫兵噌地停住脚，盯着赵小黑，"我从当兵开始，就是新兵连的神枪手！一直到进了特种部队，就算在强中强当中我还是当之无愧的神枪手！连里面选狙击手，就没有第二个人选！不管什么集训、比赛、演习，我都是狙击手！我问你，你有我熟悉狙击手吗？！"赵小黑悻悻地摇头："没有……我当狙击手是被划拉过去的，俺那批新兵打靶，好几个近视眼学生娃，俺眼神好点，就被划拉到狙击手培训那边了。"

"你看看你，你配跟我争狙击手吗？"段卫兵鄙夷地看着赵小黑。

"俺没有跟你争狙击手！"赵小黑急得满脸通红。

"我问的是，你配不配跟我争狙击手！"

赵小黑想想，摇头："不配！"

"那你为什么不推辞？"

"推辞？咋推辞？"

"你就说你不想当狙击手！"

"俺说了啊！"

"态度不够诚恳！语气不够坚决！"

赵小黑想了想，不知道该怎么说了，他的嘴皮子远不如段卫兵利索。

"纸老虎，你不能为难俺！俺也是当兵的，那首长说话，俺能赖皮不干吗？"

"你看你，你还是想当狙击手！"段卫兵转身就走。赵小黑脖子一梗："段卫兵！你说得没错，俺就是想当狙击手了，怎么着吧？！俺一直追着你屁股道歉，你干啥这么不依不饶的？俺是推辞了，俺也知道不如你，但是你动不动说什么配不配的，你不觉得太那啥了吗？咱都是部队出来的，何必嘛！一直逼着俺！老大哥也不能这样对不对？"段卫兵咂咂嘴："你看你，说实话了吧？你的错，就是你当了狙击手，我没有！要不，咱们比一比？"

"比啥？"

"废话，比枪法嘛！"

赵小黑一愣："可……可俺打不过你啊？"

"你看，你还是怕了吧？"

"俺有啥好怕的！比就比，都是当兵的人，脑袋掉了碗大的疤！"

4

射击馆里，龙飞虎手持 62 手枪，打出一个速射，对面靶纸上枪枪射中靶心。龙飞虎验枪，看着两人："来真的？"赵小黑和段卫兵站在旁边，戳得笔直："对，来真的！"赵小黑一脸的不愿意，支支吾吾："他……他非要跟俺比！"

"好啊，不服气是最好的，强中自有强中手嘛！赵小黑，你可做好思想准备了？"

"俺做好思想准备，大不了不如他，不当狙击手了，但是俺不能丢武警的人！"

龙飞虎笑："哟呵，还挺有门户观念嘛！陆军老大哥，你怎么看？"

"愿赌服输！"

"对，愿赌服输！"

"可以啊，你们去找小飞虫，告诉他准备两把高精狙，在野外狙击靶场等我。另外通知小虎队，也到那儿观赛。"

"是！"段卫兵和赵小黑转身跑了。

野外狙击靶场，两把高精狙摆放在前面，旁边放着弹匣。赵小黑和段卫兵挺胸，都是气鼓鼓地站着。吴迪看着他俩："你们俩可得记住了，这枪——一支30万！这子弹——一发50块！每一枪，都对我的高精狙有消耗！我的高精狙是有寿命的！知道我把这两杆枪看成什么吗？"吴迪叉着两根手指指着自己的眼睛，"眼珠子！真有你们的，拿我的高精狙来打赌！要不是龙头发话，我能练死你们！"两人都戳着，不敢吭声。

一辆路虎颠簸着开过来，龙飞虎单手一撑，跳下车大步走了过来。吴迪起身，敬礼。龙飞虎还礼："准备好了吗？"

"准备好了。"吴迪说。

"龙头，为什么靶子这么近？"段卫兵大声问，"像这样的高精狙，在我们部队，靶子起码要在800米以外。"龙飞虎笑笑："你觉得应该摆在哪儿？"段卫兵不说话。龙飞虎看他，"我没有你们部队那种800米的狙击手靶子，就这么近，你凑合着打吧。"

"是，龙头，你别误会。"段卫兵赶紧说。龙飞虎面无表情："我没误会，我知道你心里在想什么。"段卫兵不敢说话，"你在想，公安特警的狙击手真的很逊，拿这样的高精狙最远只打200米的靶子。"

"我……没那意思。"

龙飞虎笑笑："你有什么意思，你心里清楚——准备开始吧，从10米开始打，绝对不能打到人质，也不能脱靶。"

"准备！——"吴迪高喊。段卫兵和赵小黑分腿趴下，瞄准。"上弹匣！——10米靶——准备——"段卫兵有些不屑，赵小黑一脸认真地瞄着靶子——"砰！"一声枪响，两个人质靶上，匪徒都是眉心中弹。

"20米靶！——"吴迪高喊。两人划拉上膛，弹壳一声轻响跳脱出来，落在地上。

……

"150米靶！——"

"砰！砰！"两声枪响，全部中弹。

龙飞虎站在后面，放下望远镜，冷声道："可以了。"两人退弹匣，站起身，段卫兵问："怎么？这就不比了？"龙飞虎沉声道："胜负已经分明，再比没有任何意义。"段卫兵挺胸暗笑。龙飞虎站在靶纸前："答案已经出来了，小黑虎，你赢了。"赵小黑张大了嘴。段卫兵一愣："为什么？我们都打准了啊？"

"看看散布面，你根本没有用心，越近越不用心。你知道自己可以打中，但是没有看重任何一次射击的机会。到了150米，你开始进入状态，变得认真了。你是有经验的狙击手，知道距离越远，弹道的不确定性更大，但是你还是没有全力以赴。"

"可是，我还没有输啊？还可以继续比啊？不是还有200米的吗？还可以再往后放，到1000米我都不怕！"段卫兵急吼。

"对，越远你打得越好，我刚才就说过了。你在特种部队就是出色的狙击手，你擅长在野外环境，千米之外取敌首级，而他根本就没有练过，超过300米，就根本没数了，没打过。"

"那龙头，我可以说你拉偏架吗？根本就是在偏向他！"段卫兵赌气地问。

"我没有。"

"那为什么不继续比下去？"

龙飞虎转头看了看站成一排的队员们："我把你们都叫到这儿来，是想让你们记住一点——一寸长一寸险。"队员们一脸茫然，龙飞虎沉声道，"我是真的很想让你们知道这个道理。特警的执法环境也就是战斗环境，到底是什么样的？难道是真的在茫茫山林当中决战千米之外？你们都是聪明人，我一说就应该明白，城市特警的执法环境，通常不是在山林荒野，而是在城区或者乡镇，总之绝大多数是在人群密集和建筑密集的区域。在一个建筑密集的区域，你的射击距离到底有多远？800米吗？"

队员们在思索。

"没有，远远没有。我们面对的战斗环境就是几十米甚至几米，有时候甚至是一米。当发生劫持人质的事件，我们需要使用狙击手的时候，万无一失是考虑的前提——一寸长一寸险，我们的狙击手要尽可能地靠近目标，选择好隐蔽的狙击阵地等待射击的命令。这个距离往往只有10米到50米，超过50米的时候极少，极限也就是100米。实际上，超过50米，现场指挥员就很难下达让狙击手射击的命令。还有别的更保险的方式，城市建筑有无数的掩体，突击队员可以采取各种措施尽可能地接近目标，发动突袭。这种情况下，长枪不如短枪，我相信任何一个现场指挥员，都会愿意让突击队靠近目标，在数米的距离短枪歼敌，解救人质。只有在队员们无法隐蔽接敌的情况下，譬如空旷的停车场、封闭的大厦和公车这样的封闭交通工具等情况下，现场指挥员才会命令狙击手果断射杀敌人。但是，这个距离通常也不会超过150米，那太冒险了。谁敢说不会失手？——而我们不能失手。"龙飞虎拿起一颗子弹，"这是颗子弹，一旦射击出去，就是中性的——它可能杀掉匪徒，也可能杀掉人质。我们知道这个后果，就该明白——我们不能失手，因为我们不是在战争当中！一枪打错了，还可以继续补射。我们通常只有开一枪的机会，这一枪，太宝贵了！"龙飞虎沉吟了一下，"我们不能失手，永远不能——我们代表着法律，代表着正义——所以我们不能失手，否则，就是法律和正义的失手。"

"龙头，我懂了。"段卫兵胸口起伏着，稳定着自己的情绪。龙飞虎点点头，把子弹扔给他："没事的时候好好想想我的话，你是很出色，但是傲气也太盛。这不是你的错，这跟你的出身有关系，你习惯天下第一的心态，以至于忽视了自己也是有弱点的。我们不让你做第一狙击手，是有原因的。"段卫兵低下头，认真地说："是，我一定好好反思自己。"

5

模拟训练大厅里，桌子上放着一枚组装精密的定时炸弹，各种颜色的导线纵横交错在一起。电子屏幕上，秒表在倒数。身穿厚厚防护服的何苗拿着拆弹工具，焦急万分地将钳子对准了一根红色导线，但不敢下手。他抬头看了看电子屏幕上的秒表：03、02、01……咔嚓！——何苗一闭眼，断然剪断导线！——秒表归零。何苗紧张地盯着炸弹。"噗"的一声！炸弹内气弹喷射出的灭火器干粉喷了他满头满身。

何苗一脸沮丧地走出训练场，发泄似的拽下防护服头盔，蹲在地上大口喘着粗气。不远处，杨震撇嘴走过来："就你这还号称计算机专业高才生？"何苗根本不搭理他这套，眼一横："计算机专业和拆弹有关系吗？"

"当然有关系了！"杨震蹲下看着何苗，"你玩儿过扫雷吧？道理一样！——胆大心细！"杨震又把一个新"炸弹"放在何苗面前："继续！"

何苗恼怒地甩掉头盔，直接上去就拆，杨震大喊一声："停！"何苗回头看杨震："闷得慌！影响视线！"杨震冷着脸上前，抓起头盔拍了拍白粉，"咣"地使劲儿扣在何苗的脑袋上："记住了，只有两种情况下，你可以不用任何防护去拆弹。第一，人命关天，来不及的时候；第二，你练到像我这么牛的时候。"说完扬长而去。

何苗愣在当场，闷头继续拆着炸弹。

格斗训练场里，一面大墙上挂着闪亮的银色警徽，庄重而肃穆。几个拳手双手缠着散打护带，裸身露着一身精壮的腱子肉，正在捉对厮杀。老队员们围坐在训练导播周围，郑直和沈鸿飞穿着护具，戴着拳套，站在场中间对峙着。

郑直死死地盯着沈鸿飞的眼睛，临时充当裁判的老队员懒洋洋地走上场："记住这儿的规矩，拳台上面无父子，更别说兄弟了。谁要是耍花架子、手下留情、不好好玩儿，会被我们这些老鸟活活打死的。"老队员站在中间，竖起右手，猛地往下一划拉："干！——"

两个人瞬间撞击到一起！

沈鸿飞猛地出拳，郑直直接被打倒，"砰"的一声落地！围坐在周围的老队员们拍手起哄直叫好。郑直怒火冲天地瞪着沈鸿飞，爬起来，再次扑上去！沈鸿飞出腿，脚尖带着风直击郑直面门，郑直本能地缩拳护住，沈鸿飞虚晃一枪，一个扫堂腿上去，郑直侧倒砸在地上，痛苦地翻滚着。

沈鸿飞愣住，想上前去扶。老队员一瞪眼："干什么？干什么？退回去！"沈鸿飞无奈地退回。郑直大口地喘着粗气，血红的眼睛瞪着沈鸿飞，挣扎着起身，摇晃着向前几步，嘶吼着扑了上去，沈鸿飞措手不及，被逼得步步后退，疲于招架。

老队员们坐在台下，不满地警告："沈鸿飞！你想手下留情吗？你想被群殴吗？"沈鸿飞瞪着郑直，郑直边打边嘶吼："沈鸿飞！还手啊！为什么不还手？！"郑直一拳打在沈鸿飞的脸上，沈鸿飞向后倒下，起身。郑直眼中冒火看着他："你还手啊！"沈鸿飞爬起来，一脚踢向郑直前胸，郑直一侧身，敏捷地闪过，随即抱住沈鸿飞的右腿要往下摔。沈鸿飞腰部一转，左腿起来直接踢向郑直后脑。郑直被踢中，一下子扑在地上，鼻血顷刻直往下流。郑直爬起来，抹了一把鼻血，怒吼着再次冲上来。两人打成一团，拳脚不长眼睛，落到身上都是带响的，落到脸上就带血。

坐在下面的老队员们看得目瞪口呆，不再起哄，各个忧心忡忡。

郑直死死抱住沈鸿飞的腿，沈鸿飞也别住郑直，两个人同时倒地，在地上厮打起来！老队员们慌了，一拥而上，死死将两人拽开。郑直满脸是血，瞪着沈鸿飞——"砰！"郑直直接后倒，沈鸿飞大惊着扑了上去，背起郑直就往医务所跑。

"郑直！你坚持一下！马上到了！"沈鸿飞满头大汗地背着郑直跑着，"你小子也真是，这么拼命干什么……"郑直趴在沈鸿飞的背上，鼻子里淌着血，忽然一把抓住沈鸿飞的肩膀："沈鸿飞，我们是兄弟，但是我一定会战胜你！"沈鸿飞的表情有些复杂，继续跑："好！我等着！你先别说话了！"

6

特警基地卫生所门口，沈鸿飞和郑直一起走出来。郑直头上缠着一圈绷带，鼻孔用纱布堵着。凌云急匆匆地迎面走来，看到俩人愣住了。沈鸿飞和郑直也愣住。

"你……你怎么来了？"沈鸿飞问。

凌云打量着郑直，没好气地说："我听说，你俩格斗的时候打急了，过来看看，死人了没有！"沈鸿飞苦笑。凌云瞪着沈鸿飞："沈鸿飞你可真行！都是一个战壕里的兄弟，你至于下死手吗？解恨啊！"沈鸿飞百口莫辩。郑直鼻子被塞住，有些感动地说："师姐，不怪鸿飞，是……是我打急了。"凌云揶揄地说："哟，你还替他说上话了。真是一对好兄弟呀，哎！你不疼是吧？"凌云走上去在郑直脑袋上拍了一下。

"哎呀！疼！"郑直惨叫一声。凌云转身气呼呼地走了："活该你！"沈鸿飞和郑直面面相觑。

沈鸿飞看郑直："她这是干吗来了？"郑直苦笑："损了咱俩一顿，解恨来了。"沈鸿飞严肃起来："郑直，不管怎么说，我还得跟你道个歉，确实手重了。"郑直一瞪眼："少来这套！我还没服你呢，回头继续！"说完大步朝前走了。

"郑直！"沈鸿飞追上去，郑直诧异地扭头看着沈鸿飞。沈鸿飞扬起拳头："你要是还能坚持，咱俩再比画比画，我教你。"郑直笑着回身走向沈鸿飞："你就不怕教会徒弟，饿死师父啊？"沈鸿飞笑："我教会了你，万一哪天我被歹徒给困住了，你好去救我呀！"郑直一笑，一把揽住沈鸿飞的脖子："行啊！为了你将来的生命安全，我不耻下问一回！"两人亲兄热弟似的搂着走了。医务所不远处，凌云藏在树后面，目瞪口呆地看着走远的俩人，嗔怪地骂了一句："神经病啊……"

特警基地训练场，吴迪一溜小跑地追着左燕，手里扬着写好的检查："燕儿！燕儿？你等等啊！我专门写的检查，老深刻了，你好歹看看啊？"左燕赌气地头也不回："我不看！"

"你不看我就给你念。检查……我，吴迪……"

左燕停下脚步看着吴迪。吴迪不念了，掏心掏肺地说："燕儿，对不起，我错了还不行吗？那天我确实心情很不好。我们四个老同志外带一条狗，被几个菜鸟给捆上了，你说这事儿多丢人啊，太没面子了。"

"你觉得没面子，那你怎么不想想我呀？都说了，大家都带着老公和男朋友，结果人家都成双入对的，就我一个人单练。我的面子往哪儿搁呀？"

"我错了！我真的错了！"吴迪哀号着求饶，"要不这样，你再邀请这些同学聚一场，我埋单！到时候我好好捯饬捯饬，我把脸面给你争回来。"左燕瞪着吴迪。吴迪立正："你应该对我有信心吧？这小伙子往这儿一站，不怒自威呀！"左燕破涕而笑，给了吴迪一拳："臭美吧你！"

左燕走了。吴迪得意地笑，大声喊："燕儿！那你原谅我了吗？这检查你还没看呢？"

"你留着自勉吧！"

"行！我回去裱起来，没事儿我就看，吸取教训……"吴迪甜蜜地看着左燕走远，得意地扬了扬检查。一回头，猛然看到龙飞虎站在身后不远处，吓了一跳。

龙飞虎似笑非笑地看着他。吴迪讪讪地走到近前："龙头。"龙飞虎看着吴迪："吴迪，你也太贱了吧？太给突击队丢人了，我都不忍心看。"吴迪尴尬地低下头："对不起龙头，我这……是有点儿贱，可是没招儿啊，我是真喜欢她……龙头，我向您保证，等我们结了婚，我会把尊严给争回来的！"龙飞虎撇嘴："得了吧！结了婚你指不定什么样儿呢！"吴迪尴尬地笑。龙飞虎一伸手："检查我看看？"吴迪大惊，连忙把检查放到背后。

"干吗呀？我学习学习，我得给我女儿写检查了。"

吴迪窘迫地说："龙头，您还是别看了。"

"为什么？"

吴迪挤出俩字儿："更贱……"

"滚！"龙飞虎怒吼，吴迪撒腿跑了。龙飞虎笑着望着吴迪的背影，忽然严肃起来，无限感慨。

7

夜晚，秦朗坐在卧室的书桌前，笔记本旁边放着一杯咖啡，正全神贯注地浏览着公司的财务报表。突然，屏幕上的一组数据引起了他的注意。这是一组巨额的交易数字，秦朗看了看这家公司的名字，写着卓娅集团。秦朗皱眉，又仔细看了看其他几组数据，公司每年的营业额高达几十亿，但这一连串的巨额数字在秦朗看来似乎不太正常。秦朗想了想，右手轻点键盘，将卓娅集团的这几组数据单独拉出来汇总。

客厅传来轻轻的关门声，秦朗一愣，连忙起身走出卧室。看见路瑶疲惫地换鞋。路瑶看他："你还没睡呢？"秦朗热情地走过去："哦，我看看公司的报表，顺便等你。我给你热饭去。"

"老秦。"秦朗正往厨房走去，路瑶突然叫住他。秦朗回头："怎么了？"路瑶温柔地一笑："别费事了，我吃块面包就行了。"

"那怎么行呢，你累了一天了……"

"没事儿，你也挺辛苦的。不用管我了。"

秦朗有些不快，转身走过来，看着路瑶："路瑶，你看……咱们在一起也有半年多了，不知道为什么，我总感觉……"路瑶目光一动："感觉什么？"秦朗抬头看着路瑶，"我总感觉，我们之间还是有一种隔阂。这种隔阂……我也说不太清楚，这么说吧，我觉得你跟我太客气了，而这种客气，在恋人之间来说就有些奇怪。"路瑶的表情有些复杂，笑笑："大概是性格的原因吧，我这人……就这样，老秦，你想多了。"秦朗叹息着看着路瑶："但愿吧。"路瑶躲过秦朗的目光："对了，莎莎睡了没有？"秦朗苦笑："我哪儿知道啊。"路瑶一愣。秦朗无奈地说："下午一回家，就跑进自己房间了。我喊她吃饭，也不理我，好说歹说送进去一点儿吃的，差点儿没跟我急眼。莎莎说了，她的房间永远不许我踏进一步！饭也没吃！"路瑶有些歉意地往楼上走："这孩子……我去看看她！"秦朗苦笑地看着路瑶的背影，叹息了一声。

台灯下，莎莎正用龙飞虎送她的电脑，聚精会神地和一个刚认识的网友聊着天。路瑶敲门，莎莎一惊，"啪"的一声合上笔记本，关上台灯，这才趿踏着拖鞋走到门口，睡眼惺忪地打开门："妈！你干吗呀？我正睡着呢。"路瑶站在门口看着女儿："秦叔叔说你没吃晚饭？"莎莎不满地噘嘴："就知道他会告状！"

"莎莎，秦叔叔告诉妈妈，是为了你好。"路瑶说，"走，下去跟我一块儿吃点儿。"

"哎呀，我不饿，我困着呢！"说着，莎莎跑到床上，盖上被子，"妈，晚安！"路瑶有些不快，走到床前，掀起被子："莎莎！妈妈想问你，你到底要和秦叔叔冷战到什么时候？"莎莎坐起来，瞪着路瑶："妈！如果您觉得我的存在打扰了您和那个姓秦的过日子，您随时可以把我送到爸爸那儿去！"路瑶气恼地起身抬起手，莎莎眼睛里泛着泪花："妈！你打吧！你就是打死我，我也不会接受另外一个人当我的爸爸！"

路瑶的眼泪淌下来，缓缓放下手："我倒是想把你送到你爸爸那儿去呢！他有时间管你吗？他连他自己都照顾不好！"路瑶的表情有些复杂。莎莎小心翼翼地凑过去："妈，您还心疼爸爸呢？"路瑶一惊，慌张地一把将莎莎推倒在床上，把被子给她盖上："你爱吃不吃吧！"说完路瑶匆匆走出卧室。黑暗里，莎莎瞪着眼，轻手轻脚地从床上爬起来，打开电脑。

8

突击队大楼门口，段卫兵拎着一桶水唰地倒在突击车上，抬头望天："你说我们这是要洗到什么时候啊？"赵小黑干劲十足，拿着抹布热火朝天地擦着车："俺现在闭着眼都能把这车擦得跟镜子似的！"陶静高兴地擦着车，何苗看她："你怎么那么高兴啊？"陶静笑："不然呢？我半天去医院当医生，半天在这儿洗车，又当白领又当蓝领，我都差点儿忘了，我还穿着警服呢！"凌云凑过来，低声说："我都不敢跟我妈说我在特警队天天洗车。"沈鸿飞看着队员们："我说你们怎么那么多怪话，不赶紧洗干净，又得罚我们了！"大家都不说话了，加快速度，闷头洗车。

突然，一阵尖厉的战斗警报骤然响起，队员们都站起身，赵小黑纳闷儿："什么情况？"陶静耳尖，听着脸色一变："突击队的一级战斗警报？"沈鸿飞没说话，思索着。

突击大队的楼道里，猛虎队员们全副武装快速下楼，紧急列队集合。大楼前，小虎队们眼睁睁地看着老队员们噌地跑出来，吴迪一把推开段卫兵跳上车："闪开，都边儿去！"

车场里，警灯闪烁，数辆警车几乎同时发动，轰鸣声四起。龙飞虎身着黑色特警作战服，亲自带队："现场情况怎么样？"雷恺一脸严肃："最新的警情还没传输过来。"龙飞虎点头，正要踏上车，沈鸿飞突然高喊："龙头！——"正在上车的龙飞虎停住脚，转身："什么事？我这要出警。"

"报告——小虎队请求参与这次行动！"沈鸿飞立正高喊。队员们也都是一脸激动地看着龙飞虎。龙飞虎看看雷恺，雷恺笑笑："小虎崽子们按不住了！"龙飞虎也笑："去取武器装备，会告诉你们到哪儿会合。"小虎队一听，欢呼着把抹布扔上了天，撒丫子跑了。

装备枪械库里，小虎队冲进来，沈鸿飞高喊："快！速度快！别赶不上热乎饭！"队员们抓起战术背心就往身上套，陶静手忙脚乱，何苗一脸嫌弃地帮她把背心系好。凌云检查着手枪，手有点哆嗦，沈鸿飞一把抓住她的手，把弹匣推进手枪。

大街上，沈鸿飞等人紧张地坐在一辆装甲车里，段卫兵坐在队列最前面，看着大家正襟危坐："我说你们都这么坐着不累啊？放松，这样坐着，一会儿到现场就累屁了，还谈什么行动？"沈鸿飞也没那么紧张，笑："第一次都是这样的吧？"赵小黑憋得脸红，喘了口气，抚摸着黑色的高精狙："哎呀，你们一说，俺可算喘口气了！"陶静紧张到不行，手哆嗦着把口香糖塞进嘴里，用牙狠狠地咬住。

大街上，特警车队闪着警灯风驰电掣，沈文津加快速度，拉响了警报器，车队在一片尖厉的警报声中疾驰掠过。

一座居民楼，楼下拉着黄色的警戒线，几辆警车依次停靠在旁边，派出所的民警们焦急地维护着现场秩序，不少看热闹的群众在警戒线外伸长脖子围观。重案组的便衣侦察车闪着警灯，戛然而止，路瑶和几名重案组成员匆匆走下车。组员打开后备厢，取出防弹背心，拿起后备厢枪箱里面的长枪跟过去。

警戒区内，派出所所长焦急地迎上去："路组长！你们来了！"

"张所长，什么情况？"

张所指着楼上："五楼，502，现在能确定的是歹徒只有一个人，手里有枪，还有一把匕首。被他劫持的是一个老太太，还有一个小女孩。"

"情况怎么确定的？实地观察过吗？"路瑶问。

"邻居听到哭喊声，报了警，我们赶到之后，窗帘还没拉上，所以我们从对面楼看到了里面的情况。"张所说，"歹徒有三十多岁，身高得一米八以上，挺魁梧的，他把一老一小全都反绑了，一手拿着一把五连发钢珠手枪，一手拿着一把大约三十厘米的匕首，他看到我们之后马上就把灯关了。任凭我们怎么喊话也不回应。我们没办法，就赶紧向上级报告了。"

"屋里的电话呢？"

"手机全部关机，固定电话打不通，看来是把线给拔了。"

"我们得想办法和里面的人联系上，知道他的诉求，才知道弱点是什么。"路瑶皱着眉头看看居民楼，想了想，拽过一个民警手里的扩音喇叭，打开开关："502里面的人听着！我是东海市公安局重案组组长，现在现场由我指挥！你有什么条件，可以告诉我！"——歹徒没有回应。组员们持枪戒备着。路瑶继续喊："为什么不说话？难道你一点儿诉求都没有吗？"——"啪"的一声枪响！502 的一面玻璃窗应声而碎，碎玻璃碴冰雹似的往下掉！路瑶急忙闪避拔出枪。

"什么他妈的组长？！滚蛋！老子要跟你们局长谈！"502里传出恶狠狠的声音。路瑶脸色一变，拿起高音喇叭："我会和上级沟通！你不要伤害人质，我们还有的谈！"

这时，特警车队远远地驶来，一个急刹车停住了。

502 的客厅里，一个十岁左右的小女孩满脸泪痕，嘴里塞着破布，被五花大绑地扔在沙发上蜷缩着，老太太也是一脸惊恐地被反绑着。歹徒满脸大汗地倚靠在窗帘前，小心地掀起窗帘一角："妈的，骗老子！把特警队找来了！"歹徒走过去，一把抓起小姑娘，推到窗前，躲在小女孩后面："听着——我知道特警队来了！我不怕你们——你们敢冲进来，老子和这一老一小同归于尽！"

楼下，路瑶拿起喇叭："你不要冲动！发生这样的事情，特警队肯定会到，但是我们已经报告了上级，上级也在路上！"

"我要和公安局长谈！"

"我们会想办法的！……"

龙飞虎走过去，一把抢过路瑶手里的高音喇叭，关掉开关："按照反恐处突发应急预案，现场指挥权现在由猛虎突击队接管。请把调查出来的背景资料给我们，我会妥善处理劫持人质事件。"路瑶眼里冒火，刚想说什么，雷恺走过来："专业的事交给专业的人来做吧，路组长，你的特长是破案，我们是搞行动的行家。"路瑶看了一眼龙飞虎，不吭声了。

这时，小刘拿着电脑跑过来："沈建民，上个月刚刚出狱，罪名是抢劫，判了五年。他抢劫的就是这家的老太太。"

"报复。"雷恺说。

龙飞虎点头，神色严肃。沈建民在上面喊："你们局长呢？现在来跟我谈！"龙飞虎拿起高音喇叭，打开开关："局长来不了了！"

"你是谁？！"

"我是东海市特警支队猛虎反恐突击队队长龙飞虎！你该知道你面对的是什么人，聪明点就放下武器，出来投降，我们会跟法院说明情况，宽大处理。负隅顽抗是没有出路的，只有死路一条！"

"他妈的你唬我！"

"这是最后的警告！"

"老子先杀了她们！"

路瑶急了："你在干什么？！"雷恺抓住她："他心里有数。"

"可是他在激怒犯罪嫌疑人啊！"

"先激怒，再缓和，然后再激怒，再缓和，让犯罪嫌疑人的心跳时快时慢，供血忽快忽慢，心理影响到生理，很快就会产生疲惫感，当他感觉到疲惫体力不支时，警惕性会大大降低，我们的机会就来了。"雷恺说，路瑶听得一愣一愣的。龙飞虎拿着高音喇叭："只要你动手，你必死无疑！所以你肯定想和我谈谈！"

"我不和你谈，我要见公安局长！"

"死了这条心吧，局长是不会跟你谈的，你只能跟我谈。我给你考虑的时间，一会儿我到屋门口和你谈，这样谈大家都没得缓和，警察也得要面子对不对？"

"你要是敢进来，我就杀人！"

"你要是敢杀人，我就进去！成交吗？"

沈建民想了想："好！那你上来吧！"龙飞虎丢下高音喇叭，打开耳麦问吴迪："小飞虫，有机会没有？"吴迪趴在对面楼顶，眼睛抵着瞄准镜："不行，打不着，他躲在人质后面。"杨震也趴在旁边，放下望远镜："角度也不好。"

"好，你们注意观察，找到机会可以果断射击。"

"明确。"吴迪和杨震同声报告。

"走吧，我们上去。"龙飞虎面色冷峻，带着雷恺、铁行等人进了楼道。

9

房间里，沈建民侧耳贴在门上，仔细地听着外面的动静。五楼楼道里，几个民警和便衣隐蔽在拐角处，龙飞虎靠在门侧："沈建民，我是龙飞虎，我已经在门外了。"

"龙飞虎，你不许进来！"

"我说过了，你不伤害人质，我们就不会进去。现在，你要让我知道人质是不是安全。我必须要确定人质是不是安全，才能继续下一步。"龙飞虎面色冷峻。

"下一步是什么？"

"谈判，或者突击。"

"你休想把她们救出去！"

"那我们还谈什么？你开枪打死她们，我们冲进去打死你，一了百了，也不耽误我吃午饭。"

"他妈的现在我就宰了她们！"

"你宰，马上我就打死你。"

屋子里一片沉默。

"你到底想怎么样？！"沈建民有些歇斯底里。

"我们是来解决这个麻烦的，对你对我，这都是一个麻烦。把这个麻烦解决掉，最好的结果是大家都活命，要不然，你杀了她们，我们杀了你，全死光。对你有好处吗？"

"那对你有好处吗？！"

"没好处，但是也没坏处。"龙飞虎淡淡地说，"救不出的人质是有的，也不至于撤了我的职，只是少立一次功。我能当上突击队的队长，功也够多了，多一个少一个对我来说无所谓。但是这对你很有所谓，要么死，要么活，你自己看呢？"

沈建民大口地呼吸着，不停地流着汗。

"如果你想死，那我们就没得谈，如果你想活，我们还能谈谈看。"

"我要见你们局长！"

龙飞虎冷笑："这个你就别做梦了，你只能见我，这是程序规定的。不然谁都动不动见局长，局长还办不办公了？等哪天我当了局长，如果你还活着，想见见我倒是可以的，我带只烧鸡去看看你，怎么样？"

"你是想让我缴械投降？"

"你以为你还有什么活命的机会？你自己也看见了，楼上楼下到处都是我的人，他们带着武器上着子弹就是为了打死你。现在只有我可怜你，希望你能活下来，好死不如赖活着，对吧？我要是下命令，会有一万种方法搞死你！你信不信？"沈建民贴在门口，冷汗直冒。龙飞虎缓和了下语气，"我知道你在思考怎么样对你最有利。放下武器，出来投降，肯定是最好的结果，对你对我都是。"

"你痴心妄想！我再也不想回牢里面去了！"

"那你说，你想怎么解决？"

"给我一架直升机，我要飞到境外去！否则，我就杀掉人质！先从老的开始！"沈建民举枪对准老太太，老太太惊恐地摇头。

"好吧，我可以向上级汇报，但是在汇报以前，我必须要亲眼看看人质。"

"怎么看？"

"你把门打开，我看看。"

"别做梦了！"

"打开一条缝就可以。"

沈建民犹豫着。

对面楼顶，吴迪和杨震扛着攀登索降装备走到楼边，固定好绳索，拿着短枪开始慢慢往下滑。沈建民还在犹豫，龙飞虎问："怎么样？你考虑好没有？"

雷恺拿着反猫眼系统，悄悄观察着房间里的情况。雷恺打着手语，沈文津会意，拔出手枪，抵在门缝的位置，跪下持枪，慢慢地将子弹顶上膛。

屋子里，沈建民走过去，一把抓住老太太："好，我让你看看！但是你不许耍花样！只要你敢推门进来，我就开枪！"

"成交，我向你保证，不会进去！"

沈建民将两人推在门口，雷恺观察着，用手语示意沈建民的位置。沈文津会意地来回调动着射击点。沈建民把两人推在门缝处，慢慢地打开门缝。小女孩被推了出来，一脸惊恐地看着龙飞虎。沈建民躲在老太太身后："现在可以了吧？"

"可以。"

沈建民把老太太推开，还没来得及动，龙飞虎突然向左一闪，沈文津果断地扣动扳机——砰！沈建民眉心中弹，猝然倒下。龙飞虎一脚踹开门，同时手枪已经拔出上膛，对准地上的沈建民砰砰连续两枪补射，雷恺等人迅速冲进来，解救人质，现场一片忙乱。

居民楼外，吴迪和杨震还悬空吊着。吴迪一脸轻松："没我们事儿了。"杨震看看天，又看看吴迪："上去还是下去？"吴迪翻着白眼看他："下去了谁上去收绳子？"杨震不满地抓紧攀登绳："早知道找个新人在上面了！"两人插好手枪，快速往楼顶爬去。

第十四章
——SWAT——

1

楼下，沈鸿飞一行人全副武装，急赤白脸地跑来。这时，龙头和沈文津走出来，举起双手，勘查人员立刻戴上白手套，上前将手枪装入塑料袋。

"完……完事了？！"何苗穿着排爆服，摘下头盔，满脑门子都是汗。沈鸿飞也是一脸诧异。铁牛走过来："等你们过来，黄花菜都凉了。那么，都带回吧！"旁边，担架上盖着白布，队员们看着白布上隐隐透出的鲜血都沉默不语。赵小黑抱着高精狙，有些失落："打，打死了？！"大家都不说话。尸体被抬过去，装上救护车拉走了。

这时，龙飞虎和沈文津走出居民楼，交出武器，跟着勘查人员走了。

"龙头！"沈鸿飞叫了一声，龙飞虎笑笑，"嘘"了一声，跟着勘查人员上车，走了。赵小黑摸着脑袋："啥意思？龙头咋不理咱们啊？"

"他们俩开枪了。"郑直说。陶静看着车背影问："他们去哪儿？"何苗说："去说明情况吧？"段卫兵不明白："打死的是坏蛋，还需要说明情况？"雷恺走过来："对，需要接受讯问和说明情况。刚才是他们两个开枪击毙了歹徒，按照规定，他们要提供自己的武器，警务督察部门会对武器和各种物证、现场人证、摄像资料进行检验，并且要对他们进行严格地质询，所有的目的只有一个——确定他们开枪毙敌的合法性。"

"还……那么麻烦啊？"小虎队们目瞪口呆。铁牛面色凝重："我们是人民警察，不是职业杀手，在不得已的危急关头，采取暴力措施剥夺歹徒的生命，必须要合理合法！走吧走吧，别在这招摇了，事儿都完了。"

小虎队悻悻地转身，慢慢往回走。赵小黑抱着高精狙："这就完事了？"段卫兵笑："300发子弹。"赵小黑脸一沉："你笑话俺干吗？俺不是第一次吗？"郑直直翻白眼："那也不至于300发子弹啊？"

沈鸿飞心事重重，没说话。凌云碰碰他的胳膊："你在想什么？"沈鸿飞说："有什么好想的呢？我们以为自己已经时刻准备着，以为自己浑身功夫无所不能，以为自己是全世界最厉害的警察——结果呢，还没到现场，已经完事了。事实告诉我们，我们还差得远呢。"队员们都走得很沉重。

东海市检察院，沈文津一脸平静地坐在审讯室里。两名检察官坐在他对面，问："你是在什么情况下开的枪？"沈文津抬头，目光如炬："在我的队长给我明确的信号的情况下，我果断射击目标。"

"什么明确的信号？"

"他往一侧移动，我抓住机会，从门缝射击。"

"你看清楚现场的状况了吗？"

"我们配合默契，我的队长就是我的眼睛。"沈文津平静地说。

"我的问题是，你看清楚现场的状况了吗？"一名检察官质问。

"我没有机会观察现场。"

"也就是说，你并不知道现场是否必须要开枪？"

"我相信我的队长的判断。"沈文津的回答斩钉截铁。

"那你没有判断吗？"

"我的队长的判断，就是我的判断。"沈文津平静地说，"我们是一个团队，互相信任彼此。"沈文津沉稳地回答。检察官看着他，良久："如果你的队长错了呢？"沈文津笑笑："他不会犯错。"

"如果他错了呢？"检察官逼问。沈文津表情严肃地说："我和他一起承担这个错误。"

另一间讯问室里，雪白的墙壁显得房间冷冰冰的。龙飞虎默默地坐在椅子上。对面是两个检察官。两人点头会意，其中一个检察官翻开记事本，问："你为什么会发出射击的信号？"

"当犯罪嫌疑人出现在我的队员弹道当中的最佳时刻，我当然要发出射击的信号。"

"你是如何判断，现场必须要射杀目标解救人质的？"

"根据我对犯罪嫌疑人言行的分析，如果不射杀他，人质一定会遭受到他的伤害。"龙飞虎语气沉稳。检察官停下手里的笔，看他："但我们从现场录像上看到和听到，犯罪嫌疑人是想和你进行谈判。"龙飞虎看着他，点头："是的，他是想和我谈判，但是这个谈判是在我的诱导下才会启动的。也就是说，他并没有通过谈判放下武器投降的想法，他想通过挟持人质，让我们不得不让步，达到自己的目的。而这是不可能的，我们不能对挟持人质的暴徒让步。"

"你为什么要中止谈判？"

"我一直在寻找解决现场人质危机的方法，或者是谈判解决，或者是武力解决，总要选择其一。我不能让人质持续处于恐惧当中，那会对她们造成不可预知的伤害。先不说故意伤害，单单是手枪走火，都可能造成人质的伤亡。我是警察，我不能承受那种后果。在任何情况下，人质的安全肯定是第一位的考虑。我需要尽早把她们救出来，所以，我必须在恰当的时机中止谈判。"

"你一开始就想射杀目标吗？"检察官厉声喝问。

"当然不是，"龙飞虎语气有些沉重，"我也希望通过谈判解决问题，但是犯罪嫌疑人很难理智地进行思考。"

"假设你的理由是成立的，你选择了合适的方式，但是为什么进门以后，你还要对已经中弹的犯罪嫌疑人连续射击两枪？"

"犯罪嫌疑人手中持有已经上膛的枪支，即便已经被子弹打倒，但是如果无法确定其死亡的情况下，很可能伤害人质。我不能冒那个风险，所以，我必须补射两枪，命中要害部位，确定其死亡。"

"你有杀戮的欲望吗？"检察官问。龙飞虎抬头，迎上他的目光："没有，我心静如水，我始终考虑的是人质的安全。"

"在你补射的时候，你想的是什么？"

龙飞虎看着天花板，陷入了沉思。检察官看他："很难回答吗？"

"我在想……那些我没有及时开枪营救出的人质们。"龙飞虎的眼里有隐隐的泪光在闪烁，"我从警十年来，有过成功，也有过失败。每一次的失败，我都要面对那些被匪徒杀害的无辜人质，以及他们的家属，那些悲痛欲绝的面孔，那些止不住的泪水。"两个检察官默默地听着。"所有人都以为，我会把自己那些精彩的成功战例记在心上，随时拿出来沾沾自喜。在他们的眼里，我是战无不胜的龙头，是这个城市的守护神。其实，我是人不是神，我也有过失败。我记在心里的，是那些失败……"龙飞虎从战术背心里掏出一个小本子,放在桌上,两个检察官翻看着,脸上是复杂的表情——小本子上,认真地记录着龙飞虎曾经营救失败的人的资料。

龙飞虎压抑住自己的眼泪,有些哽咽:"每天,我都会想起他们……我必须尽量避免失败,我的失败就是人质的伤亡。所以,我必须把人质的安全放在首要位置,如果需要我开枪解救人质,我会毫不犹豫,我的任何一丝犹豫都会带来无法挽回的后果。我想说的,就是这些。"说完,龙飞虎闭上眼,如释重负地靠在椅子上,两个检察官默默地看着他。

2

特警支队机场上,左燕拎着头盔笑盈盈地走过来。吴迪站在边上招手:"小飞燕儿!"左燕无奈,冷着脸走过去:"干吗啊,干吗啊?又到警航机场来找我,不是说了吗?上班时间不许到我单位来!"吴迪赔着笑:"我不是来找你的!——我是来找他们的!"吴迪指了指正闷头擦直升机的小虎们。左燕回头看看:"哟!这样啊?我还以为你按捺不住想我的心情,都顾不上约法三章了呢!"吴迪头摇得像拨浪鼓:"不是不是,我也是想顺便来看你的……"左燕眉毛一挑:"哦,顺便看我是吗?"吴迪恨不得给自己一个嘴巴子,忙说:"不是不是,我不是那意思!我的意思是,我是专程来看你,顺便来找他们!"

"说晚了!我走了!"左燕扭头要走。吴迪着急地叫道:"燕儿!燕儿!"左燕不理他,走远了。小虎队队员们嗤嗤地笑,吴迪转过去脸一横,大家急忙继续擦直升机。吴迪没好气地走过去。赵小黑低声提醒:"大家小心了,有火要冲我们撒了……"

"小虎队!——"吴迪一声吼,队员们拿着抹布唰地起立。吴迪冷眼看他们:"直升机擦完了吗?"沈鸿飞挺胸:"报告,擦完了。"吴迪走过去,伸出手就在门轨道摸了一把——当然是黑的。队员们瞪大眼,陶静咬着牙低声说:"不,不会吧,那儿也要擦啊……"

"废话!把这架直升机给我擦得一尘不染,像猎奇舔过一样干净!"

"猎奇好多口水的……"陶静小声地说。

"你说什么?!"吴迪一瞪眼。陶静立马站得笔直:"报告!我是说猎奇很爱干净!"

那边,韩峰正带着猎奇训练。猎奇听见叫它,转头看着吴迪。吴迪背着手:"既然你们提到猎奇，我想到一个需要你们打扫的地方。"队员们一脸紧张。

"犬舍——"吴迪一挥手，"这架直升机不用擦了，现在去，打扫犬舍！"队员们张大嘴惊呆了。何苗咬着后槽牙看陶静："你——多——那——句——嘴——干——吗？！"陶静赶紧捂着嘴。吴迪一瞪眼："还不去？！"队员们急忙拎起水桶抹布，冲向犬舍。

韩峰和猎奇在那边玩球："哎，你让他们去犬舍那干吗？"吴迪高喊："给你家猎奇打扫卫生！"韩峰笑，带着猎奇跑步过去："真有你的啊，猎奇，咱们去看看！你做个监工！"

猎奇的犬舍离训练基地不远，队员们跑着跑着就到了。凌云捂着鼻子："警犬也在自己窝里面撒尿啊？"沈鸿飞笑："狗毕竟是狗嘛！"陶静捂着鼻子跑到外面，大口地喘息着："可这也太臭了吧！我刚才还说猎奇爱干净！"

"汪汪汪！"队员们抬头，猎奇正蹲在自己的门口，龇着牙。何苗问："陶静，你到底能不能行啦？！"陶静哭笑不得："猎奇，我不是说你臭啦！"——猎奇"汪"地叫了一声，陶静吓得一屁股坐在地上："猎奇我错了好不好？我这有火腿肠！"陶静小心翼翼地爬起来，从兜里掏出一根火腿肠递给猎奇。

"它是不会吃的！"郑直站在犬舍里说。

"为啥？"陶静问。

"警犬都受过拒食训练！不吃陌生人给的食物！"——话音未落，猎奇一张口，吃掉了。郑直一脸尴尬地站着："猎奇，你也太不给面子了吧！"猎奇吧嗒吧嗒地吃完。陶静高兴地蹲下抚摸猎奇的头："猎奇最好了是不是？快，跟姐姐握握手！"猎奇听话地伸出右爪。赵小黑叹气，一脸鄙夷地看着猎奇："哎，这么容易就被收买了——你可是条警犬！"

忽然，一声呼哨，猎奇马上转身跑了，蹲在韩峰身边。

"没有我的授意，它不会吃那根火腿肠的。"韩峰说。

"呀，这样啊！"陶静一脸惊讶，"那什么，我没别的意思，就是想和它搞好关系。"韩峰脸色一沉："继续干活，少跟猎奇来这套。"

猎奇汪汪地叫着，陶静赶紧回去继续擦地："我干活，我干活，那什么，猎奇我是好人啊！我真的是好人啊！"何苗恨不得掐她："别丢人现眼了，赶紧干活吧，还嫌脸丢得不够多吗？"陶静急忙低头干活。

"好好干啊，"韩峰拍拍猎奇的头，"猎奇，看着他们。"猎奇听话地蹲在原地，韩峰转身走了。队员们都憋屈地埋头继续干活。郑直咬牙切齿："太丢人了，我们被一条狗盯着干活！"凌云捂着嘴嘟囔："更丢人的是，我们还是在打扫狗窝！"陶静一扔抹布，大义凛然地说："士可杀不可辱，我要去透口气！"刚一转身，猎奇汪汪地叫，陶静吓得急忙缩回去继续干活。

3

翌日，特警支队的停机坪，小虎队们无精打采地在擦直升机。远处传来一阵巨大的轰鸣声，一架直 -9 卷起飓风降落在前方。队员们拿着抹布，眯着眼蹲下，抬手遮挡着螺旋桨卷起的气浪。左燕摘下头盔，跳下直升机，看到正在干苦力的小虎队，笑道："哟！小虎队啊？不是突击队的心头肉吗？怎么沦落到给我们擦直升机了？"旁边的队员一阵哄笑，小虎队们尴尬地起身继续擦。

赵小黑看着走远的左燕，不满地说："我说，他们这是埋汰我们啊，还是修炼我们啊？"沈鸿飞头也没抬："你觉得我们不该被埋汰，不该被修炼吗？"

"可我们也是精挑细选出来的啊，"段卫兵换了一桶水，继续擦，"是他们不让我们上，又不是我们不行！不就是从门缝打人吗？这么简单，我也能做到！"

"行了行了，别吹了，真让你开枪，你能把握好机遇吗？"赵小黑鄙夷地说。

"什么意思？"段卫兵问。

"那不仅是枪法和胆量，更是经验和配合，这是多少年形成的。你觉得，咱们有这个经验和配合吗？互相之间有这个默契吗？"何苗说。

"虽然老虎队在实战中给了我们一个下马威，但是，我们不是没有可能做到他们那一步的！"沈鸿飞站起身，坚定地看着队员们，"经验和配合来自训练和默契！我们紧张了、惶恐了、心虚了——都是因为我们练得还不够！我们还不够专心！不够刻苦！我们自以为自己很能耐，见真章了吧？都怕了吧？现在，我们就该洗车，就该擦直升机，我们要熟悉特警支队的一草一木，从零做起！以前我们太骄傲了，以至于看不到自己的弱点！小虎队又怎么样？其实我们还是小老鼠！"

队员们都有些惭愧，不说话。凌云看着沈鸿飞："那你说，我们怎么办呢？"沈鸿飞看看队员们，伸出拳头："练！"大家互相看看，都举起右拳："小虎队！——"

"——勇敢无畏！"

指挥中心里，龙飞虎默默地看着监视器，铁牛凑过去："很得意是吧？"龙飞虎暗笑："我当然很得意了，他们没有让我失望。他们是出色的，他们会成长为出色的特警突击队员的。"

下午，大街上人潮汹涌，城市的一切都井然有序。ATM机前，一身便装的沈鸿飞取好钱，刚转身走了两步，突然和对面走过来的人迎面撞了一下。沈鸿飞一愣，抬头看，那人把帽檐拉得很低，看不清脸。那人微微躬了下身，沈鸿飞一笑，两人错身而过。沈鸿飞不以为意地回头看了看，又急匆匆地往公交站台走去。

附近的一家银行门口，对面银科公司的女会计和保安正一路说笑着走过来，保安手里拎着一个沉重的提包。戴帽子的男人右手探进背包，面无表情地朝二人走去。就在三人错身而过时，那人忽然猛地回头，从背包里掏出一把M20顶住保安的头！"砰！"一声沉闷的枪声，鲜血混着白色的脑浆子飞溅出来。女会计一脸惊恐地看着地上的血迹，腿脚发软，脑子里嗡嗡作响！此时，公交站台上，沈鸿飞下意识地回身望了望。

"啊！——"女会计看到一双狼一样的眼睛，厉声尖叫，阿虎举着上了消音器的M20，冷笑着扣动扳机，又是一声沉闷的枪声，女会计猝然倒地。正在等车的鸿飞一个激灵，毫不犹豫地向银行方向猛跑过去！银行大门口，进出的人们这才反应过来，尖叫着四散逃开。阿虎举枪，子弹穿过一名男子的肩膀，阿虎从容地收起枪，拎起地上的手提包向小胡同跑去。

沈鸿飞跑到大门口，看着地上两具尸体，目光一凛，焦急地对着四散的人群大喊："报警！快报警！"随后朝小胡同方向追去。

胡同里人头攒动，阿虎抱着手提包敏捷地四处躲闪着，沈鸿飞拨开人群紧追不舍："站住！"阿虎一愣，回头看见沈鸿飞。"啪！"沈鸿飞猛地一低头，子弹打在后面的砖墙上，灰渣簌簌地往下掉。这时胡同里人群大乱，人们横冲直撞四散着奔逃，沈鸿飞逆着人群想要追赶，最终被骚乱的人群挡住了视线，他只得停止追赶，掏出手机打电话。

4

特警基地大门口，警笛尖叫，闪烁着红灯的特警车猛冲出大门。龙飞虎全副武装坐在车里，铁牛和雷恺神色凝重。这时，手机响了，龙飞虎连忙接通电话："是我……沈鸿飞？你说什么？你在现场？"铁牛和雷恺愣住了。沈鸿飞站在胡同口，一脸焦急："龙头！罪犯手里有枪，周围群众太多，我没办法再追了！"

"你现在在什么位置？"

"南西胡同！"

"看清楚罪犯的长相了吗？"

"没有！"

"沈鸿飞！你马上返回案发现场，帮助维护秩序，保护现场，我们马上就到！"

"是！"沈鸿飞挂断电话，望了一眼胡同尽头，转身向银行跑去。龙飞虎想了想，拿起手机拨过去："路瑶！通报一下，我有一个人当时在案发现场，他追着罪犯到了南西胡同，看到罪犯朝胡同东边逃窜了！"路瑶气恼地："他为什么不继续追呀？！"

"他在放假，手里没枪，胡同里全是群众！"龙飞虎冷声道。路瑶一愣，焦急地说了声"知道了"，拿出对讲机命令重案组迅速封锁了南西胡同及其周边的各个路口。

这时，银行门口已经拉好黄色警戒线，大批群众在围观，警察来回地不停维持着现场秩序。远处响起特警车尖厉的警报声，不一会儿，路瑶带着两个组员几乎和龙飞虎同时跳下车，直奔警戒线内。沈鸿飞看见龙飞虎，赶忙迎了上去，郑直将防弹背心丢给他，沈鸿飞急忙穿上，接过凌云递过来的武器。

附近，街道的路口已被全部封锁，左燕驾驶着直-9低空盘旋，吴迪和杨震等人在后面，拿着望远镜观察着两侧。

一名警察正在给沈鸿飞做笔录，路瑶站在旁边，看着穿着便装套着防弹背心的沈鸿飞："也就是说，你没看清楚罪犯的长相，但是可以确定他身高不足一米七，体型较为健壮？"沈鸿飞点头："是的！"路瑶问："左腿微瘸还是右腿微瘸？"沈鸿飞脑子里闪过与阿虎错身而过的画面，肯定地说："是左腿！"路瑶点头，拿起对讲机："我是重案组路瑶！各部门注意！罪犯身高不足一米七，体型较为健壮，左腿微瘸！要求重点关注！"

"收到！""收到！"对讲机里传来各组人员的回复。

街道上，四名警察挎着微冲匆匆走着，不停地观察着四周的人群，一辆摩的迎面开来，阿虎换了装扮一脸淡然地坐在摩的内，看见警察，阿虎目光一凛，手悄悄地探进腰间。

摩的门被打开，警察上下打量着阿虎。阿虎故作惊讶地问："警察同志，怎么了？

是不是又出什么案子了？怎么到处是警察呀？"警察没理他，关上门，对司机挥挥手，摩的突突地开走了。

市公安局会议室里，警徽闪烁，以吴局长为首的各警官们济济一堂。吴局长坐在会议桌的正前方，表情凝重。

"同志们！——"吴局长厉声喝道，"'8·23'枪击案把我们整个东海市市委、市政府、公安系统各部门推上了全国舆论的风口浪尖！这个头条，我们上得很不情愿，但是无法逃避。当然，此时此刻，我们也无须逃避什么！我作为公安局长向大家表个态，来自上面的压力我去替你们扛！你们破案需要什么支持，我和张市长会全力以赴！但是，你们必须要尽快给我们一个结果出来！这个结果出来得越快，我们就越主动！反之，我们在座的所有人都无法向一千多万东海市人民交代！无法向关注这次枪击案的全国人民交代！"吴局长看了一眼大屏幕，转身叫道，"路瑶——"

路瑶站起身，大屏幕啪地打开，关于枪击案的资料画面出现在墙壁上。路瑶看着大屏幕："我们对去年发生在南山市东林县城的'3·21'案、南山市红桥区的'4·11'案、凌河市人民银行的'6·28'案，以及发生在我市的'8·23'案进行了详细的分析和案发现场信息比对，发现几起案件作案手法、作案动机相同，同时我们对案发现场遗留的弹头、弹壳进行了技术比对，所有信息综合汇总以后，我们基本可以确定，以上这几起案件都是同一案犯所为，所以，可以并案侦查！"

"目前，案情的进展情况怎么样？"吴局长目光一凛。

"'8·23'案发生以后，我们出动了东海市几乎全部的警力，对案发现场周边进行了严密布控，但是最终我们没能发现歹徒的任何踪迹，基本可以确定，他成功逃离了。"路瑶神色凝重。

张市长皱眉问："如此严密的布控，这么短的时间，罪犯是怎么逃走的呢？"

"我们正在对案发现场周边前后一周的视频影像资料进行逐个分析，由于信息量太大，目前结果还没有出来。我的初步推测，罪犯一定具备极强的反侦查能力，并且对自己的行动有周密的计划，其中包括详细的行动路线、目标地踩点和周密的撤退方案，同时，我们怀疑罪犯在撤退过程中采用了乔装的方式，骗过了我们办案人员的眼睛。"路瑶分析说。

"他会去哪儿呢？"吴局长问。

"现在还不得而知，也许他藏起来了，也许……他已经离开了东海市。"路瑶无奈地说，龙飞虎担忧地看着她。

"路瑶同志，你们重案组的担子很重，压力很大，我表示理解，但是，相关工作一定要抓紧啊！"路瑶有些沮丧地点头，吴局长站起身，"那就这样吧！我不耽误你们工作了！有什么情况，及时汇报！"

在座的人都匆匆离去，路瑶几乎瘫坐回座位上，抬手揪着额头。龙飞虎在门口回过身，关切地看着她。路瑶有些尴尬："你怎么不走？"龙飞虎的表情没有平日的强硬，声音也低沉了许多："没什么，我只是想告诉你，在我印象当中，不管多大的风雨你都能扛得住的。"路瑶抬头看着龙飞虎："你觉得我扛不住吗？"龙飞虎笑笑："我就是想提醒你这点，告辞了。"龙飞虎转身出门，路瑶坐在椅子上，表情复杂地看着龙飞虎的背影。

5

夜已经深了，市公安局的大厅里就像一座考场，每个警员的面前都摆放着一台电脑，电脑屏幕上全是案发现场的监控录像，警察们专心致志地观察着。

路瑶匆匆走进来："有什么进展吗？"小刘拿着笔记："我们集中调取了案发前十五天之内，整个东海市所有监控设施的视频影像，包括大部分民众自行安装的，围绕歹徒的特征，一共筛选出24755段共计时长约1237小时的视频画面，现在正在逐一排查。"路瑶皱紧了眉头，又问李欢："手机通话监控部分有什么进展？"李欢摇头："没有发现任何可疑情况。我甚至认为，罪犯根本就不使用手机。"路瑶点头，叮嘱道："不要放弃！"李欢点头。

这时，桌上的电话骤响，小刘接起来："明白——组长，局长让你马上过去。"路瑶心情沉重："我知道了。"随即带着小刘匆匆而去。李欢苦笑着摇头，回到座位上继续排查。

市公安局的办公室里，市里的各主要领导都齐坐一堂。吴局长站在会议桌旁，看着脸色有些疲惫的路瑶问："路瑶，你觉得歹徒已经离开东海市辖区的可能性有多大？"路瑶站在对面，严肃地说："我觉得这种可能性不大！"

"说说你的理由。"吴局长挥挥手，路瑶在椅子上坐下："案发之后，歹徒快速逃逸，这个不假。可是我们警方的反应时间也足够迅速，我们在第一时间封锁了进出东海市所有的路口、车站、机场，包括码头，我们的武警部队也在东海市外围拉起来几道封锁线，这种情况下歹徒很难走出东海市，或者说……他不会傻到主动去冒险，让我们以逸待劳地抓住他，案发当天他不可能出去，现在就更不会主动出去了。"

吴局长点头："你继续。"

"通过对几起案件的综合分析，我们可以看出：第一，这个罪犯拥有丰富的、甚至可以说是专业的反侦查技能，同时他具备很高的军事素养，从他接连作案的手法上就能看出来，被害人都是被一枪毙命！他有恃无恐，甚至可以说有些狂傲，我估计，他此时一定在嘲笑我们警方的无能，他根本就不相信我们能抓住他！第二，罪犯是一个心思缜密同时又冷静、凶残的人，他手里有枪，有大量抢来的现金，这种情况下，找个绝对隐蔽的地方悄悄蛰伏起来，对他是有利的。"

"路瑶，我基本上同意你的分析。"吴局长说，"现在，我要给你几个问题，第一，当然是要尽快确定歹徒的身份。第二，如果歹徒还没有离开我们东海市的管辖范围内，他会去哪儿？或者说，他最有可能藏在哪儿？第三，他还有没有可能，继续作案？"

在场的所有人都盯着路瑶。路瑶扫视了一下众人，严肃地说："前两个问题我会尽最大可能尽快找到答案。最后一个问题，我的回答是——暂时不会。满城风雨，全城戒备，歹徒很清楚继续犯案需要承担多大的风险，而且，根据我得到的消息，歹徒现在并不具备继续作案的条件。"

"为什么呢？"副局长问。

"因为'8·23'案件发生以后，我们的市民自动采取了保护措施，目前全市所有的银行、储蓄所，24小时ATM机门可罗雀！微博上还流传着一张照片，一位市民戴着钢盔，后背上黏着纸壳板去ATM机上取钱，纸板上写着'我只取300块，请勿爆头'……"

"这对我们东海市公安系统来说，无疑是一个巨大的讽刺！"吴局长神情严肃地说，"刚才陈书记和张市长分别给我打了电话，两位领导的意思一致，要我们想办法尽快破案！让广大市民尽快恢复生活秩序！今天，路瑶同志带来了重案组收集整理的视频，大家一起来看看，看有没有有价值的线索！"

"是！"路瑶站起身，重案组技术部的小刘会意，打开了大屏幕。画面中，一个戴着丛林帽的男子匆匆走过一家超市门口，吴局长和众人正襟危坐，紧盯着屏幕。画面不停地闪过，路瑶皱着眉，狐疑地看着画面上男子的腿。

"以上是我们从'8·23'案发前所有监控视频中节选出来的，与歹徒特征最接近的视频资料。"重案组的小刘说。

吴局长和众人面面相觑："小刘，就没有一段视频可以拍到嫌疑人的正脸吗？"

"没有，一条都没有！"小刘摇头，又补充说，"但从这些片段上可以看出来，这个犯罪嫌疑人十分警觉，他几乎是刻意躲避着有可能出现的摄像设备，不管走到哪儿始终低着头，看东西全都是微侧着脸，用余光看。要是有帽子，他就会将帽檐拉得极低。"

"还有——我们通过观察和比对，发现原来目击者提供的犯罪嫌疑人左腿微瘸的信息并不可靠。"路瑶补充说，"刚才的多段视频中，犯罪嫌疑人有时候左腿微瘸，有时候又是右腿，还有的时候根本就不瘸。还有，他的走路姿态也一直在变化——刻意地变化！所有现象表明，他是在故意躲避我们的监视。"吴局长神色凝重："看来，这个嫌疑人的反侦查能力远远超出我们的想象啊！"旁边，副局长诧异地问："哎？怎么没有案发后的监控资料啊？"路瑶沉声道："案发之后，歹徒就逃入了南西胡同。那里人群密集，而且沿街都是小摊贩，没有任何摄像设备，再之后，我们就再没发现任何有价值的视频，我怀疑……罪犯在通过南西胡同之后，借助某种封闭的交通工具逃了！"众人都是一愣，路瑶继续，"东海市区内有数千辆载客的摩的，尤其以南西胡同以东的小商品城附近为最多。我已经派人对摩的进行排查了，但是效果很不好，原因是这些摩的没有在任何部门登记信息，而且流动性很大，很难一一查证。况且，不排除歹徒在逃逸之前，更换衣着和装钱的黄色皮包进行伪装。"在座的警官们都是一脸凝重的表情，吴局长站起身："路瑶同志，就辛苦你了！你们破案需要什么支持，我和张市长会全力以赴！但是，你们必须要尽快给我们一个结果出来！"路瑶啪地立正敬礼。

6

市区里，一栋豪华的写字楼大厦，秦朗站在巨大的落地窗前若有所思，神色凝重。秘书韩丽站在他的后面："秦总，您上次说的那家卓娅集团，我查过了，这个集团总部的注册地址是东南亚 M 国，分公司遍布东南亚各国，在我国南部几个省市也有两个分公司。我把这段时间以来该集团所有的分公司与我们的业务往来都过了一遍，全都是正常的金融业务，程序完备，手续齐全，没有发现什么异常。"秦朗想了想，转过身："没事儿就好。韩丽，辛苦你了！"韩丽笑了笑，起身，有些欲言又止地看着秦朗。

"还有事？"秦朗问。韩丽有些支支吾吾地说："秦总，我……我不知道该说不该说。"秦朗笑笑："有什么事，你就直说！"韩丽点头："我查卓娅集团的事儿……唐副总知道了，他好像不太高兴。"秦朗诧异："他为什么不高兴？"韩丽说："关于卓娅集团和我们公司的业务往来，一直是唐副总直接负责，他可能觉得……"秦朗一愣，随即会意地一笑："哦，我知道了，回头我和他解释一下。"韩丽如释重负地推门出去。秦朗站在落地窗前，看着下面的城市，若有所思。

公安局楼道里，路瑶和一名组员匆匆走着，忽然停下脚步，想了想，对旁边的组员大喊："李欢！我记得黄林区有一个户外用品批发城。"李欢一脸茫然："有……在人民路和文化路交口，各种野外服装用品一应俱全！"路瑶一巴掌拍在李欢肩膀上："带几个兄弟马上过去，挨家挨户给我查！"李欢一脸茫然："路组，查什么？"

"查案发前后所有购买野外生存装备用具的、符合犯罪嫌疑人特征的人！"路瑶按捺住惊喜悄声说道，"记住，一丁点儿疑点也不要放过！"

"是！我马上过去查！"李欢匆匆而去，路瑶有些疲惫地走进自己的办公室。由于这次案件情况严重，路瑶为了查案已经好几天没有回家了。想起家里只剩下秦朗和莎莎，不知道他们的关系有没有缓和，路瑶拨通了秦朗的电话。

写字楼里，秦朗坐在一间豪华办公室里看报表。电话突然响起，秦朗看到号码一愣，随即苦笑着摇头，拿起电话："我的路组长啊，你还记得我呢？"路瑶疲惫地拿着手机："行了，别拿我打趣了。我问你，你们两个关系怎么样了？有所缓和吗？"秦朗苦笑："我倒是想借着你不在的这几天缓和一下呢，你那宝贝女儿还是老一套，圣雄甘地，非暴力，不合作！不过，好在我们也没起什么大的冲突，算是相安无事吧。"路瑶苦笑："老秦，我这儿忙得不可开交，这些日子就全靠你了。"秦朗顿了顿，语气变得有些严肃："路瑶，我想……等这个案子过去以后，你再考虑考虑，以我的条件，你原本不用这么辛苦……"

"老秦，别忘了我们之间的约定，这件事情，没商量！"路瑶挂了电话，秦朗拿着一阵忙音的电话，叹息了一声。

7

清晨，一家户外装备店里摆满了各种野营帐篷和户外炊具，老板这会儿正坐在电脑前斗地主。一身便装的李欢和小刘走进去，老板满脸堆笑地问："两位想买点儿什么？"小刘走上去："您好，我们想跟您问点事儿。"老板脸色一沉："等会儿！"说完继续玩电脑。李欢掏出证件横在老板眼前，老板脸色大变，直接关了电脑，站起身："不早说！警察同志，里屋坐！"

狭窄的小屋里堆满了货品，老板拿着打印好的视频截图歪头看。

"有没有类似身高、体型的人来过？"李欢问，"对了，这个人应该有个特点，他不拿正眼看人，喜欢低着头！"店老板皱着眉头想，突然触电般看着李欢："还真有这么一个！前几天确实来过这么一个人！没戴帽子，但是戴着一副墨镜，低着头，背个包，从头到尾我没见他长什么样儿！我还纳闷来着！"

"哪一天！你好好想想！"李欢迫不及待地问。老板歪着头："应该是……礼拜五！"

"礼拜五？不正是枪杀案那天下午吗？"小刘说。李欢兴奋地点头，又看着老板："你确定吗？"老板向里屋走去："我这儿有监控！我给你们看！"

重案组会议室，墙上的大屏幕上播放着户外店的监控视频。路瑶看着视频沉声问："他都买了什么东西？"李欢说："根据老板的讲述，他买了顶单人的折叠帐篷、一个睡袋，还有水壶、折叠锹！"

"组长，你怎么想到他会去买这些？"小刘问。

"我们这么找都没找到一点痕迹，我怀疑，他可能早就做好了藏匿在山里的准备。"路瑶担忧地说，"东海市三面环山，一面临海，如果他真的进了山，那麻烦可真的大了。也许，我们只能敲山震虎了！"路瑶望着窗外，思索着。

崎岖的盘山路上，特警和武警已设卡盘查着过往车辆，警车队伍在路上疾驰而过。小虎队坐在装甲车里沉默无语，沈鸿飞眼抵射击孔，观察着外面。

丛林上空，浩瀚的林海一眼望不到边。远处，一架武直-9犹如一只矫健的雄鹰从低空掠过。左燕推动着操纵杆，问："发现什么没有？"吴迪放下望远镜："这能发现什么？别说藏一个人，就是撒一个集团军在这山里，估计都看不见。这时候，恐怕只有猎奇管用了。"

山林空地前，全副武装的猛虎突击队员们围成半圆，脸上涂着黑绿相间的伪装迷彩，95自动步枪大背在身后。猎奇有些狂躁不安，韩峰紧紧地拽着它，猎奇听话地安静下来。龙飞虎脸庞黝黑，涂着迷彩的大脸上目光如炬，在他们的左臂上，猛虎突击队的臂章让这一群男人看起来更加彪悍。

"根据'8·23'专案指挥部获得的情报，疑犯很可能进入我市山区藏匿踪迹。"龙飞虎指着身后的地图，"我们现在的任务，就是进山搜索可能的痕迹。猛虎突击队将分成若干小组，配属各个搜索梯队，一旦发现可疑情况，要先发制人，疑犯具有一定的射击能力和过硬的心理素质，所以不要掉以轻心。"

队员们注视着他。

"我们的搜索将逐次推进，每个分队的队长都要注意自己队伍每个人的安全，不要冒险，不要莽撞，更不要擅自分开。即便是解手，也要在整个队伍的可视范围之内，不许单独走到队友的视线以外！"

段卫兵陶醉地深呼吸一口："大山啊，真是好久没进去了！"赵小黑翻着白眼："你是猴儿吗？"段卫兵瞪过去："怎么我说什么你都唱反调啊？我是野战军，你是吗？"

"小虎队！——"龙飞虎一声厉喝，小虎队马上住嘴，"你们真的是很活跃，我现在后悔带你们参加搜山。如果不是现在人手紧张，我马上就把你们打发回去打扫厕所！"龙飞虎黑着脸命令，"不想让我兑现这句话，马上把你们的嘴巴找团草塞住！"

小虎队不敢吭声了，立马蹲下，就地拔了一团草，站起身塞在自己嘴里。老队员们憋住笑。小虎队们嘴里叼着草，尴尬地戳得笔直。龙飞虎向铁牛和雷恺一招手，指着地图命令："现在，我来宣布一下搜山的分组！……"

第十五章
—— SWAT ——

1

空地上，突击队员们整齐列队，一个个都是精神抖擞，眼神锐利。龙飞虎扫视了一遍全副武装的队员们："记住我叮嘱过的，不要放单。上刺刀！——"

"唰——"一排雪亮的刺刀闪着寒光。

"出发！"龙飞虎一声令下。队员们唰地向右转，小虎队嘴里都还叼着草，端着上了刺刀的步枪，跟在猛虎队后面。

这时，一辆突击警车疾驰停下，龙飞虎纳闷地侧脸看去，路瑶穿着警察作训服跳下车，打开后备厢，取出霰弹枪，娴熟地检查着。龙飞虎愣住了。雷恺走过去："哟，重案组也来搜山了？"

"对，局长要求所有机动警力，除了必要的备勤都参与搜山。"路瑶套上防弹背心。雷恺看着他们，笑笑。龙飞虎黑着脸走过来，上下打量着说："麻烦你们把鞋带塞进里面。"路瑶低头看，龙飞虎强调说，"进山以后，到处都是枝蔓，鞋带会钩住枝蔓把自己绊倒的。突击队的新人都必须把鞋带塞进里面，预防不必要的危险。"

路瑶望过去，所有突击队员的鞋带都整整齐齐地塞在里面。路瑶有些心虚地看他："你管得着吗？"

"我管不着重案组，这只是一个建议。再会，路组长，有什么情况可以叫我们。"说罢龙飞虎转身走了。路瑶倔强地不吭声，等突击队都走远了，才低声命令道："快，把鞋带都塞进去！"

从林的夜里黑茫茫一片，一张张涂抹着厚厚的伪装油彩的年轻的脸，雪亮的刺刀在月光下闪烁着冰一样的寒光。猛虎突击队担任尖兵任务，在队列前方据枪搜索。

小虎队紧随其后，嘴里还塞着草，呈扇形散开，和队伍保持着一米五的间隔跟随着搜索前进。

山林的另一边，有手电的亮光在晃动。路瑶带着重案组的队员，打着手电持枪搜索。李欢穿着警察作训服，警用军靴，手拿着GPS，满头是汗地站在前面。小刘跟上来问他："你到底行不行啊？能不能带路啊？"路瑶走过来问："怎么样，找到路没有？"李欢拿着GPS左顾右盼："我看哪里都一样……不知道该怎么拐了……"

路瑶拿出手机——完全没信号。小刘看着黑乎乎的山林，有些哆嗦："组长，我们怎么办啊？我听说这山里有狼。"话音未落，丛林里传来一声狼嚎，所有人都吓一跳。路瑶拿起霰弹枪壮胆："怕什么？我们有枪！别那么没出息！走！"队伍小心翼翼地在林间穿行。

突然，前方丛林里扑棱棱飞起一只鸟，小刘一声尖叫，大家急忙蹲下。路瑶气不打一处来："一只鸟，你瞎喊什么？"小刘不敢吭声，路瑶站起来继续往前搜索。"噌——"又是擦枝叶的声音，路瑶高喊："快！那边！"举枪追了过去。

"啊！"小刘被枝蔓绊倒了，李欢急忙把她扶起来。小刘一脸痛苦："我，我脚崴了！"路瑶看了看："李欢留下，其余人继续跟我追！"李欢警惕地看着四周，握紧手里的微冲。

突然，后面传来一阵窸窸窣窣的声音，李欢举枪上膛，紧张地问："谁？！我是警察！不许动！"

"不动你怎么看得见我？"戴着夜视仪的郑直从树后面慢慢走出来，招招手。小虎队的其他队员也慢慢从树后闪身出来。郑直走过来："你们是哪部分的？"

"废话！你说我是哪部分的？！"李欢口气不怎么好。郑直笑："重案组不是在4201地区搜索吗？怎么跑到我们的搜索范围来了？我们看见前面有人，还以为是疑犯呢。"李欢嘟囔着："我们迷路了……这GPS真不好使。"沈鸿飞摘下夜视仪走过来："怎么就你们两个？"

"其余的人跟着我们组长去追了！"李欢说。沈鸿飞一下子紧张起来："追谁？"

"不知道是谁，一闪就没影了，跑得特别快！"

沈鸿飞紧张起来，对着陶静和何苗："母老虎和孟加拉虎留下，其余的人跟我追！记住，不要放单！他们往哪儿去了？"李欢一指，沈鸿飞拉下夜视仪，快速往那个方向扇形搜索过去。

2

密林深处，路瑶带着重案组的三个民警跑过来，气喘吁吁地站住，观察着。四周一片漆黑，一个民警问路瑶："组长，我们往哪边追啊？"路瑶左顾右盼，看哪里都一样。路瑶咬牙："我们分头追，两人一组！我就不信他能土遁了！"四个人分开两路，快速前进。

少顷，小虎队从密林里闪身出来。郑直伸手，队员们就地蹲卜，沈鸿飞慢慢地低姿运动过来："什么情况？"郑直低声说："他们分开了。我们怎么办？"沈鸿飞戴着夜视仪，观察着前方："分成两组，保持无线电通畅。"

"明白。"郑直起身，赵小黑和段卫兵迅速跟上，小虎队分开前进。

更深的密林处，枝繁叶茂。路瑶带着民警小田小心翼翼地前进。这种林子平时少有人行走，到处都是凹凸不平。突然，小田"啊"的一声惨叫，路瑶拿着手电照过去——小田的脚腕被捕兽夹夹住了。路瑶着急地撕开他的裤腿："你流血了！"

小田脸色煞白，痛苦地呻吟着。路瑶刚想说话，突然"噌"的一声，路瑶转身举枪，一只手猛地捂住她的嘴，把她带到地面上。路瑶一惊，霰弹枪也被夺走。路瑶挣扎着，龙飞虎戴着夜视仪，躺在地上紧紧抱着她，凑在她的耳边："别出声。"

路瑶一愣，转脸看向小田，沈文津紧紧捂住小田的嘴，俯在耳边低语："自己人，嘘——"小田痛苦地点点头。沈文津咬下左手的手套，塞在他嘴里："兄弟，忍一下。"小田死死咬住手套。

龙飞虎还捂着路瑶的嘴："别出声，我就放开你。"路瑶点头。龙飞虎慢慢放开她。路瑶一把推开他，压低声音："你们在干什么？！"龙飞虎坐起来："你们闯进我们的搜索范围了。"瞬间，戴着视仪的突击队员从龙飞虎身边涌出来。路瑶气不打一处来："那……那你就可以攻击我？"龙飞虎低语："目标就在前面，大概100米。"路瑶一愣："你怎么知道？"龙飞虎指着自己的夜视仪："我有晚上的眼睛。别出声，我们已经包围他了。"龙飞虎示意她轻声，慢慢起身。队员们跟着他往前慢慢低姿态前进，路瑶紧张地看着。

山谷里，一支猎枪慢慢地从树丛里伸出来。突然，斜刺冲出一个黑影，一阵惨叫声从树丛里传出来——猎奇咬住那人的右胳膊，直接把他带倒在地上。猎枪枪口被带歪了，"砰"的一声直接射击到了天上。

密林当中，凌云一个激灵："哪里打枪？！"沈鸿飞判断了一下，一挥手："那边，走！"两个人快速往那边狂奔。

山谷里，猎奇咬着那人不撒嘴。韩峰打了一个呼哨，猎奇这才松嘴。那人刚想起身，猎奇汪汪叫了两声，那人又倒下了。

队员们戴着的夜视仪反着绿光，从四面八方冒出来。龙飞虎打开头盔一侧的手电，杨震拿着那把猎枪过来："土造的。"龙飞虎接过来："看看他的伤。"韩峰蹲下："皮外伤，守着劲儿呢。"说着从包里拿出急救包，开始包扎。杨震拎起旁边的一个蛇皮口袋，"咣！"一只死山鸡丢在地上。"咣！"又一只死掉的穿山甲丢在地上，还有几个捕兽夹。

龙飞虎把枪扔给韩峰："疑犯交接给重案组了。"路瑶看着他："你是干什么的？"那人哆嗦着："俺是洞头村人，俺叫吴思宝。"路瑶问他："枪是你的？"那人痛哭流涕："警察阿姨，俺错了！俺做梦也没想到，俺就是偷偷打个山鸡穿山甲野猪什么的，咋今天这么大阵仗，足有好几百警察到处抓俺……"

<h1 style="text-align:center">3</h1>

清晨，朝阳逐渐在群山之间升起。用简易帐篷临时搭建起的指挥部前，小虎队和突击队员们蹲在地上，狼吞虎咽地吃着盒饭。路瑶走出帐篷，忧心忡忡地看着茫茫群山。李欢走过来，递给她一个面包："组长，你说他是不是不在山里？"路瑶摇头："不可能，他买了这么多的户外专业用具，一定想隐藏在山里的什么地方，只是我们还没找到。"这时，龙飞虎走过来："要想在这么大的山里找到一个人，真的是很困难。"路瑶白了他一眼："分析案情，需要你吗？"龙飞虎笑笑："路组长，不要太敏感了，我只是提供一个建议。"

"组长，我去指挥部看看有什么新的情况。"李欢识趣地转身走了。路瑶没说话，龙飞虎看着她："你太累了。"

"累又能怎么样呢？"路瑶倔强地抬头看他，"出了这么大的案子，一点头绪都没有，唯一的线索还没任何进展。上千警力都因为我调动到这里搜山，我能没有压力吗？"龙飞虎沉声说："你需要休息。你这样熬下去，大脑会越来越迟钝，不要自责，这是我们的工作。"

"侦察是我的工作，不是你的。"

"都一样，"龙飞虎说，"我们都想抓住他。不要多想，我不是要越俎代庖，我只是提醒你——灯下黑。"

"什么意思？"路瑶不明白。

"古代的一个谚语，油灯照亮了整个屋子，但是油灯的下面，却是黑的。"龙飞虎说，"你去睡一会儿吧，我们更需要你敏锐的头脑。"

"我睡不着。"

"睡觉不是为了安逸，是为了辛劳。"

路瑶看着漫山遍野的警察，眼泪在打转。龙飞虎心里涌起一丝柔情，从战术弹匣包里掏出一条手绢，递给她。路瑶一把夺过来，捂住眼睛："我只是迷了眼！"龙飞虎没说话，路瑶擦了擦眼，一看，很眼熟。

"按说我应该送给你，但是这对我很珍贵，我还是得等你用完了要回来。"

路瑶看着熟悉的手绢，嘴唇翕动着，良久，才缓缓地说："……我送你的？"

"我一直带着，这是我的幸运手绢，那以后我再也没受过伤。"龙飞虎说，"所以这条手绢对我真的很重要。"路瑶呆住了，慢慢把手绢递给他，龙飞虎接过来塞进了弹匣包。

"去睡一觉，醒了，我们还等着你敏锐的大脑。"龙飞虎转身走了，身影孤独而坚定，军靴踩在坚硬的地上落地有声。路瑶看着他走远的背影，眼泪唰地从她的脸上滑下——这个有着山一样身躯的男人，她深爱过的男人，一个视国家、责任、警队、荣誉如生命的骄傲的男人，他就像一台不停运行的机器战警，尽管他已不再年轻气盛，但他从不让自己有片刻的停歇。眼前的这个男人，曾经是那么真实地存在于她的心里……路瑶努力地抑制着，不让自己哭出来。

空无一人的树林里，龙飞虎摘下墨镜，泪水无声地从他的脸颊滑落。铁血柔情在这个如同战神一样彪悍的男人身上淋漓尽致地显现出来。

4

密集的山林里，警用直升机在低空盘旋，龙飞虎带队快速搜索着，猎奇不停地四处嗅着往前搜索。

指挥帐篷里，路瑶站得笔直，吴局长脸色憔悴，忧心忡忡地看着路瑶："已经是第三天了，我不能把所有的机动警力都铺在山区，干警也缺乏休息，连轴转是不行的！"路瑶点头，吴局长端起茶杯："你有什么看法？"

"灯下黑。"吴局长看她，路瑶想了想说，"或许他根本没有逃到城市外的山区。他能做出这样的案子，智商一定不低。我们能想到的，他不一定想不到。我甚至在怀疑，他买户外用品是故意给我们露出破绽，吸引我们进山。"

"那这样的话，他很可能还在市区？我们的搜索方向就要进行调整了。"吴局长眼前一亮。

"我只是怀疑，还不敢肯定。"路瑶说。

"不管是怀疑还是肯定，这样搜下去肯定不是事儿，上千公安和武警连轴转，疲惫不堪，一点线索都没有，这样下去队伍会垮掉的。"吴局长思索着，抬头说，"留下观察哨和机动小组，大部队撤回去休整。外松内紧，继续在市区进行摸底排查——我就不信，他不露出一点的马脚！通知大家，除留下潜伏哨外，其他人收队。"路瑶敬礼，转身出去了。

山路上，特警车疾驰开过，车里一片沉闷，沈鸿飞拧着眉头思索着。

"这……这就走了？太憋屈了！"赵小黑坐在车里，怨声载道。段卫兵皱着眉，说："我怎么觉得，另有安排呢？"大家都看他。段卫兵说："都看我干吗？"

"说说你的看法？"郑直说。

"我？我能有什么看法？既然大张旗鼓地来搜山，没有结果就收兵，上面的面子上怎么下得来？"

"如果是确实没有线索了呢？"凌云问。

"不会，刑警都聪明着呢！"段卫兵摇头，"你们也不想想，刑警要不聪明不厉害，能把那龙头治得服服帖帖的吗？"郑直恍然大悟："你在说我们组长啊？"

"那还能有谁？你们说，龙头和你那组长到底有什么故事？"凌云白了他一眼："你个男人怎么还那么八卦？"沈鸿飞低吼："别闹了！我求求你们了——我的脑子真的都要爆炸了！难怪龙头要我们拿草把嘴封上，你们就不能消停一会儿吗？"

段卫兵歪头仔细看着沈鸿飞。沈鸿飞一愣："看什么？我脸上也是一个鼻子！"

"你越来越像他了。"

"谁？"沈鸿飞问。

"龙飞虎！"

沈鸿飞一愣。郑直也点头："没错，你越来越像他了。"沈鸿飞脸上浮起一丝苦笑：

"怎么可能？"凌云点头："是真的，我也这么感觉。"

"当局者迷啊！"陶静叹了一口气，"——话说男人经历过感情的坎坷，是不是都容易变成大尾巴狼啊？"沈鸿飞脸上的笑容瞬间凝固了。陶静急忙捂住嘴："多嘴的习惯不好，我自己知道！"凌云关切地看着沈鸿飞。沈鸿飞努力挤出一丝笑，带着冷峻。

5

特警支队停机坪上，左燕驾驶直升机，稳稳地降落在不远处。舱门打开，左燕跳下直升机，摘下头盔，疲惫不堪地往回走。猎奇蹲在不远处，叫了一声，左燕一愣。猎奇颠颠地跑过去，脖子上挂着一袋吃的，望着左燕。

左燕幸福地一笑，摘下塑料袋，从里面掏出一根火腿肠递给猎奇："猎奇，奖励你的，替我谢谢他！"猎奇吧唧着嘴，转身走了。左燕幸福地笑着，拎着塑料袋往回走，忽然看到机场对面的河边，吴迪正拿着瞄准镜，冲着左燕抛飞吻。左燕笑着伸了伸大拇指，幸福地走开。

吴迪正美滋滋地躺在河边的草地上，韩峰走过来，虎视眈眈地看着他。吴迪有些心虚地问："干吗呀？"韩峰盯着他："我的狗呢？"吴迪一扬头："那不，过来了吗？"猎奇颠颠地正往回跑。

"我警告你啊，再拐跑我的狗，给你当跑腿的，我就把你小子腿打折。"韩峰发狠地说。

"我又没强迫它，猎奇自己也爱干，两边儿吃回扣。"吴迪说。

"我就想跟你说这事儿，猎奇这么单纯的警犬，都快被你小子搞成腐败分子了！"

"行行行，下回我自己去。小气劲儿的！"吴迪笑着挥手。韩峰停住脚："你再说一遍？"

"不服啊？——不许放狗啊！"吴迪噌地从地上爬起来，笑着看猎奇，"猎奇咱俩关系最好对吧？我走了！"说完赶紧跑了。韩峰瞪着猎奇："就没见过你这么没出息的狗！"猎奇知道错了，趴在地上呜呜地闷哼着。

后山靶场，沈鸿飞带领小虎队正在进行打靶训练。太阳底下，凌云趴在地上，不断有汗水从她的额头上流下来。凌云打完，起身熟练地退子弹验枪。沈鸿飞还趴在地上，一直歪头瞄准。凌云狐疑地看他："你看什么呢？"沈鸿飞没说话。凌云走过来，顺着他的视线看过去，沈鸿飞一直在盯着后山，恨不得把山挖个窟窿。郑直也走过来，纳闷地问："怎么了？你们在看什么？"沈鸿飞抬手指着后山。两个人都纳闷地看着他。沈鸿飞突然脱口而出："灯——下——黑！"

办公室的会议桌上，地图哗啦啦打开，龙飞虎、雷恺和铁行都是一脸严肃地看着沈鸿飞。沈鸿飞手指着城市里面的山区："这是我们基地所处的貔貅山，位于城区，四面八方都是闹市，交通发达。山里遍布名胜古迹，又是国家级森林公园，所以环境幽静，植被繁茂。"郑直也说："貔貅山内部的环境跟原始森林没有任何差别，我以前经常在那里晨跑。"龙飞虎看着两人："貔貅山的一草一木，老队员都比你们熟悉得多，特警支队在这里驻扎了十几年——你们想告诉我什么？"

"灯下黑！"沈鸿飞一字一句地说。龙飞虎注视着他，沈鸿飞继续说道，"重案组调查到，疑犯曾经购买大量户外专业用品，所以我们被调到城市周边的山区进行大范围搜山。上千公安和武警搜了三天，空地立体侦查，根本没有找到他的一点踪迹，这不合理！不管什么样的丛林逃匿，总是会留下些许线索！我们想到了他在山区，但是却没有想到，他在闹市包围的山区！"

"你是说，他藏在貔貅山？"龙飞虎问。

"对！"

"可是我们特警基地就位于貔貅山，由于我们的存在，貔貅山的治安非常好，一年也没几个盗窃案子！难道他不知道东海市特警的大本营在貔貅山吗？"雷恺问。

"他知道。"沈鸿飞说，"越危险的地方越安全——距离特警队越近的地方，越不会引起警方的怀疑——他太聪明了，一直在我们附近！"

"貔貅山不是个小山丘，而且交通十分发达，更重要的是，这是国际上知名的旅游胜地，大批警力包围貔貅山搜山，会引起很大的反响，你想过没有？"龙飞虎看着沈鸿飞。

"貔貅山有许多的旅游者，我们可以便衣进入，进入人迹罕至的地区，进行秘密排查。"沈鸿飞说。

"除了猜测，你有任何证据吗？"龙飞虎盯着沈鸿飞的眼睛。

"没有。"沈鸿飞斩钉截铁地回答。龙飞虎注视着他，久久没有说话。

6

貔貅山连绵起伏，好似奔腾的绿色波浪，虽然不是十分陡峭兀立，但由于原始森林的覆盖面积达到了百分之七十，因此地形复杂，气温落差也相当大，最关键的是，大部分地区还处于原始森林的状态，根本就没有路。

山路上，沈鸿飞和凌云一身户外装扮，背着背囊，拿着地图在山路上行走。凌云拿着长焦照相机，不停地在拍照，沈鸿飞警觉地观察着四周。凌云看着绵延千里的群山问："他真的会藏在这儿吗？离我们这么近？"沈鸿飞看她："你不是支持我的判断吗？"凌云"切"了一声："你这纯粹是撞大运。可是貔貅山并不小啊，他会藏在哪儿呢？"

"藏在可以看见我们特警基地的地方。"凌云一愣，沈鸿飞笑，"他藏在这儿就是为了观察我们每天到底在忙什么，是不是得到了关于他的线索。他很清楚，一旦警方得到了关于他的线索，会第一时间叫特警到场，尤其是我们猛虎突击队。"

"你真大胆！"凌云愣愣地看着他。沈鸿飞笑笑，继续往前走："不是我大胆，是他——能干出这样事的劫匪，胆子非常大，也会很自大。"

"比你还自大吗？"凌云问。沈鸿飞看她一眼，没再说话，继续往前走。

另一条林间小道上，赵小黑和段卫兵也是一身户外装扮，背着背囊匆匆前行。

"等等，等等！"段卫兵停住脚招呼着赵小黑，赵小黑转身看他："又怎么了？"段卫兵没说话，蹲下。赵小黑鄙夷地看他："不就是一坨屎吗？"段卫兵拿起木棍搅了搅，赵小黑赶紧捂鼻子走到远处。段卫兵蹲在地上仔细地观察着，半晌，丢掉木棍起身走了，赵小黑问他："你弄那个干啥？"段卫兵看了他一眼："这你就不懂了吧？这叫丛林追踪！老猎人通过动物的粪便来判断动物走了多久！"

"关键是……算了，俺不打击你了。"赵小黑摆摆手。段卫兵跟上去："什么意思？"赵小黑停住脚看他："可你追踪的是人啊，那你摆弄狗屎干啥？"赵小黑噌地跑了，段卫兵站在那儿一愣。

重案组的走廊，路瑶看着一身便装的龙飞虎："你有证据吗？你知道貔貅山有多重要吗？"龙飞虎摇头："没有，这只是我的部下的推断。我知道貔貅山经常有中外要员来往，中央领导来东海也下榻在貔貅山国宾馆，每次的一级警卫都是我带队做的。如果他真的在貔貅山，会是非常大的隐患！所以我不敢怠慢，第一时间来向专案组汇报。"

"我们要马上搜山！"路瑶说。

"我已经安排队员进山了。"龙飞虎看着路瑶一脸震惊，"他们穿着便衣，我想就当是我让他们去训练吧。"

"真有你的，我要马上向局长报告。"路瑶转身要走。龙飞虎一把拦住她："我建议……还是找到一点线索再报告，如果疑犯不在貔貅山，你就第二次搞错了。"路瑶一愣。龙飞虎关切地看她，"这种大案各级领导都高度关注，你不能再出错了。"

"难道我就在这儿等着？"路瑶急了。

"我来这里，就是希望得到你的理解和支持。我派队员进山，不是为了单独抓住疑犯立功，我不需要那个功劳。当然，你也不需要。"路瑶不解，龙飞虎解释说，"于公，我也是警察，我当然希望尽快抓住疑犯；于私，我希望我能支持你。如果可以的话，我希望你和我一起去貔貅山。"

"如果你错了呢？"

"年年上红榜，月月做检查，我已经习惯了。"龙飞虎说。路瑶心头一疼，错开眼，不看他。

龙飞虎下了楼，路瑶拉开办公室的抽屉，一把擦得锃亮的 92 式手枪。她取出手枪和枪套，想了想，插进了腰带。走出办公室，李欢和小刘连忙起身。

"你们两个，跟我出去一下！"路瑶拉开门，又转身，"——带武器。"两个人脸色一变，不敢多问，急忙从抽屉取出手枪和枪套，插进自己的腰带，跟着路瑶下楼。

山路上，天色也近黄昏，沈鸿飞和凌云走到一处僻静地，蹲下，打开地图，沈鸿飞面色冷峻地指着地图一处："就剩下这个地区了。"凌云起身，拿起长焦照相机："这一带真的可以看见我们的特警基地？他不会真的在这里吧？"沈鸿飞没回话，对着蓝牙耳麦悄声报告："东北虎报告，我们已经到达 1024 地区。"

山路上，龙飞虎开着一辆大屁股越野吉普走在前面，李欢开着另一辆跟在后面，车跟野兔子似的在山路上疾驰。龙飞虎开车，打开耳麦命令："先不要打草惊蛇，等待大家对 1024 地区的合围。"路瑶坐在旁边，抓着车身把手："发现目标了？"龙飞虎摇头："只能说，疑似目标潜伏范围。"路瑶看他："我这次不敢报告局长，你知道原因吗？"龙飞虎眼里闪过一丝柔情："当然知道，所以我单独找你来。"

山头上，吴迪和杨震披上数码猎人迷彩皮肤风衣，套上作战装具，趴在地上据枪不动。杨震拿着观测仪，吴迪眼抵瞄准镜，嘴里默念着："小飞虫和山羊到位。完毕。"

蜿蜒的山路上，一辆挂着民用牌照的路虎颠簸着停在路边的隐蔽处。一身便装的韩峰和沈文津跳下车，打开后备厢，掀开黑色的伪装网——95自动步枪、92手枪，还有05微冲等作战装备。猎奇也套上了警犬背心，戴着嘴罩。韩峰蹲下拍拍猎奇："不能叫，知道吗？"猎奇似懂非懂地不吭声。两人关上后备厢，牵着猎奇小心翼翼地往山里走去。此时，雷恺和铁牛穿着战术背心，持武器分别带队进入密林深处。

大屁股吉普在密林的隐蔽处停住，李欢开车跟在后面。路瑶跟着龙飞虎跳下车。龙飞虎打开后备厢，套上战术背心："我部署了外围的封锁线，他有百分之九十以上的可能在里面！"路瑶看他："你要进山吗？"龙飞虎一拉枪栓，95自动步枪"哗啦"一声："我不可能不进山，我的队员都在里面。"路瑶没说话，转身走向后面的车。

在密林深处，生长着高耸入云的参天大树，遮天蔽日。一棵粗壮的古树上，从树枝发出的气生根从半空扎到地里，渐渐变粗，像支撑着一把巨伞。树冠上，茂盛的树叶间露出一架破旧的望远镜。阿虎轻轻拨开前面的树叶，露出一双狼一样的眼睛。观察了一会儿，阿虎快速从树上跃下，钻进一个挖好的盖着伪装网的深坑，背上行囊离开了。

暗黑的深山里，沈鸿飞和凌云小心翼翼地在林间穿行。突然，沈鸿飞停住脚，举起右拳，凌云迅速蹲下，持枪警戒。沈鸿飞将步枪大背在身后，从腰间拔出92手枪，打开了头盔上的手电，掀开伪装网钻了进去。深坑里，空间不是很大，角落里残留着睡袋。另一边的地上有翻新的土露出来，沈鸿飞上前蹲下，抽出匕首刨开，高能量的野战食品袋露了出来。沈鸿飞观察着四周，各种齐全的野战炊具，他伸手摸了摸，还冒着隐隐的热气。

7

办公室里，吴局长面色冷峻。路瑶有些疲惫，还是精神抖擞地立正。吴局长皱眉，手里拿着照片："他就是曾阿虎？你为什么这么肯定？"路瑶说："我们在他藏匿的地方，通过残留的粪便发现了他的DNA。"

"虽然他的行踪很可疑，但是你怎么知道百分之百就是他？"吴局长问，"犯了别的罪行的人，也会找个地方逃逸。"

"他不是一般的歹徒！"路瑶从公文包里拿出一个档案袋递过去，"曾阿虎，男，37岁，初中文化，东海市南港镇下周洼村人，多次被公安机关处理过，最严重的一次是涉嫌参与走私枪支。有情报显示，他曾经偷渡到金三角地区，参与当地的武装贩毒活动，在此期间，熟练掌握了各种制式枪支的使用，练就了极强的野外生存能力，曾经接受过专业的反侦查训练。我们获得曾阿虎的DNA以后，很快就和全国资料库里面的在逃嫌疑人对照上，尤其是在边防公安那里，关于曾阿虎的资料非常之多，他在边境地区真的是一个名人！边防公安多次组织跨国界联合行动，但是曾阿虎每次都漏网了，可见其非常狡猾，并且丛林生存能力极强！"

"还真是个人物啊！那他在边境混得风生水起，怎么会返回东海市呢？"

"经过调查，他所服务的毒枭怀疑他私吞货物，准备杀掉他，他得知后就逃回境内了。边防公安一直不知道他的下落，所以他们希望我们可以在这一次的行动中活捉曾阿虎，边防那儿还有一堆案子需要审问他。"

"一定要抓住他！想办法要活口！"吴局长说，"公安需要对社会有个交代，前一段搜山闹得沸沸扬扬，各种谣言四起！这一次，在抓住曾阿虎以前不能再有什么太大的动作，一切要隐秘进行！只有抓住曾阿虎，我们才能对外公布，明白吗？！"路瑶立正敬礼："明白！我们一定会尽力的！而且这次我们有新线索，根据可靠情报，曾阿虎最近要回一次老家。"吴局长一听，一下来了精神。

特警支队大门口，哨兵持枪肃立，一辆红色的豪华跑车停在门口，和特警队的一切都显得有些格格不入。

警务航空机场，左燕跳下直升机，向队部走去。地勤呼哧带喘地跑过来："左燕，支队大门口有人找你！"左燕一愣："找我？还跑到支队门口来了？"地勤凑过来，压低声音："一个女的，说是和吴迪有关系！"左燕想想，纳闷地快步向大门口跑去。

左燕走出大门四下看看，一个浓妆艳抹的娇艳女人正靠在跑车旁，左燕纳闷地走过去："请问……是你找我吗？"那女人不屑地上下打量着左燕："你就是左燕啊？啧啧，也不过如此嘛！"左燕有些不满，还是耐心地问："我认识你吗？"

"我叫陈晓晓，是吴迪的女朋友！"

左燕愣住了，随即冷笑道："姐们儿，你也太不明智了，想招摇撞骗的话你最好换个地方。"陈晓晓冷笑，优雅地拉开LV包，掏出一张照片："好好看看，这可不是PS的！"——照片上，吴迪亲热地搂着陈晓晓的肩膀，一副甜蜜的样子。左燕睁大了眼睛。

不远处，杨震穿着便衣，拎着购物袋匆匆走过来。猛然看到左燕和陈晓晓，大惊失色，正想蹑着边儿溜进去。陈晓晓看见高喊："哎，那什么，杨震！"杨震无奈地站住，拎着东西不敢回头。

"杨震——"陈晓晓又叫了一声，杨震不得不回头，"那什么，你告诉吴迪，我来了啊！"杨震看看左燕，左燕脸色有些发白。

宿舍里，吴迪正悠闲地靠在椅子上，戴着耳机玩游戏。杨震风急火燎地闯进来，一把拽下吴迪的耳机："出事了！"吴迪噌地站起身，拿起防弹背心就往身上套："怎么没听见警报啊？"杨震气喘吁吁："你——出事了！过去的事东窗事发啦！"吴迪不以为然地撇嘴，一屁股又坐下继续打游戏："上次的事龙头知道了？肯定是你说的，我不怕！"杨震急吼："我怎么会说呢？！是陈晓晓在大门口！"

"扑通"一声！吴迪一屁股从椅子上跌到地上。杨震看着他："你不是不怕吗？"吴迪脸色煞白："快，就说我不在！"杨震说："她不是来找你的。"吴迪问："那来找谁？"杨震不紧不慢地说："——左燕。"吴迪一骨碌爬起来："那不能让她找到！"

"晚了，我刚才在门口看见了，她俩已经站在一起了。"杨震说。吴迪目瞪口呆，突然噌地一下子跑了出去。

大门口，陈晓晓穿着超短裙，扭捏地瞥着左燕："吴迪就从来没跟你提起过我？"左燕轻哼："还真没有。"陈晓晓一愣，不屑地说："也对，他要是提了我，还怎么跟你处啊？跟你这么说吧，我如果不是出国了四年，绝对不会让你钻了空子。现在我回来了，我坚信自己还深爱着吴迪，也相信他对我还是有感情的，所以我想和他重归于好。可是很遗憾，我听说了你，鉴于对你的……尊重，我特意来找你谈谈。"

"搞了半天，原来你是吴迪的前——女友啊！"陈晓晓有些气急，左燕冷笑，"小姐，我现在很忙，警务航空队有很繁重的工作。真的没时间听你回忆你和你前男友之间那些风花雪月的浪漫故事。你要是想和吴迪再续前缘，应该去找他本人，再见！"左燕转身就走。

这时，吴迪疯跑出门，迎面看到左燕，一下子僵住了。吴迪看看陈晓晓，又看看左燕，惊慌失措："燕儿！你听我解释……"

"阿迪！"陈晓晓猛扑过来，一脸柔情地看着吴迪，"阿迪，你还好吗？"吴

195

迪哭丧着脸："本来挺好的！见到你，我……我一点儿也不好！燕儿，你听我解释！"

"我没时间！"左燕扭头就走。吴迪甩开陈晓晓的手，追过去："——燕儿，你听我解释好不好？"左燕不理他。

"阿迪！陈希那个王八蛋他把我甩了！"陈晓晓跺着脚哭喊，"我和他在国外生活了四年，我一直以为他会离婚，然后娶我。可是他没有！他是离了婚，可是他跟别的女人在一起了！阿迪，我现在遍体鳞伤，我明白了好多事情，我特别后悔，我觉得只有你才是对我最好的那个男人，我已经醒悟了，你就不能再给我个机会吗？"

吴迪皱着眉扭过头去，左燕也是一愣，冷冷地看着两人。

陈晓晓走过去，拉着吴迪的胳膊："阿迪！我没便宜那个浑蛋！我要了他好多钱！我现在有外国身份了，只要你还爱着我，我们就一起去国外生活。我要的钱足够多，我们一起过幸福的生活，好不好？"吴迪脸色一沉，左燕突然回身，一把抓住吴迪的胳膊，将他推到陈晓晓面前："小姐，你口口声声说深爱着他，可是你了解这个男人吗？你知道他要的是什么吗？或者说，你觉得幸福到底是什么？有钱就幸福吗？拿着绿卡去美国过有钱人的生活，这是你所谓的幸福，不是吴迪想要的幸福。你太自私了！一年前就这样，现在你还这样，恕我直言，一个总是想把自己的价值观强加给别人的女人，活该会遍体鳞伤！"

陈晓晓尴尬地看着义正词严的左燕，气鼓鼓地说："那你能给他什么？"左燕顺势一把搂住吴迪："他想做一名优秀的人民警察，我全力支持他，工作的时候我们并肩作战，配合默契。在生活中我是个小女人，我需要得到他的呵护，他恰好做得很棒。我们都没什么钱，可是过老百姓的日子也足够花，即使是在单位食堂吃饭也会互相给对方夹菜，他经常送我小礼物，全都是几十块钱的大路货，可是我很开心，因为他心里有我。总而言之，我们志同道合，我能给他他要的幸福，他也能给我我要的幸福。我们都很知足。陈小姐，对于你的遭遇，我和吴迪一样深表遗憾。可是非常抱歉，可能我和他都帮不了你。尤其是我，为了满足别人的自私，放弃我深爱的男人，我可没那么大度，何况我和你又不熟。"

吴迪难以置信地看着左燕。陈晓晓也愣住了。左燕温柔地看着吴迪："吴迪，老朋友再次相逢，今天你们突击队又没什么事，你应该和龙头请个假，找个地方好好叙叙旧。可是电视剧里那种俗套的二选一就免了。你自己看着办？"

"我是不会放弃的！"陈晓晓看着二人，转身上了车。

吴迪呆呆地望着远去的跑车，又扭头看着左燕："燕儿，你让我重新认识你！

你刚才那番话太霸气了！尤其是不想放弃你深爱的男人那句，我特别感动。"左燕冷冷地瞪着吴迪，松开手，扭头就走。吴迪一脸愁云，孤独地站在大门口。

8

红色的跑车在山路上疾驰，陈晓晓的神情完全不是之前的模样。她拨通电话："白佛，我失败了。他和现在的女朋友感情很深。"手机里传来白佛冷冷的声音："失败了？大名鼎鼎的美人儿燕尾蝶，怎么会失败呢？"

"我没找到机会。"

"是你没找到机会？还是不想找机会？"

陈晓晓脸色一变："白佛，你什么意思？我对K2的忠诚，你是了解的！"

别墅里，白佛笑眯眯地坐在沙发上："燕尾蝶，我当然了解你对K2的忠诚，但是我不了解的是，你对那个叫吴迪的特警狙击手的感情！"

"我跟他早就完蛋了，你是知道的！"

"一夜夫妻百日恩嘛！"白佛突然脸一沉，冷冷地说，"听着，燕尾蝶，我不管你是不想找到机会，还是没有机会，我想得到的结果都是你和他破镜重圆！我现在需要在东海市的特警支队埋下一颗棋子，你是知道我的用意的！我要你搞定那个吴迪，那个东海特警的王牌狙击手！"燕尾蝶不吭声，白佛冷笑着，"别以为我不知道你心里的那点小九九！你故意穿成现在这样去见吴迪的女朋友，故意把自己搞得很庸俗，故意让自己这一次失败！"

"我……我没有！"

"有没有你自己心里清楚！记住，燕尾蝶，你的背后有眼睛！你踏进K2的门就是K2的人！死了也是K2的鬼！K2怎么对待叛徒你很清楚，你也亲手处理过叛徒！如果你想试试，就继续这么跟我玩猫腻！你自己衡量吧！"白佛笑眯眯地挂了电话，眼神突然变得阴森无比。陈晓晓拿着手机，泪流满面。

夜凉如水，特警支队机场，吴迪孤独地坐在直升机旁想事情。韩峰、杨震等老队员站在他的身后。吴迪站起来，眼巴巴地看着大家，眼泪一下子出来了。韩峰走过去，把盒饭递给他："吃点吧，你一天没吃饭了。万一我们要出任务怎么办？"吴迪抱住他俩："谢谢，谢谢你们，兄弟们……"杨震拍拍他的肩膀："事情总会解释清楚的嘛，你又没有做对不起她的事，陈晓晓不都是过去了吗？"吴迪流泪点头。

宿舍里，左燕站在窗边，悄悄地掀起窗帘一角，看着三人，眼泪也下来了。

突然，一阵凌厉的战斗警报划破夜空，杨震抬起头："是猛虎突击队的战斗警报！"队员们迅速向操场跑去。左燕一下子呆住了，转身拿起桌上的电话："指挥中心，我是警航大队的飞燕，请问发生了什么情况？"

"飞燕，这里是指挥中心。猛虎突击队要出紧急任务。"

"什么，什么紧急任务？"左燕颤抖着声音问。

"不好意思，这个任务是绝密级的，我不能告诉你。"

左燕呆呆地挂上电话，拉开窗帘，看着空无一人的机场，眼泪就下来了。

9

特警支队车库外红灯闪烁，二十多名突击队员们济济一堂，猎奇蹲坐在地上，呼哧呼哧地吐着鲜红的大舌头。龙飞虎戴上作训帽，走到队伍前："都到齐了？下面请市局重案组的路组长介绍情况。"路瑶走到队列前面，看向龙飞虎："这都是你选出来的吗？"

"对，这都是我精心挑选的，猛虎突击队的精兵悍将，精锐当中的精锐。"龙飞虎看了一眼站在队列后面的沈鸿飞，"当然，也有没经验的新人，我是锻炼队伍。"

"龙大队长，这是一次特别重要的行动，不能失手——你难道要锻炼队伍吗？"

沈鸿飞有点尴尬地站在队列里。龙飞虎看过去："我相信他们，他们都是出色的突击队员。放松些，路组长，怎么选择我的参战队员是我分内的工作。"

"你负全责吗？"路瑶盯着他。龙飞虎沉声道："对，我负全责。"小虎队感激地看着龙飞虎。龙飞虎面无表情："现在，请路组长给我们介绍情况。"路瑶上前两步："同志们！——"

"唰——"突击队员们立正。

路瑶掀开后面白板上的黑布："这就是我们最终锁定的'8·23'大案犯罪嫌疑人曾阿虎！他曾经在金三角闯荡多年，有一定的丛林作战经验，枪法了得，血债累累。根据可靠情报，明天下午或者晚上，他将回老家与其哥哥嫂子见面。上级命令我们，抓住这个有利战机，一举将其擒获！注意，是擒获，不是击毙！"

"如果他持枪拒捕呢？"龙飞虎问。

"可以开枪还击，但是不能命中要害。"路瑶说。

"这太难了！"赵小黑瞪大了眼，"他不是固定目标，是运动目标！这一枪打过去，他的位置和姿势可能已经变了，不好说会不会打死啊！"路瑶看向龙飞虎："龙大队长，你手下的狙击手就这么不中用吗？"

"他说的是一个客观的事实，我们很难保证命中运动目标的时候，还不能打中要害的。"

"必须做到，我们要活的，不要死的！死的对破案没有任何意义，我们想搞清楚的问题太多，也需要对社会做一个完美的交代！"

"我知道了。"龙飞虎点头，"吴迪——"

正在恍惚的吴迪没听见，杨震在后面踹了他一脚。吴迪醒神："到！"

"你担任第一狙击手。"

"是！"

"你们都给我打起精神来！第一狙击手，你知道你的职责吗？"龙飞虎厉声喝问。

"知道！我一定做到一枪毙敌！"吴迪大声吼道。

所有人都很诧异地看他。吴迪不知道自己哪里说错了，纳闷地站着。龙飞虎不相信地看着他："你完全不在状态，这次行动不要参加了。"

"龙头！"

"这是我的决定！"龙飞虎站在队列前看过去，"赵小黑！——"

"到！"赵小黑吼得山响。

"你担任第一狙击手。"

"啊？！"赵小黑张大了嘴。

"啊什么？行不行？不行我再换人，狙击手我这儿有的是！"

"报告，俺行！"赵小黑立正，戳得笔直。吴迪有些尴尬地站在队列里。龙飞虎走到队列前，扫视着队员们："这次由小虎队担任主攻突击组！"

"是！"小虎队的吼声地动山摇。

"你们都该知道'8·23'案件的分量，抓捕的任务交给我们猛虎突击队，是上级对我们的信任！这是我们的光荣，也是我们的职责！今天后半夜，我们隐蔽渗透到下周洼村，等待明天的行动！"

"是！"所有队员唰地立正，齐声怒吼，只有吴迪满脸失落地站在队列里。

第十六章
—— SWAT ——

1

夜色下，月光洒在平静的小山村，一切都很安详，只有依稀从村子里传来的几声犬吠。村里狭窄的小路上，两辆普通的面包车没有开灯，在崎岖的小路上颠簸前行。车里，沈鸿飞一身便装，头上戴着夜视仪，悄悄地进了村子。不久，面包车停在了村委会的大门口，一身便装的小虎队和路瑶跳下车，在一片漆黑中悄然走进了村委会。会议室里，几箱沉重的背囊和枪箱搬运进来堆放在一边。

很快，队员们在夜色中摸到一家破旧的小院，沈鸿飞和郑直拿着防弹盾，头上戴着夜视仪，两人各自带队从院子的两侧小心地接近。对面房顶上，两个黑影悄悄提枪接近，赵小黑凑在夜视瞄准镜前，段卫兵趴在房顶上，拿起观测仪小心地观察着对面小院的动静。

院门两侧，沈鸿飞蹲在防弹盾后面，凌云在他身后，队员们都戴着夜视仪，右手搭在前面队员的肩膀上，等待着出击命令。指挥阵地上，龙飞虎一脸严肃地看着终端显示器传来的监控画面。

村委会的门打开，村委会高主任在路瑶和派出所所长的陪同下，胆战心惊地走出来。高主任满头是汗地看着周围漆黑一片，路瑶看看他，脱下身上的防弹背心给他套上。高主任急忙穿在里面，套上外衣："谢谢，谢谢警察同志！"龙飞虎看着监控画面，面露紧张。

破旧的小院门两侧，高主任战战兢兢地走到门前，一脸犹豫。沈鸿飞躲在盾牌后面低声叮嘱："高主任，别紧张，门一开我们就把你拽出来。"高主任点点头，咽了口唾沫，哆嗦着手敲门："老曾家的……老曾家的，开门……我是高主任！"

不一会儿，屋里的灯亮了，曾阿豹披着衣服下床："高主任？干啥啊？大晚上的这都几点了？"高主任咽口唾沫，稳住语气："急事，我得当面跟你说，跟你家城里上学的孩子有关系。"曾阿豹一听，连跑几步急忙来到门口，一把拉开门，突然，隐蔽在大门左侧的沈鸿飞一把用盾牌撞在他身上冲了进去，高喊："警察！不许动！"高主任站在门口被郑直往外拉，陶静抓住他一把丢在外面，其余人也跟着冲了进去。曾阿豹被直接按在地上，双手也被约束带反绑，徒劳地挣扎了几下。

破旧的小屋里，路瑶正命人全面搜查。曾阿豹和他老婆被反绑着坐在椅子上，噤若寒蝉。李欢蹲在灶台前，伸手从黑乎乎的炉灶里摸出一盒东西，打开油纸包——一盒锃亮的手枪子弹！曾阿豹脸色大变。指挥阵地上，龙飞虎看着监视画面长出了一口气。

2

车场的一辆突击车旁，吴迪正拿着抹布，哭丧着脸在擦车。二中队长带着几个摩托特警闹哄哄地路过，寂静的车场上只留下吴迪一个人孤零零地站着。吴迪懊恼地一脚踹在车胎上，没想到直接踹到了车钢圈上，捂着脚一屁股靠着车坐下。吴迪抬头，眼巴巴地看着警用直升机从头顶上飞过。这时，电话响了，吴迪摸出来看，是个陌生的号码，想了想，还是接了起来："你好，哪位？"

"阿迪，是我……"一夜未眠的陈晓晓站在山顶，"你怎么了？听不出我的声音了吗？"吴迪一下子呆住了："你……你怎么知道我电话的？"

"你该了解我，我要想找你，肯定会想尽办法找你的电话的。"

"还有意义吗？"吴迪一脸颓废，苦笑着，"你现在搞得我已经够狼狈了，我们不是一路人，你知道吗？不是一条道上的，我们已经分手了！"

山顶上，陈晓晓的眼泪下来了，泣不成声。吴迪也久久无语，曾经的许多往事都浮现在他眼前，吴迪的眼睛也有些湿润。吴迪抹了一把脸："我们……真的不是一路人……"陈晓晓抽泣着："我知道，我只是想见见你……"

"如果不再相爱，最好还是不见。我说的是真心话，见面又有什么意义呢？徒增烦恼，徒增麻烦。"吴迪伤感地说。陈晓晓哭了出来："在你的心里，我就是一个麻烦吗？阿迪，我可以见见你吗？我没有别的想法，只是想见见你。"

城市的街道上人潮汹涌，来来往往的热闹非凡。在街角的一家咖啡厅里，陈晓晓的装扮和之前完全变了，整个人看上去清新了不少。此时，换了便装的吴迪心情沉重地走进来。陈晓晓看着窗外，失神地想着什么。

吴迪走过去，坐在她的对面。陈晓晓惨然地笑笑："我以为，你不会出来见我的。"吴迪忍住伤痛，转向她："我来是想告诉你，你还年轻，人生的路很漫长，不要想那么多，好好地生活，你会有属于你自己的幸福。"

"幸福？"陈晓晓凄惨地一笑，"这两个字，已经跟我无缘了。"

"怎么会呢？"吴迪看着她，"你还年轻，过去的事都已经是过去，都结束了！你调整一下，用时间来冲淡伤痕，不要胡思乱想。很快你就会发现其实过去的一切都无足轻重，痛苦是虚无缥缈的，完全对你没有什么伤害。明天的一切都是新的，不管是生活还是自己，轻装上阵！"陈晓晓看着他，眼里装满了柔情："你……就是这样忘记我的吧？"吴迪一时语塞。陈晓晓强笑着一挥手："别说了，我都明白，我在你的心里已经是过去式。"陈晓晓顿了顿，泪眼看着吴迪："……那个女飞行员，真的有那么大的魅力？"

"一条河，水都是在不断流动的，流过去的水只能汇入大海，而不会回头。河水是这样，人生也是这样，感情也不例外——不要去想回不了头的事，那样只会徒增烦恼。"

"我知道了，我的再次出现只是给自己平添尴尬，完全没有任何意义。"陈晓晓苦笑了一下，"可我……再也没有回头路了……"吴迪纳闷儿："怎么可能呢？你才多大啊？听我说晓晓，往前看，你会遇到珍惜你、疼爱你的另一半，会有新的爱情，完美的家庭！年轻就是无价的财富，你不要消沉，美好的未来还在等待着你，不要放弃，晓晓！"陈晓晓的眼泪唰地出来了，捂着嘴抽泣着："我有好久没听到你叫我的名字了……"吴迪沉默着，表情复杂地看向窗外。突然，他呆住了——左燕站在窗外不远处。

大街上，左燕哭着跑过，吴迪狂追过来。左燕一把甩开吴迪的手，上了出租车："他是臭流氓，快开车！"司机一听，急踩油门，出租车兔子似的跑远了。

3

指挥阵地上，龙飞虎手持望远镜一直观察着，雷恺正吃着一块高能量的单兵压缩饼干："你也吃点儿！放心吧，里三层外三层，曾阿虎跑不出去的。"龙飞虎伸手接过一块干粮，嚼了两口，眼睛还是没离开望远镜，继续观察着下面的山村。

堂屋里，路瑶正在审问曾阿豹："你们知道他今天要回来吗？"

"他……他两天前给我打过电话，说……今天要给我送点钱过来。"曾阿豹战战兢兢地回答。

"几点钟？"路瑶问。曾阿豹摇头："没有说，一般都是晚上，后半夜的时候。"路瑶冷冷地："你们的感情还真不错啊，他抢的钱原来都给你了！"

"没有都给我们！没有都给我们！"阿豹老婆哭起来，"他有个女的，给那女的多！我们一共才拿了他六万块钱啊！他抢来的钱都给了那个女的！"

"那女的是谁？"路瑶问。

"我不知道名字，我就见过一次！就一次！就来过我家一次！"

路瑶转身，曾阿豹躲避着路瑶的目光："……我真的不知道叫什么……"

"总得有个称呼吧？"

"叫……叫小茜！"

路瑶盯着他："她是干什么的？"

"听口音不是东海人，好像是在海港区什么工厂打工的打工妹。也没有和我们说太多，就是来见了见我们，叫了声哥哥嫂子。我知道的就这么多，真的就这么多。"曾阿豹哭丧着说。路瑶若有所思，李欢走过来低声问："我们下面怎么办？组长！"

路瑶问："外面有什么异常情况吗？"

"没有，"派出所所长摇头，"我都安排过了，知道的只有高主任本人，村民什么都不知道，外松内紧，不会有人泄露警察藏在他家的。"路瑶抬手看看手表："守株待兔，他一定会出现的。"随后转向沈鸿飞："看来龙飞虎真的很看重你们这批年轻人，这么重要的蹲守任务交给你们来做主攻组。"沈鸿飞目不斜视："我们会对得起龙头的看重！"路瑶笑笑，拿着手机转身走向另一间屋子。

深夜，一切都很平静。屋里没有开灯，月光从窗户洒进来，曾阿豹夫妻战战兢兢坐在椅子上。郑直持枪站在后面。路瑶看他，冷笑了一下："精锐当中的精锐？"郑直目不斜视："他们年轻，组长，思维活跃。"路瑶不屑地说："你们突击队的破事我管不着，就是别耽误我抓人的事！"黑暗中，凌云语气坚定："我们一定会抓住他的！"

"光靠说，是不行的！"路瑶转向曾阿豹："政策你们已经很清楚了，我今天讲了一天了，不需要我再重复。记住，只要你们可以帮助我们抓住曾阿虎，我们可以向法院说明你们的立功表现，可以获得宽大处理！这是我们给你们机会，没有你们帮忙，曾阿虎也跑不掉，天网恢恢，疏而不漏，他早晚会被我们抓住的！明白了吗？是我们给你们机会，希望你们抓住这最后一次机会！"阿豹老婆哭着："警察同志，您的意思我们都明白了。阿豹一定会配合的！"

黑暗中，曾阿豹带着哭腔叹息了一声。阿豹老婆哭着："你怎么就不想想孩子啊？我们都进去了，孩子怎么办？你那个倒霉弟弟早就该死，到底还想连累我们到什么时候啊？"曾阿豹也哭了，一脸痛苦地抱着头。

"曾阿豹，你老婆说的，真的是有道理的。你会配合我们吗？"

曾阿豹哭着点头，阿豹老婆抱着他失声痛哭。郑直和小刘站在旁边默默地看着。小刘有些于心不忍："他和他弟弟的感情真的很深。"郑直点头："亲兄弟嘛，一起长大的，怎么可能感情不深。"小刘侧过头："我看了觉得很难受。"郑直看她："千万不要有这种思想，记住，我们是警察，我们的任务是破案，抓获犯罪嫌疑人，把他们交给法律获得应有的惩罚！对坏人心慈手软，是对好人的犯罪！"小刘点点头，眼里都是崇拜。

李欢在对面，看看表："他会来吗？"路瑶看着曾阿豹："那要看他和哥哥的关系到底有多近了！"曾阿豹泪流满面："我会做的，警察同志，为了孩子，我……我会做的！"

凌晨时分，山里气温骤降，山巅上渐渐起了一层白雾。指挥阵地上，龙飞虎举着望远镜，目光如炬。他甩甩头，从兜里摸出一根红辣椒，咬了一口，让自己能更清醒。雷恺看看手表，已经过了12点了。龙飞虎没说话，继续观察。

山下的破旧小院一片平静。

对面屋顶上，段卫兵披着黑蟒皮肤风衣，借着夜色据枪潜伏。赵小黑眼抵着狙击步枪上的夜视瞄准镜，虎视眈眈。在院子里的猪圈里，陶静和何苗捏着鼻子猫在里面，几只猪因为陌生人的侵入发出不满的哼唧声。实在是太臭了！——陶静忍不住泛起一阵恶心，一回头，看见何苗戴着一次性口罩："你怎么这么聪明？排爆手什么时候戴口罩了？"何苗指指她的背囊："从你的医疗背包拿的，你自己不是有好多吗？怎么比猪还笨？"两人正吵着，耳机里传来沈鸿飞的声音："不要吵了，保持无线电静默，这是整个行动单位的无线电频道，所有人都听着呢！"两人马上都闭嘴了。队员们戴着耳机，捂着嘴低声笑。

指挥阵地上，雷恺抱着枪在小憩，龙飞虎抬手看表，已经凌晨三点了，龙飞虎拿着望远镜继续观察。突然，一个黑影鬼鬼祟祟地靠近村口。龙飞虎精神一振，捅了捅雷恺，雷恺迅速起身，戴上夜视仪。村口，曾阿虎躲在破墙后，观察着四周，见没有什么异常，这才快速地猫身走进村口。龙飞虎打开单兵对讲机，低语："小虎队注意，疑似目标已经出现，现在正在往你们潜伏的区域接近。完毕。"

"收到，完毕！"沈鸿飞打开耳麦送话器，"——小虎队，做好抓捕准备，记住，一定要活的！完毕。"队员们一一回复。

曾家大院，曾阿虎走到院门附近，背靠墙壁四下观察着，见一切如常，这才伸手敲门。此时，屋里传来一阵有节奏的敲门声。

屋顶上，赵小黑满头是汗，深呼吸平稳着自己，继续瞄准。段卫兵趴在旁边，拿着观测仪："我看到目标了，距离45米。"

赵小黑深呼吸，眼抵着高精狙的瞄准镜，食指从扳机外圈移到扳机上，高精狙的十字线瞄准了曾阿虎的腿。段卫兵嘴里念叨着："你现在打，一枪就可以打在他腿上，没跑。"赵小黑稳定呼吸："犯罪嫌疑人的行为没有构成开枪射击的要件。"

"你还等什么？！等他跑起来，那枪可没数了！"段卫兵急吼。

"俺说了，犯罪嫌疑人的行为没有构成开枪射击的要件！咱都是学过法律的！再说咱们也没确定目标就是他！"

"你是不是不敢打啊？"段卫兵冷笑。赵小黑不说话，努力地平稳自己，但汗水还是不停地从脸颊流下来。院子里，沈鸿飞轻轻地打开保险，等待时机。

屋子里，有节奏的敲门声还在继续，警察们持枪贴在门口，曾阿豹哆嗦着："是……是他……"路瑶压低声音："还用我叮嘱什么吗？"曾阿豹连连摇头。郑直抓起曾阿豹，路瑶跟在后面走到院门前。郑直和路瑶持枪闪身在院门两侧。曾阿豹咽了口唾沫，稳定自己，但是张嘴有点儿哆嗦："阿……阿虎？"

"对，是我，哥，你怎么了？"曾阿虎低声问。

"没……没事，这几天感冒了。"曾阿虎打开门，曾阿豹满脸是汗："哥，你怎么了？"曾阿豹强笑："没事，没事，不跟你说了吗，这几天感冒了，快进来！别在门口，太危险！"曾阿虎没动，狐疑地观察着四周。指挥阵地上，龙飞虎拿着望远镜，对着耳麦说道："不能等了，启动备用方案。猎奇做准备。完毕。"

"收到。完毕。"韩峰带着猎奇在村口的山坡上。猎奇虎视眈眈，吐着鲜红的舌头。韩峰摸摸猎奇，摘下它的嘴套："不要叫。"猎奇不吭声。突击队员们持枪待命。

"咋了？阿虎？"曾阿豹侧身站在院门口。曾阿虎收回脚："我还有事，先走了！"说完转身就跑。此时，藏身在门侧旁的沈鸿飞一把推开曾阿豹："警察——站住——"曾阿虎在狂跑中转身拔枪射击，砰！子弹打在沈鸿飞的防弹盾上，沈鸿飞大喊："他开枪了——狙击组——"

屋顶上，赵小黑满脸是汗，段卫兵在一旁急吼："快开枪！"赵小黑瞄准曾阿虎的腿，刚想扣动扳机，汗水从额头滑落——赵小黑迷了眼，他急忙抬手擦掉，再瞄准——人没了！黑暗里，赵小黑猛地呆住了。

指挥阵地，龙飞虎高声命令："快！放狗！"韩峰一松手，猎奇噌地狂追出去。队员们也持枪跟在后面。

漆黑一片的村子里，曾阿虎没命地奔跑着。沈鸿飞和另外几名队员追过来，傻眼了——前面是个三岔路口。大家持枪左顾右盼，沈鸿飞想想，几个人分头继续追。

村子外边有一条河，曾阿虎在黑夜里跑得嗖嗖的，猎奇在远处追来，不停地狂叫着。曾阿虎跑到桥头，纵身跳入河里。猎奇追到桥头，也扑通跳下去追了过去。很快，曾阿虎的身影在夜色里没有了踪影，猎奇在黑乎乎的水里汪汪叫着。

4

办公室里，熬了一夜的吴局长指着龙飞虎的鼻子，久久没说话。龙飞虎面色严肃，笔直地戳着不吭声。

"居然没抓住？！"吴局长疲惫的脸上都是痛心疾首。龙飞虎立正：都是我的错，请局长批评。"吴局长怒吼："我不是要批评你，我要处分你！"龙飞虎不吭声。这时，路瑶拿着手机推门进来："局长，我们有新的线索！"

"讲。"吴局长端着杯子喝了一口茶。

"我们找到了曾阿虎的女朋友。"

吴局长一愣："消息确凿吗？"

"确凿。"路瑶拿出一张照片，"这个人就是曾阿虎的女朋友，叫马小茜！在海港区的一个美发店打工！这是我们经过严密排查找出来的，消息绝对可靠！"

"你怎么知道曾阿虎和这个女人不是露水夫妻呢？她到底能知道多少？"

"曾阿虎抢劫来的钱大部分都存在她名下！而且我们已经核实过她的银行账户，很显然，她不可能有那么多的钱！而金额大致上也和曾阿虎历次作案的赃款相同，存入时间也一致，基本都是第二天或者第三天！"路瑶说。吴局长一巴掌拍在桌子上，看着两人："那你们还等什么？！"路瑶和龙飞虎立正敬礼，转身离开。

特警支队的指挥中心，值班员的声音响彻基地："小虎队，立即到车场待命！"此时，正在攀登楼打扫卫生的小虎队都没反应过来，大家不约而同地望向沈鸿飞。沈鸿飞愣了一下，一甩笤帚撒丫子就跑，大家急忙跟着跑去。

城乡结合部的街上，车水马龙，小贩沿街吆喝着买卖。郑直坐在一辆出租车上，从后视镜里观察着后面街边的美发店。另一边，凌云和沈鸿飞也是一身情侣打扮，正坐在路边聊着天。街上，何苗和陶静走到另一个电线杆跟前，假装看着上面贴的小广告。远处，马小茜心事重重地走过来。陶静使了个眼色，何苗低头对着别在衣服里的耳麦轻语："我看见了——华南虎。"

"收到。"郑直轻踩油门，出租车向这边慢慢靠近。凌云和沈鸿飞起身，走到马小茜身后。突然，陶静一个耳光抽在何苗的脸上，何苗的眼镜被打掉，怒吼："你敢打我？！"陶静一副泼妇的样子："谁让你骂我母老虎的？！"何苗恼怒地举起手，迟迟抽不下去。

"快打！"陶静仰头低吼。何苗咬紧牙关，一巴掌打在陶静脸上："你个贱女人！"陶静立马哭喊起来："救命啊——救命啊——打死人了——"两人当街扭打起来，周围的群众轰地立刻围了上去。不远处，走在路边的马小茜愣了一下，绕开人群继续往前走。这时，郑直开着出租车停在她旁边："小姐，打车吗？"马小茜还没来得及回答，沈鸿飞迅速打开车门，凌云一把把马小茜推了进去，自己也迅速上车，郑直一踩油门驾车走人。

沈鸿飞若无其事地走过去："别看了别看了！这是我弟弟和弟妹，每次都这样！走了走了！散了散了！"陶静拉着沈鸿飞哭："哥，你可要给我主持公道啊！"何苗一把拉住她："那是我哥，又不是你哥！"沈鸿飞没好气地看着两人："都一样，走了走了，别在这儿丢人了！你们俩闹什么离家出走啊？老妈都气得住院了！"两人急忙起身，提着箱子跟着沈鸿飞走了。留下一堆莫名其妙的路人，很快就散了。大街上又恢复了之前的热闹，好像什么也没发生过一样。

出租车里，马小茜左右挣扎着："你们要干什么？！当街绑架啊！"凌云掏出警官证："马小茜！你知道我们为什么找你，你要聪明点就闭嘴！现在不是你说话的时候，一会儿你敞开了说！"

5

一间简陋的毛坯房里，路瑶松了一口气，龙飞虎看着她："下面就看你的了！要在曾阿虎反应过来以前，撬开马小茜的嘴！让她配合我们工作！"路瑶傲气地说："我又不是小虎队那帮新人，用得着你叮嘱吗？！我们走！"说着带着小刘和李欢快速离开。龙飞虎悻悻地愣在原地。片刻，对着耳麦低语："小虎队得手了，我们走吧。"

另一栋楼的楼顶上，雷恺笑笑，拍了拍趴在身边杨震的头："我们走。"

"雷电。"杨震叫住他。

"怎么？"雷恺回身问他。

杨震张了张嘴，欲言又止："吴迪他……什么时候能回来？"雷恺看他，杨震抱着高精狙，眼睛里都是恳切。

"你不是一直想当狙击手吗？"

杨震笑笑："我还是当排爆手合适。"雷恺叹了一口气："吴迪的事可能比你想得要复杂，你就别问了，该回来的时候会回来的。"说罢转身走了。留下一脸迷茫的杨震站在楼顶上。

公安局院子里，小虎队坐在突击车旁休息。龙飞虎大步流星地走来，队员们唰地起立。龙飞虎看着他们。沈鸿飞努力抑制住兴奋："龙头，我们完成了任务！"

龙飞虎突然笑了，队员们都意外地看着他。陶静悄声说："他也会笑啊……"龙飞虎一把抱住沈鸿飞和郑直："干得漂亮！"

沈鸿飞的眼泪终于流出来。

"你们成功地完成了这次密捕行动，天衣无缝，毫无破绽！现在重案组正在进行紧急审讯，寻找突破口！"队员们都很兴奋。龙飞虎话锋一转，"先不要高兴太早，曾阿虎还逍遥法外，你们随时待命吧！"说完转身走了。

队员们还愣在原地。凌云看着龙飞虎的背影："他为什么那么激动？"

"是因为我们终于成功地完成了一次任务？"郑直说。

"可这个任务太简单了，根本没有技术含量啊？"何苗摇头。

"是不是我们终于给他长了一次脸？"大家都看她。陶静急忙捂嘴："我又说错了！"

"你没说错，我们终于给他长了一次脸。"沈鸿飞深吸一口气，"我们小虎队自从组建以来，一直在闯祸，这次终于完美地完成了一次任务！他为我们承担了很多本不该承担的压力，只是为了我们的成长。我们一直很憋屈，现在，终于可以扬眉吐气了。"

"不对，还没到扬眉吐气的时候！"凌云打断他，"抓住曾阿虎，我们才能扬眉吐气！"

"对！抓住曾阿虎，我们才能扬眉吐气！"郑直掷地有声。

"勇敢无畏！"沈鸿飞举起右拳，队员们也伸出右手，碰在一起。

6

审讯室的门打开，马小茜噤若寒蝉地坐在椅子上。路瑶从桌子上拿起一张照片，马小茜一惊，浑身哆嗦。

"你不傻，也不要以为我傻。既然把你抓到这里来，一定有抓你的原因！不要以为你们俩做得天衣无缝，你的无数破绽都在我们的关注当中，随便哪一条都足够判你坐几年牢的。要是你现在不肯说，到时候就由不得你不说了，明白吗？"路瑶盯着马小茜，冷冷地说，"现在，你好好想想，说，还是不说？！"马小茜伤心地哭着。

两个小时后，龙飞虎在预审室外的走廊不停地来回走。路瑶开门出来，龙飞虎赶紧迎上去："招了？"路瑶点头，龙飞虎问："我们什么时候动手？"

"想办法让她把曾阿虎引出来！"路瑶说。

"曾阿虎会上当吗？"

"那要看马小茜在他心里的位置了！"

龙飞虎叹息一声："男人啊，软肋都是心中的女人！"路瑶看他一眼："什么意思？"龙飞虎忙错开眼："没，没什么意思，我只是感叹下。"

夜晚，密林深处，一处简易的掩体外面伪装着树叶，曾阿虎藏身在里面，打开一罐单兵罐头，就着压缩干粮狼吞虎咽地吃起来。这时，手机嗡嗡地响起来，曾阿虎拿起来，是马小茜的短信："你这次搞了多少钱？怎么没见你拿来？"曾阿虎苦笑着回过去："这次才抢了三万，我就没冒险去找你。"

此时，公安局会议室里，马小茜在何苗和陶静的看守下，战战兢兢地按着手机："没有钱你忙活什么？你是不是有了别的女人，把钱给她了？"那边曾阿虎急了，赶紧回复："你还不知道我吗？我怎么可能有别的女人？"

"那你把这次抢的钱给我！"

山林里，曾阿虎沉吟片刻，回复："我明天给你，明天早晨我去做一单。"

会议室里，所有人都呆住了。路瑶问："问他去哪儿做？"马小茜哆嗦着说："他从来不跟我说的……"

"听着！你已经没有退路了！你坐牢是肯定的！坐的时间长短完全取决于你自己！你还年轻，你还有机会！机会，你懂吗？！这是你最后一次的机会！错过了，你就再也没有机会了！"路瑶说。马小茜哭着看着手机，问："明天早晨你要去哪儿做？"曾阿虎笑笑，回复："楚河路交行，那比较偏。"

特警宿舍里，除了吴迪，空无一人。队员们都出勤去了，只剩下他无聊地靠在床上，盯着天花板发呆。在特警队，他一直觉得自己很快乐，有一群同生共死的兄弟，还有自己深爱的人，但好像在一瞬间，他觉得什么都没有了……作为特警队员，没有保持清醒的头脑和高度警觉，这是他的错，也许龙头不会再像以前那么相信他了……吴迪想着，眼里泛着泪花。

这时，手机嗡嗡地响，吴迪抹了一把脸，拿起手机一愣，接起来："又怎么了？"手机里传来一阵抽泣声："……阿迪，我……我不想活了……"吴迪一下子坐起来："晓晓，你在哪儿？！"陈晓晓哭得更厉害了："我在……珍珠泉……"电话断了，一阵忙音。吴迪急忙起身穿上衣服，跳上车疾驰而去。

此时，在酒店的一间豪华套房，浴室里传来一阵水声。陈晓晓穿着睡衣，躺在漫水的浴缸里，手臂垂在外面，血汩汩地从手腕处往外流淌。吴迪和保安猛地冲了进来，吴迪看着陈晓晓苍白的脸，从架子上取下毛巾绑住手腕，一把抱起陈晓晓向外冲去。

7

特警训练场上，小虎队全副武装，肩上挎着95自动步枪，已经列队站好。龙飞虎站在队列前，冷眼注视着他们："此时此刻，整个楚河路一带外松内紧，各个警种已经部署完毕！而你们将担任主攻突击组的任务！我们知道他出现的地点，出现的大概时间，也知道他的作案手段，知道他带着枪而且枪法不错，受过一定的专业训练！而上级的要求是——生擒！我们要尽一切可能完成这个任务，只有在万不得已的情况下，才可以使用致命手段！明白吗？！"

"明白！"小虎队立正怒吼。龙飞虎看看表，大声命令："出发，到现场待命！"队员们转身上车，三辆挂着民用车牌的路虎在城市的街道上疾驰。

下半夜，整个城市已是一片安静。小虎队抵达楚河路后，分头迅速隐蔽。

公安局的会议室里亮如白昼，路瑶紧张地看着各个传输回来的监控画面。吴局长坐镇，亲自指挥："有没有什么遗漏的地方？"

"换以前，我可能会说没有，现在，我真不敢斩钉截铁。"路瑶忧心忡忡，"曾阿虎不是一般的对手，他可能会有我们想不到的逃生办法。"

"曾阿虎说的是真的吗？会不会是一个局？"吴局长担心地问。路瑶仔细想想："不会！我和马小茜正面接触过，能感觉到她在曾阿虎心中的位置。这是女人的直觉，我想曾阿虎不会骗她的，况且他也没想到我们已经控制了马小茜。现场已经由猛虎突击队全面布控，他们这次不会放过曾阿虎的！"吴局长点头："一定不能出岔子，我是立了军令状的！"

"是！"路瑶神色冷峻，继续盯着现场的监控画面。

街上一片寂静，除了等待，还是等待。

几个小时过去了，天空渐渐泛起鱼肚白。楚河路上，人迹寥寥。沈鸿飞坐在车里，咬了一口辣椒，让自己精神了一下。对面街上，陶静坐在另一辆车里，瞪大眼，仔细辨别着稀疏的路人。突然，远处出现一个戴着墨镜的男人。陶静揉揉眼："不会是他吧？"何苗一个激灵醒来，戴上眼镜："他来了？！"陶静的手摸在腰间的手枪上："不知道，看不清——报告，有可疑人物出现，在狙击组的9点方位！"

"收到。"沈鸿飞拿起望远镜，呼叫："狙击组！——"

楼顶上，赵小黑的高精狙套住目标。段卫兵拿着测距仪："狙击组报告，已经锁定目标。完毕。"

"我要的不是锁定目标！我要的是确认目标，你们那光学仪器是摆着好看的吗？！"沈鸿飞着急地吼道。赵小黑抵着瞄准镜："看不清目标，他戴着墨镜，完毕。"

"妈的！我下车去逼近看！"沈鸿飞打开车门，凌云也跟着下去。郑直坐到司机位置，随时准备支援。

街上，晨雾蒙蒙，曾阿虎一瘸一拐地走过来。一身便装的沈鸿飞和凌云亲热地搂着从后面慢慢走来。陶静和何苗也从对面说笑着靠近。曾阿虎低头走着，拿起手里藏着的镜子。沈鸿飞走近，对着凌云低语："是他！他手里有镜子，在观察我们！"

"藏不住了！"凌云迅速拔出手枪，"哗啦"一声顶枪上膛。沈鸿飞也举枪瞄准："警察——原地站住！"曾阿虎站住了，四把手枪对准他。楼顶上，高精狙的十字线稳稳地瞄准了曾阿虎的腿。

街上，曾阿虎慢慢摘下墨镜。凌云双手握枪："警察——双手放在头顶，原地跪下！"曾阿虎慢慢举起双手，放在脑后。凌云拿出手铐走上前，突然，曾阿虎从脖子后面的衣服里拔出一枚手雷，甩手往后扔过去。手雷在空中打转。

"有雷！"沈鸿飞大惊，一把扑倒凌云。陶静和何苗也急忙卧倒。"轰！"一声巨响，一团白色的浓烟升腾，再抬头，曾阿虎已经不见了。沈鸿飞大吼："他往哪里跑了？！"楼顶上，赵小黑抵着瞄准镜："你的9点钟方向，那条巷子！"

"为什么不开枪？！"

"那是个烟雾弹！俺看不清！"

"他姥姥！追！"沈鸿飞怒骂，四个人爬起来往巷子方向冲去。沈鸿飞边跑边喊："华南虎，到那边堵截！"

"收到！"郑直驾车冲出隐蔽处，往另外一条路开去。楼顶上，赵小黑和段卫兵迅速背上枪，在楼顶上狂奔。

一条狭窄的胡同里，两边都堆满了乱七八糟的杂物。曾阿虎没命地狂奔，纵身一跃，敏捷地在胡同里穿梭。沈鸿飞对着耳麦大吼："华南虎，他朝着你的方向去了！"郑直驾车疾驰："收到！我来堵住他！"郑直一打方向盘，路虎堵住了胡同口。郑直跳下车，拔出手枪。曾阿虎迎面跑来，起身一跃，跳过车，又上了房顶。

另外一条街上，曾阿虎纵身跳下，起身飞奔。突然，他站住脚——龙飞虎铁塔一样地站在对面，侧面对着他。

曾阿虎站起身，突然右手向后摸去，但龙飞虎的速度更快，枪已经在手上举了起来。两人举枪就打，子弹打在身后的砖墙上，弹痕密布。龙飞虎迅速更换弹匣，再次移动着射击。会议室里，路瑶紧张地看着大屏幕，捂着嘴，不敢出声。这时，枪声停止了，胡同里又恢复了安静。曾阿虎背靠在一处拐角，大口地喘着粗气。龙飞虎也隐蔽在一处矮墙后，稍微停顿以后射击声还在继续，显然是更换了弹匣。

此时，队员们已经从各处包抄过来，曾阿虎看见闪身出来，两人连续射击，"咔嗒"一声轻响，两人的子弹都打完了，曾阿虎迅速更换弹匣，就在千钧一发之刻，龙飞虎突然反转手腕，从手腕的丝巾里拔出一个备用弹匣，弹匣和枪迅速合一，自动上膛——"砰"的一声，曾阿虎捂着左肩惨叫着倒地，五名队员持枪慢慢走过去。突然，曾阿虎右手拔出另一把手枪，对准了龙飞虎。路瑶站在大屏幕前，惊恐地睁大了眼睛。"砰！"曾阿虎右肩胛骨中弹，惨叫一声，手里的枪飞了出去——楼顶上，赵小黑吁了一口气，稳定呼吸，重新装上子弹。

街上，雷恺这时候提着枪跑过来，脸上都是冷汗："死的还是活的？"龙飞虎把枪插回枪套："活的——你怎么才跑过来？不是说好了在这儿会合的吗？"雷恺忍着痛："刚才脚底下一滑，摔了一跤，没，没事！"龙飞虎看他："还是去医院拍个片子吧，别骨折了。"雷恺摆摆手："怎么可能呢？没事，走吧！"雷恺转身向路虎走去，一转头，痛苦都在脸上，每走一步都咬牙忍着，浑身遍布冷汗。

第十七章
—— SWAT ——

1

清晨的阳光照射着公安局威严的大楼。此刻，会议室里一片欢腾，吴局长一脸欣慰地坐在椅子上，桌上的烟灰缸装满了，路瑶站着看着大屏幕，捂着嘴，忍不住哭出声来。

特警机场上，猛虎突击队的队旗在阳光下猎猎飞扬。小虎队的突击队员们整齐列队，吴迪郁郁寡欢地站在队列最后面。龙飞虎挺着山一样的身躯，跑步上前，立正敬礼："报告！支队长同志，猛虎突击队全体队员集合完毕，请指示！"支队长抬手还礼："稍息吧。"龙飞虎转身："稍息！"

"唰——"突击队员们背手跨立。

清晨的阳光映在他们年轻的脸上，均匀的呼吸声，一致的步伐，特警军靴踩在地上犹如同一个鼓点。

"同志们！——"支队长走上前，"'8·23'案件已经告破，犯罪嫌疑人曾阿虎被绳之以法！公安部、省厅、市局等各个上级领导机关，都对参战队员们表示了慰问和祝贺！这不仅是你们猛虎突击队的光荣，也是我们整个东海市公安局特警支队的光荣！"

队员们眼里放着光，都拼命鼓掌。吴迪的脸色很难看，不痛不痒地拍了几巴掌。龙飞虎脸上难得地带着笑容，欣慰地看着这一支年轻的队伍。

"尤其是新参加突击队的同志，在这次重大行动当中担任主攻突击组，成功地抓获了曾阿虎！后生可畏，你们这批新同志没有让支队党委失望，也没有让你们的大队长——龙飞虎失望，更重要的是——你们没有让自己失望！你们抱着献身公安特警事业的梦想，来到特警支队，来到猛虎突击队，渴望成为人民公安战线的英雄！

你们成功地实现了自己的理想，我代表老特警队员向你们表示由衷的祝贺！"支队长声如洪钟，抬手敬礼。

"敬礼！——"沈鸿飞高喊，队员们唰地立正，敬礼。队列里，传来一阵压抑的抽泣声，龙飞虎看过去，陶静咬着嘴唇，眼泪哗哗地流。

支队长顺着龙飞虎的眼神看过去，看到陶静，愣了一下，又转头看龙飞虎，龙飞虎的眼里也是泪汪汪的。龙飞虎看到许远，点点头，支队长的眼泪一下子就出来了，他努力克制住自己："你们……都很棒！你们的身上流淌着老一代特警队员的血液，凝聚着老一代特警队员的灵魂，尤其是……牺牲烈士的灵魂！他……他们没有死去，他们在你们的身上，在你们的灵魂当中，得到了永生！"队员们默默无言地听着，赵小黑纳闷地看着支队长。凌云也奇怪地侧头看着陶静，陶静泣不成声。

"好，就这样吧，你们的路还很长，突击队的路也还很长。希望你们在未来的岁月当中，不骄不躁，继续前进！我的话完了！"支队长掩藏好心里的悲痛，看了看站在队列里泣不成声的陶静，转身走了。

2

"你为什么不早告诉我？！"办公室里，支队长许远情绪激动，一巴掌拍在桌子上，涨红了脸。龙飞虎站在对面，低着头："我以为她挺不过去，进不了突击队，可能去哪个派出所坐班就算了。"

"她通过了，你也不肯告诉我？！"许支怒吼。

"还没顾上。"龙飞虎心虚地说。

"撒谎！"支队长走到龙飞虎面前，"你是害怕我反对，不允许她进入你的突击队，是吗？！"龙飞虎抬头，目不斜视："是。"

"你明明知道，为什么还要让她进入猛虎突击队？！"支队长痛心疾首。龙飞虎声音低沉："她的表现很出色，我没有理由不让她来。"支队长盯着龙飞虎："你能为她的安全负责吗？！"龙飞虎沉吟半天，嗫嚅道："我，不敢保证。"

"万一有点什么事，你让我怎么面对？你自己怎么面对？你每年还怎么去荣誉墙前，去面对你的老队长？！"支队长哆嗦着指着龙飞虎，"你马上通知她，调到支队指挥中心来！以后坐班，不要再出外勤了！"

"她不会去的。"龙飞虎说。

"那你命令她！"

"她不会服从这个命令的。"支队长一愣，龙飞虎情绪有些复杂地说，"这也是我最纠结的地方。如果我下命令就能解决这个问题，我早就下命令了，哪个单位都需要她这样聪明的女警。但是，我知道她是为了什么报名入警的，她是不会走的。我们都知道……她一直在寻找她的父亲，她好不容易和父亲的生命融为一体，她是不会走的！"

"她真的很出色吗？"支队长脸上都是悲痛。

"也有弱点，不过，她成长得很快。"龙飞虎注视着支队长，"——她是一个合格的突击队员。"

"我知道，我从来没有怀疑你培训新队员的能力！但是——"支队长话锋一转，"我希望你能好好和她谈谈，我们这些老特警，都希望她能安全——劝她服从组织安排，调到支队指挥中心来，明白吗？这不是我的命令，是我的恳求！"

"明白！"龙飞虎有些犹豫，"但是……那谁来当警察呢？"支队长苦笑："我就知道你会说这个！我不管谁来当警察，谁来当你的突击队员，但是她——不合适！"

"我……会和她谈的。"龙飞虎敬礼，转身走了。支队长的目光转向墙上挂着的一张合影上——老一代突击队员们穿着整齐的警服，锐利的眼神里都是意气风发。年轻的龙飞虎肩上扛着见习警员的警徽，正咧着嘴笑，眼神当中透出一股傲气。

走出大楼，闷雷宣示着暴风雨即将到来，空旷的训练场上已经空无一人。龙飞虎走在训练场，豆大的雨点落下来，落在他没有眼泪的脸上。对于陶静，他一直是纠结的。他说不清这样做是为了她的未来考虑，还是为了抚慰自己内心的伤痛。他有时会一直问自己，如果换作他的女儿，会让女儿献身于崇高的人民公安事业，跟他现在一样出生入死、风餐露宿，还是找个安稳的工作，找个对她好的男人嫁了，平安地度过一生？这种双重身份的交织错位，让龙飞虎陷入了沉思。

3

猛虎特训基地，远处有武直-9超低空掠过，训练场上警车林立，来来往往的特警们穿着训练服全副武装地列队跑过，空气中一派凛然的杀气。训练场一角的荣誉墙，墙上写满了密密麻麻的名字，两名礼兵表情肃穆地持枪护卫。陶静站在荣誉墙前，看着父亲的笑脸，她把脸贴在冰冷的墙上，贴着父亲的名字，眼泪顺着她的脸颊不断地滑落下来。此时，所有的委屈和伤痛，都在父亲面前尽情地发泄了出来。

一个闷雷响过，更多的雨点落下来。陶静年轻的脸在雨水的冲击下变得坚强起来。后面不远处，何苗呆呆地看着眼前的一切。

下午，穿着常服的龙飞虎走在基地的林荫道上，吴迪躲在两边的树丛里，犹豫着，想了想，还是咬牙冒出来。龙飞虎站住看他："你怎么了？找我有事？"吴迪低声："龙头，我……想找你谈谈。"龙飞虎点头，两人并排往前走去。吴迪看着自己的队长："你是不是再也不想用我了？"龙飞虎侧头看他："什么意思？"

"我知道，我们都知道，你现在器重小虎队，拼命帮助他们来挑大梁！你的心里已经没有我们这些老家伙了，不管我们曾经怎样追随你冲锋陷阵，你现在只关注小虎队！"吴迪的话里带着哭腔，也透出一丝悲凉。龙飞虎停住脚，盯着他的眼睛："你反思了这么久，这就是你的答案？"

"对。"

"你根本没有意识到自己的问题。"

"我在开会的时候走神了。"

"不，不是这个问题，是你的心很乱！"龙飞虎的喉结在蠕动着，"吴迪，你是我招进突击队的，你和他们在我心里，能有什么区别？你怎么会狭隘到以为我会对自己的队员分亲疏远近的地步？我是什么样的人，你不了解吗？你不相信我吗？"

"我当然相信！"吴迪急吼。

龙头惨淡一笑，摇头："你已经不相信我了。"

"我没有！"

"那你告诉我，你的心为什么会乱？"

吴迪犹豫了半天，才缓缓说道："……因为感情。"龙飞虎看着他："你还是小孩子吗？感情重要还是事业重要？当然，对一个男人来说，同时拥有事业和感情并且都经营得很好，是最完美的人生。我也不止一次地问过我自己，为什么我要这样活？"龙飞虎语重心长地看着空旷的训练场，"——责任。做一个男人，要有责任感。我对这个城市的安全负有责任，这个责任感不可能忘却，也不可能替代。穿上警服，就意味着要承担这份责任。"吴迪语塞。龙飞虎拍拍他的肩膀："你肩膀上的警衔，头顶上的警徽，都注定了你要承载这份沉甸甸的责任。吴迪，有些时候，男人必须做出选择，选择的结果或许很残酷，但总要有人去承担——对吗？"

"是，龙头说得对。我知道错了。"吴迪啪地立正，抬手敬礼，"我想恳求龙头，给我一次改过的机会。"

"改过？"

"是，我从入队开始就没离开过一线。全支队，乃至市局，甚至整个片区，都知道我是猛虎突击队的第一狙击手。现在，我被排除在外了，好像成了一个旁观者。我还戴着猛虎突击的臂章，却好像已经不是突击队的人了，我……我真的希望可以跟从前一样……龙头，我不想成为突击队的外人。"吴迪的眼泪下来了。龙飞虎沉吟片刻："你今天这样说，我也很难受。但是你自己犯下了错误，注定要付出代价。论感情，我是你师傅，师徒之间没有什么不可以原谅的。但是，猛虎突击队不是我一个人开的，上有支队党委，下有这些弟兄，你让我怎么对大家交代？"

"我可以做检查，可以做深刻的检查，可以公开做检查！我不怕丢人，就是别再把我排除在外了！"

"检查不可能服众。"

"我可以受处分！什么处分都可以！降我的警衔也可以！只要让我参加行动！"

"关于你的处理，支队党委和市局正在研究，你耐心等待吧。"龙飞虎拍拍他的肩膀。吴迪瞪大了眼："这，这都捅到市局了？！"

"记住，不管处理结果是什么，你现在还是一名突击队员！不要跟丢了魂似的，忘记突击队员应该有的四个特别了吗？特别能忍耐，你现在就在特别能忍耐的时候！"

"现在还是突击队员，意思是……以后不是了吗？"吴迪有些恍惚，眼泪也下来了。

"在上级没有进一步的决定以前，你依然是猛虎突击队的队员。"龙飞虎看他，"把眼泪擦干净，宁愿站着生，不要跪着死！记住，不要再去找谁替你说话，那只会丢人，起不到任何作用。"吴迪傻眼："我真没想到，会这么严重。"龙飞虎转身，拍拍他的肩膀："你没想到的事情还多呢。我只是告诉你，人生无常。"龙飞虎说完走了，留下发呆的吴迪愣站在原地。

4

办公室的窗户前，吴局长举着望远镜，看着站在训练场上发呆的吴迪。

"他就是吴迪？"吴局长收回目光说。支队长冷峻地点头，吴局长纳闷儿，"好像在哪儿见过。"

"每年的市局模范表彰会，都会有他参加。"支队长看着窗外，声音低沉，"我是看着他入队的，也是看着他成长的。他从武警退伍，进入我们特警支队，一步一步成长为一名合格的人民公安战士，优秀的特警突击队狙击手！出生入死，屡立战功，身上有十几处刀伤、枪伤，两次从死亡线上抢救回来，可以说为了特警支队，他付出了自己能付出的一切！所以……我希望局长可以慎重考虑！"支队长语气冰冷。

吴局长转过身，有万千的话想要说，可说出来就只有一句："我已经慎重考虑过了。"支队长的眼里泛着湿气："真的要这样做吗？"吴局长表情复杂地点头。路瑶走过来："许支队长，这可能是我们破获 K2 阴谋的最好机会。"

"可是他是特警的突击队员，是个狙击手！不是侦察员！"支队长吼了出来。

"可他是警察！"吴局长压抑着低吼。支队长语塞，低下头。吴局长稳住自己的情绪，"当公安事业需要一名警察去面对生死考验的时候，这名警察应该退缩吗？我理解你对部下的情感，你也是我的部下。"支队长低着头，不吭声。路瑶走过来："放心，我们会尽全力保护他的人身安全。"支队长苦着笑："没有人能保证他的绝对安全，对吗？"路瑶不知道自己还能说些什么，支队长抬起头："我知道会是这样，我服从您的命令。"吴局长说："这样吧，你和他谈谈，尊重他个人的意见。"支队长苦笑："还需要谈吗？我的人，我知道他的答案。"

训练场上，吴迪还孤独地站在那儿。突然，他眼角的余光注意到对面办公楼上闪过一丝反光，他不动声色，眼角斜了一下，反光"唰"的一下又消失了。吴局长拿着望远镜，躲在窗后："不愧是东海公安第一狙击手啊！"支队长苦笑。路瑶问："我们什么时候和他去谈？"吴局长想想："先不要让他知道吧，他不会丢下燕尾蝶不管的。"支队长的喉结在蠕动："我明白你的意思，你是让他真的陷入情感旋涡。"

"万一他真的有问题了怎么办？"路瑶问。支队长凌厉地看着路瑶："你是警察——他也是！"路瑶自知说错话，不再吭声。支队长转身，忧心忡忡地看着训练场上的吴迪。

烈日下，大街上人们来来往往，行色匆匆。一辆出租车在沈家小区的大院外停下，凌云拎着两大兜子营养品走向沈鸿飞。沈鸿飞愣愣地看着，没动。凌云提着东西往前走："看什么呢？走啊！"沈鸿飞紧跑两步跟上去："你涨工资了？"凌云白了他一眼："又不是给你买的。"沈鸿飞一笑，赶紧开门。

客厅里，沈母从厨房倒了一杯水进门，老爷子正在翻看手里的病历本，沈母上前把杯子放在桌了上，取出药："你就别老看了，医生们说话有时候故意夸大其词，不一定准……"老爷子笑着扬了扬手里的病历本："行了行了！我就是拿它解解闷

219

儿，这东西吓不倒我！"说罢，老爷子的脸色严肃起来，"其实……比起我那些牺牲的战友来，我算是幸运的了，知足了！"沈母无奈地看着。这时，门铃响起，沈母忽然一惊："哎呀！我忘了告诉你了，鸿飞说他今天回来！"沈母焦急地去开门，老爷子慌乱地将病历本塞进枕头下面。

沈母赶紧开门，一看见凌云，惊讶地笑："哎呀！凌云也来了？鸿飞你这孩子怎么不说一声啊！"沈鸿飞一笑："她又不是外人。"凌云笑着进屋："这些都是营养品，给叔叔补身体的。"沈母感动地接过来，沈鸿飞四下看了看："妈，我爸呢？"

"臭小子！当了特警就两眼朝天，看不见你老子了？"沈鸿飞一愣，看过去，老爷子精神矍铄地坐在沙发上，手里拿着报纸。沈鸿飞走过去，高兴地看着父亲："爸，看着您还真挺精神的。"老爷子一瞪眼："废话！你盼着我不好啊？"沈鸿飞嘿嘿笑。

沈母和凌云端着苹果从厨房走出来，笑着："沈叔叔，您好多了就行！您不知道，沈鸿飞在队里天天担心您的身体，吃不好睡不着的。"沈父不满地看着儿子："你小子不好好训练，操心我这糟老头子干吗？我告诉你，家里什么事儿也不用你操心！你把工作做好，做出成绩来，就等于给我加了药了！"沈鸿飞欣慰地点头，沈母赶紧转过身，抹着眼泪。

凌云麻利地拿起刀子，给老爷子削了个苹果，递过去："沈叔叔，您吃苹果。"沈父笑着伸手，忽然剧烈地咳嗽起来，沈母大惊，匆忙上前："老头子……"老爷子痛苦地连连摆手。沈母焦急地扶着老爷子："鸿飞，快去屋里把枕头给你爸拿来，让他垫上靠一会儿！"沈鸿飞点头，焦急地进屋拽起枕头，忽然愣住了，他拿起枕头下的病历本，打开，眼泪唰地就下来了。

客厅里，老爷子好不容易止住咳嗽，凌云和沈母扶着他的背。凌云看见沈鸿飞出来，焦急地："你磨蹭什么？快点儿啊！"沈鸿飞一手拎着枕头，一手拿着病历本，脸上淌着泪。老爷子一愣，表情复杂地看着儿子。

凌云诧异地上前，拿过沈鸿飞手里的病历本——晚期，扩散……凌云猛地呆住了。沈鸿飞含泪看着老爷子："爸！您为什么瞒着我呢？！"老爷子含泪看着别处："我不想给你拖后腿！"

"可您是我爸！您生了我，养了我，我有权知道您的病情，也有权……"

"忠孝不能两全！"老爷子回头瞪着沈鸿飞，语重心长地说，"你爸爸是个军人，当年在战场上我从来没掉过队，从来没拖累过战友。你是我的儿子，但是在为党、为国家工作的战线上，你也是我的战友，我也不会拖累你！如果因为我耽误了你的工作，那是我的耻辱，也是你的失职！"沈鸿飞带着哭腔，老爷子一扬手，"别说了鸿飞！你记住，家里有你妈照顾我呢，你好好工作，多拿荣誉，就是对我最大的尽孝了。你多抓一个罪犯，多做一件对老百姓有益的事儿，只要我还有一口气在，就会为你喝一声彩！鼓一次掌！就算有一天，我不在了，埋到地底下，你来看我的时候，用你的立功喜报给我当花献，献在我的坟前，我也会含笑九泉的！也会跟我那些老战友好好显摆显摆！听明白没有？！"

"是！爸！我明白了！"沈鸿飞哭着。凌云站在一旁擦眼泪。老爷子抬头看着凌云："还有凌云……凌云……凌云也一样！你来看沈叔叔，沈叔叔特别高兴，你……你也要好好工作！多拿荣誉！"

"是，沈叔叔，您放心，我会努力工作的！"凌云擦干眼泪，沈母望着老头子，若有所思。

5

下午，居民楼下，沈母含泪拉着沈鸿飞的手："鸿飞呀，回去吧。你爸有我呢，用不着你操心。"沈鸿飞抬眼看着楼上，默立着不动。凌云心酸地看着沈鸿飞。沈母望着二人，若有所思，支支吾吾地说："其实……你爸刚才的话……没有说完。他是有话想跟凌云说……"沈鸿飞和凌云一愣。沈母慈爱地看着凌云："凌云，我和你沈叔叔都很喜欢你，你应该能看得出来。"凌云一愣，有些不好意思地点了点头，"你们都老大不小了，有些话不用我说，你们也应该明白。"沈鸿飞着急地："妈，您到底想说什么呀？"沈母看着儿子，泪眼婆娑："鸿飞，你爸爸他……他日子不多了。我是想说……要是他在临走之前，能看到你有个结果，该多好啊……"沈鸿飞愣了一下，下意识地看看凌云。凌云红着脸，下定决心似的抬起头，认真地说："阿姨！我明白您的意思。我……我和鸿飞，会认真考虑的！"沈鸿飞吃惊地看着凌云。沈母擦着眼泪，笑："那就好，那就好……阿姨和你沈叔叔，都盼着那一天！"

大街上，沈鸿飞和凌云并排走着，都是心事重重。沈鸿飞看看凌云，又抬头看天："你刚才说，会认真考虑？"凌云不看他："不然呢？你希望我断然拒绝吗？"沈鸿飞有点儿失落："也就是说，你是在安慰我妈。"

"算是吧。"凌云眨巴眼。沈鸿飞急了："什么叫算是？"

"就是说，有一部分是。"

"还有呢？"

凌云停住脚，转头看着沈鸿飞："我也确实在认真考虑这个问题。难道你不是吗？你没有考虑过？"沈鸿飞停下看着凌云，认真地点头："我不否认，我一直在考虑，很认真地考虑。"

"告诉我你考虑的结果。"

"我没有结果。"沈鸿飞一脸严肃，"或者说……我不敢想象最终的结果。"

"我理解。你爸刚才说，忠孝不能两全。在猛虎突击队，爱情和事业也不能两全。真残酷！"凌云苦笑。沈鸿飞黯然点头："所以我不敢想。"

两人都沉默。

"凌云，你想离开小虎队吗？"沈鸿飞问。凌云望着沈鸿飞，坚定地摇头："不想！绝不想！你呢？"

"当然不想！"

凌云眼里含泪，脸上浮现出一丝苦笑："所以，我们之间注定不会有结果，对吗？"

"不！"凌云一愣，诧异地看着沈鸿飞。沈鸿飞目不斜视，眼神里透出一股坚定："我们之间，可能暂时不会有什么结果，但是我们可以有承诺！彼此之间，最真挚、最忠诚的承诺！我们谁也不会离开小虎队，我们用彼此的承诺维系着我们的感情。这份承诺会让我们互相鼓励，共同进步，也会在未来适当的时机下，开花结果。"凌云眼里含泪，笑着看着沈鸿飞。沈鸿飞也莞尔一笑，两人的手终于紧紧地握在一起，大步地向前走去。

不远处，一辆黑色的宝马驶来，熊三开车，王小雅有些忧郁地坐在副驾驶座上，猛然看到牵着手的沈鸿飞和凌云，愣住了。熊三也看到了两人，目光一动，瞥了一眼王小雅："小雅，需要我掉头吗？"王小雅含着眼泪望着两人，机械地摇了摇头。熊三暗自冷笑，一踩油门，宝马车飞驰而过。王小雅看着后视镜，望着渐行渐远的两人，泪水涟涟。

6

街角，一家幽静的咖啡厅里，这个时候客人不是很多，小提琴手拉着舒缓的音乐，带着伤感的味道。陶静背着包走进咖啡厅，吧台服务员笑着打招呼："陶小姐，好久不见了！"陶静一笑，服务员指着不远处一个靠窗的卡座："位置不变，菜单也不变？"陶静微笑着点头。

"请稍等！"服务员笑着离开。陶静在沙发上坐下，从包里掏出一本日记本，轻轻地抚摸着，眼泪啪嗒掉在本子上。街角不远处，何苗穿着便装，表情复杂地看着玻璃窗边上坐着的陶静。陶静紧咬嘴唇，泪水潸然而下。这时，服务员端着咖啡过来，陶静强忍着眼泪，连忙掩饰着笑了一下。

陶静强忍着眼泪，取出夹在日记本里的猛虎突击队的照片，凝视着。她将照片小心翼翼地放在本子旁边，擦了擦眼泪，拿起笔。

"今天是个特殊的日子……爸爸送我的笔记本中，最后一本，第一篇日记……"陶静含泪凝视着父亲的照片，继续写，"爸爸，您知道吗？找到现在还记得，那是一个星期天的早上，说好了你要带我去动物园，可是刚准备出门，您的对讲机又响了。我知道，每次它一响起，我们的所有计划就全部会泡汤，这次也不例外。我拼命地哭，不放您走，可是您还是走了，完全不顾我的眼泪，那天早上，我恨透了您，我发誓再也不会理您了。可是，您却连让我不理您的机会都没给我……"眼泪哗啦啦淌落，陶静的手有些颤抖。

"没人告诉我和妈妈，到底发生了什么。我们被接到那座大院里，看到了好多警察，每个人都在哭，看着我和妈妈哭，说着各种安慰的话，那么多的人，那么多的话，我只听懂了一句：我再也没有爸爸了……"

"爸爸，您就在那个星期天的上午，永远离开了我和妈妈。您连一句告别的话都没有跟我们说。头天晚上，您到特警支队对面的超市里，买了整整一包日记本，您告诉您的徒弟龙飞虎，说，把这些日记本送给我的女儿王静，让我每天都把心里话写在上面，等您回家的时候，您就可以看我的日记，看看您的宝贝女儿每天都做了什么、说了什么、想了什么，这样，您就能知道女儿在一天天长大，知道女儿喜欢什么、讨厌什么，就像您天天待在女儿身边一样……可是爸爸！我每天都在写，写满了一本又一本，我已经写到了最后一本，我的日记您看过了吗？爸爸，我一直在找您，我找了您整整十四年，我终于找到了您，我多想您就真真切切地坐在我的身旁，看我写的日记呀！爸爸，您知道吗？我的日记上，每一篇写的全都是您啊！"陶静忍不住抽泣，咬住嘴唇，不让自己哭出声来。在她身后不远处，何苗看着她抽泣的背影，眼睛泛着潮湿。

陶静抬起头深呼吸，伸手擦去眼泪，却看见穿着便装的何苗站在对面。陶静大惊，慌乱地扣上照片，胡乱擦着眼泪："何苗，你……你怎么来这儿了……"何苗尽量让自己平静下来："我可以坐下吗？"陶静点头，何苗坐下来，凝视着陶静："你哭过？"

"啊，我不是一向都喜欢哭吗？很奇怪吗？你怎么在这儿？跟踪我啊？"

何苗不知道说什么，忽然一笑："我跟踪你干吗！巧了，我出去逛街，天太热，想喝杯咖啡提提神，就进来了，正好看见你了。"陶静"哦"了一声，何苗看陶静紧紧攥着的笔记本："你的日记呀？"陶静慌乱地把笔记本塞进包里，掩饰地笑："哎呀，我这个人就是太感性了，翻翻旧日记，突然想起高中毕业的时候了，一想起我那几个死党闺密，眼泪哗哗往下掉……"

"陶静！"何苗忽然打断她，表情变得肃然，眼泪慢慢溢出来。陶静愣住，有些心虚："你……怎么了？"何苗没说话，伸手把桌子上扣着的照片慢慢翻过来："我都知道了……"陶静再也装不下去了，捂住嘴，尽量不哭出声。

"想哭，你就在我的面前哭出来吧。"陶静捂着嘴，摇头。何苗的喉结在蠕动，"你到底……隐藏了多久？压抑了多久？"陶静不说话，只是哭。何苗摘下眼镜，捂住自己的眼睛，泪水从他的指缝中溢了出来。

幽静的咖啡厅里，陶静已经平静下来："你跟踪我，就是想知道我爸爸是谁？"何苗一脸真诚："我没有别的意思，我只是觉得……我知道龙头他们嘴上不说，心里却一直很关注你，我在想，你肯定是个有故事的人。"陶静苦笑，何苗继续，"我开始真的有这个疑问，你弱不禁风，又是医学硕士，为什么非要跑到特警队来受虐？可能是你家里人有背景，希望你走仕途，从特警起步，一步一步青云直上。但我没想到，真相原来这么残酷。"陶静看着窗外："你现在知道了，满意了？"

"不，我不是那个意思！"何苗急说，"我也觉得我特无聊，你爸是谁跟我到底有什么关系呢？为什么我非要去探个究竟呢？我现在真的觉得自己特别的无聊，也很无耻，居然会去探索你的隐私！"

"这不是什么隐私，只是我不想告诉别人。"

"对不起，我不是故意知道的。"

"知道了也没什么，我为我的父亲骄傲。"陶静的眼里闪着亮光，何苗注视着她。陶静擦去眼泪："你还有别的事吗？如果没有，我想一个人静一静。"

"我不会告诉别人的，因为我理解了。"

"无所谓，别以为你知道了我什么秘密，我就会怕你似的。我从小到大，都不会被人拿住的。我只是不想你们知道，不想让任何人觉得，我是因为父亲受到了什么特殊照顾才入警的。"何苗一脸认真地看着她，陶静纳闷儿："你还有什么事？"

何苗的眼神变得柔和："陶静，我现在知道，你是一个孤独而脆弱的女孩，你的内心隐藏着巨大的伤痛。这种伤痛让你难以承受，你必须用一种貌似坚硬的外壳来伪装自己。这种外壳貌似坚不可摧，其实……不堪一击。"陶静笑笑："你看错我了。"

"你在嘴硬！你现在在我的面前，只剩下嘴硬了！"

"在你面前？我为什么一定要在你面前？"何苗语塞。陶静看他，"何苗，我们是队友，是同事，所以我会听你说这些，否则，我早就请你离开了！如果没有别的事，我想静一静。"

"好吧……"何苗起身，突然转过身。陶静抬眼看他："你还有什么事吗？"

"我喜欢你。"何苗真诚地看着陶静。陶静一愣："你发烧了吧？你不是说过，永远也不会喜欢上我的吗？"

"我知道，以前你那样是一种伪装，你知道我不会喜欢你的。"何苗的眼里有泪花闪动，"当我看穿了这层伪装，我才发现，你就是我喜欢的人。陶静，我——喜欢——你！"陶静绕过他的眼神："别谈这些好吗？我不想谈恋爱。"

"我会等，我会等到你真的喜欢我的那天。"陶静愣愣地看着他。何苗的目光迎上去，两人的眼神撞击在一起，柔情四溅，"相信我，我会一直等下去，等到你喜欢我的那天。我会珍惜你、疼爱你、宠着你，不让你再吃一点苦，不让你再受一点伤。总有一天，你会被打动的。"何苗笑笑，转身走了。陶静看着何苗渐远的背影，默默地呆坐着。

7

特警靶场，队员们全副武装地站在地线外，枪声噼里啪啦。郑直站在靶场边高喊："下一个！"

"到！"小刘响亮地回答，郑直吓了一跳，望过去，小刘兴冲冲地跑过来，精神抖擞地立定，敬礼："师兄好！师兄牺牲了休息时间，对我们进行警务技战术培训，辛苦了！"郑直苦不堪言："小刘，我记得，今天你们重案组报上来的培训名单里没你呀。"

"对，是没我，我本来是明天。可是我听说今天是师兄你做教官，我特意跟组长打了个申请，跟同事换了个班儿。"小刘笑着。郑直皱眉，别过脸去，苦恼万分。

小刘高兴地去拿枪，上子弹。郑直困惑地看着她。小刘装着了弹，忽然扭头看着郑直："师兄，我前天早上给你发的微信，你收到了吗？"郑直敷衍地说："收到了。"

"昨天晚上的呢？"

"也收到了。"

"那你怎么不回复我？"

郑直哭丧着脸："小刘，我没办法回复你。"

"为什么？你就那么不愿意接受我的表白？"

"小刘，这个问题咱们等训练结束再说行吗？"郑直苦不堪言地看着她。

"不行！你不给我个明确答复，我就放不下心来，这会影响我的训练成绩的！我要是成绩不好，你这当教官的，脸上也不好看。"小刘一脸殷切，"说吧师兄！我的承受能力很强，能挺住！"郑直无奈，叹了口气，严肃地看着她："小刘，那我就正式地、明确地最后一次答复你！我，和你之间，只能是普通同事的关系，我们不可能发展到你希望的那个程度，绝无可能！"小刘眼圈一红："为什么？"

"在我眼里……你就是个小孩。"

"年龄是问题吗？理由不充分，我不接受！"

郑直不厌其烦地说："好！我的下一个理由，我，已经有心上人了！并且十分痴迷于她，我不可能再接受另外一份感情了，你觉得这个理由充分吗？"

小刘眼泪啪嗒啪嗒地往下掉，不说话，盯着手里的枪。郑直下意识地看着她手里的枪，忽然大惊："小刘！你……你不要乱来啊！你说过，你的承受能力很强，我才跟你说的！你先把枪放下！"小刘忽然抬头看着郑直，含泪一笑："师兄，你太小看我了！我才没那么脆弱呢！准备计时吧！"

郑直愣住。小刘擦了擦眼泪，盯着前面的靶子，做好了射击准备。郑直无奈，高喊："准备！——开始！"小刘扣动扳机冲出去。

不远处，龙飞虎恼怒地放下手里的望远镜："完全不在状态，浪费我的子弹！"路瑶站在旁边冷声说："是你的人影响了我的人。"龙飞虎苦笑："你觉得他们两个会有结果吗？"路瑶淡淡地："说不好。不过，如果我可以决定他们的命运，我倒是不希望他们两个有结果。"

"为什么？"

"前车之鉴。"

龙飞虎的脸上闪过一丝悲伤，轻叹道："其实，有人比你和我更痛苦。"

路瑶看着龙飞虎。龙飞虎错开她的目光，表情痛苦地凝视着前方："我越来越觉得，莎莎是整个事件中唯一的受害者。我们之间可以形同陌路，可以沉浸事业，可以各自开始自己的新生活。可是莎莎永远都没办法从父母离异的阴影中走出来。她永远都没有机会再和她的爸爸朝夕相处，没有机会和爸爸一起看电视、看书，一起吃爸爸亲手烧的菜，一起和爸爸谈论学校里发生的各种有趣的事儿……甚至，等到她出嫁的那一天，都没有机会得到爸爸的祝福。"龙飞虎的眼里泛着眼泪。路瑶于心不忍地看着龙头，表情复杂："老龙，你……你为什么突然跟我说这些？"龙飞虎扭头看着路瑶："我有些脆弱了，是吗？"路瑶点头："的确如此！你从来没这么伤感过，至少在我面前没有过，你怎么了？"龙头看着路瑶，顿了顿，面色凝重："因为陶静。"路瑶一愣："陶静？小虎队的那个陶静？她怎么了？"

"他是王平的女儿，陶静就是王静，她的妈妈叫陶思然，后来她改了母姓。"

路瑶一脸吃惊："陶静就是王静？！那个小丫头？！她都这么大了？"龙飞虎痛苦地点头："千真万确。"龙飞虎苦笑："莎莎都多大了？那时候，我们还没结婚。"

"我万万没想到，只是觉得有点眼熟，还想可能是跟哪个明星长得像呢！"

"当年，老队长为了救我牺牲了。嫂子带着陶静离开了东海，隐姓埋名地生活。可是陶静从来都没有忘记过自己的父亲，这么多年，她一直在找她的父亲，她经历了太多的磨难，内心积攒了太多的伤痛，痛到连我这样的人都不忍心碰触。现在她来了，她终于找到了父亲曾经战斗、生活过的地方，她留下来了。可是她能看到的，只有荣誉墙上那张冷冰冰的照片。你不觉得这对她来说，实在是太残酷了吗！"路瑶含着眼泪，龙飞虎看着路瑶："我现在有两个女儿，一个陶静，一个莎莎。陶静的今天，也许就是莎莎的明天；明天的莎莎，也许就是今天的陶静。所以，我才会如此伤感，因为我真的不想让这一切变成现实！我连想都不敢想！"

龙飞虎扭过脸，强忍着眼泪。路瑶愣立当场，含泪望着龙飞虎的背影，长长地叹息了一声。这个自己深爱过的有着山一样身躯的男人，竟然也有着孩子一样的脆弱和无助，路瑶的心有些泛疼。

8

医院走廊，偌大的病房外，凌乱的脚步和刻意放轻的谈话声交错着。吴迪一脸失落地走到 306 病房门口。他没有推门，表情复杂地站在门口。随后他深呼一口气，推门进去。此时，陈晓晓脸色苍白地躺在病床上，看到吴迪，挣扎着起来，吴迪匆忙上前扶着她。

吴迪将枕头靠在陈晓晓背后，自己坐到床边，陈晓晓的眼泪在打转："真没想到你还会来看我。你一定很忙吧？"吴迪尴尬地一笑："还行，这两天……不太忙。"

"吴迪，你女朋友……她知道这件事吗？"吴迪一愣，没说话。陈晓晓看他，"她是不是已经知道了？她怎么说？"吴迪皱眉："晓晓，我们先不谈这事行吗？"陈晓晓点头："好，我什么都听你的，你想谈什么，我就听什么。"吴迪苦恼地看着陈晓晓："晓晓，我真的想不明白，你为什么要这么做呢？"陈晓晓的眼里有泪花在闪动："其实你心里很清楚我为什么这么做。我曾经做过一些傻事，我很后悔，我想和你重新回到以前，再也不想离开你了！如果你连这个机会都不给我，我活着还有什么意义呢？阿迪，你还记得我们以前的日子吗？那时候我们之间多快乐呀！"吴迪表情复杂，愣愣地看着陈晓晓。陈晓晓泪水涟涟："阿迪，难道你一点儿都不怀念我们过去的日子吗？"

"怀念，我很怀念。"吴迪一脸痛苦，"许多事情，我历历在目。可是有什么用呢？你还是走了。从此你杳无音信，我想尽一切办法和你联系，全都没有用……你消失得彻彻底底，无影无踪。"

"阿迪，对不起，真的对不起……"陈晓晓哭出声来，"可是请你相信我，我那段时间确实有不得已的苦衷，阿迪，你给我时间，我会向你解释清楚的，我一定会向你解释清楚的……"吴迪含泪起身："没有必要了，真的没有必要了。现在你有你的生活，我有我的生活，我只是希望你不要再做傻事了。你好好休息吧……"吴迪抬腿要走。陈晓晓哭喊着，吴迪一脸痛苦，没有回头，向门口走去。

"我没有退路了！……"吴迪松开拽着门把的手，回身，陈晓晓哭着，"除了和你在一起，我真的没有别的路可走了！如果你不给我机会，我还会选择去死！"吴迪纠结万分地看着陈晓晓，转身大步走了出去。房门"砰"的一声关上，陈晓晓无力地瘫躺回床上，痛苦地闭上眼睛，两行泪水顺着脸颊滑落下来。

医院外，路边停着一辆伪装成送货车的监控车。公安局办公室，吴局长看着大屏幕上的画面，问龙飞虎："如果你是吴迪，现在会怎么想？"龙飞虎从大屏幕收回目光："局长，为什么是我？"吴局长看他："因为他是你的老部下。除了他自己，没人比你更了解他。"

路瑶表情复杂地看着龙飞虎。龙飞虎想了想，严肃地说："我会痛苦纠结到极致，以至于大脑一片混乱，无法做出任何抉择。"屋里的人都是一愣。

"为什么？"支队长问。

"因为我不想放弃我爱的女人，也绝不想让我曾经爱过的女人受到任何伤害。"路瑶若有所思地看着龙飞虎。支队长苦笑着："你有这么重感情吗？"龙飞虎没有回答："起码吴迪是这样的人，很显然，他现在已经是这个状态了！陈晓晓要么是真的对吴迪宁死不放手，要么就是有极强的目的性。可是吴迪陷在其中，无法分辨真伪。"吴局长和支队长对视一眼，又看龙飞虎："那你觉得，我们下一步该怎么办？"龙飞虎长吁了一口气："我觉得，是时候了！"

楼道里，路瑶和龙飞虎前后走着。两人也不说话，就闷头走。

"本来下午是我见莎莎的时间。"龙飞虎叹了一口气，停下脚步回身望向路瑶，苦笑着，"很遗憾，我又一次错过了！过时不候，这是你规定的。"路瑶表情复杂地看着龙飞虎，目光一动："等这次案子结束吧，我给你补上。"龙飞虎意外地看着路瑶。路瑶加快步子向前走去，龙飞虎一愣，苦笑着摇头，跟了上去。

凯旋咖啡厅里，客人寥寥。李天阳坐在沙发上左顾右盼。门外，莎莎背着包推开门，李天阳眼睛一亮，不动声色地向旁边桌的两个男人使了个眼色。

莎莎走过来，李天阳笑着起身，叫她。莎莎一看："嗯？果然是你啊，和网上一样，还蛮帅的嘛！"李天阳笑："坐吧，给你点了你最爱喝的原味奶茶！"莎莎放下包，一身轻松地坐在沙发上。李天阳也坐下："最近怎么样？"

"还那样呗，还能怎么样？"莎莎故作轻松地说。

"虽然咱们是网友，但我还是很关心你呀！对了，你爸爸妈妈和好了吗？"李天阳问。莎莎失落地摇头，李天阳安慰她，"哎，单亲家庭的孩子啊，真是内心痛苦啊！我说得对不对？"莎莎"喊"了一声："我才不痛苦呢，我快乐得很！"李天阳笑笑："想不想出去玩儿？"莎莎眼一亮："去哪儿？"李天阳站起身："上车再说啊，一次说走就走的旅行啊！"莎莎摇头："妈妈不让我上陌生人的车。"李天阳笑："我和你还是陌生人吗？我们在网上都认识那么久了，是好朋友啊！"

"那我也不能上你的车啊！"莎莎还是摇头。

"瞧你，警惕性那么高啊！"李天阳起身，抓起莎莎的手，"跟我回家，哪儿有这么不乖的孩子！老妈都病了，你还离家出走！"莎莎一愣，旁边的服务员和客人都看来。另外两个男人也起身，跟着往外走。莎莎猛地醒悟过来，坐在沙发高呼："救命啊——救命啊——绑架啊——"李天阳一巴掌过去："你这孩子张嘴就是谎话！

赶紧给我回家！各位，这是我妹妹，离家出走，我好不容易才把她找到！"莎莎捂着脸大哭："他撒谎！他是坏人！救命啊——"

"走走走，有什么事回家说去！"另外两个男人帮腔，抓着莎莎就往外走。服务员上前伸手："这位先生，不管怎么说，打人是不对的，我们也不知道她是不是真的就是你妹妹，要不我们报警，让警察来鉴别？"李天阳一扬手："我们家的事，关你什么事？！闪开！"莎莎哭喊着，服务员刚想说什么，那两个男人甩手将他打倒，李天阳抓着莎莎就往外走。收银台处，另外一个女服务员拿起电话："公安局吗？我们这……"话还没说完，李天阳见势不好，从后腰一把拔出尖刀："让开！都让开！"

110报警服务台，接线员戴着耳麦听着，迅速按下警报键："山西路凯旋咖啡厅发生疑似绑架案，现场有格斗声音，请就近巡逻车马上赶到现场！通知猛虎突击队，疑似绑架案！"

停机坪前，两辆突击车疾驰驶来。小虎队全副武装跳下来，左燕坐在驾驶舱，一挥手，队员们迅速鱼贯登上直升机，舱门刚关上，直升机的螺旋桨刮起飓风腾空而起。

<h1 style="text-align:center">9</h1>

公路上，一辆特警警车闪着红灯在疾驰，龙飞虎坐在副驾上，拿着对讲机："指挥中心，现场到底什么情况？"

"有一名女孩被三名劫匪试图绑架，我们的巡逻车及时赶到，他们没有逃掉。但是女孩被劫持，匪徒持有尖刀，正在与巡警隔着门对峙！"

"一共有几个人质？"

"就那名女孩！"

"知道了，马上发到我的终端上！"龙飞虎打开终端，画面一闪，龙飞虎彻底呆住了。正在开车的杨震斜了一眼，也愣住了。

另一条街上，重案组的车队风驰电掣，路瑶坐在车里一脸焦急。此时，秦朗正在办公室，一边穿外衣一边往外冲去。

咖啡厅门口，特警们还没到，三辆巡逻车困住大门口，几名警察持枪在门口守着。咖啡厅里，李天阳拿着刀，横在莎莎脖子上，猫身躲在柜台后面。另外两个劫匪也拿着尖刀躲在屋里。外面，有高音喇叭在喊话："里面的人听着！我们是警察！

你们不要伤害人质！有什么条件，我们可以谈！"

"我要和你们局长谈！"李天阳扯着嗓子吼。

"我们已经报告了上级，他们会派人来和你正式谈判！在这以前，你们不要伤害人质！"

李天阳满头是汗，恶狠狠地比画着："你们要是敢进来，我就杀了她！"一个匪徒拿着刀有些紧张："阳哥，他们公安可是有特警的啊……"李天阳满头大汗。莎莎大吼："对！我爸爸是特警队的！猛虎突击队的大队长龙飞虎！你死定了！"

"啊？！"李天阳瞪大了眼。

外面，直升机低空悬停，何苗拉开舱门，将大绳用力抛了出去。队员们快速起身，陆续从悬停的直升机上嗖地滑下。沈鸿飞最后一个落地，抬头竖起大拇指，左燕拉高机头，直升机轰鸣着离开："小虎队已经就位，小飞燕滞空观察，完毕。"沈鸿飞招呼大家起身，向对面的咖啡厅跑去。咖啡厅里，李天阳脸色大变。

沈鸿飞跑过去："我是特警支队队长沈鸿飞，现场什么情况？"巡警队长报告："他们劫持人质，我们看不到里面！"沈鸿飞跑到警车后，拿起望远镜，但咖啡厅的窗帘都拉上了，看不清里面的情况。

"里面有摄像头吗？"凌云问。

"肯定有，你想办法接驳咖啡厅的监控系统。"沈鸿飞说。

"我需要一个工作间。"

巡警队长抬手一指："那边依维柯警车上可以！"凌云背着包低姿跑过去。何苗看着手里的终端，纳闷儿："这女孩好像在哪儿见过？"陶静看了一眼，一愣："龙莎莎？！是龙头的女儿！"——所有人都呆住了。

第十八章
——— SWAT ———

1

咖啡厅里，李天阳拔出手枪，子弹"哗啦"一声顶上膛。凌云飞快地操作着电脑键盘："我接驳了咖啡厅的视频监控系统！"

"快传输过来！"沈鸿飞说。

这时，突击车疾驰而至，"吱"的一声急停。全副武装的队员们也陆续跳下车，纷纷跑步到位，占据了各个攻击地点。韩峰牵着猎奇，紧跟龙飞虎走来。沈鸿飞迎上去，龙飞虎面色冷峻："现场情况怎么样？"

"我们已经接驳了餐厅的视频监控系统！"

龙飞虎接过沈鸿飞递过来的电脑终端，稳定住自己的情绪："跟里面对话没有？"沈鸿飞摇头："还没有。"龙飞虎看了看咖啡厅："想办法和里面对话。"

"是！"沈鸿飞吼道。

这时，重案组的车队也疾驰而到，车还没停稳，路瑶带人跳下车，匆匆走来："到底怎么回事？"龙飞虎心如刀绞，压抑着自己："还不知道，现在看来，暂时没有生命危险。"路瑶急吼："你还不赶紧把她救出来？！"龙飞虎也急了："什么时候救，怎么救，需要通盘考虑！"

"那是我的女儿，也是你的！"路瑶哭出来，拔出手枪上膛，"你不去救，我去救！"龙飞虎一把抓住她，按在车身上，手腕一转反手夺过手枪。路瑶涨红着脸，挣扎着。"啪——"龙飞虎一巴掌打在路瑶脸上，路瑶呆住了。龙飞虎稳稳地握住她的肩膀，低吼："听着，你是警察！你是警察！"路瑶呆呆地看着他，"你是警察！你不能这么冲动！"

"可那是我的女儿！"路瑶哭出声来。龙飞虎也是心如刀绞："也是我的女儿！"随后转向站在一旁目瞪口呆的小刘和李欢："你们组长已经不适合参加营救人质的行动，你们照顾好她。"路瑶含泪看着，龙飞虎的喉结在蠕动："别以为我铁石心肠，只是我不能哭，不能喊，不能冲动！营救人质行动，不相信眼泪！我不能流泪，不能情绪激动，不能去想——那是我的女儿！我必须把她当作一个人质来对待，她和别的被我成功救出的人质没有任何的不同！没有任何的不同，她是人质，我不能去想她是我的女儿，因为我的心会碎！心碎了，我就不能指挥行动了！你希望别人指挥这次行动吗？"路瑶呆呆地摇了摇头，"你是重案组的组长，控制好自己的情绪！在那边待着，不要说话，不要冲动，不要让我分心——好吗？"路瑶哭着点头。警戒线外，急赶过来的秦朗着急地看着里面。

2

咖啡厅里，一名匪徒走到窗前，轻轻掀起窗帘缝隙看，声音有些哆嗦："外面……全都是警察啊！"莎莎瞪着他："我说过，我爸爸会杀了你们的！"李天阳一把捂住她的嘴，莎莎张口就咬，李天阳"嗷"的一声惨叫，莎莎趁机挣脱李天阳往门口跑。凌云看着电脑，紧张地："她在往外跑——"

"接应！"沈鸿飞命令。

登高突击车旁，龙飞虎一听就站起来："小虎队！上！——"门口不远处，郑直和陶静拿着防弹盾一跃而起，冲向门口。

大门一下子被撞开，莎莎高喊着爸爸跑了出来，郑直和陶静迅速冲上去，试图拿防弹盾罩住莎莎。就在此时，一只手从里面拉住莎莎，猛地拽了回去。郑直和陶静扑了一个空，急忙蹲在原地，往两边撤。沈鸿飞蹲在警车后，低吼："狙击手！刚才为什么不开枪？！"

对面二楼的狙击阵地上，赵小黑满头是汗："人质也在弹道危险范围！"段卫兵急赤白脸地："我知道！但是你不是第一狙击手吗？你为什么不敢开枪？！你没打过信任射击吗？！"赵小黑也吼："俺怕打到人质！"段卫兵一脸懊恼："现在人质已经被抓回去了！我们错过这个机会了！那是龙头的女儿，我们都想把她救出来！"

"你们两个别吵了！纸老虎！——"沈鸿飞吼，"你接手高精狙！暂时担任第一狙击手！"段卫兵愣了："这怎么行？"沈鸿飞冷声命令："现在不是谦虚的时候！

执行我的命令！"段卫兵一咬牙："是！"

赵小黑可怜巴巴地把枪递过去，段卫兵咬牙接过来，持枪观察下面。赵小黑的眼泪下来了，段卫兵面色严峻："现在不是后悔的时候，快帮我观察！"赵小黑急忙拿起观测仪。

大厅里，莎莎被李天阳抓回来，一把丢在地上："想跑？你以为那么容易吗？！"莎莎起身，"啪"的一声，被李天阳一耳光抽倒。另一名匪徒上去，撕下一条布单子，将莎莎的手反绑住。莎莎瞪眼恨恨地看他："你会死得很难看的！"李天阳不耐烦地挥着手里的枪："那也得你先死！看你那老爸疼不疼你了！把她的嘴给我堵上！"

这时，龙飞虎的声音通过高音喇叭传过来："李天阳！我知道是你，你的所有资料现在都在我的手上！现在，谈判电话就在门外，我知道你们是三个人！你放心，我们绝对不会开枪，只是想和你谈一谈！"

李天阳冷笑着，不说话。

"我知道你不想死，你也知道，我不想人质有任何伤害。"龙飞虎继续说，"人质在你的手上，我肯定要顾及到人质的生命安全！所以你不用担心，我只是想让你派个人把电话拿出来，我和你谈谈！"

还是一阵沉默。

警车后面，沈鸿飞拿着终端，仔细看着凌云传输过来的咖啡厅的平面图："我们可以从正面、后门强行突入，这是最后的方案！"龙飞虎低声命令："去做你该做的事。"

"明白！"沈鸿飞对着耳麦低声命令："狙击组，保持对正面的观察，听我口令狙杀目标！注意，一定要在确保人质安全的前提下！爆破组，在正面准备强攻！指挥组，跟我到后门去！明确没有？回答。"随即，耳机里陆续传来各小组的回复。

龙飞虎表情复杂地看着沈鸿飞："把我的女儿救出来！"沈鸿飞坚定地看着他，提着枪转身跑了。龙飞虎随即拿起高音喇叭："李天阳！难道你不想谈判吗？"

咖啡厅里，李天阳抓住莎莎躲在吧台后，想了想，指着其中一个匪徒："你去！"匪徒声音有些颤抖："老大！他们……可有狙击手！"李天阳扬了扬下巴："他女儿在我手上，他不敢开枪！去！"匪徒战战兢兢起身，往门外走。

咖啡厅的大门开了一条缝，何苗和陶静躲在门两侧，持枪待命。随即一条白手巾伸出门外晃了晃。赵小黑举着观测仪，趴在对面的狙击阵地："他出来了！"段卫兵据枪瞄准，食指放在扳机上："需要我怎么做？"

"待命，他们只出来一个人！"沈鸿飞低声命令。

"明确。"段卫兵预压在扳机上的食指又松开了，赵小黑拿着观测仪继续观察。

匪徒哆哆嗦嗦地提上电话箱子，向里走去，一转身吓得脚下一滑，摔在地上，又赶紧爬起来。一进门就脚软地跌倒在地上，带着哭腔："大哥，本来我们是拐卖人口，现在变成劫持人质，这可不是一种罪啊！"

"别做梦了，现在公安到处都在打拐！你以为把我们做过的案子都翻出来，我们逃得过重刑吗？！现在被抓进去，跟被打死有什么区别？！还不如放手一搏！"李天阳站起身，"听着，我们现在没有任何退路了，只能绑在一起跟警察对着干！侥幸的话我们还能逃命！要么就是死路一条！你们既然认我做大哥，就得相信我！多少次我带你们从险关闯过来了，这次也一定行！"那名匪徒快哭了："以前……以前咱们没劫持过人质啊？"李天阳恨恨地说："你蠢猪啊！只要人质在手，警察一定不敢动手！刀放在人质脖子上，又是特警队长的女儿——你觉得，我们没有逃命的希望吗？！"

这时，电话响了，李天阳拿起来，是龙飞虎的声音："我是东海市公安局特种警察支队猛虎突击队大队长龙飞虎，负责这次危机的最终解决。我想我们可以好好聊聊，我们都有的是时间。"

"你女儿在我手上！"李天阳拿着电话大喊。龙飞虎克制住自己的情绪："你既然知道我是突击队长，就应该知道劫持我女儿的后果！她有一点点的损伤，你都难逃一劫！"李天阳轻哼："你见过无数像我这样的犯罪嫌疑人，我相信你都没有感觉了——但是，女儿你只有一个！我想，你不会无动于衷！"

"我肯定不会无动于衷，所以我在考虑回避。"

"回避？"

"对，把行动指挥权移交给公安机关指定的人选，我按照规定回避。"龙飞虎说，"上级会派一个与你控制的人质完全无关的指挥员来，他会秉公处理，丝毫不会因为你劫持的人质是我的女儿这种关系受到影响。那时候，你该知道什么叫作秉公处理——也许，连这样谈的时间都不会很长。"

李天阳在犹豫。

"怎么样？我们能好好谈谈吗？"

"你想和我谈什么？"

"谈谈我们怎么结束这个麻烦。我想要我的女儿完好无损，你呢，有什么条件？"

李天阳想想："给我提供一架直升机，我要飞到境外去！"龙飞虎轻笑："你在看好莱坞大片吗？从哪儿来的直升机可以飞到境外去？你知道这涉及多少部门？直升机不管飞到境外哪个国家，都要得到所在国政府的许可，你觉得这件事你办得到吗？"李天阳咽了口唾沫："我要是到不了境外，你女儿就休想活命！"

"我女儿要是不能毫发无损地走出来，你也知道后果！"龙飞虎吼了出来。李天阳想想："现在我们都陷入一个僵局，龙大队长，你看这个僵局怎么解决呢？"

"我会把你的要求向上级转达，找出一个可以折中的办法来。在这以前，你不要伤害人质，你也知道，这是你唯一的砝码。你要是动她一根头发，相信我的话，到天涯海角，我也会干掉你！"

李天阳咬牙："成交，那我等你的回复。一个小时！"

"你知道这需要汇报多少级的领导？一个小时，连报告都写不完！"

"那你要多久？"

"五个小时！"

"不可能！最多三个小时！"

"好吧，我尽力而为！"

"啪！"电话挂了。龙飞虎放下电话，脸色严峻："小虎队注意，我只争取到三个小时的时间，希望你们能找出解决方案，向我汇报！"

"是！"沈鸿飞低吼。

咖啡厅门外，陶静低姿蹲在窗外附近观察，里面拉着窗帘，看不见现场情况。警车里，凌云皱眉盯着电脑："他们现在分成两块，两个人在前面，李天阳和人质在柜台后面。他很狡猾，不管从前门还是后门进去，都没有射击角度。"

"你的意思就是，我们怎么样都没办法了？"沈鸿飞懊恼。

"有办法！"凌云目光一动，"我们冒充医生进去。我的意思是，先派医生进去，保护好人质，然后再发动突击！"

"我听到了！"耳机里传来龙飞虎的声音，"这是一个好方案，先得有人保护人质的安全。"何苗靠在门外，纳闷儿："可是她怎么进去？难道去敲门，问你们需要上门医疗服务吗？"龙飞虎笑，拿起电话拨过去："那是我的女儿，她听得懂。"

"叮铃铃！"李天阳拿起电话："喂？解决了吗？"

"才过去十几分钟，怎么可能解决？"龙飞虎说，"我打电话过来是因为我的女儿有哮喘病，从小就有了，我想确定她有没有发病。"

"哮喘病?"李天阳斜眼看莎莎。莎莎听着,眼睛一转,大口地喘着气,呼吸有些急促。

"她要是有点什么事,你知道后果,我已经告诉你了。"

李天阳看着一脸难受的莎莎,问:"那你什么意思?"

"我的意思是,你把她放了,我去做人质。"

"胡扯!你当我三岁小孩吗?!"李天阳冷笑。

"那就让医生进去给她看病吃药。"

"不行!"李天阳一口拒绝,"我怎么知道你是不是派个突击队员进来!"

"那就无解了,你该了解我的个性,我说过解决办法,你不听,我的女儿有点什么好歹,死的就是你。"

李天阳满头是汗,莎莎坐在地上,呼吸越来越急促。匪徒有些心虚:"老大,大哥,可不能让她死在咱们手上啊!咱是求财不是求枪毙对吧?坐牢好歹也能有个盼头!"

"我他妈的知道!"李天阳怒骂,莎莎急促地呼吸着:"我……不行了,我快死了……"

"医生!我这儿需要医生!"李天阳大吼,"但必须是个女的,否则免谈!"说罢啪地挂了电话。

3

警车里,陶静换好便装,戴上假发眼镜,正对着镜子化妆。凌云看着她:"注意安全!"陶静一笑:"我会的,放心!"说完套上白大褂下了车。龙飞虎看着陶静:"把她保护好。"陶静坚定地点头:"我会的!"

"你自己也要注意安全!"陶静心头一暖,龙飞虎拍拍她的肩膀,"我不想看见你们两个当中,任何一个有事!你明白我的话?"陶静咬牙点了点头,拎着医疗箱子,穿过警戒线,向咖啡厅走去。

陶静走到大门口,站在外面,她的脸上很平静:"我是医生!里面不是有哮喘病人吗?"良久,门打开了一条缝,陶静提着药箱进去了。

"病人在哪里?"陶静观察着四周。

"把白大褂脱了。"一个匪徒喊。

陶静放下药箱,脱掉白大褂,露出里面的防弹背心。匪徒一惊:"为什么穿着警察的防弹背心？"陶静平静地说："临出发的时候，警察给我套上的。"李天阳看着陶静："脱掉防弹背心！"

陶静只好动手脱掉。另一名匪徒拿着刀走过来，打开药箱察看，陶静不动声色地站着。匪徒站起身："她没带武器。"李天阳扬扬手："让她过来吧！"陶静提起医疗箱子，走向柜台。柜台后面，莎莎一脸痛苦地躺在地上喘息着。陶静看看李天阳手里的手枪，李天阳怒吼："你看什么？！"

"你拿枪指着我，我怎么看病啊？"陶静说。李天阳想想，把手枪放下："现在快给她治病！"陶静走过去，蹲下："不要怕，我来给你看病。"

外面，沈鸿飞一脸紧张地盯着终端："一切正常，她很冷静，没有引起怀疑。"龙飞虎没说话，额头上都是细密的汗珠。柜台后，陶静将听诊器放回去。李天阳瞪着陶静："她怎么样？"陶静站起身："最好的办法是赶快送到医院。"

"说个现实的。"

"我带了特效药，可以缓解一下，仅仅是缓解。"陶静淡淡地说。李天阳看看躺在地上一脸痛苦的莎莎，问："她不会死吧？"陶静冷冷地："看你的运气吧！"李天阳瞪着陶静："你在激怒我吗？"陶静说："我只是在说实话，激怒你对我有什么好处？"李天阳瞪着陶静，莎莎有些紧张地躺在地上。

大门后，队员们已经做好了突击准备。

李天阳瞪着陶静，忽然邪恶地一笑："我发现，你还挺有意思的。"李天阳指着莎莎："你比她有趣。这个死丫头只会用她爸爸来威胁我。"陶静看着李天阳："理解。如果我的父亲也是一名特警的突击队长，我也会这么说！"

"是吗？"

"我觉得是。"陶静错开李天阳的目光，表情复杂地看着莎莎，"特警突击队队长的女儿就应该与众不同，比起普通的女孩来，她们更坚强、更勇敢！在任何情况下，都能保持镇定！"莎莎坚定地看着陶静。李天阳不屑地冷笑："别他妈废话了！赶紧给她吃药！"

陶静从医药箱里拿出药盒缓缓打开，同时看着莎莎，微微点头。莎莎艰难地吃着药，李天阳的目光转向另一边。突然，陶静猛地摘下眼镜，往地上一摔，背过身一把抱住莎莎。"轰！"伪装成眼镜的闪光震撼弹爆炸了！一片白光，李天阳和匪徒惨叫着捂住眼睛。陶静随即抱住莎莎，用身体压住她。"轰！轰！"两声巨响，咖啡厅的前后门同时被炸开，烟雾升腾中，沈鸿飞和何苗等人持枪冲了进来。李天阳努力睁开眼，颤巍巍地举起手枪，陶静一转身，抱着莎莎。"砰！砰！"两声枪响，对面狙击阵地的段卫兵扣动扳机，子弹旋转着钻入李天阳的眉心，使他猝然栽倒。

门口，陶静抱着莎莎，软软地倒在地上。何苗呆住了。沈鸿飞一把抓起莎莎，往外跑去。陶静躺在地上，脸色煞白，有血不断从她后背冒出来，何苗看着陶静，撕心裂肺地喊着。

公路上，两辆警车闪着警灯在前面开路，救护车拉着尖厉的警笛风驰电掣。陶静脸色煞白，戴着氧气面罩躺在担架上。何苗握着陶静的手，满脸是汗，呆呆地看着。

办公室里，龙飞虎表情凝重。支队长恨恨地指着他，久久不能说话。龙飞虎站着不敢动。支队长突然怒吼："龙飞虎！我已经无话可说了！"龙飞虎不吭声。支队长拍案而起："你现在告诉我，怎么对王平同志交代？！怎么对陶思然同志交代？！"龙飞虎低下头："我无言以对。"

"从陶静第一天站到你面前的时候开始，你就应该能想到这种可能！"支队长咆哮着，"从你亲自批准她进入突击队的那天开始，你就已经给自己挖了一个坑，一旦陷进去，就再也跳不出来的坑！你当时在干什么？！你脑子进水了？！鬼迷心窍了？！你跟我拍着胸脯坚持要陶静留在突击队！我不批准都不行！现在呢？现在你作何感想？！"

龙飞虎的眼泪下来了，支队长拿起命令啪地拍在桌子上："这是已经签字的命令，陶静即日起调到支队指挥中心来！没有讨论的余地！"

"是！"

"她现在情况怎么样？"

"还在抢救当中，医生说……现在还在生死线上。这都是我的错。"

"为什么？！为什么要这样？！"支队长的眼泪也出来了，"牺牲了王平还不够，还要牺牲他的女儿？！你马上去医院，别的工作都交给铁行，陶静有什么消息，第一时间报告我！"

"是！"

"滚！"

龙飞虎立正敬礼，拿着调令转身离去。

4

医院里，手术室门口的灯还亮着。何苗坐在地上，失魂落魄地盯着手术指示灯。凌云含泪轻叹，抬手看表，于心不忍地看何苗："何苗，你总得喝口水吧？"何苗没有回应。郑直也走过来："何苗，你这样也帮不了她。"何苗淌着泪："是的，我帮不了她。我……什么也做不了。可我想让她知道，我在等着她醒过来！她一定能醒过来，因为我在等她……"沈鸿飞走过去，蹲下，手放在他的肩上："我们所有人都在等她！我们相信她，她一定能醒过来！一定能站起来！重新回到我们中间！"何苗突然失声痛哭。龙飞虎站在小虎队众人身后，默默地注视着众人的背影。

"啪！"手术室门口的灯熄掉了！刘珊珊走出来，拽下口罩。龙飞虎赶紧走上前："陶静呢？她怎么样？"所有人都紧张地看着她。

"她很坚强！只是在最后哭了。"

何苗颤声问："她……醒了？"刘珊珊摇头："仅仅是下意识，她还在昏迷中。我已经告诉你们了，现在情况很微妙。子弹擦着她的脊柱中枢神经过去，还不能判断是不是对她的脊柱神经系统造成了损伤。如果没有任何损伤，皆大欢喜，她完全康复的可能性很大；如果造成了损伤，她……她很可能……全身瘫痪……"所有人都呆住了。

"不！这不可能！"何苗一下子哭出来，"她是那么活蹦乱跳！她是那么可爱！医生，求求你，求求你救救她！"沈鸿飞扶着何苗的肩膀："你得跟个男人一样，面对现实！明白吗？"何苗哭着点头，龙飞虎也是泪流满面。

ICU病房里，陶静双眼紧闭地躺在病床上，旁边的仪器嘀嘀地闪着红灯。龙飞虎望着病床上的陶静，眼泪在打转。陶静躺在床上，紧闭双眼，嘴里急促地在喊爸爸，龙飞虎坐在床边，注视着陶静。陶静微微睁开眼，嘴唇翕动："爸爸？！"

龙飞虎看着她，表情复杂。麻药快过去了，陶静痛楚地呻吟着："爸爸……我好疼……"龙飞虎鼻子一酸，眼泪就下来了，落在陶静的手背上。陶静渐渐苏醒过来，愣住了："龙头？对不起……我……"龙飞虎怜爱地看着她："疼吗？"陶静忍住疼，努力笑："不疼！"

"医生告诉我，你感觉到疼是好现象，说明你的神经中枢没有受损。子弹的位置太微妙了，光靠仪器无法判定具体的受损情况。"

"那……我真的……好疼啊……"

龙飞虎含泪看着陶静："静静，好样的！"陶静眼圈一红："好多年……没有听到有人这样叫我了……"龙飞虎伸手擦了擦陶静的眼泪："以后，在私下的场合我会这样叫你。"陶静的泪水流出来："莎莎，莎莎怎么样了？"龙飞虎说："你为她挡住了一颗子弹，她毫发无损，可是你却中枪了……"

"我是应该的啊，我是警察，是特警的突击队员，对吧？"陶静微笑。

"十四年前，你的父亲帮我挡住了一颗子弹，救了我的命；十四年后，他的女儿又为我的女儿挡住了一颗子弹，救了她的命。"龙飞虎轻轻抚摸着陶静的头，低头抽搐着，"我不知道该用什么语言表达我现在的心情，我想对你说谢谢，对你和你的父亲……说一声谢谢，真的……对不起……"陶静泣不成声，哽咽着："我爸爸是警察，我也是警察，我比爸爸幸运，对不对？他牺牲了，可是我还活着。"龙飞虎失声痛哭。陶静泪如雨下："龙头，您千万别说对不起……这么多年了，我一直以他为骄傲，这一次，他也会以我为荣的！"龙飞虎看着陶静："我们全体老特警突击队员都以你为荣，你是我们的好女儿！"陶静彻底地哭出来，带着二十年的委屈和坚韧。

良久，龙飞虎坐在病床旁边，握着陶静的手："你这次的表现非常勇敢，支队党委已经在为你申请二等功，还准备为你颁发特警支队的勇士勋章。"陶静愣住了，有些怔忡："不是吧！我……我这哪儿够格啊……"龙飞虎微笑："你就别谦虚了！你现在的任务就是好好养伤。尽快归队，到时候我组织大家给你开个庆功会！"陶静不好意思地笑了，龙飞虎站起身："努力吧。以后不管到哪个部门，一个二等功和一枚勇士勋章，足可以让你有个好前途了。"陶静一笑，刚要开口，忽然愣愣地看着龙飞虎。龙飞虎掏出文件递过去，陶静疑惑地接过，大惊："猛虎突击队不要我了吗？"龙飞虎的表情有些复杂："这不是商量，这是正式的命令！"

"是因为我是王平的女儿吗？！"陶静吼了出来。龙飞虎看着她，语重心长："你应该理解，支队长和我们这些老特警的心情。"陶静一把擦掉眼泪："如果仅仅因为这个原因就把我调离突击队——我不服！"

"这是支队党委针对我当初草率做出决定进行的弥补措施！"龙飞虎看着陶静，语气低沉下来，"还好你活着，否则的话，就晚了。你是王平烈士唯一的女儿，我们必须要关爱你！"

"不！这不是对我的关爱，这是你们自私！"陶静直直地看着龙飞虎，低吼，"你觉得愧对我爸爸，害怕我出危险！所以不让我再留在突击队！你根本没有想过我的感受，更没有想过你让我宣誓的入警誓言！你了解我爸爸，如果我爸爸知道这件事，他是绝不会同意的！"陶静倔强地看着龙飞虎，"请您替我转告支队党委，我一定会养好身体，尽快归队！不要把我调离猛虎突击队，调离小虎队！"龙飞虎的嘴唇翕动着："……警令，也是如山的。你好好休息，我会转告支队党委的。"说完转身出了病房，陶静盯着门口，泪如雨下。

5

另一间病房里，莎莎靠在病床上，路瑶倒了杯水，莎莎接过来喝了一口："妈，我什么事都没有，我想出院。"路瑶脸一沉："不行，医生说了，你要再观察几天。还有，下午心理专家还要对你进行心理疏导呢。"莎莎一脸不高兴："妈！不用心理专家疏导我。你和我爸陪我玩几天就行了，最好你们俩都请个假，咱们一家人去迪士尼，要不去世博园也行……"

"又发烧了吧？你觉得可能吗？"路瑶皱眉打断莎莎。莎莎一撇嘴，赌气地躺倒在床上，一把蒙住被子："你走吧！忙你的去吧！我浑身不舒服，想睡觉！"路瑶看着蒙着被子的莎莎一脸无奈。这时，病房门被推开，龙飞虎笑呵呵地站在门口，莎莎猛地掀开被子，直接从病床上跳下来，差点儿摔倒，扑进龙飞虎的怀里。龙飞虎连忙放下袋子："哎哟！我的龙大小姐！你小心点儿，你现在是病人。"莎莎亲热地搂着龙飞虎的脖子："我早没事了！爸爸，你怎么才来呀？"

"爸爸先去看陶静姐姐了。"

莎莎挽着龙飞虎的胳膊："陶静姐姐怎么样了？"龙飞虎笑着捏捏女儿的脸："没什么大事了，好好静养一段就好了。"莎莎点头："爸爸，一会儿你带我去看看陶静姐姐吧，要不是她救了我，我……我就见不着你了。"龙飞虎心酸地笑着："必须去！不过现在不行，陶静姐姐刚刚做手术，把子弹取出来，身体还很虚弱。"莎莎笑着点头，又看着塑料袋："爸爸，给我买什么好吃的了？"龙飞虎笑着："你平时爱吃的，这里面全都有！"莎莎惊喜地拎过袋子，在龙飞虎的脸颊上猛亲了一口。龙飞虎的脸都快笑烂了："好闺女！快回床上去，咱们边吃边聊！"

两人刚转身，猛地看见路瑶板着脸站在对面，龙飞虎揶揄地说："哟，路组长在呢？对不起啊，刚才没看见。"路瑶随即又瞪着莎莎："龙莎莎，你不是浑身不舒服吗？"莎莎笑着揽住龙飞虎的胳膊："我现在浑身都舒服！因为我老爸来了！"路瑶气恼地瞪了两人一眼："好！那你们父女好好享受天伦之乐吧，我走了！"说着转身就走，龙飞虎连忙拦住她："别别别，我们爷儿俩跟你开玩笑呢，你还当真啊！"莎莎也在一旁帮衬着："就是！妈，你没那么小气吧？我们逗你玩儿呢！"龙飞虎赶紧拎过塑料袋："莎莎，快看看里面有没有你妈爱吃的，咱们一块儿吃。"莎莎连忙点头，在塑料袋里一阵翻腾。

"算了吧！我没胃口！"路瑶往门外走去。龙飞虎回过身看她："真走啊？那你慢点儿，不送啊！"路瑶头也不回："我用不着你送，你犯不着假客套。"莎莎拎着塑料袋，站在那儿不动，眼圈一红，含着眼泪："你们到底要演到什么时候啊？你们不觉得累吗？"两人都停下脚，尴尬地看着莎莎。莎莎从塑料袋里掏出薯片："妈，您看，我从来不喜欢吃这个口味的薯片，可是您很喜欢吃。"路瑶一愣，看向龙飞虎。龙飞虎连忙扭过脸看别处。莎莎看着龙飞虎："爸！您心里明明还惦记着妈妈，为什么非得藏着呢？妈，您不也是一样吗？您在家里不许我看爸爸的照片，不许我提起爸爸，可是您自己呢？每次您看到爸爸的照片您都会很入神，有的时候您还偷偷掉眼泪。你们其实心里都牵挂着对方呢，可为什么又都不说出来呢？你们明明可以重新在一起，为什么又不这么做呢？"

"莎莎！"路瑶含泪打断莎莎，"你还小，有些事你不懂。我和你爸爸现在的关系不是你想象的那样……我们，我们只是同事关系，我们还是朋友……你所谓的牵挂，其实只是朋友之间的牵挂。我和你爸爸是不可能再……再在一起的！"

龙飞虎表情复杂地看着路瑶。路瑶躲开龙飞虎的目光，含泪望着别处。

"那我呢？我算什么？"莎莎咬着嘴唇，"我是你们的女儿，我招谁惹谁了？！凭什么别的孩子都可以天天和爸爸妈妈在一起，我就不能呢？你们当初离婚的时候，问过我吗？考虑过我的感受吗？你们太自私了！如果不是因为你们的自私，让我无所适从，让我感觉不到家的温暖，我怎么会去上网聊天，怎么会相信那个李天阳？！你们知道吗？出事以后，我一直在想，其实被人劫持也不错，因为只有这样，你们才会注意到我的存在，你们才会记得除了你们两个人之外，还有我这么一个女儿！"莎莎泣不成声。龙飞虎和路瑶都一脸内疚。

医院的小院里春意盎然，空气新鲜。路瑶和龙飞虎站在安静的亭子里，两人凝重地四目相对，沉默着。龙飞虎看着路瑶："我想，我们是不是应该认真考虑一下莎莎。她不能再这样下去了。"路瑶苦笑:"怎么考虑?莎莎希望我们能重新在一起,可我们有可能重新在一起吗?"龙飞虎沉默,沉声道:"说真的,我现在已经忘了当初我们是因为什么离婚了。因为工作太忙吗?比我们还忙的夫妻不是没有。因为志不合道不同吗?我和你同是警察。因为性格不合吗?显然也不是。我们从警院相识,一直到毕业、到工作,相知相识了好多年,我们在一起的时候,有过许多快乐。"路瑶含着泪,龙飞虎凝视着她,"我们不知道什么原因,稀里糊涂地就把婚给离了。想来想去,就是一些鸡毛蒜皮的事儿。莎莎说得对,我们太自私了!只图自己痛快,我们完全忽视了她。"路瑶擦擦眼泪,长长地叹息了一声:"现在说这个有什么用呢?一切都晚了。"

龙飞虎看着路瑶。两个人都不说话,只剩许久的默默相对。

远处,秦朗手拿一束鲜花,拎着一大袋子营养品走来,看到两人,愣住了。秦朗尴尬地上前,竭力笑着:"你们都在啊。我……我来看看莎莎。她……她怎么样了?"路瑶强挤出笑容:"她没什么大事,在病房躺着呢。"秦朗笑:"哦,那你们聊,我过去看看。"秦朗对龙飞虎点点头,算是打了招呼,龙飞虎也点头回应。两个男人尽可能地保持着微笑,擦身而过。

龙飞虎看着秦朗走远,说:"这就是你刚才说的一切都晚了的原因吧?"路瑶尴尬地看着龙飞虎,点了点头:"秦朗人很不错,一心一意地呵护着我们母女,他对莎莎的疼爱不比你差多少。"龙飞虎目光一凛:"扯淡!你可以说他是个好人。但是在对待莎莎这方面,别拿他和我比!"

"为什么不能比?他确实对莎莎很好!他为了博得莎莎的好感,近乎于谄媚!昨天因为莎莎出事,他推掉了与外商的谈判,直接经济损失不下千万……"

龙飞虎冷冷地:"这跟我有关系吗?"

"他会成为莎莎的继父!"路瑶低吼,"他对莎莎很好,难道你不觉得欣慰吗?可是恰恰是因为你,莎莎一直不肯接受他!视他为仇敌!"龙飞虎瞪着路瑶:"所以呢?你想让我做什么?从今以后从莎莎的生活中离开,让莎莎忘记她还有个亲爹,以便于她可以接纳她的继父,以便于你们三个人可以幸福地生活?"路瑶一愣,龙飞虎轻笑,"路瑶,对不起,我做不到!莎莎是我的女儿,我不可能也绝不会疏远她!我可以放弃我的生命,但绝不会放弃我的女儿!"

"龙飞虎,我不是这个意思!"路瑶着急地说,"我只是觉得,这样对秦朗不公平!"

"这样对我就公平吗？对莎莎就公平吗？"龙飞虎深呼出一口气，抑制住情绪，"我还是那句话，如果你觉得我和女儿的关系破坏了你和秦朗的关系，我们可以重新签订协议，莎莎由我来抚养。至于秦朗，如果你觉得他受了什么委屈，你们将来结婚以后，可以考虑再生一个，这是你们的权利，我和莎莎都无权干涉！"路瑶愣住了，龙飞虎冷着脸，大步离开。

"龙飞虎！你至于吗你？！你心眼儿真不大！"

龙飞虎扭头瞪着路瑶："我心眼儿大小取决于什么事儿。别碰我的底线！莎莎就是我的底线！"

6

空旷的机场，吴迪心事重重地擦着直升机。他想不明白，自己这段时间是怎么了，好像一切事情的发生都没在预定的轨道内。他是特警支队最优秀、最出色的狙击手，是枪王之王，哪怕曾经面对的枪林弹雨都没让他像现在这样沮丧过。吴迪想着，眼里有泪光在闪动。

"吴迪！过来一下！——"

吴迪一愣，抬头望过去，支队长站在不远处。吴迪连忙扔掉抹布，跑步过去，立正敬礼："支队长！您找我？"支队长点头，指了指前方："陪我走走！"支队长往前走去。吴迪一愣，一脸茫然地急忙跟上去。

机场上，支队长和吴迪并肩走着。吴迪小心翼翼地看支队长。支队长扭头，正好与他的目光相对："吴迪，你进入特警支队多长时间了？"吴迪一愣，随即正色道："报告支队长，六年零五个半月，具体天数忘了。"支队长看着吴迪，一笑："哦，我想起来了。入队宣誓的时候，就你喊得声音大，扯着脖子喊，嗓子当场喊劈了。"吴迪傻笑着："这您都记得。"支队长话锋一转，有些严肃："没错。从那时候开始，我就对你印象深刻。我觉得，宣誓能把嗓子喊劈了的人有两种，一种是为了迎合领导，急于表现，故意作秀。还有一种，是真正把特警的誓言当成了自己毕生的信仰，发自内心地喊出来，下意识地喊出来，以至于忘记了人的声带能承受的强度。吴迪，从那个时候开始我就有了这个好奇心，我想看看，你小子到底属于哪一种。现在答案已经很明了了——你用这几年在突击队的表现告诉我，你当然属于后者。你非常努力，也非常优秀，你优秀的表现和你对特警事业的忠诚，大家有目共睹。你成为了我们的王牌狙击手，也成为支队党委眼中最可信赖的队员。"

吴迪眼含热泪，有些语无伦次："支队长，谢谢您对我的评价。我……我觉得我做得还不够，远远不够。而且，而且我还犯了错误！"支队长严肃地看着吴迪。吴迪一脸诚恳："这次，我犯了不小的错误。我听我们大队长说，这事都已经惊动局领导了。我给猛虎突击队抹了黑，也给咱们特警支队抹了黑，我……"支队长不说话，吴迪忽然愣住，他好像意识到了什么，几乎是带着哭腔："支队长，看来，对我的处理决定已经下来了。您刚才跟我说的所有的话其实都是在安慰我。"支队长严肃地看着他："所以呢？"吴迪有些失魂落魄，强忍着悲伤："没有所以……如果我真的给特警支队抹了黑，我愿意接受任何程度的处罚！我……我没有怨言。"支队长面不改色地看着他："假的吧？我怎么看不出来你没有怨言啊？我看到了一张比怨妇还怨的脸！上面写满了不甘心、不服气。"吴迪的眼泪淌下来："支队长，我……我真的不想离开这儿！说句不中听的，支队就是枪毙了我都行！只要能让我死在这儿！我死也不想离开突击队的一线工作……"

"没人让你死——但是你必须要离开突击队的一线工作了。"支队长凝视着哭得有些崩溃的吴迪，"只不过——你的离开会是暂时性的，等任务完成以后你还得给我回来，继续当狙击手。"

"任务？"吴迪愣住了。支队长点头："一项很艰巨的任务需要你去完成！在这之前，包括我、龙飞虎，我们对你的态度都是在演戏，都是在为了这次任务在演戏、在做铺垫，现在时机已经成熟了，我才会和你谈。"吴迪目瞪口呆："支队长，我……我有点儿听不懂。"

"我会给你解释清楚的。"支队长说，"根据警方得到的情报，国际犯罪集团K2组织已经把触角深入到东海市了，他们在东海市正在实施一个阴谋。但是，由于K2内部的组织结构十分严密，他们所有的行动也十分隐秘。所以，我们需要一个人可以打入到敌人内部去！"吴迪目光一凛："支队长，您说的这个人……是我吗？"

支队长看着他。吴迪有些纳闷儿："可是……为什么是我呢？"

"因为只有你有机会！"

"我……只有我有机会？"吴迪这下更糊涂了，"可是……我能做什么呢？我不是刑侦单位的，没有那么丰富的卧底侦查经验，整个东海市警方比我更适合做卧底工作的不计其数，为什么偏偏是我？"支队长严肃地看着吴迪："东海市所有的警察里面，只有你是陈晓晓的前男友啊！"

"陈晓晓？！"吴迪彻底愣住了，"这……这和陈晓晓有什么关系？"

"据可靠情报显示，陈晓晓就是 K2 组织的人，她的代号叫——燕尾蝶！"

吴迪目瞪口呆，猛地摇着头："不可能，这怎么可能？支队长，陈晓晓她……她怎么可能是 K2 组织的人？！我……我是了解陈晓晓的！"支队长瞪着吴迪："你了解她什么？"

"我什么都了解！我们曾经在一起两年多！"

"那之后呢？"支队长问，"她去了国外之后，你还了解她吗？你知道她在国外的经历吗？你知道她都干了些什么吗？你不知道！可是我们的刑侦部门已经知道了！我可以很肯定地告诉你，代号燕尾蝶的陈晓晓就是 K2 组织的人！仔细想想吧！她为什么又回来？为什么又来到了你的身边，对你死缠烂打？她回来之后，你们之间所经历的所有的事情你难道一点儿破绽都没看出来吗？"

吴迪愣立当场，脑海里突然闪过陈晓晓在病房里说过的一句话——我已经没有退路了！吴迪不相信地瞪大了眼睛。支队长严肃地看着他："设法与燕尾蝶接近，打入 K2 组织内部，摸清他们在东海市的犯罪动向，是经过市局领导和刑侦部门反复讨论研究过的，也经过了支队党委包括你们突击队领导的慎重考虑。我们坚信你可以胜利完成这个艰巨的任务。吴迪同志，你自己有信心没有？"

吴迪没有回答，急促地呼吸着。支队长凝视着他。吴迪的目光变得坚定起来，看着支队长，啪地立正："支队长！我……坚决完成任务！"支队长严肃地点头："这一点，我们坚信不疑。"说罢，支队长若有所思地看着吴迪："其实对你来说，最大的难度并不是任务本身，而是如何处理好你的情感关系。"吴迪目光坚定："请您放心。如果陈晓晓真的是 K2 组织的燕尾蝶，我决不会徇私！"支队长摇头："我说的不是陈晓晓。"吴迪愣住，突然又明白过来，一脸痛苦地拧着眉。

"吴迪，我在等你的回答。你必须要给我答案。因为这是我们所有人认为的这次任务的关键所在。"支队长看着吴迪，"如果你觉得不行，我们可以重新想别的办法，尽管难度会很大。"吴迪抬起头："报告支队长！我会处理好个人情感问题，我保证完成任务！"

"你确定可以吗？"支队长凝视着他，"不要勉强，不要口是心非，不要拿自己的生命去冒险。"

"确定。"吴迪含泪痛苦地点头，"如您所言，我是一名警察，优秀的警察。我明白一名警察的职责是什么，我明白警察为了自己的使命，应该放弃什么。"

一阵沉默。

良久，支队长沉重地拍了拍吴迪的肩膀："等任务结束，我会和龙飞虎一起，亲自向左燕解释。"吴迪含泪，重重地点头。

7

夜晚，室内模拟街区，沈鸿飞带领着小虎队整齐列队。龙飞虎站在队列前，跨立站着："除去受伤和在医院看护的同志，小虎队都到齐了。我简单总结一下小虎队在这次解救人质行动中的表现。"队员们一脸期待，只有赵小黑站在队尾，有些郁郁寡欢。

"总体上讲，小虎队这次行动的表现是值得肯定的，你们成功地履行了特警队员的职责和使命，尤其是陶静同志，在千钧一发的时刻，奋不顾身地用自己的身体挡住了歹徒射来的子弹，确保了人质的安全。她的行为非常值得肯定，让我们所有人为之感动。她是一个好警察，一个优秀的特警突击队员！"龙飞虎顿了顿，"支队党委经过研究，已经给她上报二等功，等待上级领导机关审核批复，同时授予她东海特警支队颁发的勇士勋章。"

队员们兴奋得如同孩子一样。龙飞虎脸一沉："成绩我已经不想多说了，下面我宣布一项命令——"队员们唰地立正，看着龙飞虎。龙飞虎凝视着队列最后，喊："赵小黑同志！——"赵小黑一愣，抬头："到！"

"经过慎重研究，从现在开始，暂时将你调整为狙击小组的观察手。"龙飞虎说。赵小黑愣住了，眼里瞬间泛泪："是……"

"段卫兵！——"

"到！"段卫兵的表情有些复杂，侧头看了看暗暗抹泪的赵小黑。

"从现在开始，暂时由你担任小虎队第一狙击手。"

"龙头……"段卫兵欲言又止。龙飞虎打断他："有什么问题吗？你不能胜任吗？"

"我……我可以胜任。"

赵小黑下意识地看了段卫兵一眼。龙飞虎退后一步："会后交接武器装备，命令即刻生效。解散。"龙头转身走了。大家都转头看向赵小黑。赵小黑愣愣地呆立在那儿，脸上挤出的笑比哭还难看。

夜深了，赵小黑坐在室内模拟街区一角发呆，眼神狠盯着摆放在面前的高精狙。一阵轻微的脚步声渐近，段卫兵背着88狙击步枪，端着饭盒站在赵小黑身后。段卫兵表情有些复杂，走上前坐在赵小黑旁边，把饭盒推给他："吃饭。"赵小黑瞥了一眼饭盒，看段卫兵，又把头扭到别处。

段卫兵把88狙击步枪和高精狙摆在一起。段卫兵看赵小黑："先吃饭！"赵小黑看了一眼递来的饭盒，没吭声。段卫兵笑："干吗呀！不至于吧？好像我抢了你女朋友似的。不就是个名分吗？咱俩谁跟谁呀？天天形影不离的，谁当第一狙击手不都一样吗？"赵小黑急了："那不是名分的事儿，是尊严……段卫兵，俺的尊严被你夺走了！"段卫兵的脸色严肃起来，看着赵小黑："小黑，我觉得你说得不对。"

"怎么不对？"赵小黑抬头看他。

"你没输给我呀？你输给你自己了。"赵小黑看了一眼段卫兵，段卫兵继续说，"我说错了吗？你本来有两次机会，可以一枪毙敌，如果你抓住其中任何一次机会，莎莎都可以成功获救，陶静也不会受伤。可是你都犹豫了。是你犹豫了，不是你没有这个实力。所以你输给了你自己。"

赵小黑懊恼地沉默着，不说话。

"小黑，输一次没什么大不了的。我也输过呀！咱俩第一次争主狙击手，我不就输了吗？我也是输给了自己。所以，现在咱俩的比分是一比一。还没决出胜负呢！你没听龙头说，是暂时的，不是永久。那说明——你还有机会。"

赵小黑目光一动，难以置信地看着段卫兵。段卫兵目光灼灼。赵小黑苦笑："得了吧！你做梦都想当第一狙击手，现在好不容易如愿以偿了，难道你还会让给俺啊？"段卫兵笑："谁要让给你了？不可能！"

"那不就得了！"

"你应该自己争回来！"

赵小黑愣住："争？"

段卫兵点头，意味深长地笑："必须得争！虽然你机会不大。"赵小黑看着段卫兵嗤之以鼻："嘁！俺机会不大？俺机会大着呢！"

"哟，雄心壮志又起来了？"

"俺就是一时失落而已。"赵小黑凝视高精狙，眼泪吧嗒地落下。段卫兵正色起来："长痛不如短痛，开始吧。"段卫兵拿起地上的88狙击步枪，站起来。赵小黑也是心情复杂地站起来。

一把88狙击步枪递在赵小黑面前，赵小黑犹豫着接过来，流着眼泪，把88狙击步枪放下，又依依不舍地拿起高精狙。段卫兵伸手去接，赵小黑紧紧地握着，不肯撒手。段卫兵也握着高精狙，两人使着暗劲，都紧紧拽着。

终于，赵小黑撒手了。段卫兵抚摸着高精狙："赵小黑同志，我一定会善待这把枪！"赵小黑终于哭出声来："俺一直在想，有没有后悔药可以买到啊！"

段卫兵注视着痛哭的赵小黑，拍着他的肩膀："小黑，没事，没事啊！真的是暂时的，我想你早晚有一天，你还会把高精狙抢回去的！"赵小黑哭着，抱紧了段卫兵。段卫兵安慰他："后悔药那真的没地方买，努力训练，克服弱点，我相信，龙头还是会给你机会的！"赵小黑哭着点头。

8

病房里，何苗疲惫地趴在床边睡着了。陶静打着点滴，一脸痛楚地呻吟着醒来，何苗听着动静急忙起身，戴上眼镜。陶静躺在病床上，微微睁开眼。何苗凑过去，一脸关切："你醒了？！"陶静呻吟着："爸爸……我好疼……"

"啪！"台灯亮了，陶静吓了一跳："何苗？！"何苗关心地笑着："对，是我。"

"你……你怎么在这儿？"

何苗笑意盈盈："队里安排大家轮流看护你，我值这一班。"

"怎么会安排你来看护啊？"

"不都说了吗？轮流的？"

"我……可你是个男的啊？"陶静不相信地问。

"我们是队友，还要分男女吗？"

陶静咋舌："当然要分啊……我不方便啊！"

"我什么都会做！"何苗自告奋勇地说，"你不要看我是个男的，在家里都是我收拾家务的！衣服我都是自己手洗的！做饭我也可以的！我改天烧菜给你吃啊！我烧菜那是一绝，别提多好吃了！"

陶静看着何苗，有些不习惯："你在说什么啊？"何苗恍然："哦，我说错了，你在疼是吧？我马上叫护士！"陶静愣愣地看着他："我，我现在不疼了，你走吧！"

何苗坐下，一脸认真地看着陶静："我怎么能走呢？我是来看护你的！这可是龙头的命令！"陶静瞪大了眼："龙头怎么会下这个命令！"何苗一脸正色："你看，龙头的命令，咱们必须执行吧？"陶静又好气又好笑："我不需要你的看护——特指——你！"

"为什么？"何苗纳闷儿。陶静赌气地不看他："你自己心里知道！"何苗严肃起来："陶静同志，我喜欢你是不假，但是，我们首先是同事、是队友！就算你不喜欢我，我也有责任、有义务来照顾你！这个我们不能混淆，对吧？"

"你这是歪理邪说！"陶静不吃他那一套。

"我哪句话都站得住脚。"何苗话锋一转，赔着笑脸问陶静，"说到烧菜，你现在想吃什么？"陶静冷冷地说："我？我什么也不想吃！"

"你一睡就一天，现在醒了，肚子肯定饿了。快说，你想吃什么，我帮你搞去！"

"我现在想的就是，你赶紧走！我要睡觉！我不能在一个有男人的屋子里面睡觉！"

"你已经睡了一天了。"

"你？！你欺负我！"陶静立马哭起来。

"我错了！我错了！我到外面去！"何苗急忙起身，"别哭，别哭，你伤口刚缝合，别开了线！"

"出去！——"陶静哭得更厉害了，何苗忙不迭地急忙出去。

清晨，医院里一片安静，主治大夫带着一群年轻的实习医生正在查房，病房里，护士们正在给病人换药。医院走廊外，何苗穿着便装，蜷缩在一张椅子上打盹儿。突然手机铃响，何苗噌地一下子就醒了，起身急忙关掉闹铃。何苗揉了一把脸，起身来到病房门前——陶静还躺在病床上在睡觉。何苗想想，转身走了。

没过多久，陶静睡眼惺忪，刚一睁开眼，一勺子热粥喂在她嘴边。陶静吓了一跳，一张戴着眼镜的大脸凑近来，何苗举着勺一脸笑："你醒了？吃点东西吧，一天一夜没吃东西了。"陶静哑然："你……你怎么还在这儿啊？"何苗一脸正色："我是来看护你的啊？"陶静看向病房门外："不是一个人一天吗？"何苗还举着勺，认真地点头："对啊！"

"这肯定过了 24 小时了啊？他们没换别的人来吗？"

"换了，是沈鸿飞。"何苗理直气壮。

"他人呢？"陶静四顾。

何苗大义凛然地说："他爸爸不是身体一直不太好吗？我就说，今天还是我来吧，让他回家看看！"

陶静服了："我去！你倒真是活雷锋啊！"

"想队友之所想，急队友之所急嘛！吃点儿吧？"何苗一副大义凛然的样子。

陶静一甩头："我不吃！"

何苗举着勺循循善诱："你看，你现在很虚弱，胳膊腿都动不了，怎么也得吃点儿东西，补充补充营养，才能快点好起来，回到小虎队。"

"回到小虎队？"

"对啊，大家都等着你回去呢？"

陶静突然又哭了起来。何苗手忙脚乱地说："怎么了？你不想回去了？"

"我想，我做梦都想！"陶静哭得更厉害了。

"那你就要吃东西，你不吃东西，怎么把身体养好啊？"

陶静泪眼婆娑地看着何苗，哭着张开嘴，何苗举着勺轻轻地吹吹气，喂进去，又拿着毛巾擦去她嘴角的粥痕。陶静大口地吃着，何苗喂着，脸上都是幸福的微笑。

第十九章
──── SWAT ────

1

旭日升起，凌云利用休息时间陪着沈鸿飞回家看望鸿飞的父母。沈父沈母看到相携而来的二人心里别提多高兴了。中午吃饭时，沈母乐呵呵地端出两盘热气腾腾的饺子，凌云懂事地夹了几个给老爷子，老爷子一脸灿烂地接过来。沈母笑着看着凌云，心里美滋滋的。凌云夹了一口青菜，一笑："伯母，您也吃啊，尝尝我的手艺。"沈母笑着尝了一口，不住地连连点头说好。沈母凝视着凌云，长叹一声："要是我和你伯父每天都能吃上你做的菜，那就好了。"

沈鸿飞一愣，讪讪地看着母亲。凌云不以为意地扒着饭，笑："就是我们这工作没个准点儿，还得在队里备勤，每天来恐怕够呛，但是只要伯父爱吃，我只要周末不值班，有空就过来做。"

"也不能光做菜呀。"沈母说。凌云这才听出了言外之意，一下愣住了，诧异地看着沈母，又看看沈鸿飞。沈鸿飞讪讪地错过目光。

"我和你伯父，还盼着早点儿抱孙子呢！"

凌云的脸腾地红了，下意识地看沈鸿飞。沈鸿飞皱眉："妈，您提这个干吗呀？"

"我不该提呀？"沈母又开始抹眼泪，"我和你爸爸都这么大年纪了，咱小区里像我们这么大岁数的，孙子孙女都满街跑了。"

"妈，我和凌云……我们暂时没想结婚的事儿呢。"沈鸿飞为难地说。

"是啊伯父，我和鸿飞都商量好了，我们现在刚刚入队，先以事业为重。结婚的事儿还真得等等……"凌云说。沈母眼圈一红："你们等得起，我也等得起，你爸爸他……等得起吗？"沈鸿飞和凌云都愣住了，看向老爷子。老爷子不满地看着老伴儿："你这个老婆子啊，没事就爱拿我当挡箭牌！我什么时候着急了？孩子要以工作为重，这是好事！先立业后成家，这是我们沈家的革命传统嘛！鸿飞、凌云，你们别听她的，想什么时候结婚，自己商量着办。我能赶上最好，我要是赶不上……"沈鸿飞含泪看着老爷子，凌云心里也不好受，老爷子苦笑，"你看我这张嘴！受你妈的影响也开始胡说了！吃饭，吃饭，凌云，再给叔叔夹一口那道菜。"凌云含泪点头。

天色暗沉，沈鸿飞和凌云在街头漫步。沈鸿飞的表情有些凝重："我爸就是这样一个人。他不想让别人看到自己脆弱的一面，什么事都闷在心里，自己扛着，表面上给人特别坚强的感觉。"凌云若有所思地看了他一眼："你随你爸。"沈鸿飞看了一眼凌云，苦笑："是吧，都说我们爷儿俩性格挺像。"凌云停住脚，看着沈鸿飞："刚才我心软了。"沈鸿飞一愣："什么意思？"凌云纠结地说："没什么意思。咱们都知道，这不可能。"沈鸿飞轻叹了一声，两人都不说话了。

小区外边，王小雅坐在车里，熊三开车往沈家方向驶来。

停车场上，沈鸿飞上前给凌云拉开车门，柔声道："路上开车慢点儿。"凌云点头，两人相视一笑。凌云笑着看沈鸿飞，张开双臂："要不要来个革命式的拥抱？"沈鸿飞也笑："你主动投怀送抱，我能不要吗？"两人轻轻相拥，千言万语都融在这个拥抱里。凌云俯在沈鸿飞的耳边，轻轻说："不要忘了……我们之间的承诺。"沈鸿飞重重地嗯了一声，两人紧紧地拥抱着彼此。不远处，王小雅呆呆地坐在车里，眼泪淌了下来。

"行了，沈鸿飞同志，革命式的拥抱时间可没这么长。"凌云一笑，松开沈鸿飞，"我走了。"沈鸿飞满眼柔情："回去早点儿休息。"凌云点头，笑着挥挥手，开车走了。

车影消失在夜色里，沈鸿飞若有所思地一笑，转身往家走去，回身的瞬间突然愣住了："小雅？！"王小雅流着眼泪，转身向熊三的车跑去。

"小雅！"沈鸿飞猛追上去。

王小雅愣住，使劲地擦干眼泪，转身望着沈鸿飞，已经是一脸笑意："是你呀？这么巧！"沈鸿飞凝视着王小雅。王小雅故作坦然："干吗呢？直愣愣的。"沈鸿飞看着跑车，又凝视着王小雅："小雅，你还和熊三在一起吗？"王小雅倔强地看他："这和你有关系吗？你不也和凌云在一起吗？"沈鸿飞焦急地："小雅！这和我们不一样！"

"有什么不一样？！"王小雅反问。

"熊三是我们的高中同学，他是个什么样的人你应该了解！"沈鸿飞说，"小雅，你跟谁都行，千万别再跟熊三了！行吗？！熊三这个人不可靠！"

　　"他比你可靠！"王小雅怒吼，"他对我非常好，几乎是体贴入微。他从来不对我发脾气，什么都听我的。他天天陪着我，我想吃什么，他就请我吃什么，我想买什么，他就给我买什么。"

　　"小雅，这就是你需要的爱情吗？"

　　"当然，"王小雅含泪点头，"这不是全部！相比你来说，至少他对我来说是实实在在的男人。我能真真切切地感受到他对我的爱！"沈鸿飞愣住，一脸痛苦："小雅！我请你相信我，他给你的这一切都是假象！"

　　"沈鸿飞，是你自己的自尊心受不了吧？你不希望我跟一个我们都熟识的人在一起，担心被其他同学知道了，你面子上过不去，所以你为了你的自尊心不惜诋毁熊三，是这样吗？"

　　"小雅，我要怎么说你才相信我呢？"沈鸿飞急吼。

　　"妈的！我说怎么老打喷嚏了！原来是遇见小人咒我呢！"熊三拎着一大袋子食品走过来。沈鸿飞扑上去，一把抓住熊三的衣领，怒视着："熊三！我警告你，离小雅远点儿！"熊三瞪着沈鸿飞："干什么？干什么？沈鸿飞，你又想玩暴力呀？特警都这样对待老百姓吗？"沈鸿飞克制着自己，松开手，胸口在起伏，怒视着熊三："熊三，放过小雅吧。"熊三皱眉："你说什么？"沈鸿飞嘶吼："放过小雅！算我求你了！别把她拖下水！"熊三轻笑："我听不懂你的话！"沈鸿飞盯着他："你心里明白！"

　　"我他妈不明白！"熊三高声说，"我是合法公民！我没老婆，王小雅没丈夫！我们有恋爱的自由！你管得着吗？！下什么水？你有什么证据吗？"沈鸿飞怒视着熊三。熊三得意地一笑，扭头看着王小雅："小雅，你怎么又哭了？跟个神经病你还真来劲儿啊？咱们走吧！"

　　"小雅！"沈鸿飞试图挽回，王小雅痛苦地流泪看着他："鸿飞，我们做个最后的了结吧。我祝福你和凌云，但是我和熊三不企盼得到你的祝福。你有你的选择，我也有我的选择。这也许就是我们的宿命。谢谢你的忠告，但是很抱歉，我不能接受。我现在和熊三在一起很幸福！"王小雅转身，猛地拽开车门坐上车，不看他。沈鸿飞愣住了。熊三得意地瞪着沈鸿飞："省省你的那一套吧！死条子！"熊三上车，宝马车加大马力绕过沈鸿飞，扬长而去。

沈鸿飞愣立当场，对着远去的跑车嘶吼："熊三！我警告你！如果你做出对不起小雅的事，我一定会亲手办了你！"跑车发出挑衅的鸣笛声，消失在夜色中。

2

湖边，月亮高挂在夜空，一片寂静。郑直穿着便装，眉头紧皱地从远处走过来。小刘躲在树后面，突然跳出来："师兄！"郑直吓了一跳，瞪着小刘："你从哪儿冒出来的？吓死我了！"小刘柔声道："师兄，我太感动了！"郑直皱眉："你感动什么？"小刘一脸花痴："我约了你这么多次，你都没来，本来这次我也没抱太大希望，没想到你居然来了！我觉得特别感动，我幸福死了……"小刘陶醉地看着郑直。郑直赶紧打断她："得得得……小刘，咱有事儿说事儿，你就别那么激动了。我特别不适应。"

"好吧，无所谓了，师兄，送你的。"小刘变戏法似的从背后拽出一束玫瑰递到郑直面前。郑直震惊地看着小刘："什么情况？！"小刘笑容可掬地："送你的花呀！就这情况！喜欢吗？漂亮吗？"郑直哭笑不得："小刘啊，我……我说话你别不爱听啊。"小刘一脸幸福状："随便你说什么我都爱听。"

"按理说，你能从警院毕业，还能被选进市局重案组，这证明你的智商是没问题的，甚至还很优秀。作为一名刑侦警察，你的情商也应该是没问题的……可是——可是你见过女的主动给男的送玫瑰花的吗？"小刘茫然地摇头。

"那你这是干什么呢？"

"可是没见过，不代表不可以去做呀？"小刘委屈地说，"我送你花，那是因为你不肯送我花，你是师兄，你有你的自尊，面子上拉不下来，我了解。可是这无所谓呀！我可以为了你放下我的自尊啊！为了爱情暂时放下自尊，有什么不可以的？"

郑直苦恼地看着小刘，小刘执着地拿着花。

"小刘，既然是刚才说到，你暂时把自尊放下了，我……我也就暂时没有顾虑了。那我就实话实说。"郑直严肃地，"小刘，我今天之所以来赴约，是因为我想告诉你，我和你之间是不可能的，你确确实实不是我喜欢的那种类型。"小刘愣住，撇嘴要哭。郑直硬着头皮说道："还有啊，像你这么年轻漂亮的小姑娘，喜欢你的男孩儿肯定多了去了！这俗话说得好，天涯何处无芳草啊！你何必非得盯着我这个狗尾巴草不放呢？"小刘眼泪下来了。郑直假装没看见，硬着头皮说："小刘，该说的我都说了。你也别太伤心……那什么，我还有点儿事，我就先走了。咱回头见啊！"郑直逃离似的转身要走。小刘泪眼汪汪地说："师兄，你还记得紫霞湖吗？"郑直一愣："紫霞湖？知道啊！离警院不远，我上学的时候经常去遛弯儿。怎么了？"小刘泣不成声："我本来是想约你去紫霞湖的，可是我担心你嫌远，不去，我才把你约到这儿了！师兄，看来你只记得紫霞湖，却忘了当年紫霞湖畔的刘小燕了！"

3

紫霞湖畔，还是警院学员的郑直和几个同学兴高采烈地在湖畔走着，不时边走边拍照。突然，湖边传来一阵救命的嘶喊声，郑直放下相机，望过去，不远处，几个初中女生站在湖边大声地喊叫着，湖心里有人扑腾着，不时地沉下去又冒出头。郑直丢下相机，边跑边脱掉制服，"扑通"一声跃入水，拼命地向落水的人游去。

不一会儿，郑直气喘吁吁地拖着昏迷的小刘上岸。旁边的女生急得大哭："刘小燕！刘小燕！"女同学站在旁边焦急地打电话叫救护车，郑直把小刘放在膝盖上，很快，小刘呛出几口水，僵硬地躺在地上。郑直焦急地贴着她的鼻翼，又摸颈动脉，大惊："没有呼吸！也没有心跳！"女生们哭成一片，围观的人也束手无策。

郑直焦急地看着小刘，下意识地看着她的胸部："得人工呼吸，心脏复苏！"女生急得不行："那你赶紧的呀！"郑直支支吾吾道："她……她是女的！"女生急吼："都什么时候了你还管男女啊？！就一个小姑娘！救命要紧啊！"

郑直下定决心，俯身下去，所有人都紧张万分地看着。忽然，小刘咳嗽一声，睁开眼睛，正与俯下身的郑直目光相对。小刘看着郑直放在胸口的手，"啊"的一声尖叫，郑直吓得仰面倒地。

不远处，救护车拉响警笛开过来。小刘被扶上担架，羞涩地看着浑身湿漉漉的郑直："大哥哥，你是警察呀？"郑直有些不太自然："啊！我……我是警院的学员。"小刘感激地看着郑直："大哥哥，谢谢你救了我！我叫刘小燕，等我高中毕业，我也会考警院！就考你那所警院！"郑直笑："好啊，刘小燕！欢迎你成为我的校友！"小刘坚定地看着郑直："我一定会考上的！到时候，你就是我师兄了！"

"你……你是刘小燕？"郑直张着嘴，吃惊地看着小刘，"你不是叫刘佳琪吗？"

"我嫌那个名字土气，改了。"小刘哭着，"从你救我的那天开始，我就一心想着考警院。后来我终于考上了，可是你早毕业了。我找你也找不着，直到上次，我一眼就认出你来了。"

"你怎么不早说？"

"我本来是打算把你追到手以后，把这个事儿当成惊喜告诉你的！"

郑直目瞪口呆。小刘走上前，眼巴巴看着郑直："师兄！我就是你救出来的刘小燕，这么多年我一直在想你！"郑直纠结地看着小刘。小刘拿着花，"师兄，我说了这么多，你还不答应吗？"

郑直这下更纠结了，但还是下定决心似的说："小刘，我不能答应你。"

"为什么？"

"没有为什么。小刘，不如这样吧，我是独生子，但是从今天开始，你就是我郑直的亲妹妹！我也一定把你当我的亲妹妹看，你觉得呢？"

小刘泪眼看着郑直，拿着玫瑰花转身大步走了。郑直愣住："小刘你怎么了？你干什么去？"小刘回头看郑直："我不是独生女！我有哥哥！我就想找你当老公。你现在不愿意，我就接着等！我就和你耗上了！等到地老天荒我都不回头！"郑直目瞪口呆地看着小刘的背影。

4

"莎莎？！"秦朗打开门，笑脸盈盈地站在门口，"快进来呀！"莎莎一脸恍惚，走进客厅。秦朗笑着："莎莎，今天中午想吃什么？秦叔叔亲自下厨给你做。"莎莎不吭声，换了鞋坐在沙发上。路瑶皱眉："莎莎，你秦叔叔跟你说话呢！"莎莎仿佛没听见。秦朗讪笑："要不咱们去外面吃吧，吃海底捞怎么样？"

"你们随便吧，我不饿。"莎莎自顾自地走上楼，"砰"的一声关了房门。秦朗和路瑶愣愣地对视一眼，两人都心事重重地坐到沙发上。

"莎莎一定是还没有从案件中走出来，这么小的孩子，难为她了。"路瑶不置可否，秦朗看着路瑶，"你也不要着急，我这就发动我所有的关系，去找最好的心理医生，给莎莎做心理疏导。国内要是没有，咱就去看国外的专家！"路瑶摇头："秦朗，算了，别去了。"

"那怎么行呢？莎莎是你的心头肉，她这个状态，肯定会影响你的。"

"秦朗，谢谢你。"路瑶笑得有些勉强。秦朗诧异地看着路瑶："你今天是怎么了？你……你不会是因为钱的事跟我瞎客气吧？要是那样你就太没必要了！现在对我们来说，莎莎是最重要的，不管花多少钱我们也要把她治好。我的经济状况你是知道的……"

"不是钱的事儿！"路瑶打断秦朗，"莎莎的心病不是那件案子。"秦朗愣住，看着路瑶，沉声道："是关于……龙大队长，是吗？"路瑶表情复杂地点头："是的。其实你也知道，莎莎一直以来都希望我和龙飞虎复婚，她想有一个完整的家庭，属于她的，完整的家庭。"秦朗默默地看着路瑶："那你呢？路瑶，我想知道你的想法。"路瑶看着秦朗："我不想瞒你，我最近确实在考虑这件事情。我和龙飞虎都在考虑。或者说，我们是在反思。我们在反思当初我们的离婚给莎莎带来的伤害。而且我和他都已经看到了，莎莎心里的裂痕在不断加大，她变得越来越脆弱了，她已经承受不住了。"路瑶说着眼泪就下来了。秦朗表情复杂地叹息着点头："我明白了……路瑶，我明白了。"路瑶愧疚地看着秦朗："我不知道该怎么对你说。你是个很好的男人，一个足可以托付终生的男人。我们认识以后，你竭尽全力地呵护着我和莎莎，你做了你能够做到的一切……"

"可是我终究替代不了龙飞虎。"秦朗打断路瑶，"无论我多么努力，对你们多好，在莎莎的心里我永远都是个外人，我不可能替代她父亲对她的爱，或者……你也是这么想的吧。你和龙飞虎之间，你和我之间，终究是不一样的。你总是会下意识地与我保持着某种距离，这种距离是看不见摸不着的，但是它确实存在。"

"秦朗，对不起。"路瑶愧疚地别过脸，哭得更厉害了。秦朗惨然一笑："不要这么说。我们都是成年人，都经历过情感的波折，有什么事情都可以坦然面对的。我会好好考虑一下这件事，不管结果如何，我们都平和地去解决它。你累了，早点儿休息吧。哦……我最近公司会有些忙，我暂时住到公司去。有什么事儿我们电话联系吧。"秦朗转身拿起衣服，出了门。路瑶看着秦朗消失的背影，泪流满面。

5

公安医院办公室，雷恺额头上满是冷汗，痛苦地捂着肚了坐着。刘珊珊一脸严肃地放下检查报告："雷副大队长，你不用再求我了。这次我绝对不会再替你隐瞒了。"雷恺焦急地说："刘医生，我还是得求你。最后一次，最后一次行不行？"刘珊珊坚定地摇头："不行！"

"不行也得行！"雷恺唰地站起身，语气又软了下去，"刘医生，我……不想离开突击队！"

"那你想离开你的家人吗？想离开这个世界吗？"刘珊珊说，"我可以很负责任地告诉你，你这种情况，如果还继续在突击队工作下去，就等于是自己放弃了健康和生命！你的后半生可能要在轮椅上度过！真到了那个时候，一切都晚了！"雷恺愣住了，刘珊珊拿起手机拨了出去。

许支脸色冷峻地翻看着体检报告，龙飞虎痛苦地看着雷恺。支队长放下报告，心酸地看着雷恺："从受伤到现在，这几年你就一直这么忍着？"雷恺苦笑："不然怎么办？我不想离开突击队。"

"支队长，对不起，这是我的失职！"龙飞虎满脸内疚。雷恺笑着扬扬手："老龙，这和你没关系！是我自己一直瞒着的！"支队长严肃地看着刘珊珊："刘医生，像雷恺这种情况，最终会导致什么后果？"刘医生内疚地说："他受伤的部位本来距离脊柱神经就特别近，长期的高强度训练和没有规律的生活，使他的旧伤一直得不到彻底的痊愈机会，最终的结果就是后遗症越来越严重，他随时都可能瘫痪，甚至危及生命！"

"有没有好的治疗办法？！"龙飞虎着急地说。刘医生看了一眼雷恺："必须彻底告别突击队的生活，在规律生活的前提下，安心静养，并且配合药物治疗。"支队长站起身，看着雷恺："后勤的任何部门、任何岗位，你可以随便选。不光是我们支队，整个东海市的公安系统，还有其他单位，只要你愿意，我亲自去找局长！"雷恺愣住，热泪盈眶："可……我舍不得突击队，舍不得你们啊！你们谁都别想赶我走，我在猛虎突击队干得挺好，还想在这儿养老呢！"支队长别过头，一行热泪从脸颊上滑落。龙飞虎一拳擂在墙上，满脸痛心。

夜晚，特警基地的训练场一片安静。办公室里，桌子上摆着几样下酒小菜，空的啤酒瓶散落在地上，龙飞虎、铁行和雷恺三人沉默地对坐。

"老雷，你真的想好了？"铁行严肃地看着雷恺。雷恺点头："想好了，也已经跟母校的黄校长，还有特警系的高主任沟通过了。如果我不能继续待在猛虎突击队，在任何别的部门工作对我来说都是一种煎熬。就算我去数字化指挥中心当一个副主任，也还是个闲职。我不想当一个没用的废人。我去原来的母校任教，至少能把自己这二十多年的经验传授给新生一代，让他们在走出警院之前，就可以了解到自己将来应该做什么，可以做什么，让他们明白怎样才能成为一名合格的人民警察。

这对他们来说意义重大，对我来说，也等于完成了一个老警察的历史使命。"

"老雷，我赞同你的决定！"龙飞虎看着雷恺，眼里都是不舍，"有你这样的老特警到母校的特警系任教，不仅能让年轻一代受益匪浅，也等于是给我们一线的突击队减轻了工作压力。最直接的好处就是，你教出来的学生到了猛虎突击队，我和老铁就等于直接拿到了成品，用起来得心应手！"

"砰！"酒瓶碰在一起，三人一起笑，但这笑容都有些苦涩。雷恺喝了一口，意味深长地说："所以，我并没有离开猛虎突击队。"

"是！"龙飞虎感触地点头，雷恺号啕大哭。三个彪悍的男人放声哭了起来，那些曾经同生共死的岁月从他们的脸上划过。

6

空旷的训练场上，猛虎突击队的队旗在上空迎风飘扬。陶静全副武装，背着背囊负重慢跑。不远处，其他队员戴着护具，捉对进行格斗训练。

"哎哎哎……"郑直招呼着队友，众人顺着他的目光一起望过去——只见何苗愣住那边，保持着一个训练的固定姿势，入神地看着正在慢跑的陶静。

"看见没有？表情很复杂，目光很深邃，似有千言万语，却无从开口。"郑直低声说。赵小黑纳闷儿："啥意思？"段卫兵白了他一眼："文盲！"赵小黑茫然地看他："你懂？"段卫兵不屑地说："我也不懂，但是可以体会其中的意境。"

"什么意境？"背后传来龙飞虎的声音。队员们大惊，急忙列队站好。沈鸿飞上前一步，立正敬礼："龙头，您有事儿？"龙飞虎一扬头："把陶静叫过来！"

"我去！"何苗抢着跑了。

陶静气喘吁吁地跑过来，敬礼："龙头！"

"感觉怎么样？"龙飞虎微笑。

"没事了，越跑越轻松。"陶静伸伸胳膊，"龙头，您找我有事儿？"龙飞虎掩饰地笑笑："去换衣服吧，我带你去支队指挥中心报到！"陶静愣住了，眼圈一红："我不去！我说过了我哪儿也不去！"龙飞虎看她："这是你能决定的吗？"陶静流着眼泪。凌云前趋一步，大声问："龙头！为什么要把陶静调走？"

"龙头，陶静的身体恢复得很好！""她又没犯什么错误！她上次还立了功！""犯了错误的都没走，凭什么让她走？"队员们也愣住了，七嘴八舌地议论起来。

赵小黑讪讪地看着龙飞虎："是啊！俺……都没走呢！"龙飞虎从身后拿出调令文件，沉声道："这是支队党委的命令！是你们能改变的吗？"队员们看着支队长的签字，呆若木鸡。

"我支持陶静同志去指挥中心工作！"何苗喊。

所有人都愣住了，震惊地看向何苗。何苗看陶静："陶静，这不是你任性的时候！上级的命令你必须得服从！不管心里有多不愿意，你也得服从！你对抗命令是错误的！"陶静哭着瞪着何苗，咆哮着吼道："何苗！我和你很熟吗？你以为你是谁呀？你凭什么管我？我爸妈都没管过我！你凭什么？！"何苗语塞。

"陶静！别胡闹了！"龙飞虎说，"何苗说得对，这不是你任性的时候，也由不得你！"陶静哭着瞪着龙飞虎："胡闹的不是我，是你！"

队员们大惊！龙飞虎也是一愣！

"你说不出把我调走的理由来！你只会拿命令压我！"陶静哭喊着，"我知道，你们是因为我爸的原因才要照顾我！可是我不需要这种照顾！我不会离开突击队，不会离开小虎队！死也不离开！"陶静哭着跑了。龙飞虎一脸复杂地愣立当场。

队员们不明所以，震惊地面面相觑。赵小黑张大了嘴："俺的亲娘啊！俺刚才没听错吧？她……她居然说龙头胡闹！"段卫兵也是惊得直咋舌："她不但抗命，居然还敢顶撞龙头！"

"她爸爸是谁？"沈鸿飞问。龙飞虎平复着自己的情绪，抬手一指："她爸爸在那儿——"众人顺着龙飞虎手指的方向看过去，大惊——肃然的荣誉墙在阳光下熠熠发光。

"她的爸爸，叫王平！"龙飞虎含着眼泪，转身而去。队员们看着远处的荣誉墙，又看看龙飞虎，面面相觑。

"王平，就是龙头念念不忘的猛虎突击队首任突击队长！"何苗说。

沈鸿飞看着何苗："你早知道？"

"她找了整整十四年，一直在找她的爸爸。她为了找爸爸，来到了这儿，为了能留在爸爸身边，她拼命地训练，付出比我们多得多的努力。可是她还不能说出这个秘密，她不想让别人戴着有色眼镜看她，所以她一直把这个秘密隐藏在心底。"何苗有些哽咽，"所以，我们以前看到的陶静全都是假象！她不是花痴，也不是大大咧咧的傻大姐，她不过是想用这种方式隐藏自己的秘密！她是英雄的女儿！她自己也是个英雄！支队想把她调到指挥中心，只是因为不想让荣誉墙上同时出现父亲和女儿的名字！"

7

夜晚，陶静默默地坐在荣誉墙前，泪流满面地凝视着父亲的照片。一道黑影笼罩过来，陶静没有回头，含泪看着父亲的照片。

"如果你的父亲还活着，我也会竭尽全力去说服他的！"龙飞虎低沉的声音在身后响起。陶静擦掉眼泪，不说话。龙飞虎走近："陶静，我希望你能够理解我们这些老特警的苦衷，希望你能理解你的母亲，尽快去支队指挥中心报到。"陶静哭着摇头："我不会理解的！"龙飞虎哽咽着："陶静，对不起！但是你必须要执行命令！"陶静哭着看龙飞虎。龙飞虎哽咽着嘶吼："陶静，起立！你必须要去指挥中心报到！"

陶静泪如雨下。

"起来！"龙飞虎怒吼。陶静痛哭着站起身。龙飞虎满脸是泪，转身愣住了——身后，小虎队全体队员笔直地列队站好。

"陶静不能走！"沈鸿飞嘶吼。

"陶静不能离开小虎队！"凌云坚定的声音。

"陶静！我错了！请你原谅我！我再也不烦你了！我支持你留在小虎队！"何苗哭着，队员们齐声山吼："陶静！留下来！"

陶静泣不成声。龙飞虎看着面前的小虎队，含泪咆哮："干什么？！你们想集体抗命吗？！"沈鸿飞前趋一步，立正："我们就是要集体抗命！我们小虎队是一起进来的，我们是一个整体，我们不能分开！"郑直也啪地上前："陶静是我们的同志！战友！妹妹！她是我们这个家庭的一员！我们有能力保护好她！我们绝不会让她再受到任何伤害！"

龙飞虎的胸口起伏着。陶静哭着跑向队员们，扑倒在众人之间。队员们伸手扶着陶静，一起看着龙飞虎。

在荣誉墙的不远处，支队长和铁行并肩站着。铁行扭头看着支队长："您还坚持要调走陶静吗？他们现在是一个整体，血浓于水了。"支队长看着铁行："我理解他们的这种感情，也理解陶静本人。我希望你们……保护好她。"支队长含泪转身离开。铁行吁了一口气，望着互相搀扶着的队员们，眼睛湿润了。

第二十章
——— SWAT ———

1

"哗啦啦!"泛着铁锈的监狱大门缓缓打开,高墙下,一个锃亮的光头低着头走了出来。光头慢慢抬起头,阳光有些刺眼,光头眯缝着眼,一张狰狞的脸桀骜地与阳光对视着。

"强哥!"侉子拎着塑料袋,一脸喜色地走过来,"恭喜强哥出山,重见天日!"光头强眯着眼睛,打量着侉子:"侉子,你还真记得日子。"侉子笑:"强哥,看您说的,我就是忘了我姓什么,也不敢忘了您出山的日子啊!"光头强狞笑,侉子连忙从塑料袋里掏出一块豆腐:"强哥,这个给您——"光头强皱眉看着豆腐,侉子讪笑:"我从外国电影上看的,出来以后吃块豆腐,以后您就能清清白白做人了!"

光头强目光一凛,拿过豆腐,猛地一把砸在地上,豆腐渣四处飞溅。侉子愣住了,大惊失色:"强哥!不……不好意思,我我我……"侉子快吓哭了。光头强忽然一笑,搂住侉子的肩膀离开了监狱。

盘山公路上,一辆三菱越野车在疾驰。光头强坐在副驾驶座上,侉子忐忑地开着车:"强哥,这车是按您的嘱咐弄的,套牌的,套的是省公安厅的牌照,一般路上没人拦。"光头强打量了一眼车内,凝视着侉子:"我让你办的事儿你办了没有?"侉子心事重重地看着前方:"办……办了。"光头强满眼放光:"他在哪儿?!"侉子咽了口唾沫:"还……在东海特警支队的猛虎突击队,升官了,是……猛虎突击队的教导员。"光头强目光一凛:"哈哈!他活着就好!哈哈哈……还有呢?"

"按您的吩咐,我都调查清楚了。他家的住址,他老婆孩子的资料,包括他孩子的上学路线。"侉子说着，从兜里掏出一叠纸，"都在这上面。"光头强惊喜地接过来，欣慰地拍了拍侉子的肩膀："哈哈！侉子！你真是我的好兄弟呀！强哥谢了！"侉子苦笑："您让我弄，我敢不弄吗？"光头强一愣，凝视着侉子。侉子一脚踩住刹车，看着光头强："强哥，收手吧。"光头强瞪着眼睛："收手？你是让我放过铁行吗？"

"铁行是猛虎突击队的教导员！强哥，咱干不过人家！就算您报了仇，也活不了，何必呢？"

"你他妈怕了！"光头强狰狞地盯着侉子。侉子惨然道："强哥，我出狱以后就和小欢结婚了。我们开了个美发店，生意特别好，小欢都怀孕四个多月了……"光头强凝视着侉子，皮笑肉不笑："好！好事儿啊……"

"我和小欢商量了，您就住我们家去，我侉子从小没爹没娘，我们俩把您当亲爹孝顺。您天天吃香的喝辣的，我们养着你。"侉子眼睛泛着湿润。

光头强突然大笑，侉子惊住，颤抖着。光头强一把拍住他的肩膀："侉子，强哥明白你的意思了！你现在成家了，小日子过得也挺安稳。不想跟强哥过刀头舔血的日子了，对吧？"侉子连忙说："强哥，没没没，我我……"光头强狞笑着："哈哈！算了吧！你能帮强哥做这些事，强哥已经很满意了。你想收手，强哥不难为你！好好过你的日子去吧！"侉子愣住，惊喜地看着光头强："强哥！您……您说的是真话？"光头强凝视着侉子："你是强哥最好的兄弟，跟我一块儿坐了八年大牢，强哥能坑你吗？"侉子惊喜地落泪："强哥，我……我不知道说什么好了。强哥……我……"光头强笑着看着车外路边的树林："我去尿泡尿。"侉子望着光头强的背影，长长地出了一口气，如释重负地掏出手机。

光头强走到树林里，解着腰带。

"小欢！我是侉子！……我接到强哥了，跟他说了……他同意了！小欢，这回好了……"侉子一脸欢喜地打电话。这时，树丛里传来了光头强的一声惨叫，侉子一惊，急忙放下手机："小欢你等等！"急忙跳下车。

侉子焦急地走进树丛，四处张望着："强哥！强哥？"——没有回应，侉子纳闷儿地又要喊，突然，一根皮带狠狠地勒住了他的脖子！侉子倒地，拼命地挣扎着，光头强狰狞地勒着侉子："兄弟！别怨强哥，强哥被兄弟出卖过一次了，不想再冒险了！你安心去吧，强哥帮你照顾老婆孩子！"侉子一脸惊恐地死死瞪着光头强，身体逐渐瘫软，最终彻底不动了。

光头强平静地回到越野车上，掏出那张纸狰狞地笑着。突然一踩油门，越野车疾驰而去。

2

中午，太阳晒得正烈，特警支队训练场上，队员们背着背囊，全副武装地在障碍场上奔命。龙飞虎戴着大墨镜，手里掐着表："速度太慢了！蜗牛爬吗？再来一组！"队员们疲惫地重新开始。铁牛站在一旁，笑着看着龙飞虎："差不多了吧？他们已经超过最好成绩了。"龙飞虎黑着脸，汗水不停地往下流："我要的不是他们刷新纪录，我要的是他们的极限。"铁牛感慨地点头。突然手机响了，铁牛掏出手机，一愣，笑着接起来："喂？陈铮，哈哈，你小子怎么想起我来了？"

"你有空吗，老铁？"电话里的声音很低沉。铁牛笑着："有空有空，什么事，说吧！"

"老铁，光头强今天上午出狱了！"铁行脸上的笑容凝固。陈铮有些担心地说，"铁哥，你要心里有数，光头强虽然刑满释放，但这种人是不会被改造好的。你比我了解光头强，多加小心吧！"龙飞虎站在旁边，诧异地看着铁行。铁行看了一眼龙飞虎，若无其事地说："哦，陈铮，我知道了，谢谢你。"龙飞虎看着他："怎么了？"铁牛收起手机，一笑："哦，没事儿……这一组成绩怎么样？"龙飞虎凝视着铁行："陈铮是省第一监狱的，跟我也很熟。"铁牛一愣。

"光头强出来了，是吗？"龙飞虎脸色肃然。铁行点点头。龙飞虎严肃地看着铁行："我猜他找你一定是这个事，算算日子也差不多了。光头强一定会报复你的。我们都了解他！"铁行苦笑了一下，看着龙飞虎："没那么严重。他能把我怎么样？"

"你的家人呢？"铁行愣住了。龙飞虎唏嘘着看远方，"当年你光棍儿一根，你当然不怕。现在你有老婆了，还有了铁蛋儿。"铁行不说话了。

不远处，沈鸿飞和队员们放缓动作，看着龙飞虎和铁行一脸严肃地在说话。郑直低声道："他根本没掐表。"赵小黑一脸沮丧："这组白做了？"

"什么情况？"段卫兵问。

"我看见刚才铁牛接了个电话，然后他们就这样了。"陶静说。队员们一脸疑惑，沈鸿飞一挥手："走，看看去！"

训练场边，龙飞虎严肃地看着铁牛："不怕一万，就怕万一，你马上走，现在就回家。"铁牛摇头："我回不去。现在正在备勤，老雷又刚走，你一个人根本不行。"

"没有什么比这件事重要！"龙飞虎低吼，"你走你的，我去找支队长给你批假，这段时间你哪儿也别去。就老老实实陪着家人，有什么情况马上跟我联系。"

"龙头……"队员们围上来，铁行和龙飞虎一愣。

"你们干什么来了？"铁牛问。

"这一组做完了。"郑直说。龙飞虎一愣，下意识地看了一眼秒表。

"铁牛，发生什么事了？"沈鸿飞问。铁牛一笑："跟你们没关系，继续吧。"队员们面面相觑，看向龙飞虎。龙飞虎看铁牛："跟他们不用隐瞒。"

"这是我的私事……"

"事关特警家属的安危，这不是私事。"龙飞虎说，"今天第一监狱有个人刑满出狱了。这个人叫李子强，绰号光头强。"

"光头强？！"郑直惊呼，"我在重案组的时候曾经看过以往的档案，对这个人有印象，是个罪行累累的家伙。"凌云不以为然："那又怎么样？刑满出狱，又不是越狱。况且，警察抓的人多了。"

"当初那件案子，是铁牛亲手抓的他！"龙飞虎声音变得沉重，"而且，光头强和普通的罪犯不一样！心狠手辣，是个能杀人的主儿！"

"可是这样的人，怎么会刑满释放呢？他会没有命案？"郑直问。龙飞虎忧心忡忡："这就是光头强之所以难对付的原因。他虽然涉嫌多起杀人案，但是当初警方没能找到被害人的遗体，没办法定他的杀人罪，让他逃过了死刑。"

"对，法律要讲证据的。我们都知道他杀了人，但是没有目击者，没有证据，甚至找不到被害人的遗体——只能坐实他的涉枪等罪行。"铁牛说。

"现在他的杀人罪坐实了！"所有人一愣，循声望去，路瑶和李欢匆匆走过来。

"侉子，也就是跟他一起服刑的拜把子兄弟。根据省厅通报，侉子被杀害在西部公路边的树丛里，现场发现了大量光头强作案的证据。"

"他为什么杀自己的兄弟？"沈鸿飞问。路瑶看着铁牛："省厅通报说，根据侉子的妻子交代，侉子先于光头强一年出狱后，就根据光头强的指示，一直在搜集铁行的资料！"铁行脸色一变，"但是在最后关头，侉子和老婆商量，不想参与光头强的报复计划。"龙飞虎冷声："所以光头强杀了侉子，这完全符合他的性格。他一定来东海了！"路瑶看向铁行："这就是我绕道过来的原因，我想先提醒你一下，多加小心。"铁牛心事重重地点头。队员们也都是一脸凝重。

路瑶看了一眼龙飞虎："我要回局里开案情分析会。"龙飞虎点头："有什么需要，突击队随时准备着！"路瑶点头，和李欢匆匆而去。

沈鸿飞看向龙飞虎："龙头，需要我们做什么吗？"龙飞虎扫视着队员们："暂时还不需要，但是很快会。在这之前，你们未雨绸缪吧！"说罢，龙飞虎看着郑直："想办法搞一张光头强的照片，打印出来，分给大家一人一份。"

"是！"郑直立正回答。

铁牛一笑："没事！如果他真来东海，这次我会亲手毙了他！不给他活命的机会！"龙飞虎拍拍他的肩膀："先别想那么多！也许是我们紧张过度了，西部距离东海千里之遥，光头强不一定能回来东海，也许半路就被抓住了呢。"铁牛一笑："我还担心他不来呢！"

<h1 style="text-align:center">3</h1>

更衣室里，铁牛站在柜子前，看着柜门里贴着的全家福照片发呆。龙飞虎走过来："你还是回去吧。"铁牛赶紧关上柜子："你什么时候进来的？"

"听我的，马上回家。"

"不至于。"

"我们之间，没有什么不可以说的。"龙飞虎沉声道，"我知道你在担心什么。那时候你是单身汉，还没这么多顾虑。现在不一样了，拖家带口的。"铁牛一愣，叹息了一声。龙飞虎也是忧心忡忡："你赶紧回去，这段时间就待在家里，多陪陪老婆孩子。支队长那边，我去说。"

"那不行，现在工作这么紧张，人手不够，我不能休息。"

"没让你休息！"龙飞虎吼了出来，"你这段时间的任务就是保护好韩青和铁蛋儿！"龙飞虎说罢，又补充道，"还有，我和支队汇报下，给你家上保护措施。"铁牛震惊地望着龙飞虎："那么大动静？不行！犯不上！"

"没有什么犯不上的。"龙飞虎严肃地说，"我的判断和你一样，光头强一定会回东海！他一定会来找你！要不然，他就不是光头强了！"铁牛愣愣地看着龙飞虎，终于点头："那谢谢了。"龙飞虎笑："跟我你还见外！我去找支队长！你赶紧收拾完回家！"铁牛重重地点头。

市公安局的会议室里烟雾缭绕，会议已经召开两个小时了，吴局长、支队长许远以及各个副局、刑警队长都在沉思着。光头强的照片被投射在大屏幕上。吴局长把烟头摁灭在烟灰缸里，语重心长地说："总之，我们东海市公安系统一定要加强警惕性，防患于未然。光头强不回东海，也就罢了，他胆敢回来，我们就一定要把他终结在东海！"

"是！"所有人啪地立正，动作整齐划一。

吴局长转头看着路瑶："我看，这个案子就由你们重案组负责，你这个组长把责任负起来，有什么需要的，各部门无条件配合你！包括我和几位副局在内！还有，许支的特警支队也别闲着，随时备战！"

"明白！"支队长立正。

"对了。关于对铁行同志的保护，你打算怎么办？"吴局长问。

"龙飞虎已经给我打过电话了。铁行同志暂时回家休假，保护家人和孩子，同时，我正想散会后跟您申请了，我打算派小虎队给铁行全家上保护措施。"许支说。

吴局长点头："光头强不比普通的罪犯，这是必要的！我同意。"

特警支队的小会议室里，郑直把手机放在桌子上，队员们围着他。郑直一脸正色："都看好啊！我这纯属是公事，我开免提！"队员们一脸鄙夷，凌云白了郑直一眼："你至于吗？"郑直语塞，拨号。

小刘坐在办公室的电脑前，小刘掏出手机，大喜："师兄？！我没做梦吧？你怎么会主动给我打电话？我太高兴了……"郑直苦着脸把手机往远处拿，队员们莞尔一笑。郑直有些尴尬："那什么……小刘，你听我说，我有件事儿请你帮忙。"

"嗨！师兄，你跟我有什么客气的？有什么事儿尽管说。"

"我想请你帮忙，帮我找一张光头强的照片。"

"光头强？！"小刘一脸惊讶，目光一动，得意地说，"嗨，没什么，我们也刚刚开完会，现在全局上上下下所有的工作全都围绕光头强。师兄，你要光头强的照片干什么？"

"哦，我们也是一样，未雨绸缪，先认认人。小刘，我着急，不多说了，谢谢你了！"说着就要挂断电话。

"等等！"小刘急吼。郑直一愣："还有什么事儿？"小刘得意地拿着手机："帮忙可以，可是我还没说条件呢。"郑直惊讶："还有条件？"

"当然有条件了！毕竟这不是官方渠道给你提供的。"

郑直皱眉："那算了，我直接找路组吧！"

"别呀师兄！我的条件很简单的！"

郑直一脸为难地看着队员们，沈鸿飞皱眉，坏笑着说："赶紧，正事儿要紧！"郑直无奈地说："好吧，说说你的条件。"

"等这个案子结了，我定时间，我们到玄武湖边谈谈。"

郑直大惊："什么？还去呀？！上次我们不是已经谈过了吗？还有什么好谈的？！"

"上次没谈成功，我们得继续呀！"

"小刘，我告诉你吧，上次我说得很清楚了，再谈也还是那个结果。"郑直苦不堪言。

"那就算了，照片我不给你！"

"你不给算了！我找路组！"郑直气恼地说。队员们统一战线，齐声吼："正事儿要紧！"郑直愣住，一脸无奈："好吧！那就谈一次，最后一次！"

"谢谢师兄给机会！"小刘兴奋地挂断电话。郑直一脸茫然地拿着手机："哎？我还没说邮箱地址呢……"

4

客厅里，铁蛋儿正趴在地板上，手里握着玩具枪，嗒嗒地开火。韩青端着水果在厨房忙活。钥匙门响，韩青看过去，铁牛穿着便装站在门口。趴在地上的铁蛋儿一骨碌爬起来，扑过去："爸爸！"铁牛抱起儿子，父子俩转着圈儿地亲。韩青笑着走上前："哟，怎么太阳从西边出来了？你不备勤啊？"铁牛回头："哦，我回家来看看。"韩青一脸诧异："不对劲儿，你们这个月都是备勤，没什么事儿你不会回家的，是不是出什么事了？"铁牛赶紧说："没有，能有什么事？我就不能回家看看，跟你们娘儿俩一块儿度个周末！"铁蛋儿欢呼着搂着铁牛的脖子，韩青怀疑地看着他："怎么了你？眼神那么奇怪呀？"铁牛放下儿子："没什么，这些年让你受苦了。"韩青有些不好意思："你没毛病吧？怎么突然说这个？"

"爸爸，我想去动物园！"铁蛋儿抱着铁牛的腿喊。铁牛拉着儿子坐在沙发上："好！爸爸今天带你去动物园！"铁蛋儿眼睛一亮："真的？"

"当然是真的！爸爸什么时候骗过你？"铁牛说。铁蛋儿一脸不乐意："爸爸每次都骗我！三岁生日的时候就说带我去动物园，现在我六岁生日都过了，也没带我去过！别的小朋友的爸爸都经常带他们去动物园，就我没有过，一次都没有！你答应好多次了！"铁牛内疚地看着儿子："走！爸爸现在就带你去动物园。"铁蛋儿雀跃欢呼，韩青赶紧转过身擦了擦眼泪。

动物园里人头攒动，铁牛买好票，铁蛋儿骑在爸爸的脖子上，兴奋地东看看西望望。游乐场边，铁蛋儿和小朋友们玩得正起劲，韩青坐在旁边，挽着铁牛的胳膊："到底出了什么事？你不会无缘无故地跑回家的，你不是这样的人。"铁牛看着她，沉吟着不说话。韩青担忧地看着铁牛："别瞒着我了，我有点儿害怕。你是不是犯错误了？"

"怎么可能呢？你又不是不了解我。"

"那你为什么这么奇怪？"

铁牛沉吟片刻，还是没说话。

"还记得结婚的那天我们怎么说的吗？"韩青说，"不管未来是风是雨，我们都一起扛！我们组成的是一个完整的家庭，不是两个没有关系的男人和女人，相濡以沫，生死与共……你都忘了吗？"铁牛愧疚地低下头："我怎么可能忘呢？"

"那你为什么要瞒着我？"

铁牛欲言又止，韩青苦笑："你的九点钟方向，那个吃冰激凌的男人。十一点方向，那个看报纸的女人和她旁边那个玩手机的男人，他们都是什么人，你当我看不出来？"铁牛看过去，苦笑："你要是犯罪，我们还真不好抓！"韩青严肃地看着他："我没心情跟你开玩笑，老铁！我是特警的老婆，跟你这么多年了，这个瞒不住我。说吧，到底出了什么事？你是不是真的犯错误了？不然，这些警察为什么要监视你？"

"他们是来保护你们的。"铁牛长叹一口气，"八年前，我们还没认识，我抓了一个杀人犯——他出狱了。当时警方没有找到一具被害人的遗体，他死不张嘴，没办法构成完整的证据链，只能以非法持枪来处理他。"韩青的脸唰地白了："你是说……他有可能报复你？"铁牛点头："以我对他的了解，只要他不死，就一定会回来报复我！我不告诉你，是不希望你害怕。"韩青脸色煞白地看着和小朋友们一起玩耍的铁蛋儿，她猛地瞪着铁牛："老铁！我出什么事儿都没关系！铁蛋儿不能出事！"铁牛握住她的手："我会不惜一切代价，保护铁蛋儿的。"韩青哭着扑在铁牛怀里，铁牛紧紧地抱住了她。

5

夜色中，华灯初上，喧嚣了一整天的城市终于逐渐安静下来。幽暗的冰冻酒吧里，歌手们在台上唱着舒心的慢歌，柜台后不停忙碌的调酒师在杯中划出一道又一道彩虹，炽烈又冰冷。酒吧外，路瑶和李欢驾车停在门口。两人跳下车，推门进去。

此时客人比较稀少，一个打扮妖艳的小姐搔首弄姿地站着，老板白明靠在椅子上打量着她。小姐媚笑着："白总，我到底行不行啊？"白明笑："我眼神不好，离近点儿。"小姐轻佻一笑，上前直接用胯骨蹭着白明的大腿，看见路瑶走过来，白明摸向小姐臀部的手僵在了半空中。小姐大惊，察言观色地站在一旁："老板娘好！"白明一瞪眼："你妈的！什么老板娘！路组长！这是公安局重案组的路组长！"小姐傻眼，忙不迭地拿上包向后台跑去。白明殷勤地对路瑶笑："那什么，路组长，我这是面试员工，面试员工！重案组应该不管这小事儿吧……"路瑶白了他一眼："我没心情管你这点儿男盗女娼的破事儿！"白明这才松了一口气。

路瑶拿出照片，递给白明："看看认识吗？"白明诧异地接过照片，仔细一看，一屁股坐在地上："强，强哥……"路瑶冷笑："你还记得呀？"白明哆嗦着："我能忘了他吗？！他不是死缓吗？！"

"前几天出来了。"路瑶问，"你有他的消息吗？"白明一头的冷汗，嘴唇都开始哆嗦："我……我要有他的消息，我第一时间就告诉你了……他肯定想杀了我。"

"不一定吧，他不知道是你透的风。"

白明哭丧着脸："他要想不到，就不是光头强了。我那么信任你们才会透风给你们，结果他出狱了，才判了几年啊？！完了，我的死期到了。"白明挣扎着站起身，"我得走！马上走！我……"李欢震惊地看着惊慌失措的白明，路瑶一把抓住他："白明，不用那么害怕，我们以前抓住过他，现在也照样能抓住他。"白明哭丧着脸："我死了以后抓住他，还有啥用啊？"路瑶说："我们这次来，就是想给你提个醒，光头强如果回东海，最有可能投奔的就是你。"

"不是投奔！是杀我！"白明的脸色煞白，"他是个有仇必报的人！他宁可错杀一千，也绝不放过一个！"路瑶拍拍他的肩膀："你一有他的消息就马上打电话给我。记住，报告得越早，对你自己越有好处。"白明哆嗦着："是……我明白！明白！"

第二十一章
—— SWAT ——

1

高铁站里人来人往，路人们匆忙地穿梭于各个站台之间，不远处，戴着小红袖章的志愿者们维持着站内的秩序。站台上，几处显眼的墙上都贴着光头强的通缉令，小虎队们目光锐利，全副武装地在执勤。

"喝水了！"吴迪搬着一箱子饮料走过来，挨个发。队员们接过饮料，眼里都是同情的目光。不远处，杨震注视着吴迪，目光凝重。沈文津叹了口气："看见他一下子变成这样，心里真不好受。到底有多大的罪过，非得这样整他？"杨震没说话，平静地看着吴迪继续发着饮料。离站台更远的地方，燕尾蝶慢慢摘下墨镜，内疚地看着吴迪。

这时，一个西装革履的老头走出站台，看看正在执勤的杨震和沈文津，又看看通缉令上的照片，咧嘴一笑，离开了高铁站。

酒店大堂，服务台一侧的公告牌上也贴着光头强的通缉令。老头走上前，服务员职业性地微笑："先生您好，住宿吗？"老头点头，掏出证件："我要一个套间。"服务员迅速办理好入住手续。

一间豪华套房里，老头走进门，环视四周，见一切如常，这才关上门走进卫生间。摘下头套，脸上的褶皱也被撕了下来，吐出塞在嘴里的两个半块苹果——光头强狰狞地看着镜子里的自己。

二十分钟后，一个穿着牛仔裤和旅游鞋，戴着黑框眼镜的分头男子，背着小包神色坦然地走出酒店门口，上了出租车。

郊区，光头强背着包下了出租车，朝四周观察着，确定没人后瞄着山坡上的一棵树快速跑过去。光头强跑到树下，喘息着，奋力挪开树根下的几块大石头，又从背包里拿出折叠工兵锹，发狂地挖起来。

不一会儿，深坑里露出一个用塑料布裹好的箱子。光头强眼冒金光，小心地把箱子提出来，撕掉塑料布，输入密码，密码箱的盖子"咔嗒"一声弹开——两把泛着乌青的92手枪和几十发子弹躺在箱子里，旁边还放着两颗手雷。光头强狞笑着拿起手枪，装上弹夹，"哗啦"一声拉动枪栓，阴鸷的脸上露出狼一样凶狠的目光。

2

酒吧里，空气中弥漫着烟酒的味道，音乐开到最大，几乎要震聋人的耳朵，年轻男女都在舞池里疯狂地扭动着，几个打扮冷艳的女子嘻嘻哈哈地混在男人堆里玩，用轻佻的语言挑逗着前来寻欢作乐的男人们。

经理室里，白明带着白天还没完事的小姐推门走进来。小姐撒娇地挽着白明的胳膊："白总，你急什么？我头一天来，还没上过钟呢！"白明的手摸到她的后背，坐到椅子上，一把把她拽到自己怀里："上个屁钟！把老子伺候好了，老子直接让你当领班！"

"真的？"小姐两眼放光。白明淫笑着凑近小姐的胸部。

这时，后排的柜子轻轻打开一条小缝，露出一双狼一样的眼睛。光头强注视着白明，拔出手枪，"咔嚓"一声轻响，白明一下子愣住了。小姐半推半就："你干吗啊？要弄就快点！"白明咽了口唾沫，手慢慢摸到办公桌下面。突然，白明持枪转身，柜子门也几乎同时打开，枪口顶住白明的脑门，光头强冷冷地看着他。

"强，强哥……"白明哆嗦着。小姐"啊"的一声尖叫，光头强举起另一把手枪对准她，小姐马上捂住嘴，一脸惊恐。白明把手枪丢在地上："强……强哥，有话好说，有话好说，兄弟不知道是你……"光头强冷笑："你还记得你有个强哥？"白明挤出笑："强……强哥，您说的哪儿的话，兄弟什么时候都不敢忘了强哥……"

"你出卖了我。"光头强的眼光一下子变得凶狠。

"没，没，没有！真的不是我！"

"只有你和侉子两个人知道我那天要去哪儿，侉子和我一起被抓了，你说是谁出卖的我？"

白明哭丧着脸："强哥！天地良心，真的不是我！"

"那你为什么只判了三年，还得到了减刑。"白明哑口无言，光头强冷冷地说："自己选个死法吧。"白明"扑通"一声跪在地上，痛哭流涕："强哥，我该死！我该死！求强哥饶我一条命，求求强哥了……"光头强看了一眼屋子一角的保险柜："你保险柜里面有多少钱？"

"有，有一两百万吧。"

"财务那儿呢？"

"只有今天的收入，截止到现在的……有，有二百多万，还没送银行。"白明战战兢兢回答。光头强把包丢在地上："叫他们送过来。"

"是，是……"白明战战兢兢地站起身，拿起电话："是我……把所有的现金都给我送来……对，所有的……"白明放下电话，战战兢兢地看着光头强。

"把你保险柜里面的钱，都装进去。"

白明连连点头，向保险柜走去。小姐趁机想跑，光头强一把抓住她的头发，拽回在地上。光头强踩住她，枪口对准。小姐吓得浑身颤抖："别……别杀我……"光头强看向白明，白明动都不敢动："强，强哥，我，我给您取钱……别，别杀她……"光头强不说话，白明慌忙打开保险柜。小姐面露惊恐："我，我错了，我不，我不跑……别，别杀我……"光头强不说话，踩在身上的脚捻在小姐的胸上。小姐脸色煞白，不敢动。

这时，一阵轻微的敲门声响起："白总，白总？"

光头强扬了扬手里的枪，白明走过去，稳定着自己，打开门。财务经理是个女的："白总，您要的现金都装在包里了。"白明拦住门："那什么，你不能进去。"

"那这钱？"

"给我吧。"白明伸手接过来，拼命地眨眼睛。女经理一脸纳闷儿："白总，您眼睛怎么了？"白明一头冷汗："没事，进灰了，你走吧。"白明关门，拎着包转身。光头强冷冷地看着他。白明哭丧着脸："强哥！我，我，我错了……"光头强故作坦然："我没空搭理你！装上钱，我走人。"白明松了一口气，把包放在光头强面前："我去拿保险柜的钱，我都给您带上！"白明打开保险柜，一沓一沓地往光头强的包里面装钱，光头强站在那儿冷冷地注视着。

白明掏空保险柜，余光瞄着光头强，从里面摸出一把尖刀，悄悄地藏在包后面。白明提着包，走向光头强，赔笑道："强哥，钱都给您。"白明把包递过去的瞬间，突然拔出尖刀，刺向光头强："我和你拼了！"光头强敏捷地侧身闪开，别住白明的胳膊，尖刀直接转向，扑哧，扎进了白明的咽喉，血一下子冒了出来，光头强冷冷地哼了一声："跟我来这个，还嫩点。"

白明的身体慢慢地瘫倒在地，血不断地冒出来。小姐尖叫着，光头强的枪口对准她："不许叫！"小姐吓得捂住嘴，光头强阴鸷地看着她。

3

清晨，酒吧街里警灯闪烁，酒吧门口已拉好警戒线，警车林立，戒备森严。远处，重案组的车开来，路瑶和李欢下车，匆匆走来。

"怎么回事？"路瑶掀起警戒线，走进酒吧经理室。旁边的尸体已经盖上白布，路瑶掀起来，看见白明睁着的眼，又盖上。法医走过来，拿起装在塑料袋里的血污匕首："干净利索，只有他自己的指纹。"

"那女的怎么死的？"路瑶问。

"先奸后杀。"路瑶看看打开的保险柜，法医继续，"看上去是抢劫杀人，见色起意。"

路瑶摇头："没那么巧，一定和光头强有关系。"

"我们提取了被害人体内的精液，要回去做 DNA 鉴定才有结果。"

"我等你的报告。"法医点头，快速离去。

李欢走过来："路组长，你认定是光头强干的？"路瑶脸色阴沉："我们第一个想到的就是来找白明，光头强也一定会想到——他回东海了。"李欢在沉思。路瑶看她："怎么？你怕了？"

"怕？怕什么？我在想，他可能藏在哪儿。"李欢笑笑，又心有余悸地说，"路组，我突然想起昨天白明说的那句话：宁可错杀一千，也绝不放过一个。这浑蛋太狠了！"路瑶点头，心情沉重："我们要全城戒备了。"李欢点头。路瑶忽然目光一动，掏出手机。特警突击队办公室，龙飞虎拿出手机，一愣，接通电话。

"什么？！"龙飞虎大惊，铁牛愣住，诧异地看着龙飞虎。

"现在只是怀疑，但是我担心老铁，又不好直接给他打电话，你心里装着这事儿！我挂了啊！"

龙飞虎缓缓放下手机，铁牛看他："发现光头强了？"

"你别问了……"

"龙飞虎！少卖关子！"

龙飞虎看着铁牛："白明被杀了！"铁牛脸色一变，沉声道："当初，重案组是通过白明才掌握的光头强的行踪。看来，他真的回来了！"

铁牛家楼下，一辆挂着民牌的普通吉普停在单元楼门口，何苗穿着便装，疲惫地坐在车里睡着了，连续几个通宵的蹲点布防让队员们体力透支，疲惫不堪。

楼上，铁蛋儿撒娇地搂着韩青的脖子："妈妈！我不想喝牛奶！不想吃面包！我就想吃早市上的豆腐脑加油条！"韩青皱眉："爸爸说过了，不能随便出去。"铁蛋儿噘嘴："我就要吃，我就要吃嘛！"韩青无奈："那好，你在家等着，妈妈去给你买。"铁蛋儿拘着韩青不撒手："我和你一块儿去！妈妈！我都快闷死了！"

楼下，韩青带着铁蛋儿蹑手蹑脚地走下楼，经过吉普车，韩青看到坐在车里睡着的何苗，有些心疼。铁蛋儿踮着脚看着何苗："妈妈，他是谁呀？"

"嘘……"韩青领着铁蛋儿悄悄走开。何苗还在睡觉，韩青带着铁蛋儿走远了。

不一会儿，陶静提着早点从远处过来，何苗还在酣睡。陶静一看，皱眉，一脚踹在车门上。何苗猛地一下子起身，下意识地拔出手枪顶上膛。看见陶静，这才松了一口气，收起武器。

"砰！"陶静又一脚踹在车门上，何苗一脸心疼，起身下车："姑奶奶，别踹了，这车可是我自己的！"

"你怎么睡着了？"

"就打了个盹儿……"何苗有些心虚。

陶静瞪了他一眼："执勤还打盹儿，你还有理了？"何苗拱手求饶："我错了，我错了，买的什么？饿死了！"陶静把早点拿开："吃，吃，你就知道吃！万一你打盹儿的时候有情况了怎么办？"

"也就两分钟……"何苗支支吾吾，"那什么……千万别跟龙头说啊！"陶静苦笑，看看四周，没什么异常，把早点塞给他，何苗笑笑拿起来就吃。

清晨的早市，人群熙熙攘攘，各种早点摊前冒着热气，吆喝声此起彼伏。韩青带着铁蛋儿有说有笑地走过来。韩青看着卖油条的早点摊前挤了不少人，转身对铁蛋儿说："铁蛋儿，你在这儿等着别动，妈妈去给你买。"铁蛋儿懂事地点点头。

韩青向油条摊走去，铁蛋儿听话地站在旁边。突然，一只大手一把捂住了铁蛋儿的嘴，铁蛋儿喊不出来，随即被塞入旁边的车里，车子一溜烟开走了。很快，韩青拎着油条走回来，突然呆住了。早点"啪"的一声掉在地上，韩青疯了似的跑出早市，撕心裂肺地喊："铁蛋儿！铁蛋儿！"

楼下，陶静皱眉看着楼上："不对啊，按说这个时候该出门了，不会在家里出事了吧？"何苗把早点塞进嘴里，抹了抹嘴："走！我们去看看！"两人跳下车，直奔单元门，韩青撕心裂肺的声音传过来，何苗和陶静急忙回头，都呆住了。

4

特警基地，龙飞虎和铁牛脸色铁青地朝车场大步走去，小虎队和老队员们跟在后面。龙飞虎边走边瞪眼："谁值班？！"

"是陶静和何苗。"沈鸿飞忐忑地回答，"龙头，我刚问过了，当时陶静去买早点，何苗睡着了。"龙飞虎的脸色愈加难看。

大街上，两辆特警车拉着尖厉的警报在疾驰。龙飞虎开车，铁牛脸色铁青地坐在旁边，双眼急得冒火。

早市上，警戒线已经拉好，警察们在现场维持着秩序。何苗和陶静一脸羞愧地站在边上。韩青几近崩溃地痛哭着："当时就在这儿，我看排队的人有几个，担心孩子被烫着，我就让他在这儿等着，我去买，结果我一转身……铁蛋儿……铁蛋儿他就不见了！呜呜……"

"嫂子，你别急。"路瑶揪心地说，"你好好想想，当时你过来的时候，周边有没有发现可疑的人或者车？"韩青哭着摇头。这时，两个重案组员跑过来："小吃摊主还有周边的几个摊贩都问过了，他们都说，早市上人来人往，没有注意到孩子。"韩青痛哭。路瑶沉声道："再加大排查力度！请当地派出所配合我们，附近周边小区挨家挨户查访，寻找目击证人！"

"是！"两个组员匆匆跑走。路瑶扭头看何苗和陶静，脸一沉，走了过去，瞪着两人："怎么搞的？"何苗低着头："和她真没关系，都怨我，我睡着了……对不起！"

尖厉的警笛声由远及近，龙飞虎、铁牛和小虎队等队员飞奔而来。路瑶急忙上去，何苗和陶静恨不得钻进地缝。龙飞虎和铁牛众人掀起警戒线走过来，韩青哭号着扑向铁牛："老铁！"铁牛一惊，连忙上去扶住她。韩青大哭："老铁！对不起……我没看好铁蛋儿！怎么办啊？！"铁牛含泪安慰着："韩青！你坚强一点儿！别哭……"

何苗和陶静走过来，不敢说话。龙飞虎看着两人，陶静流着泪："龙头，我……我错了！"

"这件事不能怪陶静，是……是我睡着了！"何苗内疚地低着头。

"执勤期间，要求是几个人？"

"最少两个。"何苗的头低得更低了。

"老铁！老龙！千万别怨他们！"韩青哭着解释，"不是他们的错，他们在楼下一宿没合眼……是我怕打扰他们，出门没告诉他们。你要救救铁蛋儿！救救铁蛋儿！"铁牛抱着韩青，说不出话。

小虎队几人聚在一起，一脸沮丧。沈鸿飞一脸严肃地看着大家："还没到垂头丧气的时候，你们像霜打的茄子似的摆脸子给谁看呢？"何苗和陶静一愣，羞愧地低头。沈鸿飞伸出手："记住！不管有什么后果，我们大家都和你们两个一起扛。现在你们的任务是把自责和羞愧扔一边去，咱们全力以赴，把铁蛋儿安全找回来！"何苗和陶静含泪点头。

"都听着！"沈鸿飞看着所有队员，"要是救不出铁蛋儿，抓不住光头强，我们就对不起铁牛，对不起龙头，对不起猛虎突击队对我们的培养，小虎队就没脸再穿这身特警警服！我们还有机会，一定要全力以赴！明白吗？"

"明白！"几个人发出如山般的声响。

铁牛看着龙飞虎："老龙，我脑子有点儿乱，你看我们下一步怎么办？"

"凌云，马上调取早市和小区内部所有的监控设备拍摄的视频，挨个排查可疑人员。调取早市周边所有路口和街道的路况视频，所有案发时间段经过的车辆，一辆一辆给我排查！"

"是！"凌云领命而去。龙飞虎转向杨震等老队员："你们还等什么？！把你们所有认识的关系都动员起来，不惜一切代价，一定要找到铁蛋儿的线索！"

"龙飞虎，你什么意思？"路瑶站在边上，一直没说话。

"什么什么意思？"龙飞虎看她。

"你们猛虎突击队什么时候管破案了？！"

"现在我们就管了！"龙飞虎声如洪钟。

"那我们重案组呢？回家吃闲饭吗？你该知道规矩！"路瑶气鼓鼓地吼道。

"如果你愿意，我们可以联合破案，信息共享！"龙飞虎顿了顿，"铁蛋儿在光头强的手上，那是铁牛的儿子，是特警突击队员的儿子！你该理解我们的感受，不管规矩是什么样的，今天，我就这么做了！不管是批评还是处分，我都等着，欣然接受！出发！——"龙飞虎一挥手，队员们转身上车，出发了。

5

特警基地信息中心，凌云、何苗和重案组的小刘各自在电脑前忙碌着。陶静、赵小黑和段卫兵站在旁边，协助比对截取的照片，沈鸿飞在一旁焦急地等待着。

小区里，李欢和同事在楼里挨家挨户地仔细询问，排查可疑。刚走下楼，对面走过来一个背包客少年。小伙子看到路瑶三人一愣，急忙上前："阿姨，我跟您打听一下，三号楼怎么走啊？"路瑶职业敏感地打量着小伙子："你是干什么的？"小伙子笑："哦，我从北京来东海旅游，正好这小区有个网友，见个面。"路瑶上下打量着他："就你自己？多大了？"小伙子点头："我十七。阿姨，我就问个路，您不至于问这么详细吧？"路瑶一笑，指了指刚下来的那栋楼，小伙子道着谢走了。路瑶看了看他的背影，三人向二号楼走去。

酒店大堂，光头强一身休闲打扮拉着一个大拉杆箱，上面还放着一个大包，走到前台："你好，我见个朋友，他在你们508房间。"服务员一愣："需要我帮您联系一下吗？"

"不用了，我们通过电话。"光头强走了几步，又停下，回身对服务员一笑，"他姓蒋，蒋成祥，是个老先生。"服务员看了一下登记表，放心地点头。

套房里，光头强拉着箱子进门，将门反锁，得意地打开拉杆箱——铁蛋儿被堵着嘴，反绑着蜷缩在箱子里，瞪眼看着光头强。光头强冷笑："你连眼泪都没掉啊？"铁蛋儿瞪着光头强。光头强颇有兴趣地凝视着铁蛋儿："臭小子！跟你老子的眼神可真像！"光头强把铁蛋儿从箱子里拎出来，咣地扔到床上。铁蛋儿挣扎着，但挣不动。光头强不再理会铁蛋儿，狞笑着打开大包，里面满是成捆的钱。不一会儿，房门打开，光头强背着一个小包走出门，反手将"请勿打扰"的牌子挂在门把上，匆匆离去。

居民小区三号楼，客厅里，背包客小伙子与女网友羞涩地坐着，女孩低着头："早上就知道你来了，看到你在朋友圈发照片了。"

"可我还是徘徊了很久，才决定来见你。"小伙子看着她，"因为……我担心现实中的我会破坏在你心中的形象，有的时候现实是很残酷的，我担心自己无法承受……"女孩羞涩一笑："至少现在对我来说,现实没那么残酷。"

"咚咚咚——"敲门声响起,两人一惊。小伙子站起身:"不会是你妈妈回来了吧?"女孩也是惊慌失措:"不会呀,她连班儿。"女孩稳了稳情绪,镇定地问:"谁呀?"

"你好,我们是公安局重案组的,找您了解一下情况。"李欢站在门口。两个孩子脸都吓白了!女孩看着小伙子:"小天,你不会是逃犯吧?"小伙子猛地直摇头:"不是!"

"那怎么重案组找上来了?"女孩快哭了,"这要是让我妈知道,我就完了!"李欢又敲门。小伙子义正词严地站起身:"怕什么!我们的感情是纯洁的!你去开门吧!我会自证清白的!"

女孩无奈地走过去,打开门,李欢和另外两个同事走进屋:"就你们两个人吗?"两人点头。李欢看到沙发上的旅行包,小伙子气哼哼地走过去,从包里掏出学生证递过去:"这是我的学生证,你们看看吧!我来东海是旅游的,我和小雯只是普通的网友,你们没必要这样!"李欢和同事目瞪口呆,笑道:"你们误会了。我们来是想跟你们了解一下情况。今天早上七点多,就在小区的早市的早点摊附近有一个孩子失踪了。我们想问问,你们早起有人去早市吗?"俩人一愣。女孩看着小伙子:"小天,你早起的时候不是在早市吃早点吗?"小伙子点头:"是啊!可是我没注意有什么孩子啊!"

"你吃的是什么早点?"李欢问。小伙子想想:"就是一进早市的地方,有一个油条和豆腐脑的摊子。"李欢一愣,急切地问:"大约几点?"小伙子想了想,眼前一亮:"我在朋友圈发了照片,你等等,我查查时间。"小伙子摸出手机,递给李欢:"警察叔叔,你看,时间是早上7点13分,我吃完早点就走了。"李欢看着手机里的照片,忽然一惊——照片角落里,铁蛋儿露出上半个身子!在他身后,是光头强狰狞的脸,后面不远处停着一辆不起眼的面包车。

6

猛虎突击队的简报室,气氛凝重。众人正襟危坐。墙上挂着大屏幕,凌云操作着电脑:"现在已经查明,这辆车号为东A45087的面包车,是从凯天汽车租赁公司租赁的,租赁者留下的身份证已经查过了,是假的。我和何苗调取了市区的监控录像,这辆车确实从早市出口开走了，之后进入了北辰小区，开进小区停车场，那里面有一个监控死角，再出来的时候车已经换了牌子，新车牌属于北辰小区的一辆帕萨特，也在监控盲区，应该是就地取材。"

"后来他去哪儿了？"路瑶问。

"他开车通过红旗路，到中山大街，后来到了老城区的一个城中村，"何苗说，"我们在里面没有监控。现在已经确定，那辆车被遗弃在城中村的一个垃圾场旁边。"路瑶脸色一沉："也就是说，光头强从城中村的垃圾场带着铁蛋儿转移了？"何苗点头。路瑶转头对李欢："你马上带人过去，排查今天早上进出城中村的所有车辆，包括摩的在内。"

"是！"李欢起身，紧急跑出去。

"今天的会先到这里吧！"龙飞虎站起身，转身却看见铁牛默默地站在身后："你来干什么？"铁牛忧心忡忡："我能不能跟你说句话？"龙飞虎点头，铁牛声音低沉："光头强作案一向布置周密，排查会浪费我们大量的精力。他一定会主动和我联系的，到时候，我们以逸待劳。"

"那不行！"路瑶打断他，"真到了那个时候，他一定计划好了！我们会完全被动！我们必须得在他主动联系你之前，把他找到。"龙飞虎点头，铁牛不置可否地皱着眉。

此刻，在酒店的停车场里，光头强一身老头打扮，依旧拉着大箱子，面无表情地上了一辆SUV，疾驰而去。

靶场里，铁牛戴着耳罩，抬手举枪，"啪啪啪！"弹壳应声跳出来，清脆地落在铁牛脚下。枪声停止了，铁牛依旧举着空枪，扣动着扳机，眼里冒着火。龙飞虎站在靶场外，压抑着自己。对面靶纸上，光头强的头像被打得稀巴烂。铁牛大口地喘息着，双眼通红，含泪咬牙切齿："我一定会抓住你！"

这时，手机铃响，铁牛一愣，放下枪，掏出手机："喂？"

没有回应。

"谁呀？"

手机还是没有回应。铁牛忽然意识到了什么，沉声道："李子强，有话说，有屁放！"手机内传来光头强的狞笑声："哈哈……铁行！终于又听见你的声音了，好熟悉呀！"铁牛仇恨的目光瞪着打烂的光头强的头像："彼此彼此。"

"废话不说了，我们见个面吧！"

"随时奉陪！"

"连江大街，有一家汇通超市，3号储物柜，密码2907884532。"

"你什么意思？"铁牛问。

"我只想和你一个人见面！记住，你自己来，千万不能让你那些同事知道，否则的话，你的小崽子死定了！"光头强冷笑着挂断电话，铁牛拿着手机，面色凝重。

靶场外，铁牛若无其事地走出来，龙飞虎看着他："发泄完了？"铁牛点头，径直走了。

"你去哪儿啊？"

铁牛回身看了一眼龙飞虎："你不是说，我老老实实待着就是对破案最大的贡献吗？我回家！"龙飞虎望着铁牛的背影苦笑。

过了一会儿，龙飞虎和路瑶开车驶出基地大门。没过两分钟，铁牛开着自己的车缓缓出来，门卫打着招呼："铁教导员，出去啊？"铁牛头也不扭："回家你也管得着吗！"铁牛开车，从另一个方向迅速离开。门卫一脸委屈："从我来这儿，铁牛头一回这么骂我！"另一名门卫抱怨道："是你自己不长眼！他家里出了这么大的事，能理你就不错了！"两人讪讪地往回走。

7

汇通超市门口，铁牛匆匆跳下车，警觉地环顾着四周。来到超市储物柜前，铁牛找到3号储物柜，打开，是个手机。铁牛狐疑地开屏，一个短信弹出来，是个手机号码。铁行毫不犹豫地拨过去，电话里传来光头强的笑声："铁行，你速度很快呀！"

"少废话！"

光头强冷声道："从现在开始，关掉你自己的手机，我们用你手里的这部单线联系。"铁牛目光一凛，光头强恶狠狠地警告说，"记住！你现在如履薄冰！任何异动都会送了你儿子的命！"

"你在哪儿？"

"当年咱们从高架桥上一块儿跳下去的地方！记住！按我的要求做，你没有别的机会！"光头强挂断电话，铁牛纠结地掏出自己的手机，思索着，关掉手机。

大街上，龙飞虎一脸严肃地开着车在前面疾驰，重案组的车跟在后面。突然，龙飞虎一脚踩住刹车，坐在后排的路瑶和李欢猛地往前一栽。后面开车的何苗也是"吱"的一声急刹，队员们差点儿飞出去，急忙抓住把手。

"怎么了？"路瑶急问。龙飞虎沉着脸，思索着："老铁的表情不对！"路瑶一愣："有什么不对的？我怎么没看出来？"

"我和他共事二十多年了！"龙飞虎掏出手机拨出去，办公室的电话没人接。龙飞虎焦急地继续拨号："喂？我是龙飞虎！你去看看，铁行在不在？"基地门口，门卫拿着电话："铁牛出去了！"龙飞虎大惊："什么时候走的？"

"就在您出去不久，铁牛开自己的车出去了。"

龙飞虎挂了电话，焦急万分。坐在后面车里的沈鸿飞拿着对讲机："龙头，出什么事了？！"龙飞虎沉声："东北虎，马上让跳跳虎给我查铁牛的车！"沈鸿飞大惊，随即扭头对凌云说："查铁牛的车！"凌云一惊，点头，打开电脑。

高架桥上，四周的景色一览无遗，风呼呼地刮过。铁牛站在桥头拿着手机："你在哪儿？"手机里传来光头强的冷笑声："铁行，看看风景吧，这高架桥可真高啊！当年我他妈是狗急跳墙，跳下去了。我以为摆脱你了，没想到你也敢跳！"铁牛愣住了，脑海里闪回当年和光头强跳下高架桥，在车顶上决斗的画面。

"你到底在哪儿？！"

"那一个地点，你抓我的那个停车场！"光头强狞笑着挂了手机，铁牛愤怒地匆匆跑下高架桥。

车里，凌云盯着监控视频："报告龙头！铁牛的车去了市郊方向，最后一次出现是在207高架桥引道入口！"

"207高架桥？！"龙飞虎一惊，一踩油门！后面小虎队跟上。路瑶不明白："他为什么去207高架桥？"龙飞虎脸色阴沉："当年，他追着光头强，两个人从那儿跳了下去！光头强这个王八蛋！"

"你的意思是说，铁牛被光头强控制了？"路瑶忧心忡忡。龙飞虎点头，恨恨地："没错！光头强在享受报复的乐趣！"路瑶听了，一惊。

空旷的停车场里，铁牛拿着手机高声怒吼："光头强！你到底在哪儿！"沙哑的声音在空无一人的停车场回荡。

"看看吧！铁行！这个停车场物是人未非呀！"光头强狞笑着，"还记得我曾经说过的话吧？我会杀了你！杀了你全家！"铁牛咆哮着："有种你出来！我和你单挑！你放了孩子！"

"下一个地点，市郊那座废弃的工厂大楼，放弃你的车，自己想办法过去，我和你儿子在那儿等你！记住，别用手里的手机跟别人联系，我会在第一时间收到短信。还有，我会不间断拨打你自己的手机，要是我发现它开机，就等着给你儿子收尸吧！"光头强恶狠狠地挂断电话，铁牛红着眼，愤怒地转身一脚踢在车胎上，急匆匆地离开了停车场。

半个小时后，龙飞虎等人匆匆下车，看见停车场里铁牛的车，但人已经不见了。路瑶看着龙飞虎："怎么办？"龙飞虎茫然地摇头。这时，路瑶的电话响起，急忙接起来："……是我，什么？！"路瑶挂了电话："老龙，我不能跟你们去了！豪庭酒店发生一起凶杀案，凶手杀人劫车。"龙飞虎点头："车给你，你去忙你的吧！"路瑶接过车钥匙："这边有什么消息，马上告诉我！"龙飞虎点头。路瑶和重案组的人上了车，疾驰离去。

8

"死者叫杨一航，11 点 22 分的时候，他和朋友联系去聚餐，后来朋友就联系不上他了。他的朋友找酒店的人寻找也找不到，结果一辆商务车挪车的时候，发现了死者在车底下。"一名刑警站在一旁汇报。路瑶眉头紧皱，掀开白布，法医说："致命伤在胸口，一刀毙命。"

"停车场有监控吗？"路瑶问。

"停车场的监控被提前破坏了，最后的视频只拍到一个拖着大箱子的老头。"刑警说。

"拖着大箱子的老头？"路瑶想了想，起身，"给我查这个老头！我要所有的监控视频。"

街边，龙飞虎和小虎队坐在车里，面色焦虑，一筹莫展。凌云放下手机，有些郁闷："还是关机！"沈鸿飞问："龙头，您再想想，光头强还会让铁牛去哪儿呢？"龙飞虎摇头："这座停车场就是最终抓获光头强的地方。如果光头强还要求铁牛去别的地方，那就一定是……"

"叮铃铃——"手机铃猝然响起，龙飞虎一愣，赶忙接起电话，路瑶焦急地说："老龙，我现在可以确定，杀人劫车的就是光头强！"龙飞虎焦急万分："好！我知道了！我马上行动！"

"你别着急！我和你一起去！"

"你随后到吧！"龙飞虎挂了电话，扭头看着凌云和何苗："跳跳虎、孟加拉，给我查一辆 SUV 的车牌号！"

"是！"凌云和何苗异口同声，队员们重新打起精神，待命。

市郊的公路边，铁牛下了出租车，四处张望，看见离公路不远的那座废弃工厂。铁牛观察着四周，掏出手枪，顶上膛，装回兜里，朝废弃工厂走去。公路边，一辆破旧的摩的缓缓开过。

公路上，特警车在疾驰。龙飞虎开车，焦急地问："那辆车到哪儿了？"凌云盯着屏幕，有些困惑："按照它的速度，早就应该过外环了，可是目前还没有发现。"龙飞虎皱眉。何苗忽然看着前方："龙头，它在前面。"

特警车戛然而止。龙飞虎和小虎队快速下车，迅速包围了 SUV——车是空的。龙飞虎焦急地环顾着四周。沈鸿飞跑过来："龙头，按照时间推算，他就算换车，也出不了两公里范围内。"龙飞虎点头："召集人马，封锁整个区域。"

破旧的废弃工厂，烟囱林立，周围一片空旷的破败景象。铁牛双手持枪，背靠墙根，警惕地走进来。

"光头强，老子来了，你在哪儿？！"铁牛嘶吼，回声在废弃的工厂上空回荡。没有回应。铁牛警惕地继续前行："铁蛋儿！铁蛋儿！"忽然，空旷的工厂里传来铁蛋儿的哭声："爸爸——"铁牛大惊，循声向二楼直奔过去。

"铁行，站住！"铁牛大惊，举枪四顾，找不到光头强的身影。光头强狞笑着："不用找了，我不会傻到让你看到我。"铁牛环顾四周，发现废弃工厂的顶部安装着扩音喇叭，声音就是从那里面传出来的。铁蛋儿的哭声还在继续，铁牛焦急万分："光头强，你他妈出来，把孩子放了。想玩儿什么我陪着你！"

"看你的表！"

"你要干什么？"

"看你的表！！"

铁牛无奈地低头看表。

"几点？精确到秒！"

"12 点 15 分 36 秒！"

"很好。"光头强狞狞地笑着，"你给我听着，五分钟后，你放下枪，上楼。我就在楼上，我和你徒手单挑。八年前我没打过你，这次咱们再比画比画。"

"好！我随时奉陪！"铁牛嘶吼着。

"你要是敢提前上来，就等着给你儿子收尸吧！"

9

郊外的野地里，龙飞虎和小虎队焦急地四处搜索着。凌云忽然望着前方的废弃工厂："龙头，你看。"龙飞虎望着工厂，沉声道："走！"队员们散开队形，往工厂快速疾奔过去。

工厂里，铁牛满头是汗，瞪着眼睛看表。

废弃的工厂外一片废墟，龙飞虎和小虎队快速赶到。突然，龙飞虎伸出右手握拳，队员们屏住呼吸，建立警戒——里面传来铁蛋儿沙哑的哭声！众人大惊，龙飞虎挥手，队员们小心翼翼地朝工厂里突击前进。

工厂的空地上，铁牛两眼通红地看着手表。忽然一阵响动！铁牛迅速举枪，小虎队也同时举枪——双方都愣住了。铁牛大惊，下意识地抬头看四周，忽然怒骂道："王八蛋！"铁牛朝二楼冲去。众人一惊，跟着冲了上去。

二楼的铁门上，绑着一个复杂的手雷和电子装置组成的定时炸弹。所有人都愣住了。铁蛋儿的哭声从房间里传出来，炸弹上的表在嘀嘀地倒数着——还剩97秒！

"都下去，我要排爆！"何苗高声喊。

"我来！"铁牛说着就要上前。何苗一把拽开铁牛，冲到定时炸弹前："我是排爆手，都下去！"陶静没动："我也是排爆组的！"何苗看都不看她，盯着炸弹："你不是排爆手，出去！"

"下去！"龙飞虎厉声怒吼，陶静被凌云和沈鸿飞拽了下去。

"你要冷静，这是他的工作。"凌云安慰道。何苗扭头看了陶静一眼，陶静淌着泪，何苗咬牙，回头专心拆弹。铁牛也不走，冲上前："我留下，我要陪着我儿子！"

"拖下去！"龙飞虎怒吼，沈鸿飞、郑直等人一起上前，强拖着铁牛出门。何苗赶紧掏出拆弹工具包，紧张万分地看着炸弹——30秒！

一楼空地上，铁牛懊恼地抱着脑袋："他说五分钟，我就乖乖地等。我他妈就是个傻子！"龙飞虎重重地拍了拍铁牛的肩膀："你不是傻子，换了谁都得等。"

铁门前，何苗满脸是汗，脸色有些发白，拿着工兵剪刀的手有些发抖。何苗选中一根电线，观察着，缓缓伸出钳子，不敢下手。

"10，9，8，7……"何苗盯着不断倒计的数字，深呼吸一下，咬牙使劲合上钳子，随即快速翻滚到墙角。

没有动静。

何苗紧张地抬头望去，计数器停了。何苗惊喜地嘶吼："排爆完毕！"所有人都冲了上去。陶静含泪看着何苗，何苗对她一笑。郑直发狠地冲上前去，一脚踹开房间铁门，队员们持枪迅速破门而入，全都愣住了——没有人！

铁牛抬头，在临近门口的屋顶上，一部手机对着话筒，连着线接通着喇叭。铁牛狠狠给了自己一个耳光。这时，手机铃响，铁牛一愣，拿出手机，目光一凛："是他！"龙飞虎点头，铁牛接通，按下免提，光头强狞笑着："哈哈！铁行，很失望吧？"

"王八蛋！你到底在哪儿？我的儿子在哪儿！"铁牛嘶吼。

"你的儿子就在我身边，不过，恐怕你这辈子也别想见到他了。"

"光头强！你听着，你要是敢把铁蛋儿怎么样，我就是追到天边也会抓住你，我扒了你的皮！"铁牛含泪怒吼。

"哈哈！铁行，你太小看我了，我要是想杀了这个小杂种，分分钟都能杀了他的。可是我不会，我会留他一条命的，我要让你一辈子都在找你的儿子，可是你永远都找不到，哈哈哈……"光头强狞笑着挂断电话。铁行一脸痛苦。龙飞虎冷着脸："别灰心，他离这儿不远，否则他不会对我们的行踪这么了解。"突然，外面隐约传来一阵摩的发动的引擎声。众人一愣，猛追出去。

远处，一辆破旧的摩的在土路上疾驰。龙飞虎跳上车，特警车扬着尘土疯狂追赶。突然，一个颠簸，摩的翻滚着倒在路边，司机戴着草帽滚落路边。特警车疾驰着，突然急刹车停下。所有人都下车，快速包围，枪口对准司机。陶静和郑直直奔摩的。铁行嘶吼着冲上来："光头强——"司机惊恐地扭过脸，所有人都愣住了。陶静跑过来："车是空的。"郑直瞪眼拽着司机的衣领："光头强呢？他在哪儿！"司机惊惧地答道："我不认识什么光头强。"

"那你跑什么？！"

"是……是一个光头男的花钱雇的我。他说拍电视剧，警车一来我就跑，越追我越跑。"司机哆哆嗦嗦地望着众人。龙飞虎瞪着司机："那个光头男的呢？！"司机说："他早走了，带着个小孩，坐我小舅子的车走了。"

10

公路上，特警车疾驰而过。龙飞虎拿着对讲机，表情严肃："路瑶！路瑶！帮我查一辆蓝色摩的，车号是东29847，司机姓贾，具体资料正在给你传输过去。要全城监控，查这个摩的。"

指挥中心里，所有人都紧张地等待着。龙飞虎看着不停抽烟的铁牛，安慰道："老铁，别急，他跑不掉。"铁牛点头。路瑶冲进来："摩的找到了。"

"在哪儿？！"铁牛急问。

"光头强和人质在不在？"龙飞虎问。路瑶焦急地摇头："没在，摩的司机交代，光头强带着铁蛋儿在长途汽车站附近下了车。"吴局长目光一凛："他要跑！"

"我们现在就过去，包围长途车站，封锁周边所有路口。"沈鸿飞噌地站起身。

"不行！"龙飞虎拦住，"我们必须要保证人质安全，不能贸然暴露。"

长途汽车站，人群熙熙攘攘，背着大包小包的行人来回穿梭着。沈鸿飞和郑直在人群中左顾右盼，警惕地观察着进站的人。此时，何苗和陶静穿着一身休闲装，背着背包跟着人流进了站。车站的监控室里，凌云目不转睛地盯着监控画面："跳跳虎报告，现在还没有发现目标。"

大厅里，段卫兵在高处隐蔽，赵小黑蹲在旁边，拿着望远镜观察："没有什么可疑的人，所有的小孩我都观察过了。"这时，何苗和陶静走进大厅，沈鸿飞和郑直也进来了。四个人都分开，各自沿着不同方向，挨个观察着。

突然，陶静愣住了——一个戴着帽子睡着的小男孩被一个白发苍苍的老头抱着，走向那边的上车通道，陶静低头对着别在衣领里的耳麦低语："我看见了。"沈鸿飞停在远处："你确定？"陶静假装整理着衣领："基本确定，我跟过去了。"

"你不要自己跟过去，我马上到。"何苗急吼。

这时，老头抱着小孩已经上车，陶静躲开涌过来的人群，急忙跟上去："来不及了，就是那辆车，我跟上去了。"陶静走到检票口，若无其事地悄悄亮出警官证，掀开外套，露出腰上的手枪和手铐，检票员一愣，急忙放行。

何苗等人快步走过来，看见陶静已经上了车。沈鸿飞低语："母老虎上车了，我们去跟着这辆车，带好武器装备。"大家急忙转身跑了。何苗看了一眼陶静上的大巴车，跟着大家跑了。

大巴车里，陶静最后一个上车，司机是个女大姊："快点，就等你了！"陶静笑笑："刚才上了个厕所。"说着往车里面走去。

车上的乘客不多，坐得很分散。陶静假装四处寻找着自己的座位，眼神却警惕地观察着。陶静看过去，老头抱着睡着的小男孩坐在车后侧，小男孩戴着帽子，露出了大半张脸。陶静目光一凛，仔细看去，是铁蛋儿。

这时，女司机提醒着乘客们坐好，发动大巴。陶静在他们前面不远处随便找了个座位坐下，拿出手机。

车站监控室里，凌云的手机响了，一看，是陶静发来的微信。那个戴帽子的小男孩确定就是铁蛋儿。凌云立刻拿起电话："龙头，母老虎已经确认目标，光头强带着铁蛋在东海开往蘑菇屯的大巴车上。"

第二十二章
——— SWAT ———

1

夜里，高速公路的收费站灯火通明，队员们站在入口处，仔细地排查着进出车辆。入口处，铁行坐在自己的车里面，穿着便装，心急如焚。龙飞虎站在收费站外，挂断电话，挥手高喊："撤，把哨位都撤掉，跟没来过一样，快。"铁行跑过来急吼："老龙，搞什么？！不找铁蛋儿了吗？！为什么要撤？！"

"铁蛋找到了！"龙飞虎收拾着武器。铁行一惊："在哪儿？！"

"我要你回避的！你怎么还来？"龙飞虎怒吼，"我们会救出他的，你不能参加这次行动！"铁行眼泪下来了："那是我儿子，你就当我路过行不行？！"龙飞虎想了想："那你跟着我，撤——快！放他们上高速！你们到前面的公路服务区待命，我到车站去。通知警航，在空中监控大巴车，远程监控。让小飞燕的直升机直接到车站等我。"沈文津点头，提枪领命去了。队员们收拾好装备，快速上车，路虎往收费站相反的方向疾驰开走。

车站广场，沈鸿飞几人在后备厢收拾武器装备。沈鸿飞对着耳麦说："龙头，我们马上跟着那辆大巴车。"

"你们不要跟！"龙飞虎急忙阻止，"不要引起光头强的怀疑。我马上到车站，你们在那儿等我。"沈鸿飞一愣："陶静在车上。"

"只要她不引起光头强的怀疑，人质和她就不会有危险。告诉她不要轻举妄动，我们会有办法的。"

"可是光头强有枪！一旦他发现不对劲儿，事情就复杂了！"何苗低吼。

"她也有枪，她会应付的。现在最要紧的是不能惊动光头强，车上不仅有铁蛋儿，还有别的乘客。不能搞成劫持整个大巴车的乘客的人质危机，那就复杂了。"龙飞虎沉重地说。

"明白。"沈鸿飞转向凌云："马上通知陶静，告诉她不要轻举妄动。龙头在想办法，不要让光头强察觉。"凌云点头，拿起手机编辑短信发了出去。

夜色里，大巴车逐渐接近高速收费站。光头强抬手将窗帘撩开一道缝，收费站一如往常，平静有序。陶静坐在车里，放下手机，从包里取出一面小化妆镜，小心翼翼地观察着后排上装睡的光头强。

夜空，侦察直升机闪着红灯在飞翔。飞行员戴着耳机，侧头观察着："飞虎报告，我们已经锁定大巴车，正在保持跟踪。"龙飞虎握着对讲机："任何情况下，一定不能让大巴车上的人察觉，明确没有？"

"明确！"飞行员拉高机头，直升机在夜空中拔高紧跟着大巴。

2

车站值班室，经理匆匆走进来，一脸严肃："我是长途汽车站的总经理，不知道可以怎么帮到警方？"

"你有那车司机的电话吗？"龙飞虎问。李经理点头："有，张姐是我们的红旗司机。"

"她的心理素质怎么样？"龙头脸色肃然，"如果告诉她实情，她会精神崩溃吗？"李经理沉思一会儿，说道："还不错，张姐一直都没出过什么事故，开车很稳。如果换了别的司机我不好说，但是张姐，我觉得会很镇定。"

"为什么？"

"她当过兵，"李经理说，"而且在公司表现一直不错，工作积极，为人正派，有管理能力，比她小的员工都服她，我还准备提她做车队副队长呢。"

"你有把握？"龙飞虎再次确认。李经理肯定地点头："绝对有把握！"龙飞虎松了一口气："好，我要和她通话——她能做到不动声色吗？"

"我先和她说。"

夜里，高速路上安静异常，大巴车在宽阔的路上疾驰。陶静坐在位子上，若无其事地在化妆。张姐戴着蓝牙耳机在开车。这时，蓝牙响了，张姐按下："你好哪位？"

"张姐，我是李经理。"

"李经理啊？咋，你不知道我在出车吗？开车不能打电话，不是你定的规矩吗？这可让你抓着机会扣我奖金了。"

"张姐，我说话，你不要说话，听我说。"张姐愣了一下，不吭声了。李经理握着电话，沉声道，"你不要紧张，警方有话跟你说，你还是不要说话，听着就好。"张姐嗯了一声。龙飞虎接过电话："张姐你好，我是东海市公安局特警支队猛虎突击队的大队长龙飞虎，警方现在有事需要你帮忙。如果你能做到，就编个对话内容，如果做不到，就不要说话。"

"哟，是小刘啊？什么事儿啊，搞这么热闹，不就是你交通罚款多吗？我说你两句，你还真当真了，都找经理了！"张姐说笑着。

"张姐，在你的车上，有一个绑架儿童的犯罪嫌疑人，他持有枪支和炸药。你不要怕，我的特警突击队队员也在车上，她一直在跟踪。我现在想知道，你有没有办法伪装车出了临时事故，开到第一个服务区，停车待援。我们派突击队员驾驶接应的大巴停在你后面，然后让乘客们换到我们控制的大巴车上，在犯罪嫌疑人和被劫持儿童下车的时候，我们会发起突击，控制犯罪嫌疑人，解救被劫持儿童。"

"啊，就这点事啊，我都知道了，看看怎么解决吧！"张姐故作轻松地聊着天，"我知道你一定有办法的，就这点事你还没办法解决吗？"

"张姐，最重要的是保持镇定，等我的电话过来，你就伪装临时事故，驾驶接应大巴的是训练有素的突击队员——我们会成功解救所有人的，不要慌！"

"放心吧，放心吧，你张姐什么世面没见过！小刘啊，不过就是这么一点的小事我来办，下次记住，不要大事小事都找李经理了，你直接跟我说就可以。张姐在开车，挂了啊！"张姐挂了蓝牙，冷汗顺着额头流下来，张姐看着前方，继续开车。陶静的手机振了一下："司机已经知情，她会配合工作，保持镇定，乘客换车的时机，就是突击的时机，你一定要保护好铁蛋儿。"

"明确。"陶静回复过去，平静地等待着。

值班室里，龙飞虎在分配作战任务："狙击组，搭乘直升机到预定位置，找到制高点待命！沈鸿飞、郑直、凌云跟随在大巴车上，乘客下车的时候混入乘客中，一旦有变，上车快速突击！我和铁行跟着直升机带狙击组过去，大队在前面的服务区待命。"

"是！"队员们各自领命，快速出发。

3

高速公路上，侦察直升机在空中远程监控。张姐思索着，继续开车，额头上不断有汗冒出来。陶静冷静地坐在后面，手摸在腰里，悄悄打开击锤。光头强还在装睡，铁蛋儿喃喃自语地叫着爸爸。突然，手机振了一下，陶静掏出来看："大巴会坏在第一个服务区，我们已经做好准备，备用大巴在路上。"陶静放下手机，靠在座位上，从两个座位头枕之间的夹缝中观察着。

突然，大巴车发出一阵咯噔的声音，乘客们满脸紧张，张姐懊恼地抱怨道："哟！这车坏得可真是时候！"

"怎么了？"坐在前排的乘客问。张姐笑了一下："没事，小毛病，也是老毛病。这车本来就有问题，我还以为修好了呢！我马上报告上面，派个备用大巴来。大家坐稳了，系好安全带啊！我们到前边的服务区等。"车上的乘客开始七嘴八舌地抱怨着。光头强睁开眼，警觉地观察着四周。陶静不敢回头，靠着头枕思索着，手握住枪柄，额头上微微出汗。

服务区里车辆很少，大巴车咯噔咯噔地开进来，在中间的空地上停下了。张姐打开车门："想上厕所的去上个厕所吧，车还得等会儿呢！"

乘客们纷纷走下车。对面楼顶上，段卫兵和赵小黑潜伏在夜色中，段卫兵眼抵着瞄准镜，低语："没有发现目标。"瞄准镜的前方盖着破烂的伪装网，以消除夜里产生的反光。

陶静没有下车，坐在位子上拿着手机玩游戏。光头强没动，另外几名乘客还在酣睡。张姐坐在驾驶座上打电话："我说，你们那备用车到哪儿了啊？我这急死了，这车给你们，我才不管这破车呢！就不能给我台好的？！"

"现在车上有多少人？"凌云发来信息问。

"三个乘客、司机、我、光头强和铁蛋儿。"

"等备用大巴过来，发动突击。"

"明确。"陶静放下手机，若无其事地继续观察着。楼顶上，赵小黑捂着手机在看："光头强没下车。"段卫兵继续瞄准，咬牙切齿："他肯定在那个拉着窗帘的窗户后面，这孙子很狡猾。铁蛋儿跟他在一起，我们得等机会。"高速路上，何苗穿着制服，开着大巴车在疾驰。停车场上，乘客们站在车边一边抽烟一边聊天。

没过多久，何苗开着车远远驶来，张姐看见暗暗松了口气，陶静不动声色地继续玩手机。何苗驾车在大巴车后停下，张姐赶紧招呼着大家："备用大巴已经来了，大家都取行李换车吧！"乘客们纷纷拿着自己的大包小箱，一拥而上，沈鸿飞、郑直和凌云走下车，趁机混入乘客当中。

大巴车里，那三名睡着的乘客也醒来伸着懒腰起身，收拾好行李走下车。此时，车里只剩下陶静和光头强了，陶静拖延不了，起身拿起背包向外走去。光头强没动，眼神却一直观察着陶静的举动。

陶静思索着向车门走去，张姐还坐在驾驶座上收拾着。陶静目光一动，走到张姐身边："这车女人也能开啊？"张姐抬头看她，陶静假装随意地掀开外套，露出别在腰上的手枪，张姐一下子明白过来，附和道："啊，没问题，姑娘，你要是想学我可以教你！"两个人一言一语地聊着天。

这时，光头强站起身，抱着铁蛋儿打算往外走。陶静微微侧脸，光头强突然一愣，看见陶静腰间微微有东西凸起。陶静不动声色，手已经摸到枪柄。光头强一把拔出手枪，对准铁蛋儿，几乎同时，陶静也转身拔出枪，对准光头强，高喊："警察——放下武器！"对面楼顶，段卫兵据枪瞄准，陶静双手持枪，但光头强被车窗窗帘挡着，没有射击机会。

黑暗处，铁行按捺不住起身往外跑，被龙飞虎一把按住："你无权参战！"铁行急得不行，"你在这儿等着！我们会有办法的！"龙飞虎挥手，杨震等队员迅速出击。

停车场上，乘客和路人已经被警察疏散开，特警突击队的队员们持枪，将大巴车团团包围起来。杨震据枪瞄准，但什么都看不到："他早就有准备，专门把后面的窗帘都拉上了！"车里，陶静呼吸急促，举枪瞄准，光头强的枪顶着铁蛋儿，对峙着。

停车场上，何苗发动大巴，猛地把油门踩到底："准备冲撞！"——"咣！"加固的保险杠直接就撞击在前面的大巴车尾巴上，前车被撞击出去好几米。

大巴车里，所有人都措手不及，几乎被撞飞起来。张姐系着安全带，又被猛地拽回在座位上。陶静迅速反手抓住把手，光头强手一松，铁蛋儿向前惯性飞出去，陶静一把抱住铁蛋儿倒地。

光头强摔倒在前方，扶着座位站起来，举枪对准了陶静。陶静抱着铁蛋儿，已经来不及举枪，将铁蛋儿反身压在身下。突然，"砰"的一声枪响，段卫兵扣动扳机，子弹应声而出，高速旋转着穿破大巴玻璃，直接命中了光头强的太阳穴，光头强猝然倒地。陶静抱着铁蛋儿气喘吁吁，满头冷汗。

夜色里，停车场上蓝光闪烁，到处都是特警队员在执勤。陶静抱着铁蛋儿，有些虚脱地走下车。铁行冲过来，铁蛋儿高喊着："爸爸——爸爸——"铁行紧紧抱着自己的儿子，喜极而泣，抬头看见陶静，两行热泪下来了："谢谢，谢谢！"陶静脸上浮起一丝微笑，队员们都冲上来，兴奋地击掌庆贺。

4

上午，市区的一条繁华街道上，王小雅激动地把招牌上的红布捼下来，含泪看着装修豪华的美容院："熊三，谢谢你，我做梦也没想到，这辈子能开一家自己的美容院！"

"以后你想不到的事情还多着呢！"王小雅幸福地看着熊三，熊三一笑，"行了，你今天第一天营业，我们这些人不能妨碍你的生意——弟兄们，三哥在楼上弄了个茶室，咱们聊会儿去！"众人簇拥着熊三上了二楼。王小雅望着熊三的背影，忽然有些伤感。

此时的王小雅有一种奇怪的感觉。她曾经深爱着沈鸿飞，一门心思想要嫁给他，可万没有想到，命运弄人，此时的她居然成为了熊三的女人。这种感觉很微妙，但是一想起沈鸿飞，王小雅又有些郁郁寡欢。看着眼前装修豪华的店面，王小雅幽幽地叹了口气。

大街上，沈鸿飞和凌云并肩走着。凌云一脸苦恼："我们到底吃什么呀？要不要午饭、晚饭一起吃啊？"沈鸿飞一笑："前面有个土锅鸡，我去过一次，味道还不错。要不咱去那儿吧？"凌云点头，两人转过路口，沈鸿飞指着前面："就是那儿——"沈鸿飞忽然愣住了，凌云顺着方向看过去，也愣了。

"什么土锅鸡呀，那不是王小雅吗？"凌云瞪着沈鸿飞，"沈鸿飞你故意的吧？"沈鸿飞讪讪地："凌云，你要相信我，我肯定不是故意的！我能自己给自己找麻烦吗？"凌云打量着美容院，沈鸿飞表情有些不自在："咱们走吧！"说罢，沈鸿飞转身。

"等等！"沈鸿飞诧异地回过身，凌云看他，"看样子，今天她是开业呀！你不去祝福祝福？"沈鸿飞皱眉："凌云，我印象中你可不是小气的人！"凌云坦然道："正因为我不是小气的人，我才让你进去祝福一下呀！你以为我是在考验你呀？我有那么狭隘吗？"沈鸿飞愣住，没动。凌云扬了扬下巴："去吧！于情于理你都应该去祝福一下，我看得开。"

美容院里，王小雅正坐在沙发上和几个姐妹说笑着。突然，王小雅的笑容僵住了——透过落地的玻璃窗，她看到了外面的沈鸿飞和凌云。

街上，沈鸿飞站着没动，凌云皱着眉："你到底去不去呀？"沈鸿飞摇头，凌云叹了口气："这可是你说的，你主动放弃的！"沈鸿飞转身走了，凌云小跑两步赶紧跟上。

"鸿飞。"王小雅跑了出来，愣愣地看着沈鸿飞。沈鸿飞转过身，脸色复杂地看着王小雅。凌云挽住沈鸿飞的胳膊："愣着干什么？走！"两人走到近前，王小雅与沈鸿飞四目相对，望着对方。

"哟，美容院开业了！"凌云边看着边打量。王小雅讪笑着点头，算是回应。凌云一笑，看沈鸿飞："你们聊，我参观参观。"凌云故意打量着店面外墙，走开了。沈鸿飞看着王小雅，有些尴尬："小雅，祝贺你。"王小雅强笑着说了声谢谢。沈鸿飞看着她："你……过得怎么样？"王小雅忍着悲伤："挺好的，熊三看我给人家打工终究不是长久之计，就给我开了这家美容院。他对我真的太好了。"沈鸿飞的表情有些复杂："那就好……看到你过得好，我就放心了。"王小雅心酸地一笑："你也一样。"

这时，熊三走下楼，几个穿得花枝招展的姐妹聊得正起劲。熊三走下来，问："你们怎么不上去坐呀？小雅呢？你们没见到她？"几个人支支吾吾看向外面，熊三顺着目光看过去，目光一凛。几个女伴小心翼翼地说："三哥，我们替小雅解释啊，她是看见了沈鸿飞，不得不应付一下。"熊三一笑："你们紧张什么？沈鸿飞也是我高中同学，他来了，我也得去招呼招呼。"

熊三推门走出来："哟，真巧啊！"沈鸿飞和凌云一愣，王小雅有些慌乱："熊三，你怎么出来了？"熊三笑："我正好上厕所，就看见沈警官和凌警官了！怎么，两位是来视察工作的？我们小雅的美容院可不归特警管啊！要不是来砸场子的？"王小雅拽了拽熊三的胳膊。沈鸿飞瞪着熊三，凌云冷笑："熊三，你怎么说话呢？王小雅本来就是鸿飞的前女友，两个人分手了也还是朋友啊！朋友的美容院开业，我们鸿飞就不能来祝贺祝贺？从这点看，你还真没我们鸿飞大气，连我都不如。"

熊三愣住，一脸讪讪的。

凌云看着王小雅，笑着："王小雅，祝福的话我们都说完了，再祝你开业大吉，财源广进，我们先告辞了。"凌云挽着沈鸿飞走了，熊三不屑地冷笑："他和你说什么了？"王小雅有些慌乱："什么也没说，真就是祝福。熊三，咱们进去吧。"

"说什么我也不怕了，你现在是我的女人。"熊三得意地看了一眼沈鸿飞的背影，搂着王小雅进门了。

这时，电话响起，熊三一愣，拿出手机面色一沉，赶紧走到一旁："喂？是我……好，我知道了……放心吧，这事情交给我了。"王小雅诧异地看着熊三。熊三挂了电话，心事重重，看了看王小雅，满脸堆笑地搂着她进了门。

5

湖边，夕阳照在湖面上，洒下一片金光。小刘兴冲冲地迎上，郑直一脸紧张。小刘笑着指着一旁的椅子："师兄，坐吧。"郑直没动："还是别坐了。咱们说两句就回去吧。小刘，上次我已经和你说得很清楚了，咱们两个，真的不合适。"

小刘的眼泪打转，郑直焦急地环顾着四周，又看着小刘："你别哭行不行？让人看见还以为我怎么着你了，我觉得这事情你没什么不能接受的，做不成情侣，我们做兄妹不是也挺好的？"

"我就是想做你老婆，我就是不想做兄妹。"小刘哭着，郑直一脸为难地看着她。突然，远处传来一声女人的嘶喊声："抢劫啦——"郑直大惊。不远处，一个烂仔拿着个女士包拼命地跑，后面，一个女人哭喊着追。郑直拔腿就追，小刘随即跟上。

郑直急速跃过花池，路上的行人纷纷侧目。小刘远远地跟着："师兄，你小心点儿——"郑直迂回越过花池，跑到烂仔身前，不屑地说："跑啊，继续啊！"烂仔瞪着郑直，大口地喘着气。烂仔嘶吼着挥拳过去，郑直抬腿，一脚把他踹倒在地上。郑直走过去："双手抱头，蹲下！"烂仔把包扔给女人，瞪着郑直："包我不抢了，兄弟，我知道我打不过你，放我一马。"

"可能吗？你已经涉嫌抢劫罪了。"郑直轻哼一声。烂仔忽然从腰间拔出匕首："别他妈逼我！"郑直轻蔑地瞪着烂仔："小刘，报警，直接告诉110，嫌犯已经被我控制了。"

烂仔嘶吼着扑向郑直，郑直一脚把烂仔踹翻在地。人群中响起一阵喝彩。郑直走上去："还不服？"烂仔忽然用刀划破自己的胳膊："我他妈有艾滋病！"郑直愣住了，人群轰地四散开。

烂仔狞笑着扑向郑直。郑直猛地抓住烂仔拿刀的手，一拧，烂仔惨叫着匕首落地，郑直麻利地把烂仔按住。烂仔忽然用另一只手抓起匕首，猛地划了郑直胳膊一刀，他狞笑着瞪着郑直："哈哈，哈哈……"这时，几名巡警快速跑来，按住烂仔，戴上手铐。小刘哭着跑上前，郑直看着胳膊上的伤口，呆住了。

公安医院检验室里，郑直表情复杂地坐着，两眼发直地看着医生提取血样。小刘痛哭着："师兄，这可怎么办啊！这可怎么办啊，师兄……"郑直表情复杂地看小刘，故作坦然："没事儿，没那么巧。"小刘哭："都怨我，我为什么要约你去湖边啊！我要是不约你，就不会发生这样的事了，"郑直安慰她："小刘，这事跟你没关系，你别哭啊！"

这时，刘珊珊走来，脸色严肃："郑直同志，相关的样本我们已经提取完毕了，初步的检查结果很快就会出来，你在外面等一下。你……你不要过于紧张，毕竟……"郑直故作坦然地起身："没关系。我相信你们，不紧张。"郑直机械地走了出去。小刘哭着跟上去："师兄，如果你真的感染了艾滋病，我也不在乎。我会跟着你一辈子的。"郑直看着小刘，有些动容，惨然一笑："不至于，真没那么巧……"

郑直呆呆地坐在医院走廊上，小刘含泪看着他。走廊尽头，一阵急促的脚步声响起，龙飞虎带着队员们疾步走来。

很快，检验室的门打开了，刘珊珊拿着报告单走出来。小刘哭着上前："医生，结果出来了是吗？怎么样？师兄他没有被感染对吧？"刘珊珊严肃地说："初步检验结果，各项指标，都是阴性。"所有人都欢呼起来。小刘激动地哭喊："师兄，你听到了吗？医生说是阴性，你没事儿。"郑直含泪笑了起来。刘珊珊脸色依旧凝重："各位，我不得不如实告诉大家，对于艾滋病病毒的检测，仅仅凭借这个结果还不行，因为艾滋病是有潜伏期的，要想真正排除是否感染了艾滋病病毒，还需要分期提取血液样本，按照目前的检测程序，最快也要六周时间才可以彻底确定有没有感染。也就是说，除非最后的检验结果出来，否则，郑直同志还是有感染艾滋病的可能的！"

所有人都愣住了。"扑通"一声，郑直跪坐在地上，镇定地笑："没事，我没事。""咣当"一声，他晕倒在地。

医院长廊上，郑直脸色苍白地仰面坐着，小刘哭得双眼红肿。沈鸿飞坐在旁边："郑直，坚强一点儿，最终的定论还没下来呢！现在科技这么发达，你一定会没事儿的。"郑直笑，带着眼泪："你们别安慰我了。不管最后的结果怎么样，今天的事情，我不后悔。别说我是一名警察，就算我是一个普通的路人，这种事情我也要上。但是事情已经出了，不管最后的结果怎么样，我肯定得往最坏的方面打算。"郑直挣扎着起身，赵小黑和段卫兵连忙去扶。郑直脸色一变，大吼道："别碰我！"两人吓了一跳，满眼心酸地看着郑直。

郑直站起身，努力笑着："诸位兄弟、姐妹，我很高兴，这辈子能和大家相遇，也很高兴能加入到小虎队。在小虎队度过的这段时间，是我一辈子最充实、最快乐的时候……"说着说着，郑直突然哭了出来，"我和大家还没处够呢！我在小虎队还没建功立业呢……"小刘捂着嘴痛哭着。

"我死以后……"

沈鸿飞打断他："郑直你瞎说什么，事情还没有定论呢！"

"我得先把话说在前头，等有了定论就晚了。"郑直抹了一把眼泪，"大家都好好生活，好好过，我死以后，我留下的那些衣服都烧了吧，不干净。我的手机、电脑、iPad、单反什么的，你们消消毒，兴许还能用，都分了吧，就是别闹矛盾。还有……逢年过节的，给我上炷香，到了清明节，别忘了给我烧点儿纸，那边儿的物价我也不清楚，你们别太小气……"

众人目瞪口呆。小刘哭得更伤心了。陶静也哭了："郑直，你还有什么要说的话，要实现的梦想，就说吧！我们能帮你实现的，都替你实现。"

郑直止住眼泪，看陶静："我就有一个梦想，恐怕是实现不了了！？可怜我们老郑家，世代都当警察，到我这辈儿，恐怕是要绝后了，我连个孩子都没有呢……"

"啊？"陶静大惊，众人全都愣住了。

"师兄，我给你生。"小刘哭喊着，郑直也傻了，看着小刘。小刘哭着，"趁着病毒没发作，咱俩今天下午就结婚，晚上就洞房。我努努力，给你生个双胞胎。"郑直目瞪口呆。

6

龙飞虎坐在办公室里，盯着桌子上郑直的离队申请。小虎队们含泪站立，望着申请。龙飞虎表情严肃："按照医学常识，艾滋病感染的观察期，并不影响正常的工作和生活。郑直为什么要走，你们心里清楚。也许他六周以后还会回来，也许，他永远不会回到小虎队了。"龙飞虎站起身，"这件事我不管了，你们自己处理。"

龙飞虎转身出门。队员们面面相觑，沉默着。凌云看着队员们："我们就这么让郑直走了吗？"陶静哽咽着："如果这个时候我们让他走了，和抛弃了他有什么两样？"

"我们不能抛弃我们的兄弟。""小虎队从来不是自私的集体。""我们要是抛弃了他，就等于抛弃了我们自己。"队员们目光坚定，沈鸿飞拿起桌上的申请书，撕了个粉碎。

宿舍门口，郑直背着包，神色黯然地走出来。一抬头，看见队员们面无表情地站成一排，凝视着他。郑直含着眼泪："谢谢你们来送我。"沈鸿飞轻哼："送你？我们凭什么送你？你想走吗？"郑直愣住了。陶静一脸抱怨："我们天天累死累活的，想休息一天比登天还难，你想一下子休息六周，太不够意思了吧！"何苗走过去："这周该你打扫宿舍，你走了活儿谁干啊？不想挨收拾就赶紧回去。"

郑直的眼泪下来了。赵小黑走过去："哭啥呀！赶紧把东西放回去，中午咱们聚个餐，你埋单。"郑直哭："你们都不怕艾滋病啊！"沈鸿飞上前，一把将郑直抱住，队员们也纷纷走上来，抱成一团。

7

一家高档会所里，大厅金碧辉煌，欧式家具散发出浓浓古韵的幽香，浸在昏黄的灯光下。吴迪穿着便装，走进大厅，显得与这种高档地方格格不入。陈晓晓穿着时髦的裙装，兴冲冲地走来。

"阿迪。"陈晓晓一脸兴奋，"真没想到，你会来赴约。"吴迪微笑："我有那么难请吗？"陈晓晓惊讶地看着吴迪，有些感慨："阿迪，这是我们重逢以来你第一次对我笑。"吴迪苦笑。陈晓晓看着他："当年你经常看着我笑，可是我们重逢以来，你从来都没有笑过。"吴迪又一笑："所以，我和你一样，终究不是能轻易忘记过去的人。"陈晓晓眼前一亮，惊喜地看着吴迪。吴迪抬头看看四周："我们就这么站着聊吗？"陈晓晓这才反应过来，亲昵地挽住吴迪的胳膊，向包间走去。

豪华的包间里，陈晓晓点了餐，看着吴迪："阿迪，你好像很不自在。"吴迪凄然一笑："是啊，我很少来这种场所。"

"我差点儿忘了，你是警察。"

"和职业无关，和工资有关。"吴迪有些尴尬，"你经常来吗？"陈晓晓扫视着房间："这个包间是我长期包下来的。不管我在不在，这里只接待我和我的朋友。"吴迪吃惊地看着她，陈晓晓一笑："有那么吃惊吗？"

"晓晓，你现在做什么生意啊？"吴迪问。

"其实也没什么。"陈晓晓不以为然地笑着，"我和几个朋友合伙做一些投资生意。没有具体的行业，说白了，什么赚钱我们就投什么。当然啦，我们的生意可都是合法的。触及法律的事，我们从来不干。"陈晓晓起身，将一个杯子递给吴迪，含情脉脉地看着他："阿迪，我不知道这杯酒该怎么说……"吴迪一笑，拿起酒杯："那就为了我们曾经的美好，干一杯吧！"陈晓晓有些恍然，笑着一饮而尽。

陈晓晓放下酒杯，看着吴迪："阿迪，你这次……好像不太一样。"吴迪苦着笑："没什么不一样的，人总是这样，经历了现在的不美好，才会想起以前的美好。不到失意的时候，不会想起谁对自己好，谁对自己不好。"陈晓晓惊讶地看着失落的吴迪："阿迪，告诉我，你发生什么事了？"

吴迪颓然一笑，掏出烟点着："我和左燕分手了。"陈晓晓愣住了："是……是因为我吗？"

"算是吧，也不全是。"吴迪吐出一个烟圈，"上次我们的事在队里影响很大，甚至惊动了局领导。领导找我谈话了，批评了我几句。呵！这有什么呀？可是左燕接受不了。她觉得这件事让她颜面扫地，所以就提出和我分手了。"陈晓晓表情一缓："这个左燕也太自私了吧？"吴迪冷笑："这些都是扯！最主要的是她觉得我被领导点名批评了，在领导面前留下了不好的印象，会影响我今后在特警支队的发展。她这个人想事情总是想得很远。其实呢？怎么可能？我这个东海市特警支队的王牌狙击手，不是吹出来的，是凭成绩提上来的，会因为这点事就影响前途吗？"

"那你为什么不跟她解释？"

吴迪挥挥手："算了，不想解释了，我累了。"陈晓晓暗露喜色："阿迪，对不起。不管怎么说，这件事情也是因我而起，我……"

"跟你没关系。算了，不提她了。"吴迪打断她，拿起酒杯倒满，看着陈晓晓在玻璃杯后恍惚的脸，吴迪说不出来是什么滋味，但还是举起杯，"第二杯，为了我们这次重逢。"陈晓晓惊喜地看着吴迪，吴迪仰头一饮而尽。

包间里，陈晓晓面色红润，一脸微醺地看着吴迪："阿迪，我今天很高兴，真的很高兴。我们再一起回到从前，好吗？"吴迪看着陈晓晓，陈晓晓淌着泪，"就像你刚才说的，人不到失意的时候不会想起谁对自己好，谁对自己不好。现在的我，满脑子都是你的好。"

"你生意做得那么好，怎么会失意呢？"吴迪喝了一口酒。陈晓晓苦笑："一个女人，尤其是像我这样的单身女人，在生意场上会面临什么，你应该知道。有的时候我真的觉得很累，我真的想找一个肩膀，踏踏实实地依靠。阿迪，我一直在寻找着那个肩膀，可是找来找去还是你。我有时候就想，要是能有你在我身边该多好啊！生意场上我就会免去许多不必要的麻烦。"

"我帮不了你什么，我不会做生意。"吴迪说。

"不需要你做生意，生意的事我来。我只需要让那些朋友们知道，我是个有主儿的女人。当然，如果他们知道我的男人是一名警察，可能就更好了。"陈晓晓一把抓住吴迪的手，含情脉脉地凝视着，"没人敢碰警察的女人，尤其是特警的女人，对吧？"

"晓晓，你醉了。"吴迪看着她。

"我怎么会醉，就算是醉了，也是因你而醉。"陈晓晓含泪将吴迪的手贴在自己的脸上，吴迪没有动。陈晓晓靠过来，吴迪忽然抽回手，陈晓晓一愣，吴迪抬手看表："晓晓，我该走了。"

"你终归还是不肯接受我吗？"陈晓晓含着眼泪。

"你总得给我点儿时间。"吴迪站起身。陈晓晓笑："好，阿迪，我等着你，我们下次见。"

吴迪起身出门，陈晓晓紧跑两步跟上去，挽着他的胳膊："阿迪，如果你不介意的话，下次见面的时候，我想介绍我一个朋友和你认识一下。"吴迪一愣。陈晓晓赶紧说，"你别误会。他是我的生意伙伴，同时……也算是半个男闺密吧。他早知道我们的事，对你也仰慕已久，你要是觉得不方便……就算了。"吴迪笑："你的朋友不就是我的朋友吗？电话联系吧！"吴迪出了门，陈晓晓倚在门口看着吴迪渐远的背影，会心地笑了。

吴迪走到大街上，天空飘着小雨，他抬头，闭眼深呼吸一口，随即上了一辆出租车离开了。不远处，一辆毫不起眼的货运面包车停在街边，车厢里，重案组的李欢和小刘一脸严肃地摘下耳麦，关掉视频监控，坐在前面的司机一踩油门，快速离去。

第二十三章
── SWAT ──

1

公安医院检验科门口，郑直紧张地站立着，浑身大汗。沈鸿飞扳过郑直的肩膀，盯着他："郑直，记住，不管结果是什么，你都要冷静。"

"我明白……不管结果是什么，我都冷静，冷静。"郑直把头点得跟小鸡啄米似的，说出来的话却是言不由衷。凌云也给他打气："不能光冷静，你还要做好充分的心理准备，要对自己有信心。"郑直的汗淌下来："我早就做好准备了，很充分的准备……"陶静走过去："没事，就算你真得了艾滋病也没关系，一时半刻死不了。"郑直直接瘫软了下去。众人赶紧搜起他。陶静讪讪地一笑，坚定地看着郑直："我逗你玩呢！想得艾滋病哪儿那么容易？放宽心，我是医生，你忘了？你要相信我。"陶静拍着胸脯。小刘哭着："师兄，这都不是事儿，我想好了，不管你是不是艾滋病，我都嫁给你。"郑直愣住了，眼神有点儿乱。

这时，检验科的门推开了。刘珊珊拿着报告走出来，队员们轰地围上去，郑直又站不住了，直往下瘫，小刘连忙扶住他。

"医生，结果到底怎么样啊？"小刘哭着问。刘珊珊没回答，看向郑直："郑直，你自己怎么想？"郑直脖子一梗："我……早就想开了，不得我幸，得之我命。砍头就那么一下，你说吧！"郑直一副大义凛然的样子，所有人都紧张地看着刘珊珊。

刘珊珊叹息一声，在场的人都傻眼了。郑直腿一软，小刘和众人急忙扶住他。刘珊珊看着化验单一本正经："经过细致的化验，确实有点问题。"郑直咬牙坚持住，小刘哭得更厉害了。刘珊珊把单子递给郑直："……就是血脂有点儿高，年纪轻轻的，注意保健。"郑直一把抢过化验单，眼睛都直了。小虎队都呆住了。

"我看看，我看看。"陶静一把抢过来，仔细看，"呀！你真没事啊！"郑直就站在那儿傻笑，小刘猛扑上去，直接吻住郑直。郑直吓愣住，小刘边哭边吻，郑直伸出手，终于紧紧地抱住小刘。

2

基地训练场，沈鸿飞正带领小虎队进行体能训练，五个一百做完了是五公里山地越野，跑完后所有人都是满头大汗地走下训练场。龙飞虎扬了扬手里的秒表："今天不错啊！继续努力，争取超越。"

"我去——"所有人都累得瘫倒。陶静弯着腰满脸是汗，汗水顺着贴在脸上的头发往下淌："龙头您换句话吧！天天这句……我们……很容易丧失信心的。"龙飞虎笑："那你帮我想一句？"陶静直起身，故作认真地想："您以后就说——今天很好，成绩已经到头了，以后可以稍微减减量了！"队员们鼓掌欢迎，龙飞虎背手踱步，脸上的笑怪怪的："挺好，其余人解散，陶静再加一组。"陶静惊得下巴都掉了，哭丧着脸："龙头我错了，我明天继续努力，争取超越。"陶静说罢撒丫子跑了。队员们都笑，龙飞虎看着陶静的背影也笑了。铁行走过来，也看着陶静，欣慰地笑了："这个小陶静，终于又恢复以前的本色了。"

"不一样。"龙飞虎摇头。铁行一愣，龙飞虎看他，笑道，"以前是装的，现在是真的。"铁行点头，脸上都是赞许。

下午，一辆警车闪着警灯呼啸而至，在市公安局的大院里戛然而止。后车门打开，王小雅戴着手铐，松散的头发遮住了半张脸，两名女警从两侧架着她的胳膊走下车。路瑶穿着警服，一脸肃然地站在大门口。王小雅看起来很憔悴，两眼通红，路瑶皱着眉看她："我好像在哪儿见过你？"王小雅苦笑："是吗？我长了一张大众脸。"路瑶也没多想，对着李欢说："带上去，马上审讯。"李欢点头，扬头示意，两名女警押着王小雅向审讯室走去。

审讯室里，李欢和小刘正襟危坐，小刘翻开记事本，做好审讯准备。路瑶冷冷地盯着背靠在审讯椅上的王小雅。王小雅侧头躲避着路瑶的目光。路瑶轻轻点头，小刘打开记录本开始记录。

"姓名？"李欢问。

"王小雅。"

"年龄？"

"23。"

"知道为什么抓你吗？"李欢冷声问。王小雅点头，眼泪淌了下来："运……运毒。"

"从哪儿往哪儿运？"

王小雅哭着："从境外运到东海。"

"运了多少？采取什么方式？"

王小雅崩溃地痛哭着："我不知道，我不知道，我是被骗的，我被熊三骗了！"

"王小雅！"路瑶啪地拍了下桌子，王小雅止住哭泣，望着路瑶，"所有的证据都表明，你是自愿替熊三运毒的，你想狡辩吗？"路瑶猛地拽下旁边蒙着盘子的白布——十几个装着海洛因的避孕套躺在里面。路瑶凝视着王小雅，"一个23岁的女孩，正是青春年华，做点儿什么不好？你却把整整200克高纯度冰毒吞进自己胃里。你知道这对你意味着什么吗？50克就可以判你死刑！"王小雅捂住脸痛哭。路瑶稳定了下情绪，看着痛哭不已的王小雅："你冷静一下，如实回答我们的问题。讲清楚整件事情的来龙去脉，尽可能地对得起自己的良心吧！"王小雅含泪抬起头，看着路瑶："我想见一个人！"路瑶一愣："你想见谁？"

"沈鸿飞！"

"谁？"路瑶有些诧异。

"就是你们特警支队的沈鸿飞！"

"你为什么要见他？他和这个案子有关系吗？"路瑶有点儿不明白。

"他当然和我的案子没关系，"王小雅说，"我只是想见他最后一面。在见到他之前，我一个字都不会说的。"路瑶愣住了。旁边，小刘起身向路瑶递了个眼色，路瑶一愣，跟着小刘走出审讯室。

走廊里，路瑶焦急地问小刘："怎么回事？"

"组长，您不知道，这个王小雅是沈鸿飞的前女友。"小刘一脸难色，"我听郑直说的。两个人好了好多年，后来这个王小雅贪图享受，才抛弃了沈鸿飞，跟了熊三。"路瑶大惊："难怪之前我看她有点儿面熟……那我就不明白了，既然是这样，她还有脸见沈鸿飞？"路瑶想了想，还是掏出了手机。

3

特警基地门口，一身便衣的凌云焦急地四下张望着，不时地低头看表。很快，沈鸿飞匆匆跑来。

"你干吗呢，这么磨蹭？"凌云迎上去，沈鸿飞一脸严肃："凌云，今天的休假我回不去了，龙头让我马上去重案组一趟。"凌云一惊："什么事啊？"沈鸿飞摇头："不知道，反正特别急，你看……"凌云嘴角浮起苦笑："算了，我陪你一起去吧，完事了咱们再去你家。"沈鸿飞点头，两人上车疾驰而去。

来到市公安局，沈鸿飞整理了一下着装，推门走进路瑶的办公室。走廊里，凌云靠着墙壁等着。走廊尽头，小刘走过来一愣："凌云姐，你怎么来了？"凌云笑："哦，你们组长找鸿飞有急事，我陪他来的。"小刘有些不自然，欲言又止地看着凌云："说实话，凌云姐，你不该来。"凌云纳闷儿……

办公室里，沈鸿飞敬礼，坐在椅子上擦了擦头上的汗："路组，您找我什么事啊？那么急？"路瑶一脸严肃："你认识王小雅吧？"沈鸿飞脸色一变："她……怎么了？"

"她现在在我这儿，在里面坐着呢！"路瑶说。沈鸿飞脸色大变，噌地站起身："路组长，她犯什么事了？"

"运毒。"路瑶看着他，"高纯度冰毒，200克。"

"运毒！"沈鸿飞愣立当场，有些语无伦次，"这……这怎么可能啊！她……她怎么会运毒啊！这不可能！一定是熊三，熊三胁迫她的，熊三在哪儿？他在哪儿？"

"沈鸿飞，你冷静一点儿，别忘了你的身份，你也是一名警察！"

沈鸿飞含泪看着路瑶："您找我来……干什么？"

"王小雅说，必须要见到你，才肯交代自己的罪行。"沈鸿飞愣住。路瑶凝视着他，"沈鸿飞，我再次提醒你，不要感情用事，你现在是在协助我们重案组办案。你需要保持冷静。"沈鸿飞木然地点头，眼泪往下掉："我……明白……"

"如果你觉得准备好了，现在就和我去审讯室。"路瑶起身。沈鸿飞含泪看着路瑶："我……准备好了。"

走廊上，沈鸿飞失魂落魄地走出来，凌云脸色复杂地看着沈鸿飞："小刘都和我说了。"沈鸿飞木然地点头。凌云看着他的眼睛，"鸿飞，你现在的状态不对。"沈鸿飞的眼神有些涣散："对……对不起，凌云，我没有更好的状态。"凌云含泪："我理解你。"沈鸿飞有些意外，看着凌云，凌云含泪一笑，"去吧！记住你来的任务。我在楼下等你，完事咱们去你家。"沈鸿飞看着凌云，重重地点头。

第二十四章
—— SWAT ——

1

审讯室里，王小雅愣愣地坐在椅子上，手上戴着手铐。李欢冷眼看着她："你真打算死扛吗？"王小雅头也没抬，一脸木然："我说了，沈鸿飞一来，我就招。"这时，路瑶推门走进来："能告诉我，你想见沈鸿飞的目的吗？"王小雅说："没有目的。他来了没有？"路瑶冷冷地说："你不说出目的，我不会让他见你。"

王小雅瞪着路瑶，路瑶眼神坚决地看着她。王小雅目光闪烁："好！我告诉你，我的目的只是想见他最后一面。"几个人一愣，面面相觑。王小雅淌着泪："我知道我的罪行，错过了这个机会我就再也见不到他了。如果我见不到他，将是我终生的遗憾……"沈鸿飞含泪走了进来，愣愣地看着王小雅。王小雅下意识地扭过头，两个人默默地对视着，审讯室里鸦雀无声。

"王小雅，我们答应了你的要求，沈鸿飞来了。我破个例，允许你们说一些与案情无关的话，我想，这也是你需要的，对吧？"路瑶说。王小雅含泪点头，凝视着沈鸿飞。沈鸿飞看她："小雅，告诉我，为什么？你为什么做这件事？！是熊三逼迫你的对不对？你也是受害者对不对？回答我，是不是？"王小雅哭喊着："不是，我是自愿的。"沈鸿飞愣住了。王小雅脸上流着眼泪："我真的是自愿的。一开始我是上了熊三的当，可是后来，我就变成自愿的了。"沈鸿飞痛苦地吼："为什么呀？"

"因为我想赚钱。"王小雅泣不成声，"我想赚好多的钱，我自己有了钱，就可以还掉熊三给我花的钱，我就可以摆脱他了。"

"你糊涂。"沈鸿飞痛心疾首。

"我是糊涂，鸿飞，我一直在糊涂。"王小雅惨笑着，"我不该错过你，更不该贪图熊三带给我的富裕生活，我不该一次又一次拒绝你对我的忠告。我就是个糊涂虫，自己把自己卖了都不知道。鸿飞，我后悔，我真的好后悔啊！我轻信了熊三那个王八蛋，他把我害苦了，可是我说什么都晚了……一切都晚了……晚了。"

"小雅，对不起。"沈鸿飞痛哭着，"小雅，我们在一起的时候，我应该多陪你去看几场电影；我应该多带你去你想去的地方玩儿；你喜欢唱歌跳舞，我应该多陪你去唱歌跳舞；你喜欢吃我做的菜，我应该多给你做几道；你生气的时候，我应该多哄哄你；你生病的时候，我应该多问你几句冷暖……小雅，我应该做的事情太多了，可是我都没有做。我不是一个合格的男朋友，我亏欠你太多了。也许，我不该爱上你，不该让你一直等我。"沈鸿飞失声痛哭，小刘的眼睛也湿润了，侧过身默默地擦着眼泪。

"鸿飞，你别哭，你别这么说。没错，我曾经埋怨过你，可是我现在一点儿都不怨了。鸿飞你知道吗？我这几天一直在回忆我们过去的事情。我在想，如果我王小雅的生命中还有一段时间可以称得上快乐的话，就是与你相爱的这几年。我们虽然不能经常见面，可是我们彼此牵挂着，彼此守候着，日子虽然苦闷，但是真的非常甜蜜，连等待也是甜蜜的。只可惜我不懂得珍惜，轻易地就让它溜走了。路都是我自己走的，我还能怨谁？"王小雅看着痛哭不已的沈鸿飞，惨笑了说，"鸿飞，不哭了好不好？我们都不哭了。我还能见你一面就已经很知足了。你走吧，把我彻底忘了吧。"沈鸿飞哭着摇头。王小雅咬住嘴唇："那你就别想我的坏，想着以前我的好。想着那个天天拿着手机坐在电脑旁等着你下了训练好给她打个电话、发个信息的王小雅，想着那个只要你一回家就天天缠着你吵吵闹闹的王小雅，那个一心一意爱你的王小雅。只把现在的王小雅忘掉，彻底忘掉！"沈鸿飞哭着摇头："我怎么能忘了你啊……"王小雅止住哭，抬头看路瑶："谢谢你路警官，你满足了我的愿望，我现在要交代罪行了，让他出去行吗？"

路瑶起身，看着沈鸿飞："沈鸿飞，走吧。"沈鸿飞哭着摇头。路瑶拍了拍沈鸿飞的肩膀，"沈鸿飞，这已经是你和王小雅之间最好的结局了，你还能怎么样？还想怎么样？走吧，凌云还在外面等你呢。"沈鸿飞含泪看着路瑶，又看看王小雅，哭着转身。

"鸿飞！——"王小雅喊。沈鸿飞停住脚步回身，王小雅含泪笑着，"祝福你和凌云，这次我是真心的。"沈鸿飞哭着点头，夺门而出，王小雅如释重负地笑了。

公安局大楼前，沈鸿飞红着眼睛走了出来，凌云快步迎上来，含泪给沈鸿飞擦着泪："鸿飞，别哭了。"沈鸿飞淌着泪："凌云，我真的很自责。"

"我知道。我能理解你。可是你改变不了王小雅的命运。"

"我错了吗？"

凌云轻轻地摇头，鼓励的眼神看着沈鸿飞："你没错，其实王小雅也没错。至少在感情方面，你们都没有错。爱情是需要选择的，谁也不能保证自己的选择一定正确。不过，起码我觉得我的选择是对的。你是一个重情重义的男人，我真的很幸运遇到了你。"沈鸿飞哭着："凌云，你说错了，我他妈算什么重情义的男人……我他妈就是个王八蛋！道貌岸然的王八蛋！"沈鸿飞哭着猛打着自己耳光。凌云哭着扑上去，紧紧抱住沈鸿飞，两人相拥而泣。

2

一座装修古朴的欧式别墅，周围的树木和藤蔓茂密，保镖林立。院子里，熊三被两个身材魁梧的大汉押着走进别墅里。

大厅里，周围戴着墨镜的保镖铁青着脸，背手跨立，后腰上都别着枪。白佛穿着一件简单的中式大褂，跷着腿悠闲地坐在沙发上抽烟。此刻，熊三跪在面前，一脸惊惧，不敢抬头。白佛放下手里的茶杯，拿起枪放在桌子上，冷冷地说："熊三，组织的规矩你是知道的。"

"老板，念在我跟随您多年，为 K2 服务多年的分儿上，饶我一命吧！"熊三额头上的冷汗下来了。

"笑话，饶了你，我怎么跟首领交代？饶了你，我以后怎么带人啊？"白佛继续喝茶。熊三跪着往前蹭了两步："老板，熊三真的不想死。而且，我死了也是于事无补，熊三还想再跟老板几年，与其让我就这么死了，不如给我一次戴罪立功的机会。"白佛冷笑着看熊三："熊三，你倒是很会替 K2 着想啊！"

"熊三只为老板您着想。"熊三谄媚地说。白佛斜眼看他，熊三咽了口唾沫，"因为，谁都知道我是您一手拉起来的，我这次犯了大错，您脸上也不好看。我跟了您这么多年，这条命也是您的，不能临死还给您丢脸啊！所以，我想请您给我一次把这口气争回来的机会。"白佛哈哈大笑："熊三啊熊三，有的时候，我还真是挺喜欢你这张嘴的。"熊三目光一动："老板，熊三可不只光有一张嘴，只要您给我机会，我赴汤蹈火，在所不辞。"白佛抿了一口茶："要说机会嘛，还真有一个。"熊三一愣，急切地说："请您明示。"

白佛拿起桌上的一张照片和档案袋，递给熊三："关于这个人，所有的资料都在这里。你的任务就是尽快干掉他，拿到他手中掌握的卓娅集团洗钱的证据。"熊三诧异地接过来，点头："是！这个人是哪儿的？"

"他就在东海市！"

熊三一惊："东海！您是让我……再回东海？"白佛脸一沉："你不会不敢回去了吧？"熊三随即一笑："只要是您的差遣，哪儿我都敢去。"白佛目光一凛，凝视着熊三："记住，如果这次你再把事情办砸了，我们就新账旧账一起算。到时候，你会生不如死。"熊三一惊，点头匆匆而去。

白佛看着熊三的背影，咬牙切齿地骂了一句："废物！"旁边站着的保镖弯腰低语："老板，既然您知道他是废物，为什么还用他？"白佛瞪了保镖一眼："你以为我想用他？但是没人比他更了解东海的条子了。"这时，一名手下匆匆走进来："老板，货已经起运了。"白佛目光一动，点头："马上联系燕尾蝶。"

3

会所里，一身便装的吴迪推门进来，大厅沙发上，陈晓晓兴奋地站起身："阿迪，快过来坐。"吴迪笑着坐下，看了一眼一桌子的高档酒菜，皱着眉："晓晓，我不是跟你说过了吗？咱们两个在一起，你就不用这么客气了，随便吃点儿就行，你……"陈晓晓笑着打断他："行了行了，我下不为例还不行？"吴迪只好住嘴。陈晓晓深情地看着吴迪："阿迪，其实你刚才数落我，我挺高兴的。这说明你真的把我当成自己人看待了。"

"哪儿的话，不把你当成自己人，我还能把你当成敌人啊？"

陈晓晓目光一动，不动声色地一笑，端起酒杯："阿迪，那我们就为'自己人'这三个字，干一杯。"吴迪一笑："这也值得干杯呀？"

"当然。"陈晓晓柔声道，"什么叫自己人？就是互相可以信赖的人，这世界上还有比自己人这三个字，更能让人心暖的吗？"

"好，我说不过你，干！"吴迪仰头干了，陈晓晓放下酒杯："阿迪，既然我们是自己人，那我可真不跟你客气了，我求你帮个忙。"

"帮忙？帮什么忙？"吴迪纳闷儿。

"其实对你来说很容易，可是对我们来说就难了。"陈晓晓一脸难色地凝视着吴迪，"就是我上次说的那个朋友。他有一船货三天后要在东海靠岸，想请你帮个忙，跟码头警方打个招呼——我知道，你有个战友在码头警方里面是个头儿。"吴迪目光一动，不露声色地放下酒杯："既然是一船货，也不用跟警方打招呼啊！"

"如果全是正常的货，当然就不用了。"

"那是什么货？"

"其中几个货箱里面，装的是军火。"

吴迪一惊，腾地站起身："军火！"陈晓晓点头。吴迪果断拒绝："不行，不行，这个忙我帮不了他，这是要掉脑袋的。"陈晓晓起身看着吴迪："你不说，我不说，谁知道是军火？你只要告诉你那个战友，睁一只眼闭一只眼就行了。"

"你别忘了，我也是警察。"

"那正好啊！你现在就把我送公安局去。"陈晓晓赌气地说。吴迪坐下，陈晓晓语气缓下来："阿迪，我可真的把你当成自己人了。我跟你直说了吧，那批军火有我一半的股份，我的股份是找了好几个江湖大佬融的资，如果它出了事，我也就活不成了。"吴迪愤怒地说："你说过你是搞投资的。"陈晓晓冷笑："投资？如果没有钱，我拿什么投资啊？"吴迪一脸纠结地看着陈晓晓："那你也不能干这种事啊！"陈晓晓惨然一笑："不然我干什么？我一个女人，要想在这个社会生存下来，过上好一点儿的生活，我还能干什么？这总比出卖肉体强吧？"陈晓晓从包里掏出一张一百万的支票："当然，我们的关系归关系，你该得的利益我也不会少你的。这笔钱你拿一半去打点你的战友，剩下的一半全是你的。"

吴迪沉默着。

陈晓晓撒娇地挽着吴迪的胳膊："阿迪，实话我都跟你说了，帮与不帮，我的生与死，就看你的了。"吴迪看看陈晓晓，又看看桌上的支票，一咬牙："你记住，只有这一次，最后一次。而且，我不是为了钱，我是为了救你。事成之后，五十万我一分不少地退给你。"陈晓晓破涕而笑："我保证下不为例，谢谢你，阿迪。"吴迪装起支票，起身离开了。陈晓晓坐在椅子上拿起酒杯，昏暗的灯光下，眼里有泪滑落下来。

4

夜色里，江岸一片漆黑，只有一轮明月斜挂在天际。不远处，一艘货船破江而行，减速后渐渐靠近码头，船身也随着江浪的起伏忽高忽低。这时，一个黑影走出船舱招了招手，停在岸边的一辆货车开过来，在岸边停住后，十几个黑影从后车门鱼贯跳下来。货船上，黑影焦急地低声吼道："快！快！快！赶快卸货。"工人们七手八脚地搬运着箱子。

码头不远处的路边，陈晓晓坐在跑车里，拿着望远镜观察着靠港的货船，随即拿起电话："……老板，船已经靠岸，正在卸货，一切顺利……是。"燕尾蝶放下手机，继续观察。

"唰！"码头上突然亮起数道强光，一阵尖厉的警笛划破夜空，正在往船下搬箱子的工人们猛地愣住了。数辆警车鸣着警笛从码头两侧快速驶来，"吱"的一声停住，全副武装的警察们纷纷跳下车，怒吼着："警察！不许动！"

不远处，举着望远镜的燕尾蝶脸色骤变，随即焦急地发动汽车。突然，一把枪顶在燕尾蝶的头上："燕尾蝶，你的戏该收场了。"燕尾蝶大惊，微微转过头——夜色里，熊三阴森地笑着。

此刻，码头上亮如白昼，几个硕大的箱子依次摆在空地上。工人们抱头蹲在地上，警察们持枪控制住现场。全副武装的龙飞虎匆匆走过来，吴迪迎了上去。几名特警队员拿着破拆工具上前，吭吭地撬开其中一个大箱子，强光手电筒一照——全部都是制式步枪。所有人都是一脸震惊，杨震走上前拍了拍他的肩膀，吴迪如释重负。龙飞虎目光如炬，看着箱子里的步枪，忽然目光一凛，猛地从箱子里抓出一把步枪，所有人都愣住了。

"警察同志高抬贵手啊！我就是图点儿小钱，弄了点儿仿真玩具枪，也不是杀头的罪吧？"组织卸货的男子蹲在地上开始号叫。这时，一辆特警车急刹停住，沈文津和队员们匆匆下车："报告龙头，九点钟方向发现一辆红色跑车，车上没人。"

吴迪拿过步枪，仔细地检查了一下，一脸懊恼。龙飞虎看着吴迪，拍了拍他的肩膀："这不是你的错，我们迟早会抓住燕尾蝶的。"吴迪咬牙点头。

5

浩瀚的公海上，一艘白色的游艇停在海面上。船头，皮鞭啪啪地抽打着被反绑在船栏上吊着的燕尾蝶。"哗啦——"一桶海水泼在奄奄一息的燕尾蝶身上，海盐浸入伤口，燕尾蝶发出一声撕心裂肺的惨叫。对面，白佛气定神闲地坐在甲板上，身后保镖簇拥。白佛端着酒杯，抿了一口："燕尾蝶，你还是说实话吧，早点儿说

314

了免受皮肉之苦。"燕尾蝶痛苦地看着白佛，奄奄一息："老板，我……说的就是实话，我真的是……按照您的指示在做事，我真的……不知道到底发生了什么。"——"啪！"浸了海水的鞭子抽过去，燕尾蝶的脸上立刻出现了一道血印子，滴血的伤口被海水刺得生疼，燕尾蝶声声惨叫："老板，我对您忠心耿耿，我对K2忠心耿耿啊！"

熊三恭敬地站在一旁，眯着眼看着燕尾蝶："燕尾蝶，你这是何苦呢？明眼人都能看出来，你说你忠心耿耿，那帮警察是怎么出现在码头上的？"燕尾蝶的眼神有些复杂："吴迪，一定是吴迪，他骗了我！"——"啪！"白佛猛地将酒杯摔在甲板上，玻璃碴儿四处飞溅。

"我打的就是你这句话。"白佛上前瞪着燕尾蝶，眼里射出寒光，"你在组织做事不是一年两年了。怎么会分不清吴迪是真是假。这只能说明一件事——你对那个条子还有爱情。因为只有爱情才能让一个受过专业训练的女人变成一只蠢猪。"白佛一挥手，几名保镖冲上去，将燕尾蝶拴上绳子倒吊着想要扔进大海。熊三掏出匕首，一脸得意地趴在栏杆上："燕尾蝶，看来你是死不低头啊！那哥哥就对不起了。"

匕首一点一点地割断绳子，燕尾蝶吊在游艇的栏杆外，惊惧万分地哭号："老板，饶了我吧！我知错了！我再也不会对吴迪有任何感情了！吴迪是条子，我是K2的人，他永远是我的敌人，敌人。"白佛一示意，熊三立刻停手："燕尾蝶，这是你的心里话吗？你不会是因为怕死，才故意这么说吧？"燕尾蝶痛哭："不是！真的不是！老板，你要相信我！吴迪坑了我一次，我绝不会再犯傻了！"

白佛脸上泛起一丝笑意，一点头，保镖们七手八脚地把悬在栏杆外的燕尾蝶拉了上来。甲板上，燕尾蝶惊惧地大口喘息着。白佛看着她："燕尾蝶，我的为人你是知道的，我尽可能地对你宽容，希望你以后不要再辜负我。"燕尾蝶的脸煞白，唯唯诺诺地点头。白佛扭头看着熊三："熊三，你这次回东海带上燕尾蝶吧！"熊三一愣，白佛阴森森地笑："放心吧熊三，重新恢复冷静的燕尾蝶一定会成为你的得力助手。"

"是，老板。我们会合作得很好。"熊三躬身说道。白佛站起身："燕尾蝶，你记住，如果这次你再辜负了我，你受到的就不仅仅是皮肉之苦了。我会把你卖到金三角最黑的窑子里，给你灌足了白粉，让你天天生不如死。"白佛眼里透出寒光，燕尾蝶打了个冷战，惊惧地点头。白佛哈哈大笑，在保镖的簇拥下离开了甲板。燕尾蝶这才松了一口气，熊三笑盈盈地走上前："燕尾蝶，刚才哥哥得罪了，你可别往心里去啊！"燕尾蝶整理了下头发，冷然一笑："怎么会呢，三哥也是为了我好。"

6

离东海市区约一百公里处有一片独特的热带丛林，一座豪华的欧式度假村隐隐坐落在海边，周边遍布着茂密的椰树林。白色的海滩上，海水印映着阳光熠熠生辉，清爽的气候让这里成为最有人气的度假胜地。一大早，阳光透过椰林温柔地投洒在酒店周围，此刻也是游客们最活跃的时候，纷纷出门游玩踩水。酒店门口，一辆出租车停下，莎莎背着背包打量了下度假村，信步走了进去。

大厅前台，莎莎从书包里掏出一张名片递给服务员："我要在这儿住几天。"服务员上下打量着莎莎："就你自己吗？"莎莎点头，服务员看了看名片，愣住了："你……认识我们秦总？"莎莎有点儿不耐烦："阿姨，我还认识你们这儿的黄经理，我想和他谈。"服务员一愣，拿起了酒店的内线电话。

不一会儿，一个四十多岁的男人急步走过来，看见莎莎一脸意外："莎莎？"莎莎甜甜一笑："黄叔叔好！"

"莎莎，你怎么来这儿了？"

"黄叔叔，我放暑假了，在家里待着没什么意思，老妈老不在家，我心情真不好。我想在这儿住几天，散散心。"

"好啊！只要你想住，多少天都可以！可是……秦总知道你来吗？"

莎莎一愣，随即亲昵地拉着黄经理的胳膊："黄叔叔，我想让你替我保密，我不想让他和我妈妈知道我来这儿了。"黄经理一脸为难，莎莎一甩手："要是不行就算了，我去别处。"黄经理目光一动，急忙拦住："莎莎，你别急。我就是问一下而已。这样吧，我答应替你保密，并且马上安排最好的房间给你。"莎莎笑着连忙道谢。

楼梯口，刘珊珊和朋友一身休闲打扮，兴致勃勃地往楼下走。电梯口，莎莎百无聊赖地在等电梯，门打开，刘珊珊走了进来，随即愣住了："莎莎？你怎么来这儿了？"莎莎没理她，径直进了电梯。刘珊珊耐着性子："莎莎，你妈妈知道你来这儿吗？"

"要你管！"莎莎冷声按了电梯门，刘珊珊有些尴尬地愣在当场。

第二十五章
—— SWAT ——

1

特警基地办公室，龙飞虎正在研究作战计划，手机铃响，龙飞虎接起来，是刘珊珊的声音："龙大队长，我现在在南华苑度假村呢，刚才我看见莎莎了。"龙飞虎皱眉："莎莎去度假村了？"

"对，我刚才看她一个人跟服务员上楼了，觉得有些奇怪。当然，也许是路瑶也来了，我……"刘珊珊说。龙飞虎焦急地打断："路瑶不可能在度假村，她刚刚还给我打电话，在办案呢！刘医生，谢谢你，我马上给路瑶打电话。"龙飞虎挂了电话，匆忙拨号。

卓娅集团顶层办公室里，秦朗神情肃然地看着电脑里的各组数据，对于这些进出集团账户的各种数据他发现不是一两天了，很明显是有人利用卓娅集团的账户在洗钱。秦朗想了想，拿出存储盘插入电脑，将文件拷贝到存储盘，装进贴身衣兜，又将电脑里的文件删除。这时，办公桌上的电话响起，是黄敬打来的。

酒店地下停车场，秦朗急匆匆地走过来，上车急速启动，车缓缓开出主干道，疾驰而去。在出口不远处，一辆红色轿车随即启动，不紧不慢地跟上去。车里，燕尾蝶盯着前方秦朗的车，对着耳麦："三哥，我跟上他了。"

停车场里，熊三坐在一辆商务车上，拿着对讲机："燕尾蝶，跟死了他。我们马上就到！"燕尾蝶轻踩油门，紧跟上去，很快就隐身在城市的车流里。

地下停车场里，熊三和几个匪徒开车鱼贯驶出。坐在后座上的黑头看熊三："三哥，至于那么复杂吗？"熊三瞥了一眼后视镜里的黑头："我们的目的不仅仅是干掉他，关键是要拿到老板需要的证据。"

"抓到他不就能拿到了？"

熊三阴冷一笑："你能保证他会把证据放在身上吗？你能保证他没有藏备份吗？"

"那也好办，我只需要五分钟，就能把他整个公司炸个稀巴烂！"黑头说着，自负地看了一眼身旁的大背包。熊三回身瞪着黑头："你不想活了，我他妈还想多活几年呢！你以为东海的条子是吃素的？只要一炸，整个东海就会变成铁桶，往他妈哪儿跑啊？"黑头讪讪地说："那老板让我来做什么？"熊三凝视着黑头的大包，冷笑："你那些东西，不是用来对付秦朗的。"黑头讪讪地闭嘴。

大街上，秦朗的车在车流中穿行，不时着急地变换着车道。不远处，燕尾蝶紧跟着望着前方，眉头紧皱："三哥，他好像要开出市区。"熊三轻哼一声："开出市区好啊！老子正不想在这儿下手呢！你不要管，他开到哪儿你就跟到哪儿，我就在你身后。"燕尾蝶一愣，看了一眼后视镜，一辆黑色的商务车和面包车队紧随其后。

郊区的一处公路岔口，秦朗开车驶来，直奔度假村方向。燕尾蝶将车停在公路岔口，很快，车队开车赶到。熊三跳下车匆匆走过来："燕尾蝶，怎么不跟了？"燕尾蝶扬了扬手机："我刚才查过了，前面的路就通往一个去处——南华苑度假村。它是秦朗公司下属的企业。"熊三眼前一亮："也就是说，秦朗是去他的度假村了。"燕尾蝶点头。熊三哈哈大笑："好啊！我还正发愁没个僻静地方呢！他自己给咱们找着了，这也是他的命。"熊三看着前方："等他走远，咱们就上去。"

龙飞虎在办公室来回地走，铁行无奈地摇头。龙飞虎焦急地拨通电话："路瑶，莎莎那儿到底怎么样了？"路瑶瞪眼："你急什么啊！不是跟你说秦朗已经去接她了吗？"龙飞虎又问："秦朗行吗？"路瑶气不打一处来："那你说怎么办？是你有时间，还是我有时间？"龙飞虎愣住了，无奈地拿着电话："好吧，等他接到莎莎，你给我来个电话。"

一旁，铁牛苦笑着摇头。龙飞虎看他："老铁，你笑什么？"

"我笑你们俩自己找罪受。"说罢，铁行起身看着龙飞虎，"你自己说吧！你有那个心思，路瑶也有那个意思，赶紧把事儿谈好，破镜重圆不就得了。可倒好，俩人碍着面子，把人家莎莎逼走了，结果还得秦朗去接，乱不乱啊你们……"龙飞虎苦笑，有些尴尬："这……不是一直没时间谈嘛。"铁牛一扬手："算了吧！指望你们俩主动谈，这辈子够呛。干脆，等莎莎回来，就今天晚上，我叫上我老婆，咱们两家找个地儿坐坐，我们帮你俩把这层窗户纸捅破，你意下如何呀？"龙飞虎看着铁牛，一笑："行吧！"

2

　　酒店房间里，莎莎烦躁地躺在床上，望着天花板出神。这时，敲门声响起，莎莎不耐烦地坐起身："又是谁呀？不是说不要打扰我吗……"莎莎噘着嘴去开门，一下子愣住了："你……你怎么来了？"莎莎气愤地看着站在一旁的黄敬："骗子！"黄敬一脸为难地看秦朗，秦朗笑道："莎莎，这不能怪黄叔叔，这么大的事他能不向我报告吗？"

　　莎莎不耐烦地转身进屋，秦朗对着黄敬说道："你等我一下。"秦朗关门，坐到莎莎面前："莎莎……"莎莎打断秦朗："是你自己来的，还是我妈让你来的？"

　　"是你妈让我来的，也是我自己要来的。"

　　"早知道这样，我就不该来。"莎莎气鼓鼓地说。秦朗微笑："莎莎，你可别这么想。你知道吗？我刚刚知道你来度假村的时候，除了震惊之外，其实我挺高兴的。"

　　"你高兴什么？"莎莎冷着脸。

　　"你能来我的度假村，那就说明你现在不是特别讨厌我了，或者说，你有点儿把我当朋友了。只不过你好面子，没跟我说而已。"莎莎没说话，看别处。秦朗笑："哈哈！这就说明你默认了。"莎莎转过脸，看着秦朗："我坦率跟你说吧，自从你搬出去以后，我看你就顺眼多了。"秦朗笑。莎莎纳闷儿地看他："你不是真心笑吧？你的心肯定在滴血。"

　　"莎莎，这次你猜错了。"秦朗疼爱地看着莎莎，"秦叔叔的笑是发自内心的。"莎莎诧异地看着秦朗。秦朗认真地说："自从上次我和你妈妈谈过之后，我就意识到，我其实真的犯了一个错误——尽管我不是有意的，但是不得不承认，我的介入成为了你和你妈妈之间，你妈妈和你爸爸之间所有隔阂的根源。"

　　"你……真是这么想的？"莎莎意外地看着秦朗，"所以你才搬走的。"

　　"也不全是这个原因——起码这不是决定性原因。"

　　"那决定性原因是什么？"

　　"决定性的原因是，我发现你爸爸和你妈妈，依然彼此相爱着。"秦朗看着莎莎，一脸认真地说，"莎莎，秦叔叔是成年人，更是一个通情达理的人。所以，当我发现这一点之后，我认真地审视了我和你妈妈之间的感情。不可否认，我是深爱你妈妈的，她其实也是爱我的。但是当我和你爸爸同时站到你妈妈的那座情感天平上时，它很明显是向你爸爸倾斜的。所以我选择退出，既是为了你妈妈的幸福，也是为了你的幸福。"莎莎完全没有想到，感动地看着秦朗欲言又止。秦朗笑着起身："行了，我知道你想说什么。这些都是大人的事，我不跟你多说了。莎莎，我是要带你回去的，你爸爸和你妈妈知道你来了度假村，都特别着急。"

"真的？"莎莎眼睛一亮。秦朗点头："当然，实在是因为他们两个都没时间，才把我派来了，你不会不给面子吧？"莎莎笑着起身："既然你都这么说了，我哪儿能不给你面子呢！我同意跟你回去了。"秦朗笑着摸摸莎莎的头："你的性格还真跟你妈妈一模一样。"

"秦叔叔，谢谢您。"莎莎认真地看着秦朗，"我也是真心的，谢谢您。"秦朗含泪笑道："那好，莎莎，你先收拾一下，秦叔叔上去和同事们聊几句，顶多五分钟我就下来，好不好？"莎莎笑着点头："行，您去吧，多几分钟也没关系。"秦朗笑着点头，莎莎感动地看着秦朗的背影。

3

度假村大门口，保安正在引领着倒车，燕尾蝶和熊三等人开车抵达。燕尾蝶下车，手里拎着一个箱子，熊三下意识地看了一眼停在旁边的秦朗的车。保安迎上去，笑着："老板好，老板娘好，您这都是来度假的？"熊三和燕尾蝶相视一笑："没错，你们这儿房间充足吗？"保安笑："充足，充足，各位跟我们来吧！"众人跟着保安走进楼，熊三边走边打量着度假村的环境。

会议厅里，秦朗正和度假村的员工们说着话，员工们整齐地坐在下面，拍手鼓掌。

熊三等人簇拥着走到大厅服务台，燕尾蝶随意地看着大厅里的楼层示意图，对后面的匪徒递了个眼色，两个匪徒点头，悄然而去。前台处，接待人员殷勤地起身："先生们好，女士您好，请问，各位计划在这儿玩几天啊？"熊三趴在前台："一天。"服务员一愣："那，您需要住宿吗？"

"不需要！"

"快中午了，需要先给您安排午餐吗？"

熊三看着俩人，狞笑着："我只想和你们秦总共进午餐。"服务员一愣，几个匪徒冲上前，枪口顶住，服务员惊惧万分地僵住了。门口，匪徒拖着两个保安的尸体拽进来，服务员一脸恐惧地颤抖着。

一楼的监控室里，保安正坐在控制台前望着对面的大屏幕墙，突然，保安噌地起身，傻了眼："队长你看！——"队长看过去，震惊地张大了嘴："快报警。"那名保安哆嗦着抓起电话，正要拨号，一把匕首闪着寒光横在他的脖子上。

"报告，监控室已经被我们控制。"大厅里，熊三冷笑着点头。

楼道里，熊三大摇大摆地和匪徒们走上楼，黑头跟在旁边，背着他的大包。此时，秦朗在黄敬的陪同下，和员工们说笑着走出会议厅。

"好好，大家都别送我了，各忙各的去吧！"秦朗笑着回身，和员工们打着招呼。这叫，熊三和燕尾蝶等人走上楼，正好与秦朗面对面。燕尾蝶看着秦朗，一笑："秦朗先生，这就要走啊！"黄敬走上前，打量着熊三："你们是干什么的？"秦朗猛然一愣，脑海里突然闪过一张熊三的通缉令。秦朗大惊："你是熊三！"

熊三噌地从后腰拔出手枪，黄敬忽然猛地用身体挡住秦朗："秦总快跑。"秦朗下意识地向楼上跑去，熊三怒骂着开枪，黄经理胸部中弹，惨叫着栽倒。员工们惊叫着抱头逃窜。

房间里，刘珊珊和女伴躺在床上聊天，刘珊珊下意识地坐起来，愣住了："枪声！"

三楼楼道里，熊三等人持枪朝天，"嗒嗒嗒！"子弹直接扫射进来，楼道顶部的天花板不断有弹洞出现，整个楼道尘土飞扬，游客们纷纷惊叫着退回房间抱头蹲下。

二楼楼道，莎莎诧异地走出房间，惊慌地环顾四顾："秦叔叔？秦叔叔？"楼道里，游客们像无头苍蝇一样在酒店抱头乱窜。刘珊珊跑出房间，大喊："紧急情况，大家赶紧下楼疏散。"游客们这才如梦方醒，轰地往楼下跑去。

刘珊珊突然看见傻站在楼道里的莎莎，急忙跑去过："莎莎，快跟我走。"莎莎犹豫着："秦叔叔还在楼上。"刘珊珊顾不了那么多，拽着莎莎就往楼下跑去。

此刻，酒店的大厅早已乱作一团，只在电影中见过这种场面的游客们东奔西跑。"嗒嗒嗒！"枪声爆响，所有人都不敢动了——匪徒们戴着迷彩头套，手里的MP5不停地扫射，枪口吐着焰火，奔跑中的人们不断抽搐着倒下，血溅满地。

"谁也不能出去，都他妈给我上去。"匪徒对天举着手里的MP5。众人战战兢兢地往后退，不断有抽泣声传出来，刘珊珊紧紧拽着莎莎的手向楼上走去。

三楼楼道里，墙壁上的弹洞触目惊心，楼道里尘土飞扬。秦朗满头大汗，慌不择路地挤过惊慌的人群，向另一个楼梯口跑过去。后面，燕尾蝶和熊三持枪紧追不舍。

第二十六章
——— SWAT ———

1

秦朗跑到二楼，楼道里一片混乱，到处都是血迹斑斑，有尸体歪斜地躺在楼道里。秦朗拼命挤过乱窜的人群焦急地寻找着莎莎。楼梯另一端，燕尾蝶持枪带着几个匪徒匆匆下楼。

"莎莎！莎莎！你在哪儿？"秦朗不停地嘶吼着。楼梯间里，燕尾蝶目光一凛，带领众匪徒向楼下猛冲过去。

楼道里，秦朗焦急万分地打开房间门寻找莎莎，突然，房门打开，一只手将秦朗猛地拽了进去。秦朗来不及喊，就被另一只手捂住了嘴。这时，燕尾蝶和几个匪徒猛冲出来，没有人影，燕尾蝶看看四周："刚才还在，肯定是躲进房间里了。"众匪徒一拥而上，挨个搜寻着房间。

刘珊珊的房间里，秦朗激动地看着一脸恐惧的莎莎："莎莎，别害怕，有秦叔叔和刘阿姨在呢！"莎莎流着泪点头，秦朗感激地看着刘珊珊："刘医生，谢谢你。"

"别客气了，知道是怎么回事吗？"刘珊珊问。

"我看到了熊三。"刘珊珊大惊，秦朗点头："错不了，他是带头的。"刘珊珊纳闷儿："他要干什么？"秦朗想了想，说："他们是冲我来的。"刘珊珊愣愣地看着秦朗，这时，门外传来一阵撕心裂肺的惊叫声，随即是一阵刺耳的枪声，秦朗焦急地说："他们开始搜房间了。"刘珊珊焦急地看着流泪的莎莎，掏出手机。

2

特警基地上空，一道尖厉的警笛声拉响，数辆闪着红灯的警车鱼贯驶出。枪库里，各种武器整齐地摆放在枪架上，小虎队们全副武装地冲进来取走各自的武器，往操场冲去。基地上，左燕驾驶着直升机拔地而起，直升机鸣响着巨大的轰鸣声低空盘旋，螺旋桨卷起的飓风刮得操场周围尘土飞扬。

特警车里，龙飞虎眼里腾腾地冒着火，青筋暴起，焦急地盯着前方。铁牛拍拍他："老龙，你别急，越是这个时候你越要冷静。"龙飞虎咬牙："铁牛，这是第二次了，我不知道我这次能不能扛住，如果我不行，你顶上。"铁行看着他，郑重地点头。

公路上，路瑶含泪坐在后座上，李欢看了一眼后视镜，猛踩油门，警车飞驰掠过。

楼道里，匪徒们正持枪搜索着每个房间。燕尾蝶停下，侧耳听着隐约传来的轰鸣声，一惊："肯定有人报警了，条子很快就会到达这儿。"一名匪徒脸一下白了："三哥，我……我们要不要撤退呀！"熊三一脸狰狞："往他妈哪儿撤？秦朗和他手上的证据没找到，撤出去老板也饶不了咱们。"燕尾蝶急问："那我们怎么办？"熊三咬牙，瞪着黑头的大背包："黑头，该你的了。马上把度假村周围给我布上炸弹和地雷，越密集越好。"黑头恍然："是——你们两个人跟我来。"两个匪徒跟着黑头匆匆下楼。

度假村外围，黑头猛地拉开背包拉链——满满全是炸弹和地雷。黑头狰狞的脸扫视着四周："老子要让这儿变成地狱。"

二楼楼道里，匪徒们继续四处搜索着，燕尾蝶走过来，看着熊三："我刚才听见秦朗喊莎莎。"熊三愣住："莎莎？莎莎是谁？"

"我查过资料，秦朗和东海市公安局重案组组长路瑶是恋人关系，路瑶的女儿就叫莎莎，龙莎莎。她也是猛虎突击队大队长龙飞虎的女儿。"熊三一惊，随即阴险地冷笑，对着匪徒们大喊："都给我听着，有一个小女孩叫龙莎莎，给我找到她。"

房间里，莎莎带着哭腔，秦朗搂住她："绝不能让莎莎受到任何伤害——这是我对路瑶的承诺。"莎莎哭着抱着秦朗，秦朗含泪看着莎莎："莎莎，不要怕，有我在呢。"

搜索的声音越来越近，刘珊珊着急地问："可是现在我们怎么办？他们很快就会搜到这里。"秦朗没说话，瞪着门口。刘珊珊一愣："你在想什么？"秦朗忽然从兜里掏出U盘，塞进莎莎手里："莎莎，拿着这个。"莎莎一愣，秦朗认真地看着她："莎莎，这是卓娅集团通过我的公司洗钱的全部证据，熊三他们应该就是冲这个来的。"莎莎流着泪："我怎么办？"秦朗握住她的手："莎莎，记住，保存好它，等你脱险后把它交给你妈妈。"秦朗起身，看到角落里的衣橱："刘医生，你快带着莎莎藏进去。"

"那你呢？"刘珊珊急问。

"衣橱装不下我，你们先藏好，我有别的办法。"刘珊珊还要说，秦朗低吼："快呀！快进去！"刘珊珊无奈地拽着莎莎躲进衣橱。

"刘医生，莎莎交给你了，保护好她。"秦朗笑着，刘珊珊含泪点头。秦朗起身朝门口走去。莎莎捂着嘴哭着："秦叔叔，你要保护好自己。我爸爸一定会把你救出去的。"秦朗回头，微笑着点头："我相信你爸爸。刘医生，拜托了。"刘珊珊含泪点头，关上了衣橱门。

3

二楼楼道里，秦朗推门走出来，熊三和燕尾蝶都愣住了。秦朗信步走向熊三："别忙了，我来了。"熊三轻哼："秦朗，你吃错药了吧！自己送上门来？"秦朗看他："我只是不想让你再作孽了。这是我的度假村，里面除了我的员工就是游客，我不想让他们为了我流血丧命。这个理由够充分吗？"熊三哈哈一笑："秦朗，真没想到你还算是条汉子。"

"既然如此，你可以让你的兄弟们停下了。"秦朗说。

"不急，秦朗，想让我们停手，光你一条命还不够，还差一样东西。"

"什么东西？"

"装傻，"熊三冷笑，"那东西就是你搜集的卓娅集团的洗钱证据。拿出来吧，秦先生。"

"证据没在我这儿。"

"在哪儿？"

"我锁在银行的保险柜里。"

熊三和燕尾蝶大惊，熊三举枪对着秦朗的头："你蒙我。"

秦朗轻笑："你爱信不信。"

"钥匙和密码交出来。"燕尾蝶问。

"钥匙在我女朋友那儿。"秦朗说，"你们应该认识她吧？东海市公安局重案组组长路瑶。"熊三一枪柄砸在秦朗头上，秦朗嘶吼着，满脸是血。几个匪徒冲上去就是一阵乱打。

衣橱内，刘珊珊哭着紧紧抱着莎莎，捂着她的耳朵。

楼道地上，秦朗的肋骨被打断，浑身是血，蜷缩着忍住。几个匪徒架起秦朗，熊三走上前，锋利的匕首顶住秦朗的咽喉："你还不说实话？"秦朗忍痛挣扎着："我说的……就是实话。"熊三一刀扎在秦朗的肩膀上："说不说？"秦朗咬牙嘶吼着："不说！"熊三拔出刀，猛地又扎下去，秦朗咬牙瞪着熊三，血不停地从伤口处往外冒。

"没办法，他不说，我只能杀了他。杀了他，还能跟老板有个交代。"熊三的枪口顶住秦朗。燕尾蝶伸手拦住："三哥，老板不会满意的。"熊三怒骂盯着秦朗："我他妈尽力了！"咔嚓！熊三打开枪机，秦朗坦然地闭上眼睛。

度假村外的草坪上，黑头满头大汗，看着空空的背包得意地狞笑着。空中隐约传来直升机的轰鸣声，黑头看过去，远处警笛声大作，黑头大惊，起身向酒店跑去。二楼楼道里，黑头猛跑上来："三哥，三哥，特警来了！"一时间，度假村里警笛大作，红灯闪烁，数辆警车急停在酒店外围。

衣橱内，莎莎激动地想要冲出去："是爸爸！是爸爸他们来了！"刘珊珊含泪抱住她："莎莎，别动，千万别动。不要怕，我们等着你爸爸来救我们。"莎莎含泪点头。

酒店上空，直升机低空悬停，舱门"哗啦"一声打开，沈鸿飞用力甩下绳子，转身第一个滑降下去，段卫兵将狙击步枪大背在身后，转身嗖地下去了。随后队员们也鱼贯索降，落地后，迅速组成环形防御，持枪对着酒店大门。

楼道里，熊三举着MP5，大声命令着："都听着，把所有人质都带到三楼会议厅集中起来。"燕尾蝶凑上去："三哥，秦朗怎么办？"熊三看着地上痛苦的秦朗，冷笑："把他也带上去。"两个匪徒会意，上前拽起秦朗向楼上走去。熊三看着燕尾蝶："楼顶就交给你了。"燕尾蝶点头："三哥放心吧！"燕尾蝶转身，拎着箱子走上楼，熊三一脸狰狞地看着燕尾蝶的背影。

4

度假村外围的一处密林高处，草丛里伸出一支伪装极好的枪口，杨震穿着吉利服一动不动地趴着，眼抵着瞄准镜观察着度假村周边。

"龙头，我是山羊。"杨震沉声道，"匪徒在度假村周边布置了好多遥控炸弹，草坪上怀疑有雷区，完毕。"龙飞虎拿着对讲机，眉头紧皱。

特警车里，凌云快速操作着电脑："龙头，我已经进入度假村内部监控系统，目前匪徒们正在驱赶人质向位于三楼的会议厅集中。初步目测，人质数量至少五十人，现场发现尸体，匪徒至少有二十人，有手枪，还有冲锋枪。"突然，电脑屏幕一片雪花，凌云一下子愣住："龙头，他们关闭了监控设备，我什么也看不到了。"龙飞虎焦急地拿起对讲机："飞燕，空中抵近侦查。"

"飞燕明白。"左燕推动操纵杆，直升机低空俯下，朝度假村屋顶飞来。

顶楼角落，燕尾蝶熟练地组装好狙击步枪，装上子弹，抵肩瞄准了直升机的油箱。半空中，左燕驾驶着直升机快速过来。突然，热成像上闪过一道红影，左燕一惊，急忙推动操纵杆，直升机机尾一摆，子弹擦着油箱一掠而过。左燕大惊："龙头，屋顶有狙击手，我无法抵近。"龙飞虎抬头，焦急地看着楼顶："我们必须赶紧采取行动了。"铁牛皱眉："可是里面的情况太复杂了，人质太多，匪徒也太多……"

"可是如果我们继续等下去，情况只能越来越糟。"龙飞虎低吼，"因为很显然，我们面对的不是普通的匪徒。他们手持制式武器，懂得用炸弹和地雷封锁我们的进攻路线，知道破坏监控系统，他们还有狙击手。所有一切都做得很专业。最关键的，他们现在在有意识地聚集人质。他们这种行为的最终目的，你们应该都清楚。"沈鸿飞前趋一步，啪地立正："龙头，小虎队已经做好了准备，随时准备攻击。"队员们都是虎视眈眈，目光锐利。

公路上，几辆警车在疾驰。龙飞虎拿着对讲机："吴局，支队长，猛虎突击队已经做好了全面准备，请局领导和支队领导批准我们的行动。"警车里，吴局长和许支面面相觑。许支拿过对讲机："龙头，连我们到现场的时间都来不及吗？"

"是的。"

"你有多大把握？"吴局长沉声问。

"吴局长，我只有尽快行动，不至于让事态继续恶化的把握。"龙飞虎掷地有声。

"我一分钟后给你答复。"吴局长扫视着车里的人，都沉默着。吴局长转头看着支队长："许远，你的意见呢？"许支严肃地说："这种时候，我只能相信我的人。"吴局长看看其他人："你们呢？"众人面面相觑。吴局长抬手看表："还有三十秒，现场所有人都在等我的回复。二十秒钟的时间，我来不及请示市领导。这样吧！这个决心我来下，这个责任我来扛。许远说得对，这个时候，我们唯一能做的只能是相信我们自己的同志，相信龙头，相信我们的猛虎突击队队员！"副局长沉声道："吴局长，给他们下命令吧！需要负责的话，我们和您一起扛。"吴局长点头，拿起对讲机："龙头，我是吴局长，我批准你们的行动，并且绝对相信猛虎突击队的战斗力！你们无须有任何顾虑，勇往直前，打出你们最漂亮的一仗！"

"是！"龙飞虎放下对讲机，扫视着精锐的队员们，一声怒吼："猛虎突击队，干！——"

"干！——"队员们举起武器低吼，喊声里带着肃然的杀气。

5

会议厅里，大批的游客被驱赶着蹲在地上。"咣当！"秦朗被扔在地上，捂着胸口痛苦地蜷缩着。员工们哭着扶起秦朗，秦朗痛苦地挣扎着："不要慌，大家都不要慌，特警会救我们的。"员工们哭着点头。秦朗在人群里寻找着莎莎的身影——莎莎不在，秦朗这才松了口气。

门口，熊三冷冷地瞪着秦朗，忽然目光一动，叫过来两个匪徒，低声道："你们两个再去一趟二楼……"两人持枪迅速向二楼跑去。

二楼房间里，刘珊珊搂着莎莎小心翼翼地走出衣橱。刘珊珊拿出手机，颤抖着找到龙飞虎的号码，突然，房门"砰"的一声被踹开！两个匪徒持枪冲进来，刘珊珊愣住，急忙护住莎莎。

"你就是莎莎吧？"匪徒瞪着藏在刘珊珊背后的莎莎。刘珊珊紧张万分："她不是，她……她是我女儿，我们不认识什么莎莎。"匪徒怒吼："臭娘们儿，你当我们是傻子啊！是不是，带上去让三哥和燕尾蝶看看就知道了。"刘珊珊拼命护住莎莎往后退去。

半空中，左燕缓缓将直升机与屋顶拉平。机舱里，吴迪眼抵瞄准镜观察着。旁边，沈文津拿着望远镜在高空观察着屋顶。此时，燕尾蝶躲在楼顶的排风机后面，悄然顶上子弹。沈文津举着瞄准镜，沉声道："11点方向，她在排风机后面。"吴迪快速调整狙击枪，对着耳麦低声道："飞燕，再拉高一点儿。"左燕紧张地驾驶着直升机："……好，我准备拉高了。"

　　"飞燕！——"吴迪缓声道，"我出发之前已经把我要说的话写下来了，会自动发到你的邮箱。"

　　"我不会看。"飞燕头也没回。

　　"也许……那是我的遗书。"吴迪的喉结蠕动着。左燕愣住了，这时，耳机里传来龙飞虎的低吼声："你们在磨蹭什么？"左燕回过神来，含着眼泪高声道："小飞虫，我要拉高了。"

　　机舱里，吴迪冷静地调整着狙击步枪。直升机逐渐拉高，吴迪抵着狙击步枪，稳稳地瞄准着。楼顶的排风机后面，燕尾蝶忽然蹲起，抵着瞄准镜对准直升机油箱——机舱里，吴迪突然愣住了！沈文津举着观测仪急吼："打呀！"吴迪瞄着瞄准镜，燕尾蝶下意识地一惊——两人都愣住了。

　　"砰！"吴迪果断地扣动扳机，子弹旋转着钻进燕尾蝶的肩膀，燕尾蝶一声惨叫，仰面倒地，狙击步枪也甩落在一旁。燕尾蝶捂着肩膀鲜血汩汩，随即挣扎着起身，跃进了旁边的天井。

　　机舱里，吴迪脸色复杂，沈文津看着他："你没打死她，你心软了？"吴迪摇头："我没有，我只是想留个活口，我要亲口问问她，为什么要走上邪路。"左燕瞬间明白了："小飞虫，我还是不会看你的邮件，我要听你亲口解释。"左燕拉高直升机，转头直奔屋顶。

　　楼顶上空，左燕驾驶着直升机低空悬停，沈文津用力甩下绳子，嗖地滑降下去，吴迪将狙击步枪背在身后，转身，看了看左燕，嗖地下去了。队员们也鱼贯而下，落地后迅速集结，向天井方向跑去。左燕侧头看着落地的吴迪，含泪拉高直升机，迅速撤离。

6

　　酒店大门口，段卫兵隐蔽在警车后。砰！段卫兵一枪击碎酒店二楼的玻璃门。沈鸿飞挥手，小虎队交替掩护着朝正门冲过去。登高车也快速行进，逐渐升起。

二楼房间里，刘珊珊护着莎莎已经退到了墙壁。匪徒举枪瞪着刘珊珊："臭娘们儿，闪开，别他妈浪费时间了。"

"砰！"匪徒扣动扳机，莎莎"啊"地一声尖叫，刘珊珊突然下意识地转身抱住莎莎蹲下——子弹擦着头顶飞了过去。刘珊珊尖叫着扑上去，一把抓下匪徒的枪，扣动扳机。"砰砰砰！"匪徒惨叫一声，仰面倒地。另一名匪徒震惊地看着刘珊珊，举枪。刘珊珊再次扣扳机，匪徒中弹倒地。刘珊珊大口地喘息着，举着枪的手在颤抖。莎莎哭着跑过去，刘珊珊一把搂住莎莎："莎莎别怕，阿姨保护你。"

"哗啦！"房间的玻璃窗猛地被击碎。刘珊珊举枪回头，杨震和特警们从破碎的玻璃窗闯入，愣住了。

"杨叔叔！"莎莎哭着跑过去，杨震一把抱住莎莎："你们没事就好。"杨震震惊地看着刘珊珊手里的枪："你打的？"刘珊珊哭着点头："我……我没想到打那么准。我是急疯了，我……必须保护莎莎。"杨震立正，向刘珊珊敬了一个标准的军礼，随即拿出对讲机："龙头，龙头，我是山羊，我们看到了刘珊珊和莎莎，她们安全了。"

路瑶的眼泪唰地下来了，激动地瘫软在一旁。龙飞虎拿着对讲机，冷静地命令："山羊，将她们送出来，继续突击，解救所有人质。"

"明确。"杨震收起对讲机，命令特警将刘珊珊和莎莎送出大门，立刻和其他队员继续向前突击。

大门口，莎莎流着眼泪飞跑出来，龙飞虎和路瑶迎上去，两人紧紧地抱住莎莎。

"爸爸，妈妈，多亏了刘阿姨，要不是她打死歹徒，我就被他们抓走了。"莎莎含泪哭着，路瑶愣住，看着刘珊珊："刘医生，谢谢你。"刘珊珊一脸焦急："你们不要谢我，快救秦朗，要不是他，我和莎莎早没命了。里面的歹徒，带头的是熊三。"

第二十七章
——— SWAT ———

1

酒店的会议室里，人质们战战兢兢地蹲在地上，不敢动，匪徒们持枪来回巡视着。秦朗双目紧闭，鼻青脸肿，员工们含泪捂着他的伤口，血还是不停地从肩膀涌出来。熊三面色狰狞地坐在大厅沙发上，不时地拉开枪栓又关上，人质们惊恐地望着他，而熊三似乎很享受这种过程。

突然，侧门被推开，燕尾蝶浑身是血，拎着手枪闯进来："三哥，三哥，条子从楼顶下来了。"另一个匪徒也是浑身是血地冲进来："三哥，条子到二楼了。"熊三狰狞的脸，目光一凛，扬着手枪："所有人全都出去，跟他们拼了。"那名浑身是血的匪徒恐惧地喊道："三哥，全他妈是特警，我们干不过他们，咱们投降……"话音未落，熊三抬手一枪，匪徒惊讶地看着胸口的血洞，瘫倒在地。燕尾蝶捂着肩膀，脸色大变。熊三恶狠狠地看着众匪徒："干不过他们，也要和他们拼个鱼死网破，全都给我出去，打！"匪徒们急匆匆地涌出去。燕尾蝶看向熊三："三哥，那你呢？"熊三说："我看着这些人质。"燕尾蝶冷冷地看着他："三哥，你这么做不好服众吧？"熊三举枪对准燕尾蝶："这儿我说了算。"燕尾蝶愣住，冷笑一声："三哥，我明白了，你终归和白佛不是一条心。最后关头，你想的还是保命。"熊三阴森地看着燕尾蝶："你，知道的——太多了。"燕尾蝶凄然一笑："三哥，省省这颗子弹吧！我知道该怎么做了。"说完转身出门。熊三狰狞地摘下背包，重重地放在会议桌上，冷酷地扫视着大厅中央的人质。

楼道里，黑头带领匪徒们持枪涌了出来，特警们迎面对峙，杨震举着冲锋枪，高声大喊："中国特警，不许动！"沈鸿飞也持枪瞄准："放下武器！"黑头狰狞地大喊："冲啊，和条子拼了。"瞬间，楼道里枪声大作，匪徒们胡乱地开枪。杨震迅速隐藏在旁边的柱子后，瞄准黑头，"砰！"子弹穿过眉心，黑头睁大眼睛猝然倒地。墙角处，燕尾蝶挣扎着退后，不时地回望着楼梯口。

走廊上，燕尾蝶挣扎着向外逃跑，肩膀上不断有血往下滴。楼梯口，黑洞洞的枪口对准了燕尾蝶。吴迪戴着面罩，举枪瞪着燕尾蝶："放下武器，这是最后的警告。"燕尾蝶看着对面："阿迪，是你对不对？"吴迪不说话，举枪瞄准。

"刚才在楼顶击伤我的，也是你，对不对？"燕尾蝶含泪看着吴迪。

"燕尾蝶，放下武器。"

燕尾蝶愣住了，眼泪在打转，惨然一笑："没错，我是燕尾蝶。晓晓早已经死了。"吴迪看着她："放下武器吧！"燕尾蝶惨笑着，突然，她举枪对准吴迪——"砰！"吴迪扣动扳机，子弹旋转着钻进燕尾蝶的前胸，燕尾蝶的身体猛地一颤，惨笑着向后倒去："阿迪，能死在你的枪下，真好……"

吴迪凝视着燕尾蝶，眼泪淌下来。沈文津瞪着吴迪："你没事吧？"吴迪不吭声。沈文津怒吼："你他妈说句话呀！"吴迪走上前，蹲下，伸出手合上燕尾蝶的双眼，猛地抬头："继续前进。"

2

这时，酒店外警灯闪烁，公安局吴局长和特警支队长许远匆匆下车，铁牛迎上去，敬礼。吴局长急问："现场情况怎么样了？"路瑶一脸严肃："除三楼会议厅外，整个度假村已经被我们控制，有四名人质死亡，其余有一些轻伤。初步确定，死亡的人质都发生在我们到达之前。"吴局长点头："干得不错！会议厅还有多少人质？"

"具体人数不太确定。根据被解救出来的度假村员工提供的情况，初步估计，至少有三四十人，其中包括秦朗。"众人一愣。路瑶稳了稳自己的情绪，"另外，所有被击毙的歹徒中没有发现熊三。"许支眉头一皱："龙飞虎在上面吗？"铁牛点头："他上去了。"

三楼楼道里，特警们隐蔽在防弹盾后，所有人举枪对准会议室大门。何苗蹲在门后，小心翼翼地将蛇形探头塞进门内。龙飞虎看着PDA上传递过来的画面，大厅里，人质们惊惧地蹲坐着，秦朗斜躺在墙角已经昏迷，周围一片血迹。

龙飞虎眉头紧皱，对何苗打了个手势。何苗会意，调整了一下蛇形探头的角度。

大厅的会议桌旁，熊三跷着腿，胸前用胶带缠着炸药，左手紧紧攥着遥控按钮。龙飞虎大惊，沈鸿飞瞪眼看着屏幕上一脸狰狞的熊三，悄声道："龙头，我们上吧！"龙飞虎摇头，指了指熊三手里的遥控器，沈鸿飞猛地愣住了。

3

会议厅里，熊三大大咧咧地坐在沙发上，看着门口探进来的蛇形探头狞笑着："都他妈看清楚了吧？"龙飞虎一脸凝重，沉声道："熊三，你做得挺绝！"熊三惊喜道："哟！龙大队长亲自来了？看来我面子不小啊！"这时，龙飞虎的耳机里传来许支焦急的声音："龙头，和他谈判，一定要保证人质的安全。"龙飞虎目光一动："熊三，你冷静一点儿，我们有话好说。"熊三轻哼："都到这一步了，我他妈还冷静个屁呀！只要我手指一松，大家全他妈完蛋！"沈鸿飞猛地站起，怒吼："熊三，你他妈有种出来。"熊三一愣，冷笑道："沈鸿飞？原来你也在呀！"

"你出来，老子和你一对一，出来！"沈鸿飞眼里冒着火，怒吼着。

"熊三，废话少说，你要是想松手，早就松了。咱们心照不宣，你要的是命，我们要的是人质，提个条件吧！"龙飞虎说。熊三一愣，狞笑着："果然是龙大队长痛快，你说得没错，我还真不想死呢！"

"我在等你的条件。"熊三扫视着大厅，人质惊恐地看着他。龙飞虎沉声道："熊三，想好没有？人质里面有伤员，我们需要赶快救治他。"熊三看向奄奄一息的秦朗，冷笑着："没问题，反正他现在半死不活的，对我没用了。"

"但是他对我们很重要。只要他不死，你能要到的筹码会更大，晚了就不好说了。"龙飞虎高声说。熊三想想："好，我提条件。第一，我要500万美金，一个小时就要到位。"

大门外，吴局长点头，龙飞虎高声说："这个条件没有问题。"

"你就能做主吗？"

"你给的时间只有一个小时，难道要我去层层请示吗？我说没问题就是没问题，500万美金，一小时之内送到你面前。"

"好，痛快。不过，不用送到我面前，你们把它放到飞机上就行了。"

龙飞虎愣住："你说什么？"

"我说，放到飞机上。我现在就要去机场，我要一架专机，可以飞往境外的专机，

500万美金就放在专机上。"

所有人都紧张地看着龙飞虎，吴局长低声道："绝不能让熊三到机场，否则，一旦炸弹引爆，后果不堪设想。"龙飞虎点头，沉声道："熊三，你的条件提完了吗？"

"提完了。"

"那好，美金已经在准备了。你现在可以出来了，我们护送你到机场。"

"我不需要你们护送，你们全都给我撤走。给我一辆装甲车，派一个司机，我自己去。"

龙飞虎暗暗松了一口气："好啊，装甲车是现成的，门口就有。"熊三话锋一转："不过，我得带一个人质。"所有人都一惊。吴局长低声道："别慌，他带一个总比带几十个强，我们做好万全的准备。"

"你把人质放了，带我去怎么样？我比他们知道怎么配合你。"龙飞虎说，"怎么样？熊三，我进去，你把人质全放了。"

一阵沉默。

龙飞虎冷笑："熊三，回话，到底行不行？"熊三讪笑道："我他妈又不傻，我带个特警大队长当人质，不是自己找死吗？"龙飞虎脸色一沉："那你要怎么样？"

大厅里，熊三收回目光，盯着门口，一字一句地说道："我要你的女儿——龙莎莎！"

所有人都愣住了。莎莎瞪大眼睛，惊恐地看着龙飞虎。

熊三把玩着手枪，冷笑道："怎么样龙飞虎？我只要你的女儿跟我一起去机场。如果这个条件你不答应，前面所有的条件全部作废。我马上引爆炸弹，谁他妈也别想活！"吴局长看着莎莎："龙头，这个条件我们绝不同意，你继续和他谈，绝不能让莎莎当人质！"一旁，路瑶的眼泪下来了，紧紧搂着莎莎。杨震凑近，悄声道："龙头，我们冲进去。"

"龙飞虎，你怎么不说话了？妈的！一轮到你女儿，你就不愿意了吧？人都是自私的，你也不例外！但是你别试图再跟我谈，我只认你女儿。她刚才还在，现在应该也离得不远，我只给你五分钟时间，五分钟以后，龙莎莎不进来，我就松手。"

沈鸿飞焦急地看着龙飞虎："龙头，我冷静下来了，还是交给我们小虎队吧！我们宁死也不会让他引爆炸弹的！"龙飞虎摇头："这楼里有几十条人命，我不能冒险。"沈鸿飞急吼："难道要让莎莎冒险吗？"龙飞虎咬牙，含泪纠结着。

"三分钟，最后三分钟！"熊三坐在沙发上，抬手看表。

所有人都凝重地看着龙飞虎，路瑶哭着上前："老龙，你跟熊三讲，我去！我去行不行？我是重案组组长，我……我也是莎莎的妈妈！我去行不行？"

"爸爸，我去！"莎莎忽然大喊。路瑶泪眼看着莎莎："莎莎你胡说什么？你不能去！"莎莎流着泪："妈妈，叔叔伯伯们，我没胡说！熊三不是说了吗？必须得我去他才肯放了其他的人。他这样的坏蛋，肯定能做得出来。如果我能救出那些人质，我愿意去！"路瑶痛哭着抱着莎莎。

"妈妈，人质里面还有秦朗叔叔呢！他是个好人，他受了重伤，他是为了救我才被熊三抓走的，我为什么不能救他呢？"

吴局长眼里泛着泪光："莎莎，你还小啊！我们怎么能让你去冒险呢！"

"因为我是警察的女儿，就应该比别的孩子多一份责任，不是吗？还有，我是特警的女儿，我的爸爸是特警大队长！我爱我的爸爸，我也相信我的爸爸，一定会制服熊三，把我安全救回来的！"路瑶泣不成声。莎莎含泪微笑着："妈妈，你别哭了，我们都应该相信爸爸，相信所有的特警叔叔，对不对？您放心吧，我一定会平安无事的！"莎莎擦掉路瑶脸上的眼泪，毅然走向龙飞虎："爸爸，告诉熊三，我马上就上楼了！"

龙飞虎沉默着。

熊三抬手看表，阴森地笑道："最后一分钟！——"

"爸爸！相信我！您的女儿一定不会让您失望的！"龙飞虎瞪着会议室的大门，眼泪在打转。龙飞虎咬着牙关，一字一句地说："莎莎……爸爸，也不会让你失望的！"龙飞虎将莎莎搂在怀里，俯在莎莎耳边说着什么。莎莎站起身，含泪笑了，一步一回头地向门口走去。吴局长凑近许支："按照你们的预案，马上行动！如果出了任何差错，老子和你一块儿脱警服！"

"是！"许支转身，凝视着特警们。

会议厅里，熊三腾地从沙发上站起来，抬手看表倒数着。

"5－4－3－2……"熊三左手握着遥控器，人质们惊恐地盯着他。熊三慢慢松手，突然，一阵敲门声响起："我是龙莎莎，可以进来吗？"

熊三睁大了眼睛。躺在地上的秦朗猛地睁眼，难以置信地看着门口。莎莎推开门，安静地站在门口。熊三看着莎莎："你真的是龙莎莎？龙飞虎，你他妈不会是找了个替身吧！"龙飞虎走到莎莎身后："熊三，你太小看我了，你觉得我会用另一个女孩的命去换我女儿的命吗？这种事只有你这样的人能做得出来，我不会！"熊三狞笑着："哈哈，你有种！"秦朗挣扎着起身，嘶吼着："龙飞虎！你在干什么？！莎莎还是孩子，你怎么能这么干？！"

熊三的枪口对准秦朗。

"秦叔叔，不要怪我爸爸，是我自愿进来的。"莎莎含泪微笑着，"秦叔叔，不要为我担心。您安心养伤，我会去看您的。"秦朗淌泪点头："莎莎，一定！秦叔叔等着你去看我。"莎莎含泪点头，怒视着熊三："我们走吧！"莎莎一步步走上前，熊三一把拽过莎莎，将松发式遥控器放在莎莎头部一侧，瞪着龙飞虎。

"全体撤离！"龙飞虎含泪望着莎莎，队员们举枪步步后退，龙飞虎咬牙，转身离开。

4

酒店僻静处，铁牛在换便衣："老龙，你什么也不用想，安心等我的消息，我保证万无一失！"吴局长看着龙飞虎和路瑶："这个预案你们反复演练过，应该是有把握的，你们两个不要太紧张，安心等消息。"龙飞虎看着吴局长："吴局，您理解错了！"吴局长一愣，铁牛也一脸诧异。

"如果我不参加行动的话，无法保证万无一失。"

"龙头，你是对我没信心吗？"

龙飞虎看着铁行："是的！因为这个预案最早就是我提出来的，每次演练也是我亲力亲为，你和雷恺一直打替补。"

"可是你现在的状态……这是实战！不是演习！人质是你的女儿！"铁牛急吼。

"我现在的状态没有问题！"龙飞虎目光坚定，"正因为人质是我的女儿，我才会加倍的小心！我的把握才更大！我不是沈鸿飞，他还年轻，我已经做了十几年特警了！莎莎也不是第一次被劫持！"铁牛无奈地看向路瑶。路瑶看着吴局长："吴局，我同意龙头，我也觉得他亲自去会更有把握。而且，我也申请加入这次行动，请您放心，我绝不会再犯第二次错误！"吴局长看着两人坚定的目光："今天晚上，带上莎莎，我给你们一家子庆功！"随后转向铁牛："通知市局、各个分局、派出所、各个单位的民警，只要不在值班岗位上的，一律换上便装，开私家车，去收费

335

站制造堵车。绝对不能让他上高速，我们在收费站口解决他！"

"是！"铁牛跑步离去。

5

大楼门口，熊三左手握着遥控器，右手挟持着莎莎走出来，警觉地四处观察着。轰鸣声响起，一辆装甲车快速驶来，停下，许支打开驾驶舱，走出来。熊三一愣。许支笑："怎么？熊三，我给你当司机不是更好？"熊三紧张地说："你们不是有什么猫腻吧？"

"得了吧！你以为我愿意来呀？没办法，"许支苦笑，"这种时候只能领导上，这就是我们警察和你们的区别。你可千万别松手，我也有老婆孩子呢！"熊三冷笑："开门吧！"许支看了莎莎一眼，一笑："莎莎，别害怕，等他上了飞机，许伯伯接你回家。"

莎莎紧张地点头。许支打开装甲车的车门："看清楚了？前面要不要也看看？"熊三狞笑："不用了，我这颗炸弹的当量足可以让这辆装甲车变成一枚大炸弹！"熊三劫持着莎莎，走向装甲车。

公路上，装甲车在疾驰。许支脸色凝重地看着前方。后面，熊三揽着莎莎，手里紧紧地握着遥控器。

高空上，直升机在盘旋，小虎队在后舱正襟危坐，左燕驾驶着直升机："指挥中心，指挥中心，目标匀速前行，预计 12 分钟以后到达机场高速。"吴局长隐蔽在僻静处，低声道："收到，飞燕继续跟踪，其他各单位做好准备！"

"明确！"对讲机里一片回应声。

驾驶舱里，吴迪放下对讲机，转头看了一眼左燕。左燕微微一笑，吴迪如释重负。

6

公路上，许支开着装甲车，望着前方的路口，沉声道："熊三，坐稳了，我们要转弯上主道了。"熊三得意地一笑："你车开得不错，我坐得很稳。"

"我是提醒你，千万别松手，主道上可全是车。"

"我也不想死，放心吧！"

许支打着方向盘，装甲车转弯驶向主干道，融入了滚滚车流中。主干道上，车辆越来越多，队员们都换了便装，开车紧随在装甲车后面。熊三坐在车里，左右看看，侧耳倾听："怎么这么慢？"许支冷笑："我有什么办法？现在正是高峰期。"

主干道上，前方排了一条长长的车流。熊三有些着急。支队长声音平静："熊三，你就放心吧！你这一招彻底把我们制住了。车越多，我们越不敢惹你呀！"熊三神色稍安，冷笑："知道就好，千万别要花招。"

第二十八章
—— SWAT ——

1

高速路上，拥挤的车流包围着装甲车。后面不远处，一辆越野车缓缓加速，周围的其他车辆不露声色地让出一条道，越野车慢慢开到装甲车后方，紧跟着。

越野车里，铁牛戴着帽子在开车，后座上，龙飞虎也是一身便衣戴着帽子，瞪着前方的装甲车，手里的手枪已经顶上子弹，沉声对着耳麦说道："指挥中心，我是龙头，我已经做好准备。"路瑶坐在旁边，紧张地看着龙飞虎："老龙，沉住气！"龙飞虎看着路瑶，一笑："放心吧，没什么事儿！"路瑶含泪点头，盯着前方的装甲车后门。

装甲车开得很慢，熊三看了看表，有些焦急地问："还有多远？"许远摸了摸隐藏的耳麦，望着前方："快上机场高速了。"

收费站，几辆重型卡车缓缓驶来，李欢坐在驾驶室里，把车停在了其中一个收费口。后面的车不耐烦地鸣笛，李欢也挑衅地鸣笛回应着。收费口，穿着收费制服的小刘不满地问李欢："你怎么不缴费呀？"李欢从卡车里探出头来："俺们老板没跟你们打招呼啊？我们蓝天运输队的车，不缴费。"小刘瞪着眼："你们老板谁呀？不认识！赶紧缴费！"李欢乐了："这你就别管了，赶紧放行！"

"凭什么？"

李欢跳下车："妈的，小收费员，找死啊！"

"你动我一下试试！"

"动你怎么了！"

两个人推搡着，司机们都探头看着热闹，不停地按着喇叭。这时，其他几个卡车司机全都跳下车，收费站喇叭声响成一片，私家车也越聚越多，彻底堵了。

许远踩住刹车，熊三皱眉："怎么停了？"许远一扬头："堵车了。"莎莎下意识地看着车门，眼睛的余光瞥着熊三手里的按钮。熊三怒吼："妈的！你们故意的吧！"许远无奈地说："我们哪儿敢啊！再说了，我们可没这么大本事，能让这么多车堵在这儿，等等吧，飞机等着你呢！"

"妈的！"熊三怒骂了一句。莎莎目光一动，看着熊三："叔叔，你那么急干吗？你得淡定。"熊三愣住，瞪着莎莎："你懂个屁！"

"本来就是。你看，我都比你淡定。你以为我不着急呀？坐在这闷罐里面，我都难受死了。"莎莎用手扇着风。

"别动。"熊三恶狠狠地警告。

"好，好，好，"莎莎放下手，"叔叔，咱俩聊聊吧？"

"我他妈跟你有什么聊的？"

"这不等时间吗，闲着也是闲着，要不，我给你讲个故事。"

熊三目瞪口呆："你觉得这个时候我他妈有心情听故事吗？"

"要不我唱个歌儿。"

"闭嘴。"熊三看着前面堵得一动不动的收费口汗都下来了。

"又不让讲故事，又不让唱歌，你想闷死我呀！"莎莎不高兴地噘着嘴。熊三咬牙："我他妈早知道你这么烦，宁可换龙飞虎。"莎莎高兴地说："那好啊！我马上下去，我给我爸爸打电话。"

"你他妈别动！"熊三怒吼。莎莎委屈地哭着坐下："不动就不动，你凶什么。"许远听着莎莎和熊三的对话，含泪微笑着，脸色一沉，余光瞥向倒车镜。装甲车后，龙飞虎持枪，缓缓起身，双手举枪，对准了装甲车后门门缝。其他队员也紧张地盯着。

装甲车里，莎莎呜呜地哭着。熊三瞪着莎莎："你他妈快烦死我了！"莎莎不管，继续哭着。龙飞虎打开枪机，铁牛悄然拿起对讲机，沉声道："干！——"

队员们持枪，快速冲向装甲车，许远坐在驾驶舱里，右手探进方向盘下面，猛地一按——装甲车的车门猛地向两侧打开。龙飞虎举枪，莎莎止住哭，快速地向左一偏头，熊三猛地转头，瞪着龙飞虎——砰！龙飞虎扣动扳机，子弹近距离地穿过熊三的眉心，子弹的后坐力将他的身体猛地往后带，熊三惊愕地看着手中的松发按钮，缓缓松手。龙飞虎嘶吼着："莎莎——"莎莎拼命地扑上去，死死按住熊三的拇指！

龙飞虎也飞奔上车，双手按住莎莎的手。

"莎莎，别松手。"龙飞虎大喊，莎莎哭着点头。路瑶从越野车里跑出来，跃进车厢，手按在父女二人的手上。不远处，直升机低空悬停，小虎队快速索降，沈鸿飞落地后大喊："快，快，快，拆弹！"

装甲车里，熊三狰狞地倒在一旁。何苗穿着排爆服紧张地拆弹。队员们都站在不远处，紧张地关注着。陶静紧张地想上去，被沈鸿飞一把拉住："你干什么去？"陶静大吼："我也是拆弹组的！"沈鸿飞怒视着她："别闹了，上面地方太小，你再上去就是添乱！"

装甲车里，一家三口含泪笑着，一起按着松发按钮。何苗满头大汗，剪断导线："可以松手了！"龙飞虎一脸紧张："你确定？"杨震看着龙飞虎三人："松吧，我也在车上呢！"

三人对视着，小心翼翼地松开手——没炸！龙飞虎一把搂住路瑶和莎莎，一家三口使劲拥抱在一起。

2

度假村外，四周拉起警戒线，戒备森严，搜爆犬在四处嗅着，特警们紧张地进行最后的扫尾工作。凌云站在不远处："现在还要我们到这来干什么？不是打完了吗？"沈鸿飞说："扫尾啊，拆弹。这帮孙子埋了不少自制炸弹。"段卫兵不解："拆弹不是有排爆队吗？"

"我们也是拆弹组。"陶静和何苗穿着排爆服走来。何苗手里拎着排爆头盔，"干活了，排爆队不够用，我也得上。你在后面跟着，躲远点，当心爆炸。"陶静不服气地看他："那得看你本事了。"龙飞虎大步走过来："你们一定要耐心细致，千万不要掉以轻心。"何苗竖起大拇指，继续往里走。

度假村大厅的角落里，何苗穿着排爆服，站在一枚炸弹跟前，钳子对准了一根导线。陶静紧张地看着他："你有准儿吗？"何苗轻摇头："不好说。母老虎，退后，到安全距离外。"陶静没动："为什么？我们是一个医疗组。"

"医疗组也好，拆弹组也罢，现在你必须退后，这是规定。"

"我不！"

"现在不是任性的时候！这是规定，我一个人拆，你退后到安全距离。"何苗的额头上有一层密汗。陶静倔强地站着没动："我不退后！"

"服从规定，这是纪律！万一真的爆炸了，死我一个就够了。"

"你！"

何苗笑笑："这样，母老虎，要不咱俩打个赌吧。"

"什么赌？"

"如果这一剪子下去，我没死，你就做我女朋友。"

陶静白了他一眼，眼泪唰地下来了："滚！我才不干呢，谁愿意做你女朋友。"

"你不愿意，可有的是人愿意啊。"

"那你找愿意的去吧！我走了。"陶静起身就走。何苗看着她过去，脸上的笑容消失了。何苗转过头，紧张地拿着钳子。陶静走着，突然停住脚，转身："你故意骗我！"

何苗一闭眼，剪子下去了——线断了。陶静跌跌撞撞地跑过去："何苗，你骗我！"何苗急促地呼吸着——没炸！——何苗睁开眼，笑了。

陶静一下子跪在何苗跟前，拎着排爆头盔砸过去，咣当一下，何苗头碰在地上："干吗打我？"陶静哭了："你骗我！"何苗起身，也摘下头盔："那你也不能打人啊？"陶静一巴掌抽在他脸上。

"你为什么打人？"

陶静又是一巴掌："你为什么骗我？"

"我骗你什么了我？"

"你浑蛋！"陶静哭出来，"你说有很多人愿意做你女朋友！"

"这是事实啊？"

"你骗我，谁看得上你啊？"

"你看不上，不代表别人看不上啊？"

"啪！"又是一巴掌。

何苗苦着脸求饶："我们现在在工作好不好？现在在拆弹，还有很多炸弹等着拆呢！"

"你发个誓！"陶静哭着。

"好，好，我发誓，我以后再骗陶静，就让炸弹炸死。"

陶静一把捂住他的嘴，何苗愣住了。陶静意识到自己的失态，急忙收回手："你是浑蛋！"说罢起身就跑。何苗笑了："喂，做我女朋友吧！"陶静头也不回："下辈子吧！"何苗喜不自胜。陶静穿着沉重的排爆服，笨拙地跑着，脸上的眼泪凝结，变成了红晕。

3

　　警戒线外，小虎队都紧张地看着里面。段卫兵有些着急："我们就这么眼睁睁地看着吗？"郑直暗暗叹了口气："这是拆弹组的工作，我们都无能为力。"

　　"可是我们都学过拆弹的基本技巧啊？"赵小黑说。

　　"那是应急拆弹，"沈鸿飞说，"还是别进去添乱了，这些炸弹很明显都是专家级的高手制造的。"

　　陶静气鼓鼓地从大门出来，快步走着。凌云看见陶静："哎，他们出来了。"何苗在后面追着："陶静，陶静，你听我说。"

　　"别理我，烦你。"陶静没回头，走上草坪。何苗跟上来，一脸紧张："这里不是安全区。"陶静挥挥手："我跟你说了，别理我。"何苗紧跑几步，抄到陶静前面："你不能往前走了，可能有……"——何苗突然呆住了。陶静绕开他要走，何苗拦住她："你……不能再往前走了。"

　　"你管我！"陶静想推开他。何苗怒吼："别碰我！"陶静一愣。何苗缓声下来："我说了，别碰我！"陶静的眼泪下来了："你居然对我凶！"

　　"往后退，快点！"

　　"你凭什么对我这么凶？"

　　"我让你后退！"何苗怒吼。陶静觉得不对劲，低头一看，呆住了——何苗脚下踩着炸弹的引信。陶静的脸色煞白："何苗……你别吓唬我好不好？"

　　"我没吓唬你，退后！"

　　陶静跪下："我，我来看看。"

　　"你看不了的，退后！"何苗屏住呼吸，"听我说，你不是专业的拆弹手，这活你真干不了！"

　　"可我学过！"

　　"你想我死吗？"

　　陶静愣住了，流着泪摇头。

"你如果不想我死，就不要乱动。"何苗满脸是汗，"我已经感觉到了，这是个松发引信，现在我压在上面，只要我的重量有一点变化，炸弹马上就会爆炸，你学的那点东西对付不了这种炸弹。"

"怎么办？那我怎么办？"陶静急得大哭。

"退后，让杨震来。"

"对不起，"陶静的眼泪流出来，"对不起，我不是故意的，我不是故意往这走的。"

"不关你的事。"

"是我赌气，非往这走的，都是我不好。"

"我说了，这不关你的事，你不走也会有别人走，炸弹只要没排除，都是危险的。"何苗惨然一笑，"拆弹手踩到炸弹，还有比这更幸运的险情吗？"陶静呆住了。

"这不是黑色幽默，拆弹是我的工作。"

"但是应该是我踩炸弹的，不是你。"

"你不要这么想，你把事情都搞乱了。"何苗安慰她说，"现在不是自责的时候，炸弹在我的脚下，如果你想我活命，就让杨震来拆弹。你在这叽叽歪歪的，耽误时间，快走！"

"我不走。"

这时，杨震和沈文津穿着排爆服小心翼翼地走过来。杨震趴在地上，歪头仔细地看着何苗的脚下："学艺不精啊！"

"炸弹什么样？"何苗紧张地问。

"松发引信，"杨震说，"得想办法用相同的重量来替换你。"

"这个过程太冒险，只要有一克的不一样，都可能爆炸。"何苗的汗下来了。

"所以得小心。"

陶静流着眼泪问："到底怎么样？"

何苗脸一横，大声吼道："别插嘴，这儿没你的事，走！"陶静哭得更厉害了："你让我走我就走，你觉得可能吗？"

"他是对的，你帮不上忙，在这儿白冒风险。"沈文津说。

"我和他是一个小组的，要死就一起死。"

"别乱说话，还没到那一步呢！"杨震看了一眼沈文津，"你们两个都走。"

沈文津起身，拽起陶静，陶静哭着就是不走。杨震示意沈文津："你先走。"沈文津想想，转身走了。

陶静还是不走，眼巴巴地看着何苗。何苗轻轻吐出一口气："我真拿你这个女人没办法。"陶静哭出来："你刚才说的，我答应你。"何苗脸色平静，只是淡淡一笑。陶静抬起头，脸上流着眼泪："我答应你，做你女朋友。"

"你能气得我天天肝儿颤。"

"我错了，我以后一定懂事，一定乖。"

"你既然说了，一定懂事一定乖，现在就走，到警戒线那边去！"

"我不走！"陶静大吼。

何苗冷眼看着她："我不要你了。"

"你说什么，何苗？！"

何苗从嗓子眼儿里面爆发出来，抑制住声音强调说："我说我不要你了，我不喜欢你了！我还是喜欢自由自在，这样我就可以有很多女朋友，谁要跟你这个刁蛮古怪的小丫头片子在一起。我喜欢性感的大妞，前凸后翘的，不喜欢柴火妞儿。你看你，连一点料都没有，还天天气我，我干什么啊？谁不把我伺候得好好的，对我千依百顺，为什么我要受你的气？我不要你了！"陶静哭得稀里哗啦："你又骗我——这次我不上当了！"

何苗闭着眼，这下真没办法了。

杨震小心翼翼地趴在地上："我求求你们了，打情骂俏换个场合，我这脑子都被搞乱了。"

"对不起，对不起，求求你，一定要救救他，我不能没有他。"陶静连忙捂住自己的嘴。何苗站着不敢动，默默地看着陶静，两行眼泪流了出来。

"我肯定会想办法救他，但是请你安静。"杨震说，"请你们二位戴上头盔。"说完继续检查炸弹，汗顺着两侧流了下来。

杨震仔细地检查着，龙飞虎站在不远处，一脸紧张："有没有办法？"

"很难，"杨震摇头，"设计和制造都非常精密，只要有轻微的一点点动作，都可能爆炸。而且爆炸力惊人，我检了一下，这真是个大家伙，如果爆炸，肯定死无全尸，冲击波都可以影响到你这边。"

"难道没有办法了吗？"

"靠我现在的手段，没有办法。"

"谁有办法？"龙飞虎急问。杨震看了一眼大汗淋漓的何苗："他得坚持住，我还没遇到过这种设计和制造都如此精密的炸弹，看来除了松发引信，还有别的引信。我怕万一拆掉看得见的引信，再触发别的瞬间爆炸引信，那就麻烦了。能制造这样炸弹的人，肯定会想到这一点，使用复合引信。我们可能要向有关部门求援，让他们派爆破专家来分析这颗炸弹。"

何苗一听，心都凉了。龙飞虎看他："孟加拉虎，你能坚持住吗？"何苗眨了下眼睛："我尽量吧，现在脚都有点麻了。"

"一定要坚持住，我马上向市局报告。现在其余两个，都撤回来。"杨震和陶静都没动，龙飞虎急了，吼道："撤回来，这是命令！"

杨震看看何苗，慢慢起身往后退去。陶静急促地呼吸着，一动不动。何苗看她，压抑着声音："撤！你没听见吗？大队长下命令了！"陶静摇头，慢慢摘下头盔。何苗急吼："你摘头盔干什么？戴上！"陶静泪流满面："我知道你喜欢看我，我想让你看清楚我。如果我们死了，下辈子，起码你还记得我的样子。"

"我现在知道为什么一个单位的警察不能搞对象了，太感情用事了！"

"现在说什么都已经晚了，是你招惹的我！"

"我后悔了，我开始不喜欢你了，你太任性了！"

"你再用老招数，我还信吗？"

"我是真的后悔了！"

"后悔有意义吗？"陶静深情地看着他，"是你非要喜欢我，是你非要打动我，是你一点一点打开我的心，我本来不想谈恋爱的，是你非要和我谈恋爱，不是吗？你感动了我，让我一点一点喜欢上你——你说你从未这样喜欢过一个女孩，我也从未这样喜欢过一个男人。你说你愿意拿自己的命来换我的命，我也愿意和你死在一起！"

"看来你说得对。"何苗轻叹了一口气，"下辈子，你会是我的女人。"陶静的眼泪再次涌出来："下辈子，我一定好好地对你，不再任性，不再刁蛮，不再气你。"

"下辈子，我再也不会有别的女人，只要你一个。我会和现在一样，疼爱你、呵护你、宠着你，不让你再吃一点点的苦，不让你再受一点点的伤。我所有的爱，只给你一个女孩，再也没有谁可以分享我的爱，我的心里，只会有你一个。"陶静流着眼泪甜甜地笑着："下辈子，我等着你，来爱我。"何苗注视着陶静，所有想说的话都凝固在这一刻。

突然，何苗目光一动，想起了什么："对了，我可以拆除这颗炸弹。"陶静睁大了眼睛："真的？"

"当然，我是谁啊？博士白念的吗？"

"怎么拆除？"陶静抹了一把眼泪。

"你帮我取一样东西，在我的战术背心靠胸口的位置。"

"什么东西？"

"我的秘密武器，快去，不然来不及了。"何苗着急地说。陶静没动，看他："你这次可别骗我！"

"我为什么要骗你？你都答应和我在一起了，我还有什么好骗你的。"何苗说。陶静破涕为笑："那你等着我。"说完丢掉头盔，跌跌撞撞地往突击车跑去。何苗平静地看着跑远的陶静。所有人都看着陶静跑过来，谁都不敢吭声。

何苗脸色平静，慢慢地摘下头盔。龙飞虎一愣。陶静跑到突击车后面，打开后备厢，在何苗的战术背心里面翻出一个小盒子："是这个吗？"何苗笑着："你把它打开。"陶静急忙打开，呆住了——一枚钻戒静静地躺在丝绒盒子里。陶静的眼泪下来了，抬眼看过去，何苗笑着看她，高喊："我爱你！——"

"何苗！——"陶静撕心裂肺地喊着冲过去，"何苗——你骗我！——"龙飞虎一把抱住她。何苗闭上眼，猛地一下子抬腿——没有爆炸。所有人都呆住了，时间仿佛停止了。何苗睁开眼，喘着粗气："臭弹！"陶静哭着笑出来，所有人都如释重负。陶静又跳又笑，高举着钻戒大喊："何苗，我嫁给你！"何苗就站在那儿，咧着嘴笑。

突然，又一个引信跳动，"轰！"一团烈焰瞬间将何苗彻底吞没了，爆炸引起的巨大冲击波把所有人都掀翻在地。陶静从地上爬起来，跪在地上，张开嘴却无声。

一团青烟在空中飘荡。空场上空空如也，除了血肉模糊的碎片，其他什么都没有，就好像何苗从未存在过一样……

所有人都呆住了。陶静呆呆地看着，青烟还在飘，陶静手里拿着那枚钻戒，慢慢地站起来："何苗……"陶静慢慢地往前走，龙飞虎上前一步紧紧抱住她。陶静挣扎着，想往前走。龙飞虎咬紧牙关，不说话。陶静看着缥缥缈缈的青烟飞上天空，哭了出来："何苗——我说了我嫁给你——你怎么不娶我啊——"龙飞虎泪流满面，死死地抱住陶静。队员们都慢慢摘下帽子，眼泪顺着脸颊流了出来。

陶静尖叫着，一口咬住龙飞虎的手臂。龙飞虎咬牙忍住，陶静猛地挣开，跌跌撞撞地跑过去——除了一个弹坑，什么都没有，陶静哀号出来，何苗的音容笑貌仿佛就在眼前。

4

特警基地训练场，大雨滂沱，乌云密布，一个闷雷响过，更多的雨点砸了下来。训练场一角的荣誉墙上写满了密密麻麻的名字，两名礼兵穿着雨衣，表情肃穆地持枪护卫。陶静穿着常服站在荣誉墙前，在她身后，队员们都没有打伞，静静地站着，瓢泼似的大雨顺着大檐帽往下流，闪电的亮光照亮了一张张年轻刚毅的脸。

陶静静静地看着墙上的名字，在她父亲王平的旁边，是新刻下的名字——何苗。陶静抬头看着，伸出手——无名指上戴着那枚戒指，她轻轻地抚摸着何苗的名字，眼里都是悲痛欲绝。

荣誉墙前的空地上，小虎队和所有突击队员们整齐列队，在他们前面，排爆盔在地上摆成了一条线，任凭雨水冲刷着排爆盔上的血污。陶静的脸上，雨水混合着泪水："何苗，你好吗？我好想你！……"陶静泣不成声，低头不停地抽搐着。良久，一声压抑的哭声久久地回荡在训练场上空。

"鸣枪！——"沈鸿飞跨出队列高喊。

小虎队的队员们跑步出列，81 自动步枪枪口朝天，年轻的手几乎同时拉开枪栓，"嗒嗒嗒——"枪声震耳欲聋，在雨中回响，枪口的火焰映亮了队员们的眼睛，仿佛唤醒了他们铁与血的回忆。倾盆大雨里，沈鸿飞脸色阴沉，他知道，这也许就是他们必须面对的成长的代价。现在，战争虽然结束了，但藏匿在和平年代的战争死神是不会停歇的。这不是某一个人的悲剧，而是社会发展的必经之路。而他能做的，就是在平静的黑暗中，守护自己的一个信仰、一面旗帜和一句誓言。龙飞虎、铁牛，还有支队长泪流满面地站在雨中，龙飞虎举起右手，高喊："敬礼！——"所有人唰地抬起右手，庄严敬礼。

枪声还在继续，天边，乌云不停地翻滚着，轰鸣的雷电声渐停渐响。

一个月后，基地机场上，鲜红的国旗在风中猎猎飘扬。一架机身涂着鲜红国旗图案的直 8B 在停机坪待命。小虎队们戴着蓝色贝雷帽，穿着崭新的维和警服，背着各种新式武器装备，精神抖擞地笔直列队。

特警支队长许远站在队列前，龙飞虎站在旁边，眼睛里透出来的就是一支虎狼之师的精气神。沈鸿飞挺胸，跨步出列，敬礼："报告支队长同志！大队长同志！小虎队全体集合完毕！请指示！"龙飞虎凝视着他的队员们，声如洪钟："小虎队！点名！"

"是！"沈鸿飞敬礼，转身，"郑直！——"

"到！"

"段卫兵！——"

"到！"

……

等全队都喊完了，沈鸿飞凝视着队员们，眼里有泪花在闪动，他的嘴唇翕动着，突然高喊："何苗！——"

"到！——"全体队员们立正高喊，嘶哑的喊声气壮山河，杀气凛然。陶静再也忍不住，眼泪从他们一张张年轻的脸上无声地滑落。队列里鸦雀无声，基地上空也是鸦雀无声。

良久，沈鸿飞转身，敬礼："报告！小虎队全体点名完毕！请指示！"支队长举起右手，庄严回礼。忍着眼泪凝视着自己的队员们，放下手臂，支队长沉声道："根据上级命令，我东海市公安局特警支队猛虎突击队的新生力量，小虎队被公安部指定抽调为外派某国维和警察防暴队，出国执行任务！"沈鸿飞跨步出列，接过命令，高声吼道："请支队、大队首长放心！小虎队一定会不辱使命，坚决完成上级交付的维和任务！同时，我们也会向国际友人、海外同胞，充分展现中国警察的良好风貌！将向全世界展现我们中国特警力量！敬礼——"

"唰——"队员们举起右手，庄严敬礼。贝雷帽下面黝黑消瘦的脸，在鸦雀无声中蕴藏着无穷的力量……

"登机！——"沈鸿飞站在舱门口，背着背囊，95自动步枪背跨在后背上。队员们携带武器，低姿跃上直升机。陶静最后一个登上直升机，她转身，哗啦一声关闭舱门，伸出右手大拇指。左燕坐在机舱，点头会意，随即推动操纵杆，直升机的螺旋桨高速旋转着拔地而起。陶静坐靠在机舱上，看着渐行渐远的训练基地，她从包里拿出记事本翻开。

"是的，生活还要继续，战斗还要继续，我们的未来还要继续，我不知道在未来的岁月里，命运还会带给我多少坎坷和磨难，但是我已经不再惧怕，无论如何，

348

我都会坦然面对，因为我是一名特警，在特警的世界里，没有屈服，没有沮丧，我们拥有的——只有面对一切的勇气和无所畏惧的特警力量！"

陶静合上记事本，从兜里拿出那枚戒指，泪眼盈盈地仔细打量着。渐渐模糊的视线里，何苗仿佛站在那里看着她微笑，眼睛里面燃烧着青春的火焰，他的身影孤独而又坚定。陶静收好戒指，泪水再一次模糊了她的视线……

致　敬

　　2005 年，中华人民共和国公安部在全国 36 个重点城市组建公安特警队，时至今日，全国随处可见公安特警的身影。这是一支忠于祖国、忠于人民，无私无畏、忠诚勇敢的特警力量，无论在国内还是国外，只要祖国和人民需要，他们都会及时出现！让我们对他们的牺牲和奉献，致以崇高的敬意！